Edition GOTHICLASSICS im

Verlag Frank-Daniel Schulten

Marquis de Sade

Die 120 Tage von Sodom 2.0 oder: Die Schule der Ausschweifung

Neu übersetzt von Curt Moreck
Mit einer Einleitung von Lydia Benecke

Edition GOTHICLASSICS Band 1

Verlag Frank-Daniel Schulten

Lektorat, Fußnoten und sprachliche Überarbeitung des Ursprungstextes: Frank-Daniel Schulten.

1. Auflage März 2016.

Coverphoto: Tom Row (www.frontrowimages.com).
Umschlaggestaltung: www.entwurf-satz-druck.de.
Druck: BoD GmbH, Norderstedt.

Printed in Germany.
ISBN 10: 3-932961-72-2.
ISBN 13: 978-3-932961-72-4.

Inhalt:

Wer war der Marquis de Sade?
Lydia Benecke

Der sagenumwobene Namensgeber des Begriffes „Sadismus" gleicht heutzutage in den gedanklichen Assoziationen derer, die mit seinem Namen etwas anzufangen wissen, häufig eher einer phantastischen Romanfigur denn einem echten Menschen. Die Lust an Schmerzzufügung mit dem Namen de Sade zu verknüpfen, war die Idee des österreichischen Psychiaters Richard von Krafft-Ebing. Dieser nahm die sexuell ausschweifenden Schriften des Marquis zum Anlass, um in seinem wissenschaftlichen Standardwerk *Psychopathia Sexualis* aus dem Jahre 1886 den altehrwürdigen Nachnamen des Adelsgeschlechts der de Sade in einen wissenschaftlichen Krankheitsbegriff umzuwandeln. Die *Psychopathia Sexualis* wurde zu einem Überraschungsbestseller weit über wissenschaftliche Kreise hinaus, sodass auch der Begriff „Sadismus" bald zunehmend Eingang in den allgemeinen Sprachgebrauch fand.

Irgendwie verrückt, also aus heutiger Sicht psychisch krank, erschien der Marquis zu Lebzeiten in der Tat sowohl vielen seiner adeligen Bekannten als auch Menschen in seinem näheren Umfeld. Sein immer wieder bizarr und besorgniserregend anmutendes Verhalten, ebenso wie seine mit Sex und Gewalt gefüllten literarischen Werke, waren Anlässe für diverse Familienkrisen, gesellschaftliche Skandale und juristische Auseinandersetzungen. Die auffälligen Gelüste des Marquis in Wort und Tat wurden auch zur Ursache dafür, dass er zwei Drittel seines Lebens eingesperrt im Gefängnis und schließlich in der Irrenanstalt verbrachte.

Für mich als vor allem im forensischen Bereich tätige Psychologin mit einem Arbeitsschwerpunkt auf dem Gebiet der sexuell abweichenden Neigungen ist der Mensch de Sade sowie die aus seinem Namen abgeleitete, statistisch ungewöhnliche sexuelle Vorliebe ein faszinierendes Feld immer wieder neuer Erkenntnisse. Eine der interessantesten Einsichten über den Marquis im

Kontext des Begriffes „Sadismus" ist wohl die, dass er keineswegs ausschließlich ein sexueller Sadist war. Seine sexuelle Neigung bestand vielmehr – in Worten wie in Handlungen – darin, sowohl andere zu erniedrigen und ihnen Schmerzen zuzufügen, als auch selbst erniedrigt zu werden und Schmerzen zugefügt zu bekommen. Tatsächlich würde man de Sade heutzutage wohl eher einen „Switcher" als einen „Sadisten" nennen. Dies ist ein durch die BDSM-Szene[1] geprägter Begriff, welcher genau die wechselseitige sexuelle Rolle beschreibt, die de Sades Sexualität ausmachte.

Überhaupt war der Marquis in seinen sexuellen Vorlieben – nicht nur auf Phantasieebene – äußerst kreativ und in seinem Handlungsrepertoire weit gefächert. So lebte er nachweislich seine Lüste im Rahmen ausschweifender Orgien aus, wobei er sich auch bisexuell betätigte, Rollenspiele einbaute und drehbuchartig unterschiedlichste Methoden der Flagellation und Erniedrigung für sich und die anderen Beteiligten erdachte. Offenbar setzte er diese Bedürfnisse meist mit Prostituierten in die Tat um, die er hierfür verhältnismäßig gut entlohnte.

Doch immer wieder gingen die von de Sade geplanten Inszenierungen den Damen dann doch deutlich zu weit, sodass im Abstand weniger Jahre Gerichtsverfahren auf Gerichtsverfahren folgte – stets mit für die Prozessbeteiligten und die interessierte Öffentlichkeit grausig anmutenden Details. Von drehbuchartig inszenierter Gotteslästerung über die Bedrohung von Prostituierten mit dem Tod, die – wahrscheinlich im Ausmaß versehentliche und glücklicherweise nicht tödliche – Vergiftung einer Gruppe junger Prostituierter durch mit Spanischer Fliege gefüllte Bonbons bis hin zu Sexorgien mit

---

[1] Der Begriff „BDSM" wurde als Selbstbezeichnung von Menschen mit entsprechender sexueller Neigung eingeführt, wobei die Abkürzung „BDSM" alle Oberbereiche dieser sexuellen Spielart abdecken soll. „BD" steht hierbei für „Bondage & Discipline", also Fesselung und Disziplin; „DS" steht für „Dominance & Submission", also Dominanz und Unterwerfung, „SM" steht für „Sadism & Masochism", also das Zufügen sowie Erleiden von Schmerzen.

Jugendlichen und der Dekoration eines Partyraums mit alten Menschenknochen war die Palette der Anklagen und Skandale für de Sades Zeitgenossen herausstechend, gruselig und unverständlich.

Er selbst sah sich allerdings stets als zu Unrecht angeklagt und bestraft, war es in seiner durch aristokratische Denkgewohnheiten und eine gehörige Portion Egozentrik geprägten Wahrnehmung doch kein Verbrechen, Personen niederen Standes gegen Bezahlung zur Umsetzung der eigenen Phantasien „benutzen" zu können. Dass den hierfür engagierten Menschen offenbar immer wieder unklar war, worauf sie sich da eingelassen hatten, und da de Sade es auch nicht für notwendig erachtete, ihnen dies konkret vor den Handlungen mitzuteilen, war sicher einer der Hauptauslöser (neben Familienintrigen) für die Aktenbände füllenden Gerichtsprozesse gegen den Marquis. Ein gehöriger Empathiemangel, gepaart mit Rationalisierungen seiner Taten, war wohl der Grund dafür, dass de Sade selbst weder jemals Einsicht in sein anderen gegenüber mindestens grenzüberschreitendes, sexuell ausbeuterisches Verhalten zeigte noch auf den Gedanken kam, seine periodisch auftretenden Exzesse dieser Art endgültig zu beenden. Wie bei einem unartigen kleinen Junge war seine Reaktion auf jeden neuen Vorwurf und Skandal eine Mischung aus Leugnung, Verharmlosung und Selbstmitleid.

Doch im Gegensatz zu den sexuellen Monstrositäten und Schwerverbrechen, welche de Sade zahlreich in seinen Werken beschrieb, schien er im echten Leben gewisse ethische Grenzen für sich zu ziehen. So schreckte er definitiv vor Mord zurück und sorgte offenbar dafür, die Wunden der Personen, mit welchen er seine exzessiven Phantasien auslebte, auch zu versorgen. Trotz des ihm vorgeworfenen versuchten Giftmordes macht es insgesamt nicht den Anschein, als habe er je die Absicht gehabt, anderen Menschen dauerhaft Schaden zuzufügen.

Im Fall der „Giftmordaffäre" waren es wohl eher – wie so oft – Unvernunft und Leichtsinnigkeit, die den Marquis zu seinen Handlungen trieben, und nicht tatsächliche Tötungsabsichten. Vermutlich war de Sade sein Leben lang so sehr in seiner eigenen Gedanken- und Gefühlswelt gefangen, dass er tatsächlich nicht imstande war, richtig einzuschätzen, wie sehr er den von ihm mit Aussicht auf gute Bezahlung angeworbenen Menschen durch seine Handlungen temporär körperlich, aber vor allem auch dauerhaft psychisch schadete.

Aus psychologischer Sicht stellt sich die Frage, wodurch sich im Marquis die herausragende Egozentrik, sein auffälliger Empathiemangel und natürlich auch seine extremen sexuellen Phantasien und drängenden Bedürfnisse derartig stark entwickelten. Schaut man sich seine Biographie an, so bietet diese aus moderner Sicht einen insgesamt schlüssigen Ansatz für die de Sadesche Persönlichkeitsentwicklung, welcher wir heutzutage sowohl den Begriff „Sadismus" als auch sein erstaunliches, erschreckendes und in jedem Fall zum Nachdenken anregendes literarisches Werk verdanken.

Kindheit zwischen Laster und Heuchelei

Über die ersten Lebensjahre von Donatien-Alphonse-François de Sade lässt sich insgesamt nur wenig sagen. Seine Eltern schienen beide die Erziehung – wie damals unter Adeligen nicht unüblich – Angestellten übergeben zu haben. So waren sie selbst bei seiner Taufe nicht anwesend. Daher wohl wurde einer der eigentlich von den Eltern bestimmtem Vornamen des Jungen, welcher „Aldonse" lauten sollte, vom bei der Taufe anwesenden Diener fälschlich zu „Alphonse" uminterpretiert und so ins Taufregister eingetragen.

Seine ersten vier Lebensjahre verbrachte der kleine Donatien im Pariser Stadtpalast der hochadeligen Familie Condé. Einer der ersten Erwachsenen, denen Donatien in dieser Phase regelmäßig in seinem prächtigen Zuhause begegnete, war Charles de Bourbon-Condé, Comte de Charolais. Dieser hochadelige Prinz und Lebemann zog in dieser Zeit auch seinen eigenen Neffen, einen Urenkel Ludwigs des XIV. aus einer Verbindung mit dessen Mätresse Madame de Montespan, auf. Das Kind war nur vier Jahre älter als Donatien und eigentlich als strategisch vorteilhafter Spielkamerad für den jungen Marquis vorgesehen. Doch eine tiefere freundschaftliche Verbindung zwischen den Jungen entstand entgegen den Hoffnungen des – mit seiner Karriere anderweitig beschäftigten – Vaters de Sade nicht.

Stattdessen wirkte sich die Anwesenheit von Charles de Bourbon-Condé in den frühesten Lebensjahren des kleinen Donatien wahrscheinlich eher negativ auf die Entwicklung des Jungen aus. Der Prinz übertraf den künftigen erwachsenen Marquis de Sade nämlich um Längen in seiner Egozentrik, war er doch dafür bekannt, schwere Sexualstraftaten und sogar Morde recht leichtfertig und zum persönlichen Vergnügen zu begehen. Lediglich seine hochadelige Stellung bewahrte ihn vor Strafverfolgung, was er offenbar auch schamlos und konsequent ausnutzte. So soll ein französischer Herrscher (strittig ist, ob es Ludwig XV. persönlich oder der ihn in den acht Jahren vor seiner Mündigkeit in Amtsgeschäften vertretende Philippe II. de Bourbon war[2] [3]) das Treiben des schwerkriminellen Prinzen mit den Worten kommentiert haben: „Monsieur, die Gunst, die Sie von mir erbitten, schulde ich Ihrem Rang als Prinz edelsten Geblüts, ich würde sie aber noch viel lieber jemandem gewähren, der Ihnen Gleiches mit Gleichem vergilt." Offenbar diente eben dieser Prinz als eines von mehreren Vorbildern für die blutrünstigen Bösewichte in den späteren Werken de Sades.

Über den kleinen Donatien wurde schon in dieser frühen Phase seiner Kindheit gesagt, er weise eine „rasch aufflammende Leidenschaftlichkeit"[4] auf.

---

[2] Maurice Lever: *Marquis de Sade. Die Biographie,* München (Europa) 1995 S. 63.
[3] D. A. F. de Sade: *Die Philosophie im Boudoir,* Gifkendorf (Merlin-Verlag) 1995 S. 270.
[4] Volker Reinhardt: *De Sade oder Die Vermessung des Bösen,* München (C. H. Beck) 2014, Unterkapitel: *„Kindheit in der Provence"* (E-Book-Ausgabe).

So neigte er zu Wutausbrüchen und hatte einen ausgesprochenen Dickkopf – Eigenschaften, die er bis an sein Lebensende behalten sollte. Nach diesen ersten Jahren in zweifelhafter Gesellschaft und weitgehend frei von einer positiven, stabilen und Nähe spendenden Bindungsperson (die Mutter sah offenbar mit der Geburt des Jungen ihre mütterliche Pflicht als getan an) wurde Donatien mit vier Jahren aus der Großstadt Paris in die ländliche Region verschickt, aus der seine restlichen Verwandten väterlicherseits stammten: die Provence. Nach einem etwa einjährigen Aufenthalt bei der Großmutter wurde Donatien dieser potenziell positiven Bindungsperson entrissen. Der Vater entschied, er solle weiter von seinem Bruder, dem Abbé Jacques-François Paul Aldonse de Sade, erzogen werden. Dieser gebildete, geistliche Onkel Donatiens hatte in der Tat einen entscheidenden Einfluss auf den Jungen – allerdings völlig anders, als es sich Vater de Sade erhoffte.

Zwar war der Abbé offiziell den zölibatären Regeln der katholischen Kirche unterworfen, doch scherte er sich auf der Handlungsebene wenig darum. Gerne und häufig umgab er sich mit Edelprostituierten und feierte Sexpartys mit adeligen Nachbarn auf seinem Schloss Saumane. Donatien lernte in den fünf Lebensjahren, die er bei seinem Onkel verbrachte, dass die katholische Kirche eine Institution durchdrungen von Heuchelei und Doppelmoral war. – Eine Lektion, die den Jungen offenbar nachhaltig für den Rest seines Lebens prägte und in der sein späterer Atheismus begründet liegt. Die Bibliothek des Onkels, in der unter anderem sowohl pornographische als auch radikale politische Schriften zu finden waren, dürfte das ihrige zur Entwicklung der Lebensphilosophie des jungen Donatien beigetragen haben.

Dessen Bindung an seinen Onkel lässt sich wohl als ambivalent bezeichnen. Immerhin war der Abbé über fünf Jahre lang der einzige Elternersatz, den der Junge in seinem Alltag erlebte. Doch gleichzeitig war das Leben auf Schloss Saumane so sehr von offenkundiger Heuchelei geprägt, dass es den intelligenten Jungen zunehmend ärgern und seine Einstellung der Erwachsenenwelt gegenüber nachhaltig beeinflussen musste. Dies geht deutlich aus einem Brief hervor, den der erwachsene Marquis an seine Tante, eine Äbtissin, als Antwort auf deren Kritik an seinem ausschweifenden Lebensstil verfasste. Darin äußert er ganz klar, was er über seine Familie dachte und warum er sich in seinem rebellischen Gebaren gerade von dieser ganz bewusst nicht aufhalten lassen würde.

In besagtem Brief lässt sich der junge Ehemann de Sade zunächst über die Untreue einer verheirateten Tante aus, welche „öffentlich mit ihrem Liebhaber zusammenlebte", und findet dann drastische Worte zu seinem geistlichen Onkel, der ihm offensichtlich als unmoralisches Vorbild für sexuelle Grenzenlosigkeit diente: „Was den Herrn betrifft, von dem Sie ihre Neuigkeiten haben, so hält er sich, obgleich Priester, stets ein paar Huren im Haus. (...) Ist sein Schloss also ein Harem? Nein, es ist ein Bordell! Verzeihen Sie also meine Seitensprünge, die liegen nun einmal in der Familie".

Die Verbitterung über seine hypersexualisierte und aus krasser Doppelmoral bestehende Lebensumgebung in den entscheidenden Kindheitsjahren wird im weiteren Verlauf des Briefes sehr deutlich: „Und wenn ich mir etwas vorzuwerfen habe, dann, dass ich das Unglück hatte, in diese Familie hineingeboren zu werden. Möge Gott mich vor all den Lächerlichkeiten und Lastern bewahren, von denen es in ihrem Schoße nur so wimmelt. Ich würde mich schon fast für tugendhaft halten, wenn ich nur einen Teil davon übernehmen würde"[5].

Vom leidenschaftlichen Knaben zum gottlosen Mann

Der nächste gravierende Einschnitt im Leben des jungen de Sade erfolgte, als er zehn Jahre alt war: Aus der ländlichen Gegend der Provence wurde er nun erneut nach Paris verbracht, wo er zwischen dem zehnten und vierzehnten

[5] Volker Reinhardt, op. cit., Unterkapitel: *„Inszenierungen mit Laienspielern"* (E-Book-Ausgabe).

Lebensjahr das elitäre Jesuiten-Kolleg *„Louis-le-Grand"* besuchte. Ein Privileg, für das sein Vater immense Geldsummen aufwendete, in der Hoffnung auf eine glänzende militärische Karriere seines einzigen Sohnes. Dem längst zum selbstbezogenen Eigenbrötler mit überschwänglichem Temperament und noch überschwänglicherem Ego herangewachsenen Donatien fiel es nicht leicht, in der Gruppenordnung der Schule, gefüllt mit verwöhnten Adelssprösslingen, Anschluss zu finden. Umso mehr begeisterte ihn aber offenbar das Schultheater mit seinen dramatischen, christliche Märtyrergeschichten darstellenden Aufführungen. Die Ferien verbrachte der als auffällig attraktiv beschriebene Junge bei einer Ex-Mätresse seines Vaters. Diese spielte sich als seine Ziehmutter auf und schenkte dem Jungen vielleicht deutlich mehr Bewunderung und Aufmerksamkeit, als es für eine wirklich mütterliche Beziehung angemessen gewesen wäre.

An die Ausbildung im Jesuiten-Kolleg schloss sich der einjährige Besuch einer ebenfalls hochkarätigen Militärschule an. Mit fünfzehn wurde Donatien Unterleutnant und erlebte den Ausbruch des Siebenjährigen Krieges mit, wobei er sein in der Ausbildung erworbenes Wissen unmittelbar anwenden musste. – Ein Krieg, in dem der jugendliche de Sade kontinuierlich mit entsetzlicher Grausamkeit und Todesgefahr konfrontiert wurde, und den er bis zum Ende seiner Militärzeit miterlebte. Er war an mehreren Feldzügen beteiligt und erlangte auch einige Beförderungen. Diese Phase seiner Jugend bis hin ins junge Erwachsenenalter stellte wohl die endgültige Zementierung seiner bereits vorher angelegten, abgeklärten bis zynischen Weltanschauung dar und vor allem seines insgesamt negativen Menschenbildes.

Immerhin konnte der junge de Sade im Militär die für ihn so typischen Persönlichkeitseigenschaften zunächst erfolgreich einsetzen: Keine vier Wochen nach seinem sechzehnten Geburtstag nutzte er seinen Mut und sein überbordendes Selbstvertrauen, um sich bei der Erstürmung eines Forts auf der Insel Menorca besonders positiv hervorzutun. Dies wurde mit einer militärischen Auszeichnung für Tapferkeit vor dem Feind belohnt. Obwohl seine besondere Persönlichkeit ihm teilweise während des langen Krieges nützlich war, fiel er andererseits aber bereits damals auch negativ auf: Glücksspiel, Prostitution und Affären, welche im Militär weit verbreitete Laster darstellten, kostete der risikofreudige und kicksüchtige Donatien über die Schmerzgrenzen des väterlichen Vermögens hinaus aus. Auch damals schon ließ er sich längst nicht mehr von der Familie belehren oder in seine Schranken weisen – ebenfalls eine Eigenschaft, die den Rest seines Lebens maßgeblich prägen sollte.

Der rebellische, gutaussehende junge Mann wurde, frisch aus dem Krieg zurückgekehrt, mit der eher bodenständigen und keineswegs leidenschaftlichen Renée-Pélagie de Montreuil vermählt. Bei dieser Hochzeit waren – wie damals üblich – die Eltern der Brautleute die Initiatoren der Verbindung. Die Heirat stand unter dem Motto „Geld für Prestige“, denn die Brautfamilie war wohlhabend, aber bürgerlich, die Familie des Bräutigams dagegen altadelig, jedoch finanziell in Nöten. Alle hofften, dass sich der wilde Donatien während seiner Militärzeit hinreichend „ausgetobt“ hatte und nun – wie jeder „anständige“ adelige Ehemann – unter Zuhilfenahme diskret gelebter Affären seiner neuen Aufgabe als Gatte und Familienvater gerecht werden würde. Eine klar definierte Erwartung, die sich allerdings als unvereinbar mit der sehr speziellen Persönlichkeit des Marquis erweisen sollte.

Keine fünf Monate nach seiner Eheschließung zog der dreiundzwanzigjährige Marquis de Sade zum ersten Mal unangenehme Aufmerksamkeit auf sich, als ihn die Gelegenheitsprostituierte Jeanne Testard wegen schier unglaublicher sexueller Ausschweifungen anzeigte. Es war der erste einer langen Reihe von öffentlichkeitswirksamen Sex-Skandalen des Marquis, welche die französische Justiz über die nächsten Jahrzehnte kontinuierlich beschäftigen und seine gesamte Familie in unentwegte Verzweiflung stürzen sollten. Jeanne Testard gab dem Gericht gegenüber an, sich zwar als Prostituierte für de Sade zur

Verfügung gestellt zu haben, jedoch keinesfalls auf seine dann folgenden, unfassbaren Wünsche vorbereitet gewesen zu sein. Der junge Adelige habe ihr eine bizarre Ansammlung von Geißelungswerkzeugen, erotischen Darstellungen und religiösen Gegenständen gezeigt. Außerdem habe er ihr erklärt, Gottes Existenz unter anderem dadurch widerlegen zu können, dass er kürzlich beim Sex mit einer anderen Prostituierten zwei Hostien geschändet und dabei gerufen habe: „Wenn du Gott bist, räche Dich!"[6] – worauf keinerlei Reaktion erfolgt sei.

Offenbar noch nicht gesättigt von seiner epischen Herausforderung des christlichen Gottes, verlangte de Sade nun von Jeanne Testard, mit ihm gemeinsam im Kontext von sexuellen Handlungen Kruzifixe zu schänden und sich gegenseitig auszupeitschen. Dies alles war zuviel für die Gelegenheitsprostituierte, welche auch noch mit Nachdruck in Form von Todesdrohungen dazu bewegt werden sollte, für das erhaltene Geld nun endlich ohne Murren das komplette sexuelle Drehbuch des Marquis mit ihm durchzuspielen. Der sah sich wie immer im Recht: Geld für Sex und das zu seinen Regeln, war aus seiner Sicht ja schließlich so abgemacht gewesen. Warum die Prostituierte sich nun widersetzte, leuchtete ihm nicht ein. Als Adeliger empfand er es als völlig legitim, die aus seinem Blickwinkel doch recht harmlose „Dienstleistung" mit Nachdruck zu verlangen.

Immerhin habe er einige von ihr dann doch strikt abgelehnte Praktiken, wie das gegenseitige Auspeitschen oder eine Darmentleerung auf ein Kruzifix, auch nicht mehr durchgesetzt, gab die Geschädigte weiter an. Stattdessen bereitete es dem Marquis Vergnügen, ihr in den nächsten Stunden vermutlich von ihm selbst verfasste sexuelle und gotteslästerliche Texte vorzulesen. Wie total entsetzt Jeanne Testard bei alldem war, bemerkte de Sade ganz offensichtlich nicht. Anders ist nicht zu erklären, warum er sich nach dieser gemeinsamen

[6] Volker Reinhardt, op. cit., Unterkapitel: „*Erste Auffälligkeiten*" (E-Book-Ausgabe).

Nacht mit ihr für eine weitere Orgie, diesmal in einer Kirche, verabredete. Scheinbar nahm er an, alles sei zur gegenseitigen Zufriedenheit vergelaufen und er könne weitere „Dienstleistungen“ dieser Art erwarten.

Umso größer war seine Überraschung, als er zehn Tage später aufgrund der Anzeige von Jeanne Testard verhaftet und für zwei Wochen gefangengenommen wurde. Dies war der Auftakt einer jahrzehntelangen Reihe von ähnlich gearteten Vorfällen. Stets war der Marquis der Meinung, Personen aus niederen gesellschaftlichen Schichten zur Ausführung seiner stark ritualisierten, sexuellen „Drehbücher“ mit Geld angeworben zu haben und daher nichts Unrechtes getan zu haben. Dass er dabei immer wieder körperliche, sexuelle und emotionale Grenzen der Beteiligten deutlich verletzte, scheint er bis zu seinem Lebensende niemals wirklich begriffen zu haben.

Die Psyche de Sades

Die Geschichte von Donatien de Sade – der sich selbst im späteren Verlauf seines Lebens lieber Louis nannte – ließe sich in zwei Versionen erzählen: aus seiner ganz eigenen und sehr egozentrischen Perspektive heraus oder aus dem Blickwinkel all jener Menschen, die von seinen ungewöhnlichen Verhaltensweisen betroffen waren.

Den Betrachter seiner Biographie muss es zwangsläufig erstaunen, dass ein intelligenter, gebildeter und nachdenklicher Mensch wie de Sade sich immer wieder offenbar völlig lernresistent in ähnliche Schwierigkeiten brachte und dabei dennoch niemals ernsthaft selbstkritisch über seine Einstellungen und Verhaltensweisen reflektierte. Offenbar befähigte ihn die grundsätzlich gute intellektuelle Leistungsfähigkeit nicht dazu, aus seinen Fehlern zu lernen und gewisse Annahmen zu überdenken.

Besonders seine Tendenz, stets ausnahmslos andere für sein kontinuierliches eigenes Unglück in Form von Freiheitsentzug und zunehmender Verarmung verantwortlich zu machen, ist wohl das erstaunlichste Merkmal seines Lebenslaufs. Beinahe so unbegreiflich hartnäckig, wie seine Romanheldin „*Justine*" bis zu ihrem tragischen Ende an ihrer Tugend festhält, beharrte der Marquis darauf, niemals anderen Menschen wirklich Schaden zugefügt zu haben. Schließlich fristete er ein von Gesundheitsproblemen gebeuteltes Leben in Gefangenschaft, von seiner Frau und seinen Kindern verlassen. Bis zu seinem Ende sah er sich – wie es auch seine selbst gewählte Grabinschrift ausdrückt – als den „unglücklichsten aller Menschen"[7] an.

Aus moderner psychologischer Sicht, ist wohl de Sades herausragender Mangel an emotionaler Empathie – also Mitgefühl – der Schlüssel zu seiner dramatischen und tragischen Lebensgeschichte. Ein solches Manko kann unabhängig von einer sonst gut ausgeprägten intellektuellen Leistungsfähigkeit bestehen und auffälliges zwischenmenschliches Verhalten auch bei guter bis überdurchschnittlicher Intelligenz erklärbar machen[8]. Psychisch im statistischen Sinne „normale" Menschen werden unter anderem von den menschlichen Grundempfindungen Mitgefühl und Schuldgefühl davon abgehalten, stark unsoziale Taten zu begehen. Diese Empfindungen sind natürlich eingebaute Bremsmechanismen der Psyche, welche uns Menschen zu sozialen Wesen machen und die Funktionsweise der menschlichen Interaktion in Gruppen erst ermöglichen. Wären unsere stammesgeschichtlichen Vorfahren großteils egozentrische Einzelkämpfer gewesen, dann hätte es die Menschheitsgeschichte so nie gegeben.

Mit- und Schuldgefühl gehören also zur „Basisausstattung" des Menschen, sind in unterschiedlichen Individuen allerdings verschieden stark ausgeprägt.

---

[7] Volker Reinhardt, op. cit., Unterkapitel: „*Der Schandfleck*" (E-Book-Ausgabe).

[8] siehe vertiefend: Lydia Benecke: *Auf dünnem Eis: Die Psychologie des Bösen*, Köln (Lübbe) 2013.

Bei einigen wenigen Personen sind diese Empfindungen auch zum großen Teil unterdrückt oder im Extremfall sogar völlig ausgeschaltet. Solche Menschen fallen dann häufig durch Verhaltensweisen auf, die von ihrer Umwelt als egoistisch, schädlich bis hin zu kriminell eingestuft werden. Da das Gefühlsleben jedes Individuums seine Wahrnehmung und sein Denken beeinflusst, die wiederum entscheidenden Einfluss auf das Verhalten haben, ist „Empathiemangel" im Bereich der Forschung zu Verhaltensweisen, die als antisozial betrachtet werden, ein entscheidender Faktor. Sehr wahrscheinlich war sich der Marquis dieses Mangels in seinem Fall aber nicht im Geringsten bewusst.

Er selbst hatte gewisse ethische Richtlinien, an die er sich auch hielt, und sah sich daher keinesfalls als Bösewicht an. Die Schurken in seinen Geschichten haben Freude daran, unschuldige Menschen zu vergewaltigen, ihnen dauerhafte krasse körperliche Verwundungen zuzufügen und sie sogar auf brutalste Weise zu töten. Derlei hat der Marquis de Sade niemals getan, und er distanzierte sich auch ganz klar davon. Er sah einen deutlichen Unterschied zwischen seinen extremsten Phantasien und der Realität. Selbst bei seinen krassesten und teils vor Gericht diskutierten Orgien bestand er offenbar nie darauf, alles durchzuführen, was ihm in seinen „sexuellen Drehbüchern" im Rahmen der Realität vorschwebte. Zwar versuchte er zuweilen sogar mit – offenbar niemals ernst gemeinten – Todesdrohungen, die von ihm engagierten „Darsteller" seiner „Sexdrehbücher" zu gewissen Handlungen zu bewegen. Bei deren standhafter Weigerung, einige der verlangten Praktiken durchzuführen, ließ er aber von seinem Wunsch ab. In seiner Wahrnehmung gehörten die Todesdrohungen wahrscheinlich sogar gelegentlich zum von ihm erdachten „Drehbuch" dazu. Allerdings konnte er vor sich selbst vertreten, doch auf tatsächlicher Handlungsebene so „entgegenkommend" gewesen zu sein, dass er bei der Umsetzung seiner Phantasien Abstriche zu machen bereit war.

Dass alles, was für ihn noch einen „harmlosen sexuellen Rahmen" darstellte, für einige seiner bezahlten Sexualpartner aber nicht im Entferntesten „normal" oder „unverfänglich" war, begriff er einfach nicht. Schließlich muss er zwischendurch immer wieder auch seine „Drehbücher" mit diversen Prostituierten durchgespielt haben, ohne dass diese ihn jedes Mal anzeigten. Nach dem Motto: „Die anderen Prostituierten haben sich doch auch nicht so angestellt, wo soll denn hier das Problem sein?", war er nicht in der Lage, zu differenzieren. Was ein Mensch in Ordnung findet, muss ein anderer noch lange nicht ebenso empfinden. Diese differenzierte Sichtweise kam – was seine bezahlten Sexualpartner aus niederen Ständen anging – aber niemals in der Gedankenwelt des Marquis an.

Ein weiterer Faktor, neben den vermutlich sein Weltbild bestätigenden Erlebnissen mit Prostituierten, die ihn nicht anzeigten, war seine eigene devote und masochistische Seite. Es ist überliefert, dass er in Rollenspielen sogar einen männlichen Diener seine eigene Rolle – also die des Marquis – spielen ließ und sich selbst dann in die Position des Lakaien begab. In dieser ließ de Sade sich von seinem Hausknecht anal penetrieren und auspeitschen. Er verspürte also ebenfalls sexuelle Lust dabei, sich selbst in eben jene Rolle zu begeben, die er auch von seinen bezahlten Sexualpartnern verlangte. Diese Handlungen passiv zu erleben, empfand de Sade als persönlich anregend und insgesamt harmlos – vor allem gemessen an den außerordentlich brutalen Phantasien, welche seine Werke durchziehen. Wahrscheinlich gerade weil er die Rolle des devoten und masochistischen Parts auch selbst immer wieder gezielt erlebte, konnte er umso weniger nachvollziehen, dass etwas, das für ihn eine „harmlose Spielerei" war, bei anderen Menschen in derselben Position schon grauenvolles Entsetzen auslöste.

Dass er einen nachhaltigen Mangel an Mitgefühl aufwies und dieser auch wohl die tieferliegende Ursache für seine wiederholten Fehleinschätzungen war, wurde de Sade niemals bewusst. Dies ist nicht ungewöhnlich, denn Menschen mit Empathieverminderung im emotionalen Bereich sind sich häufig lange nicht darüber im Klaren und wundern sich nur über die für sie nicht nachvollziehbaren Reaktionen ihrer Umwelt. Wenn solche Persönlichkeiten stark zur Selbstreflexion neigen oder in eine Therapie kommen, so können sie irgendwann lernen, dass ihre eigene Gefühlswelt deutliche Unterschiede zu der vieler ihrer Mitmenschen aufweist. Manche hiervon betroffene Personen nutzen ihre gewonnene Einsicht dann dazu, besser auf die – für sie selbst so nicht nachempfindbaren Grenzen – anderer Individuen zu achten. Das gilt allerdings nur, wenn sie die rationale Entscheidung treffen, diesen Mitmenschen nicht schaden zu wollen. Andere können ihr dahingehendes Wissen aber auch bewusst zu egoistischen Zwecken einsetzen[9].

Für mich stellt sich die interessante Frage, wofür sich de Sade wohl entschieden hätte, wenn er beispielsweise in eine Therapie gekommen wäre, die ihm hätte vermitteln können, warum seine subjektive Wahrnehmung die Ursache für seine fortwährenden eigenen Probleme und die Schädigung einiger seiner Mitmenschen war. Vermutlich wäre ihm dies nicht völlig egal gewesen, denn de Sades größte persönliche Stärke war wohl die, dass er trotz aller Egozentrik einfach kein „böser" Mensch sein wollte. Er unterstützte fünf Familien mit Almosen, er trat als Erster in Frankreich öffentlich gegen die Todesstrafe ein und hat mehrere Personen selbstlos aus Lebensgefahr gerettet. Niemals kam er auf die Idee, andere Menschen zu verstümmeln oder zu töten – wie es in seinen Büchern aber gängige Praxis ist, und was ihn wohl auch auf der Phantasieebene sexuell erregte. Er selbst äußerte sich dazu: „Ich habe mir alles ausgedacht, was sich in dieser Richtung ausdenken lässt, aber ich habe sicherlich nicht alles getan, was ich ausgedacht habe, und werde es bestimmt auch niemals tun"[10].

Auch die Ursachen für seine ungewöhnliche Art zu empfinden und wahrzunehmen hätte ein Therapeut mit modernem psychologischem Wissen dem Marquis vermitteln können. Im Fehlen einer stabilen, dauerhaft auf ihn

---

[9] siehe vertiefend: Lydia Benecke: *Sadisten: Tödliche Liebe - Geschichten aus dem wahren Leben*, Köln (Lübbe) 2015.

[10] Simone de Beauvoir: *Soll man de Sade verbrennen?*, Reinbek bei Hamburg (Rowohlt) 1983, S. 26.

einwirkenden, positiven Bindungsperson bis zu seinem fünften Lebensjahr liegt wohl der Ursprung seines starken Empathiemangels. Zwar war es damals üblich, Adelssprösslinge nicht von ihren Eltern erziehen zu lassen, doch viele solche Kinder hatten immerhin kontinuierlich eine Amme als stabile Bezugsperson an ihrer Seite und sahen gelegentlich ihre Eltern. Der Marquis lebte zwar anfangs in der Nähe seiner leiblichen Mutter, doch diese war offenbar vom ersten Tag an nicht in der Lage, irgendeine Bindung zu ihrem Sohn aufzubauen. Dies mag mitbedingt gewesen sein durch den wohl sehr unglücklichen Verlauf ihrer Ehe mit de Sades Vater.

Anstelle einer kontinuierlichen Amme erfuhr der Marquis von klein auf den ständigen Wechsel unterschiedlicher Bezugspersonen. Die ersten drei bis fünf Lebensjahre gelten aus heutiger Sicht als extrem entscheidend für die Entwicklung des emotionalen Systems des Menschen – Jahre, in denen die Lebensumgebung des jungen Donatien de Sade sich ganz klar ungünstig für die emotionalen Bedürfnisse eines kleinen Kindes darstellte. So sind die Berichte, er sei ein „leidenschaftlicher" Junge mit häufigen Wutausbrüchen gewesen, bereits die ersten Anzeichen für Auswirkungen seiner frühkindlichen Bindungstraumata.

Bereits auf diese Weise negativ vorgeprägt, waren auch die folgenden fünf Jahre bei seinem geistlichen Onkel nicht unbedingt förderlich für die emotionale Nachreifung im Bereich der Empathie. Der Onkel war zwar immerhin kontinuierlich als Ersatzvaterfigur anwesend, doch sein Verhalten muss auf ein kleines Kind ebenso verstörend gewirkt haben wie die Inhalte seiner Privatbibliothek. Der junge Marquis konnte beobachten, dass die Dorfbevölkerung – mit deren Kindern er spielen durfte – einem tiefreligiösen Glaubenssystem anhing, welches sein Onkel als Repräsentant eben dieses Glaubens durch seine Handlungen mehr als ad absurdum führte. Der Abbé muss ihm daher als Vertreter allergrößter Heuchelei erschienen sein. Der Glaube und somit auch die Werte der einfachen, frommen Menschen erschienen in diesem Lichte als deprimierende, alberne Dummheit.

Eine logische Konsequenz dieser bis zum zehnten Lebensjahr bereits erfolgten Persönlichkeitsprägung war denn auch de Sades Außenseiterrolle in der Eliteschule. Er muss sich zu diesem Zeitpunkt bereits für sehr viel klüger und erfahrener gehalten haben als seine Mitschüler – womit er teilweise auch Recht gehabt haben könnte. Hilfreiche, seine egozentrische Gefühls- und Gedankenwelt korrigierende zwischenmenschliche Erfahrungen machte er an diesem Ort jedenfalls nicht. Stattdessen markierten die Theateraufführungen vom Leiden der christlichen Märtyrer wohl spätestens den Anfang seiner mit Gewalt und Todesphantasien gemischten sexuellen Drehbücher. Den Hass auf die Heuchelei seines Onkels besetzte er offenbar auch mit erotischen Gefühlen, was zu seiner gesteigerten Erregung bei blasphemischen Sexualakten führte.

De Sades sehr extreme Phantasiewelten – die er zum Glück lediglich in seinen Schriften in dieser Form auslebte – gingen deutlich über die typischen Phantasieinhalte von Menschen mit BDSM-Neigung hinaus. Ursache dieser radikalen Phantasien, ebenso wie seines Empathiemangels, seiner Egozentrik und narzisstischen Selbstüberschätzung, waren sicherlich seine frühkindlichen Bindungstraumatisierungen, gemischt mit der kontinuierlich hypersexuell und von Doppelmoral geprägten Lebensumgebung bei seinem Onkel. Grausame Erlebnisse während des Siebenjährigen Krieges dürften die bis dahin bereits auffällig geformte Persönlichkeit des Marquis de Sade vollends auf dem bereits eingeschlagenen Weg verstärkt und gefestigt haben.

Den jungen Mann nach einer solchen Geschichte voller für die Psyche extrem ungünstiger Lebensbedingungen in eine konservative Ehe zu schicken und zu glauben, er werde sich dadurch „normalisieren“, war aus wissenschaftlicher Sicht eine offensichtlich zum Scheitern verurteilte Hoffnung. Egal, wie charmant, eloquent und gebildet der junge Marquis de Sade auch auftreten konnte, seine sehr speziellen Gefühls- und Gedankenwelten trennten ihn deutlich und dauerhaft von vielen seiner Mitmenschen.

Diese ganz besondere Mischung einer von ungewöhnlichen Lebensbedingungen geprägten Kindheit und Jugend mit der guten Intelligenz des Marquis und seinem Bildungsstand – nicht zuletzt durch die Bibliothek und das Verhalten seines Onkels geformt – sind wohl die Grundlage für die Inhalte seiner Werke. Themen, Emotionen und sexuelle Phantasien, welche ihn selbst stark beschäftigten, transformierte er in Form von Schriften und Theateraufführungen ebenso wie in Gestalt seiner drehbuchartigen Orgien in die Realität. Wäre der Marquis nicht ein so künstlerisch begabter, kreativer und gleichzeitig intelligenter Mensch gewesen, so hätte er womöglich noch deutlich mehr Grenzen seiner Mitmenschen überschritten und wäre nicht als rebellischer Literat, sondern vielleicht sogar als Serienmörder in die Geschichte eingegangen. Wahrscheinlich waren seine diversen künstlerischen Ausdrucksformen ein sehr wichtiges Ventil für seine drängenden Empfindungen und Vorstellungen.

Somit können wir aus der Perspektive der modernen Psychologie sogar Mitgefühl aufbringen für einen Menschen, der weder die Ursachen noch die Auswirkungen seiner ganz besonderen Persönlichkeit jemals verstanden hat, jedoch im Rahmen seiner Möglichkeiten das Beste tat, was er konnte, um nicht einer jener „Bösewichte“ zu werden, die so zahlreich seine sexuellen Phantasiewelten und literarischen Werke bevölkern. De Sade hielt seine eigenen ethischen Spielregeln ein. Leider redete er sich dabei auch vieles schön, weil er die Kluft zwischen seinem Empfinden und dem seiner Mitmenschen niemals ausreichend durch seine intellektuelle Begabung allein überbrücken konnte. In einigen von ihm hinterlassenen Schriftstücken ist seine Sehnsucht nach vollkommener Liebe und Verbundenheit ebenso wie seine schwere Enttäuschung über die frühe Erkenntnis, dass es weder einen Gott noch Gerechtigkeit in der Welt gibt, deutlich erkennbar.

Angesichts seiner vielen Auffälligkeiten und seines insgesamt negativen Menschenbildes kann man dem Marquis de Sade positiv zugutehalten, dass er vor allem in seinen künstlerischen Ausdrucksformen ein nicht allzu sehr seine Mitmenschen schädigendes Ventil für seine düsteren Innenwelten suchte und fand.

Lydia Benecke in Köln, zur fünften Jahreszeit 2015/16.

Zu dieser Ausgabe

Aus einer sinnlosen Furcht heraus befasst der Schriftsteller sich mit Lappalien, die jedem Narren geläufig sind, und wagt es nicht, mit kühner Hand in das menschliche Herz zu greifen und seine ungeheuerlichen Verirrungen unseren Blicken darzubieten.
de Sade, Justine

Es scheint das Schicksal des „berüchtigsten Buchs der Weltliteratur“[11] zu sein, der Nachwelt in lange verschollenen Manuskripten und nur auf verschlungenen Pfaden überliefert zu werden. De Sade begann sein Werk ungefähr im Jahr 1782 während seiner Gefängnishaft in der Zwingburg von Vincennes und vollendete es 1785 im *Zweiten Turm der Freiheit* der Bastille, in die er am 29. Februar 1784 überführt worden war. Den Text notierte er (als Reinschrift älterer Aufzeichnungen) auf zahlreiche Einzelblätter in winzig kleinen Buchstaben und klebte die Zettel schließlich zu einer großen, über zwölf Meter langen Rolle zusammen. Dieses Manuskript verbarg er sorgfältig vor den Augen seiner Wärter in Mauerlöchern, aber auch in eben- und rosenhölzernen „Godemichés“, die er für autoerotische Zwecke benutzte.

Trotz dieses beachtlichen Aufwands blieb das Gros seines Romans, nämlich der zweite, dritte und vierte Teil, lediglich der Entwurf des endgültigen Buchs, und auch der ausformulierte erste Abschnitt stellt laut de Sades eigener Aussage noch nicht die definitiv überarbeitete Fassung dar. Papiermangel und die sonstigen Widrigkeiten der Haftbedingungen dürften der Grund für diesen Umstand sein. Als de Sade am 04. Juli 1789 überraschend nach Charenton überstellt wurde, konnte er dieses und andere Manuskripte nicht mitnehmen, und kurz darauf, beim Sturm auf die Bastille am 14. Juli desselben Jahres, wurden zahlreiche seiner Schriften vernichtet. Seither war die Urschrift der *120 Tage* verschollen, und de Sade weinte, wie er sagte, zeitlebens „blutige Tränen“ über diesen Verlust.[12]

---

[11] Volker Reinhardt: *De Sade oder Die Vermessung des Bösen*, München (C. H. Beck) 2014, S. 191.
[12] Die wechselvolle Lebensgeschichte Sades wird am besten in folgenden Biographien aufgearbeitet: Maurice Lever, *Marquis de Sade. Die Biographie*, München (dtv) 1995; Walter Lennig, *de Sade*, Reinbek bei Hamburg (Rowohlt) 1965 u. ö. sowie bei Volker Reinhardt op. cit.

Gerüchte über die Existenz vermisster Handschriften de Sades gab es schon früh. Der schärfste Kritiker des Marquis und sein größter Konkurrent auf dem Gebiet des zeitgenössischen pornographischen Büchermarkts, Rétif de la Bretonne (1734-1806), kamen sie anscheinend zu Ohren, und er äußerte sich 1797 entsetzt über ein Buch, das „wenn es jemals erscheinen sollte, worauf ich mich in diesem demoralisierten Jahrhundert gefasst mache, (…) die größten Verbrecher schauern machen (wird)."[13] Allerdings handelte es sich hierbei augenscheinlich um ein anderes Werk seines Kontrahenten, das der Nachwelt ebenfalls nicht erhalten geblieben ist.

Das weitere Schicksal von de Sades Schriftrolle, die keineswegs vernichtet war, beschreibt ihr späterer Entdecker, der Pionier der Sexualforschung, Ivan Bloch (1872-1922), folgendermaßen:

„Kehren wir jetzt zu dem Ur-Manuskript dieses Werkes, das noch heute existiert, zurück und dessen genauer Titel, am Anfange des ersten Teiles, lautet: *Les 120 journées de Sodome ou l'École du Libertinage.* Es gehörte zu denjenigen Handschriften, die de Sade bei seiner Fortführung aus der Bastille dort zurücklassen musste. (Die Legende berichtet, dass er gerade auf dieses Manuskript sehr erpicht gewesen und noch einmal zurückgestürzt sei, um es zu holen. Aber es sei schon verschwunden gewesen.) Armoux de Saint Maximin soll es einige Tage später, bei der Zerstörung der Bastille, in dem ehemals von de Sade bewohnten Zimmer aufgefunden haben. Jedenfalls ist sicher, dass es in seinem Besitze sich befand und dass er es dem Großvater des letzten Besitzers, dem Marquis de V., übergab. (Vergl. die authentische Darstellung bei Pisanus Fraxi: *Index librorum prohibitorum,* London 1877, S. 422-424.) Dieser Marquis de V. ist der Marquis von Villeneuve-Trans, in dessen Familie das Manuskript drei Generationen hindurch verblieb, um dann, von mir entdeckt, durch Vermittelung eines Pariser Buchhändlers an einen deutschen Amateur, den ich darauf aufmerksam machte, für eine hohe Summe verkauft zu werden. Die früheren Besitzer hatten das Manuskript streng gehütet und es nur wenigen Personen, darunter zwei Freunden von Pisanus Fraxi, gezeigt. Der nähere Inhalt desselben ist nie bekannt geworden, selbst nicht den früheren Besitzern. Eine Kopie, die in den fünfziger Jahren des 19. Jahrhunderts versucht wurde und

[13]Zitiert nach: Dr. Eugen Dühren (d. i. Ivan Bloch): *Neue Forschungen über den Marquis de Sade und seine Zeit*, Berlin 1904, S. 385.

mir ebenfalls vorliegt, kam wegen der Schwierigkeit der Entzifferung des Originales nicht über den ersten Anfang hinaus und reicht nur bis zum 5. Tage der Erzählung.

Ich habe das nun in Deutschland befindliche Originalmanuskript einer genauen Prüfung unterzogen und gebe auf Grund derselben folgende Beschreibung davon: Es besteht aus einer langen Papierrolle (das Papier ist mit einem Wasserzeichen von vier senkrechten Linien versehen), die sich zusammensetzt aus lauter kleinen, sorgfältig aneinander geklebten einzelnen Blättern von 11 cm Breite. Das Ganze bildet eine 12m, 10cm lange Rolle, die auf beiden Seiten beschrieben ist, so dass eine „première" und eine „deuxième" bande herauskommt, wie de Sade selbst im Texte diese beiden Seiten voneinander unterscheidet. Stellenweise, namentlich am Anfang, ist das Papier fleckig, durch die Einwirkung einer Flüssigkeit (Wein?).

Der Text des Manuskriptes ist durchweg in der bekannten, charakteristischen, zierlichen Handschrift des Marquis de Sade geschrieben, und zwar mit mikroskopisch kleinen Buchstaben, da er offenbar nicht viel Papier zur Verfügung gehabt hat. Wer einmal diese Handschrift im Originale gesehen hat, wird sie sofort wiedererkennen. So eigentümlich charakteristisch ist sie. Namentlich fällt seine sonderbare spitzige Schreibweise des p, des g, des r auf. Sehr treffend hat ein genauer Kenner der Handschrift, mit pikanter Anspielung auf den Inhalt der de Sadeschen Schriften, dieselbe als aus lauter Lancetten zusammengesetzt bezeichnet. Dieses Urteil stammt von einem Archivbeamten de Sevigne, wie der frühere Besitzer des von uns erwähnten Manuskriptentwurfs *Les journees de Florbelle* unter dem 1. August 1847 am Ende dieses letzteren vermerkt hat. In der Tat sind es lauter kleine spitze Messerchen, die uns aus der Handschrift des Marquis de Sade wie drohend entgegenstarren. (...) Als Kuriosum sei erwähnt, dass der letzte französische Besitzer das Manuskript in einer extra angefertigten eigenartigen gedrechselten Holzkapsel (mit aufschraubbarem Deckel), die die Form eines – Priap[14] hat, aufbewahrt hat."[15]

---

[14] Phallus.

[15] Dühren/Bloch 1904, S. 389 ff.

Nachdem die Handschrift also um 1900 in Deutschland wieder aufgetaucht war und Ivan Bloch eine kurze Zusammenfassung veröffentlicht hatte[16], erschien 1904 der Erstdruck[17]. Führende Surrealisten studierten später in der Villa Noailles in Hyères das originale „Anuskript", das zu einer wichtigen Inspirationsquelle ihrer Bewegung werden sollte, und in Georges Batailles Zeitschrift *Documents* erschien 1929 erstmals eine Photographie der Schriftrolle.

Danach blieb das Original längere Zeit erneut verschollen. Der Sammler Gérard Nordmann (1930-1992) hatte es mittlerweile erworben, wobei es möglicherweise zuvor von einem Zwischenhändler gestohlen worden war.[18] Erst 2004 wurde de Sades Schriftrolle in der *Foundation Bodmeriana* in Cologny bei Genf als Teil der *Erotica-Sammlung Nordmann* zum ersten Mal öffentlich ausgestellt. Zehn Jahre später verkaufte man sie für 7 Millionen Euro nach Paris, wo sie sich seit dem de Sade-Jubiläumsjahr 2014 im *Musée des Lettres et des Manuscrits* befindet, in jener Stadt, in der sie einst geschrieben wurde.

Auch die Editionshistorie verlief wechselvoll. Die Erstausgabe geriet aufgrund der Textbeschaffenheit wenig zufriedenstellend. Ivan Bloch, der diese Publikation unter dem Pseudonym Dr. Eugen Dühren vornahm, beschreibt die Probleme bei der Abschrift der Manuskriptrolle folgendermaßen: „Die äußerst schwierige Entzifferung der mikroskopisch kleinen, nur mit der Lupe lesbaren Handschrift, die außerdem stellenweise durch Flecke fast unleserlich geworden ist, hatte, wie erwähnt, eine Abschrift bisher als unlösbares Unternehmen erscheinen lassen. Es ist jedoch einem tüchtigen deutschen Romanisten gelungen, diese Aufgabe in vollem Umfange zu lösen."[19]

Grundsätzlich stand bei Dühren/Bloch im Vordergrund, dass er mit den *120 Tagen* die allererste *Psychopathia sexualis* noch lange vor dem Werk Richard von Krafft-Ebings (1840-1902) gefunden zu haben glaubte (was sich durchaus mit zentralen Anliegen de Sades deckt), so dass literarische Gesichtspunkte bei

---

[16] Dühren/Bloch 1904, S. 393-414.

[17] *Les 120 journées de Sodome ou l'école du libertinage par le Marquis de Sade. Publié pour la première fois d'après le manuscrit original avec des annotations scientifiques par le docteur en médecine Eugène Dühren.* [d. i. Ivan Bloch]. Paris: Club des Bibliophiles, Berlin: Max Harrwitz MCMIV.

[18] Stefan Zweifel/Michael Pfister: *Shades of Sade. Eine Einführung in das Werk des Marquis de Sade*, Berlin (Matthes & Seitz) 2015, S. 152.

[19] Dühren/Bloch 1904, S. 392 f.

seiner Edition vollständig in den Hintergrund traten. „Bloch/Dühren liest den Marquis de Sade eben gerade nicht als literarästhetisch empfindsame Seele; es geht genau nicht um Stil, Schriftstellerei oder um die Freuden beziehungsweise die Bizarrien der Lektüre.“[20]

Der de Sade-Forscher Maurice Heine konnte daher alleine im ersten Teil des Buchs weit über 1000 Fehler nachweisen. Aus diesem Grund brachte Heine ungefähr dreißig Jahre nach der Erstveröffentlichung eine korrigierte und überarbeitete Neuausgabe heraus.[21] In den 1950er Jahren publizierte der Pariser Verleger Jean-Jacques Pauvert (1926-2014) davon wiederum einen Nachdruck im Rahmen einer de Sade-Werkausgabe, der ihm jedoch einen berühmt gewordenen Gerichtsprozess wegen der Verbreitung anstößiger Lektüre bescherte[22]. In dessen Folge wurde er trotz der Fürsprache namhafter Intellektueller wie Jean-Paul Sartre, Simone de Beauvoir, André Breton, Georges Bataille und vielen anderen zu einer Geldstrafe von 200.000 Francs und zur Vernichtung der bereits gedruckten Bücher verurteilt. Eine spätere Instanz hob das Urteil zwar auf, lange Zeit galt in Frankreich jedoch die Maxime, dass de Sades Schriften nicht einer breiteren Öffentlichkeit zugänglich gemacht werden durften. Seine später neu edierten gesammelten Werke erschienen daher noch in den 1960er Jahren nur in einer strikt limitierten Auflage, um lediglich ein kleines, überschaubares Fachpublikum zu erreichen[23]. Erst lange danach erhob man den „göttlichen Marquis“ (Guillaume Apollinaire) durch die dreibändige Ausgabe innerhalb der Reihe *Bibliothèque de la Pléiade*[24] in den Rang eines Klassikers und nahm ihn so endgültig in den offiziellen Kanon der französischen Nationalliteratur auf.

---

[20] Ursula Pia Jauch: *Wie deutsch ist der Sadismus?*, in: Ursula Pia Jauch: *Sade. Stationen einer Rezeption*, Berlin (Suhrkamp) 2014, S. 454.

[21] *Édition critique établie sur le manuscrit original autographe par Maurice Heine.* 3 Bde. Paris (S. et C.) 1931-1935.

[22] Siehe z. B.: George Bataille: *Sade und die Moral*, Berlin (Matthes & Seitz) 2015, S. 63-70.

[23] *Œuvres completes. Édition définitive. Édition établie sur les originaux imprimés ou manuscrits, accompagnée d'études de plusieurs écrivains (ANTOINE ADAM, GEORGES BATAILLE, MAURICE BLANCHOT, JEAN-JACQUES BROCHIER, JEAN FABRE, MAURICE HEINE, A. HESNARD, PIERRE KLOSSOWSKI, GILBERT LELY, PIERRE NAVILLE, HENRI PASTOUREAU, GAËTAN PICON, CAMILLE SCHUWER) et précedée de la vie de l'auteur, avec un examen de ses ouvrages, par GILBERT LELY.* 15 Bde. Paris (Cercle du livre précieux) 1962-1964. *Les 120 journées de Sodome* befinden sich hier in Band 13.

[24] Paris 1990, 1995 und 1998. *Les 120 Journées de Sodome* sind hier in Band 1.

Die deutschsprachige Editionsgeschichte gestaltete sich ebenfalls sehr unbefriedigend. Zwar erschien bereits 1909 (anderen Angaben ist das korrekte Datum 1908) eine Übersetzung der *120 Tage* auf dem Markt[25]. Leider krankte diese Ausgabe aber zwangsläufig an den bereits geschilderten Mängeln der französischen Erstveröffentlichung, auf der sie ja schließlich basierte. Verschlimmert wurden diese Schwächen noch durch Unsicherheiten bei der Übertragung bis hin zu vielfältigen, groben Übersetzungsfehlern. Das alles führte zu einem sperrigen, holzschnitthaft wirkenden und letztlich seelenlosen, öden Text, der sich dem Leser im Grunde nur als ein Katalog von Abscheulichkeiten präsentiert. Zahlreiche Auslassungen, die Streichung vieler blasphemischer Passagen sowie manche Abmilderung besonders drastischer Stellen trugen ihr Übriges zum unerfreulichen Ergebnis bei. Von de Sades Ironie, seinem triefenden Sarkasmus sowie seiner sprachlichen Eleganz blieb ebenfalls kaum etwas übrig. Auch bei dieser Publikation standen eindeutig keine literarischen Erwägungen im Vordergrund, sondern einerseits wissenschaftliches Interesse und auf der anderen Seite der Aspekt des Tabubruchs. Das führte dazu, dass man hierzulande de Sade nur als Skandalon und nicht als Schriftsteller oder gar Philosoph wahrnahm: „Es ist bezeichnend für die deutsche Sade-Rezeption, dass man Sade zwar ediert, ihn aber im gleichen Atemzug einen schlechten, langweiligen Schriftsteller schimpft. Er interessiert als psychopathologischer Fall – ein Rezeptionsstrang, der um die Jahrhundertwende in Deutschland entstanden ist und der, ohne dass man sich dessen bewusst ist, das deutsche Sade-Bild bis heute prägt und Sade mit dem landläufigen ‚Sadismus' gleichsetzt, was nichts anderes ist, als den Marquis am Schwanz aufzuzäumen: Das Geniale bei Sade wird ausschließlich auf das Genitale beschränkt."[26]

---

[25] *Die hundertzwanzig Tage von Sodom oder die Schule der Ausschweifung. Übers. von Karl von Haverland.* 2 Bde. Leipzig 1909 (Privatdruck). („Dieses Buch wurde im Jahre 1909 in Leipzig als Privatdruck des Verlegers in einer Auflage von sechshundertfünfzig in der Maschine numerierten Exemplaren für Subskribenten hergestellt. Die künstlerischen Entwürfe zu diesem Bande zeichnete Karl Maria Diez in Rosenburg. Die ersten dreißig Exemplare wurden auf echtem Büttenpapier abgezogen und in Ganzpergament gebunden ...") (Hayn/Gotendorf VII, 28, gibt Wien 1908, dem Verlagsprospekt zufolge, als Publikationsdaten an.)

[26] Zweifel/Pfister, in: Jauch 2014, S.340.

Erst in den 1960er Jahren veröffentlichte der Hamburger *Merlin-Verlag* eine de Sade-Werkausgabe, in deren ersten Band eine kleine, neu übersetzte Auswahl aus einzelnen Passagen der *120 Tage* auftauchte.[27] Zwar sind diese Abschnitte deutlich stilsicherer übersetzt als die Haverland-Version. Trotzdem handelt es sich hierbei nur um winzige Bruchstücke des Originaltextes, die zusammengenommen noch nicht einmal ein Grundgerüst des Gesamtwerks bilden.

Tatsächlich handelt es sich bei diesen beiden Übertragungen um die einzigen, die bis heute in deutscher Sprache erschienen sind. Sie wurden vielfach nachgedruckt und dabei sogar häufig noch drastischer gekürzt und verfälscht, so dass der hiesige Leser immer nur mit extrem mangelhaften Texten vorlieb nehmen musste. Stefan Zweifel und Michael Pfister beschreiben daher ein Grundproblem der Sade-Lektüre: „(…) nämlich den Umstand, dass Sade nicht gelesen wird, oder wenn, dann nur in den verdaubareren, halbherzigen Fassungen, die es dem Leser einfacher machen, dem sogenannten ‚Sade-Effekt' (Michel Tort), jener auch von Coulet angeführten, gegen den Leser gerichteten Aggression auszuweichen und sich der Verunsicherung durch den Text zu entziehen."[28]

In den 1930er Jahren entstand aber zur Zeit des heraufdämmernden Nationalsozialismus im Verborgenen eine bislang unbekannte deutsche Übersetzung. Ihr Urheber, der 1888 in Köln geborene Konrad Haemmerling, hatte sich da bereits einen Namen als Skandalautor erworben. Er schrieb unter verschiedenen Pseudonymen, von denen Curt Moreck das bekannteste ist. Andere sind: Dr. Retex, Beatus Rhein, Konrad von Köln, Arbiter Novus, Kurt Romer, Sigbert Romer und Konrad Merlin(g).

Ursprünglich wollte Haemmerling/Moreck Schauspieler werden, aber spätestens seit er 1918 die homosexuell gefärbte Erzählung *Die Pole des Eros* veröffentlicht hatte, wandte er sich der Schriftstellerei, dem Übersetzen und dem Verfassen vielfältiger sittengeschichtlicher Fachprosa zu mit Themen wie

---

[27] *Die 120 Tage von Sodom, oder die Schule der Libertinage.* [Stark gekürzt.] Übersetzt von P. M. Ladiges. In: *Ausgewählte Werke,* Bd. 1, Hg. von Marion Luckow, Hamburg (Merlin-Verlag), 1962-1965.
[28] Stefan Zweifel/Michael Pfister: *Sade zwischen Justine und Juliette,* in: Jauch 2014, S. 335.

z. B. *Die Frau als Rauschgiftsüchtige*[29]. Ein Jahr später erschien seine Umdichtung von Paul Verlaines *Femmes*, und 1929 festigte er seinen Ruf als Erotograph durch seinen *Führer durch das lasterhafte Berlin*. Sein bekanntestes Werk ist der 1938 erschienene Roman *Der Mann, der Shakespeare hieß*.

Haemmerling/Morecks Übersetzungen, von denen er bisweilen zusätzlich zu den offiziellen Veröffentlichungen für sich selbst und seinen Freundeskreis aufwendig gestaltete Privatdrucke in limitierten Kleinstauflagen drucken ließ, zeichneten sich schon immer durch einen freien und künstlerischen Umgang mit dem jeweiligen Original aus. Bei Verlaines *Femmes* ging er sogar so weit, dass er einige angeblich „neu entdeckte Gedichte" des Autors anhängte, die in Wahrheit jedoch aus seiner eigenen Feder stammten. Die besten seiner Übertragungen bestechen indes durch hohe Stilsicherheit und sein Talent, auch alte Texte für ein zeitgenössisches Publikum lesenswert zu machen, ohne ihren historischen Charakter sprachlich zu verfälschen. Von den Nationalsozialisten wurde Haemmerling/Moreck mit Veröffentlichungsverbot belegt, aber er überlebte das „Dritte Reich" und den Weltkrieg und publizierte bis zu seinem Tod im Jahr 1957 weitere Bücher.

Zu welchem Zweck er seine Übersetzung der *120 Tage* anfertigte, ob als rein literarisches Projekt oder als Bestandteil seiner sittengeschichtlichen Forschungen, ist nicht bekannt. Dass ein derartiges Buch im NS-Staat keinerlei Chance auf Veröffentlichung hatte, wird man jedoch nachvollziehen können. Aber auch im Deutschland der Adenauerzeit war an eine Publikation der „Mutter aller Skandalromane" nicht zu denken. Neben den rein moralischen Gesichtspunkten dürfte das Interesse an einem derartigen literarischen Spiegel der Greuel, die der Mensch dem Menschen anzutun bereit ist, diese Abrechnung mit allen Herrschaftsmechanismen, direkt nach dem Untergang des „Dritten Reichs" eher gering gewesen sein. „Sades Beharrlichkeit, sein ganzes Leben lang nichts als die perversen Formen der menschlichen Natur zu studieren, zeigt, dass ihm nur eines wichtig war: die Notwendigkeit, dem Menschen alles Böse, dessen er fähig ist, vor Augen zu halten."[30] Davon wollte man nach Holocaust und verlorenem Krieg freilich nichts hören. Auch „als erstem

---

[29] In: *Kriminalmagazin* 1930/1931.

[30] Pierre Klossowski: *Sade, mein Nächster*, in: Jauch 2014, S. 177.

Theoretiker der absoluten Revolte" (Albert Camus)[31] wurde dem Marquis im Wirtschaftswunder-Deutschland definitiv kein Platz am Nierentisch freigeräumt. So schlummerte Haemmerling/Morecks Manuskript ungedruckt zwischen anderen Papieren und war lange Zeit ebenso verschollen wie de Sades Schriftrolle.

Erst zu Beginn des neuen Jahrtausends tauchte es in einem Spezialantiquariat wieder auf[32]: „Das Antiquariat *Ars Amandi*, Berlin, erwarb neulich ein einseitig beschriebenes Typoskipt von 322 Blättern, das die unveröffentlichte Übersetzung *Die 120 Tage von Sodom* des Marquis de Sade enthält, angefertigt durch den Schriftsteller und Kulturhistoriker Curt Moreck. (...) Das fliegende Typoskript wurde in seinem Nachlass gefunden, der daneben handschriftliche Gedichte aus seiner Jugendzeit sowie getippte Entwürfe für literaturwissenschaftliche Werke enthielt."[33] Bei diesem Antiquariats-Angebot handelte es sich allerdings lediglich um eine Durchschrift. Sie wurde schon Anfang 2004 an eine Privatperson verkauft.[34] Danach war es wiederum lange Zeit still um diese bislang unbekannte Übersetzung.

Das *Auktionshaus Kiefer* (Pforzheim) bot dann das Original-Typoskript in seiner Auktion 78 vom 30.09.2011 unter der Objektnummer 78-1767 an, wo es vom gegenwärtigen Verlag ersteigert wurde. Der Auktionskatalog beschrieb Haemmerling/Morecks verschollenes Manuskript folgendermaßen:

„Moreck, C. (d. i. Konrad Haemmerling, Übers.) *Die 120 Tage von Sodom.* Typoskript in 322 einseit. beschriebenen Bl., wohl 1930er Jahre. 4°. Lose in einf. Kart.-Mappe mit Schließbändern. (Gebrauchssp.) Vgl.: *Eine bislang unbekannte Übersetzung der 120 Journées de Sodome* in: *Erotische Literatur. Mitteilungen zu Erforschung und Bibliographie.* Hrsg. v. W. v. Murat, Nr. 7, Bln., Ars Amandi 2003. - Typoskript der bislang unbekannten Übersetzung aus dem Nachlass des Schriftstellers und Kulturhistorikers Curt Moreck (eigentl. Konrad Haemmer-

---

31 Albert Camus: *Die absolute Verneinung*, in: Jauch 2014, S. 203.

32 Angeboten wurde es im Ende 2003 erschienenen Katalog Nr. 36 des Antiquariats *Ars Amandi*, Berlin.

33 *Erotische Literatur. Mitteilungen zu Erforschung und Bibliographie.* Hrsg. von W. v. Murat, Nr. 7, Berlin (Ars Amandi) 2003, S. 139. Auf den Seiten 139-146 wurde dort auch der Anfang der Einleitung von Morecks Übersetzung abgedruckt.

34 Der Autor dankt Frau Gesine Karge vom Antiquariat *Ars Amandi* für die freundliche Mitteilung.

ling, 1888-1957). Offenbar plante Moreck in den 1930er Jahren eine eigene Übersetzung der *120 Tage*, die bis heute lediglich in der erstmals 1909 erschienen Übersetzung von Karl von Haverland erschienen sind. Morecks Übersetzung zeichnet sich gegenüber der Haverlands durch einen prägnanteren u. flüssigeren Stil aus. Das Typoskript beinhaltet: Einleitung (Bl. 1-56), einige nicht numer. (die „Anmerkung des Herausgebers" auf Bl. 56 übernahm Moreck offensichtlich von Haverland); 1. Teil (Bl. 57-238, richtig 248), tls. handschr. numer. u. 6 nn. Bl. die den 26. Tag enthalten; 2. Teil mit 16 nn. Bl.; 3. Teil mit 18 nn. Bl. (auf einem Durchschlagsblatt fehlt der erste Satz); 4. Teil mit 34 nn. Bl. In der Übersetzung fehlen die Tage 27-33 *(sic!)*. - Die Blätter sind gebräunt, die Ränder tls. etw. brüchig u. rissig. Der Text enthält zahlr. maschinenschriftl. Korrekturen u. wenige hs. Verbesserungen."

Haemmerling/Morecks Übertragung von de Sades Text ist deutlich originalgetreuer und kongenialer als die bisherige Fassung von Haverland. (Aufgrund ihres absolut fragmentarischen Charakters lassen wir die Version von Ladiges hier außen vor.) Darin erlaubt er sich jedoch auch zweifellos die für ihn oft typischen übersetzerischen Freiheiten. Gerade dadurch kommt er dem Geist und der Vision des Urtextes jedoch viel näher, als wenn er beispielsweise versucht hätte, einen übertrieben rokoko-haften Ton in die Erzählung einzubringen. Seine Interpretation wirkt trotz des historischen Hintergrunds eher zeitlos – und sogar erstaunlich modern.

Darüber hinaus hat der gegenwärtige Verlag Haemmerling/Morecks Übersetzung noch mit der französischen Werkausgabe (Paris 1962-1964) abgeglichen und vollständig überarbeitet. Dabei wurden offensichtliche Fehler korrigiert, etwaige Auslassungen ergänzt, zuweilen neue stilistische Schwerpunkte gesetzt und sprachliche Unebenheiten geglättet. Typische Schreibweisen wurden jedoch beibehalten. Das gilt besonders für *„entludt"*, da de Sade bei einer „Entladung" nicht nur an die Abgabe einer rein physischen Last dachte, sondern außerdem an eine Art Spannungsreduktion von Nervenimpulsen. Zusätzliche Fußnoten haben wir sparsam dort eingefügt, wo sie für das Verständnis des heutigen Lesers nötig sind. Bei der Überarbeitung stand aber stets im Vordergrund, den Charakter von Haemmerling/Morecks Lesart zu erhalten.

So tritt uns de Sades Höllenritt in die Abgründe der menschlichen Seele, jenes ewig verschollene und doch stets dem Vergessen trotzende Un-Werk erneut in einer Zeit entgegen, für die es geschrieben worden zu sein scheint. Adornos und Horkheimers Fazit über de Sade gilt nämlich heute genauso wie vor Hunderten von Jahren: „Er hat in seiner Verneinung das unbeirrbare Vertrauen auf den Menschen gerettet, das von aller tröstlichen Versicherung Tag für Tag verraten wird."[35]

Der Herausgeber,
27.11.2015, am 230. Jahrestag
der Fertigstellung der Original-Schriftrolle.

Curt Moreck: Eine Auswahl seiner Werke[36]

Einzelne Artikel Morecks finden sich unter anderem in folgenden Zeitschriften und Sammelwerken:

Zeitschrift für Menschenkunde. Blätter für Charakterologie und angewandte Psychologie, Celle 1925.

Bilder-Lexikon der Erotik. (...), Wien/Leipzig (Verlag für Kulturforschung) 1928-1931.

Kultur- und Sittengeschichte der neuesten Zeit, Dresden 1927-1929.

Sittengeschichte der Kulturwelt und ihrer Entwicklung in Einzeldarstellungen, Wien/Leipzig (Verlag für Kulturforschung) 1926-1930.

Sittengeschichte des Weltkrieges. Herausgegeben von Sanitätsrat Dr. Magnus Hirschfeld. Bd. 1-2, Leipzig/Wien: Verlag für Sexualwissenschaft (Schneider & Co.) 1930.

[35] Max Horkheimer/Theodor W. Adorno: *Juliette oder Aufklärung und Moral*, in: Jauch 2014, S. 173.

[36] Diese Übersicht orientiert sich an dem Schriftenverzeichnis, das W. v. Murat auflistet. (Murat 2003, S.147-158).

Sittengeschichte der Nachkriegszeit. Herausgegeben von Sanitätsrat Dr. Hirschfeld, Leiter des Institutes für Sexualwissenschaft in Berlin. Leipzig/Wien: Verlag für Sexualwissenschaft (Schneider & Co.) 1931-1932.

Sittengeschichte des Zweiten Weltkrieges. Die tausend Jahre von 1933-1945. In Fortsetzung der von Sanitätsrat Dr. Magnus Hirschfeld, 2. durchgehend neu bearb. Aufl., Hanau (Schustek) 1958.

Eigenständige kulturhistorische Werke sind u. a.:

Das Weib in der Kunst der neueren Zeit. Eine Kulturgeschichte der Frau / Curt Moreck, Berlin 1925.

Das weibliche Schönheits-Ideal im Wandel der Zeiten / Curt Moreck, München 1925.

Konrad Haemmerling: *Charlottenburg. Das Lebensbild einer Stadt, 1905-1955*, Berlin (Kulturbuch-Verlag) 1955.

Gefilde der Lust. Morphologie, Physiologie und sexual-psychologische Bedeutung der sekundären Geschlechtsmerkmale des Weibes. Von Dr. Alfred Kind und Curt Moreck. Wien/Leipzig (Verlag für Kulturforschung) 1930.

Das Gesicht. Eine sexualpsychologische und physiologische Darstellung der Rolle und Bedeutung des Auges für das Triebleben des Menschen. Von Curt Moreck unter Mitwirkung von Med. Rat Dr. Bernhard A. Bauer, Wien/Leipzig 1929.

Die Musik in der Malerei. Mit einer Einleitung von Curt Moreck, München 1924.

Curt Moreck: *Führer durch das lasterhafte Berlin*, Leipzig 1931 (Ndr. Berlin 1987).

Als Übersetzer kulturwissenschaftlicher und literarischer Werke:

Dr. Heinrich Bruno Schindler: *Das magische Geistesleben. Ein Beitrag zur Psychologie. Nach der Erstausgabe von 1857 mit einem Nachwort neu herausgegeben von Curt Moreck*, Celle 1925.

Jacques Cazotte: *Der Liebesteufel,* München 1922. (Übers. Curt Moreck). Neuausgaben: Braunschweig 1947 und Hanau 1965.

Paul Verlaine: *Frauen. Deutsche Umdichtung des Buches Femmes von Curt Moreck. Mit vier bisher unveröffentlichten Gedichten aus dem Manuskript*, Hannover 1919, 1920 und 1921.

Pul [sic!] Verlaine: Frauen. Vollständige freie deutsche Umdichtung von Ferdinand Rodenstein. Mit 4 bisher unveröffentlichten Gedichten aus dem Manuskript, Leipzig 1921. (Nach der Moreckschen Übersetzung herausgegeben).

Paul Verlaine: *Frauen.* o.O. 1926. (Als Privatdruck in fünfzig Expl. für den Übersetzer hergestellt. Fast wörtlicher Nachdruck von Curt Morecks Übersetzung, ausschließlich der vier letzten, vom Übersetzer Moreck dem Dichter untergeschobenen, Gedichten.)

Paul Verlaine: *Les amies. Freundinnen. Scènes d'amour sapphique 1866. Französische und deutsche Ausgabe von Curt Moreck*, Berlin um 1918 und 1920.

Ders.: *Freundinnen/Amies.* Hannover 1921. Diese Ausgabe wurde für Curt Moreck und seine Freunde als Privatdruck abgezogen und gelangte nicht in den Handel.

Paul Verlaine: *Männer. Deutsche und französische Ausgabe des Buches «Hombres»*, Hannover 1920.

Voltaire: *Die Jungfrau. Erste vollständige deutsche Ausgabe besorgt durch M. Janssen und C. Moreck*, Berlin 1920. Neuausgabe: Hanau 1994.

Miguel de Cervantes, *Leben und Taten des scharfsinnigen Ritters Don Quixote in vier Bänden, nach der Tieckschen Übertragung von Curt Moreck neu bearbeitet*, Berlin 1923, Vorwort von Heinrich Heine.

Johann Bunkels Leben. Bemerkungen und Meinungen nebst dem Leben verschiedener merkwürdiger Frauenzimmer. Nach der ersten Ausgabe von 1778 neu erzählt von Curt Moreck, Berlin/Zürich/Leipzig 1918.

Petronius: *Die Abenteuer des Encolp. Ein Roman in zwei Büchern. Nach der deutschen Übertragung von Wilhelm Heinse, gekürzt und überarbeitet von Curt Moreck*, Hannover (Paul Steegemann Vlg.) 1922.

Rétif de la Bretonne: *Abenteuer im Lande der Liebe. Nachwort von Universitätsprofessor Dr. V. Molen, übertragen von Konrad Merlin*, Utrecht (Pfeil-Verlag) 1927.

Ders.: *Monsieur Nicolas oder Das enthüllte Menschenherz. Jugenderlebnisse eines Erotomanen. Übertragen und herausgegeben von Konrad Merlin*, Utrecht (Pfeil-Verlag) 1926.

Ders.: *Neue Abenteuer im Lande der Liebe. Übertragen von Konrad Merlin,* Utrecht (Pfeil-Verlag) o.J.

Quevedos: *Wunderliche Träume. Umdichtung von Curt Moreck*, München 1919.

Scheik Nefzaui: *Der duftende Garten des Scheik Nefzaui. Eine arabische Liebeskunst. Übertragen und eingeleitet von Konrad Merling*, Utrecht (Pfeil-Verlag) 1926.

Romane und Erzählungen

Jokaste die Mutter. Roman von Curt Moreck, Berlin/Leipzig/Wien/Stuttgart 1921.

Der Graf von Mylau. Von Curt Moreck, Leipzig 1924.

Konrad Haemmerling: *Der Mann, der Shakespeare hieß.* Roman, Berlin 1938.

Konrad Haemmerling: *Mensch. Maß aller Dinge. Der Roman des Perikles*, Braunschweig 1948.

Als Anthologist

Triumph der Liebe. Ein Venusspiegel. Die schönsten Liebesnovellen der Weltliteratur. Gesammelt und mit einer Einleitung versehen von Curt Moreck, Berlin/Leipzig, Wien/Stuttgart 1922.

Hesperos-Almanach. Herausgegeben von Curt Moreck. Ein Sammelbuch literarischer Seltenheiten, mit vielen Kupfern hervorragender Stecher und Radierungen und Lithographien neuerer Künstler, München 1919.

Die Märchenquelle. Märchen der Völker. Ausgewählt und herausgegeben von Curt Moreck, Reinbek bei Hamburg 1947.

Über Curt Moreck

Konrad Haemmerling: *Der Mann, der Moreck hieß (...) Ein Selbstporträt.* Welt und Wort, 1948, Heft 9.

Raabe, Paul: *Die Autoren und Bücher des literarischen Expressionismus. Ein bibliographisches Handbuch in Zusammenarbeit mit Ingrid Hannich-Bode.* Stuttgart (Metzler), 338-344 (etliche der Erotica fehlen!).

Hermann A. L. Degener: *Wer ist's.* 9, 1928, 1071.
Hermann A. L. Degener: *Wer ist's.* 12, 1955, 391-392.

Kürschners Literatur-Kalender. 43, 1926, 668-669.
Kürschners Literatur-Kalender. 46, 1932, 956-957.
Kürschners Literatur-Kalender. 53, 1958, 244-245.
Kürschner: Theater. 1956, 242-243.

Wilhelm Kosch: *Literaturlexikon,* 3. Aufl., Bd 7, 74-76.
R. Drews, A. Kantorowicz: *Verboten und verbrannt,* Berlin/München 1947.

Walther Killy: *Literaturlexikon.* IV,458.

Hayn, Hugo/Gotendorf, Alfred: *Bibliotheca Germanorum erotica et curiosa.* 3. Ausg. Bd 9, München 1929.

Einleitung

Die kostspieligen Kriege, die Ludwig der Vierzehnte während seiner Regierungszeit führen musste, leerten den Staatssäckel und verelendeten das Volk. Sie führten aber auch zur Bereicherung einer Unzahl von Blutsaugern, die vom Elend angezogen wurden und es noch vermehrten, indem sie es zu ihrem eigenen Nutzen missbrauchten. Die Ausgangszeit dieser – im Übrigen glorreichen´– Regierung begünstigte die Ansammlung jener heimlichen Vermögen, die es ihren Besitzern erlaubten, ein verschwenderisches Leben der Ausschweifung und Genußsucht zu führen. Es war zu jener Zeit, kurz bevor der Regent die Ausbeuter des Volkes durch sein Tribunal, das unter dem Namen *Chambre de Justice* bekannt ist, verfolgen ließ: Da begründeten vier Personen dieser Gattung das bizarrste Fest der Ausschweifung, von dem man jemals hörte, und das wir hier erzählen wollen.

Man glaube nicht, dass nur bürgerlicher Pöbel Schutzgelderpressung betrieb. An der Spitze dieses Gewerbes standen sehr erlauchte Herren! Der Herzog von Blangis und sein Bruder, der Bischof von X..., gelangten auf diese Weise zu ihrem Vermögen, wodurch bewiesen ist, dass auch der Adel dieses Bereicherungsmittel nicht verschmähte. Diese beiden edlen Personen standen bei ihren Geschäften ebenso wie bei ihren Vergnügungen in engster Verbindung mit dem angesehenen Bankier Durcet und dem Gerichtspräsidenten Curval, und sie erdachten als Erste jene Zügellosigkeiten, die hier geschildert werden. Nachdem die Brüder ihre beiden Freunde in ihren Plan eingeweiht hatten, bildeten die vier die Hauptpersonen dieser außergewöhnlichen Orgien.

Durch ihren Reichtum und ihre Vorlieben verbunden, hatten diese vier Libertins vor mehr als sechs Jahren ihre Gemeinschaft noch durch eine besondere Maßnahme gefestigt: Der Herzog von Blangis, Witwer dreier Frauen, von denen eine ihm zwei Töchter hinterlassen hatte, sah, dass Präsident von Curval nicht abgeneigt war, das ältere dieser beiden Mädchen zu heiraten, obschon er von den intimen Beziehungen wusste, die deren Vater zu ihr unterhielt. Der Herzog machte ihm also eines Tages folgenden Vorschlag: „Sie wünschen sich Julie zur Frau“, sprach er zu Curval, „und ich gebe sie Ihnen ohne Weiteres. Aber ich stelle Ihnen die Bedingung, dass Sie nicht eifersüchtig sein dürfen, wenn sie auch mir während der Ehe jene Zärtlichkeiten erweist, die ich bisher mit ihr genossen habe. Außerdem sollen Sie mir helfen, unseren gemeinsamen Freund Durcet zu bewegen, mir seine Tochter Constance zur Gattin zu geben, für die ich, offen gestanden, die gleichen Empfindungen hege wie Sie für Julie." – „Aber", erwiderte Curval, „es dürfte Ihnen nicht entgangen sein, dass Durcet kein geringerer Wüstling ist als Sie." – „Alles weiß ich, was man wissen kann", sagte der Herzog, „aber hindern in diesem Zeitalter uns Männer von Reife und Erfahrung denn Dinge solcher Art? Denken Sie, ich will eine Geliebte aus meiner Frau machen? Sie soll vielmehr nur meinen Launen dienen! Sie soll meine kleinen Ausschweifungen verschleiern, für die es keine bessere Hülle gibt als den Deckmantel der Heirat. Kurz, seine Tochter soll meinen Zwecken dienen, wie die meine den Ihren. Glauben Sie, dass ich Ihre Absichten nicht kenne? Wir Libertins wollen in unseren Weibern Sklavinnen besitzen, denn die Gattin ist unterwürfiger als eine Geliebte, und der Despotismus spielt eine wichtige Rolle bei unseren Vergnügungen." Unterdessen betrat Durcet den Raum. Die beiden Freunde weihten ihn in den Inhalt ihres Gespräches ein, und er zeigte sich entzückt, konnte er doch nun seinerseits die Gefühle bekennen, die er für Adélaïde, die Tochter des Präsidenten, empfand. Er hieß also den Herzog als Schwiegersohn willkommen, sofern er selbst das Schwiegerkind Curvals werden sollte. Bald schon kam es zum Abschluss dieser dreifachen Ehe. Die Vertragsklauseln waren stets die gleichen, und die Mitgift in jedem Fall riesig.

Der Präsident, ebenso verbrecherisch wie seine beiden Freunde, gestand dem keineswegs überraschten Durcet sein intimes Verhältnis mit der eigenen Tochter. Jeder der drei Väter war darauf bedacht, sich auch zukünftig seine gewohnten Rechte zu erhalten. Nun wurden diese Vorrechte sogar noch erweitert durch die Übereinkunft, dass die nur durch ihren Namen und Besitz an ihre Gatten gebundenen drei jungen Frauen körperlich im gleichem Maße jedem der drei Freunde gehören sollten und schwerste Züchtigungen zu erwarten hatten, falls sie sich widerspenstig zeigten. Am Vorabend der Durchführung ihrer Pläne machte der Bischof den Vorschlag, der Gesellschaft noch ein viertes Objekt zuzuführen, und zwar die zweite Tochter des Herzogs, Aline. Sie war seine Nichte, zu der er in weit innigeren Beziehungen stand, als man dachte, denn – und dies war beiden Brüdern kein Geheimnis – sie verdankte ihre Existenz mehr dem Schwager ihrer Mutter als deren Gatten.

Von der Wiege an hatte der Bischof sich Alines angenommen, ihre Reize erblühen sehen und sie bereits genossen. Sein Plan war also den Absichten seiner Gefährten ebenbürtig, und seine Ware war längst gebraucht und verdorben. Da Alines Anmut und knospenhafte Jugend aber die Vorzüge der anderen Frauen übertrafen, zögerte man nicht, den Vorschlag zu verwirklichen. Auf diese Weise wurde jeder der vier Männer der Gemahl von vier schönen Frauen: Der Herzog, Julies Vater, wurde der Gatte Constances, der Tochter Durcets. Dieser wiederum avancierte zum Ehemann Adélaïdes, der Tochter des Präsidenten, der seinerseits der Gemahl von Julie, der älteren Tochter des Herzogs wurde. Schließlich wurde der Bischof, Alines Onkel und Vater, der Ehegatte der drei anderen Frauen, indem er Aline, unter Wahrung seiner eigenen Ansprüche auf dieses schöne Weib, seinen Freunden überließ.

Auf einem prächtigen, im Bourbonnais gelegenen Landsitz des Herzogs fanden die glücklichen Hochzeitsfeierlichkeiten statt. Die Orgien, die sich dabei abspielten, möge man sich selbst vorstellen, denn ich muss meine Aufmerksamkeit auf jene anderen Ausschweifungen richten, deren Schilderung die Aufgabe dieses Werkes ist. In der Folgezeit gestaltete sich die Verbindung der vier Freunde noch inniger als bisher, was mir durch ein charakteristisches Vorkommnis bewiesen scheint, das zugleich die Wesensart dieser ausschweifenden Personen beleuchtet:

Man hatte eine gemeinsame Kasse angelegt, die im Wechsel von jedem der vier Freunde für sechs Monate verwaltet wurde. Der Bestand dieses Vermögens, mit dem die Vergnügungen der Gesellschaft bestritten werden sollten, war sehr groß. Ihr gewaltiger Reichtum erlaubte ihnen einen unerhörten Aufwand, und es ist nicht übertrieben, wenn wir verraten, dass nur für die Vergnügungen und Ausschweifungen jährlich zwei Millionen verausgabt wurden. Sie beschäftigten für sich allein vier bekannte Zuhälterinnen, um Frauen, und vier Luden, um Männer herbeizuschaffen und in der Hauptstadt und in den Provinzen all das ausfindig zu machen, was auf diese oder jene Weise ihrer Lust dienstbar gemacht werden konnte. In der Regel veranstaltete man wöchentlich vier Soupers und fand sich dazu jedes Mal in einem anderen von vier an den entlegensten Enden von Paris befindlichen Landhäusern ein.

Bei dem ersten dieser Festmahle ergab man sich den schwulen Freuden, weshalb man nur Männer dazu beschaffen ließ. Es waren meist sechzehn junge Leute zwischen zwanzig und dreißig Jahren, deren überdurchschnittliche Manneskräfte den vier Veranstaltern in der Rolle als Frauen die ausschweifendsten Genüsse erlaubten. Entscheidend für die Wahl dieser Männer war die Größe ihrer Schwänze, die so außergewöhnlich sein musste, dass es für eine Frau unerträglich gewesen wäre. Da man keine Kosten zu scheuen hatte, gelang es fast immer, die entsprechende Anzahl so außergewöhnlich begabter Burschen aufzutreiben. Um aber die Ausschweifungen entsprechend vielseitig gestalten zu können, paarte man diese Männer mit der gleichen Anzahl von Knaben im Alter zwischen zwölf und achtzehn Jahren, die jenen als „Gattinnen" zu dienen hatten. Man nahm dazu nur solche, die sich durch besondere Frische, Unschuld und Anmut sowie Reize des Gesichts und der Erscheinung auszeichneten. Bei diesen Orgien durfte keine Frau zugegen sein, und was hier vor sich ging, übertraf die lüsternen Phantasien von Sodom und Gomorrha!

Das zweite Souper war den jungen Mädchen von vornehmer Erziehung eingeräumt. Man zwang sie, ihren Stolz und ihren Hochmut preiszugeben und sich angesichts der reichen Bezahlung den ausgesuchtesten Launen und den tiefsten Demütigungen auszusetzen, deren die vier Perversen sich nur bedienen mochten. Man brauchte dafür zwölf Mädchen. Da diese sich aber in Paris nicht immer finden ließen, denn man benötigte immer wieder andere, so begnügte man sich an manchen Abenden mit einer gleichen Anzahl anständiger Damen, angefangen von Prokuratoren-Gattinnen bis hin zu den Frauen subalterner Beamter.

In Paris gibt es vier- bis fünftausend solcher Weiber, die sich aus Not oder zur Befriedigung ihres Luxusbedürfnisses für derartige Abenteuer hergeben, und es ist darum keine Schwierigkeit, welche zu finden. Es ist lediglich eine Frage des Geldes, von dem die Freunde jedoch genug besaßen. Da unsere Lüstlinge die besten Ludinnen in ihren Diensten hatten, bekamen sie oft die herrlichsten Exemplare solcher Damen in die Hände. Aber diese Frauen, mochten noch so schön und kostbar sein, sie mussten sich doch bedingungslos allem unterwerfen, was die grenzenlose Lüsternheit von ihnen forderte, Dinge, vor denen sie sich durch ihre gesellschaftliche Stellung eigentlich gefeit wähnten, und eben in dieser Erniedrigung genossen die vier Libertins einen besonderen Reiz, in diesen erzwungenen Scheußlichkeiten kosteten sie eine erhöhte Lust. Wer zu ihnen kam, musste zu allem bereit sein. Und da diese verderbten Wollüstlinge die schmutzigsten Begierden hatten, war es nicht leicht, ihre Wünsche zu befriedigen!

Zum dritten Souper trieb man die abscheulichsten und dreckigsten Kreaturen auf, die es gab. Wem die Abgründe der Wollust nicht fremd sind, der weiß, dass es höchst ergötzlich ist, sich mit solchen Wesen im Schmutz zu suhlen! Dort findet man die vollkommene Hingabe und die unbedingteste Erniedrigung. Im Vergleich dieser Vergnügungen mit denen des Vorabends lag bereits ein pikanter Reiz des Gegensatzes, den der Lüstling sehr zu schätzen weiß. Bei diesen ausgedehnteren Ausschweifungen wurde nichts versäumt, um sie recht kräftig zu würzen. Nicht weniger als hundert Nutten brachte man für diese sechs Stunden zusammen, und häufig kehrte der Trupp nicht ganz vollständig wieder zurück … Allein, nehmen wir nichts vorweg, denn dieses Raffinement hat Einzelheiten, die wir uns noch vorbehalten müssen!

Das vierte Souper widmete man den Jungfrauen von sieben bis fünfzehn Jahren. Man legte dabei keinen Wert auf ihre Herkunft, sondern nur auf ein reizendes Gesicht und auf eine unberührte Jungfräulichkeit. Welche Verfeinerung der Libertinage! Es lag ja nicht in der Absicht der vier, diese Rosen alle selbst zu pflücken, denn sie wurden ja immer in einem Bukett zu zwanzig dargeboten, und nur zwei von unseren Lüstlingen waren zu einer Defloration überhaupt noch imstande. Von den beiden anderen brachte es der Bankier zu keiner Erektion mehr, und der Bischof konnte eine Jungfrau nur noch auf eine gewisse Weise besudeln, die ihre körperliche Unschuld dabei intakt ließ. Trotzdem mussten zwanzig Erstlinge[37] da sein! Wer von diesen Mädchen unverletzt blieb, musste vor den Augen der vier Gefährten ihren ebenso verderbten Dienern zu Willen sein. Diese Lakaien bildeten übrigens aus mehr als nur einem Grund das Gefolge der Freunde …

Außer diesen vier Soupers fand jeden Freitag noch eine geheime Zusammenkunft in kleinerem Kreise statt, die aber vielleicht noch weit kostspieliger ausfiel. Man beschaffte sich dazu vier edle Fräulein, die durch List oder durch die Lockung des Geldes ihren Eltern entführt sein mussten. An dieser Veranstaltung nahmen auch immer die Ehefrauen der Wüstlinge teil und machten sie durch ihre schmählichen Dienste noch reizvoller. Bei diesen Ausschweifungen erreichte die Verschwendungssucht ihren Gipfel! Die Speisen allein blieben niemals unter einem Aufwand von zehntausend Francs, und es wurde dabei alles aufgetischt, was Frankreich an erlesenen und seltenen

---

[37] Hier: Synonym für die Entjungferung.

Leckerbissen besaß. Im Überfluss gab es die köstlichsten Liköre und die teuersten Weine. Selbst im Winter bot man die Früchte aller Jahreszeiten, und man kann behaupten, dass die Tafel des höchsten Monarchen der Welt nicht jenen Luxus erreichte, der hier getrieben wurde.

Aber betrachten wir nun die Persönlichkeit der vier Freunde, und schildern wir sie ohne Beschönigung, ohne Neigung zu gefälliger Retusche, mit dem Pinsel der Natur, die trotz ihrer Irrungen meist sehr erhaben ist, selbst in den Fällen, wo sie sich tief erniedrigt. Wagen wir es auszusprechen: Besitzt das Verbrechen auch nicht jene Art der Feinheit, welche die Tugend auszeichnet, so ist es doch stets würdevoller! Findet man denn in ihm nicht stets einen Zug von Größe und Überlegenheit, welche die langweiligen und schwächlichen Reize der Rechtschaffenheit überragen? Wird man sich jetzt für die Vorzüge des einen oder die des anderen erklären? Steht es uns an, die Gesetze der Natur zu ergründen, zu entscheiden, ob das Laster ebenso sehr in ihrem Willen liegt wie die Tugend? Sie begabt uns vielleicht, je nach ihren Absichten, nicht in gleichem Maße mit der Neigung zu diesem oder zu jenem.

Doch fahren wir fort: Mit achtzehn Jahren schon über ein damals bereits unermessliches Vermögen verfügend, das er durch die Erpressung von Abgaben später noch erheblich vermehrte, machte der Herzog von Blangis alle Abenteuer mit, die sich einem reichen, jungen Mann bieten, der sich nichts zu versagen braucht. Das Maß der Kräfte wird dann das Maß der Laster, und man verzichtet umso weniger, je leichter man sich alles gestatten kann! Wäre der Herzog mit einigen schlichten Tugenden begnadet gewesen, so hätte dies ihn gewiss in Konflikte gebracht. Aber die launische Mutter Natur, die sich zur Unterstützung der Laster oft mit dem Glück verbindet, weil sie der Unsittlichen ebenso notwendig bedarf wie der Tugendhaften, sie hatte Blangis, dem sie schon so viele Reichtümer zugewandt hatte, auch all jene Gefühle und Neigungen zugeteilt, die zu deren Missbrauch führen. Seinem düsteren und boshaften Geist hatte sie die verbrecherischste und härteste Seele zugesellt und seinen Neigungen und Wünschen jene Unbeständigkeit eingeflösst, welche die Ursache jener schrecklichen Ausschweifung ist, zu der sich der Herzog besonders hingezogen fühlte.

Von Geburt an war er gemein, hartherzig, herrschsüchtig, barbarisch, egoistisch und verschwenderisch, wenn es seine Vergnügungen betraf, aber geizig, wenn es Wohltaten galt: ein Eigner, Vielfraß, Trunkenbold und Feigling, ein Homo, Blutschänder, Mörder, Brandstifter, Dieb – all diesen Lastern war nicht eine Tugend gegenüberzusetzen! Ja, nicht genug, dass er keinerlei Sittlichkeit schätzte, er hasste sie sogar, und er pflegte zu sagen, wenn ein Herr wahrhaft ein Mann von Welt sein wolle, so müsse er sich nicht nur allen Schändlichkeiten hingeben, sondern er dürfe sich auch niemals auch nur eine einzige Tugend leisten! Es komme nicht darauf an, immer das Böse zu tun, sondern auch darauf, niemals das Gute zu vollbringen. „Es gibt", pflegte der Herzog zu sagen, „viele Leute, die nur unter dem Drängen der Leidenschaft zum Bösen kommen. Finden sie aus der Verirrung zurück, so wandelt ihre besänftigte Seele wieder ruhig den Pfad der Tugend. Ihr Leben führt vom Ringen zum Irren und vom Irren zur Reue, und so kann man nicht sagen, welche Rolle ihnen auf Erden zuerteilt gewesen ist. Solche Wesen *müssen* unglücklich sein! Stets schwankend, stets unentschlossen, verbringen sie ihr Dasein, indem sie am Morgen bereuen, was sie am Abend zuvor getan haben. In der Gewissheit, dass sie die Vergnügungen bedauern werden, die sie ausgekostet haben, verbitten sie sich den Genuss und geraten in den Zwiespalt, tugendhaft zu sein im Verbrechen und verbrecherisch in der Tugend. Mein Charakter ist dagegen stark genug, um sich niemals selbst zu verleugnen! Ich zögere vor keiner Entscheidung und bin sicher, in allem was ich tue, mein Vergnügen zu finden. Deshalb wird niemals eine Anwandlung von Reue mir den Reiz des Genusses abschwächen, denn ich handle nach Prinzipien, die ich mir in frühester Jugend gebildet habe!

Ich habe dadurch die Leere und Nichtigkeit der Tugend erkannt. Ich hasse sie, und werde niemals zu ihr zurückkehren! Ich habe mich davon überzeugt, dass das Laster den Zweck hat, den Mann jene geistige und physische Beschwingtheit empfinden zu lassen, die der Ursprung aller Wollüste ist. Ihr gebe ich mich hin! Rechtzeitig habe ich mich über die Trugbilder der Religion hinweggesetzt und mich davon überzeugt, dass die Existenz eines Schöpfers eine empörende Absurdität ist, an die selbst Kinder nicht mehr glauben. Ich sehe keinen Anlass, meine Begierden zu bezähmen, um dem Schöpfer wohlgefällig zu sein. Es ist die Natur, von der ich meine Neigungen empfangen habe, und ich werde sie nicht verwirren, indem ich ihr entgegenhandle. Hat sie mir böse Vorlieben gegeben, so wird dies für ihre Absichten notwendig sein. Ich bin in ihrer Hand nur ein Werkzeug, das sie nach ihrem Gutdünken gebraucht, und jedes meiner Verbrechen geschieht in ihrem Dienste. Lässt sie mich mehr Freveltaten begehen, so sind sie für ihre Zwecke offenbar erforderlich. Ich müsste ein Dummkopf sein, wollte ich mich ihr widersetzen! Ich habe also nur die sozialen Gesetze gegen mich. Aber ihnen trotze ich, denn mein Reichtum und mein Stand erheben mich über diese gewöhnlichen Geißeln, die nur das gemeine Volk treffen dürfen.“

Hätte man dem Herzog darauf entgegnet, dass dennoch bei allen Menschen die Idee der Gerechtigkeit und des Unrechts bestehe, die ebenfalls in der Natur ihre Wurzel habe und die man bei allen Völkern, selbst den unzivilisierten finde, so würde er dies anerkannt, aber erwidert haben, diese Ideen seien immer nur relativ gewesen. Der Stärkere habe immer als rechtmäßig empfunden, was dem Schwächeren als Willkür erschien, und einem Rollentausch dieser beiden folge auch immer ein Wechsel ihrer Denkart. Daraus müsse man schließen, dass nichts absolut gerecht sei, mit Ausnahme dessen, was Vergnügen bereite, und dass nichts absolut ungerecht sei, mit Ausnahme dessen, was Unlust verursache. Wer einem Menschen hundert Louisdors[38] aus der Tasche ziehe, handele in seinem Sinne rechtmäßig, während der Bestohlene diese Tat anders ansehen werde. – Alle moralischen Begriffe sind also willkürlich, und es ist töricht, sich an sie zu binden. Durch solche Erklärungen rechtfertigte der Herzog all seine Vergehen, und da er geistreich genug war, wirkten seine Argumente überzeugend.

Derartig sein Verhalten in Einklang bringend mit seinen Ansichten, hatte er sich seit frühester Jugend hemmungslos den schamlosesten und ungewöhnlichsten Verirrungen hingegeben. Sein Vater war jung gestorben und hatte ihm ein enormes Vermögen hinterlassen, in seinem Testament aber bestimmt, dass ein Teil des Ertrags aus dieser Erbschaft zur Nutznießung der Witwe zufließen solle. Diese Bestimmung missfiel Blangis. Er suchte nach einem Mittel, das ihn von dieser Unbequemlichkeit befreite, und er fand es im Gift, das er anzuwenden beschloss. Aber da er noch Anfänger auf der Bahn des Verbrechens war, wagte er selbst nicht die Ausführung dieses Plans. Also versuchte er, eine seiner Schwestern dazu zu überreden, mit der er ein inzestuöses Verhältnis unterhielt. Er versprach ihr einen Teil des Gewinns, dessen sie sich durch den Mord bemächtigen würden. Aber das Mädchen schreckte vor der Tat zurück, und in der Befürchtung, die Mitwisserin des nun nicht mehr geheimen Verbrechens

---

[38] Ein Louisdor (oder Louis) entspricht 20 Goldfrancs.

könne ihn verraten, beschloss er, auch seine untreue Komplizin dem Opfer zuzugesellen. Er reiste mit den beiden Frauen auf eines seiner Landgüter, von wo keine der beiden Unglücklichen zurückkehrte.

Nichts wirkt so ermutigend wie das Gelingen des ersten Verbrechens! Nach dieser Probe ließ der Herzog alle Schranken fallen. Jeder, der sich seinen Begierden widersetzte, wurde durch Gift beseitigt, und von den Morden aus Notwendigkeit gelangte er bald zum Meucheln aus reiner Lust am Töten. Er entdeckte in sich jene unselige Verirrung, die in der Qual des Nächsten ihre Freude findet. Dabei gelangte er zu der Wahrnehmung, dass die einem Mitmenschen zugefügte Gewalt eine Vibration des eigenen Nervensystems hervorruft. Diese Schwingung versetzt die Lebensgeister, welche durch die Hohlräume der Nerven fließen, in einen Reizzustand, der auf die Erektionsmuskeln drückt und der dem Kitzel der Wollust gleicht. So beging der Herzog Diebstähle und Mordtaten aus Lüsternheit, wie ein anderer zur Befriedigung seiner Leidenschaften zu den Nutten geht. Im Alter von dreiundzwanzig Jahren überfiel er mit drei Genossen, die er zu seiner Philosophie des Lasters bekehrt hatte, auf der Landstraße eine Postkutsche. Sie vergewaltigten die Männer und Frauen und ermordeten sie dann. Das Geld der Opfer, dessen sich gar nicht bedurften, raubten sie und besuchten noch in derselben Nacht den Opernball, um sich ein Alibi zu verschaffen. Allzu gut verlief dieses Verbrechen; zwei reizende junge Mädchen wurden geschändet und in den Armen ihrer Mütter hingemordet!

Auf diese Untat folgten andere Scheußlichkeiten, aber niemand wagte es, sie zu verdächtigen. Der junge Blangis säumte nicht, die ihm vor dem Tod des Vaters angetraute junge, anmutige Gattin mit den Totengeistern seiner Mutter und seiner Schwester und der seiner übrigen Opfer zu vereinigen. – Warum? Er tat dies, um ein reiches, aber öffentlich entehrtes Mädchen zu heiraten, das ihm als die Geliebte seines Bruders bekannt war. Sie wurde dann die Mutter Alines, einer der Heldinnen unseres Romans, welche wir bereits erwähnten. Diese zweite Gattin, wie die erste auch bald geopfert, räumte einer dritten den Platz ein, die rasch das Schicksal ihrer Vorgängerin teilte. Man munkelte in der Gesellschaft, dass er alle Frauen durch die Ungeheuerlichkeit seines Gemächts töte. Der Herzog ließ, da er in dieser Hinsicht wirklich gigantisch war, diese Annahme unwidersprochen, denn sie verschleierte die Wahrheit. Nach dem Urbild des Herkules oder eines Kentauren schien dieser erschreckende Koloss gebildet. Er war fünf Fuß[39] und elf Zoll[40] groß, besaß starke, kraftvolle Glieder, mächtige Gelenke und elastische Sehnen. Stellen Sie sich vor: Ein stolzes, männliches Antlitz, große schwarze Augen, hübsche dunkle Brauen, eine Adlernase, kräftige Zähne, ein gesundes, frisches Aussehen, eine breite Stirn, dichtes, welliges Haar, schöne Hüften, breite Schultern, feste Arschbacken, die prächtigsten Beine der Welt, ein feuriges Temperament, die Kraft eines Hengstes und ein Schwanz, der wundersam behaart war und einem Maulesel Ehre gemacht hätte, und der imstande war, sein Sperma nach Belieben oft zu vergeuden, selbst jetzt noch im Alter von über fünfzig Jahren, wobei dieser Schwengel mit seinen acht Zoll Umfang und zwölf Zoll Länge sich damals fast ununterbrochen in Erektion befand! Das alles zusammengenommen ergibt dann ein getreues Porträt des Herzogs von Blangis, als ob Sie es selbst gemalt hätten.

War aber dieses Meisterwerk der Natur schon im Anfangsstadium seiner Begierden heftig, – gütiger Himmel! – was erst wurde aus ihm im Rausche der Wollust! Das war kein Mensch mehr, das war ein reißender Tiger! Wehe dem, der dann das Objekt seiner Leidenschaft wurde! Furchtbare Schreie, schreckliche Gotteslästerungen brachen aus seiner Brust hervor. Seine Augen sprühten in einem seltsamen Feuer, sein Mund schäumte, er wieherte wie ein Zuchthengst, er glich dem Gotte der Geilheit! Und wie war sein Orgasmus! Seine Hand verirrte sich dabei immer wie unter einem Zwang, und öfter als einmal erwürgte er im Augenblick seiner höchsten Wollust die Frau. Ein solches Verbrechen beunruhigte ihn nachher keineswegs, und diese Gleichgültigkeit, diese Apathie, wurde schnell wieder abgelöst durch ein erneutes Aufflackern der Geilheit.

In seiner Jugend hatte der Herzog täglich bis zu achtzehn Mal abgespritzt, ohne beim letzten Erguss erschöpfter als beim ersten zu sein. Auch jetzt, in seinen Fünfzigern, waren sechs- bis achtmal nichts Ungewöhnliches. Seit etwa fünfundzwanzig Jahren hatte er sich an das passive Arschficken gewöhnt, und er erwies sich in der Duldung als ebenso kräftig wie dann, wenn er die Angriffe

---

[39] Erst ab 1799 wurde diese Maßeinheit in Frankreich mit ca. 32,48 cm. einheitlich festgelegt. Zuvor gab es teilweise erhebliche regionale Unterschiede.

[40] 1799 wurde diese Maßeinheit in Frankreich mit ca. 2,707 cm. amtlich festgelegt. Davor existierten ebenfalls regionale Unterschiede.

zurückgab, falls es ihm beliebte, einmal die Rolle zu wechseln. Aufgrund einer Wette hatte er einst an einem Tag fünfundfünfzig Attacken ausgehalten. Mit seiner unmenschlichen Kraft gelang es ihm, ein Mädchen mit nur einer Hand zu vergewaltigen, das hatte er oft bewiesen. Einmal erdrückte er bei der Ausführung einer anderen Wette sogar ein Pferd, das zwischen seinen Schenkeln in dem von ihm gewollten Moment verreckte. An der Tafel war er noch unersättlicher als im Bett, und man begriff nicht, wohin eine solche Unmenge von Nahrungsmitteln verschwand. Er speiste täglich dreimal, und jedes Mal in üppigster Weise. Dabei trank er gewöhnlich zehn Flaschen[41] Burgunder, brachte es aber auch schon auf dreißig, und er wettete, dass er selbst mit fünfzig fertig werde. In seiner Trunkenheit, sobald Liköre und Weine seinen Kopf erhitzten, war er so zügellos und wild wie in seiner Sinnlichkeit. Er fing dann an zu toben, und man musste ihn fesseln.

Aber wie wenig entsprach diesem gewaltigen, unerschütterlichen Körper die Seele! Soll man es glauben: Ein entschlossenes Kind hätte diesen Giganten erschrecken können! Konnte er sich eines Feindes nämlich nicht mehr durch List und Verrat erwehren, so befielen ihn Furcht und Feigheit. Der Gedanke an einen selbst ungefährlichen Zweikampf mit einem ebenbürtigen Gegner hätte ihn in die Flucht getrieben. Dem Brauch gemäß hatte er allerdings an einem oder zwei Feldzügen teilgenommen, aber dabei hatte er sich so unwürdig aufgeführt, dass er den Dienst quittieren musste. Geistreich und frech verteidigte er jedoch seine Erbärmlichkeit und Feigheit als Äußerung seines Selbsterhaltungstriebes, und er meinte, die Vernunft könne ihm dies nicht als einen Fehler anrechnen.

Dieselben trüben moralischen Züge, aber verbunden mit einer körperlich weit minderwertigeren Erscheinung ergeben das Bildnis des Bischofs von X…, des Bruders des Herzogs von Blangis: bei ihm dieselbe Schwärze der Seele, derselbe verbrecherische Hang, dieselbe Abscheu vor der Religion, dieselbe Gottlosigkeit, dieselbe Schurkerei. Aber sein Geist war geschmeidiger. Er war geschickter in der Kunst, seine Opfer zu verderben. Allein, er besaß eine dürre, unscheinbare Figur, einen kleinen, schwächlichen Körper, eine schwankende Gesundheit und ein empfindliches Nervensystem. Er war raffinierter in seinen Vergnügungen und von durchschnittlicher Potenz, sein Schwanz war gewöhn-

[41] Zu de Sades Lebzeiten waren Weinflaschen oft kleiner als heute.

lich, ja, winzig, aber er wusste sich zu schonen, sodass seine erregbare Phantasie ihn zu einem ebenso häufigen Lustgenuss befähigte wie sein Bruder. Übrigens war er von einer derartigen Reizempfindlichkeit, dass er oft im Augenblick der Entladung ohnmächtig wurde und beinahe stets beim Akt die Besinnung verlor.

Er war fünfundvierzig Jahre alt, hatte ein feines Gesicht, ziemlich hübsche Augen, aber einen hässlichen Mund und verrottete Zähne, einen unbehaarten weißen Körper, einen zierlichen, aber wohlgeformten Hintern sowie einen Fleisch-Pfahl von fünf Zoll Umfang und sechs Zoll Länge. Als Verehrer der aktiven und passiven Arschfickerei, insbesondere der letzteren, verbrachte er sein Leben damit, sich von hinten angreifen zu lassen, und dieses Vergnügen, das keine großen Kraftanstrengungen verlangte, vertrug sich bestens mit der Bescheidenheit seiner Potenz. Es wird später noch von weiterreichenden Neigungen bei ihm zu sprechen sein! Was seine Gelüste bei der Tafel angeht, so waren sie ebenso groß wie bei seinem Bruder. Dabei genoss er aber sinnlicher. Ehrwürden war übrigens kein geringerer Verbrecher als der Herzog, und eine seiner Handlungen mag ihn charakterisieren. Sie wird dem Leser zeigen, wozu dieser Mensch fähig sein konnte, wozu er tatsächlich in der Lage war und woran ihn niemand hinderte, da er das vollbrachte, was wir im Folgenden schildern werden:

Einer seiner Freunde, ein Mann von großem Reichtum, hatte ein Verhältnis mit einem Mädchen von Rang, das ihm zwei Kinder schenkte, einen Knaben und ein Mädchen. Er hatte seine Geliebte nicht heiraten können, und diese war die Frau eines anderen geworden. Da er keine Verwandten besaß, wollte er sein Vermögen seinen beiden Sprösslingen hinterlassen. Auf dem Sterbebett betraute er den Bischof mit der Vollstreckung seines letzten Willens. Er übergab ihm zwei Brieftaschen mit den gleichmäßig verteilten Besitzscheinen und bat den Gottesmann, für die Erziehung der beiden Kinder zu sorgen und jedem derselben nach Erlangung des gesetzlichen Alters sein Erbteil auszuhändigen. Bis dahin solle er die Erbschaft der Mündel in Werten anlegen, um sie zu verdoppeln, und die Mutter sollte niemals erfahren, was er für ihre Kinder getan hatte. Er verlangte, dass man es ihr auf keinen Fall mitteilen dürfe.

Als der Sterbende die Augen geschlossen hatte, sah Hochwürden sich im Besitz von einer Million in Bankscheinen und zweier Kinder. Der Verbrecher ersah sofort seinen Vorteil. Die Mutter war nicht eingeweiht, die Kinder waren erst vier und fünf Jahre alt. Er streute öffentlich aus, sein Freund habe sein Vermögen den Armen hinterlassen, und er strich noch am selben Tag die Erbschaft ein. Nicht genug, dass er die unglücklichen Kinder mittellos gemacht hatte! Der Bischof, der niemals ein Verbrechen beging, ohne schon ein neues auszubrüten, nahm die Kleinen bald, seiner Vollmacht entsprechend, aus dem Heim, in dem sie erzogen wurden und brachte sie zu Leuten, die ihm vollkommen ergeben waren. Es war nämlich seine Absicht, sie zu Opfern seiner perfiden Gelüste zu machen. Er wartete, bis sie im Alter von dreizehn Jahren waren. Da der Knabe der ältere der beiden Geschwister war, bediente er sich seiner zuerst, machte ihn seinen Begierden gefügig, und da er sehr hübsch war, vergnügte er sich fast acht Tage mit ihm. Das Mädchen entsprach weniger seinem Geschmack. Die Kleine war sehr hässlich, aber die Geilheit verblendete den Wüstling, und er benutzte auch sie. Aber als seine Begierden gestillt waren, musste er die Offenbarung seiner Untat durch die Kinder befürchten. Er brachte sie also auf ein Landgut seines Bruders, um sie zu beseitigen, voller Gewissheit, dass er in diesem neuen Verbrechen jenen Funken der Geilheit wiederfinden würde, welchen das zuvor genossene Vergnügen in ihm erstickt hatte. Aus der Marter ihres Todes, die er mit zahlreichen Einzelheiten ausschmückte, wusste er nun sogar noch eine Wollust zu ziehen, die unergründlich war. Dieses Mittel wirkt unglücklicherweise mit völliger Sicherheit. Jeder im Laster einigermaßen erfahrene Wüstling weiß, welche Reizung der Sinne im Morden liegt und wie wollustreich sich diese Erregung zum Orgasmus steigert. Man muss sich dies vergegenwärtigen, bevor man die Lektüre dieses Werkes beginnt, welches dieses Phänomen in all seinen Einzelheiten erklären will.

Von seinen Sorgen befreit, kehrte der Bischof nun nach Paris zurück, um die Früchte seiner Verbrechen zu genießen, von keinem Gewissensbiss behelligt, obschon er den letzten Willen des Toten betrogen hatte, der aber nicht mehr in der Lage war, Schmerz oder Freude darüber zu empfinden.

Präsident von Curval, eine Stütze der Gesellschaft, war der Älteste der Clique, fast sechzig und von seinen Ausschweifungen verbraucht. Er glich mehr einem Skelett, war groß, mager, spindeldürr, mit erloschenen Augen, einem fahlen, ungesunden Mund, einem vorgestreckten Kinn und einer langen Nase. Behaart wie ein Satyr, hatte er einen flachen Rücken und schlotternde, abfallende Arschbacken, die wie zwei dreckige Scheuerlappen aussahen. Unter den Schlägen der Geißel war diese Haut verwelkt und erschlafft, so dass man sie um den Finger wickeln konnte, ohne dass er es spürte. Man brauchte seine Backen gar nicht zu spreizen: Seine Darmöffnung war nämlich immer von ungeheurer Weite und glich in Farbe und Geruch einer Kloakenöffnung. Um diesen verführerischen Zustand noch zu vervollkommnen, war nach sodomitischer[42] Sitte diese Körpergegend stets in unreinlichem Zustand und mit einem dicken Schmutzschorf von zwei Zoll Dicke bedeckt. An seinem runzeligen, fahl und schlaff herabhängenden Bauch besaß er in einer Wildnis von Haaren ein Werkzeug, das in erigiertem Zustand etwa acht Zoll Länge und sieben Zoll Umfang hatte. Aber es war nur selten in dieser Verfassung. Dazu bedurfte es einer Reihe wütender Anstrengungen, dennoch kam dies zwei- bis dreimal wöchentlich vor, und dann spießte der Alte unterschiedslos alle Löcher auf, obschon er Knabenärsche bei Weitem vorzog. Er hatte sich beschneiden lassen, so dass sein Schwanz kahlköpfig war, eine Operation, die den Wollüstigen ihr Treiben erleichtert, und der sich jeder Wüstling unterziehen sollte. Dies soll aber auch eine besondere Reinlichkeit erzeugen. Curval jedoch vernachlässigte sich sehr und war darum an diesem Körperteil ebenso schmutzig wie am gegenüberliegenden, so dass seine von Natur aus schon recht pralle Eichel dadurch um wenigstens einen Zoll dicker wurde.

Dieser Mangel an Pflege erstreckte sich übrigens auf seine ganze Person und entsprach seinen schweinischen Neigungen. Seine Anwesenheit belästigte mit üblem Gestank alle Welt, aber seine Genossen störten sich nicht an solchen Kleinigkeiten, und sie sprachen ihn niemals darauf an. Es gab nur wenige Personen von einer solchen Geilheit und Ausschweifung wie den Präsidenten. Dabei war er so gefühlskalt und entmenscht, dass ihn nur noch die Verderbtheit und der Schmutz bei seiner Wollust anzogen. Stundenlange Exzesse infamster Art erst erregten in ihm den Kitzel der Geilheit, und er ejakulierte öfter, als dass eine Erektion zustande kam, nämlich zumeist einmal täglich. Äußerst schwierig war dieser Lustgipfel für ihn zu erreichen, und nur unter Zuhilfenahme widerwärtiger, oft grausamer Manipulationen, wobei die

---

[42] Im Gegensatz zu heute, wo diese Bezeichnung vorrangig für sexuelle Kontakte zwischen Mensch und Tier verwendet wird, wurde sie bis ins 20. Jahrhundert auch als Synonym für Homosexualität bzw. Analverkehr im Allgemeinen gebraucht.

mitwirkenden Freudenspender oft vor der Zeit erlahmten, was ihn derart in Wut versetzte, dass er dadurch endlich zum Erfolg kam.

Curval war derart verderbt, dass er nur von solcherlei Dingen erzählen konnte und ständig die dreckigsten Bemerkungen im Munde führte, die er in derbster Weise noch mit Gotteslästerungen und Flüchen vermischte. Er sprach auf diese Weise seine von den Genossen geteilte Abscheu gegen alles Religiöse aus. Stets besoffen, erschien er in solcher Verwirrung des Geistes wie ein Schwachsinniger und Vertierter. Nach seinen eigenen Aussagen war ihm dies aber sehr teuer. In der Gefräßigkeit wetteiferte er mit dem Herzog, und er leistete auf diesem Gebiet Heldentaten, die wir im Laufe unserer Geschichte noch schildern werden und welche zweifellos die berühmtesten Gourmets in Erstaunen versetzen können.

Curval war bereits vor zehn Jahren aus seinen Ämtern geschieden, weil er zu keiner Arbeit mehr fähig war. Man hätte ihn jedoch auch, selbst wenn er noch gekonnt hätte, darum gebeten, für immer von seinen Funktionen abzusehen. Er hatte ein sehr ausschweifendes Leben geführt. Jede Art von Perversion war ihm geläufig, und seine Bekannten waren überzeugt, dass er sein großes Vermögen in der Hauptsache zwei oder drei Morden verdankte. Ob dies nun zutrifft oder nicht, jedenfalls war diese Form der Untat geeignet, ihn besonders anzuregen. Ein solches Abenteuer, das für Aufsehen gesorgt hatte, führte zu seiner Verbannung vom Hofe. Wir wollen davon berichten, damit der Leser seinen Charakter beurteilen mag:

In der Nähe seines Landsitzes lebte ein armer Lastträger, der eine reizende Tochter besaß, für die er lächerlicherweise Empfindungen hegte und die er mit väterlicher Sorgfalt hütete. Curval machte ihm wohl zwanzig verschiedene Avancen in Bezug auf dieses Mädchen, aber der Mann blieb unerschütterlich. Diese Zurückweisungen reizten Curval nur noch mehr, und er setzte alles daran, um das Mädchen in seine Gewalt zu bekommen und seine Geilheit an ihr auszulassen. Er entschloss sich also, den Vater zu verderben, um die Tochter in sein Bett zu zwingen. Gedacht, getan! Um ein Mittel war er nicht verlegen, er mietete daher ein paar Schurken. Sie verwickelten den Lastträger in ein Verbrechen, das man zum Schein vor seiner Haustür beging, und er wurde in den Kerker der Conciergerie[43] geworfen. Wie man sich denken kann, übernahm der Präsident nun den Fall. Da er die Angelegenheit nicht auf die lange Bank schieben wollte, sorgte er mit Hinterlist und Geld dafür, dass man dem Lastträger den Prozess machte und ihn dazu verurteilte, lebendig gerädert zu werden, obschon er doch nichts getan hatte, als seine eigene und seiner Tochter Ehre zu hüten. Der Präsident ließ die Mutter des Mädchens ermitteln und ihr einreden, dass sie den Gatten retten könne, wenn sie die Wünsche des Präsidenten befriedige. Bestochene Ratgeber überzeugten die arme Frau davon, dass der Präsident den Verurteilten befreien werde, und die Unglückliche glaubte ihnen. Sie zögerte daher keinen Augenblick, unter Tränen die Tochter persönlich den Klauen des Mörders ihres Gatten zuzuführen. Der versprach alles, aber er war nicht gesinnt, etwas davon zu halten, schon weil der aus dem Kerker befreite Mann zum Verräter seiner Machenschaften werden könnte, aber auch, weil es ihm ein besonderes Vergnügen bereitete, seine Lust auf so billige Weise zu gewinnen. Dieser Gedanke stachelte seine Geilheit nur noch heftiger an, und er dachte sich einen ausgesucht niederträchtigen Plan aus, um seinem Gemüt einige erlesene Scheußlichkeiten bieten konnten und dem Ganzen Würze zu verleihen:

Sein Pariser Wohnhaus befand sich gegenüber der Stelle, an der gelegentlich Übeltäter hingerichtet wurden. Da das Verbrechen in ebenjenem Bezirk verübt worden war, bestand Curval darauf, dass die Exekution auch auf dem betreffenden Platz vollzogen wurde. Die Frau fand sich zur angegebenen Stunde mit ihrer Tochter in seiner Wohnung ein. Alle Fenster zum Platz hin waren verhangen, sodass man nicht sehen konnte, was dort unten vor sich ging. Der Ruchlose, der genau die Stunde der Hinrichtung kannte, richtete es mit Präzision und Akkuratesse so ein, dass er das Mädchen in den Armen ihrer Mutter exakt in dem Augenblick entjungferte, in welchem man ihren Vater aufs Rad flocht. So traf es sich, dass Curval in den Arsch der Tochter spritzte, während ihr Vater seinen letzten Atemzug aushauchte. Hierauf öffnete er das Fenster und sagte zu den beiden Frauen: „Kommt und seht, wie ich euch Wort gehalten habe!“ Die beiden Unglücklichen sahen das Eisen des Henkers auf den Geräderten niedersausen und fielen in Ohnmacht, aus der sie nicht mehr erwachten Auch das hatte Curval nämlich geplant, denn diese Bewusstlosigkeit

[43] Pariser Gefängnis.

war ihr Todeskampf, weil Curval sie vergiftet hatte. Sie öffneten nie mehr die Augen, um ihr Elend zu beweinen.

Trotz aller Vorsicht des Richters wurde diese Geschichte ihres Geheimnisses beraubt. Man erfuhr nichts Genaues über den Tod der Frauen, aber man munkelte allerhand üble Dinge über den Prozess gegen den Lastträger (Curvals Motiv konnte man dabei erahnen.), und der Präsident musste demissionieren. Von diesem Augenblick an, wo er keine Rücksichten mehr zu nehmen brauchte, versank er vollkommen im Ozean der Verbrechen und Scheußlichkeiten. Überall ließ er Opfer erspähen, um sie der Unnatur seiner Neigungen zu dienstbar zu machen. Er fand sie am ehesten unter den Armen, gegen die er die Auswüchse seiner heimtückischen Leidenschaft richtete, wodurch er zudem die offenkundige Raffinesse seiner Grausamkeit erhöhte. Mehrere Knechte fischten Tag und Nacht für ihn in Dachkammern und in den Elendsquartieren nach dem, was er brauchte. Unter dem Vorwand, den Armen helfen zu wollen, vergiftete er sie, was ihm als einer der ergötzlichsten Zeitvertreibe erschien, oder er ließ sie zu sich schaffen und benutzte sie zu seinen perversen Neigungen. Er opferte Männer, Frauen und Kinder seiner meuchlerischen Begierde, und er beging so zahllose Ausschweifungen, dass sein Kopf tausendmal dem Schafott verfallen gewesen wäre, hätten ihn nicht sein Stand und sein Reichtum davor bewahrt. Wie man sich denken kann, besaß er nicht mehr Religion als seine Genossen. Er verachtete sie vielmehr in seinem Übermut, und er hatte ihr nicht nur abgeleugnet, sondern sie auch aktiv bekämpft, um sie aus den Herzen der Menschen zu tilgen. Er war nämlich, als er bei noch klarem Verstand war, der Autor mehrerer Bücher von außerordentlicher Wirkung gewesen, und er erinnerte sich mit tiefstem Behagen dieser Erfolge, die er sich ständig ins Gedächtnis rief.

Je mehr wir die Objekte unserer Begierde vervielfältigen… (*Hier das Portrait Durcets aus Heft 18 – rosa eingebunden – einfügen und nach Ende der Schilderung mit den Worten fortfahren:…die schwächlichen Jahre der Kindheit. Dann folgendermaßen wieder aufnehmen:*)

Durcet war dreiundfünfzig Jahre alt, klein, gedrungen, dick und sehr fleischig. Er besaß ein angenehmes Gesicht, eine frische, weiße Haut, und sein Körper – vornehmlich die Hüften und das Gesäß – war ganz weiblich gebildet, sein Arsch wohlerhalten, rund, fett, fest und klein, aber durch sodomitische

Gepflogenheiten weit geöffnet. Sein Schwanz war außerordentlich kurz und erreichte kaum zwei Zoll Umfang und vier Zoll Länge. Er erigierte nicht mehr, und seine Entladungen waren selten und nur mit Mühe zu erreichen. Dabei waren sie nicht reichlich und immer von Spasmen begleitet, die ihn zur Raserei des Verbrechens führten. Seine Brust war ebenfalls ganz fraulich, seine Stimme sanft und wohlklingend. Er war ein angenehmer Gesellschafter, obwohl sein Geist nicht weniger verderbt war als der seiner Spießgesellen. Seit ihrer Kameradschaft auf der Schule amüsierten sich der Herzog und der Präsident noch immer täglich miteinander, und es bildete Durcets größtes Vergnügen, sich von des Herzogs ungeheurem Schwengel das Arschloch kitzeln zu lassen.

Solcher Art, lieber Leser, sind die vier Verbrecher, mit denen du nun einige Monate verbringen wirst. Ich habe sie nach bestem Vermögen geschildert, damit man die Beschreibung ihrer Verirrungen verstehen kann. Es würde der Spannung und der Grundstruktur dieses Werkes jedoch widerstreben, wollte ich schon auf jede Einzelheit ihrer Geschmacksrichtung eingehen. Man braucht nur aufmerksam dem Gang der Erzählung zu folgen, um ihre kleinen Gewohnheitssünden von der rein mechanischen Wollust zu unterscheiden. Gemeinsam war ihnen allen aber der Hang zur Arschfickerei, die sie regelmäßig untereinander ausübten.

Jeder von ihnen verehrte das Gesäß. Der Herzog aber fand auch in der Fotze sein Vergnügen, wohl mehr aus grausamem Behagen als aus Passion, weil er ja mit einem ungeheuren Gemächt ausgestattet war. Der Präsident zeigte nur vereinzelt diese Neigung. Der Bischof aber verachtete die Möse so sehr, dass ihr bloßer Anblick ihn sechs Monate lang impotent machte. Nur ein einziges Mal in seinem Leben hatte er eine Frau besamt, nämlich seine Schwägerin, weil er mit ihr ein Kind zeugen wollte, um mit ihm später die Freuden der Blutschande zu genießen. Man hat gesehen, wie ihm das gelungen ist! Mit der gleichen Andacht wie der Bischof betete Durcet den Arsch an, aber er bediente sich seiner nur gelegentlich. Er richtete seine Angriffe mit Vorliebe gegen einen dritten Liebestempel, den wir später noch kennenlernen werden.

Wir müssen zunächst die für das Verständnis dieses Werkes erforderlichen Porträts vollenden und uns nun den Gattinnen der vier Wüstlinge zuwenden. – Welcher Gegensatz! Constance, die Frau des Herzogs und Tochter Durcets, war eine große, schlanke Dame, wie hervorgegangen aus den spielenden

Künstlerhänden der Grazien. Trotz der Feinheit ihrer Taille war sie rund und üppig. Ihre entzückenden Formen unter lilienweißer Haut ließen daran denken, dass die Liebesgöttin sich selbst um die Schöpfung dieses Wesens bemüht habe. Trotz des etwas langen Gesichts waren ihre Züge vornehm, mehr majestätisch als anmutig, mehr großartig als fein. Ihre Augen glänzten schwarz und feurig, ihr Mund war unendlich klein und mit den blendendsten Zähnen geschmückt. Sie hatte eine dünne, schmale Zunge von blühendstem Inkarnat[44], und ihr Atem war süßer als Rosenduft. Dabei besaß sie eine volle Brust, deren schöne Rundung aus weißem Alabaster geschnitten schien. In kühner Wölbung senkten sich die Linien der Hüften zum Kreuz, das die Hügel eines herrlich gebildeten Gesäßes hervortreten ließ. Es war von vollkommener Modellierung, nicht sehr groß, aber fleischig, fest, weiß, und es besaß die zarteste und delikateste Rosette von rosiger Schattierung. Dieser charmante Arsch, ein Asyl der höchsten Sinneslust … – Oh, wären ihm seine Reize doch bewahrt geblieben! Aber vier oder fünf Attacken des Herzogs machten rasch alle Grazie verwelken, und Constance war nach ihrer Vermählung bald nur noch eine Lilie, die der Sturm verwüstet hat.

Zwei runde und vollendet geformte Schenkel trugen einen anderen Tempel, der vielleicht weniger köstlich, aber für den Beschauer von soviel Reiz war, dass man ihn vergeblich zu beschreiben trachtet. Constance war bei ihrer Heirat *in etwa* noch Jungfrau, denn sie hatte keinen Mann außer ihrem Vater gekannt, und der hatte sie auf *dieser* Seite unberührt gelassen. In natürlichen Locken fiel das schönste schwarze Haar über ihre Schultern und ringelte sich aufgelöst hinab bis zu jenem anderen Vlies, das ihre kleine, wollustreiche Schamspalte verbarg. In dieser Weise war dieses engelsgleiche Wesen von zweiundzwanzig Jahren mit jedem Zauber der verschwenderischen Natur ausgestattet. Ihren äußeren Vorzügen verband Constance einen geraden, sympathischen und sogar gebildeten Geist, der sie das schlimme Schicksal, das ihr beschieden war, umso härter empfinden ließ. Mit einem geringeren Maß von Zart- und Feingefühl wäre sie zweifellos glücklicher gewesen.

Sie war von Durcet eher wie eine Kurtisane als wie seine Tochter erzogen worden, und er hatte sich bemüht, ihr mehr Finessen der Liebe als gute Sitten beizubringen. Trotzdem hatte er in ihrem Herzen niemals die Grundsätze der

[44] In der Malerei Farbmischungen für die Darstellung von Hautpartien.

Ehrbarkeit und der Tugend vernichten können, welche die Natur ihr in einer wunderlichen Laune verliehen hatte. Sie war nicht religiös, denn sie hatte nie etwas von solchen Dingen erfahren. Man hatte niemals geduldet, dass sie an Glaubensübungen teilnahm, aber trotzdem war die Scham in ihr nicht tot, sondern sie lebte fort als der von allen religiösen Chimären unabhängige Besitz einer lauteren und gefühlvollen Seele. Das väterliche Haus hatte sie nie verlassen, und der verbrecherische Vater machte sie seit ihrem zwölften Jahr seinen niedrigen Lüsten dienstbar. Unter dem physischen Gegensatz der Liebesbezeugungen, die der Herzog ihr bot, litt sie auch körperlich sehr stark, und infolge der analen Entjungferung durch Blangis erkrankte sie gefährlich. Ihr Rektum schien gänzlich durchbohrt, aber ihre Jugend, ihre Gesundheit und die Wirkung einiger Heilmittel stellten sie wieder her und erlaubten dem Herzog weiterhin das Betreten dieses verbotenen Pfades. Constance genas vollkommen, und sie sah sich gezwungen, sich an diese tägliche Tortur zu gewöhnen, die nicht die einzige blieb.

Adélaïde, die Frau Durcets, die Tochter des Präsidenten, übertraf an Schönheit vielleicht Constance, aber sie war von anderer Art. Zwanzig Jahre alt, klein, mager, besonders schlank und zart, besaß sie die schönsten blonden Haare, war eine interessante Erscheinung und von außerordentlicher Sensibilität, die ihr den Anschein einer Romanheldin gaben. Ihre ungewöhnlich großen Augen waren blau, voller Zärtlichkeit und Sittsamkeit. Zwei stattliche schmale Brauen zogen ihre geschwungenen Bögen an der nicht hohen, aber adeligen Stirn, welche alle Zeichen der Schamhaftigkeit trug. Ihre oben leicht eingedrückte Adlernase senkte sich zu den dünnen, roten Lippen, und ihr etwas großer Mund ließ zwei Reihen perlweißer Zähne sehen, die von der Natur zwischen Rosen gestreut zu sein schienen. Ihr Hals war lang und seltsam angesetzt, den Kopf trug sie nämlich immer etwas geneigt, was ihr eine besondere Anmut verlieh. Sehr klein, sehr fest, sehr rund und gut platziert waren ihre Brüste, die man mit der Hand umspannen konnte. Sie glichen zwei Äpfelchen, die Amor scherzend aus dem Garten seiner Mutter hierhergebracht hatte! Ihre Brust war etwas schmal und trotzdem grazil. An ihren seidigweichen Bauch diente ein kleines, blondes Beetchen als Peristyl[45] jenes Tempels, in welchem Venus zur Anbetung einlud. Der Eingang dieses Heiligtums war aber

[45] Hier: Die den Vorhof einer frühchristlichen Basilika umgebenden Säulenhallen.

so eng, dass man keinen Finger einführen konnte, ohne Schmerzenslaute hervorzurufen.

Trotzdem war das arme Kind schon seit einem Jahrzehnt keine Jungfrau mehr, denn der Präsident hatte sie bereits auf dieser wie auch auf der köstlichen, noch zu beschreibenden Seite, ihrer Knospen beraubt. Wie reizend war ihr rückwärtiger Tempel in seinem zauberhaften Schwung und seiner Mischung aus Weiß und Rot! Sein Emblem war zierlich und delikat in seiner Form. In Adélaïde konnte man eher die Skizze als das Modell einer Schönheit sehen. In ihr schien die Natur nur andeuten zu wollen, was sie in Constance so königlich ausgeführt hatte. Legte man ihn bloß, so zeigte sich an ihrem Popo in seiner Frische und Scharlachtönung das zarteste Geschenk der Natur, von einer unbeschreiblichen Enge und Niedlichkeit. Nur unter allergrößten Schmerzen hatte der Präsident hier eindringen können, und er hatte seine Angriffe nicht mehr als zwei- oder dreimal zu wiederholen vermocht. Durcet war bescheidener und machte sie in dieser Hinsicht nicht sehr unglücklich, aber er forderte dafür viele andere brutale Liebesbezeugungen. Und das Maß der Grausamkeiten häufte sich, da Adélaïde sich infolge des Übereinkommens auch den drei anderen Wüstlingen gefällig zeigen musste.

Was ihr Antlitz versprach, hielt auch ihr Geist: Sie besaß eine romantische Veranlagung, liebte die Einsamkeit und vergoss hier oft unwillkürlich Tränen, welche anscheinend eine unbestimmte Vorahnung ihrer Natur entlockte. Sie betrauerte auch den Verlust einer innig geliebten Freundin, die sie nicht vergessen konnte. Sie kannte ja die hemmungslose Verruchtheit und Verderbtheit ihres Vaters und zweifelte nicht daran, dass ihre junge Gefährtin ein Opfer seiner verbrecherischen Neigungen geworden war. Das Fräulein hatte sich nämlich seinen Nachstellungen entzogen und hätte ihm niemals gewisse Dinge gewährt, die ihm doch so behagten … Adélaïde fürchtete, man werde ihr eines Tages das gleiche Los bereiten, und das war ja auch durchaus anzunehmen!

Der Präsident hatte bei ihrer Erziehung religiöse Vorurteile auszurotten versäumt. Er wähnte, dies durch Gespräche und durch seine Schriften hinreichend getan zu haben, aber er täuschte sich! Ihre Seele war dem Religiösen nämlich sehr zugänglich. Der Präsident predigte umsonst und gab ihr vergebens Lektüre in die Hand: Adélaïde blieb fromm. Sie duldete es, missbraucht zu werden. Aber sie hasste diese Verbrechen, und sie ließ sich von ihnen nicht jene Chimären zerstören, die sie beglückten. Heimlich betete sie zu Gott und erfüllte ihre Christenpflichten. Wenn sie dabei von ihrem Vater oder ihrem Gatten ertappt wurde, verfiel sie der Bestrafung. Aber sie ertrug alles mit Geduld, in dem Glauben, dass der Himmel sie eines Tages dafür entschädigen würde. Sanft von Charakter wie an Geist, pflegte sie die Wohltätigkeit als jene Tugend, die sie nach den Grundsätzen ihres Vaters am heftigsten hätte verdammen müssen. In seinem Abscheu gegen die Notleidenden und Elenden fand Curval nämlich seine Befriedigung darin, diese Unglücklichen noch mehr zu demütigen oder unter ihnen seine Opfer zu finden.

Der Edelmut seiner Tochter legte sich selbst Verzicht auf, um den Armen spenden zu können, und oft ließ sie ihnen jene Summen zufließen, die sie für ihre Lustdienste erhalten hatte. Erst durch viele Züchtigungen brachten der Präsident und Durcet sie davon ab, auch raubten sie ihr gänzlich die finanziellen Mittel dazu. Doch noch als Adélaïde den Unglücklichen nichts anderes bieten konnte als ihre Tränen, besuchte sie die Elenden, um ihnen Trost zuzusprechen, und ihr Herz hörte nicht auf, die Tugend zu pflegen. Eine Tages erfuhr sie davon, dass eine unglückliche Frau ihre Tochter dem Präsidenten verkuppeln wollte, weil die Not sie dazu zwang. Der Lüstling schwelgte schon im Vorgefühl jenes Genusses, der seiner ganz besonderen Neigung entsprach. Insgeheim ließ Adélaïde aber eines ihrer Kleider verkaufen und das Geld der Mutter geben, die sich dadurch bewegen ließ, von ihrem Vorhaben abzusehen. Der Präsident erfuhr davon und setzte seiner Tochter, die damals noch unverheiratet war, so heftig zu, dass sie vierzehn Tage lang das Bett hüten musste. Aber die zarten Regungen ihrer gefühlvollen Seele waren dadurch nicht zu ersticken.

Julie, die Frau des Präsidenten und des Herzogs ältere Tochter, wäre geeignet gewesen, ihre Vorgängerinnen in den Schatten zu stellen, wenn sie nicht eine bei den meisten Menschen als Fehler geltende Eigenschaft besessen hätte, die aber gerade Curvals Begeisterung für sie entzündete. So sehr ist es wahr, dass die Wirkungen der Leidenschaft unvorhersehbar, sogar unergründlich sind und dass ihre Perversion, Frucht des Ekels und des Überdrusses, sich nur in ihren ungewöhnlichen Auswüchsen vergleichen lassen kann!

Julie war groß und wohlgeformt, wenn auch etwas fett und üppig. Zu den schönsten braunen Augen gesellte sich eine reizende Nase. Ihre Haare wetteiferten mit dem Braun der Kastanien, ihr Körper war weiß, und ihr Popo hätte dem Praxiteles[46] als Vorbild dienen können. Ihre Möse war heiß und eng und besaß die angenehmsten Eigenschaften dieses Objekts. So charmant Bein und Fuß auch erschienen, so missgestaltet war jedoch ihr Mund, der zudem die schlechtesten Zähne hatte. Im Übrigen war sie am ganzen Körper, besonders aber an den beiden Tempelchen der Wollust, von einer unbeschreiblichen, angeborenen Verwahrlosung. Nur der Präsident, ich wiederhole: Kein anderer Mensch als der Präsident, der selbst an diesem Übel krankte, konnte darin einen Vorzug sehen, und ihn übertraf noch Curval, den es ganz närrisch machte, dass er seine göttlichsten Genüsse von diesem übelduftenden Mund empfing. Ihn zu küssen versetzte ihn in Raserei, und er bestärkte sie noch in ihrer Unreinlichkeit, bis er es endlich sogar erreichte, dass sie das Wasser gänzlich mied.

Neben diesen Hauptfehlern besaß Julie noch andere, etwas weniger unerfreuliche: Sie war sehr gefräßig, neigte zur Völlerei und zur Trunksucht, und es besteht kein Zweifel, dass sie auch an der Hurerei Gefallen gefunden hätte, wäre ihr Mut nur groß genug gewesen. Sie hatte die Zügellosigkeit des Herzogs zu ihrem Grundsatz gemacht und die Philosophie einer Nutte angenommen. Das erleichterte ihr die Beteiligung an den Ausschweifungen dieser Gemeinschaft. Eine Frau, die unsere Laster teilt, kommt den männlichen Gelüsten zwar mehr entgegen, bietet aber keinen höheren Genuss als eine zur Tugendhaftigkeit neigende. Sie zeigt nämlich keinen Widerstand und keine Abscheu, zu sehr gleicht sie uns selbst. So bildet das Widerstreben des anständigen Weibes einen zusätzlichen Liebreiz.

Trotz der Riesenhaftigkeit seines Körperbaus hatte der Herzog seine Tochter genossen, auch wenn er sie bis zu ihrem fünfzehnten Lebensjahr schonen musste und sie dann durch diese Affäre schwer beschädigte. Um sie überhaupt noch verheiraten zu können, musste er sich dann mit harmloseren Vergnügungen bescheiden. Mit dem Präsidenten machte Julie aber keinen großen Gewinn, weil sein Schwanz sehr dick war. Trotz ihrer eigenen Unsauberkeit konnte sie sich auch mit der ausschweifenden Schmutzigkeit ihres lieben Gatten nicht versöhnen.

---

[46] Bedeutender Bildhauer der griechischen Antike.

Die jüngere Schwester Julies und die leibliche Tochter des Bischofs, Aline, war ihrer Schwester in keiner Weise ähnlich. Mit ihren knapp achtzehn Jahren war sie die jüngste der vier Frauen. Sie hatte ein kleines, pikantes Gesichtchen mit einem mutwilligen Stupsnäschen, braune lebhafte Augen, einen reizenden Mund, eine mittelgroße, gefällige Figur, blühendes Fleisch und eine leicht gebräunte, aber zarte Haut. Ihr etwas dicker Popo besaß das lüsternste Arschbackenpaar, das sich dem Auge eines Wüstlings bieten kann, ein hübsches braunes Fellchen und eine etwas zurückliegende Möse, die man als „á l'Anglaise" bezeichnet, die aber gut geschlossen war. Bei der Sause, die wir hier schildern werden, wurde sie der Gesellschaft vorne noch als Jungfrau zugeführt. Sie blieb es auch zunächst, da vorerst nur die Blüten ihres Popos gepflückt wurden. An ihm erfreute sich der Bischof seit acht Jahren friedlich Tag für Tag, ohne aber der Tochter Geschmack daran beibringen zu können. So übermütig und aufgeweckt sie war, gab sie sich nur aus Gehorsam dazu her und bezeugte keinerlei Vergnügen an den täglichen Ausschweifungen, deren Opfer sie war.

Der Bischof hatte sie in tiefer Unwissenheit erhalten. Sie konnte weder lesen noch schreiben und wusste nicht, was die Religion war. In der Kindlichkeit ihrer natürlichen Intelligenz gab sie die drolligsten Antworten. Ihre Schwester liebte sie so innig, wie sie den Bischof verachtete und den Herzog fürchtete. Als man sie an ihrem Hochzeitstag nackt in den Kreis der vier Männer schob, weinte sie und tat im Übrigen alles, was man von ihr verlangte, ohne Behagen, aber auch ohne Widerstand. Sie war nüchtern, sehr reinlich und besaß außer ihrer Faulheit keinen Fehler. Alle ihre Handlungen waren von Gleichgültigkeit beherrscht, obschon ihre Augen Lebhaftigkeit verrieten. Sie verabscheute den Präsidenten fast ebenso wie ihren Onkel, und obgleich Durcet sie nicht schonte, war er der Einzige, der ihr keinen Widerwillen einflösste.

So sind die acht Hauptpersonen beschaffen, mit denen wir dich, lieber Leser, zusammenleben lassen wollen. Nun ist es an der Zeit, auch den Plan mitzuteilen, den man zur Ausführung dieses einzigartigen Vergnügens entworfen hatte: Wahre Lebemänner empfangen von den durch die Sprache vermittelten Empfindungen die lebhaftesten Eindrücke, und so hatten unsere vier Verbrecher, um zum tiefsten Genuss der Wollust zu gelangen, ein ganz außerordentliches Arrangement erdacht: Sie wollten sich, nachdem sie sich mit allem umgeben hatten, was die anderen Sinne am besten befriedigen kann, auf das detaillierteste und der Reihe nach alle unterschiedlichen Perversionen der Lüsternheit erzählen lassen, alle Abschweifungen, Verästelungen und Eventualitäten. Man ahnt kaum, zu welchen Variationen der menschliche Geist mit seiner entflammten Einbildungskraft seine geschlechtlichen Funktionen ausgebildet hat. Gibt es schon zahlreiche Grade bei den anderen Leidenschaften und in deren Geschmacksrichtungen, so sind sie hier noch weitaus mannigfaltiger, und wem es gelänge, all jene Verirrungen festzustellen und aufzuzeichnen, der würde wohl eine der interessantesten und wichtigsten Arbeiten über die Sitten niederschreiben!

Es handelte sich also zunächst darum, Personen ausfindig zu machen, die über diese Exzesse berichten, sie analysieren, sie darstellen und in ihren Einzelheiten in Form einer zusammenhängenden, ergötzlichen Geschichte vorstellbar machen konnten. Nach eifrigem Bemühen entdeckte man vier schon ältere Damen, welche die nötige Erfahrung besaßen; Frauen, die selbst ein Leben der Ausschweifung hinter sich hatten und die dank ihrer Erzählungsgabe und Intelligenz imstande waren, über ihre Erlebnisse zu berichten. Man verständigte sich mit ihnen dahingehend, dass jede von ihnen in die Erzählung ihrer lasterhaften Abenteuer alle besonderen Verirrungen einflechten sollte. Man wollte darin eine gewisse Ordnung walten lassen und bestimmte, dass die erste in die Mitteilung ihrer Lebensereignisse die einhundertfünfzig einfachsten Perversionen verwob, die ungesuchtesten und häufigsten Abweichungen. Die Aufgabe der zweiten war es, in dem gleichen Rahmen dieselbe Anzahl seltenerer Neigungen zu schildern, und zwar den Verkehr von einem oder mehreren Männern mit mehreren Frauen. Die dritte wiederum sollte einhundertfünfzig ganz verbrecherische, Gesetz, Religion und Natur verletzende Leidenschaften aufzählen. Da all diese Exzesse schließlich irgendwann zum Meucheln führen und der Lustmord so unendliche Vielfalt besitzt wie die erhitzte Phantasie des Wüstlings die erlesensten Folterungen zu ersinnen imstande ist, sollte die vierte schließlich die aus reiner Mordlust und Grausamkeitswonne geborenen Passionen zur Darstellung bringen.

Die Wüstlinge wollten dann mit ihren Frauen und allen anderen zu den Akten herbeigeschafften Personen ihre durch die Erzählung entflammte Geilheit auf die jeweils beschriebene Art und Weise löschen. Es gibt tatsächlich nichts Verruchteres als diesen Plan und die verschwenderische Art seiner Ausführung! Da diese Geschehnisse den Inhalt des vorliegenden Werkes bilden, müssen wir jedem frommen Gemüt anraten, es beiseite zu legen, denn ist die Schilderung schon bis hierher nicht keusch, so kann es die Ausführung der weiteren Vorgänge noch weniger sein …

Nachdem die vier Mitwirkenden bei diesen Denkwürdigkeiten eine erhebliche Rolle spielen, sehen wir uns verpflichtet, sie zu charakterisieren. Wollen wir ihre Erzählung hören, so müssen wir sie zuvor kennenlernen. Es gibt hier keine Porträts von Schönheitsreiz zu sehen, denn obwohl sie physisch und moralisch der Lust dienen sollten, war nicht ihr Äußeres für die Wahl maßgebend, sondern Geist und Erfahrung entschieden allein, und die hätte man nicht besser finden können.

Frau Duclos, welcher die ersten 150 Erzählungen zufielen, war eine Frau von 48 Jahren, die sich von ihrer einstigen Schönheit noch eine gewisse Frische bewahrt hatte. Nach Aussehen und Benehmen eine Dame von Distinktion, besaß sie schöne Augen, eine weiße Haut, einen der reizvollsten und üppigsten Popos, einen frischen Mund, kräftige Titten und hübsches Braunhaar, dazu eine stattliche, aber edle Figur. In allem hatte sie die Erscheinung und die Manieren einer geistreichen Hure. Sie hatte ihr Leben in einer Weise verbracht, die sie besonders geeignet machte, all das mit Witz, Leichtigkeit und Anteilnahme zu schildern, was man von ihr verlangte.

Frau Champville war eine Fünfzigerin, hager, doch gut gebaut. Mit ihrem lüsternen Ausdruck in Blick und Haltung glich sie einer Schwester der Sappho, an die sie in allen Bewegungen, Gesten und Worten erinnerte. Um Frauen auszuhalten, hatte sie sich ruiniert und dieser Neigung ein Vermögen geopfert, das ihr sonst ein bequemes Leben gesichert hätte. Nachdem sie lange Zeit Freudenmädchen gewesen war, hatte sie dann die Zuhälterin gespielt, wobei sie sich auf gewisse Spezialitäten verlegte. So empfing sie nur verschwiegene Hurenböcke reiferen Alters und niemals junge Leute, eine Praxis, die sich als sehr einträglich erwies. Früher blond, nahm ihr Haar langsam die Farbe der Weisheit an; ihre Augen waren noch immer sehr schön und blau, ihr Mund war frisch, und es fehlte kein Zahn. Sie war flachbrüstig, und ihr Bauch hatte niemals den Neid anderer Frauen hervorgerufen. Einen Kinderwunsch hatte sie nämlich nie verspürt. Unter ihrem erhöhten Venushügel erhob sich der Kitzler, wenn er erregt war, um drei Zoll, und an diesem Teil war sie besonders empfindlich. Jede Berührung konnte sie rasch in einen tollen Brunstzustand versetzen, besonders wenn eine Frau ihr diesen Dienst erwies. Ihr Arsch aber war vom ausschweifenden flagellantischen Missbrauch welk und verrunzelt. Man konnte damit tun, was man wollte, ohne dass sie es spürte. Es ist bemerkenswert und für Paris sicherlich ganz ungewöhnlich, dass sie auf dieser Seite jungfräulich war wie ein Klosterzögling, und sie wäre zweifellos mit dieser einzigartigen Unschuld gestorben, wenn sie sich nicht auf diese Landpartie mit den vier Freunden eingelassen hätte, für die nur das Außergewöhnliche zählte.

Die Martaine war eine dicke, zweiundfünfzigjährige Matrone voller Frische und Gesundheit, die den fettesten und schönsten Hintern ihr Eigen nennen konnte, und die das Gegenteil ihrer Vorgängerin war. Ihr Leben war ganz dem Arschficken gewidmet gewesen, und sie liebte aus Gewohnheit nur dieses Vergnügen. Das andere hatte sie nie kennengelernt, weil sie durch eine Laune der Natur vorne zugewachsen war. Sie musste sich also an jene gegenüberliegenden Wonnen halten und entwickelte darin die größten Fähigkeiten. Sie war zu allem bereit, und selbst die monströsesten Werkzeuge schreckten sie nicht. Sie sah darin sogar einen Vorzug, und wir werden sie, die unverzagteste aller Arschfickerinnen, in der Fortsetzung dieser Abhandlung noch wacker unter den Fahnen von Sodom kämpfen sehen. Trotz der Zeichen des Verfalls waren ihre Züge noch anmutig, denn ihre Fülle täuschte über ihre Welkheit hinweg.

Was die Desgranges anbetrifft, so war sie die Personifikation der Geilheit und des Lasters. Ihre sechsundfünfzig Jahre verrieten sich in ihrem bleichen, fleischlosen Gesicht, ihren erloschenen Augen und den toten Lippen. In ihrer Entkräftung war sie ein Abbild aller Verbrechen. Von ihrem ehemals schönen Körper war nur noch ein Skelett übriggeblieben, welches Grauen erregte. Was ihren verwelkten und zermürbten Arsch bedeckte, das war keine Haut mehr, sondern fleckiges Pergament! Ohne etwas davon zu spüren, konnte sie sich dort von den dicksten Werkzeugen trocken bearbeiten lassen. Um ihre Anmut auf die Spitze zu treiben, war sie auch sonst ein missgestaltetes Subjekt, denn es fehlten dieser freigiebigen Athletin von Cythera[47], welche die Narben vieler Schlachten an sich trug, ein Nippel, drei Finger, sechs Zähne sowie ein Auge, und außerdem hinkte sie. Vielleicht erfahren wir noch, bei welchen Kämpfen sie derart gezeichnet wurde, aber sicher ist, dass dieses Strafgericht sie nicht gebessert hatte, und der Missgestalt ihres Körpers entsprach ihre Seele, die ein

[47] Im übertragenen Sinne: Kämpferin im Namen der Venus (als Göttin der Liebe).

Sammelbecken aller Laster und Gräueltaten war. Nachdem sie sich als Brandstifterin, Vatermörderin, Blutschänderin, Arschfickerin, Tribade[48], Mörderin, Giftmischerin, als Mitschuldige an Inzest, Vergewaltigung Diebstahl, Abtreibung und Gotteslästerung betätigt hatte, konnte man sagen, dass diese Lumpin jedes Verbrechen der Welt selbst begangen hatte oder andere zur Ausführung trieb. Jetzt war sie beim Gewerbe der Ludin angelangt und eine der ständigen Lieferantinnen der feinen Gesellschaft. Sie besaß also Erfahrung und wusste vortrefflich davon zu erzählen. Man hatte sie herangezogen, um ihr die Schilderung der Gewalttaten und Gräuel anzuvertrauen, denn keine versprach mehr Eignung dazu als sie, die all das schon begangen hatte.

Nachdem man diese Frauen gefunden hatte, und zwar solche, die auch das zu erfüllen versprachen, was man von ihnen erwartete, musste man natürlich an die übrigen Requisiten denken. Man plante zuerst, eine beträchtliche Anzahl ausgesucht schöner Personen beiderlei Geschlechts zusammenzubringen. Als sich aber herausstellte, dass das Durcet gehörende Schloss in der Schweiz, in welchem er die kleine Elvire gemeuchelt hatte, der einzige unauffällige Ort war, an dem man dieses gewagte Freudenfest ausführen konnte, musste man sich entschließen, den Kreis der Teilnehmer enger zu ziehen, denn die vorhandenen Räumlichkeiten erlaubten nicht die Unterbringung so zahlreicher Bewohner. – Eine Versammlung von derartig vielen Personen hätte ruchbar und gefährlich werden können!

Man beschränkte sich also auf zweiunddreißig Teilnehmer: außer den vier Erzählerinnen acht junge Mädchen, acht Knaben, acht Ficker mit ungeheuren Schwänzen für die Vergnügungen des passiven Kanalfegens, und vier Dienerinnen. Von jeder Gattung wählte man aber nur das Beste, als Ausgleich für diese erzwungene Bescheidenheit. Die Vorbereitungen nahmen ein volles Jahr in Anspruch und verschlangen Unsummen. Um die acht Mädchen aufzutreiben, die das Entzückendste sein sollten, was Frankreich besaß, schickte man sechzehn Zuhälterinnen mit je zwei Helferinnen in die sechzehn Provinzen des Landes, während eine siebzehnte allein in Paris tätig war. Diese Meisterinnen des guten Geschmacks sollten sich exakt zehn Monate nach ihrer Abreise auf einem Schloss des Herzogs in der Nähe von Paris einfinden. Jede sollte neun Objekte mitbringen, was insgesamt einhundertsiebenundvierzig ergab, aus

[48] Lesbe.

denen man dann acht auswählen wollte. Vornehme Geburt, Tugendhaftigkeit und Schönheit waren die Hauptgesichtspunkte schon für die erste Lese. Man wollte nur Mädchen aus ehrbaren Häusern, sie mussten nachweislich aus dem Kreis ihrer Familien oder aus Klosterpensionaten geraubt sein. Alles, was nicht von höherem Stand als der Bourgeoisie, nicht jungfräulich, nicht sittsam und makellos schön war, wies man ohne Mitleid zurück. Die Miezenkrämerinnen wurden auf ihren Reisen von Spionen überwacht, die den Auftraggebern ständig Bericht erstatten mussten. Der finanzielle Aufwand dabei war unglaublich: Für jedes geeignete Subjekt wurde den Ludinnen dreißigtausend Francs ausgezahlt, die Unkosten mussten sie selbst tragen. Keines der Mädchen durfte älter als fünfzehn und jünger als zwölf Jahre sein, alles andere wurde unerbittlich zurückgewiesen.

Nach denselben Anweisungen und demselben Kostenaufwand hatten die siebzehn schwulen Agenten auf ihrer Suche nach Knaben in der Hauptstadt und der Provinz zu verfahren. Sie sollten einen Monat später als die Frauen zusammentreffen.

Ausschlaggebend für die Wahl der jungen Männer wiederum, die wir fortan als Ficker bezeichnen werden, waren die Ausmaße ihrer Schwänze, von denen keiner unter zehn bis elf Zoll Länge und sieben bis acht Zoll Umfang sein sollte. Die acht mit diesem Auftrag bedachten Luden arbeiteten im ganzen Land und sollten sich einen Monat nach der Knabenwahl einfinden. Das ganze Unternehmen ist so ungewöhnlich, dass es uns angemessen erscheint, dass wir uns nun mit der Auswahl der Objekte beschäftigen wollen, um das Genie unserer vier Libertins besser kennenzulernen. Kein Detail ist dabei irrelevant!

Als sich der Zeitpunkt näherte, an dem die Mädchen eintreffen sollten, begab man sich auf das Landgut des Herzogs. Verschiedene Kupplerinnen hatten ihre Zahl von neun nicht erreicht, andere hatten unterwegs Mädchen durch Flucht oder Krankheit eingebüsst, sodass nur die Zahl von 130 herauskam. – Doch welche Menge an Reizen und Anmut, großer Gott! Niemals, glaube ich, sah man soviel davon an einem Ort! Dreizehn Tage dauerte der Test, da man täglich nur zehn Mädchen untersuchte. Die vier Freunde saßen im Kreis, und man stellte das jeweilige Fräulein in seinem Alltagskleid, das es bei der Entführung getragen hatte, zwischen sie. Die Ludin erzählte nun die Umstände des Raubes, und wenn sich herausstellte, dass die Bedingungen der Vornehmheit und der Tugendhaftigkeit nicht erfüllt waren, wurde das Mädchen ohne Hilfe und Begleitung zurückgeschickt, ohne dass man sie näher examinierte. Die Zuhälterin aber musste dann die Unkosten tragen. Hatte die Kupplerin gesprochen, ließ man sie abtreten, man überprüfte dann ihre Angaben durch Befragen des Mädchens. Stimmte alles, trat die Beitreiberin wieder ein, schürzte das Mädchen hinten auf, um der Versammlung ihren Arsch zu zeigen, denn dies was das Wichtigste, und sah man hier auch nur einen geringen Makel, wurde es abgelehnt. War man aber zufrieden, so entkleidete man das Mädchen, das fünf- bis sechsmal hintereinander im Kreis der Wüstlinge die Runde machen musste, und prüfte es immer wieder aufs Gründlichste. Man drehte es hin und her, betastete und beschnüffelte es, spreizte die Beine auseinander und untersuchte es auf seine Jungfräulichkeit, aber ganz sachlich und nüchtern, ohne durch sinnliche Erregung die Musterung zu stören. Hierauf konnte das süße Kind sich zurückziehen, und unter seinen auf eine Karte geschriebenen Namen setzten die Prüfer ihre Unterschrift mit dem Vermerk *„Angenommen"* oder *„Zurückgewiesen"*.

Diese Billetts wurden ohne gegenseitige Verständigung in einen Kasten gelegt. Nachdem alle untersucht waren, nahm man sich die Zettel vor. Für die endgültige Annahme war erforderlich, dass alle ihr *„Angenommen"* erklärt hatten. Fehlte eine Zustimmung, so schickte man das betreffende Mädchen sofort unbarmherzig fort, wie ich schon sagte, zu Fuß, ohne Entschädigung, ohne Hilfe und Führer. Nur ein Dutzend davon behielten die Wüstlinge zurück, um sich nach vollzogener Wahl mit ihnen zu vergnügen und sie dann den Zuhälterinnen zu überlassen. Beim ersten Wahlgang schieden fünfzig Personen aus, die übrigen achtzig nahm man sich nochmals vor, aber diesmal weitaus genauer und gründlicher. Der kleinste Fehler hatte den Ausschluss zur Folge. So wurde eine weggeschickt, die schön war wie der Tag, weil ein Zahn etwas vorragte. Mehr als zwanzig andere wies man zurück, weil sie die Töchter von Bürgerlichen waren. Bei dieser zweiten Wahl bestanden nur fünfzig, dreißig wurden ausgesondert.

Um mit der notwendigen Sachlichkeit an die dritte Kür heranzugehen, beschloss man, sich mit Hilfe dieser fünfzig Mädchen zunächst von etwas Schwanzsaft zu befreien. Jeder der Freunde umgab sich mit einer Gruppe der jungen Weiber, die von den Zuhälterinnen angeleitet wurden. Diese Gruppen wechselten von einem zum anderen, die Stellungen lösten sich so kunstvoll ab, und es gab ein so erregendes, aufreizendes Bild, dass der Glibber nur so spritzte, und man nun mit einem kühlen Kopf an die Wahl gehen konnte, bei der noch dreißig ausgeschieden wurden. Es blieben also noch zwanzig übrig, immerhin ein Dutzend zuviel. Man beruhigte sich durch neue Mittel, durch solche, von denen man annahm, dass sie einen Degout hervorrufen könnten. Aber es blieb bei zwanzig, und diese waren wirklich so, dass man sie eigentlich behalten musste, denn sie waren zauberische Meisterwerke des Schöpfers. So gleich an Schönheit, musste man nun prüfen, ob manche doch einen gewissen Vorzug vor den anderen hatten. Was der Präsident in dieser Hinsicht vorschlug, entsprach der Verkommenheit seines Charakters. Das kümmerte aber niemand, und seine Idee wurde angenommen: Es handelte sich darum, zu erfahren, wer von den Mädchen am besten eine ganz bestimmte Tätigkeit erledigte, die man sie künftig sehr häufig durchführen zu lassen gedachte. Und innerhalb von vier Tagen konnte man endlich die Entscheidung treffen und zwölf von ihnen verabschieden. Doch amüsierte man sich mit diesen erst noch eine Woche lang auf jede Weise, um sie dann den Zuhälterinnen zu überlassen, die sich nun durch die Prostituierung dieser köstlichen, vornehmen Geschöpfe immens bereicherten.

Die acht endgültig erwählten Mädchen gab man in ein Kloster, um sich das Vergnügen, sie zu genießen, für einen späteren Zeitpunkt vorzubehalten. Keiner der vier Freunde rührte sie vorher an. Ich werde nicht so närrisch sein, diese Schönheiten zu beschreiben, denn sie waren alle von der gleichen Grazie und Vollkommenheit, so dass die Natur sie hätte vorzeigen müssen, wenn sie dem Menschen ein Beispiel von der Meisterschaft ihrer Bildnerkunst geben sollte. Meine Schilderung würde daher nur allzu monoton. Ich begnüge mich also damit, lediglich ihre Namen aufzuzeichnen:

Die erste hieß Augustine und war fünfzehn Jahre alt, Tochter eines Barons von Languedoc, und aus einem Kloster zu Montpellier entführt.

Die zweite hieß Fanny, Tochter eines Parlamentsrats der Bretagne, und aus dem väterlichen Schloss selbst geraubt.

Die dritte hieß Zelmire, fünfzehn Jahre alt; sie war die Tochter des Grafen Terville, der sie vergötterte. Sie wurde vom Fleck weg geraubt, als sie einen Augenblick allein im Walde weilte, wohin ihr Vater sie zur Jagd auf eines seiner

Güter in Beauce mitgenommen hatte. Als einzige Tochter hätte sie mit 400 000 Francs Mitgift im nächsten Jahr einen hohen Adeligen heiraten sollen. Jetzt aber beweinte sie ihr schreckliches Los von allen am meisten.

Die vierte hieß Sophie, vierzehn Jahre alt, Tochter eines wohlhabenden Edelmannes, der seine Güter in Berry bewohnte. Auf einem Spaziergang war sie von der Seite ihrer Mutter entführt worden, die bei ihren Verteidigungsversuchen in einen Fluss gedrängt wurde, wo sie vor den Augen des Kindes ertrank.

Die fünfte hieß Colombe, war aus Paris und die Tochter eines Parlamentsrats. Sie war erst dreizehnjährig und geraubt worden, als sie mit ihrer Gouvernante abends von einem Kinderball ins Kloster zurückkehrte. Das Kindermädchen aber hatte man erstochen.

Die sechste hieß Hébé, war zwölf Jahre alt, Tochter eines Hauptmanns der Kavallerie, eines Mannes von Rang, der in Orléans lebte. Sie war aus dem Kloster geraubt worden, indem man zwei Nonnen bestochen hatte. Man kann sich nichts Verführerischeres und Zarteres vorstellen als sie.

Die siebte hieß Rosette, war dreizehn Jahre alt, Tochter des Generalleutnants von Chalon-sur-Saône. Nach dem Tod ihres Vaters lebte sie bei der Mutter auf dem Lande, und man hatte sie auf nach Art der Meisterdiebe unter den Augen ihrer Angehörigen entführt, indem man einen Raub vortäuschte.

Die letzte hieß Mimi oder Michette, war zwölf Jahre alt, Tochter des Marquis von Sénanges. Sie war von einem Landgut ihres Vaters im Bourbonnais verschleppt worden, als sie mit einigen Frauen eine Wagenfahrt machte. Ihre Begleiterinnen wurden ermordet.

Man sieht, dass für die Vorbereitungen des Freudenfestes hinreichend finanzielle Mittel aufgewandt und viele Verbrechen begangen wurden, aber das Geld spielte ja hier keine Rolle. Was die Freveltaten anbetrifft, so lebte man in einer Zeit, in der man in ihrer Ergründung und Bestrafung nicht sehr eifrig war. Die Unholde hatten also nichts zu befürchten, es wurden nicht einmal richtige Nachforschungen angestellt.

Nunmehr näherte sich der Zeitpunkt für die Untersuchung der Knaben. Sie war weniger schwierig, aber umständlicher. Die Luden hatten einhundertfünfzig Exemplare aufgetrieben, und man kann ohne Übertreibung sagen, dass sie den Mädchen gleichwertig waren, sowohl durch ihre hübschen Gesichter wie durch ihre Anmut, Reinheit, Unschuld und Vornehmheit. Jeder von ihnen wurde (wie die Mädchen) mit dreißigtausend Francs bezahlt, aber die Vermittler hatten ein geringeres Risiko als die Kupplerinnen. Diese Ware entsprach auf jeden Fall mehr dem Geschmack unserer Wüstlinge, und so hatten sie sich entschlossen, sogar die Kosten für die Zurückgewiesenen zu ersetzen. Die bei den Wahlen ausscheidenden Jünglinge würde man nämlich zu einem anderen Zweck verwenden und demzufolge auch dafür bezahlen. Die Untersuchung der Knaben vollzog sich in der gleichen Weise wie die der weiblichen Objekte. Man prüfte täglich zehn, aber man ging dabei vorsichtiger zu Werke, indem man vor jeder Wahl mit Hilfe der vorzunehmenden Kandidaten die Entladung herbeiführte.

Die anderen wollten den Präsidenten schon ausschließen, weil er bereits bei der Prüfung der Mädchen seinen verruchten Hang zur Gemeinheit und Verderbtheit derart offenbart hatte, dass er die Arbeit wesentlich erschwerte. Er versprach, sich zu beherrschen, und wenn er seine Beteuerung einhielt, so fiel ihm das gewiss nicht leicht. Wenn eine entartete Phantasie sich nämlich erst gewöhnt hat an die Verstöße gegen den guten Geschmack und die Natur, an so wunderbar kitzelnde Frevel, ist es schwierig, solch eine Person auf den rechten Pfad zurückzuführen. Ihre Urteilskraft wird von ihren Neigungen so stark beeinflusst, dass sie das wirklich Schöne verachtet und nur noch das Abstoßende liebt, so dass sie jede Abkehr davon als Unrecht empfinden muss.

Bei den ersten Sitzungen wurden hundert Exemplare ausgewählt, und man musste noch fünfmal sichten, um sich auf die beabsichtigte geringere Anzahl zu einigen. Nach drei weiteren Wahlen blieben noch fünfzig. Also musste man zu besonderen Mitteln greifen, um jene herauszufinden, die man behalten wollte. Man verfiel darauf, sie als Mädchen zu verkleiden, ihnen also das Äußere jenes Geschlechts zu verleihen, dessen man überdrüssig war, und so alle Merkmale der Gattung zu verbergen, die man vergötterte. Dadurch verflog jede Illusion, und es verblieben nur noch fünfundzwanzig übrig, von denen man sich nicht zu trennen vermochte. Man konnte alles tun, was man nur wollte, vergebens spritzte der Ficksaft, vergebens notierte man die Namen sofort nach dem Erguss auf Zettel, vergebens bediente man sich jener Dinge, die man schon bei den Mädchen anwandte. Man kam dennoch zu keiner Entscheidung, und so blieb nichts anderes übrig, als das Los entscheiden zu lassen. Ich nenne nur die Namen der glücklichen Gewinner, ihr Alter, ihre Herkunft und das Wesentliche ihres Schicksals. Ihre Reize schildern? Das muss ich mir versagen! Sie übertrafen an Schönheit die Modelle, nach denen Albani[49] die Züge seiner entzückenden Engel geschaffen hat, und das Antlitz Amors selbst kann nicht köstlicher gewesen sein!

Zélamir war dreizehn Jahre alt, der einzige Sohn eines Edelmannes aus Poitou, der ihn mit außergewöhnlicher Sorgfalt auf seinem Landgut erzog. Als er in Begleitung eines Dieners Verwandte in Poitiers besuchte, überfiel man ihn, ermordete seinen Begleiter und entführte den Knaben.

Im gleichen Alter war Cupidon, Sohn eines Edelmannes aus der Umgebung von La Flèche, der die Schule in dieser Stadt besuchte. Auf einem Sonntagsspaziergang der Zöglinge raubte man ihn, da er der Hübscheste war.

Narcisse war ein Malteserritter und zwölf Jahre alt. Ihn entführte man aus Rouen, wo sein Vater eine seiner Vornehmheit angemessene Stellung einnahm. Seiner bemächtigte man sich auf dem Weg zur Pariser *Schule Ludwigs des Großen*, wohin er übersiedeln sollte.

Der Entzückendste der acht war Zéphire, vorausgesetzt, die grenzenlose Schönheit der Knaben hätte überhaupt eine Wahl gelassen. Er oblag seinen Studien an einem Pariser Institut, und um seine Wiedererlangung bot sein Vater, ein hoher Beamter, alles auf, doch vergebens. Ein bestochener Lehrer hatte sieben Knaben ausgeliefert, von denen aber sechs zurückgewiesen wurden. Zéphire hatte dem Herzog den Kopf verdreht, und dieser versicherte, dass er diesen Jungen in den Arsch ficken müsse, und wenn es eine Million koste. Er reservierte sich die Erstlinge, die ihm von den anderen zugebilligt wurden. – Was für eine Mesalliance! Oh, armes, zartes Kind, welch scheußliches Los erwartete dich!

---

[49] Francesco Albani (1578-1660), italienischer Maler.

Céladon war der Sohn eines Magistratsbeamten aus Nancy, der eine Tante in Lunéville besuchen wollte und dabei geraubt wurde. Er war gerade eben vierzehn Jahre alt. Man verführte ihn mit Hilfe eines Mädchens seines Alters. Das kleine Luder heuchelte ihm Liebe vor und lockte ihn, der schlecht bewacht wurde, so in die Falle.

Adonis war fünfzehn Jahre alt, als man ihn aus der Schule von Plessis entführte. Sein Vater war Gerichtspräsident der *Großen Kammer*, und er machte viel Aufheben um das Verschwinden. Man war aber so vorsichtig gewesen, dass keine seiner Nachforschungen eine Spur fand. Curval hatte den Knaben vor zwei Jahren in seinem Elternhaus kennengelernt und war ganz vernarrt in ihn. Er war es, der seine Entführung mit Eifer betrieb und auch die Kosten dafür trug. Seine Freunde staunten, in seinem verderbten Hirn einen so guten Geschmack zu finden, und Curval war sehr stolz auf das Lob, zuweilen doch mit einem feinen Sinn für Ästhetik überzeugen zu können. Der Junge erkannte ihn und weinte, aber der Präsident tröstete ihn mit der Versicherung, dass er selbst ihn entjungfern werde. Und während er ihm diesen Trost spendete, beklopfte er ihm mit seinem riesigen Gerät die kleinen, zerbrechlichen Hinterbacken. Er verlangte ihn für sich, und er bekam ihn auch.

Hyacinthe, der vierzehnjährige Sohn eines in der Champagne lebenden pensionierten Offiziers, wurde geraubt, als er sich auf der leidenschaftlich geliebten Jagd befand, wohin man ihn unvorsichtigerweise alleine gehen ließ.

Den dreizehnjährigen Giton, Sohn eines Würdenträgers aus Nivernais, holte man von den Pagen der Großen Hofhaltung in Versailles. Man entführte ihn, als er allein in der Avenue de St.-Cloud spazierte. Er erregte die Leidenschaft des Bischofs, dem seine Erstlinge zugesprochen wurden.

Dieser Art waren die männlichen Gottheiten, welche die vier Libertins ihren Begierden dienstbar machten. Wie dies vor sich ging, werden wir noch berichten. Es blieben einhundertzweiundvierzig Objekte übrig, aber mit *diesem* Wildbret ging man nicht so achtlos um wie mit dem anderen. Man entließ keines, ohne es vorher ausgiebig benutzt zu haben und zog sich mit diesen Knaben für einen Monat auf ein Schloss des Herzogs zurück. Nachdem man sich an ihnen genuggetan hatte, entledigte man sich ihrer auf eine radikale Weise: Man verkaufte sie an einen türkischen Korsaren und verwischte so jede

Spur. Auch bekam man auf diese Weise die Unkosten wieder herein. In kleinen Gruppen brachte sie man nach Monaco, wo der Türke sie an Bord nahm, um sie in die Sklaverei zu führen. Ihnen dieses schreckliche Los bereitet zu haben, amüsierte die Wüstlinge ganz außerordentlich.

Nun war die Zeit zur Wahl der Ficker gekommen, deren Musterung keine Schwierigkeiten bot. Sie standen schon in reiferem Alter; den Zurückgewiesenen unter ihnen ersetzte man Kosten der Reise und entlohnte sie für ihre Mühe. Da die Luden sich nur an die gewünschten Maße zu halten hatten, war es ihnen ohne besondere Mühe gelungen, fünfzig Kerle zusammenzubringen. Unter den zwanzig Stärksten wählte man acht der jüngsten und schönsten. Ich nenne hier nur vier von ihnen, deren später besondere Erwähnung geschieht:

Hercule besaß wirklich die Gestalt des Halbgottes, dessen Namen er trug. Er war sechsundzwanzig Jahre alt, und sein Pimmel maß acht Zoll, zwei Linien im Umfang und sechzehn Zoll Länge. Man sah noch nie etwas so Schönes und Majestätisches wie dieses fast immer steife Werkzeug, das in acht Entladungen (der Beweis wurde angetreten) genau eine Pinte[50] Ficksaft hergab. Im Übrigen war der Mann sehr gutmütig und hatte ein interessantes Gesicht.

Antinoüs, nach dem Geliebten Kaiser Hadrians benannt, vereinigte mit dem schönsten Schwanz der Welt den wollüstigsten Arsch, was sehr selten vorkommt. Sein Werkzeug hatte acht Zoll Umfang und zwölf Zoll Länge, er zählte dreißig Lenze und hatte das hübscheste Gesicht auf Erden.

Arschbrecher[51] besaß ein drolliges Steckenpferd, nämlich dass er jeden Hintern zerriss, in den er mit seinem krummen Schwengel eindrang, weshalb er seinen Spitznamen trug. Seine Schwanzspitze glich einem Ochsenherzen von acht Zoll und drei Linien Umfang, aber nur acht Zoll, sechzehn Linien Länge. Diese verbogene Rute war so gekrümmt, dass sie mit Sicherheit alle Ärsche aufriss, in die sie eingeführt wurde. Aber eben diese Eigenschaft der Missbildung wurde von den vier Libertins als ein besonderer Vorzug geschätzt.

---

[50] Dieses alte Hohlmaß hatte viele regionale Unterschiede. Ganz grob kann man von ca. 0,5 Litern ausgehen.

[51] „Brise-cul" im Original.

Himmelsständer[52] wurde so genannt, weil sein Werkzeug immer nach oben ragte, egal was er tat. Er war mit einem Apparat von sieben Zoll, elf Linien Umfang und elf Zoll Länge bewehrt. Man hatte ihn stärker Gebauten vorgezogen, weil er trotz zahlreicher Entladungen doch auf die leiseste Berührung wieder mit einer Erektion reagierte. Die vier anderen Ficker waren fast von gleiche Größe und Gestalt. Mit den zweiundvierzig überzähligen Subjekten vergnügte man sich zwei Tage lang und entließ sie dann mit guter Bezahlung, nachdem man sie fast zu Schanden geritten hatte.

Nun war nur noch die Wahl der vier Dienerinnen, der Anstandsdamen, vorzunehmen, und diese war entschieden die seltsamste. Nicht nur der Geschmack des Präsidenten war entartet, auch der Gout seiner Freunde (insbesondere Durcets) stieg gern in die Niederungen des Schmutzes und der Perversität hinab. Dort fand er mehr Gefallen an einem verdreckten und ekelhaften Objekt als an einer göttlichen Schönheitsform der Natur. Es ist schwer, diese Erscheinung zu erklären, aber sie existiert häufig, und das Widernatürliche übt auf gewisse neurotische Individuen einen ebenso starken oder gar heftigeren Zauber aus wie das Liebreizende. Es ist erwiesen, dass bei so veranlagten Personen das Schreckliche und Abstoßende anziehend wirkt, sie geil macht und ihren Schwanz versteift, und dass auch ansonsten normale Menschen im Brunstzustand an einem verderbten Objekt ihre Lust finden. Erscheint das Niedrige aber in der Verfassung der Geilheit gefällig, so muss es das umso mehr sein, je verlotterter es ist. Demzufolge besitzt der liederliche Gegenstand einen Vorzug vor dem unberührten und anständigen.

Nein, hierin besteht kein Zweifel! Außerdem ist die Schönheit selbstverständlich von aufregender Wirkung, die Hässlichkeit aber ein ungewöhnliches Lustobjekt, und in der Ausschweifung zieht die sinnliche Phantasie das Außerordentliche dem Herkömmlichen vor. Anmut und jugendliche Frische wirken immer nur auf den normalen Sinn. Garstigkeit und Verkommenheit packen tiefer, sie erschüttern viel stärker und erregen lebhafter. Es kann deshalb nicht überraschen, wenn man sieht, dass zahlreiche Männer eine alte, hässliche oder gar stinkende Vettel einem hübschen, frischen Mädchen favorisieren. Es ist fast das Gleiche, als wenn ein Wanderer den dürren, zerklüfteten Boden der Berge den langweiligen Fußwegen der fruchtbaren

---

[52] „Bande-au-ciel" im Original.

Ebenen vorzieht. Alle diese Erscheinungen hängen ab von unserer Artung und von der Erregbarkeit unserer Organe, und wir sind ebensowenig imstande, unsere Neigungen zu ändern, wie unsere Körperformen umzugestalten. Von solch verkommener Art war die Geschmacksdominante des Präsidenten, und die seiner drei Zunftgenossen war nicht sehr verschieden davon. Jedenfalls zeigten sie sich bei der Wahl der Dienerinnen eines Sinnes und bekundeten damit das Höchstmaß ihrer Zügellosigkeit und Verderbtheit. Mit größter Sorgfalt ließ man die vier Kreaturen in Paris suchen, wie man sie brauchte. Wenn auch ihr Bild abstoßend ist, so möge man mir doch erlauben, es zu entwerfen, denn es ist wichtig für die Beurteilung jener Sitten und Gewohnheiten, deren Enthüllung eine der wesentlichsten Aufgaben dieses Werkes ist.

Die erste hieß Marie und war die Helferin eines bekannten, erst kürzlich geräderten Banditen gewesen, die man ebenfalls gepeitscht und gebrandmarkt hatte. Sie war im Alter von achtundfünfzig Jahren, hatte fast keine Haare mehr, besaß eine schiefe Nase, stumpfe Triefaugen, einen breiten Mund, in dem, wenn auch schwefelgelb geworden, noch alle Zähne vorhanden waren. Sie war groß und hager, hatte elf Kinder geboren und, wie sie sagte, alle aus Furcht erwürgt, sie könnten später zu argen Menschen werden. Ihr Bauch war gefurcht wie das bewegte Meer, und durch ein Eitergeschwür hatte sie eine Arschbacke eingebüßt.

Die zweite hieß Louison, war sechzigjährig, klein, bucklig, einäugig und hinkend. Für ihr Alter hatte sie einen schönen Arsch und eine noch ziemlich frische Haut. Ihre teuflische Bosheit machte sie für alle Scheußlichkeiten und Ausschweifungen bereit, die man sie zu begehen befahl.

Thérèse war zweiundsechzig Jahre alt, groß, mager, sah aus wie ein Gerippe, hatte auf dem Kopf kein Haar, im Mund keinen Zahn, und sie ließ dieser Öffnung einen Hauch entströmen, der alle Umstehenden schier zu Boden sinken ließ. Ihr Hintern war mit Wundmalen bedeckt und die Backen so schlaff, dass man sie um einen Spazierstock herum aufrollen konnte, während das Loch dieses hübschen Arsches an Größe einem Vulkankrater glich. – Es stank wie eine wahre Kloake! Sie hatte sich nach eigener Aussage in ihrem ganzen Leben nicht den Hintern abgewischt, so dass bewiesen ist, dass man an ihm noch die Scheiße ihrer Kindertage entdecken konnte. Ihre Fotze war ein Kanal voller Unrat und Schmutz, ein pestilenzialisch stinkendes Grab, das

Ohnmacht verbreitete. Sie hatte einen verkrüppelten Arm und ein verkürztes Bein.

Die vierte hieß Fanchon, sie war sechsmal *in effigie*[53] gehenkt worden, und es gab auf der Welt kein Verbrechen, das sie nicht schon begangen hätte. Sie zählte neunundsechzig Jahre, war plattnasig, kleingewachsen, fett, schieläugig, fast stirnlos und besaß in ihrem stinkenden Maul nur noch zwei Zähne, die schon wackelten. Ihren Hintern zierte ein Ausschlag, und faustdicke Hämorrhoiden garnierten ihr Loch. Ihre Möse war vom Tripper zerfressen, der auch schon einen der Schenkel zerstört hatte. Dreiviertel des Jahres war sie sturzbesoffen, und ihr schwacher Magen vertrug den Alkohol nicht und kotzte ihn überall aus. Trotz des Hämorrhoidenkranzes war ihr Arschloch so weit, dass ihm unbemerkt die Fürze entwichen und trompeteten, und oft entleerte sie sich auch unwillkürlich. Außer den häuslichen Diensten im Lustschloss sollten diese vier Weiber auch noch alle möglichen Dienste und Besorgungen verrichten, deren man bei den Ausschweifungen bedurfte.

Nachdem alles besorgt war, begann der Sommer. Jetzt waren nur noch jene Dinge auf das Schloss Durcets zu schaffen, die das Leben dort angenehm und bequem machen sollten. Man schickte dorthin Möbel, Spiegel, Nahrungsmittel und Weine sowie allerhand Liköre. Außer den erforderlichen Arbeitern logierte der vorausgereiste Durcet auch die für den Aufenthalt bestimmten Personen provisorisch ein, die nach und nach dort eintrafen. Nun schulde ich dem Leser noch eine Beschreibung des berühmten Tempels, in dem während vier Monaten der Wollust so viele Opfer dargebracht werden sollten. Es wird sich zeigen, mit welcher Sorgfalt man diesen Zufluchtsort gewählt hatte und wie man ihn verschwiegen und unauffindbar machte. Die Leidenschaft verlangt nach Ruhe und Abgeschlossenheit, und da diese die Sinne mit einer religiösen Scheu erfüllen, müssen sie auch der Ausschweifung einen besonderen Reiz verleihen.

---

53 In Abwesenheit des Delinquenten wurde sein Bild oder eine Strohpuppe hingerichtet, eine symbolische Bestrafung, die auch an de Sade mindestens einmal durchgeführt wurde. Eine Anspielung darauf findet sich hier im 23. Tag des ersten Teils, wo er sich hinter dem „Marquis de S***“ verbirgt.

Wir werden dieses Refugium in seinem veränderten und verschönten Zustand der vollkommenen Einsamkeit schildern, in den es durch die vier Freunde versetzt wurde. Um ihn zu erreichen, musste man zuerst nach Basel gehen und den Rhein überqueren. Sodann passierte man einen gewissen Ort, hinter dem sich der Weg derart verengte, dass man die Kutschen verlassen musste. Man betrat nun den Schwarzwald, durch den ein fünfzehn Meilen langer, ohne Führer nicht zu begehender Weg führte. Wo sich dann die kümmerlichen Hütten des Köhlers und des Waldhüters zeigten, begann der Grundbesitz Durcets, dem der Weiler gehörte. Die Bewohner der kleinen Ansiedlung waren Diebe und Schmuggler, und so fiel es dem Banker leicht, sie sich gefügig zu machen. Sie erhielten den Befehl, niemand in die Nähe des Schlosses kommen zu lassen.

Der erste November nahte, an dem die Gesellschaft vollzählig sein sollte. Durcet bewaffnete seine ergebenen Vasallen, gewährte ihnen einige Privilegien, die sie sich seit langem erbeten hatten, und die Schranke wurde geschlossen. Es war nun unmöglich, den sichernden Ring nach Silling, wie das Schloss Durcets hieß, zu durchbrechen. Hatte man die Köhlerei hinter sich, begann der Berg aufzusteigen, fast so hoch wie der Sankt Bernhard, und er war nun viel unwegsamer, denn man konnte ihn nur zu Fuß passieren. Das bedeutet nicht, dass nicht auch Maultiere den Aufstieg bewältigen konnten. Doch war der Pfad, den man einschlagen musste, auf allen Seiten derart von Abgründen umgeben, dass man sich auf dem Rücken dieser Tiere großen Gefahren aussetzte. Sechs derselben, die Lebensmittel und Ausrüstung trugen, stürzten ab, und mit ihnen zwei Arbeiter, welche die Tiere besteigen wollten. Der Anstieg zum Gipfel erforderte fünf Stunden. Oben ergab sich eine neue Schwierigkeit, die nur für Vögel zu überwinden war, denn zwischen dem nördlichen und südlichen Teil des Berggipfels hatte eine Laune der Natur eine dreißig Klafter breite Spalte sich öffnen lassen. So war es ohne künstliche Hilfsmittel unmöglich, nach der Besteigung auf der anderen Seite den Talmarsch vorzunehmen. Durcet hatte zwischen der Nord- und Südspitze, die ein Abgrund von mehr als tausend Fuß Tiefe trennte, eine stattliche Holzbrücke erbauen lassen. Sie wurde abgerissen, als die letzten Lebensmittellieferungen angekommen waren, und von diesem Moment an gab es keine Verbindung mehr zwischen der Welt und dem Schloss Silling. Stieg man nämlich die Nordseite hinab, so gelangte man in eine kleine Ebene von etwa vier Morgen. Sie war allenthalben von steilen Felsen umgeben, deren Wipfel in die Wolken ragten und die das Tal wie eine Mauer umschlossen und nicht die kleinste Öffnung zwischen sich besaßen. Die Passage, welche man den „Brückengang“ nannte, war also die einzige, von der aus man in die Ebene hinabzusteigen vermochte. War der Steg einmal abgebrochen, gab es keinen Menschen auf der Welt mehr, egal wie man ihn sich vorstellen mag, der diesen Ort hätte erreichen können. Hier, inmitten dieser so gut eingefassten und geschützten Ebene, lag das Schloss Durcets.

Es war umgeben von einer dreißig Fuß hohen Mauer, und dahinter verteidigte ein tiefer Wassergraben noch einen letzten Wall, der eine Rundgalerie bildete. Ein niedriger, schmaler Gang führte in einen ausgedehnten Innenhof, der an die Wohnräume grenzte. Diese waren sehr groß und schön eingerichtet. Im ersten Stock lag eine geräumige Galerie. Man beachte, dass ich diese Räume nicht beschreibe, wie sie einst ausgesehen haben, sondern wie sie für das geplante Vorhaben angelegt und aufgeteilt worden waren. Von dieser Galerie gelangte man in einen reizenden Speisesaal mit turmartigen Schränken, die mit der Küche verbunden waren und es ermöglichten, die Speisen ohne Hilfe von Dienern noch heiß zu servieren. Der mit Teppichen, Öfen, Ottomanen[54] und vorzüglichen Sesseln ausgestattete Raum lag unmittelbar neben einem Gesellschaftssaal, der einfach, aber mit aller Behaglichkeit eingerichtet war. Er stand mit einem Versammlungszimmer in Verbindung, in welchem die Erzählerinnen ihre Geschichten zum Besten geben sollten.

Dies also war gleichsam das Schlachtfeld der geplanten Kämpfe, der Hauptort der wollüstigen Versammlungen und dementsprechend geschmückt. Er war im Halbkreis angelegt. In dieser Rundung befanden sich vier Nischen mit Spiegelwänden. In jeder von ihnen stand eine Ottomane. An der gegenüberliegenden, geraden Wand, erhob sich ein Thron, der für die Erzählerin bestimmt war, während die Zuhörer in den vier Winkeln Platz nahmen, wo jedes Wort deutlich zu verstehen war. Die Erzählerinnen befanden sich dort wie Schauspielerinnen auf einer Bühne, und die Zuhörer in den Nischen saßen wie in einem Amphitheater. An den Stufen dieses Thrones sollten sich die Objekte der Wollust platzieren, deren man sich bedienen wollte, um jene Erregungen zu besänftigen, die man den Erzählungen verdankte. Die Stufen waren, ebenso wie der Thron, mit schwarzen, goldbefransten Teppichen

---

[54] Gepolsterte Sitzbank bzw. Sofa mit halbrunden Armlehnen.

bedeckt. Die Nischen aber waren in Dunkelblau gehalten. Eine kleine Tür im Hintergrund jeder dieser Einbuchtungen führte in eine anstoßende Garderobe, wohin man die erwählten Partner kommen ließ, wenn man es vorzog, die Wollustakte nicht vor aller Augen auszuführen. Diese Garderoben waren mit Sofas und allen anderen, der Unzucht dienenden Möbeln eingerichtet. An beiden Seiten des Thrones ragten bis zur Decke reichende Säulen, an denen man die zur Bestrafung für ein Vergehen bestimmten Opfer festband. Alle dafür erforderlichen Instrumente hingen an den Säulenschäften. – Ein imposanter Anblick, der dazu diente, die bei solchen Unternehmen wichtige Disziplin aufrechtzuerhalten und jene Unterwürfigkeit zu erzeugen, die in der Seele des Peinigers die wonnigen Empfindungen der Geilheit hervorruft.

Der beschriebene Salon war verbunden mit einem Kabinett, welches das Ende dieses Flügels bildete. Es war eine Art Boudoir[55], sehr still und abgelegen, recht warm, tagsüber ziemlich dunkel und für die intimeren Zweikämpfe der Wollust ausersehen oder für gewisse geheime Vergnügungen, die wir später erklären werden. Um in den anderen Flügel zu gelangen, musste man von der Galerie durch eine am Ende gelegene Kapelle gehen. Hier betrat man ein schönes Vorzimmer, an das sich vier reizende Appartements anschlossen, von denen jedes aus einem Boudoir und einer Garderobe bestand. Türkische Betten in dreifarbigem Damast mit allem übrigen Zubehör, welches die sinnlichste und ausgesuchteste Lüsternheit erfinden kann, schmückten diese Gemächer. Sie waren für die vier Freunde bestimmt. Da die Zimmer gut beheizt und wirklich schön eingerichtet waren, besaßen sie also eine herrliche Wohnstätte. Ihre Ehefrauen mussten, da ihnen keine gesonderten Räume zugebilligt waren, diese Appartements nach festgelegten Regeln mit ihnen teilen.

Im zweiten Stock lag die gleiche Anzahl Zimmer, aber anders eingeteilt: In einem Raum mit acht Nischen standen die acht Betten der Mädchen, daran anschließend zwei kleine Zimmer für zwei der sie bewachenden Anstandsdamen, auch die „Alten“ genannt. Zwei weitere Stuben waren für zwei der Erzählerinnen bestimmt. Auf der anderen Seite befanden sich wieder ein Raum mit acht Nischen für die Knaben sowie zwei Kammern für die sie beaufsichtigenden Alten, und zwei weitere für die beiden anderen Erzählerinnen. Acht

[55] Kleiner, elegant eingerichteter, intimer Raum oder Ankleidezimmer.

niedliche, kleine Gemächer oberhalb dieser Räume waren den Fickern zugeteilt, die allerdings nicht allzu oft in ihren Betten schlafen sollten.

Im Erdgeschoss lagen die Küchen und sechs Schlafkammern für die sechs Wesen, die hier die Arbeit verrichten sollten. Drei von ihnen waren berühmte Köchinnen, die man für dieses Unternehmen Männern wohl mit Recht vorgezogen hatte. Drei kräftige, junge Mädchen unterstützten sie, aber von ihnen durfte keine bei den Vergnügungen zugegen sein. Wenn man schließlich von diesem Grundsatz abwich, so darum, weil die Ausschweifung sich eben keine Beschränkungen auferlegen lässt und sich nur von jeder Begrenzung zu deren Übertretung gereizt fühlt. Eines der drei Küchenmädchen beaufsichtigte das zahlreich mitgeführte Viehzeug, denn es gab außer den vier für den inneren Dienst bestimmten Anstandsdamen keine andere Dienerschaft als die Köchinnen mit ihren Mägden.

Nun muss ich noch eine Örtlichkeit skizzieren (die Struktur meiner Erzählung verbietet an dieser Stelle eine detaillierte Beschreibung), die geschaffen worden war von der Verderbtheit, der Grausamkeit, der Bosheit und Abscheulichkeit, ein Ort der nur zu ahnenden wie der bereits erkannten Laster: Aus dem Boden des Altars in der Heiligen Kapelle ließ sich ein verhängnisvoller Stein mechanisch herausheben, der eine enge, steile Wendeltreppe freigab. Sie führte auf dreihundert Stufen in den Schlund der Erde hinab, in ein mit drei Eisentüren verschlossenes Kerkergewölbe, in dem alles zu finden war, was die Kunst der Grausamkeit und die raffinierteste Barbarei an Schrecklichem erfinden konnte, um die Sinne zu entsetzen und Schandtaten zu begehen. Welche Stille herrschte dort! Wie ruhig und sicher musste sich der Verbrecher fühlen, der sein Opfer hierher schleppte! Er war allein in seinem Element, außerhalb Frankreichs, in völliger Sicherheit, auf dem Grunde eines öden Waldes, in einem Versteck, das nur den Vögeln des Himmels erreichbar war, und hier befand er sich in den Eingeweiden der Erde. Wehe, hundertmal Wehe über jene unglückseligen Kreaturen, die in solcher Verlassenheit einem Schurken ohne Rechtsgefühl und Religion ausgeliefert sind, der sein Entzücken im Verbrechen findet, der keine anderen Interessen verfolgt als seine Passion, keinen anderen Maßstab kennt als die herrischen Gesetze seiner perfiden Lüste! Ich weiß nicht, was sich hier begeben wird, aber ich kann schon jetzt verraten, ohne unserer Erzählung vorzugreifen, dass der Herzog dreimal entludt, als man ihm diesen Ort lediglich beschrieb …

Endlich, als alles vorbereitet und angeordnet war, machten sich der Herzog, der Bischof, Curval und deren Frauen mit den untergeordneten vier Fickern auf den Weg, nachdem alle übrigen Lustobjekte schon dort versammelt waren. Nach vielen Mühen erreichten sie am 29. Oktober abends das Schloss. Durcet, der ihnen entgegengereist war, ließ nun die Brücke abbrechen, nachdem alle im Haus waren. Der Herzog aber fand, dass die getroffenen Maßnahmen noch nicht ausreichten, um die Gesellschaft gegen einen Überfall oder gegen ein Entkommen zu sichern, so unwahrscheinlich diese auch sein mochten. Er verordnete daher, man müsse alle Türen zumauern, so dass man eingeschlossen war wie in einer belagerten Zitadelle, damit weder einem Angreifer noch einem Flüchtenden der kleinste Zutritt oder Ausweg offen bliebe. Dies geschah dann auch so trefflich, dass man nicht einmal mehr erkennen konnte, wo die Pforten zuvor gewesen waren. Nun richtete man sich im Inneren behaglich nach dem getroffenen Abkommen ein und bestimmte die bis zum 1. November noch verbleibenden zwei Tage als Ruhezeit für die dienenden Mitglieder der Gesellschaft, damit sie frisch erscheinen konnten, wenn die ausschweifenden Akte begannen. Die vier Freunde aber arbeiteten ein Hausgesetz aus, das von ihnen unterzeichnet und den Teilnehmern bekanntgegeben wurde.

Bevor wir in unserer Erzählung fortfahren, wollen wir den Leser mit jener Hausordnung bekannt machen. Nach der peinlich genauen Beschreibung, die wir ihm von allem gegeben haben, wird er für das Folgende besser gerüstet sein, und sein Gedächtnis wird unbelastet bleiben, so dass er nur noch lustvoll der Erzählung zu folgen braucht.

HAUSORDNUNG

Täglich wird um 10 Uhr morgens aufgestanden. Die vier Ficker, die keinen Nachtdienst hatten, werden zu diesem Zeitpunkt den vier Freunden ihren Besuch abstatten, wozu jeder von ihnen einen Knaben mitbringt. Sie werden der Reihe nach die Kabinette der Freunde aufsuchen und nach deren Wünschen handeln. Die mitgebrachten Burschen werden zunächst nur zur Anregung dienen, denn nach einstimmigem Beschluss sollen die Fötzchen der Mädchen erst im Dezember, ihre Popos sowie die Hintern der Jünglinge aber erst im Laufe des Januars eingeritten werden. Auf diese Weise sollen die

Begierden anfangs unbefriedigt bleiben und gesteigert werden, bis die Brunst in einen Zustand der geilen Wut hineingepeitscht ist. Dieses planmäßige Verfahren bereitet erfahrungsgemäß eine besondere Wonne.

Um elf Uhr betreten die Freunde die Mädchenzimmer, wo das Frühstück serviert wird, welches aus Schokolade, in spanischem Wein Gedünstetem oder anderen Stärkungen zu bestehen hat. Unter Führung der dem Mädchenharem zugeteilten beiden Alten, Marie und Louison (die anderen betreuen die Knaben), wird diese Mahlzeit von den Mädchen nackt serviert. Haben die Freunde Lust, mit den Fräulein Schamlosigkeiten zu begehen, werden diese sich dann mit der ihnen anbefohlenen Unterwürfigkeit hergeben. Jeder Verstoß dagegen wird schwer bestraft. Keineswegs dürfen diese Handlungen aber insgeheim oder abseits vorgenommen werden, sondern nur angesichts aller Anwesenden. Die Mädchen müssen, sobald sie einem der Freunde begegnen, niederknien und in dieser Stellung verharren, bis ihnen befohlen wird, sich zu erheben. Außer ihnen sind nur noch die Gattinnen und die Alten dieser Bestimmung unterworfen, aber alle haben die Freunde ausschließlich mit „Euer Gnaden“ anzureden.

Jeder der Freunde hat für die Dauer eines Monats die Aufsicht über alles, und zwar in dieser Reihenfolge: Durcet im November, der Bischof im Dezember, der Präsident im Januar und der Herzog im Februar. Die Mädchen werden jeden Morgen vor Verlassen ihres Saales von dem Aufsichtführenden darauf untersucht, ob sie sich in dem ihnen anbefohlenen Zustand befinden. Dies richtet sich nach der jeweiligen Laune der Freunde, und die Alten werden allmorgendlich davon unterrichtet. Wer das Bedürfnis nach einer Entleerung verspürt, muss dazu die Kapelle benutzen, die für diesen Zweck eingerichtet ist. Dies ohne vorherige Erlaubnis zu tun, ist verboten, und sehr oft wird diese Genehmigung aus besonderen Gründen verweigert. Der Aufsichtführende untersucht sofort nach dem Frühstück die Garderoben der Mädchen. Fälle des Ungehorsams in den oben erwähnten Fällen werden empfindlich bestraft.

Einer gleichen Inspektion werden die Knaben unterzogen, und für sie gilt dasselbe. Die vier Jungen, die morgens nicht bei den Freunden waren, empfangen sie beim Betreten des Saals. Sie lassen vor ihnen die Höschen herunter, während die anderen stehenbleiben und ihrer Befehle gewärtig sind. Die vier noch nicht Gesehenen dienen den Herren je nach Laune zu Unzüchtigkeiten, aber es gibt zu dieser Stunde keine Heimlichtuerei. Alles geschieht öffentlich.

Um ein Uhr begeben sich alle diejenigen, denen die Erlaubnis erteilt worden ist, dringende Bedürfnisse zu erledigen, nämlich die großen (was nur unter Schwierigkeiten und höchstens einem Drittel der sich Meldenden zugebilligt wird), in die Kapelle, wo für diesen Akt und alle analogen Vergnügungen alles hergerichtet ist. Sie finden hier die vier Freunde, die bis zwei Uhr auf sie warten, um sie tun zu lassen, was ihnen angenehm dünkt und was ihnen Lust bereitet.

Von zwei bis drei Uhr wird an zwei Tafeln gleichzeitig gespeist. Ein Tisch steht im Saal der Mädchen, der andere in dem der Knaben. An beiden Tafeln bedienen die Küchenmädchen. An dem einen Tisch nehmen die acht Mädchen mit den vier Anstandsdamen, an dem anderen die Gattinnen, die Knaben und die vier Erzählerinnen Platz. Die gnädigen Herren plaudern unterdessen im Salon. Dort haben sich etwas vorher in hübschester und köstlichster Aufmachung die acht Ficker eingefunden. Ausschließlich in ihrer Gesellschaft nehmen die Herren um drei Uhr das Diner ein, das von den vollkommen nackten Gattinnen serviert wird. Als Zauberinnen verkleidet unterstützen die vier Alten sie, indem sie die Schüsseln aus den Schränken nehmen, die dort von außen zugereicht werden. Während der Mahlzeit können die Ficker sich jeden Griff nach den nackten Körpern der Frauen erlauben, ohne dass diese es abwehren dürfen. Sie dürfen sich sogar Tätlichkeiten gestatten, um ihre Ruten steif zu halten und sie zur Aufreizung mit allen in den Sinn kommenden Schimpfworten schmähen.

Um fünf Uhr wird die Sitzung aufgehoben. Die Ficker ziehen sich bis zur Stunde der allgemeinen Versammlung zurück. Die vier Freunde begeben sich in den Salon, wo täglich wechselnd zwei Knaben und zwei Mädchen ihnen nackt Kaffee und Liköre servieren. Auch hier darf sich noch niemand heftigere Attacken gestatten, nur leichte Plänkeleien sind erlaubt!

Kurz vor sechs Uhr entfernen sich die Kinder, um sich rechtzeitig anzuziehen. Mit Glockenschlag sechs betreten die Herren das für die Erzählung bestimmte Zimmer und lassen sich jeder in seiner Nische nieder. Die Erzählerin sitzt auf dem Thron, die sechzehn Kinder gruppieren sich auf den Stufen, sodass sich einer Einbuchtung gegenüber immer jeweils zwei Knaben und zwei Mädchen befinden. Jeder Nische entgegengesetzt sitzt also eine solche Quadrille[56], und die Nebennische hat keinen Anspruch darauf. Die Gruppen wechseln täglich den Platz, und niemals wird dort exakt dieselbe Schar zusammenkommen.

Jedes Kind ist durch eine um seinen Arm gewundene Ranke aus künstlichen Blumen mit der Nische verbunden, sodass man nur an der Girlande zu ziehen braucht, wenn man nach dem Lustobjekt verlangt, das sofort herbeirennt und seinem Meister zu Füßen fällt. Jeder Gruppe ist eine Alte zugeteilt, die ihre Befehle vom Inhaber der entsprechenden Einbuchtung empfängt. Die drei Erzählerinnen, die in diesem Monat nicht an der Reihe sind, sitzen zu Füßen des Throns auf einer Bank, um für außergewöhnliche Aufträge zur Stelle zu sein. Die vier Ficker, die in der Nacht Dienst bei den Freunden haben, dürfen der Versammlung fernbleiben und sich auf die großen Anstrengungen der kommenden Stunden vorbereiten. Die vier anderen haben sich in den Nischen aufzuhalten, jeder auf dem Sofa, auf welchem der Freund zur Seite einer der Gattinnen liegt. Die Gemahlin ist stets nackt; der Ficker trägt Hemd und Höschen aus rosafarbener Rauschseide.

Die Erzählerin ist – wie ihre Kolleginnen – als elegante Kurtisane gekleidet, und die Knaben und Mädchen sind in ihren Gruppen verschieden angezogen: die eine asiatisch, eine spanisch, die andere türkisch, eine griechisch, und so mit jedem Tag wechselnd. Als Stoffe werden Rauschseide und Tüll verwendet, der Unterleib darf niemals eingeengt sein, und mit einem Griff muss jeder entblößt werden können. Die Alten bzw. die Anstandsdamen sind abwechselnd als Graue Schwestern[57], Nonnen, Feen, Zauberinnen und zuweilen als Witwen gekleidet. Die aus den Nischen zu den angrenzenden Kabinetten führenden Türen müssen immer offenstehen, und jedes Gemach muss durch Öfen stark erwärmt und mit allem Komfort der Ausschweifung ausgestattet sein. In all diesen Stuben brennen vier Kerzen, im Salon fünfzig.

---

[56] Vierergruppe. Der Begriff ist aber mehrdeutig. Er wird zum Beispiel auch für eine bestimmte, streng formalisierte Art des Formationsreitens verwendet und impliziert somit harsche Zucht und Ordnung sowie eine sexuelle Konnotation.

[57] Volkstümlicher Name für die Schwestern des katholischen Frauenordens *„Kongregation der Schwestern von der heiligen Elisabeth"*. Eventuell können auch die griechischen Schicksalsgöttinnen, die Moiren, gemeint sein.

Pünktlich um sechs Uhr beginnt die Erzählerin ihre Geschichte, welche die Freunde in jedem ihnen genehm erscheinenden Augenblick unterbrechen können. Diese Erzählung dauert bis zehn Uhr, und da sie die Einbildungskraft entflammen soll, sind während dieser Zeit alle aufgeilenden Handlungen erlaubt. Nur dürfen sie die Hausordnung nicht stören und nicht die Pläne der hinausgezögerten Entjungferungen gefährden. Im Übrigen ist den Herrschaften alles, was sie tun wollen, erlaubt mit der Gattin, dem Ficker, der Vierergruppe und der dazugehörigen Alten, und sogar, wenn einen die Lust dazu anwandelt, mit den Erzählerinnen, und zwar entweder in der Nische oder im Nebenkabinett. Solange diese Vergnügungen dauern, wird die Erzählung unterbrochen, um anschließend fortgesetzt zu werden.

Um zehn Uhr abends wird das Souper serviert. Die Gattinnen, die Erzählerinnen und die acht Mädchen ziehen sich zurück, um getrennt zu soupieren, denn vom Mahl der Herren bleiben die Frauen ausgeschlossen. Jene speisen mit den vier Fickern, die keinen Nachtdienst haben, und mit vier Knaben, während die anderen vier Jünglinge die Alten beim Servieren unterstützen.

Nach dem Abendessen verfügt man sich in den Versammlungssaal, wo die Orgien stattfinden. Mit Ausnahme der Ficker vom Nachtdienst vereinigt sich hier alles. In dem stark geheizten und von Kerzenleuchtern erhellten Saal bewegt sich alles nackt. Erzählerinnen, Gattinnen, Mädchen, Knaben, Anstandsdamen, Ficker, Freunde, alles wälzt sich durcheinander am Boden. Man vermischt sich miteinander in ständigem Wechsel, treibt Blutschande und Ehebruch, man gibt sich allen Ausschweifungen hin, ohne aber eine Entjungferung. Für die Defloration bei diesen Orgien sind bestimmte Zeiten vorgesehen. Ist ein Kind einmal entjungfert, so darf jeder es benutzen, wann und wo er will. Die Orgien enden pünktlich um zwei Uhr morgens.

In elegantem Nachtgewand besucht dann jeder der vier diensthabenden Ficker den Freund, bei dem er schlafen soll. Eine der Gattinnen, eines der deflorierten Kinder (wenn es soweit ist), eine Erzählerin oder eine Alte haben ihnen dabei Gesellschaft zu leisten. Man traf dabei die Anordnung, dass jeder der Freunde allnächtlich die ihm beigesellten Personen wechselt. So war die Ordnung und Einteilung jedes Tages.

Jede der siebzehn Wochen des Aufenthalts wird unabhängig davon durch ein Fest gefeiert. Dazu dienen zunächst die Vermählungen. Da aber die ersten dieser Eheschließungen unter den jüngsten Kindern stattfinden sollen, die sie noch nicht vollziehen können, stört dies nicht die geplante Reihenfolge der Deflorationen. Die Ehen zwischen den Erwachsenen werden erst nach den Entjungferungen vollzogen. Damit kann kein Schaden angerichtet werden, da die Erstlinge ja schon gepflückt sind.

Über das Betragen der Kinder haben die vier Anstandsdamen zu berichten. Jede Verfehlung ist dem Aufsichtführenden anzuzeigen. Die Bestrafungen erfolgen jeden Sonnabend während der Orgien und werden gemeinsam exerziert. Es wird eine genaue Liste über die Vergehen und ihre Maßregelungen geführt. Die von den Erzählerinnen begangenen Verstöße werden nur mit halber Strafe geahndet, weil man ihre nützlichen Talente respektieren muss. Dagegen werden die Übertretungen der Gattinnen und der Alten doppelt so schwer gesühnt wie die der Kinder. Jede Person, die sich einem Befehl widersetzt, selbst wenn die Ausführung unmöglich sein sollte, wird streng zur Rechenschaft gezogen. Das geringste Zeichen von Fröhlichkeit, der kleinste Mangel an Aufmerksamkeit, Respekt oder Unterwürfigkeit bei der Ausschweifung, sind schwere und grausam zu bestrafende Verfehlungen. Jeder Mann, der dabei überrascht wird, dass er, ohne dazu befugt zu sein, eine Frau vögelt, wird mit dem Verlust eines Gliedes gemaßregelt. Sollte eine der anwesenden Personen auch nur die kleinste religiöse Handlung ausüben, so wird sie ohne Unterschied der Person mit dem Tode bestraft.

Die Freunde sind ausdrücklich dazu angehalten, bei jeder Zusammenkunft die laszivsten, unzüchtigsten und schmutzigsten Ausdrücke zu benutzen und die stärksten Blasphemien im Mund zu führen. Der Name Gottes ist nur in Verbindung mit Flüchen und Verwünschungen auszusprechen, in dieser Weise aber möglichst oft. Den Weibern und Knaben gegenüber ist stets der brutalste, strengste, herrischste Ton anzuschlagen, den Männern gegenüber aber ein schmeichlerischer, verbuhlter, erniedrigender, wenn diese den Gatten spielen, während die Freunde die Rolle der Frau einnehmen.

Wer von den Herrschaften diese Bestimmungen nicht beachtet oder auch nur das geringste Zeichen von Anständigkeit verrät, und wer es vor allem versäumt, stockbesoffen das Bett zu besteigen, der zahlt als Buße zehntausend Francs.

Hat einer von ihnen seine große Notdurft zu verrichten, so muss eine von ihm zu bestimmende Frau ihn begleiten und ihm jeden gewünschten Dienst dabei leisten. Ohne besondere Erlaubnis des aufsichtführenden Herren darf keiner der Anwesenden nach Erledigung einer Entleerung die Gebote der Reinlichkeit beachten. Im Falle der Übertretung hat er schwere Strafen zu gewärtigen.

Die vier Gattinnen genießen keine Vorrechte gegenüber den anderen weiblichen Personen. Sie sind sogar mit noch mehr Strenge und Unmenschlichkeit zu behandeln und für die schmutzigsten und peinlichsten Arbeiten zu benutzen, so zur Reinigung des Scheißhauses in der Kapelle. Es wird nur jeden achten Tag und stets von ihnen geleert. Weigerung oder mangelhafte Ausführung sind verboten. Jeder Fluchtversuch eines Objekts wird ohne Rücksicht auf die Person mit dem Tode bestraft. Die Köchinnen und Küchenmädchen sind zu respektieren. Jeder Verstoß eines der Herren gegen diese Bestimmung ist mit 1000 Louisdor zu büßen. Alle Bußgelder werden später für die Aufwendungen zu einem neuen Unternehmen dieser oder ähnlicher Art verwendet.

Nachdem alle Vorbereitungen erledigt und diese Bestimmungen am 30. Oktober bekanntgegeben worden waren, ließ sich der Herzog am 31. Oktober nochmals alle Regeln von den Objekten laut aufsagen und überprüfte vor allem die Sicherheit des Ortes und die Unmöglichkeit einer Flucht. Er überzeugte sich davon, dass nur ein Vogel oder ein mächtiger Teufel ins Schloss gelangen oder daraus entweichen konnte, und er teilte dies der Gesellschaft mit. Am Abend des 31. Oktober hielt er an die auf seinen Befehl hin vollzählig versammelten Frauen von der Höhe des Thrones herab eine Ansprache:

„Ohnmächtige und angekettete Geschöpfe, einzig unserer Lust zu dienen auserkoren! Denkt nicht, dass euch hier die lächerlichen und übertriebenen Rechte zugebilligt werden, die man euch in der Welt einräumt. Nein! Tausendmal mehr geknechtet als Sklavinnen, habt ihr nichts zu erhoffen als Demütigung, und die einzige Tugend, die zu üben ich euch rate, ist der Gehorsam, denn sie ist die alleinige euch angemessene. Glaubt nicht, uns mit euren Reizen umstricken zu können, denn wir sind gegen solche Lockungen abgestumpft, wir lassen uns von ihnen nicht ködern. Ihr seid da, dass wir uns euch aller bedienen, aber schmeichelt euch nicht, uns ein Gefühl des Mitleids zu entlocken. Zornig sind wir auf die Altäre, die uns einige Tropfen Weihrauch rauben! Unser Stolz und unsere Ausschweifung werden sie zerschmettern, sobald die Illusion die Sinne befriedigt hat und die Verachtung, der stets der Hass folgt, das Trugbild der Phantasie in uns ablöste! Was könnt ihr uns geben, das wir nicht schon kennen? Was könnt ihr uns geben, das wir nicht schon im Rausche der Wollust mit Füßen getreten hätten? Warum sollten wir es euch verhehlen, dass euer Dienst hart sein wird, peinlich und streng, dass die geringsten Vergehen augenblicklich mit körperlichen und seelischen Foltern bestraft werden? Ich rate euch also zu Genauigkeit, Unterwürfigkeit und gänzlicher Selbstverleugnung. Ihr habt nur auf unsere Wünsche zu hören, die eure einzigen Gesetze sind. Eilt ihnen voraus, ahnet sie voraus, steigert sie! Nicht, als ob ihr durch ein solches Verhalten etwas zu gewinnen hättet, sondern weil ihr durch ein Versäumnis viel verlieren könnt.

Bedenkt eure Lage: Was seid ihr, und wer sind wir! Dieser Gedanke möge euch erzittern machen. Ihr befindet euch außerhalb Frankreichs, in der Tiefe eines unwirtlichen Waldes, auf steilen Bergen, deren Zugänge zerstört sind. Ihr seid in einer unzugänglichen Burg eingeschlossen, und niemand weiß, wo ihr euch aufhaltet. Getrennt von euren Freunden und Angehörigen, seid ihr für die Welt bereits tot und atmet nur noch zu unserer Lust.

Und wer sind die Wesen, denen ihr verfallen seid? Höllische, berüchtigte Verbrecher, die keinen Gott haben als ihre Geilheit, kein Gesetz als ihre Verderbtheit, keinen Zweck als ihre Leidenschaft; Wüstlinge ohne Allvater, ohne Grundsätze, ohne Religion, von denen der unschuldigste doch noch mehr Untaten begangen hat, als ihr aufzählen könnt, und die das Leben eines Weibes – was sage ich: aller Weiber des Erdenrunds – so wenig bekümmert wie das einer Fliege.

Es wird kaum eine Ausschweifung geben, der wir euch nicht unterziehen, unter der ihr nicht zu leiden haben werdet, aber nichts darf euch abstoßen. Ohne Wimperzucken sollt ihr euch dazu hergeben. Ertragt alles in Geduld, Demut und Tapferkeit! Wenn einige von euch das Pech haben sollten, im Unwetter unserer Leidenschaft ihr Leben einzubüßen, so mögen sie ihr Los entschlossen erdulden, denn wir sind nicht auf der Welt, um ewig zu leben, und einer Frau kann kein glücklicheres Schicksal zuteil werden, als jung zu sterben!

Die Vorsorge um euer Wohl und um unsere Lust hat uns weise Maßnahmen treffen lassen. Befolgt die euch gegebenen Regeln blindlings, und erwartet von uns das Schlimmste, wenn ihr uns durch schlechtes Verhalten in Zorn versetzt. Einige von euch sind mit uns durch Blutsbande verknüpft; sie sind vielleicht stolz darauf und erwarten Nachsicht. Aber sie irren, wenn sie darauf zählen, denn Leuten wie uns ist nichts heilig. Vielleicht reizt es unsere entarteten Seelen ja, diese Ketten zu zerreißen!

Töchter, Gattinnen, zu euch spreche ich jetzt! Erwartet von uns keine Bevorzugung. Wisset, dass wir mit euch noch strenger als mit den anderen verfahren werden, um euch zu beweisen, wie sehr wir die Bande verachten, mit denen ihr euch an uns gefesselt wähnt. Erwartet nicht, dass wir die Befehle, die wir von euch ausgeführt wünschen, im Einzelnen erklären. Eine Bewegung, eine Geste, ein Blick, ja, der Wunsch allein muss euch genügen. Ihr werdet schon bestraft, wenn ihr unsere Anliegen nicht erratet, denn auch das ist schon Ungehorsam gegen unsere Befehle.

Ihr dürft euch niemals irren! Ist es zum Beispiel unser Wunsch, ihr möchtet einen bestimmten Körperteil entblößen, und ihr bietet uns in eurer Ungeschicklichkeit einen anderen als den gewünschten dar, so zerstört ihr dadurch unsere Illusion. Man ertötet die Hitze eines Wüstlings, der beispielsweise einen Arsch für seine Entladung erwartet, wenn man ihm in unverzeihlicher Dummheit die Spalte hinhält! Bietet euch im Allgemeinen immer möglichst wenig von vorne an, denkt daran, dass die Natur diese ekelhafte Gegend in einem Augenblick der Unvernunft geschaffen hat und dass sie uns am ehesten abstößt. Und selbst was eure Hinterteile anbetrifft, müsst ihr Vorsicht walten lassen! Vermeidet die gleichzeitige Enthüllung des verpönten abstoßenden Eingangs, aber unterlasst auch, uns den Arsch in einem Zustand zu präsentieren, in dem ihn andere Leute zu finden wünschen. Ihr werdet mich schon recht verstehen, und überdies geben euch die vier Anstandsdamen die nötigen Unterweisungen.

Kurz: Zittert, erratet, gehorcht! Kommt unseren Wünschen zuvor! Fühlt ihr euch dabei nicht ganz glücklich, so werdet ihr auch nicht völlig elend sein. Lasst keine Intrigen unter euch aufkommen, keine Liebschaften, keine dieser törichten Mädchenfreundschaften, die einerseits das Herz erweichen, es andererseits störrisch und der Unterwerfung unter unsere Begierden abgeneigt machen. Bedenkt, dass wir euch durchaus nicht mehr als menschliche Kreaturen betrachten, sondern lediglich als Tiere, die man ernährt, weil man sich ihrer bedienen will, und die man ausrottet, wenn sie diesen Dienst verweigern.

Ihr habt erfahren, wie streng euch alles verboten ist, was auch nur entfernt nach religiösen Handlungen aussieht. Ich warne euch: Kein Verbrechen wird schärfer geahndet als dieses. Wir wissen, dass unter euch noch einige Törichte sind, die der Idee eines Gottes noch nicht abschwören und die Religion noch nicht verabscheuen konnten. Sie werden überwacht und – ich verschweige es nicht – schonungslos behandelt, wenn man sie auf frischer Tat ertappt. Diese törichten Kreaturen mögen doch einsehen und sich überzeugen, dass die Existenz Gottes eine Wahnidee ist, die heute keine zwanzig Verfechter mehr auf Erden hat, und dass die Religion die lächerliche Erfindung von Schurken ist, die sich ihrer als eines Instrumentes bedienen wollen, um uns zu betrügen. Entscheidet doch selbst: Gäbe es einen Gott, und wäre er allmächtig, würde er dann erlauben, dass die Tugend, die ihn ehrt und sich zu ihm bekennt, ein Opfer der Laster und Ausschweifungen wird? Würde dieser allmächtige Gott erlauben, dass eine schwache Kreatur wie ich, die ihm gegenüber nichts anderes ist als eine Milbe gegen einen Elefanten, würde er erlauben, dass dieses schwache Wesen ihn beschimpft, verhöhnt, herausfordert, ihm trotzt und ihn so beleidigt, wie ich es zu meinem höchsten Vergnügen täglich in jedem Moment tue?“

Nach dieser Predigt verließ der Herzog seinen Platz auf dem Thron. Mit Ausnahme der vier Alten und der Erzählerinnen, die wussten, dass sie nicht dazu bestimmt waren, geopfert zu werden, sondern vielmehr die Opferungen zu vollziehen, brachen die anwesenden Frauen und Mädchen in Tränen aus und fingen an, sich zu beklagen. Der Herzog kümmerte sich nicht darum, er ließ sie rätseln, plappern und sich gegenseitig bemitleiden, wusste er doch, dass er von den Spioninnen alles erfuhr. Er verbrachte die Nacht mit Hercule, einem der Ficker, der sein Favorit als Liebhaber geworden war, während der zierliche Zéphire in seinem Herzen den Platz der Lieblingsmätresse eingenommen hatte. Die anderen trafen ebenfalls ihr Arrangement für diese Nacht, bevor jeder am nächsten Tag die Dinge so vorfand, wie es den Bestimmungen entsprach.

Als es morgens zehn Uhr schlug, hob sich der Vorhang über den Szenen der Ausschweifung, die ununterbrochen und planmäßig bis zum 28. Februar dauern würden. Und nun, lieber Freund und Leser, bereite dich auf die verderbteste Erzählung vor, die jemals niedergeschrieben wurde seit Bestehen der Welt! Man findet kein ähnliches Buch, weder in der alten noch in der neueren Literatur! Ausgeschlossen aus diesem Bericht ist jede gewöhnliche und als „natürlich“ bezeichnete Art der Wollust, die nur von jenen Menschen törichterweise so bezeichnet wird, welchen die komplizierteren Ausschweifungen ebenso unbekannt sind wie die sogenannte „Natur“, von der sie unentwegt faseln. Solltest du sie zufällig antreffen, so kannst du sicher sein, dass sie nur in Begleitung eines Verbrechens oder gewürzt durch irgendeine Infamie erscheint. Viele der geschilderten Verirrungen werden dein Missfallen erregen, das weiß ich. Aber es werden andere vorkommen, die ein derartiges Entzücken verbreiten, dass sie dich einen Samenerguss kosten werden, und das ist alles, was wir beabsichtigen! Würden wir nicht *alles* aussprechen, *alles* analysieren, wie sollten wir dann erraten können, was *dir* gefällt?

Diese Erzählung gleicht einem Festmahl, bei dem sechshundert verschiedene Gerichte aufgetischt werden. Wirst du sie alle genießen können? Sicherlich nicht! Aber diese verschwenderische Fülle erweitert die Möglichkeiten der Auswahl, und von diesem Reichtum entzückt, wird man dem Amphitryon[58] nicht grollen, der uns bewirtet. Tue hier das Gleiche, wähle aus, und lasse den Rest stehen, ohne darauf zu schelten, wenn dir etwas nicht gefällt! Du musst philosophisch sein und denken, dass dies vielleicht anderen behagt. Ein anderer wird es dir gleichtun, und nach und nach wird alles seinen Zweck erfüllt haben.

Die Mannigfaltigkeit ist außerordentlich! Wer glaubt, dass zwei der geschilderten Neigungen und Leidenschaften gleich seien, der wird bei näherem Betrachten die – wenn auch vielleicht geringen – Unterschiede entdecken. In diesen Verschiedenheiten gerade liegt das Raffinement, die besondere Note, die für die hier beschriebenen Anomalien bezeichnend ist. Die sechshundert Abarten in den Berichten der Erzählerinnen sind durch ihre Darstellung untereinander verbunden, weil es zu ermüdend wirken würde, wollte man sie mit allen Einzelheiten isoliert besprechen. Damit der Leser aber, dem diese Materie fremd ist, die geschilderten Leidenschaften nicht mit einem einfachen Abenteuer oder dem Ereignis aus dem Leben der Erzählerin verwechselt, ist

[58] Gestalt der griechischen Mythologie, Vater des Herakles.

jede dieser Passionen besonders bezeichnet.[59] Da in unserer Schilderung so zahlreiche Personen vorkommen, glauben wir, es der Genauigkeit schuldig zu sein, alle Handelnden, trotz der bereits erfolgten Charakterisierung, nochmals anzuführen und zwar mit Namen, Alter und kurzen Angaben. Wo im Verlauf der Geschichte ein Name auftaucht, braucht man nur dieses Verzeichnis nachzuschlagen, um sich zu informieren.

Die Hauptpersonen der Romanze
„Die Schule der Ausschweifung“:

Herzog von Blangis, 50 Jahre, Aussehen eines Satyrs, mit ungeheurem Schwanz und außerordentlicher Potenz; ist ein Ausbund aller Laster und Verbrechen, hat seine Mutter getötet, seine Schwester und drei seiner Frauen.

Bischof von X..., ist sein Bruder, 45 Jahre alt, magerer und zarter als der Herzog, hässlicher Mund, ist ein gerissener Schuft, treuer Anhänger der aktiven und passiven Arschfickerei, verachtet jede andere Art der Wollust, hat zwei Kinder grausam hingemordet und die Summen veruntreut, die ihm für diese übergeben wurden. Er ist neurotisch und hypersensibel, sodass er beim Orgasmus beinahe ohnmächtig wird.

Präsident von Curval, 60 Jahre alt, großer, hagerer, dürrer Mann, erloschene Augen in tiefen Höhlen, verdorbener Mund, Urtyp des Schmutzlings und Ausschweifers, selbst von grauenhafter Unsauberkeit und darin seine Wollust findend. Er ist beschnitten und erigiert selten und nur mit großer Mühe. Erektionen finden aber trotzdem statt, mit täglicher Ejakulation. Er bevorzugt Männer, verachtet aber auch Weiber nicht. Bezeigt Vorliebe für das Alter und im Übrigen für alles, was seinem Verlangen nach Schmutz entspricht. Sein Schwanz gleicht an Größe dem des Herzogs. Seit Jahren ist er völlig vertiert und säuft viel. Sein Vermögen erwarb er durch Mordtaten, besonders einer sehr fürchterlichen, wie man in seiner Personenbeschreibung nachlesen kann.

---

[59] Im Originaltext steht hier: *„Man hat sorgfältig jede dieser Leidenschaften durch einen Strich am Rand hervorgehoben, über dem der Name steht, den man der jeweiligen Passion geben kann. Genau am Strich beginnt die Beschreibung.“* Zu dieser detaillierten namentlichen Unterteilung ist es aber anscheinend nie gekommen. Die deutsche Erstübersetzung hat die einzelnen „Passionen“ im ersten Teil durchnummeriert. In der französischen Druckversion findet sich diese Zählung nicht.

Er entlädt im Stadium der rasenden Wut, in dem er schlimme Grausamkeiten begeht.

Durcet, Banker, 53 Jahre alt, intimer Freund und Schulkamerad des Herzogs, klein, gedrungen, gut gebaut, frische Haut, hat eine Taille wie ein Weib und gleicht auch einem solchen in seiner Geschmacksrichtung. Bei Frauen versagt er infolge des geringen Umfangs seines Dödels, weshalb er es vorzieht, *ihre* Rolle zu spielen und sich täglich rammeln zu lassen. Die einzige Möglichkeit, selbst aktiv zu sein, ist das Schwanzlutschen, deshalb seine Vorliebe dafür. Er hat keine Götter außer seinen Gelüsten und ist immer bereit, ihnen alles zu opfern. Seine Gerissenheit begabt ihn zum Verbrechen. Er hat seine Mutter, seine Frau und seine Nichten vergiftet, um sich in den Besitz ihrer Vermögen zu bringen. Seine Seele ist hart und stoisch, unempfänglich für jedes Mitleid. Er kennt keine Erektionen mehr und ejakuliert selten. Vor der Ergießung gerät er in einen Krampf, der ihn für das Opfer seiner Leidenschaft gefährlich macht.

Constance, Frau des Herzogs, Tochter Durcets, 22-jährig, römische Grazie, mehr Majestät als Schönheit, hat reizende Fülle, aber guten Wuchs, einen köstlichen Körper, einen besonders schön gewölbten Popo, der als Künstlermodell dienen kann, tiefschwarzes Haar, dunkle Augen, hat Geist und ist für ihr fürchterliches Schicksal nicht unempfindlich; besitzt einen Schatz natürlicher Tugend, die unzerstörbar ist.

Adélaïde, Durcets Frau und Tochter des Präsidenten, niedliche Puppe von 20 Jahren, sanftäugig, seelenvoller Blick, blaue Augen, Äußeres einer Romanheldin, hat einen langen, wohlgeformten Hals, nur einen etwas großen Mund. Busen und Popo sind klein, aber alles ist zart, gut gebildet und weißhäutig. Besitzt romantischen Geist, ein weiches Herz, ist überschwänglich tugendhaft und fromm und übt insgeheim ihre christlichen Pflichten.

Julie, Frau des Präsidenten, ältere Tochter des Herzogs, 24 Jahre alt, dick, üppig, schöne Braunaugen, hübsche Nase, ausdrucksvolle, angenehme Züge, aber abstoßender Mund. Besitzt wenig Tugend, neigt zu Unreinlichkeit, Trunksucht, Gefräßigkeit und Hurerei. Ihr Gatte schätzt sie wegen ihres verschandelten Mundes, der seinem Geschmack entgegenkommt. Sie wurde ohne Grundsätze und Religion erzogen.

Aline, ihre jüngere Schwester, in Wirklichkeit nicht die Tochter des Herzogs, sondern des Bischofs, 18 Jahre alt, pikantes, angenehmes Gesicht, viel Frische, braune Augen, Stupsnase, trotziges Aussehen, aber doch indolent und faul. Mangels Temperaments verabscheut sie die Leidenschaften, denen sie als Opfer dienen muss. Der Bischof „taufte“ ihren Arsch bereits als Zehnjährige. Ist völlig unwissend aufgewachsen, kann weder lesen noch schreiben. Sie verachtet den Bischof und fürchtet den Herzog, liebt ihre Schwester sehr, ist nüchtern und reinlich, gibt drollige und kindische Antworten. Ihr Arsch ist charmant.

Die Duclos, erste Erzählerin, 48 Jahre, besitzt Reste von Schönheit, viel Frische, den schönsten Arsch, den man findet, ist brünett, hat füllige Formen und neigt zur Üppigkeit.

Die Champville, 50 Jahre, mager, wohlgebaut, sinnliche Augen, ist Lesbe, und alles an ihr verrät diese Tatsache. Ihr Beruf ist der „Fleischhandel“, ist blond gewesen, hat hübsche Augen, einen langen, reizbaren Kitzler, einen stark abgenutzten Arsch und ist dennoch auf dieser Seite noch Jungfrau.

Die Martaine, 52 Jahre, dicke Ludin. Eine Matrone, frisch und gesund, ist vorne verschlossen und kennt nur die Freuden von Sodom, für die sie eigens geschaffen zu sein scheint, denn sie hat trotz hohen Alters den prächtigsten Arsch, der sehr groß ist und vor dem Angriff auch der mächtigsten Rohre nicht zurückzuckt. Ihre hübschen Züge zeigen die ersten Spuren des Welkens.

Die Desgranges, 56 Jahre. Sie ist die schlimmste Verbrecherin, die existiert. Sie ist groß, mager, blass und das Urbild des Frevels. Ihr pergamentener Arsch hat eine ungeheure Öffnung. Ihr fehlen eine Zitze, drei Finger, sechs Zähne: alles „Kriegsverletzungen“. Beging jedes Verbrechen oder ließ es durchführen. Sie spricht angenehm und schlagfertig, ist eine der offiziellen Kupplerinnen der höheren Gesellschaft.

Marie, die erste und jüngste der Anstandsdamen bzw. der Alten, 58 Jahre, war Dienerin eines Banditen, wurde ausgepeitscht und gebrandmarkt, schielt, ist triefäugig, hat eine schiefe Nase, gelbe Zähne, eine zerfressene Arschbacke und hat 14 Kinder geboren und ermordet.

Louison, zweite Anstandsdame, 60 Jahre, klein, bucklig, einäugig und hinkend, hat einen reizvollen Arsch. Ihre Bosheit prädestiniert sie zur Helferin des Verbrechens. Diese beiden Weiber sind den Mädchen zugeteilt, während die beiden nächsten dieses Amt bei den Knaben versehen.

Thérèse, 62-jährig, sieht aus wie ein Gerippe, hat weder Haare noch Zähne, ein pestilenzialisch duftendes Maul, einen narbenbedeckten Arsch, ein ellenweites Arschloch, ist fürchterlich unsauber und stinkt wie die Pest, hat einen verkrüppelten Arm und hinkt.

Fanchon ist 69 Jahre alt, sechsmal *in effigie* gehenkt worden, hat alle erdenklichen Verbrechen begangen, schielt, ist plattnasig, tonnendick, stirnlos, besitzt nur mehr zwei Zähne im Maul und einen mit Aussatz gezierten Arsch, ein von Hämorrhoiden umzotteltes Kackloch, eine vom Tripper zerfressene Fotze, einen ebenso zugerichteten Schenkel und eine vom Krebs verzehrte Titte. Immer ist sie besoffen, kotzt, furzt und scheißt überall und immer, ohne es zu merken.

Der Mädchenharem:

Augustine, Tochter eines Barons von Languedoc, 15 Jahre, feines, kluges Gesichtchen.

Fanny, Ratstochter aus der Bretagne, 14-jährig, süßes, zartes Geschöpf.

Zelmire, Tochter des Grafen von Tourville, Seigneur von Beauce, 15-jährig, nobles Wesen, sehr empfängliche Seele.

Sophie, vierzehnjährige Tochter eines Edelmanns von Berry, mit anmutigen Zügen.

Colombe, erst dreizehnjährig, Tochter eines Parlamentsrats von Paris, ist von vollkommener Frische.

Hébé, zählt erst 12 Jahre, Offizierstöchterchen aus Orléans, sehr wollüstiges Aussehen und charmante Augen.

Rosette und Michette, zwei schöne Jungfräulein, die eine ist die dreizehnjährige Tochter eines Ratsherrn von Chalon-sur-Saône, die andere 12 Jahre alt, Tochter des Marquis von Sénanges und im Bourbonischen ihrem Vater entführt.

Es spricht für die Reize ihrer Erscheinung und für ihre Schönheit, dass sie als Siegerinnen aus der Wahl unter 130 auserlesenen Mädchen hervorgingen.

Der Knabenharem:

Zélamir, 13 Jahre, Sohn eines Edelmannes aus Poitou.

Cupidon, gleichen Alters, Sohn eines Edelmannes aus der Nähe von La Flèche.

Narcisse, zwölfjähriger Sohn eines Beamten aus Rouen, Malteserritter.

Zéphire, 15 Jahre, Sohn eines Pariser Generals. Er ist für den Herzog bestimmt.

Céladon, vierzehnjähriger Sohn eines Magistratsherren von Nancy.

Adonis, Sohn eines Präsidenten der *Großen Kammer* zu Paris, 15 Jahre alt. Für Curval bestimmt.

Hyacinthe, 14 Jahre, Sohn eines Offiziers, der zurückgezogen in der Champagne lebt.

Giton, Page des Königs, 12 Jahre alt, Sohn eines Edelmanns von Nivernais.

Anmut, Züge und intime Reize dieser acht Kinder sind von einer Art, die sich nicht beschreiben lässt. Sie sind die Erwählten aus einer großen Anzahl von schönen Knaben.

Acht Ficker:

Hercule, 26 Jahre, ziemlich hübsch, aber verkommen, Favorit des Herzogs. Sein Schwanz misst 8 Zoll, 2 Linien Umfang und 16 Zoll Länge. Reichliche Entladungen.

Antinoüs, 30 Jahre, stattlicher Kerl mit Riemen von 8 Zoll Umfang, 12 Zoll Länge.

Arschbrecher, 28 Jahre, sieht aus wie ein Satyr. Schwanz mit riesiger Eichel, 8 Zoll, 3 Linien Umfang und 8 Zoll, 16 Linien Länge. Dieses majestätische Fickrohr ist völlig krumm.

Himmelsständer, 25-jährig, sehr hässlich, doch gesund und stämmig. Ausgesprochener Favorit Curvals, hat einen Dauerständer. Sein Schwengel besitzt eine Länge von 11 Zoll und einen Umfang von 7 Zoll, 11 Linien.

Die vier anderen verfügen über Maße von 9 bis 11 Zoll Länge und bis zu 7½ Zoll, 9 Linien Umfang. Sie stehen im Alter von 25 bis 30 Jahren.

Auslassungen in dieser Einleitung, die der Autor nachträglich feststellte:

1. Es ist noch zu sagen, dass Hercule ein verkommener Kerl, und Himmelsständer sehr hässlich ist und dass keiner dieser acht jemals den Geschlechtsakt an einem Mann oder einer Frau vollziehen konnte;
2. dass die Kapelle als Scheißhaus dient und die Einzelheiten dieses Zwecks zu schildern sind;
3. dass die Kupplerinnen und Luden bei ihren Raubzügen Helfershelfer beschäftigten;
4. sind die Titten der Dienerinnen im Einzelnen zu beschreiben und ist auf den Krebs der Fanchon näher einzugehen; auch sind die Gesichter der sechzehn Kinder ausführlicher zu schildern.[60]

---

[60] (Anmerkung des Herausgebers der Erstübersetzung von 1909:) „Die angehängten Bemerkungen sind Notizen des Autors, aus denen hervorgeht, dass er das Manuskript nicht als abgeschlossen betrachtete, sondern nur als Entwurf für eine spätere Ausführung. Daher auch die zahlreichen Unstimmigkeiten im Verlauf der Erzählung.“)

DER HUNDERTZWANZIG TAGE
ERSTER TEIL

Die 150 einfachen Passionen
oder die der ersten Gattung,
welche den Inhalt der Erzählungen der DUCLOS
in den dreißig Tagen des Novembers bilden
und in welche die skandalösen Vorgänge im Schloss
in Form von Tagebuchaufzeichnungen eingeflochten sind

ERSTER TAG

Gemäß den Vorschriften der Hausordnung, welche die Herrschaften in jedem Detail zu beachten geschworen hatten, erhob man sich am 1. November um Punkt zehn Uhr morgens. Die vier Ficker, die nicht bei den Freunden geschlafen hatten, führten beim Lever[61] Zéphire zum Herzog, Adonis zu Curval, Narcisse zu Durcet und Zélamir zum Bischof. Obschon die vier Knaben noch furchtsam und schüchtern waren, erfüllten sie doch unter dem Zuspruch ihrer Begleiter vollkommen ihre Pflichten. Der Herzog entludt, dagegen zeigten sich die drei anderen weniger verschwenderisch mit ihrer Schwanzsahne, obwohl sie genügend Tinte auf der Feder hatten. Um elf Uhr ließ man sich im Weiberappartement von den acht nackten jungen Haremsmädchen den Kakao servieren. Die Vorsteherinnen dieses Serails, Marie und Louison, unterwiesen sie dabei. Man betastete und küsste viel, und die armen unglücklichen Opfer erröteten unter diesen Attacken der Geilheit, verbargen

[61] Im Schlafzimmer stattfindender Morgenempfang in hochadeligen Kreisen.

ihre Gesichter mit den Händen und verteidigten ihre Reize. Aber sie ließen davon ab, als sie merkten, dass sie ihre Herren und Meister durch ihre Schamhaftigkeit erzürnten. Der Herzog, dessen Fickbolzen schon wieder steif war, verglich den Umfang seines Schwanzes mit dem der schmalen und feinen Taille Michettes und stellte fest, dass der Unterschied nur drei Zoll betrug. In seinem Amt als Aufseher des Monats nahm Durcet die Untersuchungen vor. Es zeigte sich, dass sich Hébé und Colombe verfehlt hatten. Sie wurden zur Bestrafung aufgeschrieben, die am Sonnabend zur Stunde der Orgie stattfinden sollte. Sie weinten. Das störte aber niemand.

Nun begab man sich zu den Knaben. Jene vier, die morgens nicht erschienen waren, also Cupidon, Céladon, Hyacinthe und Giton, präsentierten auf Befehl ihre Hintern, und man amüsierte sich einen Moment lang an dem Anblick. Curval küsste alle auf den Mund, der Bischof wichste ihre Pimmelchen ein bisschen, der Herzog und Durcet wiederum trieben andere Dinge. Hier wurde niemand bei der Visitation schuldig befunden. Um ein Uhr betraten die Herren die Kapelle, wo sich bekanntlich das Scheißhaus befand. In Anbetracht dessen, was man für den Abend benötigte, waren die Ansuchen um Erlaubnis zum Stuhlgang zahlreich zurückgewiesen worden, mit dem Befehl, ihn für später zurückzuhalten. Nur Constance, die Duclos, Augustine, Sophie, Zélamir, Cupidon und Louison durften erscheinen. Um den für diesen Zweck eigens konstruierten Stuhl nahmen die vier Freunde Aufstellung und ließen die sieben Personen ihre Angelegenheiten nacheinander erledigen, worauf sie sich, von diesem Schauspiel befriedigt, zurückzogen.

Sie gingen später, während die Frauen dinierten, in den Salon hinab und plauderten und schwatzten hier, bis man sie zur Tafel rief. Getreu der Regel, niemals Frauen hinzuzuziehen, ließen sich die Freunde jeder zwischen zwei Fickern nieder. Die vier nackten Gattinnen bedienten unter der Beihilfe der als Graue Schwestern gekleideten Alten. Sie servierten das denkbar großartigste und kräftigste Mahl, das von den geschickten Köchinnen bereitet war. Bei einem solchen Kostenaufwand war dies natürlich selbstverständlich. Das Mittagessen war weniger reichlich als das abendliche Souper; man begnügte sich mit vier Gängen, von denen jeder aus zwölf Schüsseln bestand. Zu den Hors d'oeuvres gab es Burgunder, zu den Entrées Bordeaux, zum Braten

Champagner, zu den Entremets[62] Hermitage und zum Dessert Tokayer und Madeira. Der Wein erhitzte die Köpfe, und da den Fickern während dieser Mahlzeit alle Rechte über die Gattinnen erlaubt waren, wurden diese ein wenig unsanft von ihnen behandelt. Constance erhielt sogar Püffe und Hiebe, weil sie Hercule nicht sofort einen Teller gebracht hatte, und der Herzog lachte nur über die Unverschämtheit seines Favoriten. Beim Dessert war Curval schon so benebelt, dass er seiner Frau einen Teller ins Gesicht warf, der ihr sicher den Schädel gespalten hätte, wäre sie dem Geschoss nicht ausgewichen. Durcet sah bei seinem Nachbarn einen Ständer und streifte sich – obschon bei Tisch – die Hosen runter, um ihm seinen Arsch zu präsentieren. Der Ficker spießte ihn sofort auf, und nach gehabtem Vergnügen trank man wieder, als wäre nichts geschehen. Der Herzog ahmte mit Himmelsständer die kleine Schweinerei seines alten Freundes nach, und er wettete, dass er dabei, obwohl dessen Schwanz riesige Ausmaße hatte, kalten Sinnes drei Flaschen Wein aussaufen werde, was ihm auch gelang. Er gewann die Wette. Was für eine Haltung, Ruhe und Überlegenheit in der Ausschweifung! Als er sich erhob, war er etwas taumelig, denn er hatte die drei Flaschen nicht auf nüchternen Magen gesoffen, sondern sich schon vorher fünfzehn Bouteillen hinter die Binde gegossen. Das erste Objekt, auf das sein Blick fiel, war seine Frau, die über die durch Hercule erlittene Misshandlung weinte. Ihre von Schmerz und Scham bebende Stimme erregte ihn sofort derartig stark, dass er sich in einer Ausschweifung mit ihr erging, die ich unmöglich hier schon beschreiben kann. Ich muss manche kleinen Einzelheiten noch verschleiern, wie der Leser bemerken wird, damit sie die Ordnung der Erzählung nicht stören. Dennoch hoffe ich, dass er mir verzeiht und gelobe, dass ich diesen Vorhang später lüpfen werde.

Schließlich begaben sich unsere Helden in den Salon, wo neue Vergnügungen und neue Wollüste sie erwarteten. Hier wurden ihnen Kaffee und Liköre dargeboten. Sie wurden von einem reizenden Quartett serviert, bestehend aus den hübschen Mädchen Zelmire und Fanny sowie den hinreißenden Knaben Adonis und Hyacinthe. Nach der Bestimmung, dass immer eine der Anstandsdamen die Kinder beaufsichtigen musste, hatte hier Thérèse die Leitung. In halbtrunkenem Zustand zwar, doch entschlossen, ihr selbstgegebenes Gesetz einzuhalten, begnügten sich die Wüstlinge mit Küssen und Tätscheln, wodurch sie aufs Höchste erregt wurden, denn ihr lasterhafter Sinn wusste dies mit allen

---

[62] Zwischengerichte.

Feinheiten der Geilheit und Wollust pikant zu gestalten. Schon schien es, als ob der Bischof losspritzen wolle bei den ungewöhnlichen Dingen, die er mit Hyacinthe trieb, während Zelmire ihm einen runterholte. Seine Nerven vibrierten, und der Krampf setzte ein, was sich in seiner Physiognomie offenbarte. Aber er fing sich wieder, indem er die verführerischen Partner seiner Lust zurückstieß, die über seine Sinne triumphieren wollten, und in Erwartung der Genüsse, die der Abend zu versprechen schien, hob er das Beste für später auf.

Danach trank man sechs verschiedene Liköre und drei Sorten Kaffee. Endlich schlug die Stunde, wo die zwei Paare sich zum Ankleiden zurückziehen mussten. Die Freunde hielten eine Viertelstunde Siesta und begaben sich dann in den Thronsaal (so hatte man den Raum der Erzählungen benannt), wo sie auf den Sofas Platz nahmen. Zu Füßen des Herzogs kauerte sein treuer Hercule, und ihm zur Seite lag die nackte Adélaïde, Durcets Frau und des Präsidenten Tochter. Zéphire, Giton, Augustine und Sophie trugen Schäferkostüme. Als Vierergruppe durch Blumenketten mit Blangis' Nische verbunden, dienten sie heute unter der Aufsicht Louisons, die in Bäuerinnentracht stak.

Curval lag da mit Himmelsständer und mit Constance, der Frau des Herzogs und Tochter Durcets. Seine Quadrille bestand aus Adonis, Céladon, Fanny und Zelmire in eleganter spanischer Kleidung, jeweils dem Geschlecht entsprechend. Geführt wurde sie von Fanchon im Gouvernantenkostüm als ihrer Anstandsdame.

Beim Bischof befanden sich Antinoüs und seine entzückende Nichte Julie, während ihm als Quartett vier halbnackte Wilde zur Verfügung standen, und zwar: Cupidon und Narcisse als Jungs sowie Hébé und Rosette als Mädchen. Dirigiert wurden sie von Thérèse, die als alte Amazone verkleidet ging.

Durcet lag zwischen Arschbrecher und Aline, der Tochter des Bischofs, vor ihm gleich vier kleine Haremsmädchen, denn die Knaben steckten ebenfalls in weiblicher Kleidung, die ihnen reizend zu Gesicht stand. Zélamir, Hyacinthe, Colombe und Michette wurden von Marie beaufsichtigt, die als alte arabische Sklavin verkleidet war.

Die drei Erzählerinnen waren in kostbarster Aufmachung als vornehme Pariser Kurtisanen gewandet und saßen auf Sofas zu Füßen des Thrones, auf dem die Erzählerin des Monats, Madame Duclos, in einem sehr leichten, hocheleganten Déshabillé[63] mit viel Rouge im Gesicht und mit prächtigem Diamantenschmuck behangen, Platz genommen hatte. Sie begann die Geschichte ihres ereignisreichen Lebens und verwob darin die Einzelheiten jener einhundertfünfzig ersten Passionen, die als „einfache" bezeichnet werden:

‚Es ist nicht leicht, meine Herren, vor einem Kreise wie dem Ihren zu sprechen, der durch die Darbietungen der feinsten und geistreichsten Schriftsteller verwöhnt ist. Wie werden Sie die unfähige und rohe Erzählung einer einfachen Kreatur, wie ich es bin, aufnehmen, die nie eine andere Erziehung als die der Ausschweifung genossen hat? Gewähren Sie mir bitte Nachsicht! Erwarten Sie von mir nur Authentizität und Wahrheit. So kann ich hoffen, mich nicht vergeblich um Ihr Lob zu bemühen.

Meine Mutter war fünfundzwanzig Jahre alt, als sie mich zur Welt brachte, und zwar als zweites Kind. Das erste war ein um sechs Jahre älteres Mädchen. Nicht von vornehmer Herkunft, war sie schon früh eine vater- und mutterlose Waise geworden. Ihre Eltern hatten bei den Franziskanern von Paris gewohnt, und so erhielt sie als mittellose Verlassene von diesen guten Vätern die Erlaubnis, in ihrer Kirche zu betteln. Da sie aber jung und frisch war, stach sie ihnen in die Augen und stieg allmählich von der Kirche hinauf zu den Zellen, von denen sie bald schwanger wieder herunter kam. Solchen Abenteuern verdankte meine Schwester ihre Existenz, und es ist anzunehmen, dass sie auch die Ursache der meinen sind. Meine Mutter wurde in Anerkennung ihrer Gelehrigkeit und Verwendbarkeit von den guten Vätern für ihre Dienste entschädigt, indem sie ihr die Vermietung der Kirchenstühle übertrugen. Kaum hatte sie diesen Posten übernommen, so heiratete sie mit Erlaubnis ihrer Vorgesetzten einen Wasserträger des Klosters, der uns beide, meine Schwester und mich, sofort adoptierte. Da ich im Hause Gottes geboren wurde, war dies mehr meine Wohnung als unser eigenes Heim. Ich half der Mutter beim Aufstellen der Stühle, beteiligte mich an den Verrichtungen der Sakristane[64]

[63] Elegantes Haus- und Morgenkleid.
[64] Küster.

und hätte, wäre es von mir verlangt worden, die Messe lesen können, obschon ich noch nicht einmal fünf Jahre alt war.

Als ich eines Tages von meiner Beschäftigung am geweihten Orte heimkehrte, fragte meine Schwester mich, ob ich noch nicht dem Vater Laurent begegnet sei. Ich verneinte. Sie sagte: „Nun, er lauert dir auf, wie ich weiß; er will dir dasselbe zeigen, was er mir gezeigt hat. Lauf nicht davon, schau' es dir nur ohne Furcht an, denn er wird dich nicht anrühren. Er wird dich eine witzige Sache sehen lassen, und wenn du sie dir anschaust, so wird er dich belohnen. Wir sind hier mehr als fünfzehn, denen er es gezeigt hat. Es ist sein einziges Vergnügen, und er hat uns jedes Mal beschenkt." Ihr könnt Euch denken, dass ich nun dem Pater Laurent nicht mehr auswich, sondern ihn vielmehr suchte. In jenem Alter meldet sich die Stimme der Scham bestenfalls als Flüstern, und ihr Schweigen ist ein sicheres Zeichen dafür, dass sie kein natürliches Produkt ist, sondern ein künstliches Ergebnis der Erziehung. Ich rannte sofort zur Kirche, und als ich einen kleinen Hof zwischen Gotteshaus und Kloster überquerte, stieß ich auf Pater Laurent. Er war ein Mönch von etwa vierzig Jahren und hatte ein schönes Gesicht. Er hielt mich auf und fragte: „Wohin gehst du, Françon?" – „Die Stühle ordnen, mein Vater", – „Lass gut sein, das wird deine Mutter schon besorgen. Komm mit mir in dieses Kabinett", sagte er, wobei er mich durch eine Tür zog. „Ich werde dir etwas zeigen, was du noch nie gesehen hast."

Ich folgte ihm. Er schloss die Tür hinter uns ab und stellte mich vor sich hin. Während er aus seiner Hose einen ungeheuren Schwanz zog, so dass ich vor Schreck fast umkippte, sagte er: „Schau, Françon, schau, mein Kind, so etwas hast du sicher noch nie gesehen?" Und er fing an, daran zu reiben, wobei er fortfuhr: „Das ist, was man einen Schwanz nennt, mein Kleines, jawohl, einen Schwanz. Das braucht man zum Ficken, und das, was gleich herausspritzt, das ist der Samen, aus dem du gemacht bist. Ich habe es deiner Schwester schon gezeigt, und ich zeige es allen kleinen Mädchen in deinem Alter. Führe mir solche hierher, mach es wie deine Schwester, die mir schon mehr als zwanzig hierher gebracht hat. Ich werde ihnen dieses Ding zeigen und ihnen den Saft ins Gesicht spritzen, weil das mein Vergnügen ist. Ich habe kein anderes. Und du wirst es auch sehen." Im gleichen Augenblick fühlte ich, dass ich von Kopf bis Fuß mit einer weißen Flüssigkeit bedeckt wurde. Ein paar Tropfen davon flogen in meine Augen, denn mein Kopf reichte ihm gerade bis zu den

Hosenknöpfen. Laurent war völlig außer sich. „Ah, der schöne Saft! Der herrliche Saft! Schau dich nur an! Wie ich dich vollgespritzt habe!“ Nachdem er sich langsam beruhigt hatte, steckte er sein Werkzeug wieder ein und verschwand, nachdem er mir zwölf Sous in die Hand gedrückt und mir ans Herz gelegt hatte, ihm meine Kameradinnen zuzuführen. Ich rannte zu meiner Schwester, um ihr alles zu erzählen. Mit größter Sorgfalt trocknete sie mich ab, damit niemand etwas merke, und sie verlangte von mir die Hälfte meines Gewinns, da ich ihn ja ihr verdankte. In der Hoffnung, mich an ihren Einnahmen beteiligen zu können, bemühte ich mich fortan, möglichst viele Mädchen zu finden, die ich dem Pater bringen konnte. Als ich ihm eins zuführte, das er schon kannte, schickte er es weg und gab mir drei Sous, um mich anzuspornen. „Ich will kein Kind zweimal haben“, sagte er, „du musst mir immer solche bringen, die ich noch nicht kenne.“

Ich passte also auf, und es gelang mir, Pater Laurent in drei Monaten zwanzig noch unbekannte Mädchen zuzuführen, mit denen er dasselbe wie mit mir vornahm. Es galt aber nicht nur, solche Mädchen zu finden, die er noch nicht kannte, er stellte auch andere Bedingungen: Sie durften nicht jünger als vier und nicht älter als sieben Jahre sein. Mein kleines Vermögen vermehrte sich sehr schön, bis meine Schwester dahinterkam, dass ich in ihrem Revier wilderte, und sie mir drohte, alles der Mutter zu verraten, wenn ich diesen Handel nicht aufgeben würde. So ließ ich denn die Sache mit Pater Laurent.

Meine Tätigkeit führte mich aber immer wieder in die Nähe des Klosters. An meinem siebten Geburtstag lernte ich dort einen neuen Liebhaber kennen, der einer kindischen, aber etwas ernsteren Manie huldigte. Er nannte sich Vater Louis, war älter als Vater Laurent und verriet etwas vom Wesen eines Wüstlings. Er sprach mich an, als ich durch die Kirchenpforte eintrat, und er lud mich zu sich in sein Zimmer ein. Ich zögerte, aber als er sagte, meine Schwester sei schon vor drei Jahren bei ihm gewesen, und er empfange dort täglich junge Mädchen, folgte ich ihm. Kaum waren wir in seiner Zelle, die er verschloss, so füllte er einen Becher mit einer Flüssigkeit und ließ mich hintereinander drei Gläser davon trinken. Zärtlicher als sein Mitbruder, fing er jetzt an, mich zu küssen, und während er mit mir scherzte, band er meinen Rock auf und schob mir das Hemdchen über mein Mieder, obschon ich mich wehrte. Er betastete und tätschelte alle meine Blößen, dann fragte er mich, ob ich nicht Lust hätte, zu pissen. Da er mich soviel hatte trinken lassen, fühlte ich ein sehr dringendes Bedürfnis dazu, schämte mich aber, dies vor ihm zu tun. „Jesses! Tu es, du kleines Luder!", sagte der Schweinekerl. „Bei Gott, du wirst es vor meinen Augen machen. Schlimmer noch: Du wirst auf mich draufpissen. Schau", sagte er, wobei er seinen Riemen aus der Hose holte, „hier ist das Werkzeug, das du überschwemmen wirst. Du wirst darauf pissen!" Er stellte zwei Sessel so, dass ich auf jedem mit einem Fuß stand. Dann hieß er mich, mit gespreizten Beinen niederzukauern, während er unter mich ein Gefäß rückte. Er setzte sich auf einen kleinen Schemel, nahm seinen Apparat in die Hand, und zwar so, dass er genau unter meiner Möse war. Mit der einen Hand griff er um meine Hüfte, mit der anderen rieb er seinen Schwanz, und da sein Mund dicht bei dem meinen war, küsste er mich und sagte: „Vorwärts, Kleine, pisse! Überschwemme meinen Schwanz mit dieser bezaubernden Flüssigkeit, deren Wärme meine Sinne übermannt. Piss, mein Herzchen, piss, und versuche, meinen eigenen Saft zu überfluten!"

Vater Louis wurde sehr erregt, und es war unverkennbar, dass es dieser Vorgang war, der ihm das höchste Vergnügen bereitete. In dem Moment, wo ich selbst den stärksten Strahl von mir gab, stellte sich bei ihm die Ekstase ein, und zusammen ergossen wir uns in das Gefäß, er mit Schwanzsahne, ich mit Pisse. Nachher stellte Louis an mich dasselbe Ansinnen wie Laurent: Aus seinem kleinen Flittchen wollte er eine Kupplerin machen. Diesmal scherte ich mich wenig um meine Schwester und brachte alles zu ihm, was ich an Kindern kannte. Er machte immer das Gleiche mit ihnen, und es störte ihn auch nicht, wenn zwei- oder dreimal dasselbe Kind zu ihm kam. Jedes Mal belohnte er mich reichlich, und da ich außerdem den anderen einen Teil ihres Gewinns abnahm, so besaß ich nach sechs Monaten eine ganz ansehnliche Summe, die ich ängstlich vor meiner Schwester hütete.'

Hier unterbrach der Präsident ihre Erzählung: „Duclos, entsinne ich mich recht, haben wir Euch nicht aufgetragen, dass Ihr Eure Geschichte mit allen Einzelheiten und aller Gründlichkeit vortragen sollt? Wir vermögen aber nicht zu beurteilen, in welcher Beziehung die geschilderte Neigung zu den allgemeinen Sitten und zum persönlichen Charakter des Mannes steht, wenn Ihr versäumt, auch die allergeringsten Begleitumstände zu erwähnen. Gerade diese Einzelheiten erzeugen außerdem die erregende Wirkung, die wir uns von Euren Worten versprechen!" – „Allerdings, Euer Gnaden", antwortete die Duclos, „mir wurde gesagt, auf alle Einzelheiten einzugehen, wenn sie ein Licht auf den

Charakter oder die Neigung werfen. Habe ich etwas versäumt?" – „Ja", sagte der Präsident, „ich kann mir keine Vorstellung machen von dem Schwanz Eures zweiten Franziskaners, keine Idee von seiner Entladung. Hat er übrigens Eure Fotze gekitzelt, hat er sie mit seinem Schwengel berührt? Sehr Ihr nun, was wir mit vergessenen Details meinen?"

‚Verzeiht, Euer Gnaden', sagte die Duclos, ‚ich werde meine Fehler korrigieren und mich künftig vorsehen. Pater Louis hatte einen ganz gewöhnlichen Schwanz, länger als dick, von üblichem Umfang; ich erinnere mich sogar, dass es schlecht stand und nur im Moment der Krise[65] ein wenig Straffheit besaß. Er kitzelte mir die Punze nicht, sondern begnügte sich, sie mit seinen Fingern soweit wie möglich auseinanderzuspreizen, damit das Wasser besser fließe. Er kam mir mit seinem Schwanz zwei- oder dreimal recht nahe, seine Entladung war sehr schwach, kurz, und sie geschah ohne weitere Äußerungen als: „Ah, Scheiße! Piss doch, mein Kind, piss doch! Ah, die schöne Fontäne, siehst du nicht, dass ich spritze?!" Und er begleitete das alles mit Küssen auf meinen Mund, die nicht allzu sinnlich waren.'

„So ist es richtig, Duclos", sagte Durcet, „der Präsident hatte recht. Ich konnte mir anfangs bei deiner Erzählung nichts vorstellen. Jetzt kenne ich Euren Mann." – „Einen Augenblick", sagte der Bischof, als sie wieder beginnen wollte, „ich habe zur Zeit ein dringenderes Bedürfnis als zu pissen, es drückt mich etwas, das ich rauslassen möchte." Und damit zog er Narcisse an sich, wobei seine Augen glühten, sein Schwanz sich aufbäumte und seine Lippen mit Schaum bedeckt waren. Ein zurückgehaltener Erguss drängte ihn, und es musste unbedingt Abhilfe geschaffen werden, aber es bedurfte dazu heftiger Hilfsmittel. Der Prälat zog sich mit dem Knaben und seiner Nichte ins Kabinett zurück.

In Anbetracht dieser wichtigen Obliegenheit – denn ein Erguss wurde als bedeutendes Ereignis betrachtet – unterbrach man die Veranstaltung und wetteiferte, diese Pause genussvoll auszufüllen. Aber die Natur war den Wünschen des Bischofs nicht wohlgesonnen, und wütend kam er wieder aus dem Kabinett, mit demselben Ständer wie zuvor. Zu Durcet gewandt, schnaubte er: „Du wirst mir dieses Bürschlein für Samstag zur Bestrafung

---

[65] Hier im Text im ursprünglichen Wortsinn von „Zuspitzung" einer Situation verwendet.

vormerken, und ich bitte um besondere Strenge." Er schleuderte den Knaben von sich, der so ungeschickt gewesen war und ihn nicht zu befriedigen vermocht hatte. Julie flüsterte den Vorfall ihrem Vater ins Ohr. „Bei Gott, nimm doch einen anderen, such dir einen aus den anderen Gruppen aus, wenn du mit deiner eigenen nicht zufrieden bist", sagte der Herzog. „Jetzt ist mir die Lust vergangen", antwortete der Prälat. „Ihr kennt doch selbst die Wirkung einer Enttäuschung. Ich werde mich jetzt begnügen, aber Ihr sollt mir den Lümmel tüchtig bestrafen. Das ist alles, was ich will." – „Klar doch, mein lieber Bischof, da sei ohne Sorge, wir werden es ihm schon beibringen", entgegnete Durcet, „wir werden an ihm ein Beispiel statuieren. Es tut mir leid, dass du in einem solchem Zustand bist. Mach etwas anderes, lass dich ficken." – „Euer Gnaden", sagte die Martaine, „ich fühle mich vollkommen disponiert, Euch zu befriedigen, und wenn Euer Erlaucht wünschen." – „Nein, nein, bei Christus!", fluchte der Bischof. „Könnt Ihr Euch denn nicht vorstellen, dass es tausend Gelegenheiten gibt, wo einem der Arsch eines Weibes gleichgültig ist? Ich werde es später loswerden! Möge die Duclos fortfahren. Am Abend werde ich wohl schon einen finden, der es mir besorgt. Also los, Duclos!" Nachdem die anderen aus voller Seele über den Freimut des Bischofs bezüglich weiblicher Arschlöcher gelacht hatten, nahm die Erzählerin ihren Bericht wieder auf:

‚Soeben hatte ich mein siebtes Lebensjahr vollendet, als ich bei Pater Louis, dem ich eine kleine Kameradin zuführte, einen anderen Geistlichen antraf. Ich war überrascht und wollte mich zurückziehen, aber Louis hieß uns nur einzutreten. „Sieh, Pater Geoffroi", sprach er zu seinem Freund, wobei er mich zu diesem drängte, „habe ich dir nicht gesagt, dass sie hübsch ist?" – „Allerdings", sagte Geoffroi, zog mich auf seine Knie, wo er mich küsste, „wie alt bist du denn, mein Kleines?" – „Sieben, mein Vater." – „Also um fünfzig Jahre jünger als ich", sagte er unter neuen Küssen. Unterdessen richtete Pater Louis die Getränke her, und wir mussten wie immer drei große Gläser voll zu uns nehmen. Ich war über diese Vorbereitung erstaunt, denn wenn ich meine Kameradinnen zu Pater Louis brachte, bekamen nur diese zu trinken, und ich zog mich bald wieder zurück. In meiner Naivität fragte ich also: „Warum geben Sie mir zu trinken, mein Vater, wollen Sie, dass ich auch pisse?" – „Ja, mein Kind", antwortete Geoffroi, der mich noch immer zwischen seinen Schenkeln hielt und mit der Hand schon meine Vorderseite abtastete, „ja, du sollst pissen, aber diesmal wird sich die Sache mit mir abspielen, ein wenig anders als bisher. Komm in meine Zelle. Lassen wir den Pater Louis mit deiner kleinen Freundin allein, und erledigen wir unsere Angelegenheit. Nachher kommen wir dann wieder hierher."

Wir gingen also. Louis flüsterte mir zu, ich solle recht nett zu seinem Freund sein, ich würde es nicht bereuen. Geoffrois Zelle war ganz nah, und wir kamen hin, ohne gesehen zu werden. Sobald wir eingetreten waren und er abgeriegelt hatte, hieß er mich, die Röcke ausziehen. Ich gehorchte, und er hob mir das Hemd bis über den Nabel. Dann setzte er mich auf den Rand seines Bettes, spreizte mir so weit wie möglich die Schenkel auseinander, und bog mich so nieder, dass ich meinen ganzen Bauch präsentierte, und mein Körper nur den Steiß als Stütze hatte. Er befahl mir, diese Stellung beizubehalten und mit dem Pissen anzufangen, sobald er mit der Hand auf meinen Schenkel schlage. In dieser Haltung betrachtete er mich einen Augenblick, presste mit der einen Hand meine Schamlippen auseinander und knöpfte mit der anderen seine Hose auf. Dann fing er an, einen kleinen, dunklen und verkümmerten Riemen zu wichsen, der wenig Lust zeigte, auf das zu entgegnen, was man von ihm forderte. Um zum Erfolg zu kommen, kam er zu seiner Lieblingsgewohnheit, die ihm die größte Lust bereitete: Er kniete zwischen meinen Knien nieder, betrachtete einen Moment lang das Innere meiner Muschel, das sich ihm darbot, und bedeckte sie mit seinen Mund, wobei er lüsterne Worte zwischen seinen Zähnen murmelte, an die ich mich nicht erinnere, weil ich sie nicht deutlich verstand. Dabei bewegte er immerfort seinen Schwanz. Doch der wurde einfach nicht steifer. Endlich pressten seine Lippen sich fest auf meine Fute, er gab das Zeichen, und ich verströmte meinen Blaseninhalt in den Mund des braven Mannes, der davon ganz überschwemmt wurde. Aber er schluckte mit derselben Geschwindigkeit, mit der ich mich ergoss. Plötzlich regte sich sein Prengel, er stieg so steil in die Höhe, dass er bis an meine Schenkel stieß, die bald darauf von dem unfruchtbaren Saft seiner erschöpften Männlichkeit befeuchtet wurden. Es traf alles so gut zusammen, dass er den letzten Tropfen trank, als er selbst die endgültigen Tränen weinte. Taumelig erhob sich Geoffroi, und er erschien nun weniger begeistert für sein Idol als vorhin, als die Brunst ihn noch geblendet hatte. Jedenfalls steckte er mir brüsk zwölf Sous zu und schob mich zur Tür hinaus, ohne von mir zu verlangen, ihm meine Kameradinnen zuzuführen. Vermutlich versorgte er sich auf andere Weise. Er zeigte mir die Zelle seines Freundes und hieß mich hineinzugehen, weil er eiligst eine Messe halten müsse und mich nicht mehr begleiten könne. Bevor ich antworten konnte, schloss er hinter mir seine Tür.'

„In der Tat“, sagte der Herzog, „unzählig sind die Menschen, die den Augenblick nicht ertragen, in dem ihre Illusionen schwinden. Mir scheint, ihr Stolz leidet darunter, dass ein Weib sie in diesem Zustand der Schwäche gesehen hat, und aus der Scham, die sie darüber empfinden, entspringt der Ekel.“ – „Nein“, bemerkte Curval, dessen Schwanz der kniende Adonis bearbeitete und der unterdessen Zelmire befummelte, „nein, mein Freund, mit Stolz hat das nichts zu tun. Aber das Objekt, das schließlich keinen anderen Wert besitzt als den, welchen unsere Geilheit ihm verleiht, es offenbart, sobald diese Lust erloschen ist, seine ganze Nichtigkeit. Je stärker vorher die Erregung war, umso entwerteter zeigt sich der Gegenstand, wenn es durch diesen Aufruhr nicht mehr verklärt wird. Wir alle sind mehr oder weniger ermüdet, je nach den größeren oder geringeren Anstrengungen, die wir hinter uns haben, und der Ekel, den wir dann empfinden, ist das Gefühl der übersättigten Seele, der die Wonne missfällt, die sie erschöpft hat.“ – „Aber dieser Ekel“, sagte Durcet, „erfüllt uns dennoch oft mit Rachegedanken, die manchmal schlimme Folgen haben.“ – „Das ist wieder eine andere Sache“, sagte Curval, „und da die Fortsetzung der Erzählung uns dies vielleicht an Beispielen zeigt, so wollen wir uns hier nicht in Theorien ergehen.“ – „Der Präsident trifft das Richtige“, sagte Durcet, „aber du bist dabei, dich selbst in Verwirrung zu bringen. Ich glaube, du würdest besser tun, dich auf den Genuss vorzubereiten, als zu untersuchen, wie man sich ekelt.“ – „Durchaus nicht“, entgegnete Curval, „ich bin noch ganz kaltblütig!“, und indem er Adonis auf den Mund küsste, fuhr er fort: „Wie reizend ist dieses Kind! Aber man darf es nicht ficken! Ich kenne nichts Grausameres als Eure Gesetze, man muss sich auf Dinge beschränken, auf Dinge …“ – „Vorwärts, vorwärts, fahre fort, Duclos, denn ich merke, dass ich Dummheiten machen werde, und ich möchte meine Illusion bis zum Schlafengehen erhalten!“ Der Präsident, der seinen Apparat sich sträuben fühlte, schickte die beiden Kinder auf ihre Plätze zurück und legte sich wieder zu Constance, die ihn trotz ihrer Reize nicht allzusehr stimulierte. Er befahl der Duclos nochmals fortzufahren, und sie gehorchte:

‚Ich gesellte mich wieder zu meiner kleinen Freundin, die mit Louis fertig war, und wir verließen mäßig zufrieden das Kloster. Ich war fest entschlossen, nicht dahin zurückzukehren, denn Geoffrois Behandlung hatte meinen Stolz verletzt. Ohne weiter den Grund meines Unbehagens zu erforschen, mochte ich weder seine offensichtliche Ursache noch dessen Folgen. Trotzdem stand im Buch des Schicksals geschrieben, dass ich noch weitere Abenteuer in diesem frommen Rückzugsort finden würde, und das Beispiel meiner Schwester, die nach ihren eigenen Worten mit mehr als vierzehn der Padres zu tun gehabt hatte, überzeugte mich, dass ich noch nicht am Ende meiner Erlebnisse sei.

Drei Monate nach diesem Abenteuer bemerkte ich die Nachstellungen eines Geistlichen von etwa sechzig Jahren, der jede List versuchte, um mich in sein Zimmer zu locken. Eines Sonntagsvormittags gelang es ihm, ohne dass ich wusste, warum und wieso. Der alte Lüstling namens Henri schloss mich, als er die Tür hinter mir verriegelt hatte, sofort brünstig in seine Arme. „Da habe ich dich nun, kleine Schelmin“, rief er hocherfreut, „diesmal wirst du mir nicht entwischen.“ Meine Nase war infolge der Kälte voll Rotz, wie meist bei Kindern, und ich wollte mich schneuzen. „Was soll das! Nein, nein, meine Kleine. Sei vorsichtig“, rief Henri, „lass mich das machen.“ Er legte mich auf sein Bett und neigte den Kopf zu mir. Mein Haupt zurückbeugend, verzehrte er fast mit seinen Blicken die Absonderungen meiner Nase. „Oh, du hübsches, kleines Rotzblag“, sagte er mit beginnender Erregung, „wie werde ich dich schlecken!“ Dann beugte er sich nieder, nahm meine ganze Nase in seinen Mund und verschlang nicht nur allen Rotz, der herauslief, sondern steckte abwechselnd seine gierige Zunge in meine Nasenlöcher und brachte mich dadurch mehrmals zum Niesen. Dadurch wurde der Ausfluss noch vermehrt, nach dem er verlangte, und er verzehrte ihn lüstern mit doppelter Wonne. Verlangt über diesen Mann keine weiteren Einzelheiten, meine Herren, denn es geschah nichts weiter. Ich bemerkte wenigstens nichts, vielleicht ging es ihm in die Hosen. Aber in seinen Küssen und bei seinem Schlecken war nichts von jener gewissen Ekstase zu merken, sodass ich annehme, dass er gar nicht entludt. Er schürzte mich auch nicht weiter auf, und seine Hände verirrten sich nicht an mir. Dieser alte Wüstling hätte seine Ausschweifung mit dem anständigsten und unverdorbensten Mädchen der Welt begehen können, ohne dass diese dabei einen Hauch von Unkeuschheit bemerkt haben würde.

Anders erging es mir bei einem Pater namens Étienne, den das Schicksal mir an jenem Tag schickte, an dem ich neun Jahre alt wurde. Er hatte meine Schwester schon mehrmals aufgefordert, mich zu ihm zu bringen, und diese hatte mir aufgetragen, ihn zu besuchen. Aus Furcht vor der Mutter, der manches schon verdächtig vorkam, hatte sie mich aber nicht selbst hingeführt. Als er mich darum in einem Kirchenwinkel bei der Sakristei antraf, überredete er mich mit soviel Güte, dass es keines besonderen Drängens bedurfte, um mich in sein Zimmer zu bringen. Er war etwa vierzig Jahre alt, frisch, lustig und kräftig. Drinnen fragte er mich dann umgehend, ob ich einen Schwanz abwichsen könne. „Leider verstehe ich nicht, was Sie sagen“, meinte ich errötend. „Na, dann werde ich es dir beibringen, mein Kleines“, sagte er, mir herzlich Mund und Augen dabei küssend. „Es ist meine einzige Lust, kleine Mädchen in dieser Weise zu unterrichten, und meine Lektionen sind so gründlich, dass sie sie zeitlebens nicht vergessen. Fang an, indem du die Röcke ablegst, denn wenn ich dir zeige, wie man sich anstellen soll, um mir ein Vergnügen zu bereiten, so will ich dir auch beibringen, was du tun musst, um selbst eines zu empfangen, und dann darf uns dabei nichts stören. Also los, fang bei dir an. Was du hier siehst“, sagte er, und griff mit seiner Hand nach meinem Schamhügel, „das nennt man eine Fotze, und so musst du es machen, wenn du dir einen wundervollen Kitzel verschaffen willst. Mit dem Finger – einer reicht schon – musst du leicht diese Erhöhung reiben, die man übrigens den Kitzler nennt. Sieh, meine Kleine, so …“, und ich folgte seiner Anweisung. „Genau so, meine Kleine. Während die eine Hand derartig beschäftigt ist, führst du einen Finger der anderen Hand in diese entzückende Spalte ein“, und er führte meine Hand. „Ist es so recht?“ – „Ja.“ – „Nun, spürst du nichts?“, fuhr er fort, während ich mit meiner Möse beschäftigt war. „Nein, mein Vater“, antwortete ich einfältig. „Ach, das kommt daher, weil du noch so jung bist, aber in zwei Jahren wird es dir schon rechtes Vergnügen machen.“ – „Warten Sie“, sagte ich, „ich glaube, es fängt doch an“, und ich rieb eifrig weiter an der bezeichneten Stelle. Tatsächlich belehrten mich nun einige Wollustschauer, dass es sich lohnte, weiterzumachen. Der ausgiebige Gebrauch, den ich seitdem von dieser spannungslindernden Methode gemacht habe, überzeugte mich mehr als einmal von der Geschicklichkeit meines Lehrmeisters. „Kommen wir nun zu mir“, sagte dann Étienne, „denn dein Vergnügen erregt meine Sinne, und ich möchte auch etwas davon haben, mein Engel. Schau …“, und er zeigte mir ein so ungeheures Werkzeug, dass meine beiden kleinen Hände es kaum umspannen konnten. „Schau, mein Kleines, das nennt man einen Schwanz, und diese Bewegung da“, er führte meine Hand mit raschen Stößen, „diese Bewegung nennt man wichsen. Mach, mein Kind, mach es mit aller Kraft! Je schneller und kräftiger deine Bewegungen sind, umsomehr beschleunigst du den Moment, der mir besonders gut gefällt. Aber auf eine wichtige Sache gib acht“, er lenkte noch immer meine Hand. „Achte darauf, dass der Kopf immer unbedeckt bleibt, bedecke ihn niemals mit dieser Haut, die wir Vorhaut nennen. Wenn die Vorhaut diesen Teil, den wir Eichel nennen, bedecken würde, wäre mein ganzes Vergnügen dahin. Los, meine Kleine, sieh zu, wie ich jetzt an dir das mache, was du an mir machst.“

Dabei lehnte er sich an meine Brust, und während ich noch immer arbeitete, beschäftigten sich seine Hände so geschickt, betätigten seine Finger sich so kunstvoll, dass mich die Wollust hinriss. Er ist es, dem ich meinen ersten Orgasmus verdanke. Alles drehte sich in meinem Kopf, und ich musste meine Arbeit im Stich lassen. Der Geistliche, selbst noch nicht so weit, hatte nichts dagegen, einen Augenblick auf sein Vergnügen zu verzichten, um sich für das meine zu bemühen. Nachdem er mich hatte genießen lassen, hieß er mich in der Arbeit fortzufahren, die ich in meiner Ekstase unterbrochen hatte. Er betonte, mich nun nicht zu zerstreuen und nur mit ihm zu beschäftigen. Ich tat es mit voller Hingabe, denn ich schuldete ihm doch Dankbarkeit. Ich arbeitete so eifrig und beachtete alles, was er mir eingeschärft hatte, dass das durch meine Fertigkeit besiegte Ungeheuer endlich seine ganze Wut ausspie und mich mit seinem Gift befleckte. Étienne geriet in wollüstige Verzückung. Er küsste meinen Mund mit aller Glut, befingerte und kitzelte mein Fötzchen, und seine Ekstase verwirrte seine Worte. Er mischte die schmutzigsten Ausdrücke mit den zärtlichsten Liebkosungen und war wie in einem Delirium. Im Gegensatz zu seinem Mitbruder, dem Pipisäufer, war er sehr galant und verabschiedete mich nicht, ohne vorherige Einladung, wiederzukommen, um dasselbe zu erleben. Er sagte mir, ich sei charmant, und drückte mir einen halben Taler in die Hand. Ich war entzückt über dieses neue Abenteuer, das mich mit dem Kloster wieder versöhnte und mich den Entschluss fassen ließ, in Zukunft noch oft dahin zurückzukehren, in der Erwartung, immer angenehmere Eskapaden dort zu erleben. Doch nicht hier erfüllte sich mein Schicksal, denn in einer mir neuen Welt erwarteten mich wichtigere Ereignisse. Kaum nach Hause zurückgekehrt, erfuhr ich nämlich Neuigkeiten, die meine freudige Stimmung verdüsterten und die das Glücksgefühl trübten, in das mein Erlebnis mich versetzt hatte.’

In diesem Moment ertönte die Glocke im Salon, die zum Souper rief. Unter allgemeinem Beifall für diesen vielversprechenden Anfang stieg die Duclos von ihrem Thron herab, und nachdem sich alle ein wenig in Ordnung gebracht hatten, schritt man neuen Genüssen entgegen, wie sie Comus[66] darzubieten hatte. Das Mahl wurde von den acht nackten Mädchen aufgetragen. Als ihre Meister den Raum wechselten, fand man sie schon bereit. Die zwanzig Teilnehmer setzten sich zusammen aus den vier Freunden, den acht Fickern und den acht Knaben. In seinem Zorn über den ungeschickten Narcisse duldete der Bischof dessen Teilnahme an der Tafel nicht. Weil man übereingekommen war, untereinander Nachsicht zu üben, wandte niemand etwas gegen seinen Ausschluss ein. Der arme Kleine wurde also in ein dunkles Gemach eingesperrt, um erst bei der Orgie befreit zu werden, wo Hochwürden vielleicht wieder versöhnt werden konnte. Die Gattinnen soupierten separat gemeinsam mit den Erzählerinnen in aller Hast, um für die spätere Ausschweifung bereit zu sein, während die Alten den Dienst der Mädchen überwachten.

Diese Mahlzeit war viel kräftiger als das Mittagessen, sie wurde auch mit mehr Pomp und Glanz serviert. Es gab zunächst eine Krustentiersuppe und Hors d'oeuvre, bestehend aus zwanzig Platten. Dann kamen zwanzig Entrées, denen zwanzig weitere, etwas leichtere, aus weißem Geflügel und Wildbret folgten. Die hierauf servierten Braten vereinten nur das Allerkostbarste und Seltenste. Anschließend gab es kaltes Backwerk, danach sechsundzwanzig Zwischengerichte in allen Figuren und Formen, deren Reste abgetragen wurden, um einer Garnitur von kaltem und warmem Zuckerwerk Platz zu machen. Schließlich wurde das Dessert gereicht, das aus einer von der Jahreszeit unabhängigen Auswahl von Früchten bestand. Auf dem Tisch standen danach noch Eis, Schokolade und Liköre. Bei jedem Gang wurden die Weine gewechselt. Beim ersten gab es Burgunder, beim zweiten und dritten verschiedene Sorten italienischen Weins, beim vierten Rheinwein, beim fünften Rhônewein, beim sechsten prickelnden Champagner, und bei den beiden letzten, zwei Sorten griechischen Rebensafts. Der Trunk hatte ihr Blut in Wallung gebracht, aber anders als beim Mittagessen war es verboten, die bedienenden Mädchen allzu sehr zu belästigen, denn sie waren der köstlichste Besitz der Gesellschaft, mit dem man noch schonend umgehen musste.

---

[66] In der griechischen Mythologie die Personifikation des dionysischen Festzugs, künstlerisch zuweilen dargestellt als der Mundschenk des Dionysos. In John Miltons gleichnamigem Maskenspiel ist er der Sohn des Bacchus und der Circe.

Man hielt sich aber dadurch schadlos, dass man eine Menge Unzüchtigkeiten mit ihnen vornahm. Der halbbesoffene Herzog sagte, dass er nunmehr einen anderen Tropfen begehre, nämlich die Pisse Zelmires und nichts anderes! Davon verschlang er zwei große Gläser, die er abzapfte, indem er das Mädchen auf den Tisch steigen und über seinem Teller hinkauern ließ. „Keine große Leistung, die Pisse der Jungfrauen zu saufen!", sagte Curval und rief Fanchon zu sich. „Komm, alte Nutte", sagte er, „dies ist der Quell, aus dem ich schöpfen will!" Und indem er seinen Kopf zwischen die unsauberen Schenkel dieser alten Hexe steckte, schluckte er gierig die verpesteten Ströme, die sie ihm in den Magen rinnen ließ.

Mit erhitzten Köpfen ereiferte man sich anschließend im Gespräch über verschiedene Probleme der Sitte. Der Leser möge darüber sinnieren, ob die moralischen Ansichten, die hier offenbart wurden, wohl sehr lauter waren. Der Herzog pries die Libertinage und die Ausschweifung und bewies, dass sie im Sinne der Natur sei, man ihr also besser diene, je mannigfaltigeren Verirrungen man nachkam. Seine Auffassung wurde allgemein anerkannt und mit Beifall bedacht, und man erhob sich, um das eben aufgestellte Prinzip in die Praxis umzusetzen.

Im Salon war alles für die Orgie bereit. Die Frauen waren schon nackt und lagen auf großen Kissen durcheinander am Boden, mit ihnen die jungen Knaben, welche zu diesem Zweck die Tafel schon nach dem Dessert verlassen hatten. Die taumelnden Freunde wurden von zwei Alten entkleidet und fielen dann mitten in die Herde ein, wie hungrige Wölfe in einen Schafstall einbrechen. Der Bischof, dessen Geilheit vorhin auf Hindernisse gestoßen und dadurch grausam erregt worden war, bemächtigte sich des herrlichen Arschs von Antinoüs. Dabei wurde er von Hercule gefickt, und überwältigt durch diese Empfindung sowie durch den wichtigen und ersehnten Dienst, den ihm Antinoüs leistete, ergoss er sich endlich so jäh und heftig, dass er in Ohnmacht fiel. Hatte schon der Rausch des Bacchus seine Sinne umnebelt, so schwächte die Wollust sie nun so sehr, dass er aus der Bewusstlosigkeit überging in einen tiefen Schlaf. Man musste ihn später zu Bett tragen. Der Herzog hatte unterdessen eine wunderbare Zeit. Curval wiederum erinnerte sich des Anerbietens, das die Martaine dem Bischof gemacht hatte. Er hieß sie, es bei ihm einzulösen. Er stopfte sie, und während man ihn selbst dabei von hinten fickte, kam er zum Orgasmus. Andere Scheußlichkeiten, andere Infamien folgten einander. Die drei Gewinner des Wettkampfs, denn der Bischof war ja ausgeschieden, zogen sich in Begleitung der vier Ficker zurück, die heute Nachtdienst hatten. Begleitet wurden sie von den Frauen, welche bei der Erzählung mit ihnen auf dem Sofa gelegen hatten. – Unselige Opfer ihrer Brutalität! Kein Zweifel, dass sie mehr mit Grausamkeiten bedacht wurden als mit Zärtlichkeiten, und dass sie gewiss mehr Qualen fanden als Lust. Dies ist die Geschichte des ersten Tages.

ZWEITER TAG

Die Gesellschaft stand zur gewohnten Stunde auf. Der Bischof hatte sich von seinen Ausschweifungen völlig erholt und war, als er gegen vier Uhr morgens erwachte, sehr verdrossen, dass man ihn alleine hatte schlafen lassen. Er läutete, damit Julie und sein Ficker ihren Platz bei ihm einnahmen. Sie kamen, und der alte Wüstling gab sich in ihren Armen erneut allen erdenklichen Schamlosigkeiten hin, bis das Frühstück im Zimmer der Mädchen eingenommen wurde. Durcet leitete die Visite, und er fand trotz aller Entschuldigungen, die er hörte, verschiedene Übeltäter. Michette hatte sich eine gewisse Verfehlung zuschulden kommen lassen, und Augustine, der anbefohlen worden war, den ganzen Tag in einem vorgeschriebenen Zustand zu verharren, befand sich im gegenteiligen. Sie hatte den Befehl vergessen, bat hundertmal um Nachsicht und gelobte in Zukunft mehr Aufmerksamkeit, aber das Gericht der vier war ohne Gnade und setzte auch sie auf die Strafliste für den ersten Samstag.

Durcet zeigte sich besonders unzufrieden, weil die Mädchen in der Kunst des Wichsens so ungeschickt waren. Nachdem man am Vortag so treffliche Unterweisungen vernommen hatte, hielt er es für angebracht, ihnen an einer bestimmten Vormittagsstunde auf diesem Gebiet Unterricht geben zu lassen. Einer von den vieren sollte eine Stunde früher aufstehen und von neun bis zehn Uhr dieser Übung beiwohnen. Er sollte in der Mitte des Harems in einem Sessel Platz nehmen, und unter Anleitung der Duclos, der besten Wichserin, die sich im Schloss fand, musste jedes Mädchen ihre Fähigkeiten an ihm versuchen. Die Duclos sollte ihre Hände führen, ihre Bewegungen dirigieren und ihnen den erforderlichen Grad der Schnelligkeit beibringen, der je nach dem Zustand des Patienten angebracht war. Auf diese Weise sollten sie auch die einzunehmenden Positionen lernen. Es wurden Strafen festgesetzt für jene, die nach der vierzehn Unterrichtstagen in dieser Kunst noch keine Vollkommenheit erreicht hatten und aus dem Kurs entlassen werden konnten. Allen wurde eingeschärft, nach den Regeln des guten Franziskaners die Eichel unbedeckt zu lassen. Die zweite, freie Hand, sollte während des Vorgangs die Umgebung reizen, je nach den Wünschen dessen, der eben behandelt wurde. Dieser Vorschlag des Banksters gefiel allen. Die Duclos übernahm das ihr anvertraute Amt und brachte auch einen Dildo ins Appartement der Mädchen, damit sie daran auch in der Zwischenzeit ihre Handgelenke üben konnten, um sie beweglich zu halten.

Bei den Knaben übertrug man Hercule das Amt des Lehrers. Hier brauchte es nur eine Woche, um aus den Jungs die musterhaftesten Wichser zu machen, denn in dieser Fertigkeit sind Jünglinge geschickter als Mädchen, weil sie eben nur bei anderen das tun müssen, was sie bei sich selbst zu machen pflegen. Unter den Knaben wurde an diesem Morgen niemand für schuldig befunden. Wegen des Verhaltens von Narcisse am Tag zuvor wurden alle Erlaubnisbewilligungen abgelehnt. In der Kapelle fanden sich daher nur die Duclos, zwei Ficker, Julie, Thérèse, Cupidon und Zelmire ein. Curval hatte eine Latte wie ein Rammbock. Er hatte sich schon am Morgen bei der Knabenvisite mit Adonis erhitzt, und alle waren sicher, dass er absahnen würde, als er Thérèse und den zwei Fickern bei ihrem Geschäft zuschaute, aber er nahm sich zusammen.

Das Diner verlief wie gewöhnlich. Der Präsident, der beim Essen besonders viel gesoffen und reichlich geschweinigelt hatte, entflammte beim Kaffee abermals, als Augustine, Michette, Zelmire und Cupidon ihn unter der Leitung der ausnahmsweise ebenfalls nackten alten Fanchon bedienten. Dieser Gegensatz versetzte Curval in lüsterne Wut, und die gleichzeitige Beschäftigung mit der Vettel und mit Zelmire beraubte ihn seiner Schwanzsahne. Der Herzog presste Augustine mit steifem Schwanz an sich. Vor seinen irren Reden und grölenden Flüchen wich die arme Kleine erschrocken zurück, zitternd wie eine Taube vor den Angriffen des Raubvogels, der sie belauert und auf sie niederstoßen will. Aber er begnügte sich mit ein paar lüsternen Küssen und damit, sie ein paar Übungsgriffe in jener Kunst machen zu lassen, in der sie am nächsten Tage unterwiesen werden sollte. Die beiden anderen zeigten weniger Laune zur Ausgelassenheit und hatten schon ihr Nickerchen begonnen.

Nun begaben sich auch die beiden anderen Helden zur Ruhe, und man erhob sich erst wieder um sechs Uhr, um der Erzählung im Thronsaal zu lauschen. Die Vierergruppen vom Vortag hatten sowohl in Bezug auf die Personen als auch auf deren Kleidung gewechselt, und unsere Freunde hatten als Genossinnen nun bei sich: der Herzog Aline, Tochter des Bischofs und daher mindestens seine Nichte; der Bischof seine Schwägerin Constance, Frau des Herzogs und Durcets Tochter; Durcet die reizende Tochter des Herzogs und Frau des Präsidenten; und Curval hatte zu seiner Ermunterung und Belebung bei sich seine Tochter Adélaïde, die Frau Durcets, deren Tugend und Frömmigkeit sie zu einem willkommenen Gegenstand seiner Quälereien machte. Er trieb ein paar schlimme Scherze mit ihr und befahl ihr dann, während des ganzen Vortrags in einer Stellung zu verharren, die für sie sehr unbequem und peinigend war, die aber seinem Geschmack entsprach, und er bedrohte sie mit seinem ganzen Zorn, wenn sie es wage, ihre Position auch nur einen Moment zu verändern. Alle waren bereit. Die Duclos bestieg ihren Thronsitz und nahm ihre Erzählung auf:

'Meine Mutter war drei Tage lang nicht nach Hause gekommen, als mein Vater, mehr in Sorge um sein Geld und seinen Besitz als um sie selbst, ihr Zimmer durchsuchte, wo alle Wertgegenstände versteckt waren. Wie groß war sein Erstaunen, als er nichts von dem Gesuchten, dafür aber einen Zettel meiner Mutter fand, auf dem sie ihm riet, sich über den Verlust seiner Preziosen zu trösten. Da sie beschlossen habe, sich für immer von ihm zu trennen und kein Geld besitze, habe sie das seine nehmen müssen. Er habe diese Trennung im Übrigen selbst verschuldet, indem er sie schlecht behandelte. Sie hinterlasse ihm zwei Töchter, die gewiss mehr wert seien als die verlorenen Besitzstücke. Der Olle aber war nicht dieser Meinung. Dass er diese Einschätzung unserer Mutter nicht anerkannte, bewies er bald darauf, indem er uns aufforderte, sein Haus zu verlassen und nicht einmal zum Schlafen wieder dahin zurückzukehren. Wir betrübten uns nicht sehr über diese Freundlichkeiten, denn sie gaben uns die volle Freiheit. Konnten wir doch nun ungehindert das Leben fortsetzen, dessen Anfang uns so gut gefallen hatte. Wir packten unsere wenigen Sachen zusammen und sagten unserem lieben Stiefvater ebenso kurz Lebewohl wie er uns. In weniger als einer Minute waren wir fort.

Wir bezogen ein kleines Zimmer in der Nähe und harrten dessen, was kommen würde. Wir dachten über das Unternehmen unserer Mutter nach; und wir zweifelten nicht, dass sie sich ins Kloster begeben hatte, um heimlich mit einem Pater zusammenzuleben oder dass sie in der Umgebung einen Unterschlupf gefunden hatte und sich aushalten liess. Aber ein Briefchen, das uns von einem Mönch des Klosters zugesteckt wurde, brachte uns von dieser Vermutung ab. Diese Nachricht enthielt den Rat, mit Einbruch der Nacht in die Abtei zu kommen und uns beim Schreiber der Zeilen, dem Pater Guardian zu melden. Er warte bis zehn Uhr abends auf uns in der Kirche und werde uns an jenen Ort führen, an dem unsere Mutter sich befinde, um uns an ihrem jetzigen Glück und Behagen teilnehmen zu lassen. Es wurde uns ans Herz gelegt, auf jeden Fall zu kommen und zwar in aller Heimlichkeit, damit unser Stiefvater nichts erfahre von dem, was man für unsere Mutter und uns selbst tun werde. Meine Schwester, damals fünfzehn Jahre alt und verständiger als ich, die erst neun zählte, sagte dem Boten, sie werde sich die Sache überlegen. Sie war über die Angelegenheit höchst erstaunt.

„Françon", sagte sie zu mir, „gehen wir lieber nicht hin. Hier stimmt was nicht! Wäre der Vorschlag ehrlich, dann hätte unsere Mutter selbst das Briefchen geschrieben oder wenigstens ihren Namen darunter gesetzt. Und bei wem sollte sie im Kloster sein? Pater Adrien, ihr bester Freund, ist seit drei Jahren nicht mehr da, und seitdem ist sie nur noch ab und zu hingegangen und hat keine regelmäßige Affäre mehr dort gehabt. Warum also hätte sie dort ihre Zuflucht suchen sollen? Der Pater Guardian ist niemals ihr Geliebter gewesen, wenn sie ihm auch ein paar Mal gefällig war. Aber er ist nicht der Mann, sich deswegen einer Frau anzunehmen. Weibern gegenüber ist er brutal und unbeständig, wenn er seine Lust an ihnen befriedigt hat. Warum sollte er sich also für unsere Mutter interessieren? Es steckt etwas dahinter, sage ich dir! Ich habe ihn niemals gemocht, den alten Guardian. Er ist boshaft, hart, brutal. Einmal hat er mich in sein Zimmer gezogen, wo er mit drei anderen war, und nach dem, was mir dort passiert ist, habe ich mir geschworen, nie wieder dorthin zu gehen. Hör' auf meinen Rat: Lassen wir diese schurkischen Mönche! Ich will es dir nicht mehr verheimlichen, Françon, dass ich eine Bekannte habe, ich kann sogar sagen, eine gute Freundin. Sie heißt Madame Guérin. Ich besuche sie seit zwei Jahren, und in dieser Zeit ist keine Woche vergangen, ohne dass sie mir eine gute Partie verschafft hätte. Dabei keine Ficks zu zwölf Sous wie im Kloster, sondern solche, die mir mindestens drei Livres eingebracht haben. Sieh, hier ist der Beweis!" Sie zeigte mir eine Börse mit mehr als zehn Louisdor. „Du siehst, dass ich genug zum Leben habe. Folge meinem Rat, und mach es wie ich. Die Guérin wird dich nehmen, da bin ich mir sicher. Sie hat dich vor acht Tagen gesehen, als sie mich besuchte, und mir aufgetragen, dir diesen Vorschlag zu machen. Wenn du auch noch etwas jung bist, wird sie Gelegenheiten für dich finden. Mach es, wie ich es dir sage, und wir werden bald keine Sorgen mehr kennen. Das ist alles, was ich für dich tun kann. Diese Nacht werde ich noch für ein Quartier sorgen, dann rechne nicht mehr auf mich, kleines Schwesterchen. Jeder für sich in dieser Welt! Ich habe mir dies mit meinem Körper und mit meinen Fingern verdient. Mach es ebenso. Hält dich deine Scham ab, so geh zum Teufel, und komm nie mehr zu mir! Ich werde dir keinen Trunk Wasser mehr geben, und wenn dir die Zunge auch einen Fuß lang heraushängt. Du weißt jetzt Bescheid. Über das Schicksal meiner Mutter mache ich mir kein Kopfzerbrechen. Ich habe nur den Wunsch, diese Hure möge so weit fort sein, dass ich sie nie wieder sehe. Sie war mir nur hinderlich in meinem Geschäft mit ihren guten Ratschlägen, wo die alte Nutte es selbst doch dreimal schlimmer trieb. Mag sie der Teufel holen und nicht wiederbringen. Das ist alles, was ich ihr wünsche."

Aufrichtig gestanden, hatte ich weder ein empfindsameres Herz noch eine schönere Seele als meine Schwester. Mit größter Seelenruhe hörte ich die Beschimpfungen, mit denen sie unsere ausgezeichnete Mutter bedachte. Ich dankte ihr für ihre Fürsprache und entschloss mich, ihr zu jener Frau zu folgen und, wenn diese mich aufnahm, sie nicht weiter zu behelligen. Ihrer Weigerung, ins Kloster zu gehen, stimmte ich zu. „Ist die Mutter wirklich glücklich, umso besser für sie. Wir können es auch werden, und zwar ohne sie. Ist es aber nur eine Falle, die man uns stellt, so müssen wir auf der Hut sein." Dann umarmte mich meine Schwester. „Wunderbar", sagte sie, „ich sehe, dass du ein verständiges Mädchen bist. Sei sicher, dass wir unser Glück finden und ein Vermögen machen werden. Wir sind hübsch und werden verdienen, soviel wir wollen. Aber meine Liebe, man darf sich nicht binden; heute der, morgen jener! Man muss Hure sein, mein Kind, Hure mit Leib und Seele! Was mich anbetrifft, ich bin es. Jetzt, wo es keine Beichte, keinen Priester, keine Ratschläge, keine Pflichten mehr gibt, die mich vom Laster abhalten können! Bei Jesus, ab jetzt werde ich meinen Arsch auf dem Gehweg mit derselben Ruhe herzeigen, mit der ich ein Glas Wein trinke. Mach es mir nach, Françon, bei den Männern muss man gefällig sein, dann kriegt man alles von ihnen! Das Handwerk ist anfangs etwas hart, aber man gewöhnt sich daran. Soviele Männer, soviele Geschmacksrichtungen. Man muss auf alles gefasst sein. Der eine will dies, der andere jenes. Allein, was liegt daran? Man ist da, um zu gehorchen, man unterwirft sich. Der Kunde hat immer recht. Das ist bald vorüber, aber das Geld bleibt."

Über eine so verwerfliche Rede aus dem Mund meiner Schwester war ich entsetzt, denn sie war mir immer so züchtig erschienen. Da aber mein Herz ihren Gedanken zustimmte, ließ ich sie erkennen, dass ich nicht abgeneigt sei, ihr nachzueifern, ja, wenn es nötig sein sollte, es noch schlimmer als sie zu treiben. Sie war entzückt von mir, umarmte mich wiederum, und da es spät wurde, ließen wir uns eine Poularde und guten Wein bringen, speisten und schliefen zusammen, um uns am nächsten Morgen bei der Guérin vorzustellen und sie zu bitten, uns in die Schar ihrer Pfleglinge aufzunehmen. Während des Essens brachte meine Schwester mir alles bei, was ich an Ausschweifungen noch nicht kannte. Sie zeigte sich mir nackt, und ich muss gestehen, dass sie eines der schönsten Geschöpfe war, das es damals in Paris gab. Sie hatte die wundervollste Haut, die angenehmste Fülle und trotzdem die geschmeidigste und interessanteste Figur, die hübschesten blauen Augen, und alles Übrige stand dazu im perfekten Verhältnis. Ich erfuhr auch die Zahl der Mädchen, die in der Obhut der Guérin standen, der es ein ungeheures Vergnügen bereitete, denen, die sie immer wieder darum angingen, geeignete Objekte zu verschaffen. Wir lagen schon im Bett, als uns einfiel, dass wir dem Pater Guardian keine Antwort gegeben hatten. Es würde ihn vielleicht verdrießen, und solange wir in diesem Viertel wohnten, mussten wir ihn mit Schonung behandeln. Was sollten wir tun? Es war elf Uhr vorbei, und wir beschlossen, den Dingen einfach ihren Lauf zu lassen. Sicher war ihm an dem Abenteuer mehr gelegen als an dem Glück, das er uns verheißen hatte, und es hatte kaum Mitternacht geschlagen, als leise an unsere Tür gepocht wurde.

Es war der Pater Guardian selbst, der uns nun vorwarf, ihn zwei Stunden warten und ohne Antwort gelassen zu haben. Er setzte sich neben unser Bett und erzählte, unsere Mutter habe sich entschlossen, den Rest ihres Lebens gemeinsam mit einer anderen jungen Frau in einem geheimen Appartement des Klosters zu verbringen, wo sie zusammen mit den hohen Geistlichen des Hauses behaglich leben konnte. Die Hälfte des Tages verbrachten die Padres mit dieser, die andere mit jener. Er rechne nun auf uns, dass wir die Zahl der Frauen vermehren würden. Zwar seien wir noch zu jung, um uns für dauernd zu binden. Also werde er uns nur für drei Jahre verpflichten, dann sollten wir unsere Freiheit zurückhaben und jede tausend Taler bekommen. Er versicherte uns im Namen unserer Mutter, sie werde sich freuen, wenn wir ihre Zurückgezogenheit teilen wollten. „Mein Vater“, sagte meine Schwester brüsk, „wir danken Ihnen für den Vorschlag, aber wir sind noch nicht so alt, dass wir Lust hätten, uns ins Kloster sperren zu lassen und Pfaffenflittchen zu werden. Das sind wir lange genug gewesen.“ Der Guardian wurde eindringlicher, und man sah an seiner Lebhaftigkeit, dass ihm sehr an einem Erfolg gelegen war. Als er aber einsah, dass er nichts erreichte, ging er meine Schwester wütend an. „Na denn“, sagte er, „kleine Nutte, so befriedige mich wenigstens, bevor ich gehe!“ Er knöpfte seine Hose auf und legte sich rittlings über sie. Sie sträubte sich nicht, weil sie glaubte, ihn so eher loszuwerden. Und diese alte Sau fing an, während er sie mit seinen Knien unter sich festhielt, dicht vor dem Gesicht meiner Schwester seinen fetten, steifen Dödel zu wichsen. „Na“, rief er, „dein nettes Gesicht, diese reizende Hurenfresse werde ich ein bisschen vollspritzen! Ah, heiliger Jesus!“ In diesem Augenblick öffneten sich die Schleusen. Der Riemen-Rotz schoss hervor und bewies auf dem Gesicht meiner Schwester, vor allem auf Nase und Mund, wie groß seine Wollust gewesen war.

Der Pfaffe, dem dieses Spiel vielleicht mehr Vergnügen bereitet hatte, als wenn er mit seinem Plan durchgedrungen wäre, dachte jetzt nur noch daran, wegzukommen. Er warf einen Taler auf den Tisch, zündete seine Laterne wieder an und sagte: „Ihr seid kleine Dummköpfe, ihr seid Gänse! Ihr versäumt euer Glück in dieser Welt! Strafe euch der Himmel und bringe Elend über euch, und wenn ich euch dann so sehen werde, dann ist meine Rache befriedigt. Dies ist mein letzter Wunsch!“ Meine Schwester wischte sich ihr Gesicht ab und antwortete ihm in demselben Ton. Er schloss die Tür hinter sich, und wir hatten bis zum Morgen Ruhe. „Was du gesehen hast“, sagte meine Schwester, „ist eine seiner Lieblingsneigungen. Er ist versessen darauf, seine Schneckenspur auf dem Gesicht eines Mädchens zu hinterlassen. Es ginge noch, wenn das alles wäre, aber dieser Halunke hat noch viele andere Passionen und darunter so bedenkliche, dass ich immer Angst vor ihm habe.“ Meine Schwester schlief über diesen Worten ein, ohne mir Näheres zu sagen.

Als wir am nächsten Morgen aufwachten, dachten wir nicht mehr daran. Wir richteten uns gut her und begaben uns zu Madame Guérin. Mit ihren sechs Zöglingen im Alter von sechzehn bis zweiundzwanzig Jahren bewohnte sie ein hübsches Appartement in der Rue Soli im ersten Stock. Alle Mädchen waren frisch und attraktiv, aber ich werde sie Ihnen, meine Herren, nur soweit wie nötig beschreiben, wenn von ihnen die Rede ist. Die Guérin war von der Absicht meiner Schwester entzückt und empfing uns also mit dem größten Vergnügen, um uns bei sich einzulogieren. Auf mich weisend, sagte meine Schwester: „Ist dieses Kind auch noch sehr jung, so wird es Euch doch trefflich dienen. Dafür bürge ich. Sie ist sanft, artig, hat einen guten Charakter und ist entschlossen, von ganzem Herzen eine Hure zu sein. Ihr habt da in Eurem Kundenkreis eine ganze Anzahl von geilen Böcken, die auf Kinder versessen sind. Hier habt Ihr eines, wie sie es brauchen. Nehmt es!" Sich zu mir wendend, fragte die Guérin, ob ich zu allem bereit sei. „Ja, Madame", antwortete ich mit einer Unverschämtheit, die ihr Freude bereitete, „zu allem, womit ich Geld verdienen kann." Man machte uns mit unseren neuen Genossinnen bekannt, mit denen meine Schwester schon vertraut war und die freundschaftlich versprachen, sich meiner anzunehmen. Wir speisten dann zusammen. So vollzog sich, meine Herren, meine erste Unterbringung im Puff.

Ich war nicht lange dort, als ich schon Beschäftigung fand. Noch am gleichen Abend kam in seinen Mantel gehüllt ein alter Kaufmann, dem die Guérin mich zu meiner Einweihung verkuppelte. Sie stellte mich ihm vor mit den Worten: „Herr Duclos, so ein Zufall! Sie wollen Unbehaarte. Hier kann ich mich verbürgen, dass sie keine Haare hat." – „Wirklich", sagte der alte Sonderling, während er mich durch sein Augenglas betrachtete, „sie sieht aus wie ein Kind. Wie alt seid Ihr, meine Kleine?" – „Neun Jahre, mein Herr!" – „Neun Jahre … Gut, gut, Madame Guérin, Ihr wisst, so liebe ich sie. Gerne noch jüngere, wenn ihr solche hättet! Bei meiner Seele, ich nähme sie sogar von den Titten der Mutter!" Lachend zog sich die Guérin zurück und schloss uns beide ein. Der alte Wüstling näherte sich mir, küsste mich ein paar Mal auf den Mund, und indem er meine Hand führte, ließ er mich aus seinem Hosenlatz einen Apparat hervorholen, der vollkommen schlapp war. Er sprach nicht viel bei seinen Beschäftigungen. Nachdem er mir die Röcke ausgezogen und mich ohne viele Worte aufs Sofa gelegt hatte, schob er mir das Hemd bis über die Brust empor. Er hockte sich in Reitstellung über meine Schenkel und öffnete mit der einen Hand soweit es ging meine kleine Fotze, während er mit der anderen kräftig seinen Schwanz wichste. „Das nette kleine Vögelchen", sagte er dabei und stöhnte vor Vergnügen, „wie würde ich es zähmen, wenn ich noch könnte! Aber ich kann nicht mehr, es nützt alles nichts. Seit vier Jahren will dieser Hund von einem Schwanz nicht mehr stehen. Na, Kleine, spreize dich schön!"

Nach einer Viertelstunde hörte ich den Mann stärker schnaufen und stöhnen, und plötzlich war meine Möse von seinem warmen, schaumigen Laich überschwemmt. Konnte der Schurke nicht anders hinein, so versuchte er wenigstens, es mit seinen Fingern hineinzuschieben. Und gleich darauf verschwand er. Ich war noch damit beschäftigt, mich zu reinigen, als er schon auf die Straße trat. Auf diese Weise bin ich zu meinem Namen Duclos gekommen, denn es war in diesem Hause üblich, dass jedes Mädchen den Namen des ersten Mannes annahm, mit dem es zu tun hatte. Ich unterwarf mich dieser Gepflogenheit.'

„Einen Moment", rief der Herzog. „Ich wollte eben nicht unterbrechen. Da Ihr aber eine Pause macht, erklärt mir zwei Dinge. Erstens: Erhieltet Ihr Nachrichten von Eurer Mutter, und wisst Ihr, was aus ihr geworden ist? Zweitens: Waren die Ursachen der Abneigung gegen die Mutter bei Euch und Eurer Schwester angeboren, oder hatte sie einen besonderen Grund? Mit Rücksicht auf die Geschichte des menschlichen Herzens interessiert mich diese Frage besonders. Dies ist unser wichtigstes Forschungsgebiet." – „Euer Gnaden", antwortete die Duclos, „weder meine Schwester noch ich haben jemals wieder etwas von dieser Frau gehört." – „Sehr gut", sagte der Herzog, „dann ist der Fall eindeutig, nicht wahr, Durcet?" – „Absolut!", antwortete der Bankster. „Ohne den Schatten eines Zweifels. Ihr habt sehr wohlgetan, nicht ins Netz der Mönche zu laufen, denn ihr wärt nie wieder herausgekommen." – „Es ist unerhört", sagte Curval, „wie sich diese Manie ausbreitet." – „Meiner Treu, sie ist einfach köstlich …", sagte der Bischof. „Und der zweite Punkt", sagte der Herzog zur Erzählerin, „wie steht's mit dem?" – „Der zweite Punkt, Euer Gnaden, ist die Ursache unserer Abneigung. Ich käme sehr in Verlegenheit, sollte ich sie Ihnen erklären, aber die Aversion in uns war so heftig, dass wir unsere Mutter hätten vergiften können, wären wir sie nicht auf andere Weise losgeworden. Unser Widerwille erreichte den höchsten Grad. Da die Mutter uns keine Ursache dazu gab, ist zweifellos dieses Gefühl auf natürliche Weise in uns entstanden." – „Nun, wer kann daran zweifeln?", sagte der Herzog. „Täglich kommt es vor, dass die Natur uns die heftigste Neigung zu dem einflößt, was die Leute ‚Verbrechen' nennen. Und hättet Ihr sie auch zwanzigmal vergiftet, so wäre diese Handlung nur auf den von der Natur Euch gegebenen Hang zum Verbrechen zurückzuführen gewesen. Sie gab Euch diese Neigung zugleich mit der Fähigkeit zu dieser tiefen Antipathie. Es ist töricht, zu denken, dass man seiner Mutter etwas verdanke. Worauf sollte sich diese

Dankbarkeit denn gründen? Darauf, dass ihr einer abging, als ein Mann sie fickte? Ich sehe in diesem Umstand nur Motive für Hass und Verachtung! Schenkte sie uns Glück, indem sie uns zur Welt brachte? Weit gefehlt! Sie stieß uns in eine Welt voller Klippen, und unsere Sache ist es, uns da herauszuziehen, so gut wir können. Ich erinnere mich schwach daran, dass auch ich eine Mutter hatte, die mir fast denselben Hass einflößte wie der Duclos die ihre. Ich verabscheute sie, seit ich empfinden konnte. Ich habe sie ins Jenseits befördert und im ganzen Leben keinen wollüstigeren Reiz empfunden als in der Sekunde, als sie für immer die Augen schloss!"

In diesem Moment hörte man ein entsetzliches Schluchzen in einer der Vierergruppen. Es war in jener des Herzogs; man sah die junge Sophie, die in Tränen verging. Ihr zärtliches Herz war anders als das der Verruchten geartet und hatte, durch das Gespräch angeregt, die teure Erinnerung an die Spenderin ihres Lebens erwachen lassen, die bei der Verteidigung gegen ihre Entführer gestorben war. Dieses grausame Bild rief ihre bittersten Tränen hervor. „Ah, bei Gott", rief der Herzog, „das ist ja allerliebst. Beweinst du deine Mama, kleine Rotznase, wie? Komm her, damit ich dich tröste!" Der durch seine Vorstellungen und Erwartungen erhitzte Wüstling ließ einen nach Entladung drängenden Riemen sehen. Marie, die Anstandsdame der Vierergruppe, schleifte das Kind herbei, das überreichlich Tränen vergoss und dem das Kleid einer Klosterschülerin, das sie trug, einen besondern Reiz verlieh, so dass es dadurch noch schöner erschien, als es wirklich war. „Verfickter Herrgott!", fluchte der Herzog, „ein feiner Braten zum Verschmausen. Ich werde nach dem Rezept der Duclos verfahren und ihre Fotze einseifen! Zieht ihr die Kleider aus!" Alles wartete gespannt auf den Ausgang dieser Plänkelei. „Oh, mein Herr, mein Herr!", rief Sophie, wobei sie sich dem Herzog zu Füßen warf. „Achten Sie wenigstens meinen Schmerz! Ich weine über das Schicksal meiner Mutter, die mir teuer war, die starb, weil sie mich verteidigte, und die ich nie wiedersehen werde! Haben Sie Mitleid mit meinen Tränen, und gönnen Sie mir wenigstens an diesem Abend Ruhe!" – „Verdammte Scheiße!", rief der Herzog, emsig mit seinem Werkzeug beschäftigt, das den Himmel bedrohte. „Ich hätte nicht gedacht, dass du mir soviel Vergnügen machen würdest! Runter mit den Kleidern, zieht sie endlich aus! Sie sollte schon längst nackt sein!" Aline, die sich auf dem Sofa des Herzogs befand, schluchzte voll Mitgefühl, und aus der Nische Durcets hörte man die Seufzer der gefühlvollen Adélaïde. Durcet, der ihre Rührung nicht teilte, schimpfte sie brutal aus, weil sie die ihr anbefohlene Stellung verlassen hatte. Danach richtete er seinen Blick auf die reizende Szene, die sich vor seinen Augen abspielte.

Man hatte inzwischen, ohne ihres Schmerzes zu achten, Sophie entkleidet und brachte sie in die von der Duclos geschilderte Stellung. Der Herzog kündigte an, dass er bald abspritzen werde. Aber was die Duclos beschrieben hatte, war von einem Mann ausgeführt worden, der keine Erektion mehr erlebte und der also die Entladung dorthin dirigieren konnte, wohin es ihm beliebte. Das war hier nicht der Fall. Der zornige Kopf des herzoglichen Werkzeugs machte keinerlei Anstalten, seinen grausamen Blick zu senken, mit dem er entschlossen schien, den Himmel einzuschüchtern. Man hätte das Kind über ihm platzieren müssen, doch wie sollte man das bewerkstelligen? Je größer die Schwierigkeiten wurden, umso mehr fluchte der Herzog. Endlich fand die Desgranges, diese in allen Ausschweifungen erfahrene, weise alte Dame, einen Ausweg: Sie packte das Mädchen und hielt es so geschickt auf ihren Knien, dass der Schwanz des Herzogs beim Bewegen stets die Punze berührte. Zwei Dienerinnen hielten die Beine des Mädchens, das man zu einer Entjungferung nicht besser hätte darbieten können. Das war aber noch nicht alles. Es bedurfte einer geschickten Hand, um den Sturzbach hervorströmen zu lassen und ihn auf sein Ziel zu lenken. Eine so wichtige Operation wollte Blangis nicht einem unerfahrenen Mädchen anvertrauen. „Nimm Julie“, sagte Durcet, „du wirst mit ihr zufrieden sein, sie fängt an, zu wichsen wie ein Engel.“ – „Zum Teufel“, antwortete der Herzog, „sie wird es verpatzen, die dämliche Hure. Ich kenne sie. Weil ich ihr Vater bin, wird sie Angst haben.“ – „Bei meiner Seele, ich rate dir zu einem Knaben“, meinte Curval. „Nimm Hercule, sein Handgelenk arbeitet wie eine Peitsche.“ – „Ich will keine andere als die Duclos“, sagte der Herzog, „sie versteht sich am besten darauf. Erlaubt ihr, dass sie ihren Posten verlässt und komme!“ Stolz über diese offensichtliche Bevorzugung trat die Duclos vor, schob ihren Ärmel bis zum Ellbogen zurück und machte sich ans Werk. Sie nahm also das enorme adelige Instrument und rüttelte diesen Speer, wobei die Vorhaut stets weit von der Eichel zurückgezogen war. Dabei bewegte sie ihn mit soviel Kunstfertigkeit, so sanft und so im Einklang mit dem Zustand ihres Patienten, den sie genau beobachtete, dass die Bombe endgültig über dem Loch explodierte, um es zu überfluten. Der Herzog brüllte, fluchte und wütete. Die Duclos ließ aber nicht nach, ihre Bewegungen ebbten nur langsam ab, nach dem Grad des Vergnügens, das sie hervorriefen, und der Schwanz, der soeben noch stark entflammt war, erschlaffte schließlich langsam in den Händen der Wichserin. Währenddessen bemühte sich Antinoüs, der wohlinstruiert war, die Rotze in die Möse sickern zu lassen, so wie sie aus dem Zapfhahn herausschoss, und der Herzog, von den herrlichsten Ekstasen überwältigt, sank erschöpft auf sein Lager nieder.

Die Duclos kehrte jetzt auf ihren Thron zurück, das Kind reinigte sich und begab sich wieder in seine Quadrille. Die Erzählerin konnte also fortfahren. Erneut hatten sich die Zuschauer von einer Wahrheit überzeugt, die sie schon lange vertraten: Dass nämlich die Vorstellung des Verbrechens die Sinne zuverlässig entflammt und die Geilheit weckt.

‚Ich war sehr erstaunt', fuhr die Duclos in ihrem Bericht fort, ‚meine Genossinnen bei meiner Rückkehr lachen zu sehen. Sie fragten, ob ich mich abgetrocknet habe. Außerdem fragten sie nach Dingen, die mich erkennen ließen, dass sie genau wussten, was mit mir geschehen war. Man ließ mich nicht lange raten. Meine Schwester führte mich in ein Zimmer neben dem Raum, in dem sich jene gewissen Vorgänge abspielten und in dem ich mich befunden hatte, und dort zeigte sie mir gegenüber dem Sofa ein Loch, durch welches man alles beobachten konnte, was nebenan geschah. Sie sagte mir, dass die Mädchen, wenn sie sich langweilten, hierher kämen, um zu sehen, was die Männer mit ihren Kameradinnen machen. Ich dürfe auch kommen, vorausgesetzt, dass das Zimmer nicht besetzt sei. Es komme nämlich oft vor, dass dieses Loch geheimnisvollen Zwecken diene, über die sie mich noch aufklären werde. Es dauerte keine Woche, bis auch ich von diesem Vergnügen profitierte.

Eines Morgens wurde eine gewisse Rosalie verlangt, eine der schönsten Blondinen. Neugierig zu sehen, was man mit ihr vornahm, versteckte ich mich und verfolgte diese Szene. Der Mann war etwa fünfundzwanzig bis dreißig Jahre alt. Das Mädchen setzte sich auf ein für diese Zeremonie vorbereitetes hohes Taburett[67], auf dem sie kaum Platz genommen hatte, als der Kerl alle Nadeln aus ihrem Schopf entfernte und den Strom von herrlichem Blondhaar zur Erde fluten ließ. Er nahm dann einen Kamm aus seiner Tasche, kämmte die Haare, entwirrte sie, ließ sie durch seine Hände rinnen, bedeckte sie mit Küssen und begleitete diesen Vorgang mit Worten des Entzückens über die Schönheit ihrer Mähne, die ihn derart fesselte. Schließlich zog er ein kleines,

[67] Hocker.

schmuckes, sehr steifes Rohr heraus, das er mit dem Haar seiner Angebeteten bedeckte. Er wichste in dem Schopf und entludt, während sein freier Arm Rosalies Hals umfing und er sie küsste. Dann wickelte er sein abgestorbenes Werkzeug wieder aus dem Haar meiner Gefährtin, und ich sah, dass es völlig mit glänzendem Fickschleim verklebt war. Sie reinigte sich, steckte die Frisur wieder hoch, und das Liebespaar trennte sich. – Einen Monat später wurde meine Schwester von einem Herren verlangt, den zu besichtigen mir die Kameradinnen rieten, denn er sei mit einer sonderbaren Phantasie begabt. Er war nahe der fünfzig. Kaum eingetreten, zeigte er meiner Schwester seinen Arsch. Sie war wohlunterrichtet und hieß ihn, sich über ein Bett zu legen, bemächtigte sich des alten, verrunzelten Gesäßes, schob ihre fünf Finger in die Mündung und fing an, sie mit wütenden Stößen zu bearbeiten. Das Bett krachte unter ihm, er flog hin und her, bis er endlich mit einem Lustschrei anzeigte, dass er kam. Meine Schwester war von der heftigen Arbeit in Schweiß gebadet. Aber wie dürftig war diese Episode, wie fruchtlos war diese Phantasie!

Mir selbst wurde bald darauf ein Mann zugeführt, der die Sache mit mehr Einzelheiten ausschmückte. Er erschien mir lüsterner, und seine Manie erwies sich als ausschweifender. Er war ein fetter Kerl von etwa fünfundvierzig Jahren, gedrungen, aber frisch und lustig. Ich hatte noch nie mit Menschen seiner Geschmacksrichtung zu tun gehabt, und so fing ich damit an, mich bis zum Nabel hochzuschürzen. Aber ein Hund, dem man den Prügelstock zeigt, konnte kein böseres Gesicht machen als der Kerl in diesem Moment. „Gütiger Gott, mein Kind“, sagte er, „lass die Fotze! Diese armen kleinen Nutten zeigen immer nur die Punze! Wenn ich heute nicht spritzen kann, bist du daran schuld! Ich muss das Bild dieser verfluchten Drecksfotze aus meinem Kopf kriegen!“ Er drehte mich herum und hob langsam meinen Unterrock hoch. Dann führte er mich so umher, meine Röcke dabei hochhaltend, damit er beim Gehen die Bewegungen meines Popos sehen konnte. Beim Bett angekommen, legte er mich bäuchlings darauf, untersuchte mit größter Aufmerksamkeit meinen Arsch, ängstlich bemüht, seine Augen mit einer Hand zu bedecken, um meine Fotze nicht zu sehen, die er wie das Höllenfeuer zu meiden schien. Er legte mir ans Herz, diesen „unwürdigen Teil“ (so sagte er) nicht zu zeigen, und dann tätschelte er meinen Hintern mit beiden Händen ab, spreizte voller Lüsternheit die beiden Backen auseinander und beehrte ihn ein paar Mal mit seinen Küssen, wobei ich einmal seinen Mund direkt auf meiner Mündung fühlte. Sonst geschah nichts Ernstliches, er hatte sich selbst noch nicht einmal berührt. Trotzdem schien er eilig zu sein, denn er entschloss sich, die Szene zu beenden. Er warf mir ein paar Polster hin und befahl: „Streck dich auf dem Boden hin! So ist's recht! Spreize die Beine, hebe den Arsch etwas hoch, öffne das Loch so weit du kannst! – Gut!" Meine Folgsamkeit befriedigte ihn. Er rückte das Taburett zwischen meine Beine, setzte sich darauf und richtete beim Wichsen seinen Fickprügel gegen die Mündung meines Popos. Während die eine Hand so beschäftigt war, sperrte er mit der anderen meine Hinterbacken, und Ausrufe des Entzückens und Flüche bildeten sein Selbstgespräch. „Oh, verfickter Herrgott, so ein schöner Arsch!", rief er aus. „So ein niedliches Loch! Wie ich es vollsauen werde!" Er hielt, was er versprach; und ich fühlte, wie ich nass wurde. Die Ekstase erschöpfte den Wüstling vollständig. Es ist wahr, dass man in diesem Tempel mit viel mehr Feuer opfert als in dem anderen. Dann entfernte er sich mit dem Versprechen, mich wieder zu besuchen, da ich vollkommen nach seinen Wünschen gewesen sei. Tatsächlich kam er schon am nächsten Tag wieder, aber seine Sucht nach Abwechslung führte ihn zum Arschloch meiner Schwester, und ich konnte beobachten, dass er mit ihr, die sich willig dafür hergab, dasselbe Ritual machte.'

„Hatte Eure Schwester einen schönen Arsch?", fragte Durcet. – „Ihr mögt es daran beurteilen, Euer Gnaden", antwortete die Duclos, „dass ein Jahr später ein berühmter Künstler, der eine Venus Kallipygos[68] malen sollte, sie zum Modell wählte. Ich habe, erklärte dieser, bei allen Zuhälterinnen von Paris gesucht, aber kein Mädchen gefunden, das sich mit ihr messen könnte." – „Da sich Mädchen ihres Alters hier unter uns befinden", sagte der Bankster, „so sollt Ihr ihre Hinterteile prüfen. Welcher Arsch ist dem ihren am ähnlichsten?" Die Duclos betrachtete Zelmire und erklärte, sie könne keine größere Ähnlichkeit mit ihrer Schwester finden als diese, und das nicht nur in Bezug auf ihren Hintern, sondern auch auf ihr Gesicht. „Vorwärts, Zelmire", sagte der Bankster, „komm her, und präsentiere mir deinen Arsch!" Das bezaubernde Mädchen, das zu seiner Vierergruppe gehörte, näherte sich zitternd und wurde zu Füßen des Sofas auf den Bauch gelegt. Man erhöhte ihr Hinterteil durch untergeschobene Polster, sodass die Mündung in all ihrer Pracht sichtbar wurde. Der Schwanz des geilen Schweinekerls bewegte sich, und er küsste und tätschelte die Dinge, die unter seiner Nase lagen, während er Julie zum Wichsen herbeibefahl. Dabei irrten seine Hände über das wehrlose Objekt, und

[68] *„Venus mit dem schönen Hintern",* Bezeichnung für Venusskulpturen, die nach hinten blicken.

seine Gier benebelte ihn. Es schien kurz, als wolle sein kleiner Riemen unter den geilen Bewegungen voll erigieren. Dann spritzte der Hurensohn auch schon unter lebhaften Flüchen los, just in dem Moment, als es zum Souper läutete.

Da wir dessen verschwenderische Fülle schon einmal beschrieben haben, ersparen wir uns die Wiederholung. Infolge der vorausgegangenen Ausschweifungen mussten alle wieder neue Kräfte sammeln, und man soff ungeheuer viel. Zelmire, der man den Spitznamen „die Schwester der Duclos" gab, wurde bei den Orgien außerordentlich gefeiert, und jeder wollte ihren Arsch küssen. Der Bischof hinterließ eine Pfütze Schmodder darauf, und die drei anderen kriegten wieder eine Latte bei diesem Anblick. Anschließend ging man schlafen, jeder mit der Frau, die bei ihm auf dem Sofa gelegen hatte, und mit einem jener vier Ficker, die seit dem Diner nicht erschienen waren.

DRITTER TAG

Der Herzog erhob sich um neun Uhr. Er sollte als Erster bei den Lektionen assistieren, welche die Duclos den Mädchen erteilte. In einem Fauteuil[69] sitzend, erduldete er eine Stunde lang die verschiedenen Versuche, Berührungen und Wichsereien, die jede der Kleinen unter Aufsicht ihrer Lehrerin einübte. Bei seinem hitzigen Temperament kostete es ihn eine außerordentliche Beherrschung, während dieser aufregenden Zeremonie nicht seinen Schwanzsaft zu verlieren, wie man sich gut vorstellen kann. Er durfte sich anschließend aber triumphierend rühmen, seine Freunde übertroffen zu haben, die sicher einer solchen Leistung nicht fähig gewesen wären. Dies gab den Anlass zu Wetten: Wer während der Lektion spritzte, musste eine hohe Strafe von fünfzig Louisdor zahlen.

Statt des Frühstücks und der Visite machte man sich an diesem Morgen daran, den Plan für die siebzehn am Ende jeder Woche zu feiernden Feste zu entwerfen. Man musste zudem die Reihenfolge der Entjungferungen festlegen. Nun, da man die Objekte näher kannte, war das leichter als früher. Der Plan sollte in entscheidender Weise alle Vorgänge dieser Landpartie regeln. Wir

---

[69] Lehnstuhl, Lehnsessel.

müssen ihn darum dem Leser zur Kenntnis bringen, damit er sich besser ein eigenes Urteil bilden kann. Es scheint uns, als würde er fortan in Kenntnis um das Schicksal der Objekte mehr Anteil an ihnen nehmen.

ZEITPLAN DER UNTERNEHMUNGEN FÜR DEN REST DES AUSFLUGS:

Am 7. November, Ende der ersten Woche, werden die Herren morgens die Eheschließung Michettes mit Giton vornehmen. Aufgrund ihres Alters sind die beiden Gatten noch nicht beischlaffähig, was auch für die folgenden drei Paare gilt. Sie werden darum in ihrer Hochzeitsnacht getrennt. Sie zu vereinen wäre genauso nichtig wie diese gesamte scherzhafte Zeremonie, die nur zur Unterhaltung während des Tages dienen soll. Abends wird die Züchtigung der in der Liste vermerkten Übeltäter vollstreckt. – Am 14. erfolgt in derselben Weise die Vermählung zwischen Narcisse und Hébé nach den obigen Regeln. Am 21. werden Colombe und Zelmire verheiratet, am 28. Cupidon und Rosette.

Am 4. Dezember wird, nachdem die Erzählungen der Champville die anschließend folgenden Geschäfte vorbereitet haben, Fanny vom Herzog entjungfert. Am 5. wird dann besagte Fanny mit Hyacinthe vermählt, der seine junge Frau angesichts der Gesellschaft begatten wird; dieses wird das Fest der fünften Woche. Da die Hochzeiten am Morgen beginnen, bleibt der Abend für die Züchtigungen. – Am 8. Dezember soll Curval Michette entjungfern, am 11. der Herzog Sophie, am 12. wird zur Feier des sechsten Wochenfestes Sophie mit Céladon verheiratet, und dies soll die letzte Vermählung unter den angeführten Bedingungen sein. – Am 15. wird Curval Hébé entjungfern, am 18. der Herzog Zelmire, und am 19. wird zum Fest der siebten Woche Adonis mit Zelmire vermählt. – Am 20. wird Curval Colombe deflorieren, am Weihnachtstag, dem 25., als Fest der achten Woche, Zéphire Augustine heiraten. Am 29. wird Curval Rosette entjungfern und dies darum, damit Curval, der einen kleineren Pimmel als der Herzog besitzt, mit jüngeren Mädchen versorgt wird.

Am 1. Januar, an dem die Martaine ihre Erzählungen beginnt und man auf neue Vergnügungen bedacht sein muss, werden in folgender Reihe die analen Entjungferungen stattfinden: Am 1. Januar wird der Herzog Hébés Arsch einreiten, am 2. wird Hébé vorne durch Curval und hinten vom Herzog defloriert und Hercule ausgeliefert, der sie nach der Vorschrift angesichts der Versammlung zu begatten hat. Am 4. wird Curval Zélamir anal entjungfern, am 6. der Herzog Michette, und am 9., dem Fest der zehnten Woche, wird diese Michette vorne von Curval und hinten durch den Herzog defloriert, sodann an Arschbrecher ausgeliefert, der mit ihr bumst etc. etc. Am 11. wird der Bischof Cupidons Arsch einreiten, am 13. Curval Zelmire, am 15. der Bischof Colombe, am 16., dem Fest der elften Woche, wird Colombe, deren Fotze von Curval und deren Arsch vom Bischof defloriert wurde, anschließend an Antinoüs ausgeliefert etc. Am 17. wird der Herzog Giton anal entjungfern, am 19. Curval Sophie, am 21. der Bischof Narcisse, am 22. der Herzog Rosette, am 23., dem Fest der zwölften Woche, wird Rosette an Himmelsständer ausgeliefert. – Am 25. wird Curval in Augustines Hintern einfahren, am 28. dringt der Bischof in den von Fanny ein.

Am 30., dem Fest der dreizehnten Woche, wird der Herzog sich mit Hercule als seinem Mann und mit Zéphire als seiner Frau verbinden, und diese Doppelehe wird, wie die drei folgenden, vor aller Augen vollzogen werden. Am 6. Februar, dem Fest der vierzehnten Woche, wird Curval Arschbrecher als Mann und Adonis als Frau heiraten. Am 13., dem Fest der fünfzehnten Woche, wird der Bischof Antinoüs als Mann und Céladon als Frau ehelichen. Am 20. Februar, dem Fest der sechzehnten Woche, wird Himmelsständer als Ehemann mit Durcet getraut werden, Hyacinthe aber als seine Gattin.

Das Fest der siebzehnten Woche, das auf den 27. Februar fällt, den Vorabend des Endes der Erzählungen, wird durch Hinopferungen begangen; die Wahl der Opfer steht im Belieben der Herren.

Bis zum 30. Januar sind damit alle Entjungferungen vorgenommen, mit Ausnahme jener der vier Knaben, welche die Herren sich als Frauen zulegen und die sie bis dahin unversehrt erhalten wollen, um das Vergnügen bis zum Schluss des Unternehmens auszudehnen. Die deflorierten Objekte sollen die Gattinnen nach und nach ersetzen und deren Platz auf den Sofas bei den Erzählungen einnehmen sowie nachts ihre Stelle im Bett. Von dem Moment an, wo ein entjungferter Knabe oder ein entjungfertes Mädchen den Couchplatz einer Gattin erhalten hat, verfällt dieses Weib der allgemeinen Geringschätzung und sinkt auf die Stufe der Dienerinnen herab.

Das gleiche Los erfahren die zwölfjährige Hébé, die zwölfjährige Michette, die dreizehnjährige Colombe und die dreizehnjährige Rosette, sobald sie durch die Hände der Ficker gegangen sind. Sie werden dann nur noch zu den niedrigsten Dienstleistungen und brutalsten Vergnügungen herangezogen, sind verfemt wie die Gattinnen und werden mit äußerster Strenge behandelt. Bis zum 24. Januar werden alle vier auf diesen untersten Rang herabgesunken sein.

Man ersieht aus diesem Plan, dass der Herzog ein Anrecht auf die Fotzenjungfernschaften von Fanny, Sophie, Zelmire und Augustine sowie auf die Arschjungfernschaften von Hébé, Michette, Giton, Rosette und Zéphire besitzt. Curvals Anteil sind die vorderen Deflorationen von Michette, Hébé, Colombe und Rosette ebenso wie die hinteren Entjungferungen von Zélamir, Zelmire, Sofie, Augustine und Adonis, insgesamt neun Stück. Durcet, der kaum noch bumst, erhält die Arsch-Erstlingsschaft von Hyacinthe, den er zur Frau nimmt. Der Bischof, der ausschließlich arschwärts rammelt, wird die Hinterjungfernschaften von Cupidon, Colombe, Narcisse, Fanny und Céladon bekommen.

Die Anordnung dieses Planes und die Unterhaltung darüber füllte den ganzen Tag aus. Niemand wurde heute schuldig befunden, und nichts ereignete sich bis zum Beginn der Erzählung. Man arrangierte alles in gewohnter Weise. Die großartige Duclos bestieg den Thron und fuhr mit der Geschichte des Vorabends fort:

‚Kurz nach dem gestern zuletzt erzählten Abenteuer kam ein junger Mann zu Madame Guérin, dessen Neigung meiner Ansicht nach zwar recht wenig sinnlich, aber gewiss sehr eigenartig war. Er brauchte eine junge, frische Amme, an deren Titten er saugte und auf deren Schenkel er dann absahnte, während er die Milch schlürfte. Er hatte einen kläglichen Pimmel und eine armselige Erscheinung, und seine Entladung war so schwach wie der ganze Vorgang.

Am folgenden Tag erschien ein anderer Mann in demselben Raum. Seine Manie wird Euch alle belustigen. Er ließ die Frau derart in Leinwand einhüllen, dass Gesicht, Brust und der ganze Unterleib bedeckt waren und nur der von ihm begehrte Körperteil zu sehen war, nämlich der Arsch. Alles andere interessierte ihn nicht, und der unwillkommene Anblick hätte ihn sehr verdrossen, was er der Guérin zuvor einschärfte. Madame Guérin ließ für ihn eine schrecklich hässliche, fast fünfzigjährige Frau kommen, die aber den Arsch einer Venus hatte und an solcher Schönheit daran alle übertraf. Neugierig verfolgte ich den Vorgang. Die vollkommen verlebte Dame legte sich bäuchlings auf den Bettrand. Der Wüstling, ein Mann von etwa dreißig Jahren und allem Anschein nach aus dem Amtsadel, hob ihr die Röcke bis über die Hüften und verfiel durch den Anblick dieser ihm gemäßen Schönheit in Ekstase. Er tätschelte den prächtigen Hintern und spreizte die Backen auseinander, küsste sie mit aller Inbrunst und erhitzte sich so sehr, dass seine Phantasie ihm gewiss vorspiegelte, alles an dieser Frau sei so herrlich wie ihr Arsch, und sie sei die Venus leibhaftig.

Es dauerte nicht lange, so war sein Apparat steif, und nach einem kurzen Ritt spie er seinen warmen Sprühregen über den seinen Blicken zugekehrten Hintern. Seine Entladung war heftig und stark. Er saß dicht vor seinem Idol und spreizte es, während er entzückt immer wieder hervorstieß: „Welch prachtvoller Hintern! Welche Lust, diesen reizenden Arsch mit Ficksaft zu überschwemmen!“ Nachdem das vorbei war, erhob er sich und ging fort, ohne Neugierde zu bezeigen, mit wem er es zu tun gehabt hatte. – Einige Zeit darauf fragte ein junger Abbé nach meiner Schwester. Er war jung und hübsch, aber er hatte ein verschwindend kleines Rohr, das vollkommen kraftlos war. Fast nackt streckte er sie auf dem Sofa aus, kniete zwischen ihren Schenkeln, hielt ihre Arschbacken mit beiden Händen und kitzelte sie an der kleinen Mündung, während er seinen Mund auf ihre Fotze legte. Er bezüngelte den Kitzler mit soviel Geschicklichkeit und in regelmäßigen Bewegungen, dass er meine Schwester nach drei Minuten ins Delirium versetzte. Ich sah ihren Kopf zurücksinken, ihre Augen verdrehten sich, und sie rief aus: „Oh mein lieber Abbé, du machst mich vor Lust sterben!“ Seine Gewohnheit war, die Flüssigkeit zu schlürfen, die er hervorrinnen machte, und das tat er auch. Dabei wichste er durch Reibung am Sofa, und ich sah die Spuren seiner Männlichkeit den Boden beflecken. Am nächsten Tag kam ich dran, und ich kann Ihnen versichern, meine Herren, dass dies eine der süßesten Nummern war, die ich je in meinem Leben gehabt habe. Der Schuft von einem Abbé gewann meine Erstlinge. Der erste Fotzensaft, den ich verlor, floss in seine Kehle. Dankbarer als meine Schwester erfasste ich impulsiv seinen Spieß, und meine kleine Hand gab ihm zurück, was an Lust sein Mund mich empfinden ließ.’

Hier sah der Herzog sich genötigt, sie zu unterbrechen. Besonders aufgegeilt durch das Wichs-Training, dem er am Morgen gedient hatte, rief er die entzückende Augustine herbei, deren schelmische Augen ein verderbtes Temperament verhießen, damit sie ihn von seinem Ficksaft befreie, der ihn allzu sehr beunruhigte. Sie war Mitglied seiner Vierergruppe, und er fand sie passend. Außerdem war sie ihm zur Defloration bestimmt. Sie stak heute in der charmanten Vermummung eines Murmeltieres. Die Anstandsdame hob ihr die Röcke hoch und brachte sie in die beschriebene Stellung. Der Herzog bemächtigte sich zunächst ihrer Hinterbacken, bohrte den Finger ins Arschloch und erfasste saugend den Kitzler, der schon sehr ausgebildet war. Mädchen aus dem Languedoc sind leidenschaftlich! Das bewies Augustine. Ihre süßen Augen beseelten sich, sie seufzte, ihre Schenkel zuckten, und der Herzog genoss das Glück, ihren jungen Saft zu kosten, der sicher zum ersten Mal floss. Doch der zweite Glücksfall wollte nicht dem ersten folgen. In Lastern geübte Wüstlinge zeigen oft die Eigentümlichkeit, dass sie die Erregung nicht teilen, die sie hervorrufen und dass sie unbeeindruckt bleiben. Unser teurer Herzog gehörte zu diesen. Er trank den Saft dieses Mädchens, ohne dass der seine fließen wollte. Man sah voraus, dass er die kleine Unglückliche beschuldigen werde, die, von dem ersten Erleben der Natur verwirrt, ihr Gesichtchen in den Händen versteckte und auf ihren Platz zurückflüchten wollte. „Eine andere her!“, brüllte der Herzog mit wütenden Blicken auf Augustine, „eher müssen alle dran, als dass ich unbefriedigt bleibe!“

Zelmire wurde herangeschleppt, das zweite Mädchen seiner Viergruppe, und ebenfalls ihm bestimmt. Sie war gleichaltrig mit Augustine, aber die Angst beraubte sie aller Wollustregungen, die ihr die Natur zu genießen sonst vielleicht erlaubt hätte. Man hob ihr die Röcke hoch. Zwischen den zarten weißen Alabasterschenkeln sah man ein kleines, pralles Hügelchen, das sich dort erhob und das ein feiner Flaum bedeckte. Sie gehorchte automatisch dem Befehl zur Hingabe, aber aller Schweiß, alle Anstrengung und alles Lutschen waren vergebens. Nichts passierte mit dem Herzog. Nach einer Viertelstunde erhob er sich wütend und eilte in sein Kabinett, Hercule und Narcisse mit sich nehmend. „Bah! Verfickt!“, schrie er. „Das ist nicht das Wildbret, das ich benötige!“ (Er meinte die beiden Mädchen.) „Nur mit dem hier werde ich zum Erfolg kommen!“ Man sah nicht, was er drinnen machte, aber nach einer weiteren Viertelstunde hörte man Schreien und Brüllen, die Zeichen seines Triumphes, woraus ersichtlich wurde, dass Knaben ein zuverlässigeres Mittel für seine Entladung waren als selbst die reizendsten Mädchen. Unterdessen hatte der Bischof sich mit Giton, Zélamir und Himmelsständer zurückgezogen, und die Heftigkeit seiner Abschüsse wurde ebenfalls vernehmlich. Wahrscheinlich hatten beide Brüder sich denselben Ausschweifungen zugewandt und kehrten nun etwas ruhiger zurück, um der Fortsetzung der Erzählung zu lauschen, die unsere Heldin wieder aufnahm:

'Es vergingen fast zwei Jahre, ohne dass bei der Guérin entweder Personen mit anderen Ansprüchen als den gewöhnlichen erschienen wären, die zu erzählen sich nicht lohnt, oder nur solche, von denen ich schon berichtete. Eines Tages aber hieß es, ich solle mich herrichten und vor allem meinen Mund gut putzen. Ich gehorchte und fand bei der Guérin einen Mann von nahe fünfzig, dick und grobschlächtig. „Da ist sie", sagte Madame, „und sie ist nicht älter als zwölf und so sauber, als ob sie eben den Leib ihrer Mutter verlassen hätte! Dafür verbürge ich mich."

Der Kunde untersuchte mich, prüfte meinen Mund, kontrollierte meine Zähne, beschnüffelte meinen Atem und nahm mich, da er zufrieden schien, schließlich mit in den Tempel des Vergnügens. Gesicht an Gesicht saßen wir uns nun nah gegenüber. Mein Liebhaber war unvergleichlich kalt, ernst und gleichgültig. Mit halbgeschlossenen Augen blinzelte er mich durch sein Lorgnon[70] an. Ich begriff nicht, was das bedeuten sollte, bis er endlich befahl, möglichst viel Speichel in meinem Mund zu sammeln. Ich gehorchte, und als er meinen Schlund gefüllt glaubte, stürzte er sich voll Feuer darauf, schlang seinen Arm um meinen Hals und saugte, lutschte und schlürfte alles hervor, was ich von dieser entzückenden Flüssigkeit bereithielt. Dies schien der Gipfel seiner Ekstase zu sein. Er saugte an meiner Zunge, und da sie ihm zu trocken schien, hieß er mich, diese Operation zu wiederholen. Er verfuhr wie vorher, und so ging es acht bis zehn Mal nacheinander. Er schlürfte meinen Speichel mit solcher Begierde, dass mir Brust und Lunge schmerzten, und ich erwartete, dass wenigstens ein paar Funken der Leidenschaft seine Ekstase beschließen würden. Aber nichts davon! Nach dem Augenblick des gierigen Saugens war er gleich wieder kühl und ruhig. Als ich ihm erklärte, ich könne nicht mehr, betrachtete er mich wieder durch sein Lorgnon. Dann stand er stillschweigend auf und ging, nachdem er bei der Guérin bezahlt hatte.'

[70] Lesehilfe mit Griff, „Scherenbrille".

„Ah, Kackrament, heiliges Sack-Rament!“, rief Curval, „ich bin also besser dran als er, denn ich spritze ab.“ – Alle wandten ihre Köpfe zu ihm und sahen, dass der teure Präsident mit seiner Frau Julie, die bei ihm war, dasselbe Spiel trieb wie jener Galan in der Erzählung mit der Duclos. Es war eine Sache ganz nach Curvals Geschmack, und Julie bediente ihn sicher besser, als die junge Duclos es mit ihrem einstigen Buhlen vermocht hätte. Das war jedoch vermutlich der Fehler des damaligen Freiers, der nicht wertschätzte, was gewisse Münder, die sich in einem besonderen Zustand befinden, ihm hätten geben können. Daher bekam dieser nicht etwas wirklich Köstliches, wohingegen der Präsident von Julies Maul befriedigt wurde.

‚Einen Monat später', nahm die Duclos wieder das Wort auf, ‚hatte ich es mit einem Lecker zu tun, der seine Leidenschaft auf eine andere Leibesöffnung richtete. Es war ein alter Abbé, der mir erst eine halbe Stunde lang den Hintern züngelte und mich dann mit seiner Zunge anbohrte und darin herumfuhr, hin und her, her und hin, so dass ich ihn in meinen Eingeweiden zu fühlen glaubte. Er war weniger gleichgültig dabei, denn er wichste unterdessen. In dem Moment, als er kam, zog er meinen Arsch so brutal an sein Gesicht heran und kitzelte das Loch so kunstvoll, dass ich seinen Orgasmus teilte.

Zum Schluss untersuchte er noch einmal gründlich meinen Popo und drückte einen Kuss auf die Mündung, die er ausgeweitet und die ihm so sehr gefallen hatte. Er versprach, noch oft wiederzukommen. Also war er mit meinem Arsch zufrieden gewesen. Sechs Monate hindurch kam er wöchentlich drei- bis viermal. Ich hatte mich an seine Art so sehr gewöhnt, dass ich jedes Mal meine Lust dabei fand. Aber dies schien ihn gleichgültig zu lassen, denn er erkundigte sich nie danach. Vielleicht wäre es ihm nicht einmal recht gewesen, denn Männer sind manchmal sonderbar …'

Durcet fühlte sich von dieser Geschichte aufgegeilt und wollte nach dem Beispiel des Abbés verfahren und das ein oder andere Arschloch lecken. Aber statt eines Mädchens rief er Hyacinthe zu sich, der ihm am besten gefiel. Er brachte ihn in Stellung, leckte ihm das Kackloch, wichste sein Pimmelchen und lutschte es. Schon zeigte der Krampf, der seinem Orgasmus immer vorausging, die Nähe der Ekstase an. Sie wurde durch Alines Handfertigkeit begünstigt, die seine bösartige kleine Sardelle währenddessen bearbeitete. Doch der Bankster geizte mit seinem Gurkensaft und wollte ohnedies kaum steif werden. Es war allen klar, dass man das Objekt auswechseln musste. Er fuhr also mit Céladon fort, aber nichts geschah, nicht der kleinste Fortschritt war zu beobachten. Plötzlich rief die Glocke zur Tafel. Sie rettete so die Ehre des Banksters, der lachend zu seinen Genossen sagte: „Nicht meine Schuld! Diese verfluchte Glocke hat meinen Sieg vereitelt. Nun, bei Gott! Widmen wir uns zunächst einem anderen Vergnügen. Von Bacchus gestärkt, werde ich nur umso feuriger zu den amourösen Kämpfen zurückkehren!"

Auf das würzige, geile und raffinierte Souper folgten die Orgien, bei denen man allerhand kleine Schweinereien beging. Es wurden viele Münder und Popos geschleckt, aber besonders eine Sache bereitete viel Vergnügen: Man verdeckte nämlich die Gesichter und Oberkörper der Mädchen und wettete nach ihrem Ärschen, wer es sei. Der Herzog irrte sich mehrmals, aber die drei anderen waren im Gebrauch der Hinterteile so geübt, dass sie keinen Fehler machten. Spät begab man sich zur Ruhe, und der nächste Tag verhieß neue Vergnügungen und ungewohnte Erkenntnisse.

VIERTER TAG

Um stets die Knaben und Mädchen, auf deren Jungfernschaften sie ein Anrecht hatten, unterscheiden zu können, kamen die Freunde darin überein, sie durch ein ständig im Haar zu tragendes Bändlein zu kennzeichnen. Das galt auch dann, wenn sie ansonsten nackt waren. Der Herzog wählte Rosa und Grün. Demnach mussten die Kinder, deren vordere Entjungferung ihm zustand, vorne eine rosafarbene Kordel, alle, die er aber rückwärts deflorieren durfte, hinten ein grünes Band tragen. Von diesem Moment an zierte Fanny, Zelmire, Sophie und Augustine also eine rosige Schleife vorne in der Frisur, und Rosette, Hébé, Michette, Giton und Zéphire hatten eine grüne Schlaufe hinten im Haar. Curval wählte für die Fotzen Schwarz, und Gelb für die Ärsche. Also zeigten Michette, Hébé, Colombe und Rosette in Zukunft vorne immer eine schwarze Schlinge, und Sophie, Zelmire, Augustine, Zélamir und Adonis hinten eine gelbe Borte. Durcet bezeichnete nur Hyacinthe rückwärtig mit einem lila Band, während der Bischof sein Eigentumsrecht auf die analen Erstlinge bei Cupidon, Narcisse, Céladon, Colombe und Fanny durch eine zuhinterst angebrachte Schleife in Lila ausdrückte. Diese Bänder durften nie fehlen oder nachlässig getragen werden, sodass man sich immer mit einem Blick versichern konnte, wo man ein Anrecht auf Fotze oder Popo besaß.

Curval hatte die Nacht mit Constance verbracht und beklagte sich am Morgen heftig über sie, ohne den Grund anzugeben. Aber bei einem Libertin genügt eine Geringfügigkeit, um ihn in Zorn zu versetzen. Er verlangte ihre Bestrafung am Samstag. Da erklärte die schöne Frau jedoch überraschend, dass sie in anderen Umständen sei. Curval, der Einzige, dem man diese Schwängerung zuschreiben konnte, verkehrte erst seit Beginn der Sause, also seit vier Tagen, wieder mit ihr. Die Freunde freuten sich sehr über dieses Ereignis, denn seine Neuigkeit versprach ihnen geheime, raffinierte Vergnügungen. Der Herzog frohlockte besonders über diesen Glückstreffer. Jedenfalls wurde ihr auf diesen Umstand hin die Buße erlassen. Man wollte ihre Frucht ausreifen lassen, da man sich nämlich von einer schwangeren Frau allerlei Belustigungen verhieß. Man beurlaubte sie vom Tafeldienst, von den Bestrafungen und verschiedenen kleineren Verrichtungen, bei denen ihr Zustand sie nicht reizvoll genug erscheinen ließ. Aber sie musste immer auf dem Sofa zugegen sein und sich jedem hingeben, der sie verlangte.

Bei den gewohnten Wichs-Übungen hatte an diesem Morgen Durcet seines Amtes zu walten. Sein mickriger Dödel erschwerte den Schülerinnen den Unterricht, mehr noch als der massive Bolzen des Herzogs. Sie gaben sich alle Mühe, aber der Bankster, der die ganze Nacht hindurch die Frau gespielt hatte, konnte hier nicht seinen Mann stehen. Er blieb vollkommen unempfindlich, und die Kunst seiner acht Schülerinnen, gelenkt von der geschicktesten aller Lehrerinnen, brachte es nicht einmal fertig, dass sein Kleiner die Nase hob. Er ging stolz hinweg, und da die Impotenz immer eine bösartige Stimmung bei ihm hervorrief, so verfuhr er bei den Visiten mit äußerster Strenge. Unter den Mädchen wurde Rosette, unter den Knaben aber Zélamir die Opfer seines Unmuts. Die eine war nämlich, was noch erklärt werden wird, nicht so, wie man es von ihr verlangte. Der andere dagegen hatte etwas von sich gegeben, was er für sich hätte behalten sollen. Zu der öffentlichen Entleerung erschienen nur die Duclos, Marie, Aline, Fanny, zwei subalterne Ficker und Giton. Curval, der an diesem Tag dauernd im Erektionszustand war, erhitzte sich mit der Duclos. Beim Diner erging er sich in wüsten Reden, was ihn keineswegs beruhigte, und der Kaffee, der von Colombe, Sophie, seinem lieben Freund

Adonis und von Zéphire kredenzt wurde, brachte ihn vollends um den Verstand. Er warf Adonis auf ein Lager und presste ihm von hinten seinen mächtigen Prengel zwischen die Schenkel, der mit seiner Länge mehr als sechs Zoll an der anderen Seite hervorragte, weshalb der Knabe aufgefordert wurde, ihn dort entsprechend zu wichsen. Er selbst besorgte dasselbe dem Jungen, den er aufgespießt hatte. Sein großer, schmutziger Arsch war dabei der Versammlung zugekehrt, und dessen weite Mündung zog den Herzog so an, dass er nun seinen lebhaftes Fickrohr hineinschob, während er fortfuhr, aus Zéphires Mund den Speichel zu saugen. Eine solche Attacke hatte Curval nicht vorausgesehen; er fluchte voller Geilheit. Lustvoll tänzelte er und dehnte dabei sein Arschloch. In diesem Augenblick tropfte der Saft des Knaben, den er abwichste, über den ungeheuren Kopf seines Schwengels. Diese warme Feuchtigkeit riss ihn nun in die Ekstase, da sich gleichzeitig auch der Herzog in leidenschaftlichem Furioso entludt. All das erweckte seinen Kampfgeist, seine Waffe zielte und schoss los. Damit nichts verloren ging, hatte sich Durcet gegenüber aufgestellt, und er fühlte nun seinen Arsch überflutet, obschon er den geilen Saft eigentlich lieber in seinem Enddarm empfangen hätte.

Der Bischof war auch nicht untätig gewesen. Er schlabberte die göttlichen Arschlöcher von Colombe und Sophie sauber. Aber von seinen nächtlichen Ausschweifungen noch erschöpft, gab er kein besonderes Lebenszeichen von sich und war wie alle Wüstlinge in seiner Übersättigung ungerecht und streng gegen die zwei zarten Mädchen, die an seiner Ohnmacht doch völlig unschuldig waren. Man schlief danach ein wenig und lauschte dann der liebenswürdigen Duclos, die ihre Erzählung wieder aufnahm:

‚Bald gab es Veränderungen im Hause der Guérin. Zwei sehr hübsche Mädchen von uns hatten Dummköpfe gefunden, die sie aushielten, obschon sie sie betrogen, wie wir alle es tun. Als Ersatz für diese wollte unsere liebe Puffmama eine dreizehnjährige, allerliebste Schankwirtstochter aus der Rue St.-Denis aufnehmen. Aber fromm und tugendhaft erzogen, widerstand diese Person den Verführungsversuchen, bis die Guérin auf ein sicheres Mittel verfiel. Sie brachte sie mit einem Mann zusammen, der eine ganz einzigartige Veranlagung besaß. Es war ein etwa fünfundfünfzigjähriger Geistlicher, der aber in seiner Frische und Kraft viel jünger aussah. Kein Mensch in ganz Europa besaß eine vergleichbare Gabe, junge Mädchen für das Laster vorzubereiten, und da er sich auf diese Kunst in höchstem Maße verstand, so war sie seine einzige Leidenschaft. Er kannte keine andere Wollust, als die kindlichen Vorurteile zu entwurzeln, die Tugend verächtlich zu machen und das Laster in den blühendsten Farben derart zu schildern, dass seine Worte nie ihre Wirkung verfehlten. Er malte die verlockendsten Bilder, versprach das Blaue vom Himmel hinunter und zeigte überzeugende Beispiele. Er berücksichtigte dabei Alter, Art und Intelligenz des Opfers und erreichte auf diese Weise immer sein Ziel. Zwei Stunden Unterhaltung genügten, um aus dem bravsten Mädchen eine Hure zu machen. Dreißig Jahre lang hatte er dieses Handwerk in Paris ausgeübt und eines Tages der Madame Guérin (die eine seiner besten Freundinnen war) gestanden, dass sein Register mehr als zehntausend verführte und dem Laster ausgelieferte Mädchen verzeichne.

Mehr als fünfzehn Ludinnen hatte er auf diese Weise gedient, und auch, wenn er gar keinen Auftrag hatte, war er in dieser Art tätig und schickte seinen Kundinnen die Opfer zu. Dabei ist es als das Ungewöhnlichste bei diesem eigenartigen Mann zu bemerken – und darum spreche ich hier von ihm – dass er niemals die Früchte seiner Arbeit genoss. Er schloss sich mit dem Kind ein und begeisterte es durch seinen Esprit, sein Wissen und seine Beredsamkeit für seine Ideen. Dieser Vorgang erregte seine Sinne zweifellos, aber man wusste nicht, wie er sie befriedigte. Man sah nur am Ende der Unterredung ein loderndes Feuer in seinen Blicken, und er machte ein paar Handbewegungen am Vorderteil seines Beinkleides. Dort konnte man eine durch sein teuflisches Gewerbe hervorgerufene Erektion, aber nie etwas anderes feststellen.

Er kam an, und man schloss ihn mit dem jungen Wirtstöchterchen ein, und ich beobachtete die beiden. Das Zusammensein dauerte lange, der Verführer wurde sehr pathetisch. Erst weinte das Kind, dann belebte es sich, geriet langsam in einen Zustand der Begeisterung, und dies war der entscheidende Moment, der die Augen der Mannes zum Aufleuchten brachte. Ich sah seine Gesten am Hosenlatz, dann erhob er sich, das Mädchen breitete die Arme zu einer Umarmung aus, und er küsste es väterlich ohne jede Unzüchtigkeit. Er ging fort, und nach drei Stunden kam die Kleine mit ihren Sachen zu Madame Guérin.'

„Und der Mann?", fragte der Herzog. – „Er war verschwunden, sobald er seine Predigt beendet hatte", antwortete die Duclos. – „Ohne wiederzukommen und die Wirkung seiner Überredungskunst zu beobachten?" – „Nein,

Euer Gnaden. Er war sich seines Erfolges gewiss, denn er versagte nie." – „In der Tat, eine außergewöhnliche Persönlichkeit", sagte Curval. „Was haltet Ihr davon, Herr Herzog?" – „Ich nehme an", antwortete dieser, „dass ihm diese Verführung genügte, um befriedigt zu werden und dass er in die Hose spritzte." – „Nein", meinte der Bischof, „Ihr unterschätzt ihn! Es bedeutete für ihn wohl nur das Vorspiel für seine Ausschweifungen, und wenn er sich entfernte, so ging er, um Größeres zu unternehmen." – „Größeres?", fragte Durcet, „was hätte er sich größeres an Wollust verschaffen können, als sein überwundenes Opfer zu genießen, über das er doch Herr war?!" – „Ich wette", sagte der Herzog, „der Bischof hat recht, es war nur ein Vorspiel. Er erregte sich mit der Verführung des Mädchens und steckte sein Rohr dann in Knabenärsche. Ganz klar: Er war eine Schwuchtel. Ich wette darauf!"

Man fragte die Duclos, ob sie nichts bemerkt habe, was diese Vermutung bestätigen könne und ob er nicht auch Jünglinge verführt habe. Die Erzählerin konnte nichts dafür vorbringen, und trotz der Behauptung des Herzogs blieb man im Zweifel über den Charakter des wunderlichen Predigers. Man kam aber darin überein, dass seine Passion eine überaus köstliche war, dass er aber sein Werk habe vollenden oder es durch Schlimmeres fortsetzen müssen. Dann nahm die Duclos den Faden ihrer Erzählung wieder auf:

‚Einen Tag nach der Aufnahme unserer Novizin, die Henriette gerufen wurde, kam ein Schweinekerl mit Phantasie, der sie und mich zu seinem Vergnügen brauchte. Er kannte nämlich keine andere Leidenschaft, als durch ein Guckloch die wollüstigen Liebesszenen abnormer Art zu beobachten, die im Nebenzimmer passierten. Er liebte es, die Betreffenden zu erspähen und in ihrem Vergnügen die Nahrung für seine ausschweifende Phantasie zu finden. Man führte ihn also in das von mir erwähnte Zimmer, in das ich wie meine Kolleginnen oft spannen ging. Ich begleitete ihn, um ihn zu unterhalten. In dem anderen Raum befand sich die junge Henriette mit jenem Arschloch-Lecker, von dem ich zuvor berichtete. Um die Szene besonders feurig und aufreizend zu gestalten, wurde ihm zuvor gesagt, dass er als Erster dieses Spiel mit ihr treiben werde. Die kindliche und züchtige Art des kleinen Schankmädchens überzeugte ihn davon sehr schnell, und er war daher so scharf und lüstern bei seinen Spielen, wie man nur sein konnte. Nichts lag ihm ferner, als zu vermuten, dass er dabei beobachtet werden könnte.

Mein alter Rammler wiederum, seine Augen wie festgeleimt am Guckloch, eine Hand an meinem Arsch und mit der anderen seine Gurke gefühlvoll rubbelnd, schien seine Geilheit im Einklang mit der des Lüstlings im gegenüberliegenden Zimmer anzufachen. „Oh, welch ein Schauspiel!", wisperte er. „Was für einen hübschen Hintern hat das kleine Mädchen, und wie gut dieser Arschficker da küsst!" Endlich hatte Henriettes Freier losgespritzt, und der meine nahm mich in den Arm, koste meinen Mund, drehte mich dann um, tätschelte, leckte und küsste voller Geilheit meinen Popo und überschwemmte ihn schließlich mit den Beweisen seiner Mannheit.' – „Indem er sich selbst abwichste?", fragte der Herzog. – ‚Ja, Euer Gnaden', antwortete die Duclos, ‚er wichste; aber er besaß eine Flöte, die wegen ihrer unglaublichen Winzigkeit nicht der Rede wert ist. – Von der Person, die nun erschien, würde ich nicht sprechen, wenn zu ihren sonst gewöhnlichen Vergnügungen nicht Umstände hinzuträten, die Ihnen zeigen werden, wie sehr das Laster alle Regungen der Scham, der Tugend und Ehrbarkeit im Menschen erstickt. Dieser Mann wollte nicht sehen, sondern gesehen werden!

Er wusste, dass es Menschen gibt, die gerne andere bei ihrem Vergnügen belauern, und so bat er die Guérin, es so einzurichten, dass Personen dieser Geschmacksrichtung die Zuschauer seiner Ausschweifung seien. Die Guérin verständigte den Kunden, der ein paar Tage vorher mit mir am Guckloch gewesen war, ohne ihm allerdings zu verraten, dass der Mann, der ihm das Schauspiel biete, davon Kenntnis habe. Sie fürchtete nämlich, dass es seiner Wollust abträglich sei. Sie ließ ihn also glauben, er könne einen sehr geheimen Vorgang beobachten. Er wurde mit meiner Schwester in den Zuschauerraum eingeschlossen, während ich mit dem anderen im Nebenzimmer war. Dieser war ein junger Mann von etwa achtundzwanzig, er war hübsch und gesund. Er nahm genau gegenüber dem Wandloch Platz und ließ mich neben sich sitzen. Ich musste ihn wichsen, dann erhob er sich, ließ den Zuschauer seinen Lümmel betrachten, drehte sich um, dass dieser seinen Arsch zu sehen bekam, schürzte meine Röcke hoch, dass auch meine Grube sichtbar wurde, und er kniete sich nieder, um meine Rosette mit der Nasenspitze zu kitzeln. Dies alles zeigte er mit größtem Behagen. Er spritzte beim Wichsen los und hielt mich dabei so, dass der Zuschauer gleichzeitig meinen Hintern und seinen Schwengel sah. Hatte mein Anbeter sich dabei köstlich vergnügt, so war auch der andere nach den Bekundungen meiner Schwester wie im siebten Himmel gewesen. Er bekannte, noch niemals soviel Vergnügen gefunden zu haben, und der Arsch meiner Schwester war nicht weniger überschwemmt worden als der meinige.'

„Wenn der junge Mann einen schönen Arsch und ein hübsches Gehänge hatte", meinte Durcet, „so muss ja die Ekstase des Anderen außerordentlich gewesen sein." – „Sie war es", antwortete die Duclos, „denn der Riemen des Jüngeren war lang und stark, und sein Hintern fleischig und wohlgeformt wie der des Liebesgottes selbst." – „Spreiztet Ihr seine Backen?", fragte der Bischof. „Und sah der Zuschauer seinen Schlot?" – „Ja, Euer Gnaden", sagte die Duclos, „er ließ meinen sehen, ich zeigte den seinen, und er präsentierte alles mit unvergleichlicher Offenherzigkeit." – „Ich habe ein Dutzend Szenen dieser Gattung in meinem Leben beobachtet", sagte Durcet, „die mich ein ganzes Vermögen an Sperma gekostet haben. Man kann kaum etwas Köstlicheres genießen, wobei ich an beides denke, denn es ist ebenso geil, zuzuschauen, wie gesehen zu werden."

‚Ein Mann, der einen ziemlich ähnlichen Geschmack hatte', fuhr die Duclos fort, ‚führte mich ein paar Monate später in die Tuilerien. Er befahl mir, Männer anzulocken und sie dicht vor seinen Augen abzuwichsen, wobei er sich unter einem Stapel Klappstühle verbarg. Nachdem ich das sieben- oder achtmal getan hatte, ließ er sich in einer der belebtesten Alleen auf einer Bank nieder, hob mir hinten die Röcke hoch und zeigte den Spaziergängern meinen Arsch, während er von mir forderte, ihm vor den Augen von halb Paris einen runterzuholen. Obschon es Nacht war, erregte diese Szene doch ein solches Aufsehen, dass etwa zehn Personen uns umstanden, als er völlig kaltblütig ejakulierte. Wir mussten flüchten, um keine Unannehmlichkeiten zu haben. Als ich der Guérin von dieser Geschichte erzählte, lachte sie und berichtete mir, dass sie in Lyon, (wo Strichjungen schon früh ins Geschäft einsteigen) einen Mann gekannt habe, dessen Manie mindestens ebenso sonderbar war. Er trat als öffentlicher Lude auf und brachte Leute zu zwei Mädchen, die er für diesen Zweck unterhielt. In einem Winkel verborgen, beobachtete er die sich abspielenden Szenen. Die Mädchen, deren Sold sich nach ihrer Geschicklichkeit in diesen Momenten bemaß, achteten darauf, dass ihr Chef die Ärsche und die Schwänze ihrer Stecher zu sehen bekam. Dies war die einzige Wollust dieses Mannes, die ihn zum Verlust seiner Hodengrütze brachte.'

An diesem Abend endete die Erzählung der Duclos sehr zeitig, sodass man die bis zum Souper verbleibende Zeit noch zu einigen Unzüchtigkeiten verwenden konnte. Das Beispiel des kaltblütigen Exhibitionisten hatte die wagemutigen Köpfe der vier so erhitzt, dass keiner sein Kabinett aufsuchte, sondern alle amüsierten sich vor den Blicken aller anderen. Der Herzog ließ die Duclos sich entkleiden und sich vorgebeugt auf eine Stuhllehne stützen. Der Desgranges befahl er, ihn auf dem Arsch ihrer Gefährtin zu wichsen und zwar so, dass seine einäugige Hosenschlange bei den Bewegungen das Arschloch der Duclos berührte. Man verband dieses Spiel noch mit einigen anderen Einzelheiten, die ich im Hinblick auf die Reihenfolge der Ausschweifungen jetzt noch nicht mitteilen kann. Das Loch der Erzählerin wurde befeuchtet, als der außerordentlich gut bediente Herzog sich im Kreise der Anwesenden brüllend entludt. Curval ließ sich als Frau rammeln, und der Bischof und Durcet trieben mit beiden Geschlechtern wunderliche Sachen.

Dann wurde serviert, und nach dem Souper tanzte man. Die Knaben und Mädchen mussten mit den vier Fickern und den Gattinnen drei Kontratänze[71] aufführen. Alle Teilnehmer waren nackt, und die vier Wüstlinge genossen, auf ihren Sofas lässig hingelagert, den Reiz der Körper in den verschiedenen Stellungen beim Tanz. Die Herren hatten die Erzählerinnen zu sich genommen und ließen sich von ihnen wichsen, wobei der Rhythmus der Bewegungen sich synchron nach dem Schauspiel richtete, das sie beobachteten. Es entludt aber niemand, weil die Wollust des Tages zu erschöpfend gewesen war. Man ging zu Bett, um die notwendigen Kräfte für den nächsten Tag zu sammeln, der neuen Ausschweifungen gewidmet war.

FÜNFTER TAG

Beim Masturbationsunterricht versah an diesem Morgen Curval das Amt. Die Mädchen machten Fortschritte, und er hatte Mühe, den heftigen Angriffen und den geilen Stellungen der charmanten acht Schönen zu widerstehen. Er wollte jedoch seine Waffe geladen halten und verließ seinen Posten, ohne sie abzufeuern. Man frühstückte dann und bestimmte, dass in Zukunft die vier jungen Liebhaber der Freunde, nämlich Zéphire (Favorit des Herzogs), Adonis

[71] Höfische Tänze von zwei oder vier einander gegenüberstehenden Paaren.

(Curvals Geliebter), Hyacinthe (der Freund Durcets) und Céladon (der Buhlknabe des Bischofs), bei allen Mahlzeiten an der Seite ihrer Verehrer erscheinen mussten. Auch sollten sie allnächtlich, wie die Gattinnen und die Ficker, im Zimmer ihres jeweiligen Meisters schlafen. Das befreite sie von der Zeremonie, morgens von jenen Fickern, die keinen Nachtdienst gehabt hatten, den Herren zugeführt zu werden. Wenn die Freunde nun das Appartement der Knaben besuchten, wurden sie also dort nur noch von den vier übrigen Jünglingen nach den vorgeschriebenen Regeln empfangen.

Seit zwei oder drei Tagen war der Herzog in die Duclos vernarrt. Er fand ihren Arsch berauschend und ihre Redekunst köstlich, und er verlangte, dass auch sie in seinem Zimmer schlafe. Sein Beispiel fand Nachahmung. Curval nahm die alte Fanchon zu sich, die ihn sehr entzückte, und die beiden anderen warteten noch, ehe sie diesen Platz bei sich vergaben. An diesem Vormittag beschloss man auch, dass die vier Lieblingsknaben, wenn sie nicht die jeweilige Kostümierung der Vierergruppen trugen, sich folgendermaßen kleiden sollten: Sie trugen einen enganliegenden, offenen, uniformartigen Leibrock, wie eine preußische Uniform, aber viel kürzer. Er reichte kaum bis zur Mitte der Oberschenkel und war, wie jeder Waffenrock, mit Spangen geschlossen, aber aus rosa Satin gefertigt und mit weißem Taft gefüttert. Umschläge und Klappen bestanden aus schneefarbenem Satin. Darunter war ein kurzes Westchen, ebenfalls aus weißem Atlas, und eine rückwärts vom Gürtel an geschlitzte Hose, die nur mit einer Bandschleife befestigt war. Ohne Schwierigkeiten konnte man durch diesen herzförmigen Schlitz den Arsch des Jungen betätscheln. Wollte man den Knaben aber völlig nackt, so brauchte man nur die im Kolorit des Jungferschaften-Anrechtsbesitzers gehaltene Schleife zu lösen.

Die Frisuren der Burschen waren ganz locker arrangiert: Nur ein paar Locken fielen zu den Seiten, und hinten floss das Haar frei hinab, lediglich durch ein Band in entsprechender Farbe zusammengehalten. Ein stark parfümierter Puder in Rosagrau gab dem Schopf seine Tönung. Die gewöhnlich schwarz gefärbten Brauen erhöhten dabei noch den Schönheitsreiz des Gesichtes, dessen Wangen künstlich nachgerötet waren. Sie trugen den Kopf immer unbedeckt. Die Beine staken in rosa bestickten, blauen Seidenstrümpfen, die

Füße in grauen, bequemen Schuhen mit rosa Bändern. Cremefarbiger Tüll bildete mit den Spitzen des Busenausschnitts ein kokett arrangiertes Jabot[72].

Wenn man die vier ansah, konnte man versichern, dass es nichts Schöneres auf der Welt gab als diese kleinen Racker. Von diesem Augenblick an aber wurde ihnen jene gewisse morgendliche Erlaubnis glatt verweigert. Im Übrigen besaßen sie aber neue Privilegien. So hatten sie fortan über die Gattinnen die gleichen Rechte wie die Ficker. Sie durften die Frauen nach Belieben malträtieren und konnten tun, was sie wollten. Das galt nicht nur für die Essensstunde, sondern für den gesamten Tag. Darüber hinaus konnten sie sicher sein, dass im Falle eines Disputs zwischen den Ehefrauen und ihnen ihr Standpunkt mit großer Sympathie angehört werden würde.

Die vier Freunde nahmen nun die Morgenvisiten auf. Der schönen Fanny war von Curval befohlen worden, in einem besonderen Zustand zu sein, und sie hatte gegen diese Anordnung verstoßen. Sie wurde also zur Bestrafung vorgemerkt. Bei den jungen Herren hatte Giton dasselbe Vergehen auf dem Gewissen, weshalb auch er aufgeschrieben wurde. Nachdem die Angelegenheit in der Kapelle von den sehr wenigen Erschienenen erledigt worden war, begab man sich zu Tisch. Es war die erste Mahlzeit in Gegenwart der Lieblinge, von denen jeder seinen Platz an der Seite seines Anbeters fand. So hatte jeder der Freunde zur Rechten seinen Günstling, und zur Linken seinen Lieblingsficker. Diese neuen Gäste ergötzten die Tafelnden durch ihren Charme. Sie waren alle sehr hübsch und süß und passten sich allmählich dem allgemeinen Umgangston des Hauses an.

Der Bischof hatte seinen guten Tag und küsste Céladon unaufhörlich, fast während der gesamten Mahlzeit. Der Knabe musste sich aber bald entfernen, weil er in seiner Vierergruppe den Kaffee servieren sollte. Hochwürden, der ihn ganz nackt im Nachbarsalon sah, konnte nicht mehr an sich halten. „Bei Jesus!“, rief er. „Da ich mir deinen Arsch versagen muss, will ich wenigstens dem Beispiel Curvals von gestern folgen.“ Er nahm den kleinen Kerl, warf ihn auf den Bauch und schob ihm seinen Schwanz zwischen die Schenkel. Der Wüstling war nackt, seine Schwanzhaare frottierten den zierlichen Arsch, den er gern gerammelt hätte. Er tätschelte dem Kind die Hinterbacken und wichste

---

[72] Ein aus Batist oder Spitze hergestellter Besatz an der Brust, Vorläufer der Krawatte.

es. Dabei drückte er seinen Mund auf den des schönen Buben und erstickte ihn fast, während er seinen Speichel schlürfte. Der Herzog stellte sich zur Anfeuerung vor ihn und schleckte das Arschloch Cupidons, der ebenfalls beim Kaffeeservieren dabei war. Curval ließ sich unter seinen Blicken von Michette wichsen, und Durcet zeigte ihm die gespreizten Hinterbacken Rosettes. Alles bemühte sich, ihm zum erstrebten Orgasmus zu verhelfen. Schon fingen seine Nerven an zu vibrieren, seine Augen flammten, die Zähne knirschten, er sah schrecklich aus für jeden, der ihn nicht kannte, denn die Wirkungen der Geilheit waren bei dem Mann Gottes immer fürchterlich.

Endlich verschoss er seinen Glibber, der Cupidons Arsch traf, denn dieser gelehrige kleine Helfer hatte sich im letzten Moment an die Stelle seines Kameraden geschoben, um den Schatz zu empfangen, der sonst vielleicht verloren gewesen wäre. Inzwischen war die Stunde der Erzählung gekommen. Man hatte es so eingerichtet, dass an diesem Tag die Töchter bei ihren Vätern lagen, was niemanden schreckte. Die Duclos fuhr fort:

‚Meine Herren, Sie haben nicht verlangt, dass ich sämtliche Ereignisse im Haus der Madame Guérin mitteilen soll, sondern nur die bemerkenswerten Fälle hervorhebe. Ich übergehe darum das minder Interessante, um Ihnen keine Wiederholungen zuzumuten. Mit sechzehn Jahren hatte ich in meinem Gewerbe große Erfahrung gesammelt. Ich bekam es da mit einem Wüstling zu tun, dessen tägliche Morgen-Ausschweifung Erwähnung verdient. Er war ein würdevoller Gerichtspräsident, nahe fünfzig, den Madame Guérin schon lange kannte, der sich aber erst in die Hände unserer lieben Puffmama begab, als seine gewöhnliche Fleischlieferantin in den Ruhestand ging. Hier fing er mit mir an. Er hatte an dem erwähnten Guckloch Aufstellung genommen, während ich mich im Nebenzimmer mit einem Lastträger, ich glaube, einem Savoyarden[73], befand, einem Mann von niederer Herkunft, aber gesund und sauber. Alter und Aussehen des Mannes waren unserem Kunden gleichgültig.

Er ließ diesen Ehrenmann auf einfache Weise sein Geld verdienen, denn er brauchte sich nur vor dem Wandspion aufzustellen und von mir wichsen lassen. Den Saft musste ich in einer Porzellantasse auffangen, und, wenn der letzte Tropfen gekommen war, eiligst ins Nebenzimmer bringen. Der gute

---

[73] Einwohner der Départements Haute-Savoie oder Savoie, oft reisende Händler.

Richter wartete voller Ekstase auf dieses Gefäß, dessen warmen Inhalt er gierig verschlang. Nun kam auch sein Saft ins Rinnen, durch mich beschleunigt. Ich fing ihn ebenfalls auf und reichte auch diese Flüssigkeit zum Mund des alten Schweins. Mit großer Geschicklichkeit und Gewandheit sorgte ich dafür, dass er sie fast so schnell schlürfen konnte, wie er sie verspritzte. Das war alles! Er berührte mich nicht, küsste mich nicht und schürzte mich noch nicht einmal auf. Gleichgültig erhob er sich anschließend von seinem Sessel und zeigte keine Spur der vorherigen Hitze mehr. Er nahm seinen Stock und ging, wobei er bemerkte, dass ich sehr geschickt im Wichsen sei und seinen Wünschen vollkommen entsprochen habe. Am nächsten Tag trieb man ein anderes Mannsbild auf, um dieser Prozedur zu dienen, denn unser Kunde wechselte hierin genauso oft wie bei den Weibern. Diesmal behandelte ihn meine Schwester, er ging befriedigt fort und kam am nächsten Tage wieder.

So lange ich bei Madame Guérin war, erschien er jeden Morgen pünktlich um neun Uhr früh. Er blieb keinmal aus, und er hat keins der Mädchen je berührt, obschon man ihm die schönsten präsentierte.' – „Wollte er den Arsch des Mannes sehen?“, fragte Curval. – „Ja, Herr Präsident“, antwortete die Duclos, „man musste den Mann, dessen Ficksaft er schlürfte, während der Prozedur fortwährend herumdrehen, und auch das Mädchen musste sich von allen Seiten zeigen.“ – „Unter diesen Umständen begreife ich es“, antwortete Curval, „sonst hätte ich es nicht verstanden.“

‚Bald darauf‘, fuhr die Duclos fort, ‚kam in unser Harem ein Mädchen von fast dreißig Jahren, sehr hübsch, aber rothaarig wie Judas. Wir dachten, eine neue Gefährtin zu sehen, aber sie erklärte uns, dass sie nur für eine einzige Partie komme.

Bald erschien der Mann, dem diese neue Heldin zugedacht war. Es war ein hochrangiger Bankier von gutmütigem Ausdruck. Ich war sehr neugierig auf die Richtung seines Geschmacks, denn das Mädchen, das man ihm ausgesucht hatte, ließ eine Besonderheit erwarten; keine andere hätte sie erfüllt. Kaum im Zimmer, entkleidete sich die Dirne und zeigte uns einen weißen, sehr üppigen Körper. „Los, springe, hopse!“, rief der Kunde. „Du weißt, ich wünsche, dass du schwitzt!“ Die Rothaarige raste durch das Zimmer, sprang und hüpfte wie eine junge Ziege, während der Mann zuschaute und wichste. Ich ahnte nicht, welchen Zweck dieses Manöver verfolgte. Die schweißtriefende Kreatur näherte sich dann dem Wüstling und hob einen Arm, damit er den Geruch ihrer mit Schweißperlen besäten Achselhöhle riechen konnte. Er drückte seine Nase hinein und rief begeistert: „Ah, so ist es gut! Welch ein entzückender Duft!“ Dann kniete er vor ihr nieder und beschnupperte mit derselben Inbrunst ihre Möse und ihren Arsch, aber immer wieder kehrte er zu den Achselhöhlen zurück, wo er wohl jenen Duft fand, der ihm am angenehmsten war. Mit immer heftigerem Eifer suchten Mund und Nase diese Stelle. Endlich zeigte sich seine ziemlich lange, aber dünne Rute nach intensivem, erfolglosem Wichsen geneigt, die Nase zu erheben, um sich umzuschauen. Das Mädchen setzte sich, der Mann trat hinter sie und brachte seine Sardelle unter ihre Achsel. Sie presste den Arm an und machte ihm so einen recht engen Zufluchtsort, während er sich weiterhin an Duft und Anblick der anderen Achsel ergötzte, und schließlich entludt er unter gleichzeitigem Lecken und Saugen an dieser Partie. Es sah aus, als wollte er sie auffressen.’

„Musste“, fragte der Bischof, „die Person unbedingt rothaarig sein?“ – „Unbedingt!“, sagte die Duclos. „Sie müssen wissen, Euer Gnaden, dass rothaarige Weiber einen weitaus schärferen Achselgeruch an sich haben, und es war bei ihm zweifellos der Geruchssinn, der ihm die stärksten wollüstigen Erregungen vermittelte.“ – „Bei Gott“, meinte der Bischof, „aber ich für mein Teil hätte lieber den Arsch dieses Weibes beschnuppert als ihre Achselgrube.“ – „Ei“, sagte Curval, „das eine wie das andere hat seinen Reiz, und ich glaube, wenn Ihr die Achselhöhle einmal versucht hättet, würdet Ihr sie ebenfalls köstlich finden.“ – „Soll das heißen, Herr Präsident“, fiel der Bischof ein, „dass Ihr an dieser Sache auch Gefallen findet?“ – „Ich habe es schon probiert“, entgegnete Curval, „und das mehr als einmal. Ich muss Ihnen gestehen, dass ich dabei noch jedes Mal nur davon gekommen bin. Bei anderen Gelegenheiten hatte ich noch ein paar zusätzliche Dinge hinzugefügt.“ – „Na, ich kann mir schon denken“, versetzte der Bischof, „wie Ihr es gemacht habt. Ihr habt erst das Arschloch beschnuppert, dann…“ – „Schon gut“, meinte der Herzog, „wir wollen ihn nicht zu einer Beichte zwingen, Hochwürden. Wir bekämen sonst Dinge zu hören, für die es noch nicht an der Zeit ist. Fahrt fort, Duclos, und lasset Euch von diesen Schwatzmäulern nicht in die Rede fallen.“

Die Erzählerin nahm das Wort wieder auf: ‚Die Guérin gebot meiner Schwester, sich mindestens sechs Wochen lang in keiner Weise zu reinigen, sie solle sich bemühen, so dreckig und versaut zu werden wie möglich. Wir errieten den Zweck nicht. Schließlich kam ein alter, finniger Schweinekerl, der Madame halbbesoffen und rüde fragte, ob die Nutte auch recht schmutzig sei. „Jesses, darauf können Sie sich verlassen!", antwortete die Guérin. Man sperrte die beiden ein, ich rannte ans Guckloch und sah meine Schwester schon rittlings über einem mit Champagner angefüllten Waschbecken hocken. Mit einem großen Schwamm reinigte der Mann sie, indem er sie übergoss und jedes, selbst das kleinste Tröpfchen, wieder auffing. Der ganze Körper, auch das ungereinigte Arschloch, starrten vor Schmutz, und so nahm der Schaumwein bald eine schlammig-braune Farbe an, und sein Duft kann auch nicht besonders angenehm gewesen sein. Doch je dreckiger die Flüssigkeit wurde, umso mehr gefiel sie unserem Wüstling.

Er probierte ein Schlückchen, fand es delikat, nahm dann ein ganzes Glas und trank den ekelhaften, verpesteten Schaumwein, in dem sich der Schmutz von Wochen aufgelöst hatte. Nachdem er sechs bis sieben Gläser davon durch seine Kehle gejagt hatte, bog er meine Schwester bäuchlings auf ein Bett und vergoss über ihren Arsch und das gespreizte Loch jenen Saft, den ihm die Unternehmung dieses scheußlichen Aktes entlockte. – Unmittelbar darauf sollte ich Zeugin einer noch widerlicheren Passion werden: In unserem Hause war eine jener Frauen, die im Puffjargon „Läuferinnen" heißen, weil es ihr Handwerk ist, immer unterwegs zu sein, um neues Wild heranzuschleppen. Diese vierzigjährige, verwelkte Matrone, die niemals begehrenswert gewesen sein konnte, hatte Schweißfüße. Das machte sie zum Gegenstand der Verehrung durch den Marquis von L...

Als er kam, stellte man ihm diese Dame namens Louise vor. Er fand sie begeisternd und war kaum mit ihr im Heiligtum des Vergnügens, als er sie bat, die Schuhe abzulegen. Louise hatte auf Anordnung von Madame einen Monat lang ihre Füße nicht gewaschen und Schuhe und Strümpfe nicht gewechselt. Nun präsentierte sie dem Marquis ihre stinkenden Quanten, die jeden anderen zum Kotzen gebracht hätten, unseren Helden aber mit ihrer Ekelhaftigkeit entzückten. Er nahm sie, küsste sie voller Liebesglut, steckte jede einzelne Zehe in den Mund und saugte den schwärzlichen Dreck, der sich in den Zwischenräumen angesammelt hatte und der sich dort von alleine vermehrt, heraus, um ihn mit Behagen zu verzehren. Er bewies, wie sehr ihn dieses Vergnügen entzückte, sehr bald durch eine heftige Ejakulation, die er durch manuelle Nachhilfe hervorgerufen hatte.'

„Das verstehe ich nicht", war der Kommentar des Bischofs. – „Ich muss es Euch also vorführen", sagte Curval, „um Euch zu überzeugen." – „Ihr steht auf so etwas?", fragte der Bischof. – „Seht nur her!", rief Curval, und als sich alle erhoben und ihn umringten, packte dieser in den schmutzigsten Gelüsten der Ausschweifung erfahrene Wüstling die widerlichen Mauken der dreckigen, alten Fanchon und schleckte sie verzückt ab. – „Das ist nichts Erstaunliches", sagte Durcet, „man muss nur leicht abgestumpft sein, dann bekommen solche Schweinereien eine tiefere Bedeutung. Die Übersättigung gibt sie der Ausschweifung ein, und diese führt sie sofort aus. Das Gewöhnliche beginnt einen zu langweilen, die Vorstellung beginnt zu irrlichtern, und die Begrenztheit unserer Möglichkeiten, die Schwäche unserer Fähigkeiten sowie die Verderbtheit unserer Seelen führt uns zu solchen scheußlichen Dingen."

‚So verhielt es sich gewiss mit dem alten Kommandeur des Carrières, einem der besten Kunden der Guérin', fuhr die Duclos fort; ‚Dieser verlangte nur Frauen, die infolge ihrer Ausschweifung, von Natur aus oder aber aufgrund einer Bestrafung verkrüppelt waren. Er nahm nur Einäugige, Blinde, Hinkende, Bucklige, Beinlose, Einarmige, Zahnlose oder an anderen Gliedern Verstümmelte sowie Ausgepeitschte, Gebrandmarkte oder durch Exekution auf andere Weise Geschändete in ziemlich reifem Alter. Bei der von mir beobachteten Szene hatte man ihm eine fünfzigjährige Diebin zugeführt, die gebrandmarkt und einäugig war. Dieses Doppelgebrechen betrachtete er jedoch als eine Kostbarkeit. Als sie sich entkleidet hatte, küsste er ihre Schandmale auf den Schultern und liebkoste mit der Zunge jede Rille dieser Narben, die er als „ehrenvoll" bezeichnete. Dann übertrug sich seine ganze Begeisterung auf ihren Arsch, er drückte die Hinterbacken auseinander und leckte entzückt das gespreizte, faltige Loch, das sie verbargen und von dem er sich gar nicht mehr nicht trennen konnte. Nun hockte er sich rittlings über ihren Rücken und rieb die Brandmale mit seinem Schwanz. Er lobte das Weib, weil es sich diese Schändung verdient hatte, beugte sich über ihren Arsch und vollendete das Opfer, denn er spritzte seine Ficksahne auf die Narben, die ihn so erregten. Danach küsste er nochmals den Altar, der seinen eigenen Kampfgeist derartig befeuert hatte.'

„Bei Gott!", rief Curval, dem die Brunst an diesem Abend die Sinne verwirrte. „Seht mich nur an, wie mir der Schwanz steht, wie mich die

Erzählung dieser Passion aufgegeilt hat!" Er rief nach der Desgranges: „Komm, dreckige Arschfickerin, du bist der eben beschriebenen Metze[74] so ähnlich, komm, und bereite mir dasselbe Vergnügen!" – Die Desgranges kam. Durcet, ein Liebhaber solcher Ausschweifungen, half dem Präsidenten, sie zu entkleiden. Sie zögerte aber, was verdächtig erschien. Man schalt sie, weil sie den Anwesenden wohl etwas verheimlichen wollte, was ihren Wert aber vielleicht doch erhöhen konnte. Endlich entblößte man ihren welken Rücken, und siehe da, man erblickte die Buchstaben T. und P., und wusste nun, dass sie zweimal durch Brandmarken entehrt worden war. Es ist wohl überflüssig zu sagen, dass diese Entdeckung die unsauberen Begierden unserer Wüstlinge steigerte, die schon durch das Verdorrte und die Widerlichkeit ihres verbrauchten Körper sehr erregt waren. Dazu kam noch die Wirkung ihres scheußlichen, verknitterten Arsches, dieses kranken, weiten Lochs, das in der Mitte glänzte, die Verstümmelung ihrer Zitze und der drei Finger, die Verkürzung ihres Hinkebeins und die Zahnlosigkeit ihres Mundes. All das stachelte unsere Freunde an!

Schon knutscht Durcet sie jetzt vorne, Curval hinten, und während rings um sie eine Anzahl von auserlesenen Schönheiten ihre frischen Reize darbietet und bereit ist, ihre leisesten Wünsche zu befriedigen, genießen sie beide voller Ekstase und Lust das, was die Natur und das Verbrechen verschandelt haben. Wie soll man den Menschen nur verstehen können! Zwischen den beiden Schweinehunden entsteht fast eine Rauferei um diesen halbverwesten Kadaver, wie zwischen Hyänen, die sich um ein Aas streiten! Sie geben sich den schmutzigsten Ausschweifungen hin, verspritzen endlich ihren Saft, und so sehr sie sich erschöpfen, würden sie vielleicht noch weitere ekelerregende Unzüchtigkeiten treiben, wenn nicht jetzt die Glocke die Stunde des Soupers melden würde.

Der entkräftete Präsident war verzweifelt darüber, seinen Rotz verloren zu haben. Er hoffte, durch die Menge von Speisen und Getränken, die er verschlang, sich wieder beleben zu können und füllte sich voll wie ein Schwein. Dabei verlangte er, dass der kleine Adonis Himmelsständer wichse und sein Sperma verschlucke. Aber auch das befriedigte ihn nicht sehr, und er erhob sich, wobei er erklärte, seine Phantasie inspiriere ihn zu köstlicheren Dingen als

[74] Hure.

diese. Ohne weitere Worte nahm er Fanchon, Adonis und Hercule mit sich ins rückwärtige Boudoir, und er erschien erst wieder zu den Orgien, wo er in einem so ausgezeichneten Zustand war, dass er sich noch zu tausend anderen Scheußlichkeiten fähig zeigte. Eine war seltsamer als die andere, aber die Anordnung der Themen erlaubt es uns nicht, sie schon jetzt zu beschreiben.

Man begab sich dann zur Ruhe. Curval, der unergründliche Curval, der in dieser Nacht seine Tochter, die göttliche Adélaïde, zur Bettgenossin hatte, die ihm doch die köstlichsten Genüsse versprach, wurde am nächsten Morgen bei der widerwärtigen Fanchon gefunden. Mit ihr hatte er sich die ganze Nacht hindurch in Abscheulichkeiten ergangen, während Adélaïde und Adonis ihres Lagers beraubt waren. Letzterer hatte entfernt in einem kleinen Bettchen genächtigt, Adélaïde aber auf einer Matratze am Boden geschlafen.

SECHSTER TAG

An diesem Tag musste sich Hochwürden zur Masturbations-Lektion einfinden. Das hätte ihm gut gefallen, wären die Zöglinge der Duclos männlichen Geschlechts gewesen, aber der kleinste Spalt unterhalb des Nabels war eine fürchterliche Beleidigung seiner Augen. Hätten sich ihm die Grazien persönlich vorgestellt, – diese verdammte, unvollkommene Ritze allein hätte ihn ernüchtert! Wie ein Held widerstand er den Angriffen, ich glaube, er blieb vollkommen schlaff, ein Zustand, der allerdings für die vorgenommene Übung sehr ungeeignet war.

Man gab sich alle erdenkliche Mühe, möglichst viele Schuldige für den nächsten, düsteren Samstag ausfindig zu machen, um sie der Strafe zuzuführen. Schon hatte man sechs ertappt, und die schöne, sanfte Zelmire wurde die siebte. War sie wirklich schuldig, oder täuschte man sich nur über den wahren Sachverhalt hinweg, um das Vergnügen ihrer Züchtigung genießen zu können?

Wir überlassen diese Entscheidung dem weisen Urteil Durcets. Unsere Aufgabe besteht lediglich darin, die Ereignisse zu dokumentieren. Die Liste der Delinquenten trug auch den Namen einer schönen Dame: Es war die zarte Adélaïde, die ihr eigener Gatte verurteilte, um zu zeigen, dass er sie ebensowenig schone wie eine andere. Sie hatte sich in einem Dienst bei ihm selbst verfehlt. Bei gewissen Funktionen an einem gewissen Ort sollte sie nämlich behilflich sein, was nicht eben angenehm war. Nicht jeder ist so verkommen wie Curval, und obgleich sie seine Tochter war, teilte Adélaïde doch nicht dessen Geschmack. Gleichviel, ob sie sich weigerte, ob sie ihre Sache nur schlecht machte oder ob es nur Durcet in seinem Eigensinn so erschienen war, sie wurde jedenfalls zur Genugtuung der ganzen Gesellschaft in das Strafbuch eingetragen. Die Visite bei den Knaben ergab nichts, man schritt also in die Kapelle, um an den geheimen Vergnügen dort teilzunehmen. Den meisten hatte man die Erlaubnis verweigert, sodass nur Constance, zwei von den untergeordneten Fickern und Michette zu diesem morgendlichen Ausflug erschienen.

Beim Diner misshandelte Zéphire, der die Wüstlinge immer mehr durch die Entfaltung seiner Reize und durch seine Willigkeit in der Ausschweifung für sich einnahm, Constance, die beim Diner erschien, wenn sie auch nicht mehr servierte. Er schimpfte sie eine „Kindermacherin" und schlug sie mehrmals auf den Bauch, und er sagte, man müsse sie lehren, Eier mit ihrem Liebhaber zu legen. Den Herzog küsste er zärtlich, liebkoste seinen Schwengel und erregte ihn auf diese Weise derart, dass Blangis schwur, er werde den Nachmittag nicht verstreichen lassen, ohne ihn mit seinem Ficksaft zu begießen. Der kleine Racker stachelte ihn noch mehr an, indem er seinen Zweifel daran äußerte. Beim Dessert entfernte er sich, weil er den Kaffee servieren musste. Er reichte ihn dem Herzog nackt, der von der Tafel kam und mit ein paar schlüpfrigen Bemerkungen begann.

Blangis küsste den Knaben auf Mund und Schwanz, setzte ihn in einen Sessel vor sich, so dass er dessen kleinen Arsch dicht vor dem Mund hatte, und leckte ihn so eine Viertelstunde lang. Sein Dödel steilte sich, und der Herzog sah, dass der Gottesdienst nicht ohne etwas Weihrauch vorzunehmen sei. Da aber nicht gegen die Regel verstoßen werden durfte und alles verboten war, was nicht am Vortag besprochen wurde, entschloss der Herzog sich, seinen Freund nachzuahmen und Zéphire seinen Schwanz zwischen die Schenkel zu stecken. Dabei erging es ihm wie Curval: Sein Schwengel stand vorne ein paar Zoll hervor. „Mach es wie ich", rief Curval, „wichse das Kind, und lass den Saft auf deine Eichel fließen." – Jedoch der Herzog fand es amüsanter, zwei auf einmal aufzuspießen, und er rief Augustine heran. Man presste sie mit ihren Hinterbacken gegen die Schenkel Zéphires, und der Herzog genoss somit gleichzeitig einen Knaben und ein Mädchen. Um die Sache noch wilder zu gestalten, rieb er das kleine Pimmelchen Zéphires an den weißen, runden Arschbacken Augustines und überschwemmte diese mit dem kindlichen Samen, der infolge dieser köstlichen Reizung nicht gerade spärlich floss. Curval unterhielt sich famos, als er den halboffenen Arsch des Herzogs sah, der seinem Spritzrohr äußerst anziehend entgegengähnte, wie es die Ärsche aller Schwuchteln tun. So gab er Blangis zurück, was er von ihm am Tag zuvor empfangen hatte.

Kaum spürte dieser die geile Wildheit dieses Überfalls, als er sich auch schon ergoss und die Vorhallen des Tempels überspülte, dessen rückwärtige Kolonnaden Zéphire benetzte. Curval aber entludt nicht. Er zog seinen stolzen, kräftigen Fickbolzen aus dem Arsch des Herzogs und drohte, damit dem Bischof, der zwischen den Schenkeln Gitons wichste, dasselbe Schicksal zu bereiten wie Blangis. Nun begann der Kampf zwischen Curval und Hochwürden, der – von hinten aufgespießt – bald zwischen den Beinen des reizenden Knaben seinen Schwanzsaft auf köstliche Weise verlor. Durcet war nicht gesonnen, den anderen tatenlos zuzuschauen; für ihn blieben nur Hébé und die Anstandsdame. Trotz seiner Trunkenheit und Erschöpfung trieb er mit ihnen seine Schweinereien, die wir vorerst aber noch verschleiert lassen müssen. Schließlich beruhigten sich alle, dann schlief man ein.

Gegen sechs Uhr erhoben sich die Kämpen, um der neuen Vergnügungen teilhaftig zu werden, die ihnen Duclos' begnadete Zunge an diesem Abend bereiten würde. Bei den Vierergruppen waren heute die Rollen vertauscht: Die Mädchen erschienen in Matrosentracht, und die Knaben als Flittchen gekleidet, und dieser Anblick war so aufreizend, weil dieser kleine Trick an den Jungs das finden ließ, was man bei einem Mädchen erwartete. Die Mädchen wirkten aber dadurch entzückender, weil sie eine Anleihe bei jenem Geschlecht machten, das man eigentlich bevorzugte. Jeder der vier Freunde hatte an diesem Abend seine Ehefrau bei sich auf dem Lager, und man fand diese fromme Anordnung sehr lobenswert. Als alle bereit waren zuzuhören, nahm die Duclos ihre Erzählung wieder auf:

‚Bei Madame Guérin befand sich eine dreißigjährige Blondine, ein etwas dickliches, aber frisches und weißhäutiges Mädchen namens Aurore. Es hatte einen entzückenden Mund, schöne Zähne und eine wollüstige Zunge. Aber – es ist kaum zu glauben – ob aus schlechter Erziehung oder aus krankhafter

Schwäche des Magens, besaß dieser aller Anbetung würdige Mund den Fehler, dass er in jeden Moment Winde entweichen ließ. Zumal wenn sie viel gegessen hatte, rülpste sie stundenlang, sodass sie mit diesen Böen hätte eine Mühle drehen können. Aber man kann sagen, dass es keinen Mangel gibt, der nicht doch von irgendjemand geschätzt wird.

Dieses Mädchen fand einen glühenden Verehrer, einen ernsten, weisen Scholastik-Professor der Sorbonne. Der kam immer, wenn es ihn langweilte, in der Schule die Existenz Gottes zu beweisen, um sich lieber im Puff vom Dasein der Kreaturen unseres Lieben Herrn zu überzeugen. Er sagte sich vorher an, und Aurore fraß sich an solchen Tagen bis zum Platzen voll. Ich war neugierig auf dieses Beisammensein und eilte ans Guckloch. Da sehe ich denn unseren Gottesgelehrten nach einigen einleitenden Küssen seine geliebte Genossin in einen Sessel drücken und sich ihr gegenüber setzen. Er gibt ihr seine in bedauernswertem Zustand befindlichen Reliquien in die Hand und sagt: „Arbeite fleißig, schönes Kind, arbeite fleißig, ich beschwöre dich. Du kennst das Mittel, um mich von diesem quälenden Zustand zu erlösen. Wende es an! Ich will endlich spritzen!“ Aurore erfasst das schlaffe Werkzeug des Doktors mit der einen Hand, während die andere seinen Kopf an ihren Mund drückt. Dann schickt sie an die sechzig Rülpser in seinen Mund. Der Mann Gottes gerät in Ekstase und schluckt alles, was sie ihm gibt. Er ist im Himmel und wäre gewiss verzweifelt, wenn ihm etwas davon entgangen wäre. Seine Hände verirren sich unterdessen an ihre Möpse und unter ihre Röcke, aber das sind nur flüchtige, nichtssagende Berührungen. Es kommt ihm nur auf den Mund mit seinen Seufzern und seinem Verdauungsrumpeln an. Endlich entlädt er, indem sich sein durch die Zeremonie geschwollener Schwanz, in die Hand des Mädchens ergießt. Mit der Versicherung, noch nie ein solches Vergnügen genossen zu haben, schiebt er dann zu seiner nächsten Vorlesung ab.

Kurz darauf kam ein noch ungewöhnlicherer Kunde und forderte von mir eine Absonderlichkeit, die ich in unserem Katalog der Naturwunder nicht verschweigen will. Die Guérin veranlasste mich, an diesem Tag fast genau so unmäßig viel zu fressen wie ein paar Tage zuvor meine Kollegin. Alle meine Lieblingsspeisen wurden mir vorgesetzt, und nach beendeter Mahlzeit erfuhr ich, was der alte Wüstling, den ich bedienen sollte, von mir verlangen werde. Ich musste gleich drei Pillen eines Brechmittels in einem Glas heißen Wassers schlucken. Bald kam der Hurenbock, ein Stammgast des Hauses. Ich hatte ihn schon oft gesehen, ohne seine Gewohnheiten zu kennen. Er umarmte mich und steckte mir seine widerliche, dreckige Zunge in den Mund, deren Gestank allein mich schon zum Kotzen gereizt hätte. Als er sah, dass mein Magen sich hob, rief er: „Nur Mut, meine Kleine, nur Mut! Gib acht, dass ich keinen Tropfen davon verliere!“ Ich war unterrichtet, dass ich mich auf das Sofa setzen und seinen Kopf unter mich beugen sollte. Ich knöpfte ihm die Hose auf und nahm sein kurzes, schlappes Instrument in die Hand, um ihn abzuwichsen. Er sperrte den Mund auf, und während ich ihn behandelte und er meinen Arsch betastete, kotzte ich die gesamte, erst halbverdaute Mahlzeit in sein Maul. Er war beseligt, er schwelgte, rollte die Augen und leckte mir die Lippen ab, um keinen Tropfen von der berauschenden Flüssigkeit zu verlieren. Sobald er sah, dass meine Ausbrüche aufhörten, kitzelte er meinen Rachen mit seiner Zunge. Sein Schwanz, den ich wegen der Anstrengungen des Reiherns kaum berührt hatte, versteifte sich durch diesen aufregenden Prozess und hinterließ in meinen Fingern die Spuren der intensiven Empfindungen, die ihm diese Sauerei verschafft hatte.’

„Ah, bei Gottes Klöten!“, rief Curval, „das ist ja eine deliziöse Passion! Allein, man könnte sie noch verfeinern!“ – „Und wie das?“, fragte Durcet mit wollusterstickter Stimme. – „Wie?“, sagte Curval. „Zum Teufel, durch die Auswahl des Weibes und der Speisen!“ – „Des Weibes? ... Ah, ich verstehe! Du denkst an eine wie die Fanchon?“ – „Natürlich!“ – „Und die Speisen?“, fragte Durcet, der sich von Adélaïde abwichsen ließ. „Die Speisen“, antwortete der Präsident, „die muss das Weib mir so wiedergeben, wie ich sie ihm vorher spendiert habe.“ – „Das soll heißen“, stammelte der Bankster, der allmählich die Kontrolle über sich verlor, „dass du in ihren Mund kotzt, sie muss es hinunterschlingen und es dir anschließend wieder ins Maul würgen?“ – „So ist es!“ Sogleich stürzten beide in ihre Kabinette, der Präsident mit Fanchon, Augustine sowie Zélamir, Durcet aber mit Desgranges, Rosette und Himmelsständer.

Die Erzählung der Duclos musste nun für eine halbe Stunde unterbrochen werden, bis sie wieder erschienen. „Hast du die eine oder andere Sauerei gemacht?“, fragte der Herzog den zuerst eintretenden Curval. „Ein bisschen hiervon, ein bisschen davon“, antwortete der Präsident, „denn das ist ja mein Lebensglück. Ich bin nicht geduldig genug für milde und ordentliche Vergnügungen.“ „Aber du hast dich doch sicher von ein wenig Ficksaft erleichtert!“

„Schluss mit diesem Unsinn“, sagte der Präsident. „Denkst du, jeder ist wie du und kann alle paar Minuten abspritzen? Das überlasse ich Helden wie dir und Durcet.“ Dieser schlurfte soeben im Zustand völliger Erschöpfung herein. „Oh Mann“, sagte der Bankster, „diesem Mädchen kann man nicht widerstehen. Die Desgranges ist in ihren Taten so schmutzig wie in ihren Reden, und sie tut alles, was man von ihr verlangt. Sie ...“ – „Los, Duclos!“, rief der Herzog. „Fahrt fort. Wenn wir ihm nicht das Wort abschneiden, wird dieser indiskrete kleine Kerl uns alles berichten, was er getan hat, ohne zu bedenken, dass es sich nicht ziemt, sich öffentlich mit der Gunst einer so schönen Dame zu brüsten.“ – Die Duclos gehorchte und fuhr in ihrem Bericht fort:

‚Nachdem ich sehe, wie sehr die Herren solche Sachen lieben, bedauere ich, dass sie ihren ganzen Enthusiasmus schon verschwendet haben, denn mir scheint, dass er bei meinen jetzigen Erzählungen noch besser am Platz gewesen wäre. Was der Herr Präsident zur Vervollständigung der letzten Passion verlangte, traf beim nächsten Fall ein. Es ist schade, dass ich meinen Bericht nicht beenden konnte. Ich hätte Sie sonst in die Einzelheiten der Passion des alten Präsidenten von Saclanges einweihen können. Man wählte zu seiner Befriedigung die Älteste unter uns, ein dickes, großes Mädchen von etwa sechsunddreißig Jahren mit finnigem Gesicht, eine Säuferin und Flucherin wie ein Fischweib, aber nicht unattraktiv.

Man serviert ihr und dem guten Präsidenten ein Souper, bei dem sich beide besaufen bis zur Besinnungslosigkeit. Dann kotzen sie einander in den Mund und geben es sich gegenseitig immer wieder aufs Neue zurück, und schließlich fallen sie auf den beschmutzten Boden zwischen die ausgereiherten Überreste des Soupers. Nun kommt die Reihe an mich, denn meine Kameradin ist den Ansprüchen nicht mehr gewachsen, die der Wüstling jetzt stellt. Ich finde ihn am Boden liegend, sein Schwanz steif wie eine Eisenstange. Ich ergreife seinen Schwengel, der Präsident zieht mich an sich, saugt meinen Mund und entlädt wie ein Stier, während er sich im Erbrochenen hin- und herwälzt.

Bald erlebte ich ein Schauspiel, das aus einer ebenso schmutzigen Phantasie entsprang: Ein fetter Mönch, der ein guter Zahler war, setzte sich auf den Bauch des eben erwähnten Mädchens, dessen gespreizte Beine, um jede Bewegung zu verhindern, festgebunden waren. Nun servierte man verschiedene Speisen ohne Geschirr auf dem nackten Schamhügel des Weibes. Der fröhliche Geselle nahm ein Stück nach dem anderen und aß es, nachdem er es zuvor in die geöffnete Fotze seiner Dulzinea[75] gesteckt und darin herumgedreht hatte, so dass es mit ihrem Mösenschleim gewürzt war.'

„Das ist ja eine ganze neue Art, zu dinieren!“, bemerkte der Bischof. „Die Ihnen aber nicht allzu sehr behagen würde“, rief die Duclos. „Nein, bei Gottes Bauch,“, sagte der Mann der Kirche, „dazu liebe ich die Fotze nicht genug.“

‚Nun', fuhr die Duclos fort, ‚vernehmen Sie die Geschichte, die den heutigen Tag beschließen soll. Ich zweifele nicht daran, dass sie Sie amüsieren wird. Ich war acht Jahre bei der Guérin und hatte soeben mein siebzehntes Lebensjahr erreicht. In diesem Zeitraum sah ich allmorgendlich einen gewissen Generalpächter erscheinen, dem man große Achtung bewies. Er war ein gedrungener Mann von etwa sechzig Jahren, der Herrn Durcet etwas ähnelte, wenigstens in Frische und Leibesfülle. Jeden Tag brauchte er ein neues Mädchen. Er nahm Fräulein aus dem Hause nur dann, wenn eine zum Rendezvous bestellte Person nicht erschienen war. Dieser Herr Dupont war in der Wahl seiner Partnerin so heikel wie in seiner ganzen Geschmacksrichtung: Das Mädchen sollte durchaus keine Hure sein, vielmehr bevorzugte er Arbeiterinnen, Ladenmädchen und ganz besonders Hutmacherinnen und Schneiderinnen. Sie mussten blond und zwischen fünfzehn und achtzehn Jahre alt sein, nicht jünger, nicht älter. Überdies war ein fetter Arsch Grundvoraussetzung, der auch peinlich sauber zu sein hatte. Jeder Rest Scheiße am Kackloch schloss sie für ihn aus. Jungfrauen bezahlte er dagegen doppelt. An dem erwähnten Tag erwartete man eine junge Spitzenmacherin von sechzehn Jahren, deren Hintern bei Kennern als schönstes Vorbild dafür galt, wie ein idealer Arsch sein sollte. Unser Kunde wusste noch nichts von ihr. Da ließ das Mädchen uns im letzten Augenblick mitteilen, dass es nicht von zu Hause fortkommen könne. Also gebot die Guérin mir, mich als Bürgermädchen zu verkleiden und am Ende der Straße in einem Wagen zu warten, bis Dupont das Haus betreten hatte. Eine Viertelstunde danach sollte ich vorfahren und Dupont, der mich noch nie gesehen hatte, als Hutmacherin vorgestellt werden. Die wichtigste Vorbereitung bestand darin, mir ein halbes Pfund Anis in den Magen zu stopfen und daraufhin ein großes Glas eines balsamischen Likörs zu trinken, wodurch die später

[75] Geliebte.

beschriebene Wirkung hervorgerufen wurde. Wir hatten zum Glück noch Zeit, um all dies durchzuführen.

Ich kam zur vereinbarten Zeit und präsentierte mich dem Freier, der mich aufmerksam musterte. Er entdeckte nichts Hinderliches an mir und nichts, was unsere Posse gefährdet hätte. „Ist sie Jungfrau?", fragte er. „Da nicht", antwortete die Guérin und legte die Hand vorne zwischen meine Schenkel, „aber auf der anderen Seite." Ihre unverschämte Lüge täuschte unseren Mann vollkommen. „Schürzen Sie auf, schürzen Sie auf!", rief er ungeduldig, und die Guérin hob meine Röcke empor und bog mich etwas nieder, auf diese Weise dem Wüstling den ganzen Tempel seiner Verehrung zeigend. Er betrachtete ihn, spreizte meine Arschbacken mit beiden Händen auseinander und sagte im Ton der Zufriedenheit, dass mein Hintern ihm recht sei. Dann stellte er einige Fragen nach meinem Alter, nach meinem Beruf und erfreute sich an meiner Unschuld und Naivität, die ich geschickt heuchelte. Er besaß ein Zimmer in diesem Haus, das niemand außer ihm betreten durfte und in dem er vor jeder Beobachtung sicher war.

Dorthin führte er mich, verschloss die Tür, betrachtete mich noch einen Moment lang und fragte, von nun an einen sehr brutalen Ton annehmend, ob ich wirklich noch nie in den Arsch gefickt worden wäre. Meiner Rolle getreu, durfte ich seine Frage nicht begreifen, und er musste sie wiederholen, während ich versicherte, ihn nicht zu verstehen. Als er mir seine Nachfrage durch Gesten verständlich gemacht hatte, antwortete ich, da ich nicht länger ausweichen konnte, mit dem Ausdruck tiefster Beschämung und des Entsetzens, ich wäre untröstlich, wenn ich mich zu solchen Gemeinheiten hergeben müsse. Daraufhin befahl er mir, meine Röcke abzulegen.

Ich gehorchte, behielt aber mein Hemd an, um mein Vorderes nicht zu entblößen. Er hob es hinten an, soweit mein Mieder das erlaubte. Da mir mein Busentuch entfallen war und meine Brüste sichtbar wurden, schimpfte er: „Der Teufel hole deine Titten! Wer hat Euter von dir verlangt? Immer muss ich mich ärgern, dass ihr schamlosen Kreaturen eure Möpse herzeigt!" Ich bedeckte sie eiligst und blickte ihn um Vergebung flehend an. Dabei bekam er aber meine Fotze zu sehen, und das versetzte ihn noch mehr in Wut. „Heiliger Jesus! Bleib doch in der Stellung, in die man dich gebracht hat!" Dabei packte er mich bei den Hüften und drehte mich so, dass ich ihm nur den Hintern darbot. „Verdammte Scheiße! Bleib jetzt so!“, rief er. „Ich will nicht deine Fotze und nicht deine Titten, sondern nur den Arsch.“ Er erhob sich und führte mich zum Bett, auf dessen Rand ich mich mit dem Oberkörper auflegen musste.

Er setzte sich auf einen niedrigen Schemel zwischen meine Schenkel, sodass sein Kopf sich auf der Höhe meines Hinterns befand. Aber er fand meine Position noch nicht richtig, sondern schob mir noch ein Kissen unter den Bauch, damit mein Arsch etwas angehoben wurde. Nachdem er wieder saß und die Stellung ausprobiert hatte, wobei er sehr kaltblütig und mit dem Gleichmut des überlegten Wüstlingstums verfuhr, bemächtigte er sich meiner beiden Hinterbacken. Er sperrte sie auseinander, presste seinen offenen Mund auf das Loch und versiegelte es auf diese Weise hermetisch. Nach dem mir erteilten Befehl und außerdem einem zwingenden Bedürfnis folgend, ließ ich nun einen krachenden Furz in seinen Gaumen fahren, vielleicht den explosivsten, den er je empfangen hat. Er fuhr wütend auf. „Was, du Unverschämte?!“, rief er. „Du wagst es, mir in den Mund zu furzen?!“ Und er legte sofort wieder seine Lippen an. „Allerdings, mein Herr!“, antwortete ich. „So behandle ich jeden, der mir den Arsch küsst!“ – „Na dann los, kleines Flittchen, furze nur weiter, wenn du es nicht mehr halten kannst. Knattere, soviel du willst und soviel du kannst.“ Ich hielt mich jetzt nicht mehr zurück, denn die genossene Droge presste alle ungestümen Winde aus mir heraus, und mein Anbeter empfing sie bald in den Mund, bald in die Nase.

Nach einer Viertelstunde legte er sich auf ein Ruhebett, zog mich an sich, sodass meine Arschbacken auf seiner Nase waren, und verlangte, in dieser Stellung gewichst zu werden, wobei ich weiter in meiner übrigen Behandlung fortfahren solle, die ihm solche Freude bereitete. Ich furzte, ich wichste, ich schüttelte seinen schlappen Schwengel, der kaum länger und dicker als mein Finger war. Meine Stöße und Pupse machten ihn aber bald steif und bereiteten ihm damit ein noch größeres Vergnügen. Eine besondere Schamlosigkeit zeigte mir den Augenblick seines Höhepunkts an: Es war nun seine Zunge, die jetzt meine Fürze provozierte! Er bohrte sie wie einen Dreschflegel tief in mein Arschloch hinein und erzwang dadurch jene Zephyre[76], so völlig hatte er seinen Kopf verloren.

[76] Griechischer Windgott, Personifikation des milden Westwinds.

Sein hässlicher, winziger Dödel benässte dann meine Finger mit sieben oder acht Spritzern eines bräunlichen, wässrigen Spermas. In diesem Moment war er sofort wieder nüchtern. An die Stelle seiner Ekstase trat nun die Brutalität. Er ließ mir kaum Zeit zum Ankleiden und brummte verdrießlich. Auf diese Weise zeigte er mir den abscheulichsten Anblick des befriedigten Lasters und den einer widerspruchsvollen Unhöflichkeit, die sich für die Flüchtigkeit der soeben erlebten Illusion durch die Verachtung des Fetischs rächt, in dem die Sinne zuvor ausschweiften.'

„Dieser Mann", rief der Bischof, „ist mir sympathischer als alle vorherigen. Wisst Ihr, ob er am nächsten Tag seine kleine Novizin bekommen hat?" – „Ja, Euer Gnaden, er bekam sie, und am Tag darauf eine noch weit schönere Unschuld von fünfzehn Jahren. Wenige Männer, die so schlecht bezahlten, wurden so gut bedient." Die Schilderung dieser Leidenschaft hatte die Köpfe der Zuhörer sehr erhitzt, trotz der Gewöhnung an solche Ausschweifungen. Man fand diese Neigung wundervoll und wollte nicht länger zögern, sie in die Tat umzusetzen. Jeder bemühte sich nach Kräften, jene windigen Früchte zu ernten, wo immer sie zu entlocken waren. Das Souper wurde dann von allen Sauereien begleitet, von denen zuvor gesprochen worden war: Fanchon musste sich besaufen, und die alte, benebelte Kreatur kotzte schließlich in den Mund des Herzogs. Durcet ließ den ganzen Harem furzen und saugte mehr als sechzig Mundvoll verdorbener Luft ein. Curval jedoch dachte sich etwas ganz Besonderes aus und wollte seine Orgie unbeobachtet feiern. Er schloss sich im angrenzenden Boudoir mit Fanchon, Marie und Desgranges ein, nachdem er dreißig Flaschen Champagner hatte hinbringen lassen. Man musste sie später allesamt aus den Fluten ihrer Magensäfte wegtragen. Der Präsident wiederum war mit seinem Mund auf dem der Desgranges eingeschlafen, die ihm noch immer abgekämpft ins Maul würgte. Die drei anderen hatten auf verwandten Gebieten aber mindestens ebensoviel geleistet. Sie hatten sich besoffen und ihre Lustknaben ebenfalls berauscht gemacht, dann ließen sie sie kotzen und die Mädchen furzen. Sie hatten Gottweißwas getrieben, und hätte die allein besonnen gebliebene Duclos nicht alles in Ordnung gebracht und alle zum Schlafengehen bewogen, so würde wohl die Morgenröte, als sie mit ihren Rosenfingern die Pforten am Palaste Apollos[77] öffnete, die Gesellschaft noch

[77] Gott des Lichts in der römischen und griechischen Mythologie.

im Pfuhl ihres Schmutzes gefunden haben, Schweinen ähnlicher als Helden. Da jeder nur den Wunsch nach Ruhe hatte, schlief man alleine und versuchte, in Morpheus[78] Armen Stärkung für die Anstrengungen des nächsten Tages zu finden.

SIEBTER TAG

Die Freunde hatten mittlerweile keine Lust mehr, sich jeden Morgen für die Lehrstunde der Duclos herzugeben. Zu sehr ermüdeten sie die nächtlichen Ausschweifungen, und sie mussten fürchten, durch diese Übungen bereits am Morgen ihren Ficksaft zu verlieren. Auch hatten sie Sorge, sich durch diese Experimente für die anderen Vergnügungen zu sehr abzustumpfen und sich an die Versuchspersonen zu stark zu gewöhnen, sodass diese ihren Reiz für sie verloren. Sie nahmen sich vor, damit etwas haushälterischer zu sein. Daher ließen sie sich fortan abwechselnd jeden Morgen durch einen der Ficker vertreten.

Nun wurden die Visiten gemacht. Unter denen, die sich bislang strafbar gemacht hatten, fehlte bislang noch eines der Mädchen, und dies war die schöne und pikante Sophie, die sich daran angepasst hatte, all ihre Pflichten peinlichst zu erfüllen, so bizarr sie ihr auch erschienen. Durcet aber hatte ihre Wächterin Louison bestochen und wusste ihr eine so geschickte Falle zu stellen, dass sie für schuldig erklärt und ins Strafregister eingetragen werden konnte. Die sanfte Aline wurde bei der Untersuchung ebenfalls straffällig befunden. Somit setzte sich die Liste des Abends aus acht Mädchen, zwei der Gattinnen und vier Knaben zusammen. Nachdem diese Angelegenheiten erledigt waren, dachte man an die Eheschließungen, die den Mittelpunkt des Festes am Ende der ersten Woche bilden sollten. An diesem Tag wurde jede Erlaubnis zur Verrichtung der Bedürfnisse in der Kapelle verweigert.

Hochwürden bekleidete sich mit seinem bischöflichen Ornat, und man begab sich zum Altar. Der Herzog spielte den Brautvater, und Curval führte den Bräutigam. Michette und Giton, die Eheleute, waren in schmucker, festlicher Kleidung. Aber sie hatten sie getauscht: Der Knabe trug nämlich jene des

[78] In der griechischen Mythologie der Gott der Träume.

Mädchens, das Mädchen jedoch die des Jungen. Leider müssen wir es uns an dieser Stelle noch versagen, auf die vergnüglichen Einzelheiten dieser heiligen Zeremonie näher einzugehen, aber wir werden an anderer Stelle darauf zurückkommen, und das vielleicht schon recht bald. Man begab sich sodann in den Salon, und während man die Dinerstunde erwartete, schlossen sich die vier Wüstlinge mit dem jungen Pärchen alleine ein. Sie befahlen ihnen, sich zu entkleiden und die ehelichen Pflichten soweit zu erfüllen, wie ihr Alter es ihnen erlaubte.

Um aber die für andere Zwecke zu schonende Blüte nicht zu beschädigen, verbot man dem Knaben das Einführen seines Schwanzes in die Möse des Mädchens, obschon er dazu imstande gewesen wäre, denn er hatte einen ordentlichen Ständer. Man ließ sie sich hingegen fingern und knutschen. Die kleine Michette wichste ihren Gatten, und er vergalt es ihr mit Hilfe seiner Meister. Aber beide standen zu sehr unter dem Druck ihrer Sklaverei, als dass sie jene ihrem Alter vorbehaltene Wollust in ihren kleinen Herzen empfunden hätten. Später, beim Diner wurden die Gatten hinzugezogen, und beim Kaffee erhitzten die Köpfe sich so sehr an ihnen, dass man sie aller Kleider beraubte, so dass sie ganz nackt waren, wie auch die Bedienenden Zélamir, Cupidon, Rosette und Colombe. Bei dieser Gelegenheit war der Schenkelfick Mode geworden, und so bemächtigte sich Curval heute des jungen Bräutigams, der Herzog wiederum der frischgebackenen Ehefrau, und sie trieben es auf diese Weise mit ihnen. Der Bischof war nach dem Kaffee ganz wild auf den Arsch Zélamirs, und er leckte diesen, ließ ihn furzen und benutzte ihn schließlich nach dem Beispiel der anderen, während Durcet mit dem charmanten Hintern Cupidons seine Lieblingsschweinereien trieb.

Die beiden Herkulesse unter den vieren entluden nicht. Bald packte der eine Rosette, der andere Colombe, und sie stopften ihre Schwänze zwischen die Schenkel der Kleinen, um dann zu der Methode überzugehen, die sie bei Michette und Giton angewandt hatten. Sie befahlen diesen hübschen Kindern, nach Kräften bei ihren Befriedigungsversuchen mitzuwirken. Ihre entzückenden kleinen und wohlinstruierten Händchen wichsten daher die gigantischen Eicheln der Freunde, die unter ihren Bäuchen emporragten. Dabei betasteten die beiden Kämpen währenddessen die entzückenden und appetitlichen Arschlöcher ihrer jungen Freudenspender. Man vergoss indes keinen Gurkensaft, denn man wollte ihn abends nützlicher verwenden. In diesem Augenblick erloschen die Rechte, welche die Ehe den jungen Gatten verliehen hatte und die nur einen Tag währten. Obschon man die Hochzeit in aller Förmlichkeit vollzogen hatte, war sie nicht mehr als ein Schabernack. Sie traten also wieder in ihre Vierergruppe ein, und alle lauschten der Duclos, die mit ihrer Geschichte fortfuhr:

‚Wenn es Ihnen recht ist, meine Herren, so werde ich meine heutigen Erzählungen mit der Geschichte eines Mannes einleiten, der fast den gleichen Geschmack hatte wie der Held jenes Abenteuers, das meinen gestrigen Bericht beschloss. Es war ein Requêtenmeister[79] von etwa sechzig Jahren. Er verlangte nur Frauen, die älter waren als er, und die Guérin besorgte ihm eine ihr befreundete alte Ludin, deren verschrumpfte Arschbacken eine Haut hatten wie das Pergamentpapier, in das man Tabak einpackt, um ihn feucht zu halten.

Solcher Art ist der hinfällige Gegenstand seiner Anbetung, vor dem er jetzt niederkniet, um ihn inbrünstig zu küssen. Er lässt sich dabei in die Nase furzen, was ihn in Ekstase versetzt, die sich steigert, sobald der Furz in seinen offenen Mund dringt und seine Zunge dem lieblichen Wind voll Begeisterung entgegenstürmt, der in diesem Tunnel röhrt. Dieser Vorgang ruft einen Deliriumszustand bei ihm hervor. Er holt aus seiner Hose einen dürren, alten, bleichen Riemen heraus, der so runzelig ist wie seine Gottheit. „Furz doch, meine Liebste! Los, furz doch!", ruft er, aus Leibeskräften wichsend, „trompete doch los, mein Herzchen, denn nur deine Fürze können den Bann brechen, von dem dieser schlummernde Prinz gefesselt ist!" Das Weib knattert noch mehr, und der vor Wollust trunkene Wüstling verliert zwischen den Beinen seiner Göttin ein paar dürftige Tröpfchen jenes Spermas, das sein ganzes Vergnügen hervorgerufen hatte.'

– Oh, verheerendes Beispiel! Wer hätte an eine solche Wirkung gedacht? Wie auf eine geheime Verabredung hin riefen in einem Atemzug die Freunde die vier Anstandsdamen der Vierergruppen zu sich. Sie bemächtigten sich ihrer alten und hässlichen Ärsche, forderten Fürze von ihnen, die sie auch erhielten, und sie wären so glücklich gewesen wie der Requêtenmeister, hätte nicht der Gedanke an die bevorstehende Orgie ihnen Zurückhaltung auferlegt. Darum

---

[79] Requêtenmeister waren vortragende Räte bzw. Beamte im französischen Staatsrat.

verabschiedete jeder schließlich seine Venus, und die Duclos konnte fortfahren:

‚Was ich über die nächste Passion zu sagen habe, ist nicht viel, denn ich weiß, dass sie wenig Anhänger unter Ihnen hat. Ich erwähne sie nur, weil Sie einen vollständigen Bericht von mir verlangen. Ein junger Mann von hübschem Aussehen hatte die Leidenschaft, einmal im Monat während der Regel meine Punze zu lecken. Ich musste mich mit geöffneten Schenkeln vor ihm hinlegen, während er sich niederkniete und schleckte, meine beiden Hüften mit den Händen stützend. Er schlang außer dem Blut auch meinen Fotzensaft hinunter, denn er benahm sich so geschickt, dass ich zum Orgasmus kam. Währenddessen wichste er und war im siebten Himmel, denn nichts auf der Welt schien ihm eine höhere Wonne zu bereiten, wovon mich seine glühende Entladung überzeugte. Am nächsten Tag kam er zu Aurore, bald darauf zu meiner Schwester, und nach einem Monat hatte er alle durch. Wahrscheinlich besuchte er dann die anderen Bumsbuden.

Sollte Ihnen diese Ausschweifung nicht zusagen, so sollen Sie jetzt von einer anderen hören, die etwas befremdlicher ist: Die Guérin erzählte von einem ihrer ehemaligen Freunde und Kunden, dessen ganze Wollust darin bestand, Frühgeburten und abgetriebene Leibesfrüchte zu verzehren. Wenn ein Mädchen sich in anderen Umständen befand und abtrieb, rief man ihn. Er kam sofort und verschlang den Embryo, halb ohnmächtig vor Geilheit.'

„Diesen Mann habe ich gekannt!“, rief Curval. „Seine Existenz und sein Geschmack lassen sich nicht leugnen.“ – „Was man aber ebensowenig leugnen kann“, sagte der Bischof, „ist, dass ich diesem Mann nicht nacheifern werde.“ – „Warum denn bitte nicht?!“, fragte Curval, „ich glaube sicher, dass so etwas eine herrliche Entladung hervorrufen kann. Wenn Constance freundlicherweise damit einverstanden ist, so will ich alles tun, um ihren Spross vor der Zeit zur Welt kommen zu lassen und ihren Herren Sohn zerkauen wie eine Sardine.“ – „Oh, man kennt doch Euren Abscheu vor schwangeren Frauen“, antwortete Constance. „Es ist bekannt, dass Ihr Adélaïdes Mutter nur darum ermordet habt, weil sie ein zweites Mal schwanger wurde, und wenn Julie auf mich hört, sei sie durch dieses Beispiel gewarnt.“ – „Ich leugne nicht“, sagte der Präsident, „dass ich Nachkommenschaft verabscheue. Wenn Ihr Euch aber einbildet, dass ich meine Frau deshalb umgebracht habe, seid Ihr im Irrtum. Merkt Euch,

Drecksnutte, die Ihr seid: Ich brauche keinen Grund, um eine Frau zu töten. – Vor allem, wenn es eine Kuh ist wie Ihr, die ich, wäre es meine Frau, unter allen Umständen daran hindern würde, zu kalben." – Constance und Adélaïde fingen an zu weinen. In diesem Zwischenfall zeigte sich der geheime Hass des Präsidenten gegen die entzückende Gattin des Herzogs, der ihr jedoch keinen Schutz gegen diese Drohungen gab. Ja, er selbst erklärte, dass auch er keine Nachkommenschaft liebe, und wenn Constance schwanger sei, so sei es doch noch nicht ausgemacht, dass er sie auch tatsächlich werfen lassen werde. Als Constance das hörte, flossen ihre Tränen noch stärker. Sie befand sich auf dem Lager Durcets. Ihr Vater tröstete sie aber keineswegs, sondern fuhr sie an, er werde sie, wenn sie nicht gleich still sei und mit ihrem Geplärre aufhöre, mit einem Arschtritt vor die Tür setzen.

Die Unglückliche verstummte vor dieser Drohung, und ihre bitteren Tränen fielen nur noch still auf ihr wundes Herz. Dann sagte sie: „Ach, mein Gott, ich bin sehr unglücklich; aber da dies mein Schicksal ist, muss ich es ertragen!" Adélaïde lag beim Herzog, der sie nach Kräften quälte, um ihre Tränen fließen zu machen, aber auch sie verstummte nun. Für die Wüstlinge jedoch war diese tragische Szene ein erheiternder Vorgang gewesen, nach dessen Beendigung die Duclos fortfuhr:

‚Bei der Guérin gab es ein merkwürdig konstruiertes Zimmer, das nur von einem bestimmten Freier benutzt wurde. In dieses Gemach war eine Decke eingezogen, sodass sich darunter ein zweiter, aber sehr niedriger Raum befand, in dem man sich nur liegend aufhalten konnte. Man erreichte ihn durch eine Falltür. Das diente der seltsamen Passion dieses Wüstlings, der mich erwählt hatte. Er schloss sich mit einem Mädchen in dem unteren Raum ein und platzierte sich so, dass sein Kopf sich direkt unter einem Loch der Zwischendecke befand, das wie aus Nachlässigkeit offen war. Das Mädchen hatte nichts zu tun, als ihn zu wichsen, während ich mich mit einem anderen Mann im oberen Raum aufhielt und diesem dasselbe machen musste. Ich hatte darauf bedacht zu sein, so zu tun, als ob ich es aus Reinlichkeit täte, dafür zu sorgen, dass alle Ergüsse genau durch die Bodenöffnung gingen und dadurch auf das Gesicht des darunter liegenden Mannes geschleudert wurden. Die Konstruktion war so genau eingerichtet, dass das Experiment glücken musste. In dem Moment, wo der Freier die Ficksahne des oben Wichsenden auf die Nase bekam, spritzte auch er und war zufrieden. – Eines Tages erschien die Alte, von der ich schon sprach, mit einem anderen Begleiter. Es war ein Mann von etwa vierzig Jahren. Sie entkleidete sich vor ihm, und er leckte alle Leibesöffnungen des alten Kadavers aus: Arschloch, Fotze, Maul, Nasenlöcher, Ohren, Achselhöhlen. Nichts wurde übergangen, und die Sau verschluckte alles, was es fand. Doch das genügte ihm noch nicht. Er stopfte ihr Backwerk in den Mund und ließ es sich zerkaut wiedergeben, er ließ sie Wein ins Maul nehmen, ihn darin behalten, damit gurgeln, und dann trank er das Zeug. Während dieser Prozedur war sein Riemen ganz steif und schien abspritzbereit, aber er entludt erst wie ein Wilder, als er sich auf die Alte gestürzt hatte und seine Zunge tief in ihr Arschloch bohrte.'

„Ah, bei Gott", sagte Curval, „wozu muss eine jung und schön sein, um den Ficksaft spritzen zu machen? Das ist wieder ein Beweis dafür, dass man schneller zum Orgasmus kommt, wenn die Manier recht schmutzig ist, und je dreckiger, umso größer ist die Wollust." – „Der Gegenstand, der uns zur Geilheit dient", sagte Durcet, „hat gewisse Ausstrahlungen, bestimmte flüchtige Salze, die unsere Lebensgeister reizen und anregen. Wer kann bezweifeln, dass alles, was alt, schmutzig oder stinkend daherkommt, eine größere Menge solcher Ausstrahlungskräfte besitzt und darum geeigneter ist, uns aufzugeilen und abspritzen zu lassen?"

Man unterhielt sich über diese Theorie eine Zeitlang, und weil noch viel zu tun war, ließ man das Souper etwas früher servieren. Beim Nachtisch begaben sich die zur Bestrafung bestimmten Mädchen in den Salon, in dem sie gezüchtigt werden sollten. Die vier ebenfalls verurteilten Knaben gingen mit ihnen, desgleichen die beiden Gattinnen, sodass insgesamt vierzehn Opfer der Vollziehung harrten: nämlich Adélaïde und Aline, die acht Mädchen, deren Namen der Leser bereits kennt, ferner Narcisse, Cupidon, Zélamir und Giton. – Waren die vier Freunde schon in Erwartung der ihnen bevorstehenden Wonnen trunken, so vollendeten sie diesen Rausch durch reiche Mengen von Wein und Likören. Als die Gefährten die Tafel verließen, um in den Salon zu gehen, waren sie in einem solchen Stadium der Besoffenheit, Wut und Geilheit, dass man die armen Verurteilten nur bedauern konnte. Niemand auf der ganzen weiten Welt hätte den Platz mit diesen unglücklichen Missetätern tauschen wollen!

An diesem Abend sollten nur die Schuldigen sowie die vier Anstandsdamen am Orgiendienst teilnehmen. Alles war nackt. Alle zitterten und weinten in Erwartung ihres Schicksals. Der Präsident ließ sich in einen Fauteuil sinken und beauftragte den Bankster, die Namen und die Vergehen jedes Delinquenten zu verlesen. Durcets Gesicht war zornig, er nahm das Heft und wollte vortragen, aber die Buchstaben tanzten vor seinen Augen, und er konnte nicht zum Ende kommen, denn er war genauso blau wie seine Genossen. Der Bischof, ebenfalls knülle, aber nicht ganz so sehr wie der Bankster, rettete ihn. Er las statt seiner mit lauter Stimme die Namen und die Verfehlungen der Schuldigen vor. Der Präsident bestimmte jedem die Züchtigung, die seinem Alter und seinen Kräften entsprach, die aber immer sehr hart war. Die Anordnung des Textes verbietet es zu unserem Bedauern, die ausgesuchte Verworfenheit der Strafen an dieser Stelle zu beschreiben, aber man zürne uns deshalb nicht, sondern begreife die Unmöglichkeit, die Neugier des Lesers jetzt schon zu befriedigen. Wir werden ihm jedoch später nichts davon vorenthalten.

Die Zeremonie dauerte sehr lange. Vierzehn Personen waren zu maßregeln, und man ersann allerhand pikante Episoden. Alles war so köstlich, dass unsere vier Verbrecher entluden und, als sie sich zurückzogen, so erschöpft waren, dass sie ohne die Unterstützung der sie abholenden Ficker nicht in ihre Zimmer gekommen wären. Aber trotz allem, was sie hinter sich hatten, setzten sie hier ihre Sauereien fort. Der Herzog hatte diese Nacht Adélaïde bei sich. Aber er verschmähte sie, denn sie war unter den Bestraften gewesen und dabei von ihm selbst so ausgiebig misshandelt worden, dass er ihr zu Ehren seine Schwanz-Rotze verloren hatte. Darum hatte er an diesem Abend kein Verlangen mehr nach ihr, und sie musste jetzt neben seinem Lager auf einer Matratze am Boden schlafen, während ihren Platz im Bett die Duclos einnahm, die mehr denn je in seiner Gunst stand.

ACHTER TAG

Die mahnenden Beispiele des Vortags bewirkten, dass man an diesem Morgen niemanden schuldig befinden konnte. Der Frühunterricht wurde wieder an den Fickern fortgesetzt, und bis zum Kaffee ereignete sich nichts Bemerkenswertes. Er wurde von Augustine, Zelmire, Narcisse und Zéphire serviert. Man fing dann mit dem Schenkelficken an. Dabei nahm Curval

Zelmire, der Herzog Augustine. Nachdem sie die hübschen Arschbacken, die heute ihrem Reiz und ihrer Anmut einen bisher noch nicht bemerkten, zarten Rosenschimmer zugesellten, bewundernd liebkost hatten, verlangten sie Fürze. Der Bischof hatte von Narcisse schon welche erhalten, man hörte auch jene, welche Zéphire in Durcets Mund streichen ließ. Warum ihnen nicht nacheifern? Bei Zelmire ging's, aber Augustine strengte sich aus Leibeskräften vergeblich an. Sie drückte, kämpfte und presste, doch nichts geschah. Der Herzog drohte ihr mit einem weiteren Martyrium am nächsten Samstag und mit Strafen, die ebenso schlimm wie am Vortag sein würden. Aber es half nichts!

Die arme Kleine weinte schon, als endlich ein kleines Fürzchen den Herzog befriedigte. Er atmete es ein, erfreut über die Gelehrigkeit dieses Kindes, dem er seine besondere Gunst schenkte. Kaum hatte er jetzt sein enormes Werkzeug zwischen die Schenkel des Mädchens geschoben, als er auch schon entludt und die Hinterbäckchen benässte. Curval hatte mit Zelmire dasselbe gemacht, während der Bischof und Durcet sich mit dem begnügten, was man auch „Gänseklein" nennt[80]. Nach der Siesta ging man in den Salon. Hier erschien die Duclos, die mit großer Kunst alle Spuren des Alters beseitigt hatte, im Kerzenschein in solcher Schönheit, dass unsere Wüstlinge es nicht über sich brachten, sie ihre Erzählung fortsetzen zu lassen, bevor sie nicht vom Thron herab der Versammlung ihren Arsch gezeigt hatte. „Sie hat wirklich einen schönen Arsch, bei meiner Seele!", rief Curval. – „In der Tat", sagte Durcet, „ich habe wenige gesehen, die besser sind." Nach diesen Lobsprüchen ließ die Erzählerin ihre Röcke sinken und fuhr mit ihrer Erzählung fort:

‚Meine Herren, eine Reflexion und ein Ereignis bildeten die Ursache, dass das, was ich Ihnen nun berichten werde, sich auf einem anderen Schauplatz vollzog als dem bisherigen. Die Reflexion war sehr einfach: Ich verdankte sie dem unseligen Zustand meiner Börse, in der sich trotz meines neunjährigen Dienstes bei Madame Guérin und trotz meiner geringen Ausgaben nur hundert Louisdor vorfanden. Diese Frau war äußerst geschickt, für ihre Interessen zu arbeiten und fand immer eine Möglichkeit, zwei Drittel der Einnahmen für sich zu behalten und auch von dem übrigen Drittel noch einen Teil in ihre Tasche

[80] Im Original „la petite oie" = Gänseklein oder Gänseküken: Eventuell umgangssprachlich für Oralverkehr.

fließen zu lassen. Diese Wirtschaft verdross mich, und da mich eine andere Miezenhändlerin, eine Madame Fournier, drängte, bei ihr zu wohnen, und ich wusste, dass sie eine Klientel von vornehmen und reichen älteren Wüstlingen besaß, entschloss ich mich, zu ihr überzusiedeln.

Diese Entscheidung bestärkte das erwähnte Ereignis, nämlich der Verlust meiner Schwester. Ich liebte sie und mochte nicht länger in einem Haus bleiben, in dem alles mich an sie erinnerte. Vor sechs Monaten war meine liebe Schwester von einem großen, schweigsamen und dunkelhaarigen Mann besucht worden, dessen Züge mir unsympathisch gewesen waren. Was sie gemacht hatten, wollte sie mir nie sagen, und ich hatte auch nie Gelegenheit, sie zu beobachten. Eines schönen Morgens kam meine Schwester in mein Zimmer, umarmte mich und sagte, dass sie ihr Glück gemacht habe. Jener Herr, den ich nicht leiden konnte, werde sie aushalten, und dieses Glück verdanke sie der Schönheit ihres Arsches. Sie gab mir ihre Adresse, rechnete mit der Guérin ab, umarmte uns alle und ging. Nach zwei Tagen wollte ich sie unter der genannten Anschrift besuchen. Dort aber kannte man sie nicht. Ich begegnete lediglich Schulterzucken und gleichgültigen Gesichtern, und so merkte ich, dass meine Schwester betrogen worden war. Ich konnte mir nicht denken, dass sie mir absichtlich eine falsche Adresse angegeben hatte. Als ich der Guérin davon erzählte, kroch ein boshaftes Lächeln über ihr Gesicht, und sie wich jeder Erklärung aus. Ich entnahm daraus, dass ein Geheimnis hinter der Sache steckte, das mir verborgen bleiben sollte. Das erschütterte mich, und ich nahm daher Abschied. Da ich nun nicht mehr von meiner Schwester zu sprechen Gelegenheit habe, will ich Ihnen noch verraten, dass alle meine Nachforschungen vergebens blieben und dass ich heute noch nicht weiß, was aus ihr geworden ist.'

„Das will ich gerne glauben“, sagte da die Desgranges, „denn schon vierundzwanzig Stunden nach Eurer Trennung lebte sie nicht mehr. Sie täuschte dich nicht, sie wurde selbst hereingelegt, und die Guérin wusste sehr gut, um was es sich handelte.“ – „Gütiger Himmel, was sagt Ihr da?“, rief die Duclos. „Obschon ich sie nicht wiedersah, glaubte ich sie doch noch am Leben.“ – „Zu Unrecht!“, fing die Desgranges wieder an. „Sie hat Euch nicht belogen. Es war die überwältigende Schönheit ihres Arsches, die hervorragenden Eigenschaften ihrer Hinterbacken, der sie das Abenteuer verdankte, das ihr ein Vermögen versprach und doch nur den Tod einbrachte.“ – „Und der große, schweigsame Mann?" – „War nur der Vermittler in diesem Handel, der nicht auf eigene Rechnung arbeitete." – „Aber", sagte die Duclos, „er kam doch sechs Monate lang zu ihr!" – „Um sie besser zu täuschen", antwortete die Desgranges. „Aber fahre fort zu erzählen, denn die Aufklärung des Falles könnte die Herren langweilen, und diese Sache fällt in meinen Aufgabenbereich. Ich werde sie zur richtigen Zeit vortragen." – „Keine Gefühlsduseleien!", sagte der Herzog trocken zur Duclos, die nur mühevoll ihre Tränen zurückhielt. „Wir kennen kein Mitleid! Selbst wenn alle Werke der Natur zur Hölle geschickt würden, brächten wir dafür noch nicht einmal einen Seufzer auf. Lassen Sie Dummköpfe und Kinder ihre Tränen vergießen, aber nie mögen sie die Wangen einer Frau beschmutzen, deren Vernunft und scharfen Verstand wir schätzen." Bei diesen Worten fasste sich unsere Heldin und nahm ihre Erzählung wieder auf:

‚Ich nannte Ihnen die zwei Gründe, die meinen Abschied veranlassten. Da mir die Fournier eine bessere Unterkunft, einen üppiger bestellten Tisch, höher bezahlte (aber schwierigere) Partien und dabei den gleichen Anteil ohne jeden Abzug anbot, so entschloss ich mich auf der Stelle für sie. Sie bewohnte ein ganzes Haus, und fünf junge, hübsche Mädchen bildeten ihren Harem, zu dem ich als sechste kam. Ich werde Ihnen wie im Falle Guérin meine Genossinnen nur soweit schildern, als sie in meiner Erzählung eine Rolle spielen. Schon am nächsten Tag bekam ich Beschäftigung, denn bei der Fournier blühte das Geschäft, sodass jede von uns oft fünf- bis sechsmal täglich drankam. Aber ich werde Ihnen nur das erzählen, was wegen seiner Absonderlichkeit Ihre Aufmerksamkeit erwarten darf.

Der erste Mann, den ich in meiner neuen Tätigkeit kennenlernte, war ein Rentenauszahler von etwa fünfzig Jahren. Er ließ mich vor dem Bett niederknien, wobei mein Kinn auf dessen Rand lag. Dann kauerte er sich selbst auf das Bett und fing an zu wichsen, und ich musste mit meinem weitoffenen Mund seinen Schwanz-Schleim auffangen. Der Schweinekerl amüsierte sich riesig, als ich nicht einen Tropfen davon verpasste und meine Grimassen den Brechreiz anzeigten, den er mir verursachte. Nach der Schilderung dieser widerwärtigen Gurgelei möchte ich Ihnen direkt jene vier Erlebnisse der gleichen Art erzählen, die ich im Hause der Fournier hatte. Diese Erzählungen werden Herrn Durcet nicht missfallen. Er wird es mir am Schluss dieses

Abends danken, wenn ich ihn mit einer Ausschweifung unterhalte, die er liebt und die mir die Ehre verschaffte, ihn kennenzulernen.'

„Was", rief Durcet. „Du lässt mich in deiner Geschichte eine Rolle spielen?" – „Wenn Sie erlauben, Euer Gnaden", antwortete die Duclos, „und ich werde die Herren darauf aufmerksam machen, wenn ich an diese Stelle komme." – „Und mein Schamgefühl? Wie? Vor den unschuldigen Ohren dieser jungen Damen willst du meine Schweinereien auskramen?" Alles lachte noch über die scherzhaft geheuchelte Besorgnis des Banksters, als die Duclos schon begann:

‚Eine zweite Vorstellung von dieser Art gab mir ein noch älterer und ekelhafterer Stecher, der mich ganz nackt auf ein Bett legte und sich dann verkehrt herum auf mich warf. Ich nahm seinen Schwanz in den Mund, er bohrte seine Zunge in meine Möse und befahl mir, ihn in derselben wollüstigen Weise zu behandeln, wie er es mir zu tun versprach. Ich tat es, so gut ich konnte, und er schlabberte und arbeitete, aber gewiss mehr zu seinem als zu meinem Vergnügen, denn ich empfand nichts dabei und war nur froh, dass es mich nicht allzu sehr anekelte. Der Wüstling spritzte, ein Vorgang, den ich nach vorheriger Anweisung durch die Fournier möglichst wollüstig gestaltete. Ich presste meine Lippen zusammen, schlürfte den Saft, den er in meinen Mund hervorschoss, und kitzelte ihn währenddessen mit dem Finger an seinem Arschloch, was ihn besonders erregte, sodass er es bei mir in derselben Weise tat.

Beim Abschied versicherte er der Fournier, dass ihn noch kein Mädchen besser bedient habe als ich. – Kurz nach diesem Abenteuer kam eine alte Hexe zu uns, die mehr als siebzig Jahre zählte. Es hieß, sie werde für eine Partie gebraucht, und ich war sehr neugierig, wozu diese alte Schabracke dienen sollte. Ich erkundigte mich bei meinen Kameradinnen, ob es hier nicht auch ein Gucklochzimmer gebe wie im Hause der Guérin, und eine von ihnen führte mich dahin. Es war Platz für zwei, und wir blieben beide dort, wo wir alles sehen und hören konnten, denn wir waren nur durch eine Spanische Wand vom Nebenraum getrennt. Die Alte kam zuerst herein und richtete sich her, als ob ihre Reize noch erfolgreich sein könnten. Ein paar Minuten später kam der

Daphnis dieser neuen Chloë[81]. Er war ein Steuerbevollmächtigter von mindestens sechzig Jahren, der sein Geld lieber für den Auswurf der Gosse, für alten Müll wie diesen hingab als für hübsche Mädchen, weil sein Geschmack in einer Weise entartet war, für die Sie, meine Herren, so viel Verständnis hegen und deren Ursprung Sie kennen.

Mit einer tiefen Verbeugung empfangen, näherte er sich seiner Dame. „Keine Umstände, altes Hurenstück!", sagte der Schweinekerl. „Zieh dich aus, aber zeig mir erst, ob du noch Zähne hast!" – „Nein, ich habe keinen einzigen mehr, mein Herr!", sagte die Alte und sperrte ihren scheußlichen Mund auf. „Sehen Sie selbst, Euer Gnaden!" – Seine Gnaden ergriff ihren Kopf und drückte ihr einen der glühendstenen Küsse auf die Lippen, den ich jemals sah. Er küsste nicht nur, er saugte und verschlang und steckte verliebt seine Zunge tief in ihren stinkenden Gaumen, und das liebe alte Großmütterchen, das so etwas schon lange nicht mehr erlebt hatte, erwiderte sein Schnäbeln mit einer Zärtlichkeit, die man nicht beschreiben kann. „Sehr gut! So ist's recht", sagte der Freier. „Zieh dich aus!"

Unterdessen ließ er selbst die Hosen herunter und zeigte einen verrunzelten, schwarzen Riemen, der nichts mehr versprach. Die nackte Alte bot ihrem Anbeter auf unverschämte Weise ihren greisen, vergilbten, verdorrten, krummen und abgezehrten Körper dar, dessen Beschreibung selbst Ihnen mit Ihrem Hang für alles Abscheuliche doch nur Widerwillen einflössen würde. Unser Wüstling aber ekelte sich nicht, er war sogar begeistert. Er zog sie an sich und schob ihr noch einmal seine Zunge in den Mund, während sie ihre letzten Kleider abstreifte. Dann drehte er sie um und widmete auch der Kehrseite seine Aufmerksamkeiten. Ich sah ihn die Hinterbacken tätscheln, Arschbacken, die nur noch zwei schlaffe Lumpen waren, die von den Hüften herabzottelten! Trotzdem presste er seine Lippen wollüstig auf diese infame Kloake und drang mit der Zunge ein, während die Alte sich bemühte, seinen weichen, kränklichen Schwanz steifzukriegen. „Kommen wir jetzt zur Sache selbst", sagte der Galan. „Ohne meine Lieblingsepisode fruchten deine Versuche nicht. Weißt du Bescheid?" – „Ja, mein Herr!" – „Und du bist

[81] Daphnis und Chloë sind die Hauptpersonen eines gleichnamigen Liebesromans der griechischen Antike.

unterrichtet, dass du es schlucken musst?" – „Ja, mein Schätzchen, mein kleiner Puter, mein Liebling. Ich werde alles verschlucken, was mein Küken mir gibt."

Er legte sie aufs Bett und drückte ihr seinen schlaffen Fickprügel bis zu den Eiern ins Maul, nahm dann die Beine seiner Freudenspenderin auf die Schultern, sodass sein Mund sich zwischen ihren Arschbacken befand. Er bohrte seine Zunge in das wunderbare Kackloch und saugte mit mehr Eifer als die Biene, wenn sie Honig sucht. Während der Mann arbeitete, blies ihn die Alte. „Ah, verdammter Saft!", schrie er nach einer Viertelstunde. „So lutsch doch, lutsch doch, du dreckige Arschfickerin! Schluck, schluck, es spritzt, bei Jesus' süßem Antlitz, es spritzt, spürst du es nicht?!" Gierig küsste er noch einmal alles, was ihm erreichbar war: Schenkel, Fotze, Arschbacken, Kackloch, alles wurde geschleckt, an allem gesaugt. Die Alte schluckte hinab, und der arme Besiegte zog so schlapp von dannen, wie er gekommen war. Er hatte anscheinend ohne Erektion entladen und verdrückte sich jetzt verwirrt und beschämt, um in seiner Ernüchterung nicht den scheusäligen Gegenstand seiner Lust anschauen zu müssen.'

„Und die Alte?", fragte der Herzog. – ‚Die alte Nutte hustete, spuckte aus, schneuzte sich, kleidete sich an und verschwand in aller Eile. – Nach ein paar Tagen kam jene Kameradin an die Reihe, die mit mir durch das Guckloch geschaut hatte. Es war eine Blondine von etwa sechzehn Jahren, mit höchst interessantem Gesicht. Ich versäumte nicht, zuzuschauen. Der Mann, mit dem sie zusammen war, schien mindestens ebenso alt zu sein wie der Rentenauszahler. Er befahl ihr, sich zwischen seinen Beinen niederzuknien und hielt ihren Kopf an beiden Ohren fest. Nun drückte er ihr einen Schwanz in den überraschten Mund, der schmuddelig wie ein Wischlappen aus einer Kloake war, und den man sich nicht ekelhafter und versauter vorstellen kann. Meine arme Gefährtin zuckte zurück, als dieser widerwärtige Gossen-Fleischprügel ihre reinen und gesunden Lippen berührte. Aber es half ihr nichts, denn der Kerl hielt sie wie einen Hund an den Ohren fest. „Was zum Teufel soll das!", schrie er sie an. „Willst du kompliziert werden?" Und er drohte ihr mit der Fournier, die ihr ohne Zweifel absoluten Gehorsam befohlen hatte. So überwand er ihren Widerstand. Sie öffnete ihre Lippen, wobei sie schluchzte, und musste dann dulden, dass diese infame Reliquie in das hübscheste aller Mündchen eindrang. Von diesem Augenblick an traktierte der Untäter sie mit den rohesten Worten. „Nutte!", rief er voll Wut. „Mach nicht so viele

Umstände, wenn ich dir den schönsten Schwanz Frankreichs zu lutschen gebe. Denkst du, ich werde mich deinetwegen extra waschen? Vorwärts, Sauschlampe, schleck die Zuckerstange!“ Ich sah, wie ihn die Wirkung seiner Grobheiten und der Widerwille des Mädchens erfreuten, denn es ist in der Tat so, meine Herren, dass die Abscheu, welche Ihr verursacht, ein Ansporn für Eure Geilheit ist. So geriet der Wüstling in Ekstase und verspritzte die unzweideutigen Beweise seiner Männlichkeit in den Mund dieses armen Mädchens, das aber, weniger bereitwillig als die Alte, nichts davon verschluckte, sondern angewidert alles auskotzte, was sie im Magen hatte. Grinsend über die Folgen seiner Ausschweifung brachte der Wüstling sich in Ordnung und ging, ohne das Mädchen weiter zu beachten. – Nun kam wieder einmal die Reihe an mich, wobei ich aber glücklicher war als meine beiden Vorgängerinnen, denn ich hatte es mit Amor selbst zu tun. Nachdem ich ihn befriedigt hatte, blieb mir nur das Staunen darüber, bei einem so jungen und wohlgebildeten Mann eine so wunderliche Laune vorzufinden:

Er kommt herein, befiehlt mir, mich ausziehen und streckt sich auf meinem Bett aus, während ich mich über sein Gesicht kauern und versuchen soll, seinen sehr mittelmäßigen Schwanz mit meinem Mund zur Entladung zu bringen. Er befiehlt mir, den Saft zu schlucken, sobald ich ihn rinnen fühle. „Aber sei nicht müßig während dieser Zeit“, fügt er hinzu. „Deine Fotze soll meinen Mund mit Pisse begießen. Ich will alles so schön schlucken wie du das meine. Und dabei soll mir dein hübscher Arsch in die Nase furzen.“ Ich gebe mir größte Mühe, meine drei Verrichtungen gut auszuführen, und ich fühle, wie die kleine Sardelle des Lüstlings bald ihre ganze Wärme in meinen Mund ergießt. Gleichzeitig überschwemmt ihn meine Goldene Dusche, und er atmet den Duft der Fürze ein, mit denen ich ihn ununterbrochen parfümiere.’

„Aber“, sagte Durcet, „Sie hätten es sich doch schenken können, meine Jugendtorheiten zu enthüllen.“ – „Ah!“, rief der Herzog unter herzhaftem Gelächter. „Du, der du heute keine Fotze mehr sehen kannst, du hast damals pissen lassen?“ – „Ja, so ist es“, antwortete Durcet. „Ich erröte darüber! Es ist entsetzlich, sich solche Schweinereien vorwerfen zu müssen, und ich fühle alle Gewissensqualen deswegen.“ Er hatte Sophie an sich gezogen, um ihren Arsch küssen zu können und rief nun begeistert aus: „Oh, köstliche Hinterteile, ich werfe mir jeden Weihrauch vor, den ich nicht Euch dargebracht habe! Oh, ihr herrlichen Ärsche, ich gelobe Euch ein Sühneopfer, ich schwöre vor Euren Altären, mich niemals wieder zu verirren!"

Und da der schöne Hintern ihn scharf gemacht hatte, ließ er Sophie eine Stellung einnehmen, die zwar indezent war, aber ihm erlaubte, seine kleine Sardelle gelutscht zu kriegen und dabei das frischeste und wollüstigste aller Arschlöcher mit der Zunge zu kosen. Aber seine Gefühlskälte ließ ihn auch in diesem Vergnügen die Kraft nicht wiedergewinnen, er fand es nur selten belebend. Man konnte ihn lecken, so viel man wollte, er konnte es ebenfalls tun, bis ihm die Lippen aufplatzten, aber es war immer dasselbe: Er zog sich so schlapp zurück wie zuvor, wobei er dann gegen Weiber im allgemeinen fluchte und wetterte. Andere waren minder unglücklich. Der Herzog hatte sich mit Colombe, Zélamir, Arschbrecher und Thérèse in sein Kabinett zurückgezogen, aus dem ein Geheul sein Glück verkündete, und da Colombe beim Herauskommen mehrmals ausspie, konnte man sich denken, in welchem Tempel geopfert worden war. Der Bischof lag auf dem Sofa, die Arschbacken Adélaïdes über seiner Nase, sein Schwanz in ihrem Schlund, und sich daran erregend, die junge Frau furzen zu lassen. Curval stand vor Hébé und steckte ihr seinen gewaltigen Stöpsel in den Mund, bis er sie vollspritzte, um dann zu weiteren Kunststücken überzugehen.

Beim Souper stellte der Herzog die These auf, das Glück bestehe darin, alle Launen der Sinne vollkommen zu befriedigen, und dass daher niemand glücklicher sei als die vier Gefährten hier. – „Das ist nicht das Wort eines Libertins!", rief Durcet. „Wie könnte es Euch glücklich machen, in jedem Augenblick befriedigt zu werden? Das Glück liegt nicht im Genuss, sondern in der Begierde, es liegt im Zerbrechen der Schranken, die diesen Trieben gesetzt sind. Gibt es das etwa hier? – Hier finde ich doch alles! Ich brauche nur etwas zu wünschen, und schon habe ich es. Ich will gestehen: Seit ich hier bin, habe ich nicht einmal meinen Saft verspritzt wegen der Objekte, die anwesend sind, sondern immer nur wegen derjenigen, die sich nicht vor Ort befinden", erklärte der Bankster. „Nach meiner Meinung fehlt uns hier übrigens etwas, was für das Glück sehr wesentlich ist: Ich meine die Lust des Vergleichs, ein Vergnügen, das nur im Anblick des Unglücks zu finden ist, von dem wir hier aber fern sind. Nur wenn ich jemanden sehe, der nichts von dem genießt, was ich habe, und der dadurch leidet, kann ich mir sagen: ‚Ich bin glücklicher als der da!' Wo die Menschen gleich sind, wo es keine Unterschiede gibt, da wird auch das Glück für immer verbannt sein. Ihr kennt doch die Geschichte von jenem Mann, der den Wert der Gesundheit erst erkennt, als er krank geworden ist." „Ihr würdet also", sagte der Bischof, „nur dann einen wahren Genuss empfinden, wenn Ihr die Tränen derer sehen könntet, die vom Unglück heimgesucht worden sind?" – „Unbedingt", sagte Durcet, „und ich glaube, es gibt kein sinnlicheres Vergnügen auf der Welt als dieses." – „Und Ihr würdet ihnen nicht helfen?", fragte der Bischof Durcet, um ihn anzuspornen, über dieses willkommene Thema zu sprechen, von dem er wusste, dass der Bankster es so ausgezeichnet beherrschte. „Was redet Ihr da von Hilfe?", sagte Durcet. „Ich würde doch dadurch die Wollust zerstören, die ich aus dem köstlichen Vergleich ihres Zustandes mit dem meinen gewinne. Enthebe ich sie aus ihrem Elend und lasse sie einen Moment das Glück kosten, werden sie mir ähnlich, und meine Freude am Gegensatz ist dahin." – „Dann müsste man also", meinte der Herzog, „diese für das Glücksempfinden wesentliche Differenz noch vergrößern, das Unglück noch vertiefen." – „So ist es", antwortete der Bankster, „und daraus erklären sich die gemeinen Vorwürfe, die man mir zeitlebens gemacht hat. Leute, die meine Motive nicht kannten, nannten mich hart, wild und unmenschlich. Aber ich kümmerte mich nie um solche Schmähungen, ich verfolgte meinen Weg und beging – ich gestehe es – das, was die Dummköpfe Grausamkeiten nennen. Aber mir bereitete ich damit nur Freuden, ich zog die süßesten Vergleiche und war glücklich." – „Bekenne", sagte der Herzog, „bekenne, mein lieber Freund, dass du mehr als zwanzigmal Menschen unglücklich gemacht hast, nur um deine Perversität zu befriedigen." – „Mehr als zwanzigmal?", fragte Durcet, „Nein, mehr als hundertmal, mein Freund, ich kann ohne zu übertreiben behaupten, dass ich mehr als vierhundert Familien an den Bettelstab gebracht habe." – „Hast du wenigstens einen Nutzen davon gehabt?", fragte Curval. – „Fast immer; aber oft habe ich es auch nur aus reiner Bosheit getan, die in mir beinahe stets die Lust erweckt. Ich giere nach dem Bösen! Wenn ich Übles tue, wird mir der Schwanz hart und hüpft. Das Böse gibt mir einen so prickelnden Reiz, dass es mir alle Empfindungen der Geilheit verschafft. Ich tue es daher um seiner selbst willen."

„Bei meiner Seele! Ich verstehe nichts so gut wie das", sagte Curval. „Ich habe, als ich noch im Parlament war, Hunderte Male meine Stimme zum Verderben der Unglücklichen abgegeben und sie hängen lassen, Menschen, von denen ich doch wusste, dass sie unschuldig waren. Und niemals habe ich solche Ungerechtigkeiten begangen, ohne dabei gleichsam außerhalb meiner selbst einen geilen Kitzel zu verspüren, der die Wollustnerven in meinem Fickrohr entflammte. Danach mögt ihr beurteilen, was ich erst empfunden habe, wenn ich noch Schlimmeres beging!" – „Es ist sicher", sagte der Herzog, dessen Sinne sich erhitzten, während er Zéphire knutschte, „dass das Verbrechen reizvoll genug ist, um allein alle Sinne zu entzünden, ohne dass man noch andere Mittel zuhilfe nimmt. Niemand wird besser als ich begreifen, dass auch Untaten, die an und für sich nichts mit der Ausschweifung zu tun haben, doch den Schwanz so stehen machen können wie andere. Ich habe eine Latte gehabt beim Stehlen, Morden und Brandstiften, und ich bin überzeugt, dass es nicht das *Objekt* der Ausschweifung ist, das uns reizt, sondern *die Idee des Bösen.* Was uns mit Wollust erfüllt, ist einzig und allein das Üble an sich und nicht dieser oder jener Gegenstand der Orgie. Hätten wir nicht die Macht, diesem Objekt Schlimmes zuzufügen, so würde es uns überhaupt nicht geil machen, und unser Schwanz würde erschlaffen!"

„Nichts ist so richtig wie das", sagte der Bischof, „und daraus ergibt sich die Gewissheit, dass wir an der größten Infamie das innigste Vergnügen finden. Es sollte unsere Lehre sein, von der wir niemals abweichen: Je überwältigender die Lust sein soll, die wir im Verbrechen finden wollen, umso schrecklicher muss diese Untat auch sein! Was mich anbetrifft, meine Herren, wenn ich von mir persönlich sprechen darf, so muss ich gestehen, dass ich jene erwähnte Empfindung bei kleinen Delikten schon gar nicht mehr spüre. Ich finde sie nur noch in den schwärzesten und grauenhaftesten Vergehen und Schändlichkeiten, die ich begehen kann." – „Gut", sagte Durcet, „gibt es aber überhaupt Verbrechen solcher Art? Ich muss sagen, dass meine Phantasie meine Mittel zu ihrer Verwirklichung immer überflügelt hat. Ich habe tausendmal Schlimmeres erdacht, als ich ausführen konnte, und ich muss mich über die Natur beklagen, die mir die Begierde verlieh, alle Untaten zu übertreffen, und die mir doch die Mittel dazu versagte." – „Wahrhaftig", sagte Curval, „es gibt nur zwei oder drei wirkliche Verbrechen auf der Welt. Sind diese vollbracht, so ist alles getan. Alle anderen sind minderwertig, denn man empfindet nichts dabei. Wie oft, Gottverflucht!, habe ich mir doch gewünscht, dass ich die Sonne ergreifen könnte, um sie dem Universum zu rauben, um alles in Finsternis zu hüllen! Oder sie packen, um mit ihr die ganze Welt zu verbrennen! Das wäre noch eine Tat! Was sind dagegen die kleinen Verirrungen, denen wir uns hingeben und die sich darauf beschränken, im Zeitraum eines Jahres ein Dutzend lebendige Kreaturen in Lehmklumpen zu verwandeln!"

Zwei oder drei der Mädchen hatten schon die Hitze unserer Wüstlinge empfindlich zu spüren bekommen. Man verließ die Tafel, um in die reizenden Mündchen jenen Saft entfluten zu lassen, dessen Drängen und Jucken ihre Gedanken auf diese schrecklichen Wege geführt hatte. An diesem Abend beschränkte man sich darauf, den Mund als Lustspender zu betrachten, aber man erfand hundert Arten, um dieses Liebeskunststück zu variieren. Nachdem man sich vollkommen befriedigt hatte, widmete man sich einige Stunden der Ruhe, um für den neuen Tag die nötigen Kräfte zu sammeln.

NEUNTER TAG

An diesem Morgen erklärte die Duclos, sie halte es für ratsam, den Mädchen für ihre Unterrichtsstunde entweder andere Lehrgegenstände als die Ficker zur Verfügung zu stellen oder gar die Lektionen ganz einzustellen, da sie die Zöglinge bereits für hinreichend geübt halte. Klug und überzeugend setzte sie auseinander, dass zwischen den jungen Leuten leicht unstatthafte Beziehungen sich anbahnen könnten, was man vermeiden solle. Außerdem halte sie die jugendlichen Subjekte für ungeeignet, weil sie immer sofort entlüden, sobald man sie nur berührte. Ihre Ungebärdigkeit und Unkeuschheit könnten sicherlich besser genutzt werden, und die Ärsche der Herren, die einen Anspruch auf deren Kraft hatten, würden um manchen Genuss gebracht, wenn der Unterricht fortgeführt würde. Man entschloss sich daher, die Lektionen abzubrechen, zumal einige Mädchen schon vollkommen ausgebildet waren.

Augustine, Colombe und Sophie hätten es an Kunstfertigkeit und Leichtigkeit der Hand mit den berühmtesten Wichserinnen der Hauptstadt aufnehmen können. Zelmire war unter allen die am wenigsten geschickte, obschon sie sonst in allen Verrichtungen eifrig und beflissen war. Ihr sanfter und melancholischer Charakter war nicht imstande, sie ihren Kummer vergessen zu lassen. Immer sah man sie traurig und versonnen. Ihre Anstandsdame zeigte an diesem Morgen an, sie habe sie vor dem Schlafengehen knieend beim Gebet überrascht. Man rief sie herbei, befragte sie und verlangte zu wissen, was der Inhalt ihres Gebets gewesen war. Anfangs schwieg sie. Als man ihr aber drohte, gestand sie weinend, sie habe Gott gebeten, er möge sie aus der Gefahr befreien, in der sie sich befand, und vor allem ihre Jungfräulichkeit schützen.

Der Herzog erklärte ihr, dass sie damit ihr Leben verwirkt habe. Er zeigte ihr im Gesetzbuch den Artikel über diesen Fall. „Nun denn“, sagte sie, „so töten Sie mich. Gott, den ich anrufe, wird Barmherzigkeit an mir üben. Töten Sie mich, bevor Sie mich entehren, und diese Seele, die Gott geweiht ist, wird unbefleckt zum Himmel steigen. Ich werde dann von der Qual erlöst sein, täglich so viele Schändlichkeiten zu sehen und zu hören.“

Eine Antwort, die soviel Tugend, Reinheit und Unschuld verriet, versetzte natürlich die Wüstlinge in die schlimmste Geilheit, und einige meinten, man solle sie ohne Weiteres entjungfern. Allein, der Herzog erinnerte an das unverletzliche Übereinkommen, das getroffen worden war, und er begnügte sich damit, Zelmire in Übereinstimmung mit den Genossen zu einer schweren Züchtigung zu verurteilen, die am kommenden Samstag vollzogen werden sollte. Außerdem sollte sie sofort den Schwanz jedes der Freunde eine Viertelstunde lang kniend ablutschen. Dann entließ man sie mit der Warnung, dass sie bei Rückfälligkeit dem Tode verfalle und nach der ganzen Strenge des Gesetzes abgeurteilt werden würde.

Die Arme büßte ihre erste Strafe sofort ab. Der Herzog, von dieser Zeremonie sehr erregt, kniff sie während der Viertelstunde in den Popo und spritzte dann boshaft seinen ganzen brodelnden Saft in ihren hübschen, kleinen Mund. Er schrie, er werde sie erwürgen, wenn sie auch nur einen Tropfen verliere, und die Unglückliche schluckte trotz ihres Widerwillens alles hinunter. Die drei anderen kamen auch der Reihe nach dran, sahnten aber nicht ab. Nachdem man die Knaben besucht und der Verrichtung in der Kapelle beigewohnt hatte (bei der aber nur wenig produziert wurde, weil kaum Bewilligungen erteilt waren), dinierte man und begab sich hernach zum Kaffee, der von Fanny, Sophie, Hyacinthe und Zélamir serviert wurde. Curval fickte Hyacinthe zwischen den Schenkeln und befahl Sophie, niederzuknien und die Spitze seines hervorstehenden Schwengels zwischen ihre Lippen zu nehmen. Die Szene war sehr wollüstig und unterhaltsam. Dabei wedelte Curval Hyacinthe einen von der Palme und ließ ihn auf die Nase des Mädchens spritzen. Infolge seines großen Riemens war der Herzog der Einzige, der diese Szene nachahmen konnte. Er nahm sich Zélamir und Fanny, aber der Knabe konnte noch nicht spritzen, wodurch der Herzog um ein vergnügliches Detail betrogen wurde, an dem Curval sich vorher erfreut hatte. Nachher bemächtigten sich

Durcet und der Bischof der vier Kinder und ließen sich gleichfalls von ihnen lutschen, entluden dabei aber nicht.

Nach einem kurzen Mittagsschläfchen begab man sich in den Salon, wo sich alles einfand und die Duclos ihren Bericht wieder aufnahm:

‚Bei jedem anderen Publikum, meine Herren', begann das liebenswürdige Mädchen, ‚müsste ich zögern, ein Gebiet zu berühren, wie ich es in dieser Woche meinen Erzählungen zugrunde gelegt habe. Doch bei Ihnen habe ich nicht zu befürchten, dass es zu schmutzig ist, denn ich kenne ja Ihren Geschmack. Ich bin sogar überzeugt, Ihnen angenehm zu sein, wenn ich jetzt zu den größten Sauereien übergehe. Ich weiß Ihre Ohren gewappnet. Ihre Herzen lieben derlei und wünschen es, ich kann also ohne Bedenken alle Einzelheiten vortragen.

Wir hatten einen alten Kunden bei Madame Fournier, den man aus einem mir unbekannten Grund den „Ritter" nannte. Er kam regelmäßig jeden Abend zu uns. Seine Passion war ebenso einfach wie seltsam: Er knöpfte seine Hose auf, und wir mussten uns in einer Reihe aufstellen und eine nach der anderen hineinscheißen. Dann verschloss er sein Beinkleid rasch wieder und ging mit der Gabe darin eilig fort. Während man ihm den Liebesdienst erwies, wichste er einen Augenblick, aber nie sah man ihn entladen, und keiner wusste, wohin er mit der Kacke in der Hose ging.'

„Oh, bei Jesus!", rief Curval, der bei allem, was er hörte, begierig war, es nachzumachen. „Ich will, dass man in meine Hosen scheißt. Und ich werde diesen Schatz den ganzen Abend lang darin behalten." Er rief Louison, dass sie ihm diesen Dienst erweise, und er gab der Versammlung das Schauspiel der eben vernommenen Passion. „Vorwärts! Fahrt fort!", rief er phlegmatisch der Duclos zu, als er sich wieder auf dem Sofa niederließ. „Höchstens die schöne Aline, meine charmante Lagergenossin, kann sich durch den Inhalt meiner Hose belästigt fühlen. Ich selbst fühle mich äußerst wohl dabei!" – Die Duclos erzählte:

‚Mich schickte man zu einem Wüstling, nachdem man mir vorher alles gesagt hatte, was ich tun müsse. Ich zog Knabenkleider an, die mir wunderbar standen, da ich erst zwanzig Jahre alt war, schönes Haar und ein hübsches

Gesicht hatte. Ehe ich fortging, machte ich das in die Hose, was der Herr Präsident jetzt darin hat. Mein Liebhaber erwartete mich im Bett. Ich näherte mich, er küsste mich zwei- oder dreimal sehr geil auf den Mund und erklärte mir, ich sei der reizendste Bursche, den er je erblickt habe. Während er mich in dieser Weise lobte, versuchte er, meine Hose aufzuknöpfen. Um seine Begierden zu entflammen, sträubte ich mich ein wenig.

Er zieht mich nun fester an sich, fleht mich an und bedrängt mich, und es gelingt ihm schließlich. Wie soll ich Ihnen nur die Ekstase beschreiben, die ihn überwältigt, als er das Paket in meiner Hose erblickt? Mit geilen Blicken stiert er auf die farbenfrohe Schmiererei, die das Päckchen auf meinen Arschbacken hinterlassen hat. „Was", ruft er aus, „du kleiner Hurenbock hast in die Hose geschissen? Wie kannst du nur solche Ferkeleien machen?" Schnell wie der Blitz presst er mich an sich, wobei ich ihm mit heruntergelassenen Hosen den Rücken zuwende. Er wichst und spritzt endlich seinen Saft auf meinen vollgeschissenen Arsch, wobei er seine Zunge in meinen Mund steckt.'

„Hat er Euch denn nicht getätschelt", fragte der Herzog, „hat er die Scheiße nicht angerührt?" – ‚Nein, Euer Gnaden', entgegnete die Duclos. ‚Ich erzähle Ihnen alles und verheimliche nichts. Haben Sie nur ein wenig Geduld, wir werden schon zu dem kommen, was Sie gerne hören möchten. – „Komm", sagte meine Genossin eines Tages, „sehen wir uns einen seltsamen Kerl an. Er braucht kein Mädchen, er amüsiert sich für sich allein." Wir gingen in das Zimmer mit dem Guckloch. Im Nebenraum stand der Kübel eines Nachtstuhls, den wir auf Anweisung seit vier Tagen gefüllt hatten. Es befanden sich mindestens zwölf große Portionen Scheiße darin. Der Mann kam, es war ein alter Unterpächter, der etwa siebzig Jahre zählte. Er schloss die Tür und ging auf den Bottich los, dessen Inhalt ihm schon entgegenduftete. Dann ergriff er ihn und setzte sich damit in einen Sessel. Eine Stunde lang untersuchte er leidenschaftlich den Schatz, als dessen Besitzer er sich fühlte. Er beschnüffelte die Scheiße, inhalierte ihren Duft, berührte und betastete sie, und er schien die verschiedenen Portionen ordnen zu wollen, um sie besser bewundern zu können. Endlich zog er in ekstatischem Zustand einen ekligen, schwarzen Schlappschwanz aus seinem Hosenschlitz und rubbelte ihn mit allen Kräften. Eine Hand wichste, die andere fuhr in den Topf und holte sich einzelne Brocken jener göttlichen Salbe heraus, die seine Begierden so heftig entflammte. Damit rieb er nun sein Werkzeug ein, das jedoch weiterhin schlaff blieb. Die

Natur ist manchmal so widerspenstig, dass selbst die erregendsten Ausschweifungen ihr kein Zeichen des Beifalls entlocken. Er arbeitete also vergebens, nichts erhob sich. Irgendwann sahnte er trotzdem mit Hilfe jener Hand ab, die in den Exkrementen gewühlt hatte. Er zitterte, lehnte sich zurück, schnupperte mit geblähten Nüstern, rubbelte seinen Schwanz und spritzte endlich in den Scheißhaufen, der ihn so begeistert hatte.

Ein anderer Herr speiste mit mir allein zur Nacht und verlangte, dass neben den zwölf Schüsseln mit Speisen zwölf andere mit Scheiße standen. Er beschnüffelte sie fortwährend und befahl mir nach dem Essen, ihn über jenen Kackwürsten abzuwichsen, die ihm besonders hübsch erschienen.

Ein junger Requêtenmeister bezahlte mich nach der Anzahl der Klistiere, die ich mir verabreichen ließ. Als wir unsere Klingen kreuzten, willigte ich zu sieben Darmspülungen ein, die er mir selbst in den Arsch hineintrieb. Den Einlauf musste ich mit aller Macht zurückhalten, dann auf eine Leiter steigen, unter der er sich aufstellte, und nun den ganzen Inhalt meiner Eingeweide auf seinen Schwanz loslassen, wobei er sich einen runterholte.'

An diesem Abend gab man sich in der Gesellschaft selbstverständlich Schweinereien hin, die in das Gebiet der zuvor gehörten Erzählungen fielen, zumal dies dem Geschmack der vier Freunde in höchstem Maße entsprach. Das traf natürlich am meisten auf Curval zu, aber auch die drei anderen standen ihm nicht sehr nach. Die dampfende Scheiße der acht Mädchen wurde zwischen den Schüsseln des Soupers auf die Tafel gestellt, und bei der Orgie belustigte man sich in der Hauptsache mit den Ausscheidungen der Knaben. Als dieser Tag endete, freute man sich sehr auf den nächsten, an dem man Weiteres über dieses hochinteressante Thema erfahren sollte.

ZEHNTER TAG

(Daran denken, am Anfang in der Beschreibung zurückhaltend zu sein und nur nach und nach das zu enthüllen, was hier geklärt wird.)

Nachdem wir in unserer Erzählung weiter fortschreiten, dürfen wir unseren Leser langsam über Dinge aufklären, die wir zu Anfang noch verheimlichen mussten. Wir sind jetzt soweit, dass wir uns darüber aussprechen können, welcher Art die Visiten in den Zimmern der Kinder waren und aus welchem Grund diese bestraft wurden, wenn sich ein Schuldiger fand, und welches die Vergnügungen in der Kapelle waren: Den Personen beiderlei Geschlechts war es verboten, ohne ausdrückliche, individuelle Genehmigung das Scheißhaus dort zu benutzen. Sie sollten ihre Entleerungen zurückhalten und denen liefern, die sie von ihnen verlangten. Man untersuchte bei der Visite, ob gegen diese Anordnung verstoßen worden sei, und der Aufsichtführende des Monats beurteilte die Nachttöpfe, um festzustellen, wer der Züchtigung zuzuführen war.

Dem einen oder anderen, der es sehr nötig hatte, gewährte man Erleichterung. Derjenige durfte vor dem Diner in die Kapelle gehen und die Einrichtung benutzen, die den Freunden die Möglichkeit bot, jedes Vergnügen zu genießen, das sie in der Befriedigung derartiger Bedürfnisse fanden. Alle Übrigen aber mussten ihre Last bei sich behalten, um sich ihrer nach Wunsch der Freunde auf eine diesen zusagende Weise zu entledigen. Später werden wir auf die Einzelheiten eingehen, mit denen man diese Art der Wollustgewinnung ausgestaltete.

Es gab aber noch ein zweites Motiv für eine Bestrafung: Es entsprach nicht dem Geschmack der Freunde, dass die Personen, mit denen sie sich abgaben, sich täglichen Reinigungen unterzogen. Curval war entschieden gegen das Waschen und der Gebrauch des Bidets, und wie er hielt es auch Durcet. Sie verständigten daher jeweils am Vortag die Aufseherinnen jener Personen, mit denen sie sich am folgenden Tag vergnügen wollten, und diese mussten dafür sorgen, dass die Betreffenden sich jeder Reinigung enthielten. Die beiden anderen Freunde waren auf Schmutzigkeit nicht so sehr versessen, aber sie hatten auch nichts dagegen. Wenn eine Person entgegen dem ausdrücklichen Befehl als rein befunden wurde, kam sie sofort auf die Strafliste.

An diesem Morgen war das bei Colombe und Hébé der Fall. Sie hatten bei der Orgie am Vorabend geschissen, und sie wussten, dass sie am nächsten Tag den Kaffee servieren sollten, wobei Curval sich mit ihnen amüsieren wollte. Er hatte sie benachrichtigt, dass er sie furzen lassen werde und ihnen befohlen, ihren Körper in dem Zustand zu lassen, in dem er sich beim Schlafengehen befand. Nun aber fand der überraschte Durcet bei der Visite, dass sie ihre

Arschlöcher gereinigt hatten. Sie entschuldigten sich damit, dass sie den Auftrag vergessen hätten, aber dennoch wurden sie aufgeschrieben. An diesem Morgen erhielt niemand die Erlaubnis, in die Kapelle zu gehen (der Leser wird gebeten, sich zu merken, was diese Aussage bedeutet, damit wir uns nicht wiederholen müssen), denn man wusste, dass man abends alles benötigen würde und darum sparsam sein müsse.

An diesem Tag wurden auch die nun überflüssig gewordenen Masturbationsübungen bei den Knaben eingestellt. Alle Jünglinge wichsten nun wie die geschicktesten Pariser Huren. Zéphire und Adonis hoben sich besonders durch ihre Geschicklichkeit und Leichtigkeit der Handgelenke hervor, und es gab wenige Schwänze, die nicht bis aufs Blut ejakuliert hätten, wenn sie von diesen schlanken und köstlichen kleinen Händen behandelt wurden.

Bis zum Kaffee ereignete sich nichts Neues. Giton, Adonis, Colombe und Hébé servierten. Sie waren durch Drogen präpariert worden, die Fürze erzeugten. Curval empfing nun ganze Wolken dieser Dünste. Der Herzog ließ sich von Giton lutschen, wobei der große Schwengel dem zierlichen Mund des Knaben ungeheure Schwierigkeiten bereitete. Durcet benutzte Hébé zu verschiedenen kleinen Sauereien, und der Bischof vögelte Colombe zwischen den Schenkeln. Beim Sechsuhrschlag begab man sich in den Salon, wo alles versammelt war, und die Duclos begann:

‚Wir bekamen bei Madame Fournier eine neue Genossin, die ich kurz beschreiben muss, weil sie bei der zunächst geschilderten Passion eine gewisse Rolle spielt. Es war eine junge Modistin, die durch jenen Geistlichen verführt worden war, der auch für die Guérin arbeitete, und welcher der Fournier dieselben Dienste leistete. Vierzehn Jahre alt, hatte sie kastanienbraune Haare, feurige Augen, ein sehr wollüstiges Gesichtchen und eine lilienweiße, samtweiche Haut. Obschon ein wenig dicklich, war sie gut gebaut und geschmeidig. Ihr Popo war wohl der fleischigste, zierlichste und weißeste, den es in ganz Paris gab. Wie ich durch das Wandloch sah, war der ihr zugeführte Mann ihr erster Liebhaber, denn sie war todsicher noch auf beiden Seiten jungfräulich. – Das musste ein besonderer Freund des Hauses sein, dem man diesen feinen Braten präsentierte!

Es war der alte Abbé von Fierville, durch seinen Reichtum wie durch seine Ausschweifungen berühmt, verderbt bis in die Fingerspitzen. Mit allen Anzeichen der Geilheit kam er an und richtete sich in dem Zimmer ein, wobei er alle Utensilien prüfte, bevor die Kleine eintrat. Sie hieß Eugénie; errötend schlug sie die Augen nieder, verwirrt durch das groteske Verhalten ihres ersten Liebhabers, der sie nun ansprach: „Nähere dich, und zeige mir deinen Arsch!" – „Mein Herr!", stammelte sie. „Vorwärts!", rief der alte Wüstling. „Ärgere mich nicht mit dem Gebaren der blöden Novizinnen, die nicht begreifen, dass man ihren Arsch sehen will. Los, hochheben, hochheben!" Aus Furcht, der Fournier zu missfallen, der sie unbedingten Gehorsam gelobt hatte, hob sie endlich ihre Röcke bis zur Hälfte des Hinterns empor. „Höher, höher!", rief der alte Schweinehund. „Glaubst du, ich werde mich selbst bemühen?" Und nun erschien der schöne Hintern ganz nackt. In Betrachtung versunken, ließ der Mann Gottes das Mädchen sich aufrichten, sich vorbeugen, die Beine schließen und die Beine spreizen. Dann bog er sie über das Bett, zog seinen Schwanz hervor und rieb ihn mit brutaler Heftigkeit an dem Arsch Eugénies, als wolle er ihn elektrisieren, oder als wolle er etwas von der Wärme des schönen Kindes an sich bringen. Und nun ging er dazu über, ihren Hintern zu küssen. Er kniete dabei und hielt die Hinterbacken mit den Händen weit auseinander, sodass seine Zunge und seine Lippen diese Leckerbissen durchwühlen konnten. „Ich sehe, dass man mich nicht betrogen hat", murmelte er. „Du hast einen hübschen Arsch. Ist es lange her, seit du geschissen hast?" – „Soeben erst, mein Herr!", antwortete die Kleine. „Ehe ich hierher kam, ließ Madame mich aus Vorsicht …" – „So, es ist also nichts mehr in deinen Eingeweiden?", fragte das Schwein. „Nun, wir werden sehen!" Er nahm eine Spritze, füllte sie mit Milch und verabreichte ihr diesen Einlauf, während die zuvor informierte Eugénie sich ganz still verhielt. Rücklings auf ein Sofa ausgestreckt, befahl er ihr dann, sich über sein Maul zu hocken und ihm die ganze Milch in den Schlund zu drücken. Das schüchterne Mädchen setzte sich bereitwillig hin und presste los, und der Wüstling verlor nicht einen Tropfen, denn er hatte seinen Mund fest an ihr Spundloch gedrückt und wichste dabei. Kaum hatte er den letzten Rest der köstlichen Flüssigkeit verschluckt, als sein Eierlikör spritzte und ihn in ein Delirium versetzte.

Aber wie heftig äußert sich doch jene Abscheu, jene Ernüchterung bei allen Wüstlingen, sobald ihre Illusionen verflogen sind?! Brutal stieß der Alte das Mädchen von sich, als er zu Ende war. Während der heilige Mann sein Ornat wieder anzog, brummte er, man habe ihn betrogen, als man ihm versicherte, das Kind habe schon geschissen. Es sei sicherlich gelogen und er habe nun ihre halbe Kacke mitverschlucken müssen. Obwohl die Kleine gelobte, dass er nur Milch von ihr bekommen habe, tobte er und schwor, er werde nicht zahlen und nicht wiederkommen. Unter fortwährenden Beschimpfungen ging er weg. Die Art dieser Beleidigungen werde ich Ihnen übrigens bei anderer Gelegenheit mitteilen, da sie bei einer gewissen Passion von Bedeutung sind, während sie hier nur eine unwesentliche Beigabe bildeten.'

„Bei Gott!", rief Curval. „Das nenne ich aber einen heiklen Mann. Sich beklagen, weil er ein bisschen Scheiße ins Maul bekommen hat! Die, die davon essen …" – „Geduldet Euch, Euer Gnaden", sagte die Duclos, „erlaubt mir, in jener Reihenfolge fortzufahren, die Sie selbst aufgestellt haben, und Sie werden sehen, wir kommen auch auf jene Sorte von Wüstlingen zu sprechen, auf die Sie hier anspielen."

(Dieser Manuskriptteil wurde in zwanzig Abenden zwischen sieben und zehn Uhr abends geschrieben und am 12. September 1785 beendet. Den Rest auf der Rückseite der Schriftrolle lesen. Die Fortsetzung befindet sich am Ende der Rückseite)

‚Zwei Tage später kam ich an die Reihe. Man hatte mir befohlen, mich sechsunddreißig Stunden lang zurückzuhalten. Mein Liebhaber war ein alter Geistlicher, der dem König als Kaplan diente, ein gichtiger Kerl, dem man sich nackt nähern musste. Nur Spalte und Titten hatten verdeckt zu bleiben. Dies war aufs Strengste befohlen, denn es hieß, man werde ihn nie zur Entladung bringen, wenn er auch nur infolge einer unglücklichen Entblößung etwas von diesen Partien zu sehen bekomme.

Aufmerksam untersuchte er meinen Arsch, fragte nach meinem Alter und ob es wahr sei, dass ich ein unwiderstehliches Bedürfnis fühle zu scheißen und welcher Art meine Entleerung sei, ob hart oder weich. Noch Tausenderlei fragte er und schien darin seine Erregung zu finden, denn während des Sprechens erhob sich sein Schwanz, ein Ding von vier Zoll Länge und zwei bis drei Zoll Umfang. Trotz der Erektion sah er so dürftig und erbarmungswürdig aus, dass man Augengläser gebraucht hätte, um nicht an seiner Existenz zu zweifeln. Da er es verlangte, bemächtigte ich mich seines Röhrchens und begann seine Behandlung, was ihn so erregte, dass er an die Vollendung des

Opfers ging. „Ist es wahr“, fragte er, „dass du ein dringendes Bedürfnis zu scheißen hast? Ich lasse mich nicht gerne betrügen. Ich werde sehen, ob du tatsächlich Scheiße im Darm hast.“ Kaum hatte er das gesagt, als er schon seinen Mittelfinger in mein Kackloch bohrte, während seine Linke wichste. Der Finger brauchte nicht weit zu suchen, um sich zu überzeugen. Er hatte die Kacke kaum berührt, als er begeistert ausrief: „Bei Gottes Bauch! Du betrügst mich nicht, das Hühnchen wird legen, ich habe das Ei gefühlt!“ Gleich küsste mir der schweinische alte Priester den Arsch, und als er sah, dass ich nicht mehr lange zurückhalten konnte, ließ er mich auf einen Apparat steigen, der dem in unserer Kapelle befindlichen glich. Dort konnte er meinen ganzen Hintern sehen, und ich musste meine Scheiße vor seinen Augen in ein darunter aufgestelltes Gefäß plumpsen lassen, das dicht vor seiner Nase stand. Er hatte diese Konstruktion eigens dort aufstellen lassen, denn er kam fast jeden Tag zur Fournier, um dieses Vergnügen zu genießen, mal mit Mädchen vom Hause, mal mit fremden. Sein Thron war ein Sessel unterhalb des Rings, der meinen Arsch stützte. Als ich die richtige Stellung eingenommen hatte, ließ er sich in seinem Fauteuil nieder und befahl mir, anzufangen. Zum Vorspiel kamen ein paar Fürze, die er gierig schlürfte, und endlich erschien die Kackwurst. Er war ganz außer sich. „Scheiß nur, Kleine, scheiß nur, mein Engel!“, rief er entflammt. „Lass mich sehen, wie es aus deinem schönen Arsch herausgleitet!“ Er half dabei mit seinen Fingern nach, drückte das Loch auseinander und erleichterte mir damit den Prozess. Er wandte kein Auge ab, wichste dabei und berauschte sich an diesem Anblick. Sein Stöhnen, seine Seufzer, seine Berührungen, alles überzeugte mich, dass er dem letzten Stadium seiner Lust nahe war. Ich wandte den Kopf um und sah aus seinem Miniaturwerkzeug ein Spermatröpfchen heraussickern und in das Gefäß fallen, das ich gefüllt hatte. Der Kaplan ging ohne schlechte Laune weg und versicherte mir sogar, dass ich ihn bald wiedersehen würde. Aber ich glaubte ihm nicht, denn ich wusste, dass er niemals zweimal dasselbe Mädchen nahm.’

„Das kann ich nachvollziehen“, sagte der Präsident, der Alines Popo küsste. „Man müsste schon so arm an schönen Ärschen sein wie wir hier, um irgendjemanden mehr als einmal scheißen zu lassen.“ – „Herr Präsident“, sagte der Bischof, „ein gewisser Ton in ihrer Stimme lässt mich erkennen, dass er Ihnen steht.“ – „Aber keineswegs“, erwiderte Curval. „Ich küsse die Arschbacken Ihres Fräulein Tochter, ohne dass sie mich mit dem kleinsten Fürzchen beglückt.“ – „Dann muss ich mich glücklicher schätzen als Sie“, sagte der

Bischof, „denn Ihre werte Frau Gemahlin hat mir soeben den schönsten und größten Scheißhaufen hingepflanzt." – „Ruhe, meine Herren, Ruhe! Bei Jesus!", rief der Herzog mit fast erstickter Stimme. „Wir sind da, um zuzuhören, und nicht, um zu handeln!" – „Du handelst ja selbst", sagte der Bischof, „oder wälzt du dich zwischen drei oder vier Ärschen herum, nur um zu lauschen?" – „Vorwärts! Er hat recht!", rief die Duclos. „Sie täten besser daran, Schweinereien anzuhören als zu treiben, man muss sich doch auch zurückhalten können!" Eben wollte sie wieder mit ihrer Erzählung anfangen, als das Gebrüll und die Lästerungen des Herzogs ertönten, die seine Entladungen begleiteten. Er hatte mit Sophie, Zéphire und Giton Sauereien in der Art der geschilderten getrieben. „Ah, Gottverflucht!", schrie Curval. „So schlechte Beispiele kann ich nicht ertragen! Nichts reizt so sehr zum Entladen wie eine andere Entladung! Und dieses kleine Flittchen (er zeigte auf Aline), das vorhin nicht konnte, tut jetzt alles, was man verlangt. Aber jetzt will ich nicht mehr. Du kannst meinetwegen scheißen, ich spritze nicht, Drecksau, scheiße nur!" – „Mir scheint, meine Herren", sagte die Duclos, „nachdem ich Sie verführt habe, muss ich Sie auch wieder zur Vernunft bringen. Ich werde darum mit meiner Erzählung fortfahren, egal, ob Sie zuhören oder nicht." – „Nein, nein", fuhr der Bischof dazwischen, „ich bin nicht so zurückhaltend wie der Herr Präsident! Mich juckt der Saft, und er muss hinaus!" Vor aller Augen machte er Sachen, über die wir uns an dieser Stelle noch nicht auslassen dürfen. Sie waren aber so wollüstig, dass seine Schwanzsahne zum Fließen kam, welche die dreifach gesegneten Klöten des Bischofs so arg bedrängt hatte. Durcet war unterdessen mit dem Arsch von Thérèse beschäftigt. Aber die Natur schien ihm zu verweigern, was sie den beiden anderen beschert hatte, denn er blieb stumm. Die Duclos nutzte nun einen Augenblick der Ruhe, um die Erzählung ihrer unflätigen Abenteuer fortzusetzen:

‚Ich kam einen Monat später mit einem Mann zusammen, bei dem ich eine Passion erlebte, die es verdient, erwähnt zu werden: Ich musste auf einen Teller scheißen, den ich ihm unter die Nase hielt. Er saß in einem Sessel, las in einem Buch und tat so, als ob ihn mein Verhalten überrasche. Er schalt mich und fuhr mich an, wie ich so unverschämt sein könne, so etwas vor seinen Augen zu machen. Dabei beschnupperte, betastete und betrachtete er die Kackhaufen. Ich musste mich wegen meiner Frechheit entschuldigen, wobei er mir weiterhin Grobheiten ins Gesicht warf. Endlich spritzte er, seine Nase dabei über der Scheiße. Dann ging er fort, wobei er versprach, wiederzukommen.

Ein anderer gebrauchte zu ähnlichen Dingen nur Frauen von mehr als siebzig Jahren. Ich sah ihn in Gesellschaft mit einer Achtzigjährigen. Er legte sich auf ein Sofa und ließ die Matrone so über sich hocken, dass ihre Greisinnenscheiße auf seinen Bauch fiel, während die Vettel ihm seinen ollen, verschrumpelten Schwanz abwichste, aus dem fast nichts mehr herauskam.

Im Haus der Fournier gab es ein seltsames Möbel, das einem Nachtstuhl glich, aber so aufgestellt war, dass der Hohlraum unter dem Sitz mit dem Nebenzimmer verbunden war. Es befand sich kein Topf in diesem Stuhl. Der Kunde, der sich dieser seltsamen Prozedur unterwarf, legte sich mit dem Gesicht unter diese Sitzgelegenheit, sodass sein Körper in das Nebenzimmer hinein ausgestreckt war. Ich kniete zwischen seinen Beinen und lutschte ihn. Auf dem Stuhl musste im anderen Zimmer ein dafür eigens engagierter Mann aus dem Volke sein Geschäft verrichten, ohne die Bedeutung dieses Vorgangs zu kennen. Er musste dem Bodensatz der Gesellschaft entstammen, möglichst arm, alt und hässlich sein, sonst wurde er von unserem Klienten nicht akzeptiert. In dem Moment, wo die Kacke auf sein Gesicht herabfiel, entludt der Freier, und sein Saft spritzte gegen meinen Gaumen. Dann reinigte er sich und ging befriedigt fort. Nachher sah ich den Biedermann, der da geschissen hatte und erkannte, dass unser Kunde gut bedient war. Es war nämlich ein redlicher Kerl aus der Auvergne, Maurer von Beruf, entzückt, so leicht einen halben Taler verdient zu haben, indem er nur seine Eingeweide von ihrem Überfluss befreit hatte. Er war abstoßend hässlich und mehr als vierzig Jahre alt.'

„Gottverdammt!“, sagte Durcet. „Das ist ja ausgezeichnet!“ Er zog sich sofort mit dem ältesten Ficker, mit Thérèse und der Desgranges in sein Kabinett zurück, wo man ihn ein paar Minuten später brüllen hörte. Als er zurückkam, wollte er nichts von seinen Exzessen verraten. Das nachfolgende Souper war so ausschweifend wie stets. Nachher amüsierte man sich aber nicht wie sonst gemeinsam, sondern jeder der Freunde zog sich zurück. Der Herzog nahm sich ein Boudoir mit Hercule, der Martaine und seiner Tochter Julie sowie mit Zelmire, Hébé, Zélamir, Cupidon und Marie. Curval begleiteten in sein Gemach: Constance (die in seiner Nähe immer zitterte, was ihn mit Schadenfreude erfüllte), Fanchon, die Desgranges, Arschbrecher, Augustine, Fanny, Narcisse und Zéphire. Im Versammlungssaal befand sich der Bischof mit der Duclos (die sich am Herzog durch diese Untreue rächte, weil er sich mit der Martaine abgab), mit Aline, Himmelsständer, Thérèse, Sophie, der charmanten kleinen Colombe, Céladon und Adonis. Durcet blieb in dem mit Polstern und Teppichen belegten Speisesaal zurück mit seiner teuren Gattin Adélaïde, mit Antinoüs, Louison, der Champville, Michette, Rosette, Hyacinthe und Giton.

Was an diesem Abend hier an Unzüchtigkeiten und Schweinereien in jedem Zimmer vor sich ging, lässt sich nicht ausmalen. Als der Morgen kam, wollten die Herrschaften sich wieder zu Tisch setzen. Niemand war zu Bett gegangen, und keiner hatte ein Auge geschlossen. Wild durcheinandergewürfelt setzte man sich an die Tafel. Es gab Spiegeleier, kalte Pasteten, Zwiebelsuppe und Omelettes, welche die eigens geweckten Köchinnen zubereitet hatten. Es wurde auch getrunken. Constance war so traurig, dass man sie auf keine Weise beruhigen konnte. Je stärker sie sich grämte, je dicker ihr armer Bauch wurde, umso mehr hasste Curval sie, und er ließ es sie im Laufe dieser Nacht spüren. Allerdings fügte man ihr keinen Schaden zu, denn man war sich einig geworden, ihre Leibesfrucht ausreifen zu lassen. Im Übrigen aber misshandelte man sie, so sehr man konnte. Sie wollte sich bei ihrem Vater, dem Herzog, und ihrem Gemahl Durcet beschweren. Aber diese schickten sie zum Teufel und meinten, sie müsse irgendeinen heimlichen Fehler an sich haben, dass sie dem tugendhaftesten und ehrenwertesten aller Männer missfallen hatte. Das war alles, was sie zu hören bekam, und bald gingen alle schlafen.

ELFTER TAG

Spät stand man auf und sah von allen Zeremonien ab. Vom Bett begab man sich direkt zu Tisch, und beim Kaffee, den Giton, Hyacinthe, Augustine und Fanny servierten, ging es ruhig zu. Durcet konnte aber nicht auf einige Fürze Augustines verzichten, und der Herzog steckte Fanny seinen stolzen Schwanz in den Mund. Nun ist es bei Personen, wie es unsere Helden sind, nur ein kleiner Schritt vom eigentlichen Begehren zu dem, was das Verlangen hervorruft, und so gingen sie nahtlos dazu über, sich vollends zu befriedigen. Augustine war vorbereitet und ließ ein Dutzend Fürze in den Mund des kleinen Banksters fahren, die beinahe sogar eine Latte bei ihm hervorriefen. Curval und der Bischof begnügten sich damit, die Arschbacken der Knaben zu tätscheln. Dann begab man sich in den Salon, wo die Duclos ihre Erzählung begann:

‚Eines Tages sagte die kleine Eugénie, die in den sechs Monaten im Puff immer hübscher und mit uns allen vertrauter wurde, zu mir, während sie ihre Röcke hochhob: „Sieh mich an, Duclos! Die Fournier will, dass ich meinen Arsch in diesem Zustand lasse!" Und sie zeigte mir eine Scheißekruste von einem Zoll Dicke, die ihre niedliche Mündung vollkommen bedeckte. „Und warum soll das so aussehen?", fragte ich. – „Das ist für einen alten Herrn, der abends kommt und mich so zu finden wünscht." – „Na, da wird er zufrieden sein", sagte ich, „denn man kann unmöglich versauter sein." Sie erzählte, dass die Fournier sie nach dem Kacken noch zusätzlich mit Scheiße beschmiert hatte. Ich war auf die Szene sehr neugierig. Als man die niedliche Kleine rief, eilte ich ans Guckloch. Der Mann war ein Mönch des Zisterzienserordens, dick, groß, kräftig, nahe der sechzig. Er liebkoste das Kind, küsste es auf den Mund und fragte, ob es wohl rein sei. Eugénie versicherte es. Er hob ihr die Röcke hoch, um nachzusehen. „Wie, du kleines Hurenstück!", rief er, als er sie in diesem Zustand sah. „Du wagst zu behaupten, du seiest rein? Dein Arsch starrt ja vor Dreck! Heilige Jungfrau! Du hast ihn dir sicher vierzehn Tage lang nicht abgewischt. Aber ich will ihn sauber haben, und ich muss mir wohl selbst die Mühe machen, ihn zu putzen." Mit diesen Worten beugte er sie über ein Bett, kniete vor ihren Arschbacken nieder und spreizte sie mit den Händen auseinander. Der Kerl tat sehr überrascht und betrachtete sie so, dann kam die Geilheit über ihn. Er näherte seine Zunge und leckte die Scheiße ab. Seine Sinnlichkeit entflammte sich, sein Schwanz erigierte. Gleichzeitig schienen Nase, Mund und Zunge zu arbeiten. Seine Ekstase beraubte ihn der Worte, und er war dem Orgasmus nahe. Er wichste und entludt in dem Augenblick, wo er die ganze Scheiße beseitigt hatte. Der Arsch war nun so blank, als ob er immer sauber gewesen wäre. Aber der Wüstling begnügte sich damit nicht. Es war nur die Vorbereitung. Er küsste die Kleine wieder, hielt ihr nun seinen eigenen alten, fetten, schmutzigen Arsch hin und befahl ihr, denselben zu kitzeln und zu sokratisieren[82]. Durch dieses Verfahren kriegte er wieder eine Latte. Er bemächtigte sich des Arschs meiner Genossin und bedeckte ihn mit Küssen. Was weiter geschah, das zu erzählen ist nicht meine Aufgabe. Ich muss

[82] Reizung der Prostata durch einen Finger, der in den Anus eingeführt wird.

es Madame Martaine überlassen, Ihnen die weiteren Entwicklungen dieses Verbrechers zu schildern, den sie sehr gut kannte.'

„Noch ein Wort, Duclos!", sagte der Herzog, „Ich werde verblümt fragen, so dass Eure Antwort nicht gegen unsere Gebote verstößt: War der Mönch sehr dick[83], und war es das erste Mal, dass Eugénie ...?" – „Ja, Euer Gnaden, es war das erste Mal, und er war beinahe so dick wie Ihr." – „Ah, verfickte Scheiße!", rief Durcet. „Diese Szene hätte ich gerne gesehen!"

‚Vielleicht hätten Sie auch die nächste gerne beobachtet. Einige Tage später kam ein Mann, der meine Hand in ein Gefäß drückte, in dem acht bis zehn Entleerungen enthalten waren. Es hätte ihn sicher erbost, wären ihm deren Schöpfer bekannt gewesen! Hierauf musste ich ihn mit dieser duftenden Pomade am ganzen Körper einreiben, auch das Gesicht. Als ich zu seinem Schwanz kam, spritzte er, wobei er sich noch wohlgefällig im Spiegel betrachtete, und meine Finger wurden von den traurigen Beweisen seiner Männlichkeit benetzt.

Einem anderen zuliebe musste ich zwei Tage lang meine Entleerungen zurückhalten. Es war ein Kommandeur der Malteser, der für seine Exzesse jeden Tag ein neues Mädchen brauchte. Die Szene spielte sich in seiner Wohnung ab. „Welche schönen Arschbacken!", sagte er zu mir, wobei er mich streichelte. „Es genügt aber nicht, einen hübschen Arsch zu haben, mein süßes Kind; dieser bezaubernde Hintern muss auch scheißen! Hast du das Bedürfnis?" – „Ja, mein Herr, und zwar so, dass ich fast krepiere." – „Das ist ja ausgezeichnet", sagte er, „das nennt man prompte Bedienung! Und nun scheiße schön in den Topf, den ich dir hinhalten werde." – „Mein Herr", antwortete ich, „ich habe es so dringend nötig, dass ich überall hinkacken würde, auch in Ihren Mund!" – „Ah, in meinen Mund?! Du bist ja entzückend! Allerdings, das ist das Gefäß, das ich dir hinhalten werde." – „Gut, mein Herr", sagte ich, „aber tun Sie es bald, denn ich kann es nicht mehr länger zurückhalten." Er streckte sich aus. Ich stieg dann rittlings über ihn, er stützte meine Hüften mit den Händen, ich wichste ihn, und er erhielt Stück für Stück meiner Scheiße ins Maul. Er geriet in Ekstase, und meine Hand entlockte ihm heiße

[83] Im Original eine Doppeldeutigkeit, die sich nicht übersetzen lässt: frz. „gros" bedeutet sowohl „dick" als auch „krass/extrem".

Fluten. Als er ging, zeigte er sich entzückt von mir und sagte dies höflicherweise der Fournier, aber er bestellte für den nächsten Morgen ein anderes Mädchen.

Der nächste Besucher ergänzte diese Methoden dadurch, dass er die einzelnen Scheißebrocken in seinem Mund hielt, sie in seinem Speichel auflöste und dann ausspuckte.

Nun spreche ich von einem, der eine noch bizarrere Phantasie entwickelte. Er verlangte vier Scheißhaufen, ohne dass ein Tropfen Pisse in den Topf gelangte. Man schloss ihn mit dieser Kostbarkeit allein in ein Zimmer ein. Niemals nahm er ein Mädchen mit, und er achtete darauf, dass er nicht beobachtet werden konnte, auch nicht durch das Wandloch. Ich kann daher nicht berichten, was er tat, denn niemand hat es je gesehen. Alles, was man weiß, ist, dass wenn man später in das Zimmer kam, der Topf immer leer und absolut sauber war. Was er mit den Kackwürsten angefangen hat, könnte Ihnen wohl auch der Teufel nicht verraten. Vielleicht beseitigte er sie irgendwie, vielleicht tat er etwas anderes damit, aber ich glaube, nicht das, was Sie vermuten werden. Er überließ nämlich die Besorgung der Fournier und kümmerte sich nicht darum, von wem die Brezeln stammten, und er wies nie eine zurück. Um hinter sein Geheimnis zu kommen, sagten wir ihm eines Tages, dass er die Scheiße von kranken und syphilitischen Personen bekommen habe. Aber er lachte nur darüber. Er erschrak nicht, und das wäre doch wohl der Fall gewesen, wenn er die Fäkalien nicht weggeworfen hätte. Wenn wir ihn danach fragten, hieß er uns zu schweigen. Damit ende ich für heute,' sagte die Duclos. ‚Morgen werde ich von meinem neuen Lebenswandel berichten, oder vielmehr von einer neuen Wendung meines bisherigen Daseins, die begann, als ich den Herrn d'Aucourt traf. Was die charmante Passion anbetrifft, welche Sie so sehr schätzen, so hoffe ich, die Ehre zu haben, Sie mit derartigen Beispielen noch weitere zwei oder drei Tage lang unterhalten zu können.'

Man diskutierte noch lange darüber, was der Mann mit der Scheiße wohl gemacht habe, und unterdessen ließ man einige solcher Haufen fabrizieren. Der Herzog wollte, dass alle sehen sollten, wie sehr die Duclos nach seinem Geschmack sei. Er zeigte daher der ganzen Gesellschaft die ausschweifende Manier, nach der er sich mit ihr amüsierte und mit welcher Geschicklichkeit und Bereitwilligkeit sie für seine Befriedigung sorgte und welch anregende

Sprache sie dabei gebrauchte. Das Souper und die Orgien verliefen ziemlich ruhig. Da sich bis zum Abend des nächsten Tages nichts Besonderes ereignete, beginnen wir sofort mit dem Bericht, durch den die Duclos die Gesellschaft am zwölften Tage unterhielt.

ZWÖLFTER TAG

‚Meine Herren', sagte die Duclos, ‚da mein Leben die erwähnte Wendung nahm, muss ich Ihnen einige Einzelheiten über meine Person mitteilen, denn man wird sich die beschriebenen Vergnügungen besser vorstellen können, wenn man die Persönlichkeit kennt, die mit ihnen verbunden ist. Soeben hatte ich mein zwanzigstes Lebensjahr erreicht, ich war brünett, aber meine Haut zeigte das schönste Weiß. In natürlichen Locken fiel die Flut meines Haares bis zu den Knien herab. Meine Augen wurden schon immer für sehr schön erklärt. Meine Gestalt war etwas füllig, aber groß, geschmeidig und beweglich. Mein Arsch, für den alle Wüstlinge ein besonderes Interesse haben, war nach der Ansicht aller Kenner der Vollendetste auf der Welt. Bei wenigen Frauen in Paris war er so köstlich geformt, denn er war voll, rund, fett und fleischig, ohne durch seine Üppigkeit in seiner Eleganz beeinträchtigt zu werden. Die kleinste Bewegung enthüllte sofort jene kleine Rose, die Sie, meine Herren, so außerordentlich schätzen und die, worin ich mit Ihnen übereinstimme, der köstlichste Reiz einer Frau ist.

Obschon ich bereits lange im Dienste der Ausschweifung stand, konnte mein Arsch doch kaum frischer sein, was ich wohl meinen natürlichen Anlagen verdanke, aber auch meiner Zurückhaltung in allen Leidenschaften, die der Gesundheit schaden können. Ich liebte die Männer sehr wenig, nur ein einziges Mal war ich etwas verknallt. Mich beherrschte nur der Geist der Ausschweifung! Nachdem ich Ihnen meine Reize gezeigt habe, muss ich Ihnen auch etwas über meine Laster sagen. Ich liebte – warum sollte ich es Ihnen verhehlen, meine Herren? – die Frauen, allerdings nicht in dem Maße wie meine liebe Genossin Champville, die Ihnen erzählen wird, dass sie sich für ihre Geschlechtsgenossinnen ruiniert hat. Ich habe die Weiber immer den Männern vorgezogen, und die von ihnen kommenden Vergnügungen waren stets stärker in ihrer Wirkung als die Wollust, die ich bei Männern genoss. Außerdem liebe ich den Diebstahl. Es ist unbeschreiblich, in welchem Ausmaß ich diese

Passion entwickelte! Ich bin völlig davon überzeugt, dass alle Güter der Erde gleichmäßig verteilt sein müssten und dass nur Macht und Raub diese Gleichheit verhindern, die das oberste Gesetz der Natur ist. Ich wollte die Welt verbessern und nach meinem Vermögen jenes Gleichgewicht herstellen. Ohne diese Leidenschaft wäre ich wahrscheinlich nicht einem todbringenden Wohltäter entronnen, von dem ich Ihnen bald erzählen werde.'

„Hast du in deinem Leben viel gestohlen?", fragte Durcet. – „Unglaublich viel, mein Herr! Wenn ich das Gestohlene nicht immer gleich wieder vergeudet hätte, so wäre ich heute reich." – „Und hast du dir auch erschwerende Handlungen zuschulden kommen lassen?", fragte Durcet weiter. „Ich meine: Einbruch, Vertrauensmissbrauch, Betrügereien?" – „Allerdings habe ich das getan, aber ich wollte meine Erzählung durch solche Erwähnungen nicht aufhalten. Nachdem ich aber sehe, dass Sie sich dafür interessieren, werde ich diese Vorkommnisse im Verlauf meiner Geschichte berichten. – Zu alledem kommt noch, dass ich ein hartes, wahrhaft boshaftes Herz habe. Aber ist das meine Schuld? Ist es nicht die Natur, der wir unsere Eigenschaften und also auch unsere Laster verdanken? Übrigens bereitete mir die Unempfindlichkeit meines Herzens nur Freude. Ich kann mich nicht entsinnen, jemals in meinem Leben geweint zu haben, weder über meine eigenen Leiden noch über die der anderen. Ich liebte meine Schwester, aber als ich sie verlor, fühlte ich nicht den geringsten Schmerz. Sie haben selbst gesehen, mit welcher Gleichgültigkeit ich die Nachricht von ihrem Untergang aufnahm. Ich könnte – bei Gott! – das Universum zugrundegehen sehen, ohne eine Träne zu vergießen oder einen Seufzer auszustoßen."

„So soll man sein", erklärte der Herzog. „Mitleid ist die Tugend der Dummen. Wer sich genau prüft, wird finden, dass das Mitgefühl uns immer eines Vergnügens beraubt. Mit solcher Begabung für das Laster musst du doch zum Verbrechen gekommen sein! Deine Empfindungslosigkeit prädestinierte dich doch dazu!" – „Euer Gnaden", sagte die Duclos, „die Vorschriften, die wir von Ihnen empfingen, verbieten mir, über gewisse Dinge zu sprechen. Sie haben diese Themen meinen Kolleginnen übertragen. Ich sage Ihnen nur das Eine: Wenn meine Kolleginnen Ihnen als außerordentliche Verbrecherinnen erscheinen, so stehe ich ihnen nicht nach. Dessen können Sie versichert sein." – „Das nenne ich, sich selbst gerecht zu werden", sagte der Herzog, „und nun fahre fort, wir begnügen uns mit dem, was du uns erzählst, denn wir haben uns die Vorschriften ja selbst zur Begrenzung gegeben. Aber sobald wir beide allein sind, musst du mir deine Verbrechen rückhaltlos bekennen."

‚Ich werde Ihnen nichts verbergen, Euer Gnaden; doch nun fahre ich fort. Trotz all dieser Fehler, und trotzdem mir das Gefühl der Dankbarkeit gänzlich fremd ist, das ich für eine demütigende, menschenunwürdige Empfindung halte, die den Stolz vernichtet, mit dem uns die Natur gerüstet hat, trotzdem liebten mich meine Kolleginnen. Auch war ich diejenige unter ihnen, welche die Männer am meisten begehrten. Eines Tages kam der Generalpächter d'Aucourt zur Fournier, ein Stammkunde des Hauses, auf den man besondere Rücksichten nahm. Die Fournier wollte durchaus, dass er mit mir bekannt werde. Sie benachrichtigte mich am Tag vorher, dass ich das, was Sie ja kennen, für ihn aufsparen solle, denn er liebte es mehr als alle Männer dieser Art bisher. Er küsste mich und schalt mit der Fournier, dass sie ihm nicht immer eine so hübsche Kreatur verschafft habe. Ich bedankte mich für das Kompliment, und wir stiegen hinauf.

D'Aucourt war ein Mann von etwa fünfzig Jahren, dick, aber mit angenehmem Äußeren. Er war geistreich und hatte ein sanftes und freundliches Wesen, das mich sofort entzückte. „Sie müssen den schönsten Arsch der Welt haben", sagte d'Aucourt zu mir, während er mich an sich zog und eine Hand unter meine Röcke schob, wo er sofort nach meinem Hintern griff. „Ich bin Kenner", fuhr er fort, „und Mädchen Ihrer Gestalt besitzen fast immer einen hübschen Arsch. Ah, ich wusste es doch! (Er tätschelte meinen Hintern.) Wie frisch er ist, wie rund!" Er drehte mich zärtlich um, hob mit einer Hand meine Röcke über die Hüften empor und streichelte mich mit der anderen. Dabei prüfte er jenen Altar, auf dem er opfern wollte. „Ei!", rief er. „Das ist wahrhaftig einer der hübschesten Ärsche, den ich zeitlebens gesehen habe, so viele es auch waren. Spreizen Sie die Backen auseinander. Oh, diese Erdbeere! Wie will ich an ihr lecken! Ich werde sie auffressen! Das ist wirklich ein so bezaubernder Arsch! Aber sagen Sie, meine Kleine, sind Sie verständigt?" – „Ja, mein Herr!" – „Man hat Ihnen gesagt, dass ich Sie scheißen lasse?" – „Ja, mein Herr!" – „Und Ihre Gesundheit?" – „Oh, mein Herr, sie ist ausgezeichnet." – „Ich gehe nämlich in dieser Sache sehr weit", fuhr er fort, „und wenn Sie nicht absolut gesund wären, würde es gefährlich." – „Mein Herr", beruhigte ich ihn. „Sie können ohne Sorge sein und machen, was Sie wollen. Ich bin so gesund wie ein Neugeborenes. Sie sind bei mir ganz sicher."

Nun musste ich mich zu seinem Gesicht herabbeugen, und während er meinen Arsch betastete, presste er seinen Mund auf den meinen und saugte eine Viertelstunde lang meinen Speichel. Er unterbrach sein leidenschaftliches Schlürfen nur dann und wann, um etwas spermatischen Rotz hochzuziehen, oder durch ein Schlucken. „Spucken Sie doch, spucken Sie doch in meinen Mund", sagte er von Zeit zu Zeit. „Füllen Sie ihn ganz mit Speichel!" Ich fühlte, wie seine Zunge über mein Zahnfleisch spazierte und alles an sich zog, was sie erreichen konnte. „Vorwärts", sagte er, „er steht mir, machen wir uns ans Werk." Dann betrachtete er wieder meine Arschbacken und befahl mir, seinen Schwanz herauszuziehen, der drei Finger dick und knapp fünf Zoll lang, aber hart wie ein Pflasterstein und sehr ungeduldig war. „Ziehen Sie die Röcke aus", sagte d'Aucourt, „ich werde die Hose ausziehen, denn wir müssen die Ärsche frei haben." Ich gehorchte, dann sagte er: „Stecken Sie Ihr Hemd unter das Mieder, damit ich den Hintern ganz nackt habe. Und legen Sie sich mit dem Bauch flach aufs Bett." Er setzte sich auf einen Stuhl und liebkoste meine Hinterbacken, von deren Anblick er berauscht war. Nachdem er sie wieder auseinandergeschoben hatte, fühlte ich seine Zunge ganz tief eindringen. „Um mich zu vergewissern", erklärte er, „ob die Henne legen will." Ich berührte ihn nicht, er holte sich selbst einen runter. „Vorwärts, mein Kleines, gehen wir ans Werk", sagte er, „die Scheiße ist bereit, ich habe sie gespürt. Aber achten Sie darauf, ganz langsam zu kacken. Sie müssen immer warten, bis ich ein Stück verzehrt habe, bevor sie das nächste herausdrücken. Meine Operation dauert lange. Fangen Sie nicht direkt an, sondern warten Sie, bis ich Ihnen zum Zeichen, dass Sie losdrücken sollen, einen Klaps auf den Arsch gebe." Er nahm seinen Platz bequem gegenüber dem Gegenstand seiner Anbetung ein, während er seinen Mund anlegte. Ich lieferte ihm ein Stück von Taubeneigröße. Er saugte daran, drehte es im Mund hin und her, zerkaute es und verschlang es schließlich. Als ich nach zwei oder drei Minuten merkte, dass er seine Portion verzehrt hatte, drückte ich wieder, sodass er bei meinem starken Drang seinen Mund mindestens zehnmal füllen und leeren konnte, ohne dass dadurch sein Appetit befriedigt worden wäre. „Ich bin fertig, mein Herr", sagte ich. „Es kommt nichts mehr!" – „Ja, meine Kleine, ist es gemacht? Ah, ich sollte also entladen? Nun gut, ich werde entladen, während ich deinen schönen Arsch abwische. Gottverdammich, was für ein Vergnügen hast du mir gemacht! Ich habe noch nie eine köstlichere Scheiße genossen. Das kann ich vor der ganzen Welt bezeugen. Gib mir deinen herrlichen Arsch, mein Engel, damit ich ihn ablecke, dass ich ihn auffresse!“ Und während er seine scheinbar gigantisch lange Zunge hineinbohrte und sich selbst wichste, spritzte der Wüstling unter einer Menge von Flüchen und Schimpfworten, die er brauchte, um seine Lust vollkommen zu machen, seinen Saft auf meine Beine. Als die Ekstase vorbei war, setzte er sich. Er ließ mich neben sich Platz nehmen und fragte mich, ob ich des Lebens im Puff nicht bald überdrüssig sei, ob es mir nicht lieber wäre, wenn mich jemand von hier fortnähme. Ich merkte sein Interesse und spielte die Schwierige. Er brauchte eine Stunde, um mich zu überreden, dass ich vom nächsten Tage an bei ihm leben sollte, wofür ich freien Unterhalt und monatlich zwanzig Louisdor bekam.

Er wohnte allein, und ich sollte eine Wohnung in seinem Haus erhalten. Ein Mädchen sollte mich bedienen, und ich würde die Gesellschaft seiner drei Freunde und ihrer Mätressen genießen, die viermal wöchentlich zu einem ausschweifenden Souper bei einem der Gefährten zusammenkamen. Ich hatte nichts anderes zu tun, als reichlich zu essen, und zwar immer nur das, was er mir vorsetzen ließ. Er wollte mich nämlich nach einem bestimmten System ernähren: Gut essen, gut schlafen, um gut zu verdauen, monatlich einmal purgieren[84] und ihm täglich zweimal in den Mund scheißen, was bei seiner Diät nicht schwierig sein sollte. Danach würde ich es lieber dreimal als zweimal machen.

Zur Besiegelung unseres Abkommens überreichte mir der Freier einen schönen Diamanten, umarmte mich und riet mir, mit der Fournier sofort abzurechnen und mich für den nächsten Morgen bereitzuhalten, da er mich abholen wollte. Ich nahm schnell Abschied, denn mein Herz bereute nichts. Es liebte niemanden. Nur sinnlich bedauerte ich die Trennung von Eugénie, denn mit ihr hatte ich seit sechs Monaten ein intimes Verhältnis. D'Aucourt nahm mich bestens auf und richtete mich in einem hübschen Appartement wohnlich ein. Ich musste täglich vier Mahlzeiten einnehmen, ja, ich war dazu verdammt! Eine Unmenge Speisen, die ich gerne aß, waren mir jedoch verboten, so zB. Fische, Austern, gesalzenes Fleisch, Eier und Milchprodukte. Dafür wurde ich aber auf andere Weise entschädigt, sodass ich keinen Grund hatte, mich zu beklagen. Der Hauptgang aller Mahlzeiten bestand aus weißem Geflügelfleisch. Ferner gab es ausgelöstes Wildbret in verschiedener Zubereitung, wenig Rind

---

[84] Reinigen durch Klistiere, Brech- oder Abführmittel.

oder anderes rotes Fleisch, nichts Fetthaltiges und sehr wenig Brot und Früchte. Zum Frühstück, beim Dejeuner und am Abend musste ich diese Dinge essen, bei den beiden letzten Mahlzeiten stets ohne Brot. D'Aucourt bat mich bald, mich des Brotes ganz zu enthalten. Seither habe ich es nicht mehr gegessen, auch den Verzehr schwerer Suppen gab ich auf. Diese Ernährung machte bald, wie d'Aucourt vorausgesehen hatte, zwei Entleerungen am Tag notwendig. Die Scheiße war, so erklärte er, süßlich, sehr weich, etwas klein und von hervorragendem Geschmack, was bei gewöhnlicher Ernährung nicht hätte erreicht werden können. Da er ein Kenner war, musste ich ihm glauben. Diese Vorgänge fanden bei seinem Erwachen und beim Zubettgehen statt, unter Umständen, wie ich sie schon beschrieben habe. Er fing immer damit an, dass er meinen Mund aussaugte, den ich nie reinigen durfte, ja nicht einmal nachher ausspülen. Übrigens entludt er nicht jedes Mal. Da unser Arrangement keine Treue seinerseits verlangte, vergnügte er sich auch anderwärts, aber ich war doch seine Favoritin.

Am Tag nach meiner Ankunft kamen seine Spießgesellen der Lasterhaftigkeit zum Souper, und da jeder von ihnen in dem hier behandelten Genre der Wollust verschiedene Liebhabereien entwickelte, will ich einiges von ihren Ausschweifungen erzählen: Die Gäste traten ein. Der erste war ein alter Parlamentarier von etwa sechzig Jahren, namens d'Erville. Seine Mätresse war eine sehr schöne, aber bereits vierzigjährige Frau, eine Madame du Cange, die nur etwas zu dicklich war. Der zweite war ein fünfundvierzig- bis fünfzigjähriger pensionierter Militär namens Després, seine Geliebte eine entzückende Person von sechsundzwanzig Jahren. Sie war blond und hatte den hübschesten Körper, sie hieß Marianne. Der dritte war ein alter Abbé, sechzigjährig, den man du Coudrais nannte. Seine Mätresse war ein Knabe von sechzehn Jahren, sternenschön, den er als seinen Neffen ausgab. Man speiste in jenem Stockwerk, in dem auch meine Zimmer lagen. Das Mahl war gut und verlief heiter. Ich sah, dass der Jüngling und die anderen Damen nach den gleichen Ernährungsprinzipien bedient wurden wie ich. Beim Souper enthüllten die verschiedenen Teilnehmer ihren Charakter. Es war unmöglich, ausschweifender zu sein als d'Erville, bei dem alles, Augen, Reden und Gesten, auf exzessives Verhalten hindeuteten. Després erschien kaltblütig, und doch war die Wollust die Seele seines Lebens. Der Abbé war ein kühner Atheist, dem ständig Gotteslästerungen entfuhren. Die Damen ahmten ihre Liebhaber nach, sie waren geschwätzig, hatten aber angenehme Manieren. Der junge Mann schien so dumm zu sein, wie er schön war. Die du Cange war wohl verliebt in ihn, denn sie warf ihm zeitweilig zärtliche Blicke zu, die er aber kaum bemerkte.

Beim Dessert ließ man jeden Anstand fallen. Die Reden wurden so schweinisch wie die Handlungen. D'Erville beglückwünschte d'Aucourt zu seiner neuen Eroberung. Er fragte ihn, ob ich einen schönen Arsch habe und gut scheiße. „Oh, bei Gott!", sagte mein Finanzier. „Du kannst dich davon selbst überzeugen, denn du weißt ja, dass wir alles gemeinsam besitzen, die Mätressen so gut wie die Börsen." – „Ah, ausgezeichnet", sagte d'Erville, „ich nehme an!" Sogleich ergriff er meine Hand und wollte mich in ein Kabinett führen. Da ich zögerte, rief die du Cange mir ermunternd zu: „Los, Fräulein, machen Sie keine Umstände. Ich bemühe mich unterdessen um Ihren Gemahl." Als ich zu d'Aucourt hinübersah, machte er ein Zeichen der Zustimmung, und ich folgte dem alten d'Erville, der sehr erhitzt von den Freuden des Bacchus war. Als wir allein waren, küsste er mich heftig, und da ihm gerade der genossene Wein aufstieß, rülpste er drei oder vier Schlucke davon in meinen Mund. Dann ließ er sich diese Flüssigkeit wieder zurückgeben, was ihm besonderen Spaß machte. Schließlich hob er meine Röcke hoch und betrachtete meinen Arsch mit der Geilheit des Wüstlings. Er erklärte mir, dass er die Wahl seines Freundes verstehe, denn ich hätte tatsächlich einen der schönsten Hintern von Paris. Er bat mich, ich möge ein paar Fürze knattern lassen. Als er ein halbes Dutzend empfangen hatte, küsste er mich wieder auf den Mund, drückte meine Arschbacken und schob sie auseinander. „Hast du schon Drang?", fragte er. – „Ich bin bereit", antwortete ich. – „Gut, mein schönes Kind", sagte er. „Scheiß auf diesen Teller!" Er holte eine weiße Porzellanschüssel und hielt sie unter mich.

Er beobachtete genau die Scheiße, die aus meinem Arsch glitschte. „Ein göttliches Schauspiel, ein berauschender Anblick!", rief er voll Feuer. Ich war fertig, er nahm die Schüssel und schnupperte wollüstig an ihren Inhalt, tätschelte, küsste und beschnüffelte die Exkremente. Er sagte, beim Anblick dieser entzückendsten Kacke, die er je in seinem Leben gesehen habe, überwältige ihn die Geilheit, und er bat mich, seinen Schwanz zu lutschen. Das war mir nicht sehr angenehm, aber ich wollte mich dem Freund d'Aucourts nicht ungefällig zeigen. Er nahm also Platz, während er sich mit dem Oberkörper halb über die auf einem Tisch stehende Schüssel beugte und seine Nase in der Scheiße vergrub. Ich setzte mich auf einen kleinen Stuhl zwischen seine gespreizten Beine und holte aus seinem Hosenlatz eine ganz weiche, armselige Rübe, um trotz meines Widerstrebens diese schöne Reliquie zu küssen, in der Hoffnung, dass sie wenigstens in meinem Mund etwas Festigkeit gewinne. Aber ich täuschte mich. Während ich mir vergebens alle Mühe gab, schlang der Wüstling das hübsche, frische Ei hinunter, das ich in die Schüssel gelegt hatte. An seinen Bewegungen, Windungen und Zuckungen spürte ich die Wollust, die er dabei erfuhr. Aber sein Schwanz blieb trotzdem schlaff, und er spritzte nur ein paar Tröpfchen in meinen Mund. Der arme Schelm zog sich daraufhin noch beschämter zurück. Sein Besitzer verblieb nun in jener Ausgelaugtheit, jener Verlassenheit und Erschöpfung, welche die Folge eines starken Aushauchs des Vergnügens ist. „Ah, Herrgott, den ich leugne", sagte der Rat, „ich habe noch nie jemanden so schön scheißen gesehen."

Wir kehrten zurück. Nur der Abbé und sein Neffe waren im Salon. Ich werde Ihnen gleich erzählen, was sie machten. Du Coudrais nahm niemals eine andere Mätresse und lieh seinen Knaben keinem her. Man sagte mir, er könne sich mit Frauen nicht amüsieren, aber im Übrigen war seine Zeremonie die gleiche wie bei d'Aucourt. Als wir eintraten, beugte der Knabe sich über ein Bett und zeigte seinem lieben Onkel den Arsch. Dieser nahm die Scheiße in Empfang und verzehrte sie, während er sein kleines Rohr wichste. Trotz unserer Anwesenheit entludt der Abbé und beteuerte, das Kind scheiße mit jedem Mal besser. Etwas später erschienen Marianne und d'Aucourt, gefolgt von Desprès und du Cange. Sie sagten, sie hätten nur auf mich gewartet. „Du Cange und ich", sagte Desprès, „kennen uns schon zu lange. Aber Sie, meine schöne Königin, sehe ich zum ersten Mal. Sie flößen mir das heftigste Verlangen ein, mich sofort mit Ihnen zu amüsieren." – „Aber, mein Herr", sagte ich zu ihm, „ich habe schon alles dem Herrn Rat gegeben, und kann Ihnen nichts mehr bieten." – „Oh", lachte er, „ich verlange nichts von Ihnen. Was ich brauche, liefere ich selbst. Ich benötige nur Ihre Finger." – Neugierig folgte ich ihm, und als wir allein waren, wollte er eine Minute lang meinen Arsch liebkosen. Ich präsentierte ihn, und er leckte mehrmals mein Kackloch. Dann knöpfte ich ihm die Hosen auf, um ihm seine Zärtlichkeiten zu erwidern. Seine Stellung erschien mir allerdings verdächtig: Er saß rittlings auf einem Sessel, ein Gefäß unter sich.

Ich fragte, warum ich ihm den Hintern küssen müsse. „Das ist unbedingt notwendig, mein Liebling", sagte er, „denn mein Arsch ist der launenhafteste von ganz Frankreich. Er scheißt nur dann, wenn man ihn küsst." Ich leckte ihn flüchtig, worauf er mich anfuhr: „Zum Teufel, komm näher! Hast du Angst vor einem bisschen Scheiße?" Notgedrungen presste ich meine Lippen fest auf seinen Spund, aber kaum merkte er das, als er auch schon losdrückte. So heftig war sein Abschuss, dass meine ganzen Wangen von den Schläfen bis zum Kinn verdreckt waren. Ich habe so etwas in meinem Leben noch nicht gesehen! Mit einem einzigen Abdrücken füllte er eine ganze Salatschüssel!

Der Kerl nahm jetzt das Gefäß, legte sich damit auf den Bettrand, präsentierte mir seinen schmutzigen Arsch und hieß mich, diesen zu fingern, während er das, was er eben von sich gegeben hatte, seinen Eingeweiden wieder einverleiben würde. So dreckig sein Arsch auch war, ich musste gehorchen! Macht es seine Mätresse, sagte ich mir, so darf ich nicht kritischer sein. Ich schob ihm also drei Finger in sein Arschloch. Er aber tauchte eine Hand in die Kacke, wühlte darin herum und nährte sich dann davon, während er mit der anderen Hand seinen Schwanz wichste, der majestätisch emporstand. Beim Hineinstoßen merkte ich an den Kontraktionen in seinem Arschloch, dass seine Erektionsmuskeln so weit waren, das Sperma abzuschießen. Die Schüssel war nun leer, und er entludt.

Im Salon begegnete ich meinem ungetreuen d'Aucourt mit der schönen Marianne. Der Spitzbube hatte nun alle Weiber gehabt, den Knaben lieh der eifersüchtige Abbé nicht her. Als alle zusammen waren, entkleidete man sich vollständig, um neue Ungewöhnlichkeiten zu begehen. Bei dieser Gelegenheit konnte ich Mariannes Körper, der mich sehr interessierte, genau betrachten. Er war köstlich, kräftig, blendend weiß und wohlproportioniert. Ich tätschelte scherzend einige Male ihren Arsch und erkannte in ihm ein Meisterstück der Natur. „Was wollt Ihr mit einem solch hübschen Mädchen", fragte ich Desprès. „Für Euer Vergnügen ist Schönheit doch nicht entscheidend." „Ah", sagte er. „Ihr kennt nicht all meine kleinen Geheimnisse!" Es gelang mir nicht, irgendetwas über sie zu erfahren. Obschon ich länger als ein Jahr mit d'Aucourt lebte und bei jedem Techtelmechtel anwesend war, klärten weder Desprès noch Marianne mich über alle Einzelheiten auf. Ich blieb somit in völliger Unkenntnis ihrer weiteren Geheimnisse. Welche sie auch sein mochten, sie hinderten ihren Liebhaber nicht daran, mit mir jene sonderliche Passion auszuleben, die es in jeder Hinsicht verdient, Bestandteil unserer Sammlung zu sein. Was immer er mit Marianne tat, so vermutete ich, war entweder nur episodisch oder es wird uns vielleicht in einer späteren Erzählung enthüllt werden. Nach vielerlei Schweinereien, einigen Fürzen und noch ein paar weiteren Scheißhaufen zeigte der Abbé, dass er seine Geilheit in gottlosen Taten und Reden fand, und wir bekleideten uns anschließend wieder und gingen zu Bett.

Am nächsten Morgen ging ich wie gewöhnlich zu d'Aucourt, der gerade aufstehen wollte. Wir machten uns keine Vorwürfe wegen der verschiedenen Treuebrüche am Tage vorher. Er erklärte mir, er kenne kein Mädchen, das außer mir besser scheiße als Marianne. Ich fragte, was sie denn mit einem Liebhaber anfange, der sich eigentlich selbst genüge. D'Aucourt meinte, das sei ein Geheimnis, das keiner von den beiden enthüllen wolle. Wir begannen darauf wieder unser gewöhnliches Werk.

Ich hatte bei d'Aucourt soviel freie Zeit, dass ich manchmal ausgehen konnte. Er erklärte, dass er ganz auf meine Redlichkeit vertraue, ich wisse selbst, in welche Gefahr ich käme, wenn ich meine Gesundheit einbüsste. Er gönne mir meine Freiheit, nur musste ich auf meine Gesundheit achten. Im Übrigen tat ich alles, was mir Geld einbrachte. Da die Fournier mich drängte, bei ihr ein paar Partien zu übernehmen, sagte ich zu, soweit sie einen schönen Gewinn versprachen. Ich war keine Insassin des Hauses mehr, sondern eine von einem Generalpächter ausgehaltene Dame. Im Verlauf dieser Unternehmungen traf ich auch den Kot-Anbeter, von dem ich schon erzählte.'

„Einen Augenblick", sagte der Bischof, „klären Sie uns bitte über ein paar Punkte Ihres letzten Berichts auf. Wurde der Abbé bei der Orgie seinem Lustknaben nicht wenigstens dadurch untreu, dass er die nackten Weiber abknutschte, und haben die Männer sich nicht mit dem Jüngling amüsiert?" – „Euer Gnaden", antwortete die Duclos, „der Abbé ließ nicht von seinem Buhlknaben ab und schaute uns überhaupt nicht an, obwohl wir nackt neben ihm saßen. Aber er vergnügte sich mit den Ärschen von d'Aucourt, Desprès und d'Erville, die er küsste und abschleckte. D'Aucourt und d'Erville schissen ihm in den Mund, und er verschlang mehr als die Hälfte ihrer Kackwürste. Die Weiber rührte er nicht an. Dem Lustknaben gegenüber waren die drei anderen Freunde nicht so zurückhaltend. Sie küssten seinen Hintern und leckten auch sein Arschloch. Desprès schloss sich sogar mit ihm ein, was sie machten, weiß ich aber nicht." – „Sehen Sie", sagte der Bischof, „Sie haben nicht alles gesagt.

Was Sie jetzt berichtet haben, ist eine Sache für sich: ein Mann lässt sich von anderen Männern gleichen Alters in den Mund scheißen." – „Das ist wahr", sagte die Duclos. „Ich bekenne meinen Fehler, bereue ihn aber nicht, da ich nämlich schon fünf Passionen beschrieben habe, kann ich die angedeutete auf morgen verschieben. Ich habe ohnedies schon so lange gesprochen, dass gleich die Glocke ertönen wird."

Und wirklich erklang jetzt das Geläut. An diesem Abend hatte noch niemand entladen, und doch hatten sie allesamt erigierte Schwänze. Man nahm sich beim Souper vor, sich bei den Orgien schadlos zu halten. Der Herzog ließ Sophie zu sich kommen. Dieses schöne Mädchen musste scheißen, und er verschlang ihre Kacke als Dessert. Durcet, der Bischof und Curval ließen Hyacinthe, Céladon und Adonis dasselbe machen, aber Adonis konnte diesem Befehl nicht nachkommen, und er wurde zur Strafe vorgemerkt. Curval fluchte wie ein Wilder und entschädigte sich am Arsch von Thérèse, die ihm den gewaltigsten Haufen lieferte, den man sehen konnte. Durcet, von der Kacke der Jugend unbefriedigt, verlangte nach der seiner drei alten Freunde. Man befriedigte ihn, und der Unhold spritzte wie ein Zuchthengst, während er die Scheiße Curvals verzehrte. Nach solcher Unmäßigkeit brachte endlich die Nacht Ruhe und spendete den Wüstlingen neue Kräfte und neue Begierden.

DREIZEHNTER TAG

Der Präsident hatte mit seiner Tochter Adélaïde genächtigt und sich mit ihr bis zum Einschlafen amüsiert. Dann war sie aber von ihm auf die Matratze am Fußende des Lagers geschickt worden, um ihren Platz im Bett an Fanchon abzutreten, die immer in seiner Nähe sein sollte. Fast in jeder Nacht weckte ihn nämlich gegen drei Uhr seine Geilheit, und dann fuhr er fluchend und lästernd hoch. Diese Anfälle geiler Wut waren gefährlich, und um sich zu beruhigen, wollte er die treue, alte Fanchon bei sich haben, die ihn am besten beruhigte und die sich ihm dann entweder selbst anbot oder ein anderes Opfer heranschleppte. Diesmal verlangte der Präsident, dem das Spiel vor dem Einschlafen gefallen hatte, nach seiner Tochter, aber sie war nicht an ihrem Platz. Es gab einen großen Lärm und Verwirrung. Wütend erhob sich Curval und schrie nach seiner Tochter. Man zündete Kerzen an und durchsuchte das Zimmer.

Da sie nicht da war, ging man ins Mädchenzimmer, und dort saß die aparte Adélaïde im Déshabillé auf dem Bett bei Sophie. Durch ihre Frömmigkeit, Tugend und Reinheit verwandt, hatten die beiden charmanten Mädchen Freundschaft geschlossen und trösteten sich gegenseitig über ihr schreckliches Los. Man hatte es nicht bemerkt, aber erfuhr nun, dass diese nächtliche Zusammenkunft nicht die erste war. Die Ältere ermahnte die Jüngere zur Tugend und Gläubigkeit und forderte sie auf, oft zu Gott zu beten. Man kann sich danken, wie Curval wütete und tobte, als er die schöne Missionarin entdeckte. Unter Beschimpfungen schleppte er sie an den Haaren in sein Zimmer, band sie an den Fuß des Bettes und befahl ihr, über ihre Verbrechen nachzudenken. Die Freunde eilten alle herbei, und man kann sich die Strenge und den Nachdruck vorstellen, mit dem man beide Mädchen ins Strafregister eintrug. Der Herzog sprach sich vehement für eine sofortige Züchtigung aus, und was er vorschlug, war alles andere als sanft. Aber der Bischof hatte ein überzeugendes Argument gegen den Wunsch seines Bruders. Durcet reichte es, die Sünderinnen zur Bestrafung vorzumerken. Den Anstandsdamen konnte man keinen Vorwurf machen, denn sie waren in der Nacht alle bei den Herrschaften gewesen. Das zeigte, dass die Hausregeln noch unvollkommen waren. Aus diesem Grund legte man fest, dass von nun an mindestens eine der Alten im Gemach der Mädchen und eine in dem der Knaben bleiben mußte. Die Herrschaften gingen wieder zu Bett, aber Curval, den der Zorn mit Grausamkeit erfüllte, tat seiner Tochter Dinge an, die wir noch nicht schildern dürfen, die ihn aber abspritzen ließen, so dass auch er schließlich einschlief.

Am Morgen waren die Herren sehr verdrossen, denn man entdeckte in dem verschreckten Hühnerhaufen keine Verfehlungen, außer bei dem kleinen Narcisse, dem Curval verboten hatte, seinen Arsch abzuwischen, da er ihn zur Kaffeestunde dreckig vorfinden wollte. Zum Unglück hatte der Knabe den Befehl vergessen und sein Arschloch sorgfältig gereinigt. Er glaubte sein Vergehen wieder gutmachen zu können, indem er, weil er es gerade nötig hatte, jetzt schisse. Aber man verbot es ihm, weil er seine Kacke aufsparen sollte, und man schrieb ihn in die Liste zur Bestrafung ein. Der fürchterliche Durcet tat dies vor seinen Augen und machte ihm Vorhaltungen wegen der Ungeheuerlichkeit seiner Verfehlung, durch die der Präsident vielleicht um seine Entladung betrogen wurde. Constance, die man wegen ihres Zustandes in dieser Sache nicht mehr beanspruchte, die Desgranges und Arschbrecher erhielten als

Einzige die Erlaubnis zur Benutzung der Kapelle, während alle anderen den Befehl erhielten, den Korken bis zum Abend nicht herauszuziehen. Die Freunde unterhielten sich über das Ereignis der Nacht, und man neckte den Präsidenten, weil er seinen Vogel aus dem Nest hatte fliegen lassen.

Der Champagner gab ihm bald seine Laune wieder. Narcisse, Céladon, Zelmire und Sophie servierten den Kaffee. Man fragte Sophie, wie oft sie nachts zu Madame Durcet gegangen sei. Sie antwortete beschämt, es sei erst das zweite Mal geschehen, dass sie deren gute Ratschläge empfangen habe, und es sei sehr ungerecht, beide deshalb zu bestrafen. Der Präsident bezeichnete diese „guten" Ratschläge jedoch als höchst üble und erklärte, ihre Frömmigkeit werde ihr nichts einbringen als tägliche Maßregelungen. Sie dürfe keine anderen Herren und Götter haben als ihn und seine drei Freunde, keine andere Religion kennen, als die, ihnen zu dienen und blindlings zu gehorchen. Er ließ sie während dieser Predigt zwischen seinen Beinen hinknien und seinen Schwanz lutschen, was die Unglückliche zitternd tat. Der Herzog erwies sich, da mehr nicht erlaubt war, immer noch als Anhänger des Schenkelficks, und er benutzte zu diesem Zweck Zelmire. Dabei ließ er sich von ihr in die Hand scheißen und verschlang den Haufen in dem Maße, wie er ihn empfing. Durcet ließ Céladon in seinen Mund spritzen, während der Bischof Narcisse kacken ließ. Nachdem man etwas geruht hatte, ging man in den Saal. Die Duclos begann nun ihre Erzählung:

‚Der achtzigjährige Galan, dem die Fournier mich bestimmt hatte, war ein kleiner, wohlbeleibter Zahlmeister mit unangenehmem Gesicht. Rücken an Rücken hockten wir uns über ein Gefäß und schissen gleichzeitig. Dann ergriff er die Schüssel, vermengte mit den Fingern die beiden Haufen und verzehrte sie, während ich ihn blies. Meinen Arsch beachtete er kaum, küsste ihn nicht, aber sein Orgasmus war dennoch sehr lebhaft. Während er in meinen Mund entludt, wand er sich und fluchte. Beim Fortgehen bekam ich vier Louisdor.

D'Aucourt wurde unterdessen immer vetrauensseliger, aber ich missbrauchte sein Zutrauen immer mehr, was schließlich der Grund unseres endgültigen Bruchs wurde. Eines Tages war ich allein mit ihm in seinem Kabinett und bemerkte, wie er seine Börse aus einer mit Gold gefüllten Schublade füllte. Diese Beute lockte mich, und ich wartete nur auf den Augenblick, wo ich mich dieses Schatzes bemächtigen konnte. Die Lade war nicht verschlossen, d'Aucourt trug jedoch den Schlüssel des Kabinetts bei sich. Aber das Schloss war schwach, und ich glaubte, es mit Leichtigkeit aufsprengen zu können. Mit Ungeduld erwartete ich den nächsten Tag, wo d'Aucourt abwesend sein würde, was zweimal wöchentlich geschah, weil er dann mit Desprès und dem Abbé an besonderen Bacchanalien teilnahm, über die Ihnen Madame Desgranges vielleicht berichten kann. Als der Tag kam, war ich ganz allein im Haus, denn die Dienerschaft, ebenso ausschweifend wie ihr Herr, benutzte diesen Tag, um auch an diesen Feiern teilzunehmen. Ungeduldig machte ich mich daran, die Tür des Kabinetts zu sprengen, was mir mit einem Faustschlag gelang.

In der Lade waren mindestens dreitausend Louisdor. Ich füllte meine Taschen und durchsuchte dann ein anderes Schubfach, in dem ich ein reichverziertes Kästchen fand. Was lag darin? Ein Glück für d'Aucourt, dass seine Unvorsichtigkeit niemand anderen als mich in den Besitz dieser Dinge gelangen ließ! Es waren Briefe von Desprès und dem Abbé, aus denen deutlich hervorging, welcher Art ihre geheimen Bacchanalien waren. Ich darf darüber nichts aussagen, die Desgranges wird Ihnen alles erklären. Ich verrate Ihnen nur, dass ich alle drei Verbrecher hätte aufs Rad flechten lassen können. Außer den eindeutigen Briefen, welche ihm Desprès und der Abbé geschrieben hatten, war dort auch noch jede Art von Werkzeug vorhanden, um all diese Ungeheuerlichkeiten zu begehen.

Nach dem Diebstahl verließ ich zitternd das Haus, im Bewusstsein der Gefahr, in die mich der Umgang mit den Untätern gebracht hatte. Ich floh nach London, wo ich sechs Monate auf großem Fuße lebte, ohne ein Abenteuer zu haben, das Ihnen interessant erscheinen würde. Deshalb übergehe ich diese Episode meines Lebens. Die Fournier, welche die einzige Person war, mit der ich in Paris korrespondierte, benachrichtigte mich, dass mein Aushalter wegen meines Diebstahls großen Lärm geschlagen habe. Also entschied ich mich, all dem ein Ende zu bereiten, und ich nahm Feder und Papier. Ich schrieb ihm kühl, dass ich außer dem Geld noch gewisse andere Dinge gefunden hatte. Wenn er mich weiter verfolgte, dann wolle ich mein Schicksal annehmen. Vor demselben Richter, der mich später fragen würde, was ich mit dem Inhalt der kleinen Schublade gemacht habe, würde ich die Dinge in den größeren Laden bekanntgeben. D'Aucourt wurde stumm wie ein Grab. Ein paar Monate später kamen die drei Verbrecher durch einen Skandal in Gefahr und mussten ins Ausland fliehen. Ich hatte also nichts mehr zu befürchten und kehrte nach Paris zurück, kam aber so arm wieder, wie ich es vor meinem Raub gewesen war, und musste also wieder zur Fournier gehen. Ich war erst dreiundzwanzig Jahre alt und nicht auf Abenteuer aus. Ich werde nun die Partien außerhalb unseres Hauses übergehen und – mit Euer Gnaden gnädiger Erlaubnis – nur jene schildern, von denen ich weiß, dass sie von Interesse für Sie sind.

Nun war ich gerade acht Tage da, als man ein ganzes Fass voll Scheiße in ein Zimmer brachte, wo ich meinen Adonis, einen Geistlichen, empfangen sollte. Der heilige Mann war so emotionslos, dass ihn nichts erregen konnte als der Exzess, den ich nun erzähle. Ich entkleidete mich vollständig. Er betrachtete meinen Hintern und drückte dann brutal meine Arschbacken. Dann befahl er mir, ihn zu entkleiden. Ich zog ihn aus und half ihm, ins Fass zu steigen. Das alte Schwein glitt in sein Element. Nachdem er eingetaucht war, steckte er sein halbsteifes Fickrohr durch das Spundloch und befahl mir, das grässlich verschmierte Ding abzuwichsen. Das tat ich, während er seinen Kopf in die Scheiße tauchte, in den Fäkalien herumspritzte, die Kacke schluckte und sich schließlich unter Geheul entludt. Danach stieg er aus und ließ sich in einer Wanne von zwei Hausdienerinnen eine Viertelstunde lang sauberschrubben.

Für einen anderen Kunden musste ich vorher acht Tage lang in ein sorgfältig aufbewahrtes Gefäß scheißen und pissen. Dieser Zeitraum musste eingehalten werden, weil der Wüstling die Kacke in einem bestimmten Zustand verlangte. Er war ein etwa fünfunddreißigjähriger Mann, in dem ich einen Banker vermutete. Beim Eintritt fragte er mich: „Wo ist der Topf?“ Ich zeigte ihn her, er beschnupperte ihn. „Ist das auch wirklich vor acht Tagen gemacht worden?“, fragte er. „Sie können versichert sein, mein Herr“, erklärte ich. „Wie Sie sehen, ist hier schon Mehltau, und am Rand es schon schimmelig.“ – „Nun, das ist es, was ich brauche. Es ist mir nie schimmelig genug. Es ist der Schimmel, den ich begehre. Zeig mir den schönen Arsch, der das geschissen hat.“ Ich präsentierte ihn. „Los, halte ihn so, dass ich ihn sehen kann, während ich sein Werk verzehre.“ Ich nahm eine entsprechende Stellung ein. Er kostete, geriet in Ekstase und verschlang das köstliche Gericht in einer Minute, während er geile Blicke auf meinen Hintern warf. Er nahm dabei nicht einmal seinen Riemen aus der Hose.

Einen Monat darauf kam ein Wüstling, der sich mit der Fournier selbst amüsieren wollte. Verfickter Herrgott, welcher Geschmack! Die Frau war achtundsechzig Jahre alt, ihre Haut war von einer Flechte zerfressen, in ihrem übelduftenden Maul staken nur noch acht verwesende Zähne, die einen anstanken, so dass man nicht aus der Nähe mit ihr sprechen konnte. Diese Mängel eben waren es aber, die ihren Liebhaber entzückten. Ich war neugierig auf die Szene und eilte ans Guckloch. Der Adonis war ein alter Arzt, aber immer noch jünger als sie. Er umarmte sein Liebchen, küsste sie eine Viertelstunde auf den Mund, ließ sich dann ihren verrunzelten Arsch zeigen, der dem Euter einer alten Kuh ähnelte, küsste und leckte ihn voll Eifer. Dann nahm der Jünger Äskulaps[85] eine große Klistierspritze, füllte sie mit drei halben Flaschen Likör und spritzte das Heilmittel in die Eingeweide seiner Iris[86]. Er fuhr fort, sie am ganzen Körper zu küssen und abzuschlecken, bis die olle Vettel flüsterte: „Ah, mein Freund, ich kann es nicht länger zurückhalten. Keine Sekunde mehr! Bereite dich vor, ich muss es herauslassen." Der Schüler von Salerno[87] kniete nieder, zog seine schwarze, runzlige, schlappe Rute aus der Hose und wichste mit Emphase. Nun presste die Fournier ihren hässlichen Arsch auf seinen Mund und drückte los: Der Arzt trank die mit Scheiße vermischte Flüssigkeit und entludt, um gleich darauf besoffen niederzusinken. Auf diese Weise befriedigte er gleichzeitig seine Geilheit und seine Trunksucht.'

„Einen Moment Halt!", rief Durcet. „Von so etwas kriege ich immer eine Latte. Ich denke, Desgranges, dass dein Arsch dem der Fournier gleicht. Gib ihn her!" Die alte Ludin gehorchte. „Schieß los", keuchte Durcet mit erstickter Stimme, denn er nuschelte zwischen ihrem Paar ehrfurchtgebietender Arschbacken. „Schieß los, Arschfickerin! Wenn es nichts Flüssiges ist, wird es etwas Festes sein. Kauen kann ich gut! Ich nehme es, wie es kommt!" Auf die gleiche Weise unterhielt sich der Bischof mit Antinoüs, Curval mit der Fanchon sowie der Herzog mit Louison. Man vollzog das alles mit dem gewohnten Gleichmut, sodass kein Tröpfchen Schwanzsaft spritzte, als man die Exkremente fraß. „Du kannst jetzt fortfahren, Duclos", rief der Herzog. „Wenn wir auch nicht befriedigt sind, so sind wir doch nicht mehr so ungeduldig, und hören besser zu." – „Ich fürchte", sagte die Erzählerin, „dass das, was ich noch

---

[85] Griechischer Gott der Heilkunst.
[86] Griechische Göttin, Erzeugerin von Winden und Personifikation des Regenbogens.
[87] Berühmte heilkundliche Schule des Mittelalters.

zu berichten habe, für Sie in Ihrem augenblicklichen Zustand zu banal ist." – „Macht nichts, wir wollen alles hören!"

‚Der Held des neuen Abenteuers war ein alter Brigadier, den man ausziehen und einwindeln musste wie ein neugeborenes Kind. Ich musste vor ihm auf einen Teller scheißen und ihm den Kot mit den Fingerspitzen zum Essen geben, als wäre es Brei. All das fraß er und entludt in seine Windel, schreiend wie ein Neugeborenes.' – „Dann lasst uns zu den Kindern zurückkehren", bemerkte der Herzog, „und da wir eben eine Kindergeschichte hörten, komm du her zu deinem alten Freund, Fanny. Scheiß mir ins Maul, und wichse mich dabei, denn ich muss wieder entladen." – „Dein Wille geschehe", murmelte der Bischof, „komm, Rosette, und mache mir dasselbe." – „Und du", fuhr Durcet dazwischen, „Hébé, wirst mich bedienen." Der weise Curval sagte: „Wen du in Rom bist, dann handle wie die Römer. Augustine, tu es wie deine Kameradinnen. Lass meinen Saft in deinen Mund und deine Kacke in den meinen rinnen!" All diese Dinge wurden getan, all diese Wohltaten verteilt. Aus allen Ecken hörte man Fürze und das Geräusch plumpsender Scheiße, auch Entladungen vernahm man.

Nach der vorläufigen Lustbefriedigung stillte man seinen Hunger. Bei den folgenden Orgien nahm man Verfeinerungen vor und schickte die Jugend schlafen. Einzig die vier Hauptficker, die vier Dienerinnen und die Erzählerinnen behielt man zu diesen köstlichen Stunden da. Völlig besoffen trieb man nun die schmutzigsten Ferkeleien. Ich vermag sie nicht zu schildern, denn ich würde die nur leicht unzüchtigen Darstellungen überschreiten, die ich meinen Lesern vorerst bieten kann. Man musste Curval und Durcet schließlich besinnungslos wegtragen. Kaltblutig, als ginge sie alles sie nichts an, gaben sich der Herzog und der Bischof aber noch den Rest der Nacht ihren üblichen Wollüsten hin.

VIERZEHNTER TAG

An diesem Tag zeigte sich, dass das Wetter die verbrecherischen Pläne der Wüstlinge begünstigte und sie noch mehr schützte als all ihre eigenen Vorsichtsmaßregeln. Es hatte sich nämlich eine ungeheuere Schneedecke niedergesenkt. Sie füllte die Täler ringsum und machte es selbst den Tieren unmöglich, sich dem Schloss zu nähern. Erst recht konnte kein menschliches Wesen hoffen, dorthin zu gelangen. – Ah! Eine derartige Sicherheit dient der Wollust in höchstem Maße, wenn man sich sagen kann: „Ich bin einsam hier, ich bin am Ende der Welt, vor jedem Blick verborgen und jeder Kreatur unerreichbar. Keine Grenzen, daher keine Zügel mehr! Ich bin frei!" Dann entfalten sich die Begierden mit aller Heftigkeit. Sie kennen keine Barrieren mehr, sie schrecken vor nichts zurück, und die Straflosigkeit, die sie so köstlich elektrisiert, steigert ihre Trunkenheit. Hier existiert nichts außer Gott und das eigene Gewissen. Aber was kann eine Gottheit denn ausrichten, und welche Bedeutung hat sie für jenen, dessen Herz und Hirn vollkommen atheistisch sind? Welchen Einfluss hat das Gewissen für den, der das Bedauern überwunden hat, der die Schuld besiegte, so dass für ihn alles nur ein Spiel wird, ein kleines Geplänkel? Glückloses Schlachtvieh, den mörderischen Fängen dieser Schurken ausgeliefert, wie hättet ihr gezittert, wüsstet ihr, was euch noch zugedacht war!

Man feierte an diesem Tag das Fest der zweiten Woche und beschäftigte sich mit der Vermählung von Narcisse und Hébé. Die Herrschaften waren guter Dinge und wollten an diesem Feiertag einfach nur ausgelassen sein. Eine besondere Grausamkeit lag darin, dass beide Gatten am Abend gezüchtigt werden sollten, dass sie so unmittelbar nach den warmen Freuden der Ehe die weitaus bittereren Lektionen dieser Schule erdulden mussten. – Wie ungerecht! Der kleine Narcisse, der kein dummer Bursche war, sprach diesen ironischen Umstand an, aber die Herren ließen sich von ihren Plänen nicht abhalten. Der Bischof führte die Zeremonie durch, und man vereinigte das Paar zum Heiligen Sack-Rament der Ehe. Man erlaubte ihnen, vor den Augen der Gesellschaft alles, was sie wollten, miteinander zu treiben. Aber wer hätte das gedacht? Die Erlaubnis war zu großzügig oder aber zu wohlverstanden. Der kleine, gelehrige Ehemann war so entzückt von seiner hübschen Gattin, dass er sie mit den Fingern entjungfern wollte, weil es anders nicht ging. Strenge Hände hinderten ihn noch rechtzeitig daran. Der Herzog nahm ihn sich dann zum Schenkelficken vor, während der Bischof die kleine Gattin in derselben Weise benutzte.

Man dinierte anschließend in Gesellschaft der beiden Eheleute, die nach reichlichem Genuss der Speisen zum Abschluss der Tafel durch ihr Scheißen zu gefallen wussten. Durcet und Curval verschlangen mit Genuss die köstlichen Kackwürste der Kleinen. Augustine, Fanny, Céladon und Zéphire servierten dann den Kaffee. Auf Befehl des Herzogs wurde Zéphire von Augustine gewichst, der Blangis im Moment seiner Entladung in den Mund scheißen musste. Das Experiment gelang so vorzüglich, dass der Bischof Céladon und Fanny dasselbe machen ließ, aber Céladon versagte. Er war nie in der Lage, im Augenblick des Orgasmus zu scheißen. Da es sich hierbei lediglich um eine Überprüfung der Fähigkeiten handelte und dieser Fall in den Bestimmungen nicht vorgesehen war, bestrafte man ihn nicht. Durcet ließ Augustine kacken, und der Bischof, der eine enorme Latte zeigte, ließ sich von Fanny blasen, während sie ihm in den Mund schiss. Bei seiner Entladung misshandelte er sie mit seiner gewohnten Heftigkeit und bedauerte, sie nicht züchtigen zu können. Nach dem Abspritzen war er stets so boshaft wie kein anderer. Am liebsten hätte er das Opfer seiner Lust zum Teufel geschickt, und die Mädchen, Frauen und Knaben fürchteten nichts mehr, als ihm den Ficksaft zu entlocken. Nach der Mittagsruhe begab man sich in den Salon, um der Duclos zu lauschen:

‚Manchmal ging ich zu Partien in die Stadt, weil sie gewöhnlich lukrativer waren. Die Fournier schickte mich eines Tages zu einem alten Malteserritter, der mich vor einen mit Porzellantiegeln gefüllten Schrank führte. Seine Schwester war Äbtissin eines angesehenen Klosters in Paris. Auf sein Drängen schickte sie ihm jeden Morgen in Kistchen die Kackwürste ihrer reizendsten Pensionärinnen, die er sodann in seinem Schrank ordnete. Er befahl mir, den Tiegel mit einer bestimmten Nummer, in dem sich die älteste Scheiße befand, herauszunehmen und ihm zu präsentieren. „Der stammt“, sagte er, „von einem wunderschönen Mädchen aus Mans. Wichse mich, während ich ihn esse.“ Meine Aufgabe bestand darin, ihm meinen Arsch zu zeigen und ihm einen runterzuholen, während er die Kacke verzehrte. Dann musste ich meinen Haufen auf der leergewordenen Platte ablegen. Dabei schaute er mir zu, reinigte mein Arschloch mit der Zunge und entludt dabei. Anschließend wurde der Schrank wieder verschlossen, ich erhielt meinen Lohn, und der Mann, den ich zu früher Stunde besucht hatte, begab sich frohen Mutes wieder zu Bett.

Ein alter Mönch, der uns besuchte, verlangte die Scheißhaufen von acht oder zehn Kindern. Das Geschlecht war ihm gleichgültig. Er knetete sie wie Kitt und fraß mindestens die Hälfte davon, bis er mir in den Mund spritzte. – Den größten Ekel aber bereitete mir ein Mann, der mich den Mund weit aufsperren ließ, während ich nackt auf einem Teppich lag. Er schiss mir in den Mund.

Dann legte er sich neben mich, fraß, was ich nun auskotzte und spritzte seinen Saft auf meine Titten.'

„Ah, das ist reizend!", rief Curval. „Bei Jesus, ich habe gerade Lust, zu scheißen. Ich muss es unbedingt tun. Wen soll ich nehmen, Herr Herzog?" – „Bei meinem Glauben! Da du ihren Mund liebst", antwortete Blangis, „empfehle ich dir meine Tochter Julie. Mach Gebrauch von ihrem Maul." – „Ich danke für Ihren Ratschlag", sagte Julie. „Was habe ich Ihnen denn getan, dass Sie mir so etwas wünschen?" – „Nun", meinte der Herzog, „wenn sie nicht will und kein gutes Mädchen ist, so nimm Sophie, sie ist so frisch, so hübsch und vierzehn Jahre jung." – „Also los, Sophie", rief Curval, dessen Schwanz schon zuckte. „Fanchon, bring das Opfer heran!" Schon im Voraus wurde dem schönen Kind übel, und Curval näherte fröhlich lachend seinen dreckigen, fetten, alten Arsch ihrem reizenden Gesichtchen. Es sah aus, als wenn eine Kröte über eine Rose kriecht ... Man wichste ihn, und Sophie bekam alle Kacke in den Mund. Dann saugte das Schwein seine eigene Scheiße wieder zurück. Sophie erbrach dreimal auf die Nase Durcets, der davon entzückt war und sich einen runterholte. „Fahre fort, Duclos", sagte Curval. „Du kannst mit der Wirkung deiner Erzählung zufrieden sein!" Sie war beglückt bis in die Tiefe ihres Herzens und fuhr fort:

‚Der nächste Mann verlangte von der Frau, mit der er zusammen war, dass sie Durchfall habe. Ich bekam deshalb von der Fournier, die mich nicht vorwarnte, während der Mahlzeit eine Droge, die eine flüssige Entleerung bewirkt. Der Kerl traf ein. Er küsste zuerst den Gegenstand seiner Verehrung. Ich konnte, von schmerzhaften Darmgasen gepeinigt, dabei kaum noch zurückhalten und flehte ihn an, loszulegen. Die Ladung war jetzt bereit, herauszukommen, flüssig wie von einem Einlauf. Ich hielt sein Fickrohr, er geriet in Ekstase und verschlang alles, ja, er verlangte noch mehr, und ich lieferte ihm eine zweite und dritte Portion, bis die Sardelle des Wüstlings endlich auf meinen Fingern bewies, welche Geilheit er erlebte. – Am nächsten Tag behandelte ich einen Mann, dessen Fetisch gewiss Nachahmer unter Ihnen finden wird. Man führte ihn ans Guckloch und ließ ihn zunächst allein. Mit einem Droschkenkutscher, den man von der Straße geholt und eingeweiht hatte, begab ich mich ins Nebenzimmer. Auch ich war über den Vorgang im

Bilde, denn unsere gesamte Truppe beherrschte alle denkbaren Varianten absolut perfekt. Nun musste der Phaëton[88] direkt vor dem Wandspion in eine Schüssel kacken, sodass der Beobachter am Guckloch die Operation genau verfolgen konnte. Ich fing den Haufen in einer Schüssel auf, darauf achtend, dass die Wurst intakt blieb. Dabei drückte ich dem Kutscher die Arschbacken auseinander, damit auch wirklich alles herauskam. Sobald ich den Küttel hatte, wichste ich den Kerl, so dass er auf den Scheißhaufen spritzte. Dann brachte ich dieses Paket eiligst ins andere Zimmer. „Hier, mein Herr, speisen Sie schnell, solange es schön warm ist!“, rief ich. Diese Einladung musste ich nicht wiederholen. Er nahm die Schüssel, gab mir seinen Schwanz zur Behandlung, und nachdem er alles verschlungen hatte, spritzte er unter meinen kunstfertigen Fingern los.’

„Wie alt war der Kutscher?“, fragte Curval. – „Nahe dreißig.“ – „Oh, das ist nichts“, sagte Curval, „Durcet kann Ihnen bestätigen, dass wir einen Mann kannten, der das mit Kerlen von sechzig bis siebzig Jahren trieb. Sie mussten außerdem aus dem Bodensatz des Volkes sein.“ – „Und das ist das Schönste, was es gibt!“, sagte Durcet, dessen kleiner Schwanz sich versteifte. „Wenn man will, mache ich es mit dem Ältesten der Invaliden!“ – „Sie haben einen Ständer, Durcet!“, sagte der Herzog. „Ich kenne Sie. Wenn Sie anfangen, schweinisch zu werden, dann brodelt Ihr Saft. Ich bin zwar keineswegs der Älteste der Invaliden, aber aus Gefälligkeit biete ich Ihnen den Inhalt meiner Eingeweide an. Es ist sicher ziemlich viel und eine gute Mahlzeit.“ – „Ah, beim Bauche Gottes!“, schrie Durcet. „Sie bewirten Ihre Gäste immer großzügig, mein Teuerster!“ Der Herzog kam zu ihm, Durcet kniete vor seinen Arschbacken nieder, Blangis drückte einmal, zweimal, und ein wahres Wunderwerk rumpelte heraus. Der Bankster schluckte alles und entludt: Er schwor, noch nie ein solches Vergnügen erlebt zu haben. „Duclos“, sagte der Herzog, „jetzt geben Sie mir, was ich ihm spendiert habe.“ – „Euer Gnaden“, antwortete die Erzählerin, „Sie erinnern sich, dass ich schon heute früh entleert habe und Sie selbst es verzehrten.“ – „Stimmt ja“, sagte der Herzog, „ich wende mich also an dich, Martaine, denn ich will keine Kinderscheiße haben.“ Aber auch die Martaine konnte nicht, weil Curval sie am Morgen hatte scheißen lassen. „Zweimal verfickter Herrgott“, schrie der Herzog, „soll ich denn heute Abend

[88] In der griechischen Mythologie der Sohn des Sonnengottes. Er durfte für einen Tag den Sonnenwagen lenken, was katastrophale Folgen hatte.

keine Kacke bekommen?!" Da erbot sich Thérèse, die den schmutzigsten, weitesten und stinkendsten Hintern ihr Eigen nannte. „Na, das geht", meinte der Herzog, „wenn dieser Arsch ohne Wirkung bleibt, dann bin ich am Ende meines Lateins." Dramatischer Moment: Thérèse drückte los, und der Herzog empfing die Scheiße und verschlang wollusttrunken jedes Gramm. Der Weihrauch war dabei genauso widerlich wie der Tempel, dem er entstammte. Aber wenn jemand eine Latte wie der Herzog hat, dann wird er sich nie über ein Übermaß an Sauerei beschweren! Die Beweise seiner kraftvollen Männlichkeit gingen schließlich auf die Nase der Duclos, die ihn abwichste. Nachdem man getafelt hatte, widmete man sich bei den Orgien der Bestrafung von sieben Übeltätern: Es waren Zelmire, Colombe, Hébé, Adonis, Adélaïde, Sophie und Narcisse, welche die Spuren der Misshandlungen davontrugen. Man schonte die zarte Adélaïde nicht, und auch Sophie und Narcisse mussten schlimme Züchtigungen erdulden, deren Einzelheiten wir an dieser Stelle noch nicht schildern können. Hierauf gingen alle schlafen und suchten in Morpheus Armen Kräfte für das neue Venusopfer.

FÜNFZEHNTER TAG

Nach den Züchtigungen gab es nur selten Schuldige, und an diesem Tag konnte man niemanden strafwürdig finden. Da man morgens immer mit der Erlaubnis zum Scheißen geizte, wurde sie nur Hercule, Michette, Sophie und der Desgranges erteilt. Als die letztgenannte ihr Geschäft erledigte, hätte Curval bei diesem Anblick beinahe losgespritzt. Beim Kaffee war man zurückhaltend, man tätschelte nur die Ärsche und leckte deren Kacklöcher. Als die Stunde der Erzählung kam, eilten alle in den Saal, wo die Duclos ihren Bericht fortsetzte:

‚Zur Fournier kam eine Neue, Lucile, ein Mädchen von etwa zwölf oder dreizehn Jahren, das den Verführungskünsten des bereits erwähnten einzigartigen Mannes erlegen war. Er hatte sicher seit langem nichts so Jugendliches, so Frisches, so Schönes verdorben. Für ihr Alter groß, blond, mit einem zarten Gesicht und wollüstigem Ausdruck, hatte sie die schönsten Augen, die man sich vorstellen kann, und war eine interessante, bezaubernde kleine Person. Doch welchen schmählichen Erniedrigungen wurden diese Reize ausgesetzt!

Was mutete man ihrem Schamgefühl zu! Ihr Vater war ein wohlhabender Wäschehändler aus dem Palais. Er hatte seine Tochter sicher nicht für den Hurenberuf bestimmt. Aber je trickreicher dieser infame Verführer seine perfiden Künste anwenden konnte, um seine Opfer zu ruinieren, und je finsterer die Gräuel waren, denen er sie zuführte, umso genussreicher war seine Arbeit, umso wilder seine Ekstase.

Die kleine Lucile war dazu ausersehen, einem Mann mit dem schmutzigsten Geschmack zu dienen, der dazu eine Jungfrau verlangte. Es war ein alter Notar, dessen Reichtum sich mit jener Brutalität verband, welche der Geiz und die Geilheit einer alten Seele verleihen. Seine Rohheit offenbarte sich bereits, als er das Kind sah, denn er schob es mit einer verächtlichen Bewegung beiseite und fluchte, dass es nicht mehr möglich sei, in Paris ein schönes Mädchen zu finden. Dann fragte er, ob sie auch Jungfrau sei. Man beschwor es und wollte ihn überzeugen. „Was, Madame Fournier, mir eine Fotze zeigen? Mir eine Fotze?! Was fällt Ihnen ein! Haben Sie mich schon einmal eine Möse betrachten sehen, seit ich zu Ihnen komme?! Ja, ich benutze die Fotze, aber ich denke doch, auf eine Weise, die keine große Achtung davor beweist." – „Gut, mein Herr", sagte die Fournier, „dann mögen Sie mir vertrauen. Das Mädchen ist so jungfräulich wie ein neugeborenes Kind."

Sie stiegen hinauf, und ich eilte ans Guckloch. Die arme Kleine war von einer Schamhaftigkeit, die sich nur in Superlativen schildern lässt, und auch die Brutalität, den bösen Humor und die Schamlosigkeit ihres sechzigjährigen Liebhabers könnte man nur so charakterisieren. „Was, zum Teufel, stehst du so albern rum, als wärst du ein Stein!", fuhr er sie schroff an. „Muss ich dir erst befehlen, dich aufzuschürzen? Ich könnte schon längst deinen Arsch sehen." – „Aber was soll ich denn tun?" – „Bei Jesus Christus, was fragst du noch! Was du tun sollst? Die Röcke hochheben und mir deinen verfluchten Arsch zeigen, für den ich bezahlt habe!" Zitternd gehorchte Lucile und entblößte einen kleinen, zarten, weißen Popo, auf den selbst Göttin Venus hätte stolz sein können. „Donnerwetter, eine schöne Medaille! Näher heran!", rief er brutal. Er packte ihre beiden Hinterbacken und spreizte sie roh auseinander. „Hat man dich wirklich noch nie in den Arsch gefickt?" – „Oh, mein Herr, noch niemand hat mich berührt." – „Lass einen Furz fahren!" – „Aber, mein Herr, ich kann doch nicht!" – „Bei Christus, dann gib dir wenigstens Mühe, zu furzen!" – Sie gehorchte, presste grimassierend und brachte schließlich einen leisen, aromatischen Wind hervor, der ein Echo hervorrief, als er vom verpesteten Mund des Alten aufgefangen wurde. „Kannst du scheißen?", fragte er dann. – „Nein, mein Herr." – „Gut, aber *ich* habe es nötig, und zwar sehr. Mach dich fertig. Zieh die Röcke aus!" Ihre Kleider fielen, und Lucile musste sich auf ein Sofa legen, die Beine hoch, der Kopf tief. Er rückte sie so zurecht, dass man zwischen den gespreizten Schenkeln ihre kleine, weit geöffnete Möse sehen konnte, die sich auf einer Höhe mit dem Arsch des Alten befand, sodass er sich ihrer als Nachttopf bedienen konnte. Er verfolgte nämlich nur diesen himmlischen Zweck, und um sicher zu gehen, zog er ihre Schamlippen mit beiden Händen auseinander. So drückte er und legte seinen Haufen auf dieses Sanktuarium, das Amor selbst geschaffen zu haben schien. Dann drehte er sich um und schob die Scheiße mit seinen Fingern in die Möse hinein. Er wiederholte das noch ein zweites, dann ein drittes Mal. Dabei ging er so roh zu Werk, dass die Kleine schrie und durch diese ekelerregende Behandlung vielleicht ihre kostbarste Blüte verlor, jene Zierde der Natur, nämlich das Geschenk der Jungfräulichkeit, was wohl selten auf diese Weise geschehen mag. Für den Wüstling war nun der Augenblick der Ekstase gekommen. Diese junge und hübsche Fotze mit seiner Scheiße zu überfüllen, sie mit Kacke zu krönen und sie darüber hinaus mit noch mehr vollzustopfen, das war seine höchste Freude! Während er weitermachte, holte er einem armseligen, schlaffen Schwengel heraus und wichste ihn. Schließlich gelang es ihm, ein paar Tropfen dünnes, farbloses Sperma auf der Erde zu verteilen, das nur aufgrund dieser widerlichen Prozedur hervorgelockt wurde. Nach Beendigung dieser Angelegenheit ging er, und Lucile wusch sich gründlich.

Allerdings noch abstoßender erschien mir die Manie eines Mannes, mit dem ich etwas später zu tun hatte. Er war ein Rat der Großen Kammer, dem ich beim Scheißen nicht nur zusehen, sondern auch mit meinen Fingern nachhelfen musste. Ich presste, öffnete und drückte sein Arschloch zusammen und musste ihm nachher die ganze Partie, soweit sie verschmiert war, mit meiner Zunge reinigen.'

„Nun, bei Gott", sagte der Bischof, „diese kleine Gefälligkeit ist nicht eben angenehm, aber Sie sehen hier diese vier Damen, unsere Gattinnen, Töchter und Nichten, die uns diesen Dienst täglich leisten müssen. Zum Teufel auch, ich frage Euch, wozu ist die Zunge der Frau denn anderes da als zum Auswischen unseres Kacklochs? Ich kenne sie nur zu diesem Zweck. Constance, zeigen Sie der Duclos Ihre Geschicklichkeit bei dieser Verrichtung! Hier ist mein Arsch, ganz dreckig, denn er wurde seit dem Morgen nicht abgewischt, weil ich alles für dich aufgehoben habe. Los, beweise dein Talent!" An solche Abscheulichkeiten gewöhnt, befolgte diese Unglückliche voll Ergebenheit den Befehl. – Oh Gott, was vermögen nicht Furcht und Sklaverei!

„Oh, bei Jesus!" sagte Curval zum Bischof, „Du sollst nicht der Einzige sein. Los, kleine Nutte (und er hielt Aline, dem schönen und tugendhaften Mädchen, sein verschmiertes Arschloch hin), mach es deiner Kollegin nach!" Und es geschah. „Fahren Sie fort, Duclos", sagte der Bischof dann. „Wir wollten dir nur beweisen, dass dein Mann nichts Ungewöhnliches forderte und dass eine Weiberzunge nur zum Arschwischen da ist."

Die liebenswürdige Duclos lachte und fuhr fort: ‚Erlauben Sie mir, meine Herren, meinen Bericht einen Moment lang zu unterbrechen, um ein Ereignis zu erzählen, das nur mich allein betrifft. Nachdem Sie mir aber aufgetragen haben, die interessantesten Ereignisse meines Lebens zu berichten, auch wenn sie nicht mit irgendeiner der zu schildernden Passionen zusammenhängen, so glaube ich, auch dieses nicht mit Stillschweigen übergehen zu dürfen. Inzwischen war ich so lange bei der Fournier, dass ich die Älteste ihres Harems geworden war. Ich besaß ihr volles Vertrauen, und sie überließ mir sehr oft das Arrangement von Partien und das Entgegennehmen der Honorare. Sie hielt mich wie eine Tochter, half mir in schwierigen Situationen und nahm mich auch nach meiner Rückkehr aus England wieder in ihrem Hause auf, was mir in meiner Mittellosigkeit eine große Wohltat bedeutete. Sie hatte mir überdies unzählige Male Geld geliehen, ohne es zurückzufordern. Nun konnte ich ihr meine Dankbarkeit beweisen und ihr Vertrauen vergelten. Wie dies geschah, werden Sie jetzt hören. Die Fournier erkrankte und ließ mich sofort rufen. „Duclos, mein Kind", sagte sie. „Ich habe dich gern, und ich werde dir mein größtes Vertrauen bezeugen. Ich glaube, dass du trotz der lasterhaften Anlagen eine Freundin nicht betrügen kannst. Ich bin sehr krank und schon alt, und ich weiß nicht, was werden wird. Ich habe Verwandte, die sich meines Vermögens bemächtigen wollen. Hier in diesem Koffer sind hunderttausend Francs, die ich ihnen vorenthalten möchte. Ich vertraue sie dir an, damit du nach meinen Anweisungen darüber verfügst."

Ich umarmte sie und sagte: „Liebe Mutter, ich glaube sicher, Sie werden wieder gesund, sollte aber das Schlimmste eintreten, so will ich Ihre Anweisungen getreu befolgen. Das schwöre ich Ihnen mit meinem Eid.“ – „Ich glaube dir, mein Kind, deshalb ließ ich dich rufen“, sagte sie. „Also, dieser kleine Koffer enthält hunderttausend Francs in Gold. Wegen des Lebens, das ich führte, habe ich nun Gewissensbisse. Habe ich doch so viele Mädchen dem Laster zugeführt! Ich will mich mit Gott versöhnen, und um seinen Urteilsspruch zu mildern, möchte ich mich der beiden Mittel Gebet und Wohltätigkeit bedienen. Darum nimm von dem Geld zunächst zweimal fünfzehntausend Francs. Gib den einen Teil den Kapuzinern der Rue de St.-Honoré, damit die guten Väter für mein Seelenheil eine ewige Messe beten. Den anderen Teil übergib dem Pfarrer unseres Sprengels, damit er sie an die Armen des Bezirks verteile. Wohltaten, mein Kind, wiegen bei Gott das Maß unserer Sünden auf. Die Armen sind nämlich seine Kinder, und er liebt jene, die diesen Gutes tun. Man kann Gott nicht wohlgefälliger werden als durch Wohltaten, und dies ist die beste Art, das Himmelreich zu gewinnen. Nach meinem Tode wirst du sechzigtausend Francs sofort einem gewissen Petignon überreichen, einem Seilergehilfen in der Rue du Bouloir. Der Unglückliche ist mein Sohn, aber er weiß es nicht; er ist die Frucht eines Ehebruchs. Diese arme Waise soll ein Zeichen meiner Liebe empfangen, wenn ich sterbe.

Die übrigbleibenden zehntausend Francs sollst du behalten als ein schwaches Zeichen meiner Zuneigung und für die Mühen, welche die Ausführung meiner Aufträge dir bereiten. Vielleicht kannst du dir mit dieser kleinen Summe eine Existenz begründen und den unwürdigen Beruf aufgeben, den du jetzt ausübst und in dem du für deine Seele kein Heil finden wirst.“ Ich war innerlich entzückt von dem Gedanken, eine solche Summe in meine Hände zu bekommen und fest entschlossen, nichts davon herzugeben, sondern alles für mich zu behalten. Die alte Matrone umarmend, zerfloss ich in künstlichen Tränen und versicherte sie meiner Anhänglichkeit und Treue. Nun musste ich aber darauf bedacht sein, dass sie nicht wieder gesund wurde. Eine günstige Gelegenheit bot sich mir bald. Der Arzt verschrieb ihr ein Brechmittel und befahl mir, die ich die Pflege hatte, ihr nicht mehr als die Hälfte der Dosis zu verabreichen. Mehr würde sie töten. Die zweite Hälfte dürfe sie nur dann bekommen, wenn die erste keine Wirkung zeigte. Ich versprach dem Äskulap die größte Vorsicht. Kaum war er jedoch fort, verdrängte ich alle Gefühle der Dankbarkeit aus meinem Herzen und wies jedes Mitleid und jede Regung der Schwäche von mir. Ich dachte nurmehr an das Geld und an die lockende Möglichkeit, es zu besitzen. Der Plan einer Untat verursacht uns immer einen köstlichen Reiz, ein Vorgefühl jener Lust, die uns die Tat selbst bereitet.

Ich kannte kein Zögern, löste das Pulver in einem Glas Wasser auf und reichte das Getränk meiner lieben Freundin, die es sorglos trank und bald den Tod fand. Ich kann mein Gefühl nicht beschreiben, als ich mein Werk vollbracht sah. Jeder der Kotzanfälle, die ihren Tod begleiteten, verursachte mir einen Wollustschauer. Ich lauschte ihr, beobachtete sie und war ganz berauscht. Sie umarmte mich und flüsterte mir ein letztes Lebewohl zu, wobei ich zum Orgasmus gelangte und tausend Pläne bedachte, was ich mit dem erbeuteten Geld anfangen würde. Der Todeskampf dauerte nicht lange, noch am gleichen Abend krepierte die Fournier, und ich war Herrin ihres Geldes.'

„Duclos", sagte der Herzog. „Sei aufrichtig, hast du dir einen abgerubbelt, als dein Wollustorgan die feine und geile Sensation des Verbrechens empfand?" – „Ja, Euer Gnaden", antwortete die Duclos. „Ich gestehe, dass ich im Verlauf des Abends fünf Orgasmen hatte." – „Das beweist", sagte der Herzog, „dass das Verbrechen an sich eine Wollust ist, die unabhängig von jedem anderen Kitzel unsere Sinne entflammt und uns in denselben Zustand versetzt wie der Lustgenuss." – „So ist es, Euer Gnaden. Ich ließ die Alte würdig begraben, aber um ihren Bastard Petignon kümmerte ich mich nicht, und verschwendete auch keinen Sou, um Messen zu lesen oder Almosen zu verteilen. Vor Wohltaten habe ich sowieso immer einen Abscheu gehabt, und die Worte der Fournier haben nichts daran geändert. Es muss doch auch Unglückliche auf der Welt geben; das fordert die Natur, und man soll sich nicht vermessen, Gleichheit anzustreben, wenn die Natur Ungleichheit haben will." – „Bravo, Duclos", sagte Durcet. „Es freut mich, solche Grundsätze bei dir zu finden. Jede Hilfe, die wir einem Unglücklichen erweisen, ist ein Verbrechen gegen die Ordnung der Natur. Die Ungleichheit der Individuen ist ein Beweis für ihre Freude an den Gegensätzen. Sie beabsichtigt diesen Unterschied in Bezug auf den Besitz ebenso wie auf die Körper. Ist es den Schwachen erlaubt, sie durch Diebstahl zu korrigieren, so auch den Starken, sie durch Verweigerung von Hilfe wiederherzustellen. Das Universum könnte keinen Augenblick bestehen, wenn die Gleichheit aller Wesen eingeführt würde. Nur durch die Ungleichheit kann die Ordnung der Natur aufrechterhalten bleiben. Man muss sich also davor hüten, dieses Weltgesetz zu stören. Wenn man glaubt, einem Unglücklichen eine Wohltat zu erweisen, begeht man ein Unrecht an den anderen; denn die Unglücklichen sind die Pflanzschule, aus der die Reichen sich die Objekte ihrer Wollust oder ihrer Grausamkeit holen, und meine Hilfeleistungen würden diese Pflanzung des Vergnügens vermindern. Man soll die Unglücklichen sich selbst überlassen, mit Almosen nützt man dem einen Teil der Menschheit nur wenig, schadet dem anderen aber sehr.

Ich sehe in den Almosen nicht nur eine üble Sache an sich, sondern betrachte sie auch als ein Verbrechen gegen die Natur, die uns dadurch, dass sie uns die Vermögensunterschiede zeigt, keineswegs dazu auffordern will, sie auszugleichen. Will ich nach den wirklichen Absichten der Natur handeln, so darf ich den Armen nicht helfen, die Witwen nicht trösten und die Waisen nicht unterstützen. Ja, ich darf sie nicht einmal in ihrem Zustand lassen, muss vielmehr die Absichten der Natur dadurch fördern, dass ich das Unglück vermehre. Ich glaube, dass um dies zu erreichen, alle Mittel erlaubt sind." – „Wie", rief der Herzog, „auch, sie zu bestehlen und zu verderben?" – „Gewiss", sagte der Bankster. „Man muss auch die Zahl der Unglücklichen vermehren, da sie eine Klasse bilden, die einer anderen dient. Wenn sie vervielfältigt werden, schadet es ihrer Volksschicht nichts, der anderen aber nützt es sehr." – „Ein hartes System, mein Freund", sagte Curval, „aber man sagt doch, es sei schön, den Unglücklichen zu helfen?!" – „Aber was ist", entgegnete Durcet, „die Freude des Wohltuns gegen das Entzücken der Grausamkeit. Die erste ist eingebildet, die zweite ist wirklich. Die erste hängt an Vorurteilen, die zweite ist in der Vernunft begründet. Die erste kann mit Hilfe des Stolzes, der unser irrigstes Gefühl ist, unserem Herzen einen Augenblick schmeicheln, die zweite aber ist eine echte Freude des Geistes, die allein die Leidenschaft entflammt. Bei der ersten empfinde ich wenig, bei der zweiten jedoch wird mein Schwanz steif." – „Muss man denn immer alles auf die Sinnlichkeit beziehen?", fragte der Bischof. – „Alles, mein Freund", antwortete Durcet. „Nur die Sinne sollen die Handlungen des Lebens lenken, denn sie betrügen uns nicht." – „Aber, weiß Gott, dieses System kann zu Tausend und Abertausend Verbrechen führen", sagte der Bischof. – „Ja, Gott weiß! Aber denkst du, das zählt? Was kümmern mich Verbrechen", sagte Durcet, „wenn ich mich nur dabei ergötze. Das Verbrechen ist ein Behelf der Natur, den Menschen zu lenken, der eines ihrer Wesen ist. Warum soll ich mich nicht vom Verbrechen lenken lassen wie andere von der Tugend? Die Natur braucht Laster und Tugenden. Durch das eine diene ich ihr nicht minder als durch das andere. Aber diese Auseinandersetzung würde uns zu weit führen, bald ruft man uns zum Souper, und die Duclos hat noch viel zu erzählen. Fahren Sie fort, charmantes Mädchen. Sie haben uns ein Prinzip bekannt, durch das Sie sich unsere Achtung und die aller philosophischen Naturen erworben haben."

‚Meine erste Idee, nachdem meine gute Meisterin eingescharrt wurde, war, das Haus selbst zu übernehmen und es wie bisher weiterzuführen. Ich weihte meine Genossinnen in diesen Plan ein, und alle versprachen mir, mich als ihre Patronin zu betrachten, besonders Eugénie, die noch immer meine Geliebte war. Ich war für dieses Amt nicht mehr zu jung, denn ich zählte fast dreißig Jahre und hatte alle für das Geschäft erforderlichen Erfahrungen. Was ich Ihnen jetzt erzähle, meine Herren, sind also nicht mehr Erlebnisse als Freudenmädchen, sondern als Puffmutter. Übrigens war ich noch immer jung und hübsch genug, um selbst zu praktizieren, und es kam auch sehr oft vor. Ich werde jedes Mal sagen, wenn ich selbst handelnde Person war. Ich erhielt mir nicht nur die Kunden der Fournier, sondern gewann neue hinzu, einerseits durch die saubere Einrichtung meines Unternehmens, andererseits durch die besondere Bereitwilligkeit meiner Mädchen allen Launen der Wüstlinge gegenüber.

Mein erster neuerworbener Kunde war ein Schatzmeister des Königs, dem ich zu seinem höchsten Entzücken die kleine Lucile gab. Seine Manie bestand in der schmutzigen und für die Mädchen unangenehmen Begierde, seiner Liebsten ins Gesicht zu scheißen und dieses ganz mit Kacke zu verschmieren, um es in diesem Zustand zu schlecken und zu küssen. Aus Freundschaft zu mir gab Lucile sich für diesen alten Satyr her, und während er immer und immer wieder ihr beschmutztes Gesicht küsste, spritzte er auf ihren Bauch. – Bald darauf kam ein anderer zu Eugénie. Man musste ihm ein Fass voll Scheiße bringen, er tauchte das Mädchen hinein und leckte dann ihren ganzen Körper ab, die Exkremente verschluckend, bis sie gereinigt war. Dieser war ein gefeierter Anwalt, ein reicher und wohlbekannter Mann. Um mit Frauen Vergnügen zu finden, besaß er nur die allergeringsten Fähigkeiten, und diesen Mangel glich er durch die geschilderte Schweinerei aus, die er sein ganzes Leben lang liebevoll kultiviert hatte. – Ein alter Kunde der Fournier, der Marquis de X..., kam kurz nach deren Tod und kondolierte. Er versicherte mir, dass er als Gast treu bleiben werde, und daher bekam er Eugénie an diesem Abend. Seine Passion bestand darin, zunächst sehr lange den Mund des

Mädchens zu küssen und allen Speichel daraus zu saugen. Dann küsste er eine Viertelstunde lang ihre Arschbacken, ließ sie furzen und zuletzt scheißen. Die Kacke behielt er im Mund, während er das Mädchen umarmte und mit der freien Hand ihr versautes Arschloch kitzelte. Dann musste es aus seinem Maul die Scheiße fressen. Diese Prozedur bezahlte er sehr gut, und doch fanden sich wenig Mädchen, die sich dazu hergaben. Deshalb bewies mir der Marquis solche Anhänglichkeit.'

In diesem Moment sagte der Herzog, der bereits sehr scharf war, dass die Essensstunde nahte, und er wolle zuvor diesen Vorgang nachahmen. Also ließ er Sophie in seinen Mund kacken und zwang Zélamir, dass er ihre Kreation essen sollte. Aber diese Delikatesse war nicht nach dem unausgereiften Geschmack des Kindes. Es wusste ihre Erlesenheit noch nicht zu schätzen, sondern empfand nur Widerwillen und sträubte sich. Aber der Herzog drohte ihm mit seinem Zorn, und Zélamir gehorchte nach kurzem Schwanken. Diese Sache fand bei Allen Beifall, und sie wollten sie nachahmen. Durcet meinte, man müsse die Gunstbezeugungen besser einteilen; es sei nicht gerecht, dass die Knaben die Scheiße der Mädchen verzehrten, während diese leer ausgingen. Deshalb ließ er sich von Zéphire in den Mund kacken und befahl Augustine, diese Konfitüre aufzuessen, wobei das schöne Mädchen bis aufs Blut erbrach.

Curval eiferte Durcet nach, er bekam die Wurst seines teuren Adonis und ließ Michette sie unter ebensoviel Widerwillen verzehren. Der Bischof ließ die delikate Zelmire scheißen und zwang Céladon, das Konfekt zu schlucken. Dieser bewies einen besonderen Widerwillen, der den Wüstlingen willkommen war, weil sich die Leiden der anderen für sie in Freuden verwandelten. Der Herzog und der Bischof entluden, die beiden anderen wollten oder konnten es nicht. Beim Souper lobte man den Streich, den die Duclos der Fournier gespielt hatte. „Sie hat Geist genug gehabt", sagte der Herzog, „um einzusehen, dass Dankbarkeit eine Chimäre ist. Das Dankgefühl sollte nie ein Verbrechen verzögern oder verhindern, denn die Person, die uns einen Dienst erwiesen hat, besitzt noch kein Recht auf unser Herz, sie hat ja nur für sich gearbeitet. Schon die Gegenwart dieses Subjekts ist eine Demütigung für eine starke Seele, man muss sie hassen und sich ihrer entledigen." – „So ist es", sagte Durcet, „und Ihr werdet nie einen Menschen von Geist antreffen, der Dankbarkeit beansprucht, denn er weiß, dass er statt dessen nur Feindschaft ernten würde." – „Man erweist ja auch niemandem einen Dienst, um ihm ein Vergnügen zu machen, sondern um ihn die eigene Überlegenheit fühlen lassen. Man will nicht wohltun, sondern den anderen demütigen und sich selbst überheben." – „Das beweist die Absurdität jeder Wohltätigkeit", sagte Durcet. „Schwächlinge mögen einen schalen Genuss darin finden. Wir aber, großer Gott, werden davon sogar abgestoßen! Also wären wir Vollidioten, dankbar oder wohltätig zu sein." Diese Grundsätze erhitzten ihnen die Köpfe, sie soffen viel und gingen zu den Orgien über, die mit viel Munterkeit und Lebhaftigkeit zelebriert wurden. Die Kinder schickte man schlafen und verbrachte einen Teil der Nacht nur mit den vier Anstandsdamen und den vier Erzählerinnen bechernd. Dabei versuchte man sich gegenseitig an Schändlichkeiten und Grausamkeiten zu übertreffen. Da von all diesen zwölf Personen niemand dabei war, der nicht den Strick, die Streckbank oder vielleicht sogar das Rädern verdient hätte, überlasse ich es dem Leser, sich vorzustellen, was wohl alles gesagt und getan wurde. Denn aus Worten wurden Taten, und der Herzog wurde wieder geil, und ich weiß nicht wie und warum, aber Thérèse trug noch Wochen später die Zeichen seiner Leidenschaft am Körper. Aber wie es auch sei, erlauben wir unseren Herrschaften nun, von den Bacchanalien ins keusche Ehebett zu steigen, das ihnen vorbereitet war, und schauen wir, was der nächste Tag im Schloss ausbrüten wird!

SECHZEHNTER TAG

Neugeboren und rein, wie frisch von der Beichte kommend, erhoben sich unsere Helden. Nur der Herzog erschien etwas erschöpfter, woran man der Duclos die Schuld gab. Ohne Zweifel verstand sich dieses Mädchen vortrefflich darauf, seine Geilheit zu erwecken, was er bestätigte, denn er sagte, dass er nur mit ihr wollüstig entladen könne. Tatsächlich hängt in diesen Dingen alles mit den eigenen Launen zusammen, und Alter, Schönheit, Tugend und ähnliche Dinge sind nichtsbedeutend. Es kommt nur auf die Geschicklichkeit an, die bei reiferen Schönheiten viel häufiger zu finden ist als bei den Unerfahrenen, die noch im Zeichen des gabenreichen Frühlings stehen.

In der Gesellschaft gab es noch eine andere Kreatur, die eine liebenswürdige Begabung zu entwickeln versprach, das war Julie. Sie zeigte die Veranlagung zu einer ausschweifenden, zu einer ebenso scharfen wie klugen Frau. Im Gefühl, noch einen Schutz zu brauchen, und schlau genug, um sich mit jenen zu verbünden, für die sie vielleicht gar keine große Zuneigung empfand, befreundete sie sich mit der Duclos. Auf diese Weise versuchte sie, bei ihrem Vater, dem angesehensten Mitglied der Gesellschaft, in besondere Gunst zu kommen. Immer, wenn sie beim Herzog lag, wandte sie die Kunstgriffe der Duclos an und bewies dabei soviel Geschicklichkeit und Gefälligkeit, dass der Herzog immer darauf rechnen konnte, eine Entladung zu erreichen, wenn diese beiden Objekte sich zusammenfanden, um ihn zu bedienen.

Dennoch war er in Bezug auf seine Tochter schon ziemlich affektlos, und ohne die Unterstützung der Duclos (sie sprach stets gut von ihr) wäre ihm Julie wohl nicht mehr begehrenswert erschienen. Ihrem Gatten Curval ging es ähnlich. Aber dank ihres unreinen Mundes und ihrer geilen Lutschtechnik konnte sie ihm noch immer Ergüsse bereiten. Trotzdem war er dem Überdruss nicht mehr fern, ja, dieser wurde sogar von der Glut ihrer Blaskünste genährt. Durcet schätzte sie wenig, denn sie hatte ihm, seit man auf Silling versammelt war, nur zweimal das Liebesopfer entlocken können. Somit blieb ihr nurmehr der Bischof, der ihre unzüchtigen Reden liebte und ihren Arsch als den schönsten der Welt pries, und dieser Hintern war wirklich so formvollendet wie der einer Venus! Da sie um jeden Preis gefallen wollte, kokettierte sie viel mit ihrem Arsch, und ihr extremes Schutzbedürfnis stillte sie in der Nähe der Duclos.

An diesem Tag erschienen in der Kapelle nur Hébé, Constance und die Martaine. Niemand war schuldig befunden worden. Nachdem die drei Personen ihre Haufen abgelegt hatten, wollte auch Durcet scheißen. Schon seit dem Aufstehen hatte der Herzog ein Auge auf Durcets Arsch geworfen, und er nutzte nun die Gelegenheit, um sich zu befriedigen. Sie behielten nur Constance für gewisse Dienstleistungen bei sich und schlossen sich dann in der Kapelle ein. Der kleine Bankster schiss dem zufriedenen Herzog den ganzen Mund voll. Constance erzählte nachher dem Bischof alle Infamien, welche die beiden eine halbe Stunde lang getrieben hatten. Sie waren Freunde seit ihren Schülerzeiten und verfielen daher immer wieder ihren kindlichen Gewohnheiten. Für Constance gab es dabei nicht viel zu tun. Sie musste ihnen die besudelten Ärsche reinlecken und sie hie und da ein bisschen wichsen. Das war alles.

Nach einer kurzen Unterhaltung im Salon wurde den vier Freunden das Diner serviert. Es war wie stets reichhaltig und üppig. Nach unzüchtigen

Berührungen und Küssen und vielen skandalösen Reden begab man sich dann in den Salon, wo sich Zéphire und Hyacinthe, Michette und Colombe anschickten, den Kaffee zu servieren. Der Herzog vögelte Michette nun zwischen den Schenkeln, und Curval den kleinen Hyacinthe. Durcet ließ Colombe scheißen, und der Bischof steckte Zéphire seinen Schwanz in den Mund. Curval erinnerte sich an eine der Erzählungen der Duclos und wollte daraufhin in Colombes Fotze kacken. Die alte Thérèse, welche das Quartier an diesem Tag beaufsichtigte, legte sie bereit, und Curval schiss. Aber er hatte so viel gefressen, dass der Haufen zu groß war und fast ganz zur Erde fiel. Die kleine, jungfräuliche Möse wurde nur ganz außen etwas mit Scheiße gefüllt. Die Natur schien dieses hübsche Fötzchen nicht für ein so schmutziges Vergnügen bestimmt zu haben. Von Zéphire abgewichst, verlor der Herzog seinen Schwanz-Rotz umso schneller, als er nicht nur mit dem Gefühl, sondern auch mit den Blicken bei einem so herrlichen Schauspiel die Wollust genoss.

Er geriet in Wut, beschimpfte Curval und alle Welt, und um ihn wieder zu Kräften kommen zu lassen, reichte man ihm ein stärkendes Elixier. Michette und Colombe betteten ihn auf ein Sofa und blieben bei ihm. Ziemlich erfrischt wachte er später wieder auf, und Colombe lutschte ihm ein wenig den Schwanz, um seine Lebensgeister noch mehr zu wecken. Sein Gerät hob sich, und man ging in den Salon. An diesem Tag war Julie, die er gerne sah, bei ihm auf dem Kanapee, und ihr Anblick verlieh ihm gute Laune. Beim Herzog lag Aline, bei Durcet Constance, beim Präsidenten seine Tochter. Alles war bereit. Die Duclos begab sich auf den Thron und erzählte:

‚Es ist irrig, wenn man behauptet, „unrecht Gut gedeihe nicht“. Keine Ansicht ist falscher, wie mein Fall beweist. Mein Haus blühte nämlich, noch nie hatte es vorher so viele Kunden gehabt! Damals kam mir eine etwas grausame Idee, von der ich aber annehmen darf, dass sie Ihnen, meine Herren, nicht missfällt. Mir scheint nämlich, wenn man jemand etwas ihm Zukommendes wegnimmt, so bereitet es ein besonderes Vergnügen, ihm außerdem noch zusätzlich etwas Böses anzutun. Meine Einbildungskraft brachte mich auf eine wollüstige Bosheit, die sich gegen den armen Petignon, den Sohn meiner Wohltäterin, richten sollte, dem ich die sechzigtausend Francs geraubt hatte. Das Geld wäre ihm sicher sehr willkommen gewesen, aber ich hatte bereits begonnen, es für Kleinigkeiten zu verschwenden.

Ich spürte schon einen geilen Kitzel, als ich auf meine Erkundigungen hin erfuhr, dass dieser unglückliche Seilergehilfe sich mit einem armen Mädchen niederen Standes verheiratet hatte und ein Töchterchen von zwölf Jahren besaß, das alle Reize kindlicher Jugend und zarter Schönheit in sich vereinte. Dieses, trotz aller Armut mit jeglicher Sorgfalt erzogene Kind, war das einzige Glück und Entzücken der Eltern. Ich dachte natürlich sofort an eine Entführung! Nie kam Petignon in unser Haus, denn er wusste nichts von seinen Ansprüchen darauf. Aber kaum hatte ich von ihm erfahren, als ich mich über ihn erkundigte. Auf diese Weise erfuhr ich von diesem Schatz, den er hütete. Es traf sich, dass eben in jener Zeit der Graf von Mesanges sich an mich wandte mit dem Ersuchen, ihm eine dreizehnjährige Jungfer zu verschaffen, egal zu welchem Preis. Dieser Mann war ein berüchtigter, ein geradezu berufsmäßiger Wüstling. Die Desgranges wird Ihnen mehr von ihm erzählen. Ich wusste nicht, zu welchem Zweck er die Jungfrau benutzen wollte, denn man hielt ihn für keinen sehr potenten Mann. Er stellte die Bedingung, dass Sachverständige die Unberührtheit des Mädchens bestätigen müssten. Dann sollte das Mädchen ihm für eine zu vereinbarende Summe verkauft werden. Von diesem Moment an dürfe ich mich nicht mehr um das Schicksal des Mädchens kümmern. Er sagte, das Kind werde verschwinden und nie wieder in Frankreich auftauchen. Ich gab mir alle Mühe, den Grafen zufriedenzustellen, der einer meiner besten Kunden war. Sie werden ihn übrigens bald selbst in Aktion sehen, meine Herren!

Die Tochter Petignons erschien mir das am besten geeignete Objekt. Doch wie sollte ich sie entführen? Das Kind ging nie aus, man unterwies es zu Hause, und es wurde mit einer Vorsicht bewahrt, dass mir fast keine Hoffnung blieb. An jenen berühmten Mädchenverführer, von dem ich bereits sprach, konnte ich mich nicht wenden, denn er war außer Landes. Der Graf drängte. Es gab nur ein Mittel, und dieses passte zu der Boshaftigkeit des ganzen Planes, denn es vergrößerte mein Verbrechen: Ich plante, den Mann und seine Frau in eine erfundene Affäre zu verwickeln, sie einsperren zu lassen, um dann das Mädchen, das bei Freunden untergebracht und weniger scharf bewacht werden würde, in meinen Käfig zu locken. Ich hetzte den Leuten also einen Winkeladvokaten auf den Hals, einen Freund, der zu allem fähig war und dessen Geschicklichkeit in solchen Sachen ich kannte. Dieser recherchierte, fand Gläubiger, machte die Schuldforderungen geltend und brachte Mann und Frau binnen acht Tagen hinter Gitter. Von diesem Augenblick an hatte ich leichtes

Spiel. Eine geschickte Helferin entführte das Fräulein von den armen Nachbarn, die sich der Verlassenen angenommen hatten. Schließlich brachte man sie mir, die wirklich entzückend war und die zarteste, weißeste Haut sowie die hübschesten rundlichen Formen hatte. Man konnte schwerlich ein schöneres Mädchen finden.

Sie kostete mich also um die zwanzig Louisdor, und der Graf, der sie ja unbesehen gekauft hatte, wollte nur einen Fixpreis zahlen. Ich forderte daher von ihm hundert Louisdor. Er stellte die Bedingung, dass niemand mit dem Kind sprechen oder etwas anderes tun dürfe. Ich musste deswegen alle Spuren des Verbrechens tilgen. Also gab ich meinem Anwalt zwanzig Louisdor, damit er die Sache so verschleiere, dass auch Vater und Mutter nichts von dem Kind erfuhren, dessen Verschwinden ihnen natürlich nicht verborgen bleiben konnte. Die Nachbarn, welche die Entführung durch ihre Nachlässigkeit ermöglicht hatten, entschuldigten sich nach bestem Vermögen, und der Advokat richtete es so ein, dass der Seilergehilfe und seine Frau kein Aufsehen erregten, denn sie starben innerhalb von elf Jahren beide im Gefängnis. Bei dieser kleinen Affäre gewann ich doppelt, denn ich sicherte mir so den unbestrittenen Besitz der sechzigtausend Francs, zusätzlich zum Reingewinn am Verkauf des Kindes, der sechzig Louisdor betrug. Der Graf hatte übrigens die Wahrheit gesagt, das kleine Mädchen blieb verschollen. Vielleicht erzählt Ihnen die Desgranges das Ende dieser Geschichte. Ich selbst will nun wieder von den täglichen Ereignissen berichten, welche Ihnen die schlüpfrigen Finessen zeigen, die wir aufgelistet haben.‘

„Oh, bei Gott!“, rief Curval, „deine Klugheit entzückt mich bis zum Wahnsinn. Das ist ein Verbrechertum aus Überlegung, eine Voraussicht, die mir mehr zusagt, als ich sagen kann. Einem Opfer den Todesstoß versetzen, das man zuvor kaum berührt hat! Man muss im Verbrechen immer bis ans Ende gehen. Mir erscheint das hier wie eine Verfeinerung der Niedertracht, die es mit unseren eigenen Meisterstücken aufnehmen kann!“ – „Ich hätte in diesem Fall anders gehandelt“, sagte Durcet. „Ich hätte die Eltern umbringen lassen, denn schließlich hätten sie doch freikommen können. Es gibt doch so viele Dummköpfe in der Welt, die nichts Wichtigeres zu tun haben, als den sogenannten Unschuldigen zu helfen. Du konntest dich also nie ganz sicher fühlen.“ – „Meine Herren“, antwortete die Duclos, „wenn man nicht den Kredit besitzt, den Sie in der Welt haben, darf man nicht zu weit gehen. Ich musste vorsichtig sein und konnte nicht so viel wagen, wie ich wollte.“ – „Sie hat recht“, meinte der Herzog. „Mehr konnte sie nicht tun.“ – Hierauf setzte die liebenswürdige Person ihre Erzählung fort:

‚Es ist schrecklich, dass ich Ihnen immer von denselben Schweinereien berichten muss wie seit Tagen. Aber es ist Ihr Verlangen, dass ich mich über diese Passionen auslassen soll, und ich darf Ihnen keine Variante vorenthalten. Ich gebe Ihnen also noch drei Beispiele dieser entsetzlichen Sauereien, um dann zu anderen Leidenschaften überzugehen. Der Erste, von dem ich erzählen werde, ist ein alter Domänendirektor[89], ein Sixty-Something. Die Frau musste sich ganz nackt ausziehen, und nachdem er einen Moment lang ihre Arschbacken mehr brutal als zärtlich liebkost hatte, zwang er sie, mitten im Zimmer auf den Boden zu scheißen. Erfreut von diesem Anblick, legte er seine Kackwurst an derselben Stelle ab, vermengte dann beide Haufen mit den Händen und ließ das Mädchen auf allen vieren herbeikriechen und die Konfitüre aufessen, wobei sie ihm ihren ungereinigten Arsch herzeigen musste. Während dieser Szene wedelte er sich einen von der Palme und spritzte los, als alles verzehrt war. Sie können sich denken, dass nicht viele Mädchen sich für solche Schweinereien hergaben, und trotzdem nahm er nur junge und frische. Nun, in Paris findet man ja alles, aber er musste auch tüchtig zahlen.

Der zweite der drei aus dieser Kategorie verlangte die äußerste Hingabe seitens des Mädchens. Da er nur außerordentlich junge Fräulein nahm, fand man sie leichter, denn unerfahrene Kinder geben sich eher zu solchen Sachen her als Erwachsene. Diesem Wüstling gab ich also eine hübsche Putzmacherin von dreizehn bis vierzehn Jahren.

Er kommt also an und lässt das Mädchen nur den Unterleib entblößen, tätschelt ihren Hintern, lässt sie furzen und macht sich selbst dann selbst vier oder fünf reichhaltige Klistiere. Dann zwingt er das Mädchen, den Inhalt seiner Eingeweide mit dem Mund aufzufangen und zu verschlucken, während die Fontäne aus seinem Arschloch sprudelt. Bei diesem Vorgang hockt er auf ihrer Brust und wichst seinen großen Schwanz, wobei seine freie Hand ihren Venushügel streichelt, der haarlos sein muss. Sechsmal nacheinander macht der Wüstling diese Sache, ehe er entladen kann. Schrecklich kotzend, fleht das

---

[89] Aufseher über ein Wein- oder Landgut.

kleine Mädchen ihn um Gnade, aber er lacht sie nur aus, und ich sah erst beim siebten Abdrücken seinen Schwanzsaft fließen.

Als letzte dieser schmutzigen Entsetzlichkeiten erfahren Sie die Sauereien, die ein alter Bankier vollführt. Genauer gesagt, ist es die letzte Schilderung, bei der solche Dinge im Vordergrund stehen. Später können sie wieder als Beiwerk einer Hauptleidenschaft auftauchen. Er brauchte eine sehr hübsche Frau von vierzig bis fünfundvierzig Jahren, die sehr große Möpse haben musste. Er ließ sie nur den Oberkörper entblößen, um recht derb ihre Titten abzugreifen. „Ah", rief er, „diese verfluchten Kuheuter! Wozu sind solche Anhängsel gut, wenn nicht, um meinen Arsch auszuwischen!" Mit diesen Worten quetschte er in roher Weise ihre Titten zusammen. Er drückte, verdrehte und wrang sie. Er zog an ihnen, bespuckte sie und stieß und trampelte mit seinem Fuß danach, immer wieder schreiend, eine Weiberbrust sei eine gemeine Sache, er begreife die Natur nicht, die solche Hautfetzen geschaffen habe, die den ganzen Körper der Frau verunstalteten. Nach diesen Bosheitsergüssen zog er sich aus. Aber, Allmächtiger! Was für einen Körper enthüllte er da! Wie soll ich ihn nur beschreiben, meine Herren?

Er war vom Kopf bis zu den Füßen mit widerlichem Ausschlag bedeckt, ein einziges Geschwür, das entsetzlich stank, so dass ich es bis ins Nebenzimmer roch. Dergestalt war dieser Körper, und den sollte die Frau nun ablecken!' – „Lecken?", fragte der Herzog. – ‚Ja, meine Herren', sagte die Duclos, ‚abschlecken vom Kopf bis zu den Füßen, ohne die kleinste Stelle auszulassen. Überall musste die Zunge hinwandern, alles erforschen. Die Frau war vorher von mir unterrichtet worden. Aber als sie nun diesen wandelnden Kadaver sah, wich sie entsetzt zurück. „Wie, du Schandnutte", rief er. „Widere ich dich an? Du musst mich aber trotzdem lecken. Deine Zunge muss über alle Partien meines Körpers. Spiele nicht die Empfindliche. Das haben schon ganz andere getan, tu du es auch. Los, mach keine Umstände." Man kann wohl behaupten, dass man mit Geld alles erreicht. Die Unglückliche, die ich ihm zugeführt hatte, stak nämlich in tiefster Armut. Da sie zwei Louisdor verdienen konnte, tat sie alles, was man von ihr verlangte. Mit Entzücken fühlte der alte, schrundige Kerl, wie eine zarte Frauenzunge über seinen abschreckenden Körper wanderte und den Juckreiz linderte, der ihn verzehrte. Er wichste geil dabei. Nachdem sie trotz ihres Ekels mit der Prozedur fertig war, musste sie sich rücklings auf den Boden ausstrecken, er hockte rittlings über ihr und kackte ihr auf die Titten, diese dabei erneut eine nach der anderen pressend. Schließlich wischte er sich den Arsch damit ab. Ich sah ihn nicht entladen und hörte später, dass es bei ihm mehrerer Wiederholungen bedürfe, damit er zum Abspritzen komme. Er war ein Mann, der nie mehr als einmal in dasselbe Haus kam, und ich war wirklich froh darüber.'

„Bei meiner Seele! Ich finde", sagte der Herzog, „den Abschluss der Operation dieses Mannes recht vernünftig. Ich habe auch nie begriffen, zu welchem Zweck die Weibertitten eigentlich da sind, wenn nicht zum Arschwischen." – „Es ist wahr", sagte Curval und presste dabei die zarten und köstlichen Möpse Alines sehr roh, „dass das Euter einer Frau eine infame Sache ist. Ich kann Titten nicht sehen, ohne dass ich in Wut gerate. Wenn ich so etwas erblicke, bekomme ich einen gewissen Widerwillen, einen Abscheu. Nur eine Fotze ist mir noch grauenhafter." Mit diesen Worten zog er sich in sein Kabinett zurück, indem er Aline an der Brust hinter sich herzerrte und auch Zelmire, Sophie sowie die Fanchon mitkommen hieß. Es wurde nicht bekannt, was er darin machte, aber man hörte den Schrei einer Frau und bald darauf das Geheul seiner Entladung. Aline weinte, als er mit ihr zurückkam, und sie drückte ein Taschentuch an ihren Busen. An solche Zwischenfälle gewöhnt, nahm man weiter keine Notiz davon, und die Duclos setzte ihre Erzählung fort:

‚Einige Tage später hatte ich selbst mit einem alten Mönch zu tun, der eine nicht so widerwärtige Gewohnheit hatte, der aber einen Dienst verlangte, welcher die Hände sehr anstrengte. Er hielt mir einen dicken, hässlichen Hintern hin, faltig wie trockenes Laub. Dessen pergamentartige Haut musste ich mit aller Kraft pressen und drücken. Nichts schien ihm derb und roh genug, besonders, als ich bald an seinem Kackloch angekommen war! Ich musste die Haut um das Arschloch reiben, kneifen, heftig zwischen meinen Fingern bewegen und mit meinen Nägeln bearbeiten, denn er konnte seinen Saft nur auf diese Weise verlieren. Währenddessen hobelte er sich selbst, und er hob mir nicht einmal die Röcke hoch. Er musste übrigens diesen Vorgang sehr oft vornehmen lassen, denn die Haut seines Hinterns, der ansonsten wabbelig herabhing, war dick und zäh wie Leder. – Im Kloster hatte er wahrscheinlich meine Geschicklichkeit gelobt, denn am nächsten Tag kam ein Mitbruder, dessen Arsch man mit aller Macht abklatschen musste. Dieser war mehr Lüstling und Examinator als der andere. Er untersuchte aufmerksam die

Arschbacken der Frau. Mein Popo wurde zehn- bis zwölf Mal nacheinander geküsst und geleckt, dazwischen musste ich seinen Hintern abklatschen. Als seine Haut scharlachrot geworden war, begann sein Schwanz zu erigieren, und ich muss bekennen, dass ich selten ein so schönes Werkzeug in den Händen gehabt habe, denn er gab es mir in die Finger, mit dem Auftrag, es zu abzuwichsen, während meine andere Hand fortfahren musste, seinen Arsch zu klatschen.'

„Wenn ich mich nicht täusche", unterbrach sie der Bischof, „so sind wir mit diesem Fall bei den passiven Züchtigungen angelangt." – „Jawohl, Euer Gnaden", antwortete die Duclos, „und da ich für heute meine Aufgabe beendet habe, mögen Sie mir gestatten, dass ich morgen fortfahre, indem ich Beispiele dieser Neigung erzähle, die uns mehrere Abende lang beschäftigen werden.'

Bis zum Souper was noch eine halbe Stunde Zeit. Durcet erklärte, er werde, um seinen Appetit anzuregen, einige Klistiere nehmen. Man wusste, was das zu bedeuten hatte, und alle Frauen zitterten. Aber das Verhängnis war nicht aufzuhalten. Thérèse, die an diesem Abend den Dienst versah, erklärte sich mit Vergnügen bereit, ihm die Einläufe zu verabreichen, und sie ging sogleich an die Ausführung. Als der kleine Bankster die Eingeweide voll hatte, musste Rosette ihr Mäulchen darunterhalten. Ihr Sträuben, ihr Flehen, alles half ihr nichts, sie hatte zu gehorchen! Zwei Ladungen musste sie verschlucken, und, wie man sich denken kann, dauerte es nicht lange, bis alles wieder herauskam. Zum Glück rief man zum Abendmahl, sonst hätte Durcet sicherlich noch einmal angefangen. Der Beginn des Soupers verschob alle Pläne, man gab sich den Genüssen des Gaumens hin. Bei den nachfolgenden Orgien wurden einige Möpse vollgekackt, und man ließ auch die Lustspenderinnen scheißen. Im Angesicht der ganzen Gesellschaft verspeiste der Herzog die Wurst der Duclos, während das schöne Mädchen ihn lutschte und die Hände des alten Schweinekerls sich überallhin verirrten. Er verspritzte zähen Saft im Überfluss. Curval ahmte ihn währenddessen mit der Champville nach, bis sich endlich alles zu Bett begab.

SIEBZEHNTER TAG

Die grenzenlose Abneigung des Präsidenten gegen Constance zeigte sich mit jedem Tag deutlicher. Eigentlich wäre dieses Mädchen für Durcet bestimmt gewesen. Aber infolge einer Übereinkunft mit diesem hatte der Präsident die Nacht mit ihr verbracht, und er beklagte sich morgens über sie in den übelsten Ausdrücken. „Mit Rücksicht auf ihre Schwangerschaft", sagte er, „kann man sie nicht den üblichen Züchtigungen aussetzen, denn man müsste dann eine Frühgeburt befürchten. Aber haben wir auch beschlossen, die Frucht ausreifen zu lassen. Jesus! Es muss sich doch eine Möglichkeit finden, diese Nutte zu bestrafen, wenn sie Dummheiten begeht."

Und nun, Leser, versetze Dich in den boshaften Geist unserer Wüstlinge, und errate, was die Schuld dieses Weibes war? – Schlimmer, als Du es Dir erträumen wirst: Versehentlich hatte sie sich nämlich vorne entblößt, als man ihren Arsch sehen wollte! Solche Sünden können nicht vergeben werden! Aber noch unverzeihlicher war: Sie behauptete – vielleicht sogar mit Recht – dass auch dies eine Lüge des Präsidenten sei. Jedes Mal, wenn er mit ihr schlafe, erfinde er eine solche Unwahrheit, um sie unglücklich zu machen. Nach den hier geltenden Gesetzen aber durfte den Worten der Weiber niemals Glauben geschenkt werden, und man beriet, wie Constance in Zukunft ohne Gefährdung ihrer Leibesfrucht bestraft werden könne. Man kam überein, dass sie für jede Verfehlung einen Scheißhaufen verzehren müsse. Infolge dieses Beschlusses verlangte Curval, dass diese Maßregelung sofort vollstreckt werde. Constance wurde ins Appartement der Mädchen befohlen, wo der Präsident mitten ins Zimmer kackte. Sie musste auf allen vieren herankriechen und aufessen, was der Rohling ihr spendiert hatte. Sie warf sich vor seinen Füßen nieder und bat um Gnade, aber er blieb ungerührt, denn die Natur hatte ihm statt eines Herzens einen Erzklumpen in die Brust gelegt.

Gott weiß, nichts belustigte die Herrschaften so sehr wie die Angst und der Ekel der armen, jungen Frau, die doch gehorchen musste. Sie nahm endlich ihren ganzen Mut zusammen, aber als sie ihr Werk zur Hälfte getan hatte, wurde sie von einem Kotzkrampf befallen. Trotzdem wurde ihr nichts erlassen, und jedes Gramm musste vom Boden vertilgt werden. Alle vier Verbrecher verlangten in ihrer durch diese Szene erregten Geilheit nun nach Mädchen, um sich von ihnen wichsen zu lassen. Besonders erregt zeigte sich Curval, der von

Augustines Zauberfingern in der wunderbarsten Weise abgehobelt wurde und sich schon der Entladung nah fühlte. Soeben hatte Constance ihr grässliches Dejeuner beendet. „Komm her, Nutte", rief Curval ihr zu, „wenn man Fisch gegessen hat, muss man auch gute weiße Sauce dazu haben. Komm, und saufe sie!" Und während er der unglückseligen Gattin des Herzogs in den Mund spritzte, musste Augustine scheißen, damit Curval das kleine, frische und köstliche Häufchen verzehren konnte.

Hierauf machte man die Visiten. Im Nachttopf Sophies fand Durcet eine Wurst vor. Die Ärmste entschuldigte sich damit, dass sie eine Magenverstimmung gehabt habe, aber Durcet betastete den Haufen und erklärte: „Scheiße, die vom Bauchweh kommt, ist anders! Sie ist flüssig, sie ist Suppe! Dies hier ist absolut gesunde Kacke!" Sogleich nahm er sein gefürchtetes Notizbuch heraus und schrieb ihren Namen auf, während sie schon Tränen der Angst vergoss. Sonst war alles in Ordnung. Bei den Knaben entdeckte man aber als Schuldigen Zélamir, der am Vorabend bei der Orgie geschissen hatte und sich nicht hatte reinigen sollen. Er hatte es aber doch getan, was als ein Kapitalverbrechen galt, und auch er wurde aufgeschrieben. Trotzdem küsste Durcet ihm den Popo und ließ sich von ihm einen Augenblick lang blasen. Nun begab man sich in die Kapelle, wo sie zuschauten, wie zwei subalterne Ficker, Aline, Fanny, Thérèse und die Champville schissen. Den Haufen Fannys fing der Herzog mit dem Mund auf, um ihn zu verzehren, und der Bischof aß den des einen Fickers, Durcet den der Champville, und der Präsident den Alines, obwohl er schon beim Verschlingen von Augustines Exkrementen entladen hatte. Die Szene mit Constance hatte alle erhitzt, denn schon seit Langem hatte man sich am Morgen keine solchen Späße erlaubt.

Beim Diner unterhielt man sich über die Moral. Der Herzog meinte, er könne nicht begreifen, dass man in Frankreich Gesetze erlasse, um der Ausschweifung entgegenzutreten, denn die Liederlichkeit beschäftige die Bürger und halte sie von Verschwörungen und Revolutionen ab. Der Bischof behauptete, die Gesetze richteten sich nicht gegen die Hemmungslosigkeiten an sich, sondern nur gegen deren Exzesse. Man versuchte sich an Definitionen dieses Begriffs, und der Herzog bewies, dass auch in diesen keine Gefahr für die Regierung liege, und es sei ebenso törich wie absurd, sie gesetzlich zu verfolgen. Aus Reden wurden Taten. Schon sehr beschwipst, sank Blangis in die Arme Zéphires und schleckte dreißig lange Minuten den Mund des schönen

Knaben, während Hercule mit seinem enormen Bolzen den Arsch des Herzogs aufspießte. Blangis ließ es sich fast regungslos ohne Wimperzucken gefallen, während seine Gefährten andere Sauereien begingen. Dann begab man sich zum Kaffee, bei dem es ziemlich ruhig zuging, weil man schon so viele Ausschweifungen hinter sich hatte. Man verlor daher ausnahmsweise einmal keine Sack-Suppe bei dieser Veranstaltung. Auf ihrer Estrade[90] erwartete die Duclos bereits die Gesellschaft und begann dann ihre Erzählung:

‚Mein Haus und ich selbst erlitten einen in jeder Beziehung empfindlichen Verlust. Meine leidenschaftlich geliebte Eugénie, deren Bereitwilligkeit ich so große Einnahmen verdankte, wurde mir nämlich auf seltsame Weise entführt. Ein Diener kam, zahlte die übliche Summe und sagte, er sei beauftragt, Eugénie zu einem Souper auf dem Lande abzuholen. Das würde ihr sieben oder acht Louisdor einbringen. Man werde sie nachher zurückbegleiten. Ich war nicht im Haus, denn ich hätte Eugénie nicht mit einem Unbekannten gehen lassen. Sie begleitete ihn ahnungslos, und ich habe sie nie wiedergesehen.'

„Und du wirst sie auch nie wiedersehen", fuhr die Desgranges dazwischen, „denn dieses Abenteuer war das letzte ihres Lebens. Es wird meine Aufgabe sein, die Geschichte dieses schönen Mädchens zu enthüllen." – „Oh, mein Gott", sagte die Duclos, „ein so schönes Mädchen von zwanzig Jahren, mit dem feinsten und süßesten Gesicht." – „Und mit dem schönsten Körper von Paris", ergänzte die Desgranges, „aber eben diese Reize führten zu ihrem Verderben. Aber halten wir uns damit nicht auf, fahre fort!" – Die Duclos erzählte:

‚Bald wurde Eugénie von Lucile in meinem Herzen und in meinem Bett ersetzt. Im Geschäft aber reichte sie als Ersatz nicht aus, dazu fehlte es ihr an der Willigkeit und Anpassungsfähigkeit Eugénies. Ich gab Lucile eines Tages dem Prior der Benediktiner, der mir zuweilen einen Besuch abstattete und der sich meist mit Eugénie amüsiert hatte. Nachdem der gute Pater die Punze des Mädchens mit der Zunge aufgewärmt und ihren Mund geschleckt hatte, musste sie seinen Schwanz und seine Klöten leicht mit Ruten peitschen. Er entludt ohne Erektion, nur infolge der Schläge, und sein größtes Vergnügen bestand

---

[90] Tribüne/Podium.

darin, zu sehen, wie das Mädchen die Spermatropfen mit der Gerte in die Luft schleuderte.

Am nächsten Tag hatte ich selbst mit einem zu tun, dem ich hundert wohl abgezählte Rutenschläge auf den Hintern beibringen musste, nachdem er meinen Arsch geküsst hatte, und während man ihn durchpeitschte, wichste er. – Einige Zeit darauf wollte ein dritter sich mit mir amüsieren. Er machte viel mehr Umstände als seine Vorgänger. Er benachrichtigte mich acht Tage vorher, weil ich in dieser ganzen Zeit keinen Körperteil waschen durfte, vor allen nicht Fotze, Arsch und Mund. Auch musste ich drei Neunschwänzige Katzen vorher in einem Kübel mit Pisse und Scheiße sich vollsaugen lassen. Endlich kam er, es war ein alter Salzsteuereinnehmer, ein wohlhabender Witwer ohne Kinder, der oft dergleichen trieb. Das Erste, wonach er sich erkundigte, war, ob ich mich auch wirklich nicht gereinigt habe.

Ich versicherte es ihm, und er gab mir, um sich zu vergewissern, einen Kuss auf den Mund. Er schien davon befriedigt, denn wir stiegen hinauf. Ich bin sicher, er wäre wieder fortgegangen, hätte er nur die Spur einer Reinigung an mir wahrgenommen. Er prüfte die Ruten und befahl mir, mich zu entkleiden. All jene Stellen, deren Säuberung er besonders verboten hatte, beschnüffelte er. Er fand den gewünschten Duft, denn ich hatte mich streng an die Vorschrift gehalten, und er zeigte sich beim Schnuppern sehr erregt. „Ah, verfickt!“, rief er aus, „das ist’s, was ich brauche!“ Ich musste seinen knotigen, sturmerprobten Hintern streicheln, der an Farbe und Härte der Haut wie ausgepichtes[91] Leder war. Nachdem ich ihn so eine Weile liebkost hatte, nahm ich eine Peitsche aus dem Topf und zog ihm mit den nassen Ding zehn Hiebe über. Er rührte sich nicht, und meine Streiche röteten diese alte Zitadelle nicht einmal. Nach diesem ersten Angriff bohrte ich drei Finger in sein Arschloch und begann den Hintern zu schütteln, aber der unempfindliche Kerl zuckte nicht einmal. Nachdem diese Vorbereitungen erledigt waren, wurde er selbst aktiv. Ich legte mich bäuchlings über das Bett, er kniete zwischen meinen gespreizten Schenkeln und pilgerte mit seiner Zunge abwechselnd in beide Öffnungen, die nach seiner Anweisung sehr duftend sein mussten. Als er davon genug hatte, musste ich ihn wieder peitschen und sokratisieren, woraufhin er sich wieder hinkniete und schleckte. Mindestens fünfzehn Mal wechselten wir so ab, bis

[91] Mit Pech behandeltes Leder.

ich, meinen Anweisungen gemäß und mich nach dem Grad seiner Erregung richtend, ihm, als er wieder vor meinen Hintern kniete, eine Ladung Scheiße auf seiner Nase ablud.

Er schalt mich eine Unverschämte, alsdann entludt er beim Wichsen und stieß dabei Schreie aus, die man bis auf die Gasse gehört hätte, wären nicht Vorkehrungen getroffen worden, um das zu verhindern. Die Wurst fiel zu Boden. Er betrachtete und beschnupperte sie, aber berührte oder fraß sie nicht. Ich hatte ihm mindestens zweihundert Rutenschläge versetzt; dennoch merkte man ihm nichts an, und sein geübter Hintern, der eine Hornschicht besaß, verriet keine Spuren dieser Behandlung.'

„Bei Gottes Kackrosette", sagte der Herzog, „das ist ein Arsch, Präsidentchen, der mit dem deinen wetteifern kann!" – „Zweifellos", stammelte Curval, denn Aline wichste ihn. „Zweifellos hat dieser Mann einen Hintern wie ich, wie er auch sonst meinen Geschmack verrät. Ich finde, dass die Unterlassung des Waschens äußerst wollüstig ist, aber man sollte sich dieser Prozedur noch viel länger enthalten, mindestens drei Monate." – „Präsident, dir steht er!", sagte der Herzog. – „Glaubt Ihr?", fragte Curval, „ja, wahrhaftig! Fragt nur Aline, wie das bei mir ist. Ich bin an diesen Zustand so gewöhnt, dass ich nie bemerke, wenn es anfängt oder aufhört. Ich weiß nur das Eine, dass ich jetzt im Moment eine recht dreckige Nutte haben will, die mir einen ganzen Eimer randvoll mit Scheiße spendiert. Ihr Arsch soll nach Kacke und ihre Fotze nach einem Strand voller toter Fische duften! Ach, Thérèse, du, deren Unflat so alt wie die Berge ist, du, deren Arsch seit der Taufe nicht abgewischt wurde und deren Fotze die Luft drei Meilen im Umkreis verpestet, komm zu mir, und halte mir das alles unter die Nase, und lass auch etwas Scheiße heraus, wenn es dir beliebt."

Thérèse kam und ließ den Präsidenten seine Nase an ihren welken und verdreckten Reizen reiben. Auch den gewünschten Kackhaufen bekam er. Aline wichste ihn ab, und er entludt. Hierauf nahm die Duclos ihre Erzählung wieder auf:

‚Ein alter Junggeselle, der für seine Manie jeden Tag ein anderes Mädchen brauchte, ließ mir durch eine seiner Freundinnen sagen, ich möge zu ihm kommen. Man informierte mich über die bei diesem Schweinekerl üblichen

Vorgänge. Als ich kam, prüfte er mich mit jenem gleichgültigen Blick, der die Gewohnheit an die Ausschweifung erkennen ließ und der sofort die Eignung des Objekts ermisst, das sich ihm anbietet. „Man hat mir gesagt, Sie hätten einen schönen Hintern", sagte er, „und da ich seit beinahe sechzig Jahren eine Schwäche für schöne Arschbacken habe, wollte ich sehen, ob Sie Ihren Ruf rechtfertigen. – Hochheben!" Seine energischen Worte klangen wie ein strikter Befehl. Ich ließ ihn die Medaille nicht nur sehen, ich brachte sie ihm auch direkt unter die Nase des Kenners. Zuerst hielt ich mich aufrecht, dann beugte ich mich und zeigte ihm den Gegenstand seiner Anbetung in allen reizvollen Lagen. Bei jeder meiner Bewegungen fühlte ich, wie seine Hand an mir herumspazierte, um sein Vergnügen zu vervollständigen. „Das Loch", sagte er, „ist recht weit. Sie müssen in Ihrem Leben ja schon schrecklich oft in den Arsch gefickt worden sein." – „Ach, mein Herr", erklärte ich ihm, „wir leben in einer Zeit, in der die Männer so wunderliche Launen haben, dass wir ihnen zuliebe uns von allen Seiten hergeben müssen." Plötzlich fühlte ich, wie sein Mund sich fest auf mein Arschloch presste und seine Zunge einzudringen versuchte. In diesem Augenblick gab ich ihm, der Anordnung gemäß, den wärmsten, feuchtesten und allerdichtesten Furz auf die Zunge.

Das missfiel ihm durchaus nicht, erregte ihn aber auch nicht weiter. Nach einem halben Dutzend solcher Fürze führte er mich zu einem Platz hinter dem Bett, wo in einem Porzellangefäß vier Rutenbündel steckten. Darüber hingen an Nägeln und goldenen Haken verschiedene Peitschen. „Bewaffnen Sie sich", sagte der Schweinekerl, „mit einem dieser Instrumente. Hier, sehen Sie meinen Arsch, er ist trocken, mager und sehr hart. Fassen Sie ihn an!" Ich tat es. „Das ist", sagte er, „wie Sie fühlen, altes Leder, durch Hiebe gehärtet. Nur außergewöhnliche Exzesse können es erwärmen. Ich werde diese Position einnehmen." Er beugte sich, die Füße auf dem Boden, vornüber auf das Bett. „Benutzen Sie im Wechsel beide Sorten von Waffen", befahl er, „einmal die Ruten, dann die Peitschen. Es wird lange dauern, aber Sie erkennen an einem sicheren Zeichen, wenn die Entladung bevorsteht. Sobald dies eintritt, bemerken Sie an meinem Arsch etwas Ungewöhnliches. Seien Sie bereit, das nachzumachen, was Sie mich tun sehen. Wir werden dann den Platz wechseln. Ich werde vor Ihren schönen Arschbacken niederknien, Sie werden das tun, was ich vorher gemacht habe, und dann werde ich spritzen. Werden Sie aber nicht ungeduldig, denn, ich wiederhole es, ich brauche viel Zeit."

Ich begann, dann wechselte ich, wie er befohlen hatte, die Instrumente. Doch, mein Gott, welcher Gleichmut! Bald war ich schweißgebadet. Ich hatte, um besser zuschlagen zu können, meinen Arm bis zur Achsel entblößt. Obschon ich seit mehr als einer dreiviertel Stunde ununterbrochen, mal mit einer Neunschwänzigen Katze, mal mit Ruten voller Stahlkugeln zuschlug, sah ich uns noch nicht weiterkommen. Der Schweinekerl blieb unbeweglich, als ob er tot sei. Es sah aus, als genieße er schweigend die schwachen Regungen der Wollust, die ich ihm bereitete. Aber man bemerkte kein äußeres Zeichen, nicht einmal seine Haut rötete sich. Endlich schlug es zwei Uhr, und ich war seit elf Uhr bei der Arbeit! Da sah ich, wie seine Hüften sich plötzlich hoben und seine Arschbacken sich spreizten. Immer noch prügelte ich regelmäßig mit meinen Ruten darauf.

Ein Stück Scheiße wand sich nun heraus und fiel zu Boden. „Los, nur Mut!", rief ich, „jetzt sind wir am Ziel!" Wütend sprang der Mann in die Höhe, sein Schwengel war steif und klebte fast an seiner Wampe. „Machen Sie's mir nach", rief er, „machen Sie's mir nach! Ich brauche jetzt nur noch Ihre Scheiße, und ich entlade!" Schnell beugte ich mich übers Bett, er kniete hinter mir nieder, und ich legte ihm das Ei in den Mund, das ich für diesen Moment fast zwei Tage zurückgehalten hatte. Als er es empfing, floss sein Saft. Rückwärts sich werfend, brüllte er vor Vergnügen, schluckte aber nichts davon und behielt die Kacke keine Sekunde lang im Maul. Im Übrigen muss ich bekennen, dass ich – Sie, meine Herren, ausgenommen, denn Sie sind in dieser Hinsicht einzigartig – noch nie eine solche Heftigkeit des Ergusses gesehen habe. Als er seinen Schwanzsaft verlor, wurde er fast ohnmächtig. Diese Sitzung brachte mir zwei Louisdor ein. – Als ich nach Hause kam, fand ich Lucile mit einem anderen Greis beschäftigt. Er rührte sie nicht an, sondern ließ sich von den Hüften bis zu den Schenkeln mit einer Neunschwänzigen Katze peitschen, die mit Essig präpariert war. Die Hiebe mussten mit äußerster Kraft geführt werden. Gegen Ende der Operation ließ er sich blasen, wobei das Mädchen vor ihm niederkniete. Auf ein Signal hin ordnete er dann seine alten, verbrauchen Klöten so, dass sie auf ihren Titten baumelten, und der Schwanz des kasteiten Sünders weinte schließlich die Tränen über seine Verfehlungen in den Mund der Kleinen.'

Die Duclos war mit ihrer Erzählung für diesen Tag nun zu Ende, aber noch hatte die Stunde des Soupers nicht geschlagen. Man vertrieb sich bis dahin die

Zeit mit Schweinereien. „Du bist heute etwas verschwenderisch, Präsidentchen“, bemerkte der Herzog zu Curval. „Schon zweimal habe ich dich entladen sehen, und es ist doch sonst nicht deine Art, soviel Ficksaft herzugeben.“ – „Wollen wir wetten, dass es mir noch ein drittes Mal gelingt?“, rief Curval, die Arschbacken der Duclos tätschelnd. „Oh, ich wette um alles, was du willst“, sagte der Herzog. – „Aber es ist eine Bedingung dabei“, sagte Curval, „es muss mir alles erlaubt sein!“ – „Aber nein“, entgegnete der Herzog, „du weißt doch, dass es unseren Bestimmungen zufolge Dinge gibt, die erst zu gewissen Zeiten getan werden dürfen. Im Übrigen darf immer nur das geschehen, was bereits in den Erzählungen vorgekommen ist. Ich finde, dies ist eine weise Einschränkung unserer Begierden, und wir gewinnen an Wollust, wenn uns in unseren Handlungen an den Lauf der Erzählungen halten, statt uns von Anfang an alles zu erlauben. Insgeheim dulden wir ja sowieso manches, was noch nicht vorgekommen ist. Hast du dich nicht vorhin mit Aline in dein Kabinett zurückgezogen? Und hat sie etwa ohne Ursache jenen Schrei ausgestoßen, den wir alle hörten, und dann ohne Ursache das Taschentuch an ihre Brust gedrückt? Nun gut, wähle dir jetzt eine Wollust aus, eine geheime oder eine öffentlich erlaubte, und ich wette um hundert Louisdor, dass es dir nicht zum dritten Mal kommt!“ Hierauf fragte der Präsident, ob er in sein Kabinett alle Objekte mitnehmen dürfe, die er haben wolle. Es wurde ihm zugestanden, mit der Bedingung, dass die Duclos dabei sein müsse, um die Entladung beglaubigen zu können. „Los!“, rief der Präsident. „Ich nehme an!“ Als Vorbereitung ließ er sich angesichts der Gesellschaft von der Duclos fünfhundert Rutenhiebe geben.

Dann nahm er mit sich: seine teure und einzige Freundin Constance (man bat ihn, nichts zu unternehmen, was ihre Schwangerschaft gefährden könne), seine Tochter Adélaïde, Augustine, Zéphire, Zelmire, Céladon, Thérèse, Fanchon, die Champville, die Desgranges sowie die Duclos und drei Ficker. „Was soll die Scheiße!“, rief der Herzog. „Das war nicht abgemacht, dass du so viele Subjekte mitnimmst!“ Allein, der Bischof und Durcet stellten sich auf die Seite des Präsidenten, indem sie versicherten, dass über die Anzahl der Subjekte nichts bestimmt worden wäre. Curval schloss sich mit seinem Heerbann ein, und der Herzog, Durcet und der Bischof taten mit den ihnen verbliebenen Objekten etwas ganz anderes, als zu Gott zu beten!

Nach einer halben Stunde kamen Constance und Zelmire weinend zurück, der Präsident folgte ihnen bald mit den Übrigen. Die Duclos verkündete, dass mächtige Dinge vollbracht wurden. Sie bezeugte seine Leistung und erklärte, dass er mit Recht eine Myrtenkrone verdiene. Man wird mir verzeihen, wenn ich nichts von dem verrate, was der Präsident getrieben hat, da die Umstände es noch nicht erlauben. Er hatte seine Wette gewonnen, das ist das Wesentliche. Als er die hundert Louisdor erhielt, meinte er: „Sie werden mir dazu dienen, eine Strafe zu bezahlen, zu der ich sicher bald verurteilt werde." Auch in dieser Angelegenheit wollen wir den Ereignissen nicht vorgreifen. Aber man kann schon so erkennen, dass dieser Verbrecher seine Untaten mit stolzem Lächeln voraussah, dass er an sie heranging, ohne jeden Versuch, ihnen auszuweichen oder eine Bestrafung zu vermeiden. – Da sich von diesem Augenblick an bis zum Beginn der Erzählung am Folgetag nichts Außergewöhnliches zutrug, beginnen wir gleich mit der Geschichte des nächsten Tages.

ACHTZEHNTER TAG

Wunderbar geschmückt und immer noch blendend schön, begann die Duclos die Erzählungen des achtzehnten Abends: ‚Ich bekam eine neue Gehilfin, eine große und fette Person, die Justine hieß, fünfundzwanzig Jahre alt war, fünf Fuß, sechs Daumen maß, und die wie eine Kneipendirne gebaut war. Aber sie besaß aparte Gesichtszüge, hatte eine schöne Haut und den hübschesten Arsch der Welt. Eine so kräftige Kreatur mit den Unterarmen eines Schmieds erschien mir sehr nützlich. In meinem Haus verkehrten nämlich viele Höllenkerle, die unfähig waren, das leiseste Vergnügen zu empfinden, außer man erhitzte sie mit der Peitsche oder einer anderen Misshandlung. Man rühmte mir ihre Talente im Züchtigen, denn die Gerte sollte sie mit außegerwöhnlichem Geschick zu führen wissen. Also gab ich dieses Mädchen am nächsten Tag einem alten Bezirkskommissar, der mit aller Kraft ausgepeitscht werden wollte, und zwar von der Brust bis zu den Knien, von der Mitte des Rückens bis zu den Schenkeln, und dies musste mit soviel Heftigkeit geschehen, dass das Blut kam. Nach diesem Vorgang hob der Kerl dem Mädchen die Röcke hoch und pflanzte sein Paket auf ihre Arschbacken. Justine erwies sich dabei als eine wahre Heldin von Cythera, und unser guter alter Märtyrer gestand mir nachher, dass sie eine unschätzbare Kostbarkeit wäre: Er sei schon lange nicht mehr so verprügelt worden wie von diesem Hurenstück.

Um ihr mein Vertrauen zu beweisen, gab ich ihr einige Tage später einen alten Invaliden der Venus, der mehr als tausend Hiebe auf alle Körperteile benötigte. Als er ganz blutig war, musste Justine in ihre Hand pissen und die Wunden, die am schlimmsten misshandelt schienen, mit dieser Lotion einreiben. Dann fing die Prügelei von Neuem an. Hierauf entludt er, das Mädchen musste das Sperma wieder mit der hohlen Hand auffangen und ihn mit dem Balsam eincremen, den sie aus seinem Schwanz gewrungen hatte. Sie machte ihre Sache so gut, dass sie diesmal noch mehr Lob bekam als beim ersten Durchgang. Wieder ein Triumph für meine neue Kollegin, die jeden Tag frischen Beifall erntete!

Leider konnte ich sie für einen dritten Kunden nicht verwenden, denn dieser Sonderling mochte außer der Kleidung gar nichts Weibliches. Er ließ sich nämlich nur von einem in Weibergewändern steckenden Mann peitschen. Und mit was für einer Waffe musste das geschehen! Denken Sie nicht auch nur einen Moment, dass er zufrieden war mit Birkenruten oder gar einer Neunschwänzigen Katze! Es waren vielmehr Gertenbündel, mit denen man ihm in barbarischer Weise die Arschbacken zerfetzen musste. In diese Sache spielte auch die Homosexualität hinein. Ich gab mich zwar eigentlich nicht mit schwuler Wollust ab, aber dieser Mann war ein alter Kunde des Hauses in guten wie in schlechten Tagen. Er hatte sich mir oft als Freund erwiesen und mir manchen guten Dienst infolge seiner Stellung bereitet. Ich machte ihm also keine Schwierigkeiten.

Wir hatten einen jungen, achtzehnjährigen Mann mit hübschem Gesicht, der manchmal kleine Gänge für uns besorgte. Diesen verkleidete ich und führte ihn mit einem Weidenbündel bewaffnet meinem Kunden zu. Sie können sich nichts Groteskeres vorstellen als die Szene, die ich nun zu sehen bekam. Der Kerl fing an, die angebliche Jungfrau aufmerksam zu betrachten. Zweifellos war sie nach seinem Geschmack, und er gab ihr ein paar Küsse auf den Mund. Hierauf zeigte er seine Arschbacken und sagte zu *„ihr"* – er tat immer so, als ob er den jungen Mann für ein Mädchen halte – *„sie"* solle diese Partie streicheln und kneten. Der wohlunterrichtete Jüngling tat alles, was man von ihm verlangte. „Los!", sagte der geile Kerl. „Peitsche mich ohne Schonung!" Der junge Mann nahm nun das Bündel und fuhr ihm mit kräftigen Schlägen mindestens fünfzig Mal über die Arschbacken. Das schien seinen Durst aber nur zu steigern!

Nachdem die Schwuchtel nämlich in dieser Weise behandelt worden war und schon die Zeichen der Misshandlung trug, stürzte sie sich auf ihre männliche Peitscherin, hob ihr die Röcke hoch, ergriff mit der einen Hand den Schwengel und mit der anderen die Arschbacken des Jünglings. Der alte Hinterlader wusste anfangs nicht, was er bevorzugen sollte, aber endlich entschloss er sich für den Arsch. Er presste leidenschaftlich seinen Mund darauf. Oh, gerechter Gott! Immer sieht man die Menschen weit mehr Leidenschaft in das legen, was man unnatürlich nennt, als in das Natürliche. Würde er soviel Glut gegenüber einem Weiberhintern entwickelt haben!? – Niemals wurde ein Frauenarsch so hingerissen geküsst wie dieser! Drei- oder viermal schien die ganze Zunge des Schweinekerls im Arschloch zu verschwinden. „Oh, mein teures Kind!“, rief er endlich, „fahre jetzt wieder mit deiner Beschäftigung fort!“

Er peitschte ihn nochmals, und da er nun erregt war, ertrug er diesen zweiten Angriff mit weit mehr Ausdauer. Das Blut begann zu fließen, und sogleich erigierte sein Schwanz. Der junge Mann musste den Schwengel pressen und rubbeln, während der Alte ihm wiederum die Röcke hochhob. Diesmal berührte er auch seinen Schwanz, kitzelte ihn, rüttelte ihn und nahm ihn in den Mund. Nach diesen Liebkosungen präsentierte er sich ein drittes Mal den Schlägen. Und nun befiel ihn eine so rasende Geilheit, dass er seinen Adonis aufs Bett warf, sich über ihn legte, sodass ihre Dödel aneinanderrieben, während er die Lippen des Jünglings küsste und diesen so erregte, dass sie beide gleichzeitig entluden. Entzückt von dieser Szene, suchte der Wüstling mir meine Bedenken auszureden und mich zu bewegen, ihm dieses Vergnügen noch öfters zu verschaffen, sei es mit diesem, sei es mit einem anderen Jüngling. Ich machte den Versuch, ihn zur Natürlichkeit zu bekehren, indem ich ihm meine sehr hübschen Mädchen empfahl, die ihn ebenso gut peitschen würden, aber er wollte nichts von ihnen wissen.’

„Das glaube ich!“, sagte der Bischof. „Wenn man eine Neigung zu Männern hat, wechselt man nicht mehr. Der Unterschied im Genuss ist so groß, dass er eine Abkehr unmöglich macht.“ – „Hochwürden“, sagte der Präsident, „Sie stellen da eine These auf, die eine zweistündige Auseinandersetzung erforderlich macht.“ – „Eine Auseinandersetzung, die zu Gunsten meiner Ansicht ausgehen würde“, erklärte der Bischof, „denn man kann doch nicht leugnen, dass ein Knabe mehr wert ist als ein Mädchen.“ – „Ohne dies zu bezweifeln“, entgegnete Curval, „lassen sich doch Einwände dagegen erheben. Man muss dazu bemerken, dass für gewisse Vergnügungen Mädchen geeigneter sind als Knaben, nämlich für jene Freuden, von denen bald die Desgranges und die Martaine sprechen werden.“ – „Ich leugne das“, sagte der Bischof, „sogar bei solchen Vergnügungen ist ein Knabe verwendbarer als ein Mädchen. Betrachten Sie den Fall im Hinblick auf das Böse, das den wahrhaftigsten Reiz jedes Amüsements bildet. Das Verbrechen wird Ihnen größer erscheinen, wenn es ein Wesen Ihrer eigenen Gattung zum Opfer nimmt als eines, das Ihnen nicht gleich ist. Im ersten Fall verdoppelt es sich.“ – „So ist es“, sagte Curval. – „Und auch der Despotismus“, fuhr der Bischof fort, „die Herrschaft und die Wonne, die wir aus dem Missbrauch der Macht gegenüber dem Schwachen gewinnen, auch das kann vorhanden sein, wenn das Opfer von Ihrem eigenen Geschlecht ist. Es ist lediglich ein Vorurteil, wenn man glaubt, man könne diese Herrschaft nur über Frauen erlangen. Es ist dadurch entstanden, dass man für gewöhnlich Weiber den männlichen Launen unterworfen hat. Gibt man aber dieses Vorurteil preis, macht man sich das eigene Geschlecht unterwürfig und beherrscht es mit derselben Autorität, so wird der Begriff des Verbrechens größer, und die Geilheit muss also umso stärker sein.“ – „Ich stimme mit dem Bischof überein“, sagte Durcet, „und wenn man sich seine Herrschaft sichert, dann muss der Missbrauch der Macht köstlicher sein, wenn er sich gegen unseresgleichen richtet, als gegen Frauen.“ – „Meine Herren“, sagte der Herzog. „Sie täten gut daran, Ihre Theorien bis zur Stunde des Soupers zurückzuhalten, denn jetzt sind wir hier, um die Erzählungen zu vernehmen. Verschwenden wir die Zeit nicht mit Sophismen.“ – „Er hat recht“, sagte Curval. „Los, Duclos, fahre fort!“ Und die liebenwürdige Vorsteherin der cytherischen[92] Vergnügungen nahm ihren Bericht wieder auf:

‚Ein alter Parlamentsrat besuchte mich eines Morgens. Da ich durch die Fournier über seine Methode unterrichtet war, verlangte er nach mir. Er wollte gewichst werden, während man ihn gleichzeitig ohrfeigte, und zwar zunächst ganz sanft, dann ein wenig stärker, und so steigernd in gleichem Maße, wie seine Erektion zunahm, endlich mit voller, markerschütternder Kraft, bis er entludt. Ich konnte mich der Gewohnheit dieses Mannes so gut anpassen, dass

[92] Hier im Sinne von „amourösen“ verwendet.

seine Lanzetten-Lauge bei der zwanzigsten Ohrfeige floss.' – „Bei der zwanzigsten?", fragte der Bischof. „Bei Jesus! Ich denke, ich würde schon bei weniger völlig schlapp werden." „Seht Ihr, mein Freund", sagte der Herzog. „Jeder nach seiner eigenen Leidenschaft! Wir sollten niemals erstaunt sein oder Vorwürfe in dieser Hinsicht machen. Toleranz ist das Gebot. Mach weiter, Duclos. Eine Geschichte noch, dann sind wir durch damit."

‚Eine Leidenschaft', fuhr die Duclos fort, ‚von der ich heute noch berichten muss, erfuhr ich von einer meiner Freundinnen, die seit zwei Jahren mit einem Mann lebte, der nur eine Latte kriegte, wenn man ihm zwanzig Nasenstüber gab, ihn an den Ohren zog, bis sie bluteten, und ihn in den Arsch, in den Schwanz und in die Eier biss. Solche unsanften Zärtlichkeiten erregten ihn, so dass er einen Ständer bekam wie ein Zuchthengst und unter dauernden, dämonischen Flüchen auf das Gesicht derjenigen entludt, die ihn in dieser Weise liebkoste.' – Von den Erzählungen dieses Abends erregten nur die Worte über die männlichen Züchtigungen das Hirn der Herrschaften, und man ahmte also nur diese Dinge nach. Der Herzog ließ sich von Hercule bis aufs Blut peitschen, Durcet von Himmelsständer, der Bischof von Antinoüs, und Curval von Arschbrecher. Der Bischof, der sich tagsüber geschont hatte, entludt bei diesen Orgien, während er Zélamirs Scheiße verzehrte, die er seit achtundvierzig Stunden für ihn vorbereitet hatte. Dann legte man sich schlafen.

NEUNZEHNTER TAG

Morgens hatte man gewisse Beobachtungen an den Fäkalien der für das öffentliche Vergnügen der Entleerung bestimmten Personen gemacht. Man beschloss infolgedessen, jene Methode zu versuchen, von der die Duclos gesprochen hatte, nämlich bei jeder Mahlzeit auf Brot und Suppe zu verzichten. Diese beiden Dinge wurden allen außer den Herrschaften verboten, die Portionen an Wildbret und Geflügel dafür verdoppelt. Es dauerte keine acht Tage, und schon konnte man eine Veränderung an den Exkrementen feststellen: Sie waren flaumweich, viel fetter und saftiger, unendlich schmackhafter und feiner. Man erkannte, dass der Ratschlag, den seinerzeit d'Aucourt der Duclos gegeben hatte, wirklich der eines meisterhaften Lüstlings war. Aber man glaubte auch zu bemerken, dass diese Kost den Atem der Personen verdarb. „Was soll's!", sagte Curval zum Herzog, der sich darüber äußerte. „Es ist ganz falsch, wenn man meint, um Vergnügen zu bereiten, müsse der Mund einer Frau oder eines Knaben einen gesunden Duft verströmen. Lassen wir doch dieses Vorurteil! Ich bin bereit zuzugestehen, dass ein Mann, der einen stinkenden Atem verlangt, verkommen ist. Aber Sie müssen mir doch zugeben, dass ein Mund, der nach nichts riecht, auch beim Küssen keine Lust bereiten kann. Bei all diesen Vergnügungen bedarf es einer gewissen Würze, einer bestimmten Pikanterie. Wo ist die Freude, wenn sie nicht permanent aufgestachelt wird? Sie schläft ein und wird nur von ein bisschen Schmutzigkeit wieder erweckt! Wie sauber ein Mund auch sein mag, ein Liebhaber, der ihn küsst, begeht doch immer einen unreinen Akt. Es kann gar kein Zweifel bestehen, dass es gerade diese kleine Unsauberkeit ist, welche den Reiz für ihn ausmacht. Wenn man diesen Impuls nur noch etwas verstärkt, dann will man unbedingt, dass der Mund auch tatsächlich schmuddelig ist. Wenn er noch nicht nach Fäulnis oder Aas stinken sollte, nur Geduld! Der Duft wird sich entwickeln, aber er hat dann nichts mehr zu tun mit einem Bukett von Milch und Honig oder Kinderatem. Also wird unsere erzwungene Diät im schlimmsten Fall zu keiner Fäulnis führen, sondern nur zu einer gewissen Veränderung, und das ist alles, was zählt."

Die Morgenvisiten ergaben nichts. Die Kleinen nahmen sich nämlich sehr in Acht. Außerdem erbat niemand die Erlaubnis zum Toilettengang, und man setzte sich also zu Tisch. Adélaïde wurde von Durcet befohlen, in ein Glas Champagner zu furzen, und da sie es nicht konnte, wurde sie in das böse Buch eingeschrieben. Seit Anfang der Woche hatte ihr barbarischer Gatte nur nach einer Gelegenheit gesucht, eine Verfehlung bei ihr zu entdecken. Man begab sich nun zum Kaffee, den Cupidon, Giton, Michette und Sophie servierten. Der Herzog machte bei Sophie einen Schenkelfick, ließ sie dabei in seine Hand scheißen und beschmierte sich damit das Gesicht. Der Bischof trieb dasselbe mit Giton, Curval wiederum mit Michette. Durcet steckte Cupidon seinen kleinen Pimmel in den Mund, während der hübsche Junge einen Haufen herausdrückte. Niemand entludt. Nach der Mittagspause begab man sich in den Saal, um der Erzählung zu lauschen:

‚Ein uns noch unbekannter Mann', begann die liebenswürdige Nutte, ‚kam, um mir eine höchst seltsame Zeremonie vorzuschlagen: Man sollte ihn an die dritte Sprosse einer Doppel-Leiter binden, und zwar mit den Füßen, sodass sein Schwengel sich zwischen zwei Stufen befand, während seine Hände oben an der Leiter befestigt wurden. Er musste nackt sein und wollte mit allen Kräften gepeitscht werden. Nach einer gewissen Anzahl von Hieben, als die Knoten der Neunschwänzigen Katze schon ganz aufgelöst waren, musste ich den Griff der Peitsche nehmen. Dann begann sein monströser Schwanz zwischen den zwei Leitersprossen wie ein Glockenklöppel auf- und abzuschwingen. Diese Bewegung genügte ihm, ohne dass man sein Fickrohr berührt hätte, um nach kurzer Zeit mit voller Wucht seine Sack-Suppe in die Mitte des Zimmers schleudern zu können. Man band ihn los, er bezahlte und ging.

Am nächsten Tag schickte er uns einen seiner Freunde, der mit einer goldenen Nadel in den Schwanz, in die Eier, in Arschbacken und Schenkel gestochen werden wollte. War er voll Blut, so entludt er. Ich behandelte ihn selbst, und da er immer sagte, ich müsse fester zustechen, stieß ich die Nadel fast bis zum Kopf in seine Eichel, worauf sein Wurzelsud mir auf die Hand spritzte. Als er kam, stürzte er sich auf meinen Mund, um ihn auszusaugen. Damit war er befriedigt.

Ein weiterer Bekannter des Ersten verlangte, mit Disteln gepeitscht zu werden. Ich prügelte ihn auf alle Körperteile, bis er blutig war, und erst, als er sich in diesem Zustand im Spiegel sah, verlor er seine Zapfen-Sabayone, ohne mich oder sich selbst zu berühren oder mehr von mir zu fordern. – Exzesse dieser Art ergötzten mich sehr. Ich empfand eine geheime Wollust dabei, und alle, die ich auf diese Weise bediente, waren entzückt von mir.

Ungefähr um dieselbe Zeit meldete sich bei mir ein dänischer Seigneur wegen verschiedener Orgien, die aber nicht auf meinem Gebiet lagen. Er war töricht genug, mich Diamanten im Wert von zehntausend Francs, ebensoviel andere Juwelen und fünfhundert Louisdor Bargeld sehen zu lassen. Das war für mich eine verlockende Gelegenheit, und der Edelmann wurde von mir und Lucile bis auf den letzten Sou ausgeraubt. Er wandte sich an die Polizei, aber diese war von mir bestochen worden, denn man konnte damals mit Gold alles erreichen! Man riet ihm, die Angelegenheit zu verschweigen, und auf diese Weise wurde ich Besitzerin seiner Wertsachen, ausgenommen ein paar Juwelen, die ich den Gerichtsbeamten überlassen musste. – Nie in meinem Leben habe ich einen Diebstahl begangen, ohne dass ich am nächsten Tag einen Glücksfall erlebt hätte! Mein Glück erschien mir diesmal in Gestalt eines jener Stammkunden, die man als Goldgrube betrachten kann.

Er war ein alter Höfling, übersättigt von der am Königlichen Hofe genossenen Gunst. Er zog es vor, seine Rolle zu tauschen und zu den Huren zu gehen. Mit mir wollte er sein Debüt absolvieren. Ich sollte ihn seine Lektionen aufsagen lassen. Bei jedem Fehler, den er machte, musste ich ihm befehlen, niederzuknien und ihm mit einem Lederriemen einen kräftigen Schlag verpassen, bald auf die Hände, bald auf den Arsch, wie es ein Lehrer in der Schule macht. Meine Aufgabe bestand darin, zu erkennen, wann ich ihn auf diese Weise entflammt hatte. Dann bemächtigte ich mich seines Schwanzes, wichste ihn geschickt und schimpfte unterdessen mit ihm. Ich nannte ihn „kleiner Wüstling", „schlimmer Bösewicht", „eine Schande für Seine Majestät" und gab ihm noch andere kindliche Schmähnamen, die ihn zu einer wollüstigen Entladung brachten. Fünfmal wöchentlich machte er bei mir diese Zeremonie durch, immer mit anderen, vorher instruierten Mädchen. Er zahlte mir monatlich fünfundzwanzig Louisdor dafür. Dieses Vergnügen konnte ich ihm mit Leichtigkeit verschaffen, denn ich kannte in Paris genug Frauen. Dieser reizende Schüler kam zehn Jahre lang in meine Schulklasse, bis er endlich in die Hölle hinabfuhr, um dort seine Lektionen zu empfangen.

Ich wurde immer älter. Zwar blieb mein Gesicht ziemlich hübsch, aber ich sah doch, dass nur noch Männer mit besonderen Vorlieben sich mit mir abgaben. Allerdings fand ich trotz meiner sechsunddreißig Jahre noch immer eine ganze Reihe ansehnlicher Liebhaber. Der letzte Teil meiner Abenteuer, soweit ich selbst handelnd darin vorkomme, sind Erlebnisse aus der Zeit zwischen meinem sechsunddreißigsten und vierzigsten Lebensjahr. Ein Lüstling, von dessen Manie ich Ihnen zum Abschluss dieses Abends berichte, wollte trotz meiner sechsunddreißig Jahre nur mit mir zu tun haben. Es war ein Abbé von etwa sechzig, denn ich gab mich mit jüngeren Männern nicht mehr ab. Jeder, der etwas von meinem Beruf versteht, wird das gut begreifen und die flatterhafte Jugend aus seinem Haus verbannen. Der fromme Mann bat mich, kaum dass wir zusammen waren, ihm meine Arschbacken zu zeigen. „Das ist der schönste Hintern der Welt", sagte er zu mir, „aber leider ist nicht er es, der mir die Speise geben wird, die ich verzehren will." Er nahm also seinen eigenen Arsch in beide Hände und sagte: „Sehen Sie, dieser hier wird es liefern. Helfen Sie mir dabei, ich bitte Sie!" Ich nehme also ein Porzellangefäß zwischen meine Knie, über dem sich der Abbé platziert, ich drücke sein Arschloch, spreize es und mache alle Bewegungen, von denen ich denke, dass sie ihm zu seiner

Entleerung verhelfen. Sie kommt endlich, ein Riesenhaufen füllt die Schüssel, die ich dem Wüstling präsentiere. Er macht sich darüber her, verspeist sie und entlädt, nachdem ich ihn eine Viertelstunde lang brutal gepeitscht habe. Ich schlage auf denselben Arsch, der ihm selbst ein so schönes Frühstücksei gelegt hat. Schließlich ist alles verzehrt. Er hat es so gut eingeteilt, dass sein Abspritzen erst beim letzten Bissen erfolgt. Während des Auspeitschens habe ich ihn mit Worten angefeuert wie: „Mach los, du kleiner Hurenbock!", „Kleines Schwein, wie kann man nur seine eigene Scheiße fressen!? Ja, warte, ich werde dir zeigen, kleiner Hurensohn-Bastard, solche Sauereien zu machen!" Diese Reden steigerten sein Vergnügen.'

Curval wollte nun der Gesellschaft vor der Mahlzeit in der Realität vor Augen führen, was die Duclos soeben geschildert hatte. Er rief also die Fanchon heran, ließ sie seine Scheiße hervorkitzeln und fraß dann die eigene Kacke, während diese alte Hexe ihn mit aller Kraft ihres dürren, aber kräftigen Arms auspeitschte. Dieses geile Schauspiel erregte die anderen, und alle wollten nun Darmwürste haben, wo immer sie auch welche erjagen konnten. Curval hatte noch nicht entladen. Er mischte den Rest seiner Scheiße mit der von Thérèse, die er ohne viel Getue einfach kacken ließ. Der Bischof hatte sich daran gewöhnt, seinem Bruder alles nachzumachen, und er bediente sich dazu der Duclos, der Herzog der Marie, und Durcet Louisons. Ich muss wiederholen, dass es schrecklich und unerhört war, sich mit diesen alten Scheusalen abzugeben, wo man doch so junge und hübsche Frauen zur Verfügung hatte, die alles taten, was man von ihnen verlangte! Aber es gilt der Satz, dass aus dem Schoße des Überflusses die Sattheit geboren wird, und mit Pein und Schmerzen stachelt man die Wollust auf! Nach den Schweinereien, bei denen nur der Bischof entludt, setzte man sich zu Tisch. Man beschloss, dass man die Pferde nicht beim Ritt wechseln sollte. Zu den Orgien zog man deswegen nur die vier Alten und die vier Erzählerinnen hinzu, während man die anderen zu Bett schickte. Die Herrschaften erzählten so viele Sauereien, taten noch viel mehr, so dass sie schließlich spritzten wie Geysire. Erst als sie gänzlich besoffen und völlig erschöpft waren, begaben sie sich zur Ruhe.

ZWANZIGSTER TAG

Am Vorabend hatte sich etwas sehr Amüsantes ereignet: In seiner Besoffenheit verfehlte nämlich der Herzog sein Zimmer und legte sich ins Bett der kleinen Sophie. Wissend, dass dies gegen die Regeln sei, redete das Kind ihm zu, aber er wich nicht und behauptete, er liege auf seinem Lager mit Aline, die für diese Nacht seine Frau sei. Er wollte mit Sophie Dinge treiben, die ihm mit Aline erlaubt waren, und er versuchte, das Mädchen in eine Stellung zu bringen, die ihm sein Vergnügen mit ihr ermöglichte. Als aber das arme Kind den ungeheuren Schwanz des Herzogs an ihrer engen Hinterpforte spürte und seine Eindringversuche bemerkte, stieß es einen Schreckensschrei aus und flüchtete nackt aus dem Bett. Fluchend wie ein Teufel verfolgte der Herzog sie, denn er glaubte, es sei Aline. „Arschfickerin, es ist doch nicht das erste Mal!“, schrie er sie an. Bei seiner Verfolgungsjagd stürzte er ins Bett Zelmires. Er hielt es wiederum für das seine, umarmte das Mädchen, das er abermals für Aline hielt, und griff sie in derselben Weise an, denn er wollte endlich sein Ziel erreichen.

Als Zelmire seine Absicht erkannte, tat sie dasselbe wie ihre Gefährtin: Sie schrie fürchterlich auf und ergriff ebenfalls die Flucht. Sophie sah ein, dass es kein anderes Mittel gab, in diesem Wirrwarr Ordnung zu schaffen, als Licht zu machen. Sie suchte die Duclos, aber diese hatte sich bei der Orgie bestialisch besoffen und lag besinnungslos im Bett des Herzogs. Die verzweifelte Sophie wusste keinen Rat. Alle Mädchen riefen um Hilfe. Endlich fasste sie den Mut, bei Durcet einzutreten, der mit seiner Tochter Constance schlief. Sophie berichtete den Vorfall. Constance war tapfer genug, den Anstrengungen des völlig abgefüllten Durcet, der sie zurückhalten wollte, zu widerstehen und sich zu erheben. Mit einer Kerze ging sie ins Zimmer der Mädchen, die alle im Nachthemd in der Mitte des Raumes standen. Eine nach der anderen jagte der Herzog, weil er in jeder nur Aline sah, von der er behauptete, sie sei eine Hexe, die in dieser Nacht verschiedene Gestalten angenommen habe. Constance klärte ihn über seinen Irrtum auf und bat, ihn in sein Zimmer führen zu dürfen, wo Aline bereit sein werde, ihm alle Wünsche zu erfüllen. Der völlig besoffene Herzog glaubte ihr und ließ sich willig führen, da er nichts anderes wollte, als Aline in den Arsch zu pimpern. Die schöne Aline empfing ihn, er legte sich zu ihr, und Constance zog sich zurück. Die Mädchen kamen langsam zur Ruhe. Über dieses nächtliche Abenteuer wurde am folgenden Tag viel gelacht. Der

Herzog meinte, wenn in diesem Zustand eine Jungfernschaft draufgegangen wäre, würde er keine Buße zu zahlen gehabt haben. Aber man erklärte dies für einen Irrtum, er hätte trotzdem zahlen müssen.

Man frühstückte, wie meist, bei den Haremsbewohnerinnen, die alle erklärten, schreckliche Angst ausgestanden zu haben. Niemand wurde schuldig befunden, auch bei den Knaben war alles in Ordnung. Weder beim Diner noch beim Kaffee ereignete sich etwas Ungewöhnliches. Man ging in den Erzählungssaal, wo die von den Ausschweifungen des Vortags wieder erholte Duclos die Versammelten durch folgende Geschichten ergötzte:

‚Wieder war ich es, die bei der nun zu schildernden Partie bediente. Es war ein Arzt, dessen erste Sorge es war, meine Arschbacken zu untersuchen. Er fand, sie seien superb, und küsste sie eine Stunde lang. Dann kam er zum Bekenntnis seiner kleinen Marotten: Sie hatten alle mit Kacke und Scheißen zu tun, was ich schon ahnte. Ich nahm also die entsprechende Körperhaltung ein und füllte das weiße Porzellangefäß, das solchen Zwecken diente. Kaum hatte er sich dessen bemächtigt, fiel er schon darüber her und verzehrte den Haufen. Während er noch dabei war, nahm ich einen Ochsenziemer – das nämlich war das Instrument, mit dem ich seinen Arsch behandeln sollte – und schlug auf ihn los. Zugleich beschimpfte ich ihn wegen seiner Sauereien. Er aber fraß, ohne auf mich zu achten, dann entludt er, und nachdem er einen Louisdor auf den Tisch geworfen hatte, entfernte er sich blitzschnell.

Lucile hatte in diesen Tagen einen Kunden, bei dem sie die größte Mühe hatte, ihn zum Absahnen zu bringen. Er musste zunächst davon überzeugt werden, dass die ihm präsentierte Kacke von einem armen, alten Weib stammte, und deshalb musste die Greisin die Handlung vor seinen Augen vornehmen. Er bekam eine, die ihre siebzig Jahre hinter sich hatte und von Geschwüren und Ausschlag übersät war. Außerdem besaß sie seit fünfzehn Jahren keinen Zahn mehr im Kiefer. „Das ist gut, das ist ausgezeichnet“, rief er, „das ist es, was ich suche!“ Dann schloss er sich mit Lucile und dem Haufen ein. Die Aufgabe des Mädchens bestand darin, ihn anzureizen, diese eklige Scheiße aufzufressen. Er beschnupperte sie, betrachtete sie, betastete sie, ohne sich aber zu Weiterem entschließen zu können. Lucile wandte nun ein schärferes Mittel als die Rhetorik an: Sie legte einen Feuerhaken in den Ofen und machte ihn rotglühend. Dann drohte sie, ihm damit den Arsch zu versengen, wenn er nicht sofort tue, was sie von ihm verlangte. Er weigerte sich nochmals. Nun drohte Lucile nicht länger, sondern sie riss ihm die Hosen herunter, entblößte seine hässlichen, welken und durch ähnliche Misshandlungen gänzlich vernarbten Arschbacken und brannte sie an. Der Kerl fluchte, aber Lucile verdoppelte ihre Schinderei, indem sie das Eisen fester auf sein Fleisch drückte. Der Schmerz beschleunigte seinen Entschluss: Er nahm etwas von der Scheiße in den Mund, und durch neue Misshandlungen wurde er dazu gebracht, alles zu verzehren. Ich sah nie eine heftigere Entladung als bei ihm! Er stieß gellende Schreie aus und wälzte sich am Boden wie ein Hysteriker oder Epileptiker. Von der Behandlung Luciles war der Wüstling so entzückt, dass er versicherte, mein Kunde bleiben zu wollen, wenn er immer dasselbe Mädchen, aber jedes Mal eine andere Greisin bekomme. „Je widerwärtiger diese ist", sagte er, „umso besser werde ich Sie bezahlen. Sie können sich keinen Begriff davon machen, wie weit meine Verderbtheit fortgeschritten ist. Ich wage es kaum, mir dies selbst einzugestehen …"

Der Freund, den er am nächsten Tag zu mir schickte, ging aber wohl in seiner Liderlichkeit noch weiter, denn er ließ sich den Arsch nicht nur brennen, sondern auch noch mit glühenden Zangen zwicken. Dies war der einzige Unterschied bei der Zeremonie. Außerdem wollte er die Scheiße des ältesten, schmutzigsten und abscheulichsten Packträgers haben. Dazu besonders geeignet erschien ihm ein achtzigjähriger Hausdiener, den wir seit undenklichen Zeiten in unserem Etablissement hatten. Mit Entzücken verspeiste er augenrollend und schmatzend dessen warme Kacke, während ihn Justine mit Zangen zwickte, die so heiß waren, dass man sie kaum anfassen konnte. Man musste ihm tief ins Fleisch kneifen und ihn dabei fast rösten.

Ein Anderer ließ sich mit einer breiten Ahle[93] Arschbacken, Bauch, Schwanz und Eier zerstechen, während er die Scheiße verzehrte, die ich ihm in einem Nachttopf präsentierte, ohne dass er wusste, von wem sie war. – Es ist kaum auszudenken, meine Herren, zu welchen Dingen die Männer in ihren Wollustdelirien und in der Ausschweifung ihrer Sinne gelangen! – Ich hatte mit einem zu tun, der seinen Arsch mit Stockschlägen traktiert haben wollte, bis er die Scheiße verzehrt hatte, die er vorher aus der Kloakengrube unseres Hauses

[93] Spitzes Werkzeug, mit dem man Löcher in Leder und andere Materialien bohrt.

herausholen ließ. Nachdem er diese verwesten Exkremente gefressen hatte, rann seine perfide Entladung in meinen Mund.'

„Das kann man alles begreifen“, sagte Curval, wobei er den Arsch der Desgranges betastete, „und ich glaube, man kann noch weiter gehen als dieser Mann.“ – „Noch weiter?“, fragte der Herzog, der Adélaïdes entblößten Hintern tätschelte, die heute seine Frau war. „Was, zum Teufel, willst du denn da machen?“ – „Schlimmeres!“, antwortete Curval. „Schlimmeres, denn ich finde, dass man nie genug des Abartigen tun kann.“ – „Ich bin ganz seiner Meinung“, bemerkte Durcet, während er Antinoüs in den Arsch fickte, „und ich glaube, dass mein Erfindungsvermögen all diese Ferkeleien noch raffinierter gestalten würde.“ – „Ich wette, dass ich weiß, was Durcet meint“, rief der Bischof, der dieselbe Handlung ausführte. – „Teufel nochmal, was ist es denn?“, fragte der Herzog. Der Bischof erhob sich und flüsterte mit Durcet, der erklärte, dass er tatsächlich dies gemeint habe. Der Bischof ließ es ihn an Curval weitersagen, der nun ausrief: „Ah, verfickt! *Darauf* wäre ich nie gekommen!“ Da die Freunde sich nicht deutlich ausdrückten, wissen wir leider nicht, was sie meinten, und ich denke, wir tun gut daran, es verhüllt zu lassen. Ich bin sicher, dass der Leser bereits Gelegenheit hatte, uns dankbar zu sein für die Zurückhaltung, die wir zu seinem Schutz an den Tag gelegt haben. Je weiter er liest, umso mehr Diskretion werden wir beweisen, so dass er uns mit ehrlichem Wohlgefallen überhäufen wird. Das können wir ihm in diesem frühen Stadium der Erzählung schon zusichern! Es gibt Dinge, die man in weiser Vorsicht nur andeuten sollte, denn sie könnten an keusche Ohren dringen: all die Launen, Grillen und Geschmacksrichtungen, all die heimlichen Schrecken, denen die Menschen unterworfen sind, wenn ihre Einbildungskraft frei und entflammt ist. Die Menschen sind dem Feuer ihrer Phantasie ausgeliefert, und lüfteten wir *jeden* Schleier, so wäre eine Verderbnis der Sitten zu befürchten. Wir würden unsere christlichen Mitbrüder zu all diesen Abscheulichkeiten verführen, wären unsere Schilderungen allzu farbig und überbordend. Was immer man auch behaupten mag: Jeder ist für sein eigenes Seelenheil in dieser und der jenseitigen Welt verantwortlich. Gott, der in die Tiefe unserer Herzen blickt, jener allmächtige Gott, der Himmel und Erde erschuf und der eines Tages über uns richten wird, ER allein weiß, ob wir das Begehren haben, dass ER uns dereinst derartige Schandtaten vorwirft!

Die Herrschaften führten nun die begonnenen Sauereien zu Ende. Curval ließ die Desgranges scheißen, die anderen trieben Ähnliches mit den anderen Subjekten, und dann begab man sich zum Souper. – Bei den Orgien unterhielt man sich über die neue Diät, die den Zweck verfolgte, die Fäkalien reichlicher und schmackhafter zu erzeugen. Die Duclos drückte ihr Erstaunen darüber aus, dass so erfahrenen Libertins dieses Geheimnis noch unbekannt gewesen war. Sie kannte noch ein Mittel, um reiche und köstliche Entleerungen zu erhalten. Als man sie danach fragte, erklärte sie, man müsse nur eine Magenverstimmung herbeiführen, nicht durch den Genuss unzuträglicher oder ungesunder Dinge, sondern indem man das Opfer plötzlich zwingt, außerhalb der regelmäßigen Mahlzeiten hastig und viel zu essen. Noch am gleichen Abend machte man den Versuch. Fanny, der man zuvor keine Aufmerksamkeit geschenkt hatte, wurde geweckt, und sie musste sofort vier große Biskuits verschlingen.

Am nächsten Morgen lieferte sie einen der größten und prachtvollsten Scheißhaufen ab, der bislang produziert worden war. Man übernahm dieses System, und in Zukunft verging nicht ein Tag, an dem man nicht bei einem der hübschen Mädchen oder Knaben eine augenblickliche Magenverstimmung erzeugt hätte. Trotzdem wurde der Verzicht auf Brot beibehalten. Die Früchte ihrer Methode, sagte die Duclos, würden auf diese Weise nur umso besser. Es ist kaum zu glauben, wie sich dieser Trick bewährte. (Ich erwähne dies hier zum Besten der Liebhaber, die Gebrauch davon machen wollen. Sie mögen überzeugt sein, dass es nichts Vorzüglicheres gibt.) Der Abschluss des Abends brachte nichts Besonderes. Alle gingen schlafen, um sich für den nächsten Tag zu stärken, denn dann sollte die glänzende Hochzeit von Colombe und Zélamir als Basis für das Fest der dritten Woche begangen werden.

EINUNDZWANZIGSTER TAG

Am nächsten Morgen wurde diese Zeremonie in der üblichen Weise ausgeführt. War es nun Vorsatz oder nicht, die junge Braut wurde jedenfalls bei ihrer Untersuchung für schuldig befunden. Durcets Behauptung zufolge hatte man nämlich in ihrem Nachttopf Scheiße entdeckt. Sie verteidigte sich, indem sie erklärte, eine der Alten habe den Haufen hineingepflanzt. Es seien schon öfter solche Betrügereien vorgekommen, wenn die Anstandsdamen die Kinder in Schwierigkeiten bringen wollten. Aber was sie auch sagte, man hörte nicht auf sie. Nachdem ihr kleiner Bräutigam bereits auf der Liste stand, freute man sich schon darauf, die beiden gemeinsam zu züchtigen. Mit allem Pomp wurden die beiden gleichaltrigen jungen Gatten nach der Messe in den großen Gesellschaftssaal geführt, wo vor der Mahlzeit die Hochzeitszeremonie vollendet werden sollte.

Das Mädchen wurde ihrem Gatten nackt übergeben, und diesem war erlaubt, alles mit ihr zu tun, was er wollte. Nichts wirkt ansteckender als das Beispiel, und man konnte unmöglich ein schlimmeres Vorbild vor Augen haben als hier in Schloss Silling. Der junge Mann schnellte also wie ein Pfeil zum Ziel und besprang seine kleine Ehefrau. Da er, obwohl er noch nicht abspritzen konnte, doch schon eine ordentliche Latte zeigte, hätte er sie selbstverständlich gevögelt. Allein, die Herren wollten nicht, dass diese zarten Jungfernschaften beschädigt würden, die sie als Erste besudeln wollten. Der Bischof hemmte also den Enthusiasmus des jungen Mannes und zog aus dessen Erektion selbst den Nutzen, indem er den begattungswilligen, festen und bereits wohlgeformten kleinen Schwanz Zélamirs in sein eigenes Arschloch lenkte. Welcher Unterschied für den Jüngling! Welcher Gegensatz zwischen dem breiten Arsch des alten Bischofs und der jungen, engen Möse der kleinen, dreizehnjährigen Jungfrau! Allein, man hatte es mit Menschen zu tun, die keinen Widerspruch duldeten. Curval bemächtigte sich unterdessen Colombes und bumste sie von vorne zwischen die Schenkel, wobei er ihr Augen, Mund und Nase ableckte. Während dieser Szene erwies man ihm zweifellos noch andere Dienste, denn er entludt, und er war ja kein Mann, der seine Ficksahne nur wegen einer Kleinigkeit verlor!

Man dinierte nun. Bei der Tafel waren die jungen Gatten anwesend. Den Kaffee servierten heute Augustine, Zelmire, Adonis und Zéphire. Curval wollte nun wieder Scheiße haben, um einen Ständer zu kriegen, und Augustine lieferte den grandiosesten Haufen, den man nur fabrizieren kann. Der Herzog indes ließ sich von Zelmire blasen, Durcet von Colombe, und der Bischof von Adonis. Nachdem Adonis mit dem Bischof fertig war, kackte er Durcet in den Mund. Es floss kein Schwanzsaft, denn der war rar. Man hatte sich am Anfang der Party nicht geschont und erkannte, dass man für deren Ende noch Tinte in der Feder benötigen würde. Deswegen waren die Herrschaften jetzt sparsamer. Alle gingen nun in den Saal der Erzählungen, wo die majestätische Duclos gebeten wurde, ihren Arsch zu präsentieren, bevor sie mit den Geschichten anfing. Nachdem sie sich im Angesicht der Versammlung entblößt hatte, nahm sie ihren Bericht wieder auf:

‚Sie müssen', sagte diese erhabene Dame, ‚noch einen Zug meines Charakters erfahren, um mich ausreichend kennenzulernen, auch wenn ich Ihnen nicht alle meine Erlebnisse berichten kann. Danach werden Sie es nicht mehr nötig haben, mehr über mich zu wissen: Luciles Mutter war ins tiefste Elend geraten. Durch einen ganz unwahrscheinlichen Zufall erfuhr das Mädchen, das seit ihrer Flucht nichts mehr von ihren Angehörigen gehört hatte, von dem trostlosen Zustand ihrer Mutter. Einer meiner Kunden verlangte zur gleichen Zeit ein junges Mädchen zu Bedingungen, zu denen ich den Marquis de Mesanges seinerzeit ein solches beschafft hatte: Er wollte für das Fräulein bezahlen, und man durfte nie wieder etwas von ihr hören. Ein vollständiger und endgültiger Kauf! Eine meiner Ludinnen war auf der Suche nach einem solchen Objekt. Sie kam, als ich gerade mit Lucile im Bett lag, und berichtete, sie habe ein fünfzehnjähriges Mädchen gefunden, eine Jungfrau. Sie sei äußerst hübsch und ähnele Fräulein Lucile wie ein Ei dem anderen. Aufgrund ihres Elends müsse man sie aber erst noch ein paar Tage mästen, bevor man sie zu Markte trug.

Die Zuhälterin beschrieb die Mutter dieses Mädchens und deren Not so genau, dass die immer aufmerksamer werdende Lucile bei den verschiedenen Einzelheiten erkannte, dass es sich um ihre eigene Gebärerin und um ihre Schwester handeln konnte. Sie bat mich um Erlaubnis, hingehen zu dürfen, um sich davon zu überzeugen. Der Fall war geeignet, meinen infernalischen Geist zu inspirieren und mich zu einer kleinen Scheußlichkeit anzuspornen. Schon spürten meine Sinne eine Regung. Ich schickte die Kupplerin fort. Da ich das Feuer meiner Leidenschaft nicht mehr beruhigen konnte, bat ich Lucile, mich zu befriedigen. Aber mittendrin ließ ich sie aufhören. „Was willst du denn bei dieser Alten", fragte ich sie, „was beabsichtigst du?" – „Nun", antwortete Lucile, deren Herz noch nicht so verhärtet war wie das meine, „ich will ihr helfen, wenn ich kann, und besonders dann, wenn sie wirklich meine Mutter ist." – „Vollidiotin!", sagte ich zu ihr und stieß sie zurück. „Geh nur, und werde Opfer deiner dämlichen Vorurteile! Versäume nur die Gelegenheit, deinen Sinnen durch ein Verbrechen die schönste Erregung zu verschaffen, eine Geilheit, bei welcher schon die Erinnerung daran es dir noch in zehn Jahren kommen lassen wird." An Luciles Erstaunen sah ich, dass sie mich nicht verstand und dass ich ihr meine Philosophie auseinandersetzen musste.

Ich machte ihr also begreiflich, wie lächerlich die Bande sind, die uns mit unseren Erzeugern verknüpfen. Ich bewies ihr, dass eine Mutter dafür, dass sie uns in ihrem Schoß getragen hat, nicht nur keinerlei Dank verdient, sondern vielmehr unseren Hass. Denn wenn sie uns in die Welt gesetzt hat, so ist es nur um ihres Vergnügens willen geschehen, während wir dem Unglück ausgeliefert wurden, das uns in dieser Welt erwartet. Hat sie uns das Leben gegeben, so befriedigte sie auf diese Weise nur ihre viehische Geilheit! Ich fügte noch mancherlei hinzu, was meine Behauptungen beweisen sollte, lauter Dinge, die meine Vernunft mir eingab und die dem Herzen entspringen, wenn es nicht in kindlichen Vorurteilen befangen ist. „Was macht es aus", sagte ich, „ob diese Kreatur glücklich oder unglücklich ist? Empfindest du etwas von ihren Leiden? Zerreiß diese törichten Bande, deren Unsinn ich dir bewiesen habe. Trenne dich von jener Kreatur, und du wirst sehen, dass dir ihr Unglück nicht nur völlig gleichgültig ist, sondern dass du es als Wollust empfindest, es zu verdoppeln. Ich habe dir gezeigt, dass sie deinen Hass verdient. Deine Rache soll darin bestehen, dass du tust, was die Dummköpfe ein Verbrechen nennen. Du aber kennst die enorme Wirkung, welche das Verbrechen auf unsere Sinnlichkeit ausübt. Hier also hast du sogar zwei Quellen des Vergnügens durch die Bosheiten, von denen ich möchte, dass du sie an ihr verübst: die süße Freude der Rache und jene, die wir immer fühlen, wenn wir das Böse tun!" – War meine Beredsamkeit so außerordentlich stark, oder war ihr Geist schon so verderbt und ausschweifend, dass sie die Wollust meiner Grundsätze verstand? Jedenfalls gefielen ihr meine Worte! Ich sah ihre schönen Wangen von der sinnlichen Glut gerötet, die sich immer dann einstellt, wenn man die Grenzen des Gewöhnlichen durchbricht. „Nun gut", sagte sie, „was soll ich tun?" – „Wir werden uns", antwortete ich, „mit den beiden amüsieren und noch Geld dabei verdienen. Wenn du meine Ansichten übernimmst, so ist uns das Vergnügen sicher und auch das Geld. Ich werde mich nämlich deiner alten, grauhaarigen Mutter und deiner kleinen Schwester zu zwei verschiedenen Unternehmungen bedienen. Wir werden sogar viel dabei herausschlagen!"

Lucile stimmte zu, und ich rubbelte ihr einen, um sie für das Verbrechen noch mehr zu begeistern. Wir gaben uns sodann gleich an die Vorbereitungen. Ich werde Ihnen zunächst eine Schilderung des ersten Plans geben, denn das fällt in die Geschmacksrichtung, von der zu berichten ich beauftragt bin. Nachher werde ich Ihnen auch das zweite Projekt erklären.

In der Welt der Reichen gab es einen Mann von großem Ansehen, der einen so gestörten Geist hatte, dass Worte es nicht beschreiben können. Ich kannte ihn nur unter dem Namen „Herr Graf", und ich werde ihn so bezeichnen. Der Graf stand mit seinen fünfunddreißig Jahren im Blütenalter der Leidenschaften. Er kannte weder einen Glauben noch ein Gesetz, weder Gott noch Religion. Wie Sie, meine Herren, besaß er eine unüberwindliche Abscheu gegen alles, was mit der Tugend der Wohltätigkeit zusammenhängt. Er konnte es nach seinen eigenen Worten nicht begreifen, wie man die Ordnung der Natur verwirren könne, nach der sie die Individuen in verschiedene Klassen eingeteilt hatte. Durch Wohltaten erhebe man ein Subjekt aus dem Stand der Unglücklichen, was ein absurdes und verbrecherisches Handeln sei. Man solle die Summen, die man für Almosen aufwende, lieber zu seinem eigenen Vergnügen verprassen. Alles, was diesen Ansichten widersprach, betrachtete er als Beleidigung seiner Intelligenz oder aber als Mysterium, das seine Weisheit nicht begreifen konnte.

Mit solchen Grundsätzen fand er nicht nur seine Befriedigung darin, den Unglücklichen seine Unterstützung zu verweigern, sondern er ging noch weiter, indem er ihre Leiden vergrößerte. Es war ihm eine Wollust, die finstersten Schatten der Elendsquartiere aufzusuchen, wo die Armut in Hungerqualen an einer kleinen Rinde harten Brotes nagte, das sie mit Tränen befeuchtete. Sah er solche Szenen, bekam er einen Ständer. Ihn erfreute nicht nur die Bitterkeit der Tränen, er trachtete auch danach, die Elenden auch noch um ihr letztes Stückchen Brot zu bringen, das sie noch in der Welt der Lebendigen hielt. Diese Leidenschaft steigerte sich bei ihm zu einer wahren Raserei. Er empfand keine lebhafteren Wonnen, nichts erregte ihn stärker und entflammte seine Seele mehr als solche Exzesse. Er versicherte mir, dass dies aber keine Erscheinung der Übersättigung sei, schon von Kindheit an bestand bei ihm diese Manie. Stets sei sein Herz gegen die Klagen des Unglücks unempfindlich gewesen, und er hatte nie zartere Gefühle kennengelernt. Es ist wesentlich, dass Sie sich mit diesem Mann genau vertraut machen, weshalb ich Ihnen noch sagen muss, dass er in der Hauptsache drei Passionen frönte. Von der einen werde ich selbst erzählen, die zweite fällt in das Gebiet der Martaine, und die dritte, welche die schrecklichste ist, wird Ihnen am Schluss ihrer Erzählungen die Desgranges darbieten. Beginnen wir aber mit dem, was mich betrifft:

Kaum hatte ich den Grafen benachrichtigt, welche Heimstätte des Unglücks ich entdeckt hatte, als er erfreut seine Vorbereitungen traf. Aber eine Angelegenheit, die für seine Vermögenslage und seine Laufbahn von größter Wichtigkeit war, nahm ihn für etwa fünfzehn Tage vollkommen in Anspruch. Er vernachlässigte seine Geschäfte nämlich durchaus nicht. Da er jedoch das Mädchen unter allen Umständen haben wollte, gab er mir den Auftrag, es möglichst bald von seiner Mutter zu entführen, möge es kosten, was es wolle. Er zog es vor, auf die erste Szene zu verzichten, wenn er nur die zweite genießen konnte.

Ich sollte das Mädchen zu einer mir von ihm bezeichneten Person bringen. Meine Herren, ich will Sie nicht darüber im Unklaren lassen, dass diese Persönlichkeit die Desgranges war, die später das Mädchen dem Grafen auslieferte. Ich schickte zunächst Lucile zu ihrer Mutter, damit sie auskundschaftete, wie man ihre Schwester am besten entführen konnte. Lucile war gut unterrichtet. Sie erkannte ihre Mutter wieder, aber sie kam nur, um sie zu beschimpfen und ihr vorzuwerfen, sie sei die Ursache für die Ausschweifungen ihrer Tochter. Solche und andere Vorwürfe zerrissen das Herz der armen Frau und zerstörten ihre ganze Freude über das Wiedersehen mit ihrem Kind. Danach ging ich selbst zu der Alten. Ich sagte ihr, ihre ältere Tochter habe ich dem Laster entrissen und erbot mich, auch ihr zweites Mädchen zu mir zu nehmen. Aber mit dieser List kam ich nicht zum Ziel, denn die Unglückliche weinte nur und sagte, sie könne sich nicht ihrer letzten Hilfe berauben lassen, die in ihrer bei ihr noch lebenden Tochter bestand. Sie sei alt und schwach, das Kind betreue sie. Raube man ihr das Mädchen, so nehme man ihr das Leben. Ich muss Ihnen gestehen, meine Herren, dass ich bei diesen Worten spürte, wie die Wollust sich meines Herzens bemächtigte, denn ich dachte an die Raffinements der Bosheit, mit denen ich mein Verbrechen ausgestalten wollte.

Ich ließ der Alten sagen, ihre Tochter Lucile werde sie in den nächsten Tagen nochmals besuchen und zwar in Begleitung eines sehr reichen Mannes, der ihr große Dienste erweisen könne. Unterdessen beschäftigte ich mich damit, die Entführung des anderen Mädchens zu bewerkstelligen. Ich hatte sie mir gut angesehen und fand das Unternehmen lohnend. Sie zählte fünfzehn Jahre, hatte eine hübsche Gestalt, sehr schöne Haut und äußerst reizende Züge. Nach drei Tagen schon besaß ich das Mädchen! Ich untersuchte alle Teile ihres Körpers und fand sie durchaus charmant, fleischig und frisch, trotz der schlechten Ernährung in der letzten Zeit. Ich ließ sie zu Madame Desgranges bringen, die ich bei dieser Gelegenheit zum ersten Mal sah, was den Beginn unserer Geschäftsbeziehung bildete. Unser Kunde kam endlich von seinen Geschäften zurück, und Lucile führte ihn zu ihrer Mutter, wo sich folgende Szene abspielte:

Sie fanden die alte Frau im Bett; obwohl es mitten im bitterkalten Winter war, brannte kein Feuer. In der Nähe ihres Lagers stand eine Schüssel mit Milch. Gleich beim Eintreten pisste der Graf in diese Schale. Um mögliche Störungen zu vermeiden und um sich als Herr der Situation zu zeigen, hatte der Graf auf der Stiege zwei Kerle postiert, die niemanden aus der Wohnung heraus oder in sie hinein lassen durften. „Meine liebe alte Arschfickerin!", sagte der Graf zu der Mutter. „Ich bin mit deiner Tochter, die – bei meiner Seele – eine verdammt hübsche Nutte ist, zu dir gekommen, um deine Leiden zu lindern. Aber du musst sie uns erst schildern. Also los, du miese alte Aussätzige!" (Dabei setzte er sich und fing an, die Arschbacken Luciles zu tätscheln.) „Los! Schildere uns deine Leiden!" – „Ach", sagte die gute Frau, „Sie kommen wohl mit dieser Hure nur, um mich zu beschimpfen, statt mir zu helfen." – „Hure?", rief der Graf. „Bei Gott, du wagst es, deine Tochter zu beleidigen? Vorwärts!" (Damit erhob er sich und riss die Alte aus ihrem Siechbett.) „Bitte sie kniefällig um Verzeihung für die Beschimpfung, die du ihr angetan hast!" (Die Alte musste es wirklich tun.) „Und du, Lucile, heb deine Röcke hoch, und lass dir von deiner Mutter den Arsch lecken. Ich werde genau beobachten, ob sie das auch ordentlich erledigt. Das soll deine Genugtuung für diese Schmähung sein. Ich bin mir verflucht sicher, sie will nichts mehr, als ihre Verfehlung wieder gutzumachen!"

Die unverschämte Lucile rieb ihren Arsch am runzligen Gesicht ihrer lieben, alten Mutter, während sie sie mit einfallsreichen Schimpfworten überschüttete. Nun erst erlaubte der Graf der Alten, wieder ins Bett zu kriechen. „Ich sage es Ihnen nochmals", fuhr er fort, „wenn Sie mir Ihre Leiden erzählen, werde ich sie lindern." Die Unglücklichen glauben gerne an das, was man ihnen verspricht, und sie lieben es, zu jammern. Die Alte erzählte also ihre Leiden und beklagte sich vor allem über die Entführung ihrer Tochter. Sie beschuldigte

Lucile, diese wisse, wo ihre Schwester sei, denn die Dame, mit der sie zu ihr gekommen war, habe sich erboten, für das Kind zu sorgen. Daraus entnehme sie, dass diese auch die Entführerin ihrer Tochter sei. In ihrer Argumentation lag viel Urteilskraft.

Inzwischen hatte Lucile ihre Röcke abgelegt, und der Graf küsste von Zeit zu Zeit ihren schönen Arsch, während er sich selbst dabei einen runterholte. Er hörte der Alten zu, fragte sie aus, verlangte Antworten und regelte seine Wichsbewegungen nach den Worten der Mutter. Als diese beteuerte, die Entführung des Kindes, das für sie gesorgt hatte, bringe sie langsam an den Rand des Grabes, denn es mangele ihr nun an allem, und seit vier Tagen habe sie nur von der Milch gelebt, die man ihr nun verunreinigt habe, da rief der Graf: „Nun gut, du Hurensau!" Und dabei dirigierte er sein Sperma auf die Alte und fuhr fort, die Arschbacken Luciles zu kosen. „Nun gut, du Nutte! Du wirst also krepieren, du stinkende, alte Hure. Das ist kein großes Unglück! Glaubst du, die Welt wird dich vermissen?" Bei dieser Frage spritzte er ihr aufs Gesicht. „Ich bedaure nur eins, nämlich dass du nicht jetzt sofort abkratzt!"

Aber das war noch nicht alles! Das war kein Mann, der sich nur mit einer einzigen Entladung zufriedengab! Er suchte überall im Zimmer und fand einen silbernen Becher, den einzigen Wertgegenstand aus wohlhabenderen Tagen, den die Unglückliche noch besaß, und er steckte ihn in seine Tasche. Diese Gemeinheit rief eine Erektion bei ihm hervor. Nun riss er die Alte wieder aus dem Bett, entblößte sie und befahl Lucile, ihm auf dem verwelkten Klappergestell der Greisin einen runterzuholen. Diese musste es sich gefallen lassen, und er verspritzte seinen Schleim auf ihr falbes Fleisch. Dabei versprach er der Unglücklichen, er werde ihr bald Nachricht zukommen lassen von ihrer jüngeren Tochter und sie ihr wieder zurückbringen. Mit seiner letzten Entladung erreichte er die höchste Wollust, denn er stellte sich vor, durch welche Machenschaften er die ganze bedauernswerte Familie in seine Gewalt bekommen werde. Dann ging er.

Hören Sie, meine Herren, wie ich nun mein Verbrechen steigerte und zu Ende führte! Der Graf vertraute mir und unterrichtete mich von seinen Absichten bei einer zweiten Begegnung mit Lucile und der Alten. Er wollte die ganze Familie vereinen und bat mich darum, ihm Lucile ganz zu überlassen. Ihr schöner Arsch hatte ihn außerordentlich erregt, und er machte mir gegenüber keinen Hehl daraus, dass Lucile ebenso wie ihr Arsch und die beiden anderen Frauen dem Untergang geweiht waren. Ich liebte dieses Mädchen, aber noch mehr liebte ich das Geld, und er bezahlte mir für die drei Kreaturen eine unerhörte Summe. Also willigte ich in alles ein, und vier Tage später wurden Lucile, ihre jüngere Schwester und die Mutter vereinigt. Welches Los die drei erwartete, das wird Ihnen Madame Desgranges erzählen; ich aber werde jetzt in der unterbrochenen Erzählung der anderen Vorfälle fortfahren.'

„Einen Augenblick!", sagte Durcet. „Ich kann solche Sachen nicht kaltblütig anhören, sie üben einen zu starken Reiz auf mich aus! Schon seit der Mitte der Erzählung halte ich meine Ficksahne zurück, jetzt muss sie raus! Ich bitte höflich darum, mich erleichtern zu dürfen!" Und er stürzte sich mit Michette, Zelmir, Cupidon, Fanny, Thérèse und Adélaïde in sein Kabinett, wo man ihn nach ein paar Minuten brüllen hörte.

Weinend kam Adélaïde zurück. Sie sagte, sie sei sehr unglücklich. Wenn man die Phantasie ihres Mannes durch solche Geschichten erhitze, so wäre es nur gerecht, wenn jene, die sie erzählten, auch die Opfer wären. Der Herzog und der Bischof waren aber inzwischen auch nicht untätig gewesen, doch müssen wir ihre Vergnügungen noch verschweigen, weil ihre Art einen Bericht an dieser Stelle noch nicht erlaubt. Wir gehen also über zu den vier letzten Erlebnissen, von denen die Duclos an diesem Abend sprach:

‚Acht Tage nach Luciles Weggang behandelte ich selbst einen Kerl mit einer recht witzigen Manie. Man hatte mich ein paar Tage vorher verständigt, ich solle in einem Nachtstuhl eine Menge Kackwürste sammeln. Ich nahm noch die von einigen meiner Mädchen dazu. Mein Freier kam als Savoyarde verkleidet am Morgen zu mir, kehrte mein Zimmer aus und nahm den Topf des Nachtstuhls, um ihn im Scheißhaus zu reinigen. Er brauchte auffallend lange Zeit dazu. Als er zurückkam, zeigte er mir das Geschirr, das er mit besonderer Sorgfalt gesäubert hatte, und forderte seinen Lohn. Ich verfuhr nun nach seinen Anweisungen:

Ich falle plötzlich über ihn her und rufe, ihm dabei mit dem Besen drohend: „Deinen Lohn? Da, nimm ihn, du Verbrecher!" Mindestens ein Dutzend Hiebe mit dem Besen gebe ich ihm auf den Arsch. Von mir verfolgt, reißt er aus, und nun ist der große Moment des Wüstlings gekommen. Die Treppe hinabrennend spritzt er ab, dabei rufend, er werde ausgeraubt, man wolle ihm den Schädel zerschmettern und ermorden. Er habe geglaubt, bei einer anständigen Frau zu sein und finde in ihr eine Hure!

Ein anderer brachte einen kleinen, knotigen Stab in einem Etui mit und verlangte, dass man diesen drei Zoll tief in seine Harnröhre einführte. Dann musste man mit der einen Hand das Stäblein lebhaft schütteln, mit der anderen ihn wichsen, wobei darauf zu achten war, dass die Eichel unbedeckt blieb. Das Stäbchen zog man im Augenblick der Entladung heraus. Man musste sich dabei vorne hochschürzen, damit er auf die Schamhaare spritzen konnte. – Sechs Monate später traf ich mit einem Abbé zusammen, dem man das Wachs einer brennenden Kerze auf Schwanz und Sack tropfen lassen musste. Nur infolge dieser Empfindung konnte er ablaichen, ohne dass man ihn weiter berührte. Er wurde aber nie steif, und sein Schmodder floss erst, wenn seinen ganzen Schwengel mit Wachs derart verklebt war, dass es seine gesamte Form verloren hatte.

Dieser Mann besaß einen Freund, der sich mit goldenen Nadeln spicken ließ, und wenn seine Kehrseite nach dieser Prozedur mehr einen Nadelkissen als einem Arsch glich, setzte er sich nieder, um die Stiche kräftiger zu spüren. Hierauf musste man ihm die gespreizten Hinterbacken präsentieren, während er wichste und auf das Arschloch spritzte.'

„Durcet", sagte der Herzog, „ich möchte gerne deinen schönen, fetten Arsch mit goldenen Nadeln gespickt sehen. Er wäre dann sicher hübscher als je zuvor!" – „Herr Herzog", antwortete der Bankster, „seit vierzig Jahren erweise ich Ihnen die Ehre, Ihnen in allem nachzueifern. Gehen Sie mir also mit gutem Beispiel voran, so werde ich Sie nachahmen." – „Bei Gottes Lenden-Schleim", rief der gute Curval dazwischen, „bei Seinem Heiligen Ficksaft, wie steif mir die Geschichte von Lucile den Schwengel gemacht hat! Ich habe nichts gesagt, mir aber das Meine gedacht. Schaut her!" (Und er präsentierte seinen hochragenden Schwanz.) „Ich bin furchtbar ungeduldig zu erfahren, wie die Geschichte dieser drei Arschfickerinnen zu Ende geht. Hoffentlich sind sie alle im Grab vereint!" – „Nur Geduld, Geduld", sagte der Herzog, „greifen wir den Erzählerinnen nicht vor! Weil Sie eine Latte haben, Herr Präsident: Möchten Sie gleich eine Erzählung von Rad und Galgen hören? Sie machen es wie Ihre Amtskollegen, von denen es heißt, dass ihnen der Schwanz steht, wenn sie jemanden zum

Tode verurteilen!" – „Hören wir auf von diesem Zustand und von den Richtern zu sprechen!", sagte Curval. „Tatsache ist, dass ich durch die Erzählung der Duclos, die ein charmantes Mädchen ist, furchtbar erregt wurde. Ich würde jetzt am liebsten auf der Landstraße stehen und eine Postkutsche anhalten, um die Reisenden zu ermorden!" – „Trotzdem muss es eine Ordnung geben", wandte der Bischof ein, „sonst wären wir hier nicht mehr sicher. Das Geringste, was passieren könnte, wäre, uns alle an den Galgen zu bringen." – „Den Galgen? Ah, der Strick ... Ja, aber nicht für uns!", rief Curval, „Aber ich will auch nicht verschweigen, dass ich kalten Blutes alle diese Weiber da verurteilen könnte, vor allen die Frau Herzogin, die wie ein Kalb auf meinem Kanapee[94] liegt. Und das nur darum, weil sie in ihrem Bauch ein bisschen gekeimten Samen hat und meint, man dürfe sie nicht mehr anfassen." – „Oh", sagte Constance, „ich bilde mir durchaus nicht ein, dass Sie die entsprechende Rücksicht auf meinen Zustand nehmen sollen, denn ich weiß allzu gut, wie hassenswert Ihnen schwangere Frauen sind." – „Ja, ganz außerordentlich", sagte Curval, „da haben Sie recht."

Wäre die Duclos nicht dazwischengetreten, so hätte er sich hinreißen lassen, den Körper der Schwangeren zu misshandeln. „Kommen Sie, Herr Herzog", sagte die Duclos, „kommen Sie nur mit mir. Ich habe Ihren Zustand verursacht, ich muss ihn also auch beseitigen." Zusammen begaben sich die beiden in das rückwärtige Kabinett, wohin Augustine, Hébé, Cupidon und Thérèse ihnen folgten. Kurz danach hörte man den Präsidenten brüllen, und trotz der Bemühungen der Duclos kam die kleine Hébé in Tränen gebadet zurück. Es gab sogar noch etwas anderes als nur Zähren, aber die Umstände erlauben uns leider nicht zu sagen, worum es ging. Gedulde Dich noch, freundlicher Leser, bald werden wir kein Geheimnis mehr vor Dir hüten müssen!

Curval kam grummelnd zurück. Er meinte, man könne infolge all dieser einschränkenden Gebote nicht wirklich mit voller Lust entladen. Man begab sich dann zu Tisch. Die Züchtigungen, zu denen man sich später einschloss, waren an diesen Abend nicht zahlreich. Nur Sophie, Colombe, Adélaïde und Zélamir waren zu bestrafen. Adélaïde war die Ursache von Durcets besonderer Erhitzung und wurde darum von diesem nicht geschont. Während der Erzählung vom Grafen und von Lucile hatte man Sophie dabei überrascht,

---

[94] Sofa.

dass sie weinte, und sie wurde nun auch für dieses und das frühere Verbrechen zur Rechenschaft gezogen.

Das junge Ehepaar des Tages, Zélamir und Colombe, wurde vom Herzog und von Curval mit einer ans Barbarische grenzenden Strenge gezüchtigt. In besonders gehobener Stimmung erklärten die beiden Herrschaften dann, sie wollten noch nicht zu Bett gehen. Sie ließen sich Likör bringen und verbrachten die Nacht zechend mit den vier Erzählerinnen und mit Julie, die von Tag zu Tag ausschweifender wurde. Sie zeigte sich auf diese Weise liebenswert, sodass sie es verdient hätte, in den Rang jener Objekte erhoben zu werden, die Anspruch auf gewisse Vergünstigungen besaßen.

Als Durcet am nächsten Morgen seinen Rundgang machte, fand er die sieben stockbesoffen vor. Zwischen Vater und Gatten lag die nackte Tochter, und die Stellung, die sie einnahm, ließ weder Tugend noch die selbst in der Ausschweifung erforderliche Zurückhaltung erkennen. Es war dem Bankster klar, dass sie von beiden gleichzeitig gerammelt worden war. Absolut knülle ruhte die Duclos, welche dabei geholfen hatte, neben dem verknäulten Trio. Die anderen lagen in einem Winkel beim Kamin, der die ganze Nacht gebrannt hatte, übereinander auf einem Haufen.

ZWEIUNDZWANZIGSTER TAG

Infolge dieser nächtlichen Bacchanalien zeigte man an diesem zweiundzwanzigsten November wenig Unternehmungslust. Die Hälfte der Zeremonien wurde übergangen, man dinierte in aller Ruhe und begann erst beim Kaffee wieder ein wenig aufzuleben. Rosette, Sophie, Zélamir und Giton servierten dabei. Um sich zu aufzumuntern, ließ Curval Giton scheißen, der Herzog verspeiste den Kackhaufen Rosettes, der Bischof ließ sich von Sophie lutschen, und Durcet von Zélamir. Keiner entludt. Dann ging man in den Salon. Die Duclos war nach dem Exzess am Vorabend noch sehr angegriffen, sie konnte kaum die Augen offenhalten und gestaltete ihre Berichte deswegen sehr kurz. Sie gab nur wenige Einzelheiten, sodass auch wir ihre Erzählung nicht gänzlich wiedergeben, sondern es dem Leser überlassen, ihre etwas wirre Rede mit Details zu füllen.

Wie gewöhnlich schilderte sie fünf Passionen. Die erste war die eines Mannes, der sich mit einem Godemiché[95] das Arschloch kitzeln ließ. Dieses Instrument aus Zinn war mit heißem Wasser gefüllt. Sobald er durch seine eigenen Wichsbewegungen entludt, musste man die Flüssigkeit in seine Eingeweide ergießen. Man brauchte ihn dabei nicht zu berühren.

Der zweite Kunde besaß die gleiche Manie. Nur musste man ihn mit viel mehr Instrumenten behandeln. Man fing mit einem kleinen an und nahm zentimeterweise immer größere. Das letzte hatte endlich den enormen Umfang einer Kanone, und er spritzte nur dann, wenn er einen Sturzbach aus deren Mündung empfing.

Bei dem dritten waren weit mehr Zeremonien erforderlich. Gleich beim Eintritt ließ er sich einen enormen Dildo in den Arsch rammen, den man dann herauszog. Er kackte nun, verzehrte die Scheiße und wurde daraufhin ausgepeitscht. Anschließend steckte man ihm das Instrument wieder ins Arschloch und zog es heraus. Dann musste das Flittchen, das ihn behandelte, scheißen und ihn auspeitschen, während er ihre Kacke fraß. Erst als das Instrument zum dritten Mal heimfuhr, verlor er seinen Lattenrotz, ohne dass man ihn berührte. Dabei verzehrte er den Rest der Nuttenscheiße.

In ihrem vierten Bericht erzählte Duclos von einem Mann, der sich an allen Gliedern mit Stricken binden ließ. Selbst den Hals musste man ihm zuschnüren, um seine Entladung wollüstiger zu gestalten. In diesem Zustand spritzte er seinen Saft auf den Arsch der Nutte. – Wieder ein anderer ließ seine Eichel an einer Schnur befestigen, die zwischen den Schenkeln eines nackten Mädchens hindurchlief, das in der anderen Zimmerecke stand. An dieser Kordel musste das Weib ihn zu sich heranziehen, und während sie ihm den Arsch zeigte, entludt er.

Die Erzählerin war, nachdem sie ihre Aufgabe erfüllt hatte, vollkommen erschöpft. Sie bat, sich zurückziehen zu dürfen, was ihr bewilligt wurde. Bevor man sich zu Tisch begab, machte man einige schmutzige Witze über das Gehörte. Doch fühlten die beiden Hauptakteure sich noch nicht wieder auf der

---

[95] Dildo.

Höhe. So war man denn auch bei den Orgien recht zahm, wie man es bei Wüstlingen eigentlich nicht gewohnt ist, und ruhig gingen alle zu Bett.

DREIUNDZWANZIGSTER TAG

„Wie kann man beim Entladen nur so schreien, so brüllen wie du?", sagte der Herzog zu Curval, als er ihn morgens am dreiundzwanzigsten Tag sah. „Teufel nochmal, was war nur, dass du so geschrien hast? Ich habe niemals Entladungen von solcher Heftigkeit gehabt." – „Bei Gott!", antwortete Curval, „du hast es nötig, einem anständigen Mann wie mir solche Vorwürfe zu machen. Dich hört man noch eine Meile entfernt! Mein Lieber, diese Schreie kommen von der äußersten Empfindlichkeit des Organismus. Die Gegenstände unserer Leidenschaft versetzen die elektrischen Ströme unserer Nerven in starke Schwingungen. Der Schock, den die in diesen Strahlungen konzentrierten Lebensgeister erhalten, ist so heftig, dass er den ganzen menschlichen Körper erschüttert. Man kann bei diesen fürchterlichen Erregungen der Wollust seine Schreie ebensowenig unterdrücken wie bei den mächtigen Angriffen des Schmerzes." – „Das war eine gute Erklärung; aber wer war das köstliche Objekt, das deine animalischen Energien in solche Schwingungen versetzte?" – „Ich leckte eifrig Schwanz, Mund und Arschloch von Adonis, der bei mir schlief, und war verzweifelt darüber, dass ich nicht mehr und Schöneres mit ihm tun durfte. Also machte ich das Beste aus meiner beschwerlichen Situation. Antinoüs und Ihre teure Tochter Julie wirkten dabei mit, um mir zu jener Entladung zu verhelfen, deren melodische Klänge bis an Euer Ohr drangen. – „Dann werden Sie heute matt wie ein Säugling sein?", meinte der Herzog. – „Durchaus nicht, Euer Gnaden", sagte Curval, „wenn Sie mir folgen wollen und mich beobachten, so werde ich Ihnen beweisen, dass ich zumindest ebenso tapfer bin wie Sie."

Bei diesen Worten kam Durcet, um mitzuteilen, dass das Frühstück serviert war. Man verfügte sich ins Appartement der Mädchen, wo die acht reizenden Haremsmädchen selbst die Tassen mit Wasserkaffee herumreichten. Der Herzog wandte sich an Durcet mit der Frage, warum an diesem Tag nur Wasserkaffee serviert wurde. „Wenn Sie wünschen", sagte der Bankster, „geben wir Ihnen Milch dazu. Möchten Sie?" – „Gewiss!", antwortete der Herzog. – „Augustine!", rief Durcet, „servieren Sie dem Herrn Herzog ein wenig Milch, wenn es beliebt." – Das darauf vorbereitete Mädchen hockte sich nun mit ihrem Popo über die Tasse und ließ aus ihrem Arschloch drei oder vier Löffel völlig weiße, ganz reine Milch hineinfließen. Dieser Scherz erregte große Heiterkeit, und jeder verlangte jetzt nach Milch.

Alle Ärsche waren in derselben Weise wie der Augustines präpariert. Diese ergötzliche Überraschung hatte sich der in diesem Monat amtierende Meister des Vergnügens ersonnen. Fanny vergoss ihre Milch in die Tasse des Bischofs, Zelmire in die Curvals, und Michette in jene des Banksters. Als man eine zweite Tasse Kaffee nahm, versahen die anderen vier Haremsmädchen das Amt der Milchspenderin. Man fand diesen Scherz wirklich ausgezeichnet! Er erhitzte den Kopf des Bischofs so sehr, dass er etwas anderes als Milch verlangte, und die schöne Sophie besorgte es ihm. Obwohl alle den Drang zum Scheißen fühlten, hielten sie sich doch dem Befehl gemäß zurück, der ihnen nur erlaubte, beim ersten Mal nichts anderes als Milch zu spenden.

Man begab sich nunmehr zu den Knaben zum Guten-Morgen-Besuch. Curval ließ Zélamir scheißen, und der Herzog applaudierte dem, was Giton ans Tageslicht drückte. In die Kapelle gingen heute nur zwei subalterne Ficker sowie Constance und Rosette. Letztere zählte zu denen, bei denen man am Vortag den Versuch mit der Magenüberfüllung gemacht hatte. Nur mit schrecklicher Mühe konnte sie sich beim Kaffee zurückhalten und die Milch frei von anderen Zutaten servieren. Nun, auf der Latrine sitzend, lieferte sie den famosesten Haufen, den man bisher erlebt hatte. Man beglückwünschte die Duclos zu ihrem Geheimmittel, und man wendete dieses nun täglich mit bestem Erfolg an. Der Frühstücksscherz regte noch die Unterhaltung beim Diner an, und man dachte sich Dinge ähnlicher Art aus, über die zu sprechen sich wohl später noch Gelegenheit findet. Den Kaffee servierten vier gleichaltrige Subjekte: Zelmire, Augustine, Zéphire und Adonis, die Zwölfjährigen. Der Herzog vögelte Augustine zwischen den Schenkeln und kitzelte dabei mit dem Daumen ihr Arschloch. Curval tat das Gleiche mit Zelmire, und der Bischof mit Zéphire. Ob auch er den Daumen nutzte, ist nicht ganz klar, denn seine Hand war nicht deutlich zu sehen. Der Bankster fickte Adonis in den Mund. Augustine bat plötzlich, man möge sie scheißen lassen, denn sie könne es nicht länger halten. Auch an ihr hatte man gestern die Magenüberfüllung ausprobiert. Sogleich hielt ihr Curval sein Maul hin und bekam den monströsen Haufen des reizenden Mädchens hinein, den er in drei Teilen verzehrte. Die Fanchon holte ihm währenddessen einen runter, und er goss einen ganzen Spermabach in ihre Hände. – „Na also", sagte er zum Herzog, „sehen Sie jetzt, dass die Ausschweifungen der Nacht mich nicht unfähig gemacht haben für die Vergnügungen des Tages? Sie liegen im Wettkampf hinter mir!" – „Das wird nicht lange dauern", antwortete der Herzog, dem Zelmire, die es ebenfalls eilig hatte, den gleichen Dienst erwies, den Augustine Curval geleistet hatte. Im selben Moment stieß der Herzog Schreie aus, schluckte die Scheiße und entludt wie ein Berserker. „Nun ist es aber genug!", vernahm man die ernste, würdevolle Stimme des Bischofs. „Wenigstens zwei von uns sollten ihre Kraft für die Erzählpausen aufsparen." Ihm stimmte Durcet zu, der ohnedies nicht so viel Eierlikör zu verschwenden hatte wie jene beiden Freunde. Nach einer winzigen Mittagspause ließ man sich im Salon nieder, wo die faszinierende Duclos mit ihren brillanten und lasziven Geschichten fortfuhr:

‚Wie kommt es, gnädige Herren', fragte das reizende Frauenzimmer, ‚dass es Menschen auf der Welt gibt, denen die Ausschweifung das Herz derart verhärtet hat, denen sie Ehrgefühl und Zartsinn so zerstörte, dass sie Vergnügen und Lust nur in dem finden, was erniedrigend und entwürdigend ist? Man könnte sagen, sie entdecken nur im Schoße der Schande den Genuss. Nur in der Nachbarschaft von Unwürde und Schmach kann ihre Lust gedeihen. Bitte denken Sie nicht, gnädige Herren, dass bei den verschiedenen Beispielen, die ich Ihnen im Folgenden schildern werde, der Grund dafür die körperliche Empfindung ist. Ich weiß, sie ist vorhanden. Aber ich kann Ihnen felsenfest versichern, dass sie nur durch die Unterstützung des moralischen und seelischen Erlebens ihrer Selbstentehrung und Selbsterniedrigung entsteht. Wenn Sie jenen Leuten dasselbe Körpergefühl verschaffen würden ohne all dieses Beiwerk, so würde es nicht gelingen, sie in Wallung zu versetzen.

So kam sehr oft ein Herr zu mir, dessen Namen und Amt ich nicht kannte, von dem ich dennoch mit Sicherheit wusste, dass er ein Mann von hohem Rang sei. Es war ihm vollkommen gleichgültig, mit welcher Art von Weibern ich ihn verkuppelte, ob sie schön oder hässlich, alt oder jung waren, alles war ihm gleich. Sie mussten nur eine gewisse Rolle gut spielen können. Dabei handelte es sich um folgendes: Er kam gewöhnlich am Morgen. Wie aus Versehen trat er in einen Raum, in dem sich ein Mädchen befand, das bis zur Mitte des Bauches entblößt im Bette lag, und zwar in der Haltung einer Frau, die sich einen abrubbelt. Sobald er eintrat, sprang das Weib mit allen Zeichen der Überraschung aus dem Bett und schrie ihn an: „Du Hurenkerl, was fällt dir denn ein? Wer erlaubte dir, mich hier zu stören?!“ Er bat um Entschuldigung, aber sie hörte ihn nicht an, sondern überhäufte ihn mit einer Flut der härtesten und dreckigsten Schimpfwörter. Dann fiel sie über ihn her und trat ihm in den Arsch, was nicht schwierig war. Er machte nämlich nicht den geringsten Versuch, diesen Misshandlungen auszuweichen. Ja, er bot sich ihnen sogar willig dar. Dennoch tat er so, als versuche er zu fliehen. Man verdoppelte die Fußtritte, bis er um Gnade bat, aber man beantwortete sein Flehen mit neuen Tritten und Beschimpfungen. Fühlte er sich hinreichend erregt, so holte er schnell seinen Fleischspieß aus der Hose, die bis dahin sorgfältig zugeknöpft war. Er gab dem Pimmel ein paar Stöße mit der Faust und entludt dann, während er floh und man ihm noch ein paar Tritte und Schmähungen auf den Weg mitgab.

Ein zweiter Mann, der noch mehr Abhärtung oder Gewöhnung an diese Art der Wollust verriet, wollte nur mit Last- oder Sandträgern zu tun haben. Ein solcher Knecht, der bereit war, für seinen Lohn zu schwitzen, musste in einem Zimmer sein Geld zählen, dann trat der Wüstling verstohlen ein. Der grobe Kerl schrie: „Haltet den Dieb!“, und fuhr mit Tritten und Beschimpfungen auf den Eindringling los. Dieser Perverse aber ließ schon dabei die Hose herunter, denn er wollte die Schläge und Tritte direkt auf seinen nackten Arsch bekommen. Der Lastträger musste schwere, dreckige Schuhe mit Eisenbeschlägen tragen. Im Augenblick der Entladung flüchtete dieser Wüstling aber nicht aus dem Zimmer, sondern stellte sich in der Mitte hin und wichste mit allen Kräften, während er die Fußtritte des Gegners empfing. Beim Orgasmus schimpfte auch er, fluchte und forderte nun den Knecht auf, um Gnade zu flehen, und schwor, vor Wonne zu sterben. Je hässlicher der Kerl war, den ich ihm gab, je gemeiner und asozialer, und je derber, schmutziger und schwerer seine Schuhe prangten, desto größer wurde die Wollust des Mannes. So, wie ich für andere Kunden die Männer und Frauen herrichten und verschönern musste, so hatte ich für diesen Klienten den betreffenden Lumpen abstoßend und scheußlich zu machen.

Für einen dritten musste ich in einem Zimmer, das man im Puff „den Harem“ nennt, zwei ordinäre Burschen bereithalten, die, wenn er eingetreten war, eine Prügelei mit ihm anfingen. Man machte ihn für alles verantwortlich, packte ihn, und er winselte um Gnade und fiel auf die Knie. Aber man hörte nicht auf ihn, sondern trieb ihn mit Schlägen in ein anderes Zimmer, in dem er kriechend Zuflucht suchte. Dort musste ihn ein Mädchen erwarten, das ihn tröstete, ihm den Kopf streichelte, wie man ein Kind beruhigt, das sich beklagt. Schließlich musste sie die Röcke hochheben, damit er lächelnd auf ihren Arsch spritzen konnte.

Das gleiche Vorspiel wurde von einem vierten Kunden verlangt, der sich aber vor den Augen der ihn verprügelnden Kerle einen runterholte. Sobald man merkte, dass seine Ejakulation nahe war, musste man ihn um die Leibesmitte fassen, dabei weiter beschimpfen und vermöbeln, und ihn zum Fenster hinauswerfen. Allerdings fiel er nur sechs Fuß tief auf einen unter der Luke eigens aufgeschichteten Misthaufen. In diesem Moment konnte er endlich auf dem Dung abspritzen. Sein seelisches Empfinden war durch die Vorbereitungen erregt worden, sein körperliches durch den Fall. Nie kehrte er anschließend ins Haus zurück. Blickte man aus dem Fenster, war er schon fort. Er besaß nämlich einen kleinen Schlüssel zur Tür, durch die er vom Hof auf die Straße gelangte, auf der er dann entschwand.

Der Kunde, der uns als fünftes Beispiel dienen soll, war mit einem Mädchen in einem Zimmer eingesperrt. Er küsste den Arsch des Fräuleins und wartete auf die Erfüllung seiner Wünsche. Nun musste ein dafür bezahlter Mann ins Zimmer eindringen, sich als Liebhaber des Fräuleins aufspielen und den Kunden patzig zur Rede stellen. „Was treibst du hier mit meiner Liebsten", brüllte er. Dann griff er zum Degen und forderte ihn auf, sich zu verteidigen. Unser Held sank bestürzt auf die Knie und flehte um Gnade. Er küsste den Boden und die Füße des Gegners. Er schwor, ihm die Geliebte zurückzugeben, denn er habe keine Lust, sich wegen eines Weibes zu schlagen. Doch der Störenfried zeigte sich diesem Schwächling gegenüber unbarmherzig, seine Nachgiebigkeit stachelte ihn nur noch weiter an. Immer wütender gebärdete er sich und drohte, dem Schänder seiner Geliebten den Schädel mit der Degenklinge zu spalten. Je grimmiger der eine wurde, umso demütiger greinte der andere. Endlich ließ sich der Angreifer dazu herab, dem Gegner Bedingungen zu stellen. „Ich sehe dich um Gnade winseln," sagte er, „und ich will sie dir gewähren, wenn du meinen Arsch küsst!" – „Oh, mein Herr, alles, was Sie wollen", rief der andere begeistert von dieser Lösung. „Ich will ihn lecken, auch wenn er noch so vollgeschissen ist. Nur, tun Sie mir nichts zuleide!" Der Eindringling entblößte sogleich seinen Arsch, und der beglückte Wüstling ging sofort mit Begeisterung ans Werk, während der Mann mit dem Degen ihm ein halbes Dutzend Fürze in die Nase knatterte. Das versetzte unseren Helden in die größte Wonne, und sterbend vor Wollust entludt er.'

„Ich begreife diese Exzesse", stammelte Durcet atemlos, denn der kleine Bankster kriegte bei der Schilderung dieser Verworfenheiten eine Latte. „Nichts ist einfacher als die Liebe zur Erniedrigung und die Wollust, die in der Verachtung ruht. Jemand, der leidenschaftlich all das anbetet, was ihn entehrt, findet Freude an der Demütigung. Die Schande ist eine sehr bequem zu erreichende Lust für manche Menschen. Man lässt sich nämlich gerne das sagen, dessen man würdig sein möchte. Wem es nun gefällt, zu hören, dass er ehrlos sei, erfreut sich daran, weil er es ja auch tatsächlich ist! Man vermag sich kaum auszudenken, wie weit in dieser Hinsicht ein Mensch kommen kann, den nichts mehr erröten lässt. Das ist nichts anderes als wie die Fälle gewisser Kranker, die sich an ihren Gebrechen erfreuen und sogar noch stolz darauf sind." – „Dies alles ist eine Sache der Schamlosigkeit", sagte Curval, der Fanchons Arschbacken betätschelte, „wer weiß denn nicht, dass selbst die öffentliche Züchtigung Begeisterung hervorrufen kann? Hat man es nicht erlebt, dass Leute in dem Augenblick einen Ständer kriegten, als man sie vor aller Welt entehrte? – Jeder kennt doch die Geschichte des Marquis de S***, der in jenem Moment, als man ihm das Gerichtsurteil verkündete, *in effigie* verbrannt zu werden, seinen Schwanz aus der Hose holte und rief: ‚Zweimal verwichster Herrgott! Jahre hat es gedauert, aber endlich habe ich erreicht, was ich wollte! Endlich bin ich mit Schmach und Schande überschüttet! Lasst mich, lasst mich! Darauf muss ich entladen!' Und im gleichen Moment tat er es. „Das sind Wirkungen", sagte nun der Herzog, „aber erklären Sie mir die Ursachen." – „Die Ursachen liegen in unserem Herzen", begann Curval wieder. „Hat ein Mensch sich entehrt, hat er sich durch Exzesse erniedrigt, dann neigt auch seine Seele jenem Laster zu, dem er verfallen ist. Es hat eine Art bösen Zauber auf seine Seele geworfen, und nichts kann die Situation bereinigen. In jedem anderen Fall würde das Schamgefühl ein Gegengewicht zu den Untugenden bedeuten, denen hinzugeben unser Geist uns drängt. In diesem Fall aber ist das nicht mehr möglich, denn das Schamgefühl ist ja die erste Empfindung, die ein solcher Wüstling in sich erstickt, die er weit von sich fortweist. Er befindet sich in einen Zustand, in dem er nicht mehr erröten kann, und von hier aus ist nur mehr ein kleiner Schritt bis dahin, wo man alles liebt, was andere erröten macht. Alles, was eine anders geartete Seele als peinlich empfindet, wandelt sich bei ihm zum Vergnügen. Und sobald man sich in diesem neuen Zustand befindet, muss uns alles wollustvoll erscheinen, was uns daran erinnert." – „Doch welche Bahn des Lasters muss man durchlaufen, was muss man hinter sich gelassen haben, um so weit zu kommen!," sagte der Bischof. – „Das sei zugegeben", sagte Curval, „aber man beschreitet diesen Weg unmerkbar, man durchwandelt ihn gleichsam auf Blumen. Ein Exzess erwächst aus dem anderen, und die Phantasie in ihrer ewigen Unersättlichkeit führt uns bis ans letzte Ende. Da man auf einem solchen Pfad nicht schlendern kann, ohne dass das Herz immer härter und härter wird, dieses Herz, das einst Tugenden besessen hat, so wird es schließlich jede Spur von Sittsamkeit eingebüßt und sich an die schrecklichsten Dinge gewöhnt haben. Derart mit Wirksamerem vertraut geworden, schüttelt es eiligst die früheren Eindrücke ab, die – nunmehr matt und ohne Süße – es bis dahin noch berauscht hatten. Sobald der Mensch merkt, dass in diesem neuen Leben Infamie und Schande seine ständigen Begleiter sind, wird er anfangen, sich auf vertrauten Fuß mit ihnen zu stellen, damit er sie nicht zu fürchten braucht. Hat er sich mit ihnen erst befreundet, so wird er sie bald auch lieben, weil sie seiner verwandelten Natur angemessen sind. Ein solcher Mensch wird sich niemals mehr ändern." – „Aus diesem Grund", sagte der Bischof, „ist jede Besserung durch Strafe so schwierig." – „Sagen wir lieber, sie ist unmöglich, mein Freund! Wie sollten auch die gegen den zu Läuternden verhängten Bußen diesen verwandeln, wenn ihm – bis auf gewisse Entbehrungen – gerade der Zustand der Erniedrigung, den die Züchtigung mit sich bringt, so gut gefällt, ihn ergötzt und sein Herz erfreut? Wenn er es doch in seinem Innersten auskostet, dass er weit genug gegangen ist, um auf diese Weise behandelt zu werden?" – „Oh, welches Rätsel ist doch der Mensch!", rief der Herzog aus. „Ja, mein Freund", entgegnete Curval. „Ebendas hat einen Mann von bemerkenswertem Verstand dazu gebracht zu sagen, er zöge es vor, eher gefickt als verstanden zu werden!"

Durch die Ankündigung des Soupers wurde die Unterhaltung der Freunde unterbrochen. Sie setzten sich zu Tisch, ohne an diesem Abend etwas unternommen zu haben. Aber schon beim Dessert war Curvals Bolzen steif wie der eines Dämons. Er erklärte, er wolle eine Jungfernschaft springen lassen, er würde auch zwanzig Strafen dafür bezahlen. Sofort bemächtigte er sich Zelmires, die ihm bestimmt war, und schleppte sie in sein Boudoir. Die drei Freunde rannten ihm nach und beschworen ihn, er möge sich doch den Gesetzen beugen, die er mit unterschrieben hatte. Sie beteuerten ihm, selbst die größte Lust auf eine Gesetzesübertretung zu haben, aber sie unterwürfen sich dennoch. Auch er solle das tun, und sei es nur aus Freundschaft zu ihnen. Unterdessen hatte man Julie, die er sehr begehrte, kommen lassen. Diese nahm ihn nun zusammen mit der Champville und mit Arschbrecher bei der Hand, und die drei führten ihn in den Salon, wohin die Freunde ihnen folgten.

Und hier begann die Orgie. Sie fanden Curval bereits in voller Tätigkeit. Er verschoss seinen Saft endlich inmitten der lüsternsten Stellungen und ausschweifendsten Situationen. Durcet ließ sich bei den Orgien zwei- oder gar dreihundert Arschtritte von den alten Anstandsdamen geben. Curval, der Bischof und der Herzog ließen sich dies von den Fickern besorgen, sodass jeder noch vor dem Schlafengehen soviel Sperma verlor, wie es seinen Kräften entsprach. Man befürchtete, es könne wieder einem von ihnen die Lust auf eine Entjungferung anwandeln, wie es bei Curval der Fall gewesen war. Darum gebrauchte man die weise Vorsichtsmaßnahme, in den Zimmern der Knaben und Mädchen die Alten als Wächterinnen schlafen zu lassen. Was Curval anbetrifft, so erwies sich diese Vorsicht als überflüssig, denn ihn hielt Julie die ganze Nacht hindurch an sich gefesselt, und sie überlieferte ihn am nächsten Morgen der Gesellschaft so gefügig wie einen leeren Handschuh.

VIERUNDZWANZIGSTER TAG

Frömmigkeit ist wahrhaft eine Krankheit der Seele. Was man auch tun mag, man kann sie einfach nicht ausrotten! An leichtesten findet sie Eingang in die Seelen der Unglücklichen und Unterdrückten, denn diese erblicken in ihr einen Trost, weil sie in ihnen Illusionen erweckt, um sie über ihre Leiden hinwegzutäuschen. Aus solchen Gemütern die Frömmigkeit zu vertreiben, ist noch schwieriger als bei anderen. So war es bei Adélaïde. Je mehr Ausschweifung und Perversionen sich vor ihren Augen entfalteten, umso inniger warf sie sich in die Arme des tröstenden Gottes, von dem sie hoffte, dass er sie eines Tages von ihren Leiden erlösen werde, von jenen Qualen, die von Tag zu Tag schlimmer und unerträglicher wurden. Sie begriff völlig ihre traurige Situation, ihr Geist sah klar voraus, was ihr noch bevorstand.

Der düstere Beginn ließ sie, das vorerst noch wenig leidende Opfer, ein weit schlimmeres Ende ahnen. Nur allzu klar erkannte sie, dass das Verhalten der

Männer gegen sie und ihre Gefährtinnen in demselben Maße wilder und brutaler wurde, in dem auch die Erzählungen schrecklichere und verbrecherischere Vorgänge zum Inhalt hatten. Allen Drohungen zum Trotz, wurde sie durch all dies angestachelt, die Gesellschaft ihrer teuren Sophie zu suchen. Zwar wagte sie nicht mehr, nachts zu ihr zu gehen, denn ihre Aufseher hatten scharfe Augen und waren wachsam, und man hätte sie dann leicht entdecken können. Aber jeden freien Augenblick des Tages nutzte sie, um zu ihrer Seelengefährtin zu eilen. An diesem Morgen nun hatte sie sich zeitig vom Bett des Bischofs weggeschlichen und war ins Mädchenzimmer gegangen, um mit Sophie zu sprechen. Als Aufsichtführender dieses Monats war Durcet an diesem Tag jedoch früher als gewöhnlich aufgestanden und entdeckte sie dort. Er sagte ihr, er müsse die Gesellschaft von diesem Vorfall unterrichten, und man werde beschließen, wie sie zu bestrafen sei. Adélaïde weinte, denn Tränen waren ihre einzige Waffe. Alles ließ sie über sich ergehen, nur erbat sie als einzige Gnade, man möge Sophie ohne Buße lassen, denn diese sei nicht schuldig, sie selbst sei es gewesen, welche die andere aufgesucht hatte. Durcet erklärte, er werde die Tatsache so berichten, wie sie sich zugetragen hatte. Er könne nicht gleichzeitig seine Aufgaben erfüllen und Regelbrüche dulden. Also werde er nichts beschönigen, denn er habe kein Interesse daran, dass Sophie unbehelligt davonkomme. Ein Zuchtmeister, dessen größte Freude im Bestrafen liegt, lässt sich nicht erweichen. So war es hier natürlich der Fall. Gab es etwas Reizenderes zum Disziplinieren als dieses Mädchen? – Natürlich nicht! Warum hätte er sie daher schonen sollen?

Man versammelte sich, und der Bankster erstattete Bericht. Es handelte sich um ein Vergehen aufgrund von Rückfälligkeit. Der Präsident erinnerte sich daran, dass ein geistreicher Amtsbruder damals im Justizpalais zu sagen pflegte, ein Wiederholungstäter beweise, dass die Natur im Menschen stärker sei als die Erziehung und die Grundsätze. Wer rückfällig werde, zeige dadurch, dass er die Selbstbeherrschung verloren habe, und dies verdiene eine doppelte Bestrafung. Der Präsident argumentierte dabei mit derselben scharfen Logik und rhetorischen Brillanz wie einst seine Gerichtskollegen. Auch in diesem Fall wollte Curval sich daher an diese weise Erkenntnis halten, und er erklärte somit, beide Verbrecherinnen seien mit besonderer Strenge zu züchtigen. Die Gesetze sähen in diesem Fall die Todesstrafe vor, doch beabsichtige man, sich mit den beiden Frauen noch einige Zeit zu amüsieren, bevor man sich ihrer entledige, und so müsse man sich mit einer milderen Buße begnügen. Man ließ die beiden kommen und niederknien. Dann las man ihnen die betreffenden Gesetzesabschnitte vor und ließ sie erkennen, was sie mit einem solchen Verbrechen wagten. Hierauf wurden sie zu einer Bestrafung vorgemerkt, die dreimal so streng war wie die vom letzten Samstag. Man ließ sie schwören, dass sie sich nie wieder in dieser Weise verfehlen würden, und man sagte ihnen, wenn es nochmals geschehe, würde man die ganze Strenge des Gesetzes gegen sie anwenden. Sodann schrieb man sie in das böse Buch ein.

Drei weitere Namen kamen aufgrund von Durcets Visite noch ins Journal. Zwei Mädchen und ein Knabe waren nämlich infolge ihrer Magenüberfüllung schuldig geworden. Diese Prozedur wirkte ausgezeichnet, aber es kam vor, dass die armen Kinder sich einfach nicht beherrschen konnten und daher in die Verlegenheit kamen, sehr oft bestraft zu werden. Diesmal traf es Fanny und Hébé sowie Hyacinthe. Was man in ihren Nachttöpfen fand, war einfach unbeschreiblich. Durcet amüsierte sich außerordentlich damit. Noch nie waren morgens so viele Genehmigungen nachgesucht worden, und man hörte einige Subjekte die Duclos verfluchen, dass sie dieses Geheimnis bekanntgegeben hatte. Trotzdem wurde die Erlaubnis zum Scheißen nur Constance, Hercule, zwei subalternen Fickern, Augustine, der Desgranges und Zéphire erteilt. Man belustigte sich einen Moment lang dabei und begab sich dann zu Tisch.

„Du siehst", sagte Durcet zu Curval, „wie unrecht du daran getan hast, deine Tochter religiös erziehen zu lassen. Jetzt kann man ihr diese Dummheiten nicht mehr austreiben. Ich habe dich doch seinerzeit gewarnt." – „Stimmt", sagte Curval, „ich dachte aufrichtig, erst, wenn sie die Religion kennenlerne, werde sie sie wirklich verachten können. Ich glaubte, in reiferem Alter werde sie sich von der Dummheit der Dogmen überzeugen." – „Was du da eben gesagt hast", antwortete der Bischof, „trifft zu, wenn es sich um eine scharfe Intelligenz handelt. Aber bei einem Kind darf man nicht damit rechnen." – „So werden wir uns gezwungen sehen, stärkere Mittel anzuwenden", sagte der Herzog, der wusste, dass Adélaïde seine Worte hören konnte. „Wir werden sie anwenden", sagte Durcet, „das versichere ich Ihnen. Wenn sie mich zum Anwalt nimmt, so wird sie schlecht verteidigt sein!" – „Oh, das glaube ich, mein Herr!", rief die weinende Adélaïde. „Ihre Gefühle für mich sind hinreichend bekannt." – „Gefühle?", sagte Durcet. „Nun, da muss ich Sie, meine liebe Gattin, doch darauf aufmerksam machen, dass ich für eine Frau noch niemals Emotionen habe aufbringen können! Am allerwenigsten aber für Sie, die Sie meine

Gemahlin sind! Ich hasse die Religion und alle, die ihr dienen. Sollten Sie fortfahren, diesen nichtswürdigen Trugbildern zu huldigen, so wird sich meine Gleichgültigkeit gegen Sie sehr bald in Abneigung verwandeln. Man muss schon ohne Verstand sein, um überhaupt an Gott zu glauben, man muss aber gänzlich verblödet sein, um ihn auch noch anzubeten! Kurz, ich erkläre Ihnen hiermit vor Ihrem Vater und den anderen Herren, dass ich mit äußerster Strenge gegen Sie vorgehen werde, wenn ich Sie noch einmal bei einer solchen Torheit ertappe. Wären Sie doch lieber Nonne geworden, wenn Sie durchaus Ihren Arschficker-Herrgott anbeten wollen. Da hätten Sie dem alten Kackloch-Rammler huldigen können, soviel Sie wollen." – „Ach!", rief Adélaïde seufzend, „Nonne! Wie dankbar wäre ich dem Himmel, wenn ich das sein dürfte!" Empört über diese Antwort, schleuderte ihr Durcet einen silbernen Teller mit voller Heftigkeit ins Gesicht. Er hätte sie getötet, wenn sie das Geschoss nicht mit beiden Händen abgewehrt hätte. Unter der Wucht des Aufpralls verbog sich der Teller an der gegenüberliegenden Wand. „Unverschämte Kreatur!", schrie Curval seine Tochter an, die sich hinter Antinoüs geflüchtet hatte. „Du hättest verdient, dass ich dir den Bauch eintrete!" Und er stieß sie mit der Faust, wobei er schrie: „Nieder auf die Knie! Entschuldige dich sofort bei deinem Gatten, oder wir werden dich auf der Stelle die grausamste aller Strafen erdulden lassen." Tränenüberströmt sank sie Durcet zu Füßen. Aber dieser, dem beim Tellerwurf der Schwanz steif geworden war, sagte, er würde tausend Louisdor dafür geben, wenn er sein Ziel getroffen hätte. Man müsse sie sogleich einer exemplarischen Züchtigung unterziehen, unabhängig von der Bestrafung am Samstag.

Er beantragte, heute ausnahmsweise die Kinder vom Servieren des Kaffees zu beurlauben und statt der dabei üblichen Vergnügungen die Maßregelung Adélaïdes vorzunehmen. Damit waren alle einverstanden. Die zwei alten Anstandsdamen, die beiden gefürchtetsten und boshaftesten der vier Weiber, Louison und Fanchon, begaben sich mit Adélaïde in den Kaffeesalon. Was dort geschah, müssen wir noch mit Schweigen übergehen, weil uns die Umstände dazu verpflichten. Aber eines ist gewiss, nämlich dass die vier Herren entluden, und dass man Adélaïde hernach erlaubte, sich zu Bett zu begeben. Mag der Leser sich die vorausgegangene Szene nach seinem Belieben ausdenken, während wir nun zu den Erzählungen der Duclos übergehen. Jeder der Herren hatte dabei seine Gattin neben sich, mit Ausnahme des Herzogs, bei dem

Adélaïde von Augustine ersetzt wurde. Alles war bereit, und die Erzählerin nahm den Faden ihrer Geschichte wieder auf:

‚Eines Tages', sagte die begnadete Rednerin, ‚als ich bei einer Puffmutter-Kollegin war, sagte ich ihr im Gespräch, ich hätte zweifellos schon alles auf dem Gebiet der passiven Flagellation erlebt, was nur möglich wäre, denn ich hätte gesehen, wie Männer mit Dornen und Ochsenziemern ausgepeitscht worden seien, und ich hätte selbst schon dabei mitgewirkt. „Oh, bei Gott", sagte meine Kollegin, „da gibt es aber noch weit schlimmere Dinge als das! Wenn du etwas sehen willst, was besonders heftig in dieser Richtung ist, schicke ich dir morgen einen meiner Kunden." Sie nannte mir die Stunde des Besuchs und instruierte mich über das anzuwendende Verfahren, das dieser alte Postbeauftragte, ein Herr von Grancourt, bevorzugte. Ich bereitete alles vor und erwartete den Herrn. Es war ausgemacht worden, dass ich selbst ihn behandelte.

Er kam, und wir schlossen uns ein. „Mein Herr", sagte ich zu ihm, „ich bedauere sehr, Ihnen die Mitteilung machen zu müssen, dass Sie ein Gefangener sind und dieses Haus nicht verlassen können. Sie sehen mich verzweifelt darüber, dass mich das Gericht auserwählt hat, diese Verhaftung vorzunehmen. Aber man wollte es so, und ich habe den Haftbefehl in meiner Tasche. Die Person, die Sie zu mir schickte, hat Ihnen eine Falle gestellt, denn sie wusste, um was es sich handelt. Im Übrigen wissen Sie genau, was Ihre Schuld ist. Nicht ungestraft begeht man so schwarze und schreckliche Verbrechen, wie Sie sie vollführten, und ich denke, Sie kommen noch glimpflich davon." Aufmerksam lauschte der Mann diesen Worten. Als ich endete, warf er sich weinend vor mir nieder und bat mich um Schonung. „Ich weiß", klagte er, „dass ich mich schwer verfehlt habe, dass ich Gott und die Gesetzte beleidigte. Aber da Sie, meine gute Dame, mit der Züchtigung betraut worden sind, so bitte ich Sie um Schonung." – „Mein Herr", sagte ich zu ihm, „ich muss meine Pflicht tun. Wer sagt Ihnen, dass ich nicht selbst beobachtet werde? Ich kann unmöglich den Betrug begehen, den Sie von mir verlangen. Entkleiden Sie sich, und seien Sie gehorsam! Das ist alles, was ich Ihnen sagen kann." Grancourt gehorchte, und er war in einer Minute so nackt wie meine Handflächen.

Doch, großer Gott, welchen Körper musste ich sehen! Seine Haut glich zerknittertem Tüll. Es gab wirklich keinen Fleck an diesem Leib ohne Spuren von Misshandlungen. Ich hatte unterdessen eine mit scharfen Ecken versehene eiserne Geißel ins Feuer gelegt, die man mir am Morgen mit Anweisungen für ihren Gebrauch zugeschickt hatte. Das mörderische Züchtigungswerkzeug war bereits rotglühend, und ich fing an, den nackten Grancourt damit zu geißeln, anfangs noch milde, dann immer fester und schließlich mit äußerster Kraft, unterschiedslos am ganzen Körper, von den Fersen bis zum Nacken. Im Nu war der Mann mit Blut bedeckt. „Sie sind ein Verbrecher!", rief ich ihm zu, während ich mit der Züchtigung fortfuhr. „Sie haben jede Art Verbrechen begangen! Nichts war Ihnen heilig, und zuletzt haben Sie, wie ein Gerücht erzählt, Ihre eigene Mutter vergiftet!" – „Ja, es ist wahr, Madame", antwortete er, wobei er wichste, „ich bin ein Monstrum, ich bin ein Verbrecher! Es gibt keine Gemeinheit, die ich nicht begangen hätte und die noch zu begehen ich nicht bereit wäre. Ihre Bestrafung ist unnütz, denn ich werde mich niemals bessern. Zuviel Wollust liegt für mich im Verbrechen, und nur, wenn Sie mich töteten, würden Sie meine Freude beenden. Der Frevel ist mein Element, und ich lebe und sterbe dafür!" Sie können sich denken, dass er mich durch solche Worte immer mehr aufreizte, sodass ich meine Hiebe und meine Beschimpfungen verdoppelte. Plötzlich keuchte er „Verfickt!", und dies war das Zeichen für mich, meine Kraftanstrengungen aufs Höchste zu steigern und darauf zu achten, dass ich ihn an den empfindlichsten Stellen traf, bis er seinen Ficksaft endlich verspritzte. Er wand und drehte sich, sprang auf und entwich mir, um sich dann in eine bereitgestellte Wanne mit lauem Wasser zu stürzen, wo er sich vom Blut reinigte …

Ah, bei meiner unsterblichen Seele! Ich musste meiner Kollegin zugeben, dass sie mehr gesehen hatte als ich auf diesem Gebiet, und wir beide durften uns rühmen, als Einzige in Paris von solchen Dingen Kenntnis zu haben, denn Grancourt wechselte niemals die Partnerin. Mehr als zwanzig Jahre lang war er jeden dritten Tag zu meiner Kollegin gekommen, um sich eine derartige Behandlung geben zu lassen.

Einige Zeit darauf schickte mich dieselbe Kollegin zu einem anderen Wüstling, dessen Fetisch nicht weniger seltsam erscheinen muss. Der Vorgang begab sich in seinem kleinen Haus in Roule. Ich kam in ein ziemlich dunkles Zimmer, in dem ein Mann im Bett lag und ein Sarg mitten im Raum stand. „Sie sehen", sagte der Libertin, „einen Mann auf dem Sterbebett, der seine Augen nicht für immer schließen möchte, ohne zuvor noch einmal dem Gegenstand seiner Anbetung geopfert zu haben. Ich bete den Arsch an, und beim Sterben will ich einen küssen. Sobald ich die Augen für immer geschlossen habe, werden Sie mich in diesen Sarg betten und ihn mit Nägeln verschließen. Es ist mein Wille, so zu sterben, in den Armen der Wollust und nach einem letzten Kuss auf den von mir verehrten Gegenstand des Vergnügens. Los, beeilen Sie sich, denn der letzte Augenblick ist nicht mehr fern.“

Bei diesen Worten erstarb seine Stimme und zitterte. Ich kam näher, drehte mich um und zeigte ihm meinen Hintern. „Ah, ein schöner Arsch!“, wisperte er. „Wie froh bin ich, das Bild eines so herrlichen Arsches mit mir ins Grab nehmen zu können!“ Und dabei tätschelte er meinen Hintern, spreizte und küsste ihn, wie ein Kerngesunder es täte. „Ach!“, seufzte er, sich auf die Seite wälzend, „ich kann dieses Vergnügen nicht mehr länger genießen. Ich sterbe. Denken Sie nun an das, was ich Ihnen sagte.“

Er stieß noch einen tiefen Seufzer aus, dann erstarrte er. Er spielte seine Rolle so vortrefflich, dass ich – der Teufel hole mich! – fast geglaubt hätte, er sei wirklich tot. Doch ich verlor nicht den Kopf. Neugierig auf den Ausgang dieser merkwürdigen Zeremonie, hüllte ich ihn in ein Leichentuch. Dabei rührte er sich nicht. War es ein geheimnisvoller Trick, so zu erscheinen, oder spielte meine Einbildungskraft mir einen Streich, jedenfalls war er starr und kalt wie eine Eisenstange. Nur sein Schwanz war noch warm und zeugte von Leben, denn er stand steif und hart an seinem Bauch und ließ Spermatröpfchen entquellen. In ein Tuch gewickelt, hob ich ihn aus dem Bett, was keine leichte Arbeit war, denn infolge der Starre war er auch schwer wie Blei. Aber ich erreichte mein Ziel und bettete ihn in den Sarg. Dann sprach ich ein Totengebet und fing an, die Nägel einzuschlagen. In diesem Moment setzte sein Orgasmus ein. Bei den ersten Hammerschlägen schrie er wie ein Rasender: „Heiliger Name Gottes! Ich spritze! Rette dich, du Hure, renne davon, denn wenn ich dich erwische, bist du des Todes!“ Ich bekam es mit der Angst zu tun und rannte die Treppe hinunter, wo ich einem Kammerdiener begegnete, der die Manie seines Herrn kannte. Nachdem er mir zwei Louisdor in die Hand gedrückt hatte, eilte er in das Zimmer seines Meisters, um diesen aus seiner unangenehmen Lage zu befreien.’

„Das ist wirklich eine ulkige Manie“, sagte Durcet. „Mein lieber Curval, was denkst du darüber?“ – „Wundervoll“, antwortete er, „Leute wie dieser Mann wollen sich mit dem Tod vertraut machen. Es gibt doch wirklich kein besseres Mittel, um die Angst davor zu verlieren, als den Gedanken daran mit der Geilheit zu verknüpfen. Man kann sich darauf verlassen, dass dieser Mann noch im Augenblick seines Krepierens einen Arsch abtätscheln wird." „Zweifellos", sagte die Champville, „ist er pietätlos aus Überzeugung. Ich kenne ihn und werde noch Gelegenheit haben, zu beschreiben, was er mit den heiligsten Mysterien der Religion so alles treibt." „Schon klar, dass er ein Ungläubiger ist", sagte Blangis. Er ist eindeutig ein Mann, der dieses ganze Angelegenheit verspottet und der sich vorbereiten möchte, das auch in seinen letzten Minuten noch zu tun." „Ich finde diese Passion jedenfalls äußerst pikant", meinte der Bischof, „und ich kann Ihnen nicht verschweigen, dass mir davon der Schwanz steifgeworden ist. Fahr fort, Duclos, denn ich spüre, dass ich sonst noch eine Dummheit machen werde, und das will ich heute nicht mehr."

‚Nun denn', sagte die brillante Erzählerin, ‚jetzt soll ein weniger Komplizierter an die Reihe kommen. Er war ein Mann, der fünf Jahre nacheinander zu mir kam, und der nur das eine Vergnügen kannte, nämlich sich das Arschloch zunähen zu lassen. Er legte sich bäuchlings aufs Bett, ich setzte mich zwischen seine Beine, und bewaffnet mit einer Nadel und einer halben Elle dicken Zwirns nähte ich ihm die Rosette sauber zu. An dieser Stelle war seine Haut so zäh und unempfindlich, dass ich die Nadel führen konnte, ohne dass ein Tropfen Blut floss. Er holte sich dabei einen runter und entludt stets dann wie ein Höllengeist, wenn ich den letzten Nadelstich tat. Sein Rausch verließ ihn nun, ich trennte das Genähte wieder auf, und alles war vorbei.

Ein anderer Kerl ließ sich an allen behaarten Körperstellen mit Weingeist einreiben, den ich dann entzünden musste. Augenblicklich verbrannten alle Haare, wobei er entludt. Ich zeigte ihm währenddessen meinen Bauch, meine Schamhaare und das Übrige, denn dieser Mann besaß den schlechten Geschmack, nur auf die vorderen Reize eingestellt zu sein. – Meine Herren, wer von Ihnen hat Mirecourt gekannt, den heutigen Präsidenten der Großen Kammer, der damals Erster Rat war?' – „Ich", antwortete Curval. – ‚Nun', sagte die Duclos, ‚wissen Sie, mein Herr, welches seine Liebhaberei war und noch ist?' – „Nein, und da er sich den Anschein eines sehr frommen Herren gibt, möchte ich seine Passion sehr gerne kennenlernen." – ‚Euer Gnaden', sagte die Duclos, ‚er hatte den Wunsch, dass man ihn für einen Esel hielt.' –

„Ah! Bei Gott!", rief der Herzog zu Curval, „mein Freund, das ist ein verdammt sonderbarer Geschmack für einen Richter! Ich wette, sobald er denkt, er sei ein Esel, fängt er an, Urteile zu verkünden. Aber was geschah weiter?"

‚Dann, Euer Gnaden', fuhr die Duclos fort, ‚musste man ihn am Hals führen, und so eine Stunde lang mit ihm im Zimmer herumgehen. Er wieherte, man stieg ihm auf den Buckel und peitschte mit einer Gerte seinen ganzen Körper, als wolle man seinen Gang beschleunigen. Er lief schneller, wichste dabei und entludt mit durchdringendem Geschrei, während er bockte, sich schüttelte und das Mädchen abwarf.' – „Nun", sagte der Herzog, „diese Manie ist mehr burlesk als lüstern. Aber sage mir, Duclos, hat dir dieser Mann verraten, ob er noch andere kannte, die den gleichen Geschmack hatten?" – ‚Ja, Euer Gnaden.', erwiderte die liebenswürdige Duclos. Sie ging auf diesen Scherz mit einem fröhlichen Lachen ein, während sie von ihrer Empore herabstieg, weil ihre Aufgabe für heute beendet war ‚Ja, tatsächlich, Euer Gnaden, er sagte mir, er kenne viele davon, aber dass diese sich nicht besteigen lassen wollten.'

Die Erzählung war damit zu Ende, und man hatte Lust, vor dem Essen noch einige Dummheiten zu treiben. Der Herzog presste Augustine fest an sich und bemerkte, während er verträumt ihren Kitzler rubbelte und ihr seine Saftspritze in die Hand drückte: „Ich wundere mich nicht, dass Curval sich manchmal versucht fühlt, unser Abkommen zu brechen und eine Jungfernschaft zu opfern, denn ich merke, dass ich in diesem Moment selbst sehr gerne die von Augustine zum Teufel schicken möchte." – „Welche?", fragte Curval. – „Bei meiner unsterblichen Seele, vorne *und* hinten!", sagte der Herzog. „Aber man muss weise sein. Dadurch, dass wir auf unser Vergnügen warten, gestalten wir es köstlicher. Los, kleines Mädchen, zeige mir deine Arschbacken! Das wird mich auf andere Gedanken bringen. – Ah, bei Christi Blut! Einen so schönen Arsch hat die kleine Nutte! Curval, bitte raten Sie mir, was soll ich damit anfangen?" – „Tu ein bisschen Essigsoße drauf!" – „Danke", meinte der Herzog, „was für ein Vorschlag. Aber nur Geduld, Geduld … Alles zu seiner Zeit …" – „Mein vielgeliebter Bruder", bemerkte der Prälat mit erstickter Stimme, „Sie führen Reden, die nach Sperma riechen." – „Nun ja, ich habe auch die größte Lust, welches zu vergießen." – „Und was hindert Sie daran?", fragte der Bischof. – „Oh, eine Menge Sachen", antwortete der Herzog, „zunächst, dass keine Scheiße im Rohr ist, obwohl ich gerne kacken möchte, und dann noch andere Dinge …" – „Und welche?", fragte Durcet, bevor

Antinoüs ihm seine Exkremente in den Mund purzeln ließ. – „Welche?", sagte der Herzog. – „Eine kleine Infamie, der ich mich jetzt hingeben muss."

Er begab sich jetzt mit Augustine, Zélamir, Cupidon, Duclos, der Desgranges und Hercule ins hintere Boudoir. Schon nach einer Minute ertönten Schreie und Flüche, wodurch bekundet wurde, dass der Herzog seinen Kopf und seinen Sack beruhigt hatte. Man weiß nicht genau, was er mit Augustine getrieben hatte, aber trotz seiner Liebe zu ihr sah man sie weinend und mit einem verrenkten Finger zurückkehren. Wir können dies zu unserem Bedauern noch nicht erklären. Es ist gewiss, dass die Herren insgeheim und bevor es erlaubt war, sich Wollüsten hingaben, die in den Erzählungen noch nicht vorgekommen waren. Dadurch verletzten sie eigentlich formell das Übereinkommen, aber wenn eine ganze Gesellschaft dieselben Verstöße begeht, so ist sie leicht geneigt, sie zu verzeihen. Mit Vergnügen stellte der Herzog bei seinem Zurückkommen fest, dass Durcet und der Bischof die Zeit nicht nutzlos hatten verstreichen lassen. In den Armen von Arschbrecher tat Curval alles, was man tun konnte, und er hatte dazu alle übrigen ihm zur Verfügung stehenden Objekte der Wollust um sich versammelt.

Man servierte nun. Die Orgien waren wie üblich, und man begab sich früh zu Bett. Dem Herzog gehörte für diese Nacht Adélaïde, und er wollte sie trotz ihres malträtierten Zustands haben. Wie gewöhnlich hatte er sich besoffen, und man kann sagen, dass er sie nicht schonte. Diese Nacht verging wie alle übrigen ebenfalls im Schoß von Raserei und Ausschweifung. Die blonde Aurora[96] kam schließlich, um (wie die Dichter sagen), den Palast Apollos zu öffnen, und dieser selbst ziemlich ausschweifende Gott bestieg seinen azurfarbenen Wagen nur, um wieder neue Wollüste zu beleuchten.

FÜNFUNDZWANZIGSTER TAG

In den undurchdringlichen Mauern von Schloss Silling kam es trotz aller Vorsichtsmaßregeln zu einem unerlaubten Liebesbund, der aber keine so gefährlichen Formen annahm wie das Verhältnis zwischen Adélaïde und Sophie. Er entstand zwischen Aline und Zelmire, die durch die Gleichheit ihres

[96] Die römische Göttin der Morgenröte.

Charakters einander nahegekommen waren. Sie waren sanft und sinnlich, und bei einem Altersunterschied von knapp zweieinhalb Jahren noch recht kindlich und äußerst gutmütig. Sie besaßen überdies dieselben Vorzüge und Fehler: Beide waren mild und zart, aber auch gleichgültig und faul. Sie vertrugen sich derart gut miteinander, dass man sie am fünfundzwanzigsten Tag im selben Bett fand. Aline war Curvals Bettgenossin und schlief diese Nacht in seinem Zimmer. Da er aber völlig besoffen von den Orgien kam und nur mit Himmelsständer nächtigen wollte, sahen sich die beiden kleinen Tauben verlassen und wurden durch Zufall vereinigt. Die Kälte veranlasste sie, sich zusammen ins Bett zu legen, und hier kamen sie dazu, wie man so sagt, sich mit ihren kleinen Fingern anderswo als am Hals zu kratzen. Als Curval am nächsten Morgen die beiden Vögel im selben Nest fand, fragte er sie, was sie da machten, und er befahl beiden, sofort in sein Bett zu kommen. Er schnupperte unterhalb ihrer Kitzler und entdeckte, dass beide noch feucht waren. Das war ein schwerer Fall, denn die Objekte sollten zwar der Schamlosigkeit dienen, aber von ihnen verlangte man ansonsten, dass sie sich zurückhaltend und dezent benahmen, denn was fordert die Ausschweifung nicht alles in ihrer ständigen Inkonsequenz! Erlaubte man den Objekten manchmal, untereinander unzüchtige Handlungen vorzunehmen, so doch nur auf Befehl der Herren und unter deren Augen. Dieser Fall wurde also zur Anzeige gebracht. Die beiden Übeltäterinnen konnten nicht leugnen, oder sie wagten es nicht. Sie mussten allen zeigen, wie sie es gemacht hatten und was ihre individuellen Talente waren. Unter Erröten und Tränen taten sie es und baten um Verzeihung. Aber es war viel zu verlockend, zwei so niedliche Bünderinnen am nächsten Samstag züchtigen zu können, als dass man sie begnadigt hätte.

Sie wurden sofort ins Buch des Kummers eingetragen, das sich in dieser Woche bemerkenswert füllte. Nach Erledigung dieser Angelegenheit beendete man das Frühstück. Durcet machte die Visiten. Die Magenüberfüllungen sorgten für eine weitere Untäterin, nämlich die kleine Michette. Sie erklärte, sie habe sich nicht mehr zurückhalten können, weil man sie an Vorabend zu viel habe essen lassen, und sie brachte allerhand kindliche Entschuldigungen vor, die aber ihre Eintragung ins Buch nicht abwenden konnten. Curvals steifer Schwanz hüpfte wie ein Füllen dabei. Er nahm den Nachttopf und verzehrte alles, was darin war, wobei er dem armen Mädchen wütende Blicke zuwarf und sagte: „Oh ja, bei Jesus! Beim Schwanzsaft des Erlösers! Du wirst gezüchtigt werden, kleine Hure, und zwar von meiner eigenen Hand! Es ist nicht erlaubt, auf diese Weise zu scheißen. Du hättest uns wenigstens Nachricht geben müssen, denn du weißt sehr gut, dass wir jederzeit gerne bereit sind, einen Kackhaufen zu empfangen.“ Bei diesen Worten quetschte er heftig ihre Arschbacken.

Unter den Knaben hatte sich niemand schuldig gemacht. Aber keinem wurde heute die Erlaubnis erteilt, die Kapelle aufzusuchen. Bei Tisch sprach man viel über Alines Verhalten. Hatte man sie bislang für eine Frömmlerin erachtet, so war man nun von ihrem Temperament überzeugt worden. „Ja, mein Lieber“, sagte Durcet zum Bischof, „man kann sich durch das Äußere eines Mädchens leicht täuschen lassen.“ Sie kamen alle darin überein, dass es nichts Trügerischeres gebe, alle Mädchen seien falsch und nutzten ihre Intelligenz nur, um sich geschickt zu verstellen. Diese Unterhaltung führte zu einem Gespräch über Frauen. Der Bischof, der sie verachtete, machte keinen Hehl aus dem Hass, den sie ihm einflössten. Er verglich sie mit den niedrigsten Tieren und versuchte dazulegen, wie unnütz doch ihr Dasein auf der Welt sei. Man könne sie von der Erde vertilgen, ohne die Absichten der Natur dadurch zu schädigen, die einst Mittel gefunden habe, auch ohne weibliche Wesen zu zeugen, und die dann sicherlich ebenfalls Wege entwickeln werde, wenn es nur noch Männer gäbe. Hierauf begab man sich zum Kaffee, der von Augustine, Michette, Hyacinthe und Narcisse gereicht wurde. Dem Bischof war es eines der liebsten unter den einfachen Vergnügungen, die Pimmelchen der Knaben dabei zu lutschen. Auf diese Weise amüsierte er sich soeben mit Hyacinthe, als er plötzlich zurückfuhr und nicht aufschrie, sondern ein gurgelndes Geräusch von sich gab, weil sein Mund voll war. „Bei Gottes Eiern! Kommt her, meine Freunde, das ist eine Jungfernschaft! Ich bin sicher, es ist das erste Mal, dass dieser kleine Lausejunge abspritzt!“

Niemand hatte dies bisher an Hyacinthe bemerkt. Man hielt ihn auch noch für zu jung dafür. Aber er war jetzt vierzehn Jahre alt, und dies ist das Alter, in dem die Natur ihre Gaben in uns entfaltet. Es war also nichts natürlicher als der Sieg, dessen der Bischof sich rühmte. Dennoch wollte man die Tatsache nachprüfen, jeder wollte Zeuge dieses Fortschritts sein. Man versammelte sich im Halbkreis um den jungen Burschen, und Augustine, die geschickteste Wichserin des Harems, erhielt den Befehl, dem Knaben vor der Versammlung einen runterzuholen. Dem Jüngling erlaubte man, sie dabei nach seinem Belieben an jedem Körperteil zu tätscheln und zu küssen. Es ist kein wollüstigeres Schauspiel denkbar, als ein fünfzehnjähriges Mädchen zu sehen, schön wie der Tag, das sich den Zärtlichkeiten eines vierzehnjährigen Knaben hingibt und diesen zur köstlichsten Frühlingsflut reizt. Hyacinthe, den vielleicht die Natur dazu drängte, vielleicht aber auch das Beispiel, das er ständig vor Augen hatte, liebkoste nur die hübschen, niedlichen Arschbacken seiner kleinen Wichserin. Nach wenigen Augenblicken stieß er mit glühenden Wangen ein paar Seufzer aus, während sein reizender, kleiner Schwanz fünf oder sechs Würfe zartweißen Spermas herausschleuderte, das auf die Schenkel Durcets fiel, der in der Nähe saß.

Der Bankster ließ sich von Narcisse einen von der Palme wedeln, während er dem Vorgang zuschaute. Man liebkoste und küsste Hyacinthe nun von allen Seiten. Jeder wollte eine Portion seiner Ficksahne erwischen. Es schien, dass er wegen seines jugendlichen Alters wohl problemlos sechs Entladungen leisten könnte, also ließ jeder der vier Wüstlinge sich eine davon in den Mund geben. Erhitzt von diesem Schauspiel, packte der Herzog Augustine und bearbeitete mit seiner Zunge ihren Kitzler, so dass sie zwei oder drei Orgasmen hintereinander hatte, wobei das kleine Luder viel Feuer und Temperament bewies. Das Schrägste, was man sehen konnte, war Durcet, der, während der Herzog Augustine leckte, die Früchte einer Wollust genoss, die er selber nicht erregt hatte. Er küsste nämlich inbrünstig den Mund des Mädchens und schlürfte aus ihm jene Köstlichkeit, die ein anderer ihr zuvor spendete. Darüber wurde es so spät, dass man auf die Mittagsruhe verzichten und sich sofort ins Auditorium begeben musste, wo die Duclos schon lange wartete. Als alle versammelt waren, setzte sie ihre Erzählung fort:

‚Ich hatte bereits die Ehre, Euer Gnaden zu erklären, wie schwer es ist, zu begreifen, warum der Mensch so zahlreiche Martern gegen sich selbst erfunden hat, in deren Erniedrigung oder in deren Qualen er jenen Funken der Wollust zu finden sucht, den Alter oder Übersättigung ihn verlieren ließen. Es klingt unglaublich, aber unter dieser Art von Leuten begegnete ich einem Mann, der mit seinen sechzig Jahren vom Genuss so übersättigt war, dass er nur brünstig werden konnte, wenn man ihn mit einer brennenden Kerze an allen Körperteilen versengte, wobei die Geschlechtspartien am wichtigsten waren. Man brannte ihn besonders stark am Hintern, am Schwanz, röstete seine Eier und vor allen Dingen das Arschloch. Während dieser Prozedur küsste er einen

Popo. Nach fünfzehn- bis zwanzigmaliger Wiederholung entludt er, die Rosette seiner Flammenträgerin dabei leckend.

Kurz darauf sah ich einen anderen, den ich mit einem Pferdestriegel am ganzen Körper bürsten musste, wie man es bei diesen Tieren macht. Als seine gesamte Haut blutig war, rieb ich ihn mit Weingeist ein. Dieser zweite Schmerz brachte ihn zur Entladung auf meine Brust. Diese war das Feld, das er mit seinem Samen befruchten wollte. Ich kniete vor ihm, nahm seinen Riemen zwischen meine Titten, und er wusch sie schweigend mit dem Überfluss seiner Klöten.

Ein dritter ließ sich alle Haare am Arsch auszupfen und wichste während dieser Operation über einem noch warmen Scheißhaufen. Sobald ich den Beginn seines Orgasmus wahrnahm, musste ich ihm mit einer Scherenspitze einen tiefen Einschnitt in jede Arschbacke machen, bis er blutete. Sein Hintern war so voll von Narben, dass es kaum noch eine heile Stelle daran gab, wo man ihn hätte schneiden können. Dann tauchte er seine Nase in die Kackwürste, beschmierte sich das Gesicht damit, und seine Ekstase gipfelte in einer mächtigen Flut von Ficksahne.

Ein vierter schob mir seinen armseligen Schwanz in den Mund, damit ich darauf beißen sollte, während ich gleichzeitig seinen Arsch mit einem scharfzähnigen Eisenkamm aufriss. Fühlte ich, dass sein Kolben zum Spritzen bereit war, was sich durch eine leichte, flüchtige Erektion bemerkbar machte, so spreizte ich seine Hinterbacken sehr weit und näherte seine Rosette einer Kerzenflamme, was ihn zur Entladung brachte. Ich biss kräftiger zu und hatte bald den ganzen Mund mit seinem Schmodder gefüllt.'

„Einen Moment", sagte der Bischof; „ich kann heute nicht von einer Entladung in den Mund hören, ohne mich meines genossenen Glücks zu erinnern und von neuem Lust darauf zu bekommen." Mit diesen Worten zog er Himmelsständer an sich und fing an, ihn mit der ganzen Geilheit einer Schwuchtel zu blasen. Nachdem er geschluckt hatte, wiederholte er den Vorgang bei Zéphire. Sein Fleisch-Pfahl war steif, und da Frauen sehr schlecht wegkamen, wenn er geil war, wandte er sich an seine Nichte, die neben ihm lag. „Was machst du denn hier, Nutte?", schrie er sie an, „wenn ich doch nur Männer haben will!" Aline wollte weglaufen, aber er packte sie bei den Haaren und zerrte sie in sein Kabinett, wohin er auch Zelmire und Hébé mitnahm. „Ihr werdet sehen“, rief er seinen Freunden zu, „wie ich es diesen Nutten zeigen werde, die mir ihre Fotzen präsentieren, wenn ich doch mein Bestes gebe, ein paar Schwänze zu finden!“

Auf seinen Befehl folgte Fanchon den drei Mädchen, und schon ein paar Minuten darauf hörte man Aline aufschreien. Die schrillen Schmerzenslaute seiner lieben Nichte wurden begleitet vom Brüllen, das die Entladungen von Hochwürden kennzeichnete. Dann kamen alle zurück. Aline weinte, wand sich und hielt sich den Arsch. „Lass mich sehen“, sagte der Herzog, „ich betrachte mit Wonne die Spuren der Brutalität meines vornehmen Bruders.“ Was Aline ihm zeigte, weiß ich nicht, denn man erfuhr nie, was sich in jenem Kabinett zutrug. Aber der Herzog rief: „Bei meinem Schweif! Das ist herrlich, das will ich auch einmal versuchen!“ Curval aber wandte ein, es sei spät, und er habe für die Orgien einen Plan, der den ganzen Kopf und das ganze Sperma in Anspruch nehmen würde. Man bat daraufhin die Duclos, ihre fünfte, abschließende Geschichte zum Besten zu geben. Und die Erzählerin begann:

‚Zu den Sonderlingen, deren Vorliebe darin besteht, sich zu erniedrigen, gehörte ein Präsident des Rechnungshofs namens Foucolet. Es ist unvorstellbar, bis zu welchem Grad dieser Mann seine Leidenschaft trieb, denn man musste an ihm Proben jeder Folterung vornehmen. Ich hing ihn auf, aber das Seil riss, und er stürzte auf eine Matratze. Dann legte ich ihn auf ein Andreaskreuz und tat so, als ob ich ihm mit einer Hacke die Knochen brechen würde, aber das Werkzeug war aus Pappe. Mit einem lauwarmen Eisen musste ich ihm ein Brandmal in die Schulter pressen, das nur einen schwachen Abdruck hinterließ. Ich hatte ihm den Rücken zu peitschen, so wie es der offizielle Vollstrecker macht, der diese edlen Kunststücke ausführt. Dabei sollte ich ihn mit Schimpfworten traktieren und ihn der schwersten Verbrechen bezichtigen. Im Hemd und mit einer Kerze in der Hand, bat er Gott und die Gerechtigkeit zwischen diesen verschiedenen Vorgängen dafür um Gnade. War sein Kopf richtig erhitzt, so beschloss er den Prozess dadurch, dass er auf meinen Arsch entludt.’

„Wirst du mich endlich“, fragte der Herzog Curval, „wo die Duclos fertig ist, in Frieden spritzen lassen?“ – „Nein“, antwortete der Präsident, „spare deinen Saft auf, denn du wirst ihn bei der Orgie brauchen können.“ – „Du siehst in mir deinen ergebenen Diener“, scherzte der Herzog, „aber hältst du mich für einen verbrauchten Kerl, dass du glaubst, das bisschen Ficksaft, was ich jetzt opfern würde, könnte mich hindern, nachher alle Infamien mitzumachen, die dir seit vier Stunden im Kopf herumspuken? Sei unbesorgt, ich werde immer für alles bereit sein. Aber mein guter und heiliger Herr Bruder hat mir da vorhin ein kleines Beispiel seiner Grausamkeit gegeben, das ich bei Adélaïde, deiner lieblichen Tochter, nachzuahmen nicht versäumen möchte.“ Mit diesen Worten stieß er sie ins Kabinett und nahm auch Thérèse, Colombe und Fanny mit und tat dort wahrscheinlich dasselbe, was der Bischof mit seiner Nichte gemacht hatte. Mit dem Gebrüll des Wüstlings vermischt, hörte man nämlich bald darauf das Geschrei seines jungen Opfers.

Curval versuchte danach zu entscheiden, wer von den Brüdern die bessere Leistung vollbracht habe. Er rief die beiden Mädchen heran und prüfte ihre Ärsche. Dann befand er, dass der Herzog sein Vorbild übertroffen hatte. Man setzte sich endlich zu Tisch und erfüllte mit Hilfe gewisser Drogen die Eingeweide sämtlicher Männer und Frauen mit Winden. Nach dem Essen spielte man nämlich Furz-in-die-Fresse. Die vier Freunde legten sich dazu rücklings auf Sofas und ließen einen nach dem anderen zu sich kommen, um ihre Darmwinde in den erwartungsvollen Mündern zu empfangen. Die Duclos zählte und notierte. Auf vier Empfänger kamen sechsunddreißig Furzer und Furzerinnen, sodass jeder bis zu hundertdreißig Fürze bekam. Wegen dieser geilen Zeremonie hatte Curval nicht gewollt, dass der Herzog seinen Rotz verlor. Aber es war überflüssig gewesen, denn er war ein zu großer Freund der Ausschweifung, als dass ihn ein neuer Exzess nicht wieder zu frischen Leistungen angespornt hätte. Unter dem weichen Mistral Fanchons spritzte er erneut ab. Curvals Saft wurde durch die Pupse von Antinoüs entlockt. Durcet wiederum entludt durch den Orkan, welcher dem Arschloch der Martaine entknatterte, und der Bischof verlor seine Kontrolle durch das, was die Desgranges ihm bot. Die Bemühungen der jungen Schönheiten hatten aber keinen Erfolg, woran man sieht, dass es immer die niederträchtigsten Individuen sind, welche alle versauten Handlungen am besten verrichten.

SECHSUNDZWANZIGSTER TAG

Das Bestrafen ist das köstlichste aller Vergnügen. Nichts bereitet so herrlich auf jene Freuden vor, welche die Herrschaften erst dann kosten wollten, wenn diese Gegenstand der Erzählungen sein würden. Daher erdachten sie vorerst alles Mögliche, um ihre Untertanen schuldig werden zu lassen, damit sie in den Genuss der Züchtigung kamen. An diesem Morgen beriefen die Freunde eine außerordentliche Sitzung ein, um dieses Problem zu diskutieren. Sie berieten neue Gesetzesartikel, auf deren Übertretung schwere Bußen gesetzt wurden. Erstens wurde den Frauen, den Mädchen und den Jungs streng verboten, anderswohin zu furzen als in die Münder der Freunde. Fühlten sie den Drang, so mussten sie einen der Herrschaften aufsuchen und ihm geben, was sie zurückhielten. Wer das Gebot übertrat, wurde schwer bestraft. Zweitens wurden der Gebrauch von Bidets und das Arschwischen völlig untersagt. Ausnahmslos allen Untertanen wurde somit verboten, sich zu waschen und nach dem Scheißen den Hintern zu reinigen. Fand man einen Arsch rein, so musste der Betreffende nachweisen, wer von den Freunden ihn gesäubert hatte. Natürlich stand es dem Genannten frei, dies zu leugnen und sein Vergnügen dadurch zu verdoppeln, dass er nicht nur den jeweiligen Hintern zu putzen bekam, sondern auch noch die Freude der Züchtigung genießen konnte. Das werden wir später noch sehen!

Drittens wurde eine neue Zeremonie eingeführt: Wenn die Freunde beim Morgenkaffee das Zimmer der Mädchen betraten und nachher das der Knaben, musste jeder der Untertanen einer nach dem anderen vortreten und mit lauter Stimme rufen: „Ich scheiße auf Gott! Wollen Sie meinen Arsch? Es klebt Scheiße dran!“ Wer diese Blasphemie und die anschließende Aufforderung nicht deutlich sprach, wurde sofort ins Strafregister eingetragen. Man kann sich denken, welche Überwindung es die fromme Adélaïde und ihre Schülerin Sophie kostete, solche Schändlichkeiten auszusprechen, und das bereitete endlosen Spaß!

Als dies festgesetzt war, erlaubte man noch die Denunziation. Mit Begeisterung begrüßte man dieses barbarische Mittel, mit dem alle Tyrannen ihre Bürger plagen. Man erklärte, dass jeder Untertan, der einen anderen anzeigte, die Hälfte seiner eigenen nächsten Strafe erlassen werde. Das verpflichtete zu nichts, denn niemand wusste, worin seine Züchtigung bestand und ob man sie ihm also wirklich verkürzte. Jede Anzeige sollte ohne Beweis angenommen werden. Die Autorität der Anstandsdamen wurde gestärkt, und jede Klage ihrerseits genügte nun, um den Beschuldigten sofort zu verurteilen. Man glaubte, mit solcher Tyrannei die Wollust zu vermehren und verhängte darum jede Plage, jede Ungerechtigkeit über die wehrlosen Opfer.

Hierauf untersuchte man die Nachtgeschirre und entdeckte in dem von Colombe etwas, was sie schuldig machte. Sie rechtfertigte sich damit, man habe sie gestern gezwungen, zwischen den Mahlzeiten zu essen, sodass sie nicht widerstehen konnte. Die Unglückliche beklagte sich, dass nun schon vier Wochen nacheinander bestraft worden war. Das stimmte, und daran Schuld war nur ihr entzückender Arsch, der rundeste, rosigste, zierlichste, den man sich nur vorstellen kann! Sie glaubte, milder gezüchtigt zu werden, indem sie erklärte, sich nicht abgewischt zu haben. Durcet untersuchte sie und fand wirklich eine ziemliche Scheißekruste vor. Man versprach ihr daraufhin ein etwas geringeres Strafmaß. Curval, der einen Ständer kriegte, packte und reinigte sie, ließ sich dann die Kacke bringen und aß sie, während Colombe ihm einen runterholte. Zwischendurch küsste er ihren Mund und ließ sie verzehren, was er ihr von seinem eigenen Mahl auf die Lippen spie. Dann untersuchte man Augustine und Sophie, denen befohlen worden war, sich nach der gestrigen Entleerung nicht zu reinigen. Sophie hatte trotz der Regel – ihrer Stellung gemäß – beim Bischof geschlafen, aber Augustine war völlig sauber.

Im Bewusstsein ihres guten Gewissens erklärte sie, der Herzog habe sie vor dem Einschlafen an sein Bett kommen lassen und ihr das Arschloch ausgeleckt, während sie ihm den Schwanz lutschte. Auf Befragen entgegnete Blangis, er könne sich nicht erinnern, denn er sei mit seinem Fickbolzen im Arsch der Duclos eingeschlafen. Man untersuchte die Angelegenheit, rief die Duclos, und diese bestätigte die Worte des Herzogs. Insbesondere beschwor sie, dass man Augustine nur für einen Moment ans Bett seiner Durchlaucht gerufen hatte. Dort kackte er ihr in den Mund, um danach von seiner eigenen Scheiße zu fressen. Augustine beteuerte vergebens die Wahrheit ihrer Aussage und wies die Worte der Duclos zurück. Man befahl ihr jedoch zu schweigen und schrieb sie, die völlig unschuldig war, in das Buch ein. Nun kamen die Knaben an die Reihe. Cupidon war schuldig, denn er hatte die allerschönsten Scheißhaufen in den Topf gelegt. Der Herzog verschlang sie, während der junge Übeltäter ihm den Schwanz lutschte.

Dann begab man sich in den Speisesaal, wo die sonst von ihrem Dienst beurlaubte Constance völlig nackt erschien. Ihr sich rundender Bauch erzürnte Curval, und er bearbeitete ihren Arsch und ihre Titten. Es war offensichtlich, dass sich seine Abscheu ihr gegenüber von Tag zu Tag verdoppelte. Weil man sie um ihrer Leibesfrucht willen aber bis zu einem gewissen Termin schonen wollte, entließ man sie bald auf ihre Bitten hin bis zu den Erzählungen, von denen sie nie befreit wurde. Curval schimpfte auf die schwangeren Weiber und schwur, wenn er König wäre, werde er das Gesetz von Formosa einführen, nach dem alle Frauen unter dreißig Jahren, die schwanger sind, zusammen mit ihrem Embryo in einem Mörser zerstampft werden. Würde man diese Vorschrift auch in Frankreich verabschieden, so blieben doch noch immer doppelt so viele Menschen übrig, als eigentlich nötig seien!

Der Kaffee wurde von Sophie, Fanny, Zélamir und Adonis auf besondere Weise serviert, nämlich mit dem Mund. Sophie bediente den Herzog, Fanny Curval, Zélamir den Bischof, und Adonis Durcet. Sie bekamen den Kaffee ins Maul, gurgelten damit und ließen ihn dann wieder in den Schlund dessen laufen, von dem sie ihn zuvor empfangen hatten. Dabei wurde Curvals Fickrohr wieder steif, und er ergriff Fanny, um ihr seinen Schwanzsaft in den Rachen zu spritzen, wobei er ihr befahl, alles zu schlucken, sonst werde er sie bestrafen. Ohne mit der Wimper zu zucken, tat das arme Kind seinen Willen. Der Herzog und seine beiden anderen Freunde indes ließen furzen und scheißen. Erst nach der Mittagsruhe fand man sich dann wieder zusammen, um der Duclos zuzuhören:

‚Ich werde', sagte das liebenswürdige Mädchen, ‚kurz die beiden letzten Abenteuer mit jenen Männern berichten, die ihre Wollust darin fanden, Schmerzen zu erleiden. Dann werden wir zu einem anderen Thema übergehen, wenn es Ihnen beliebt. – Der eine ließ sich von mir nackt und stehend wichsen, während man ihn immer wieder durch ein Loch in der Decke mit kochendem Wasser übergießen musste. Ich erklärte ihm, dass ich seine Leidenschaft nicht teilte, aber doch das Gleiche wie er zu erdulden haben werde, wenn ich mitmachte. Er versicherte mir, es werde nicht weh tun, und solche Duschen seien vortrefflich für die Gesundheit. Ich glaubte ihm und ließ ihn gewähren. Da es in seinem eigenen Haus war, hatte ich keinen Einfluss auf den Hitzegrad des Wassers. Es war fast siedend, und während er selbst seinen Genuss dabei fand, wurde ich so stark verbrüht, dass ich, wie ich gestehen muss, schrie wie ein Kater, den man abbrüht. Dabei erfüllte ich aber trotzdem so gut wie möglich meine Aufgabe. Meine Haut schälte sich anschließend, und ich weigerte mich, noch einmal zu ihm zu kommen.'

„Ah, beim Arschfick nochmal!", rief der Herzog, „ich habe Lust, die schöne Aline einmal in dieser Weise abzubrühen!" – „Durchlaucht", erwiderte diese sanft, „ich bin doch kein Schwein." Diese naive Offenherzigkeit erregte Gelächter, und man hieß die Duclos fortzufahren: ‚Diesmal war es nicht so schmerzhaft für mich', erzählte sie. ‚Ich zog einen kräftigen Handschuh über die Hand, nahm aus einer erhitzten Pfanne glühenden Kies und rieb meinen Galan damit vom Kopf bis zu den Füßen ab. Von dieser Prozedur war seine Haut so hart wie Leder. Kam ich an seinen Schwanz, so musste ich ihn inmitten einer Handvoll glühenden Sandes besonders heftig reiben. Dabei wurde er steif, und ich sollte nun mit der anderen Hand die rotglühende Pfanne unter seinen Sack schieben. Dieses Reiben, die Glut, die seine Eier versengte, und vielleicht auch die Tatsache, dass er meine Arschbacken knetete, all das brachte ihn bald zur Entladung. Er spritzte seinen Saft auf die rotglühende Pfanne, wo er ihn mit Wonne spratzeln und in Rauch aufgehen sah.' – „Curval", sagte der Herzog, „das war ein Mann, der für seine Nachkommenschaft ebenso wenig Liebe besitzt wie du." – „Es scheint so", entgegnete Curval. „Ich kann nicht verhehlen, dass mir der Gedanke, das eigene Sperma zu verbrennen, sehr zusagt." – „Oh, ich kann mir denken, welches Vergnügen es dir bereiten würde", meinte der Herzog, „und wenn er schon keimte, wenn das Ei schon schlüpfbereit ist, würde deine Belustigung dabei nicht geringer sein." – „Bei meiner Seele glaube ich das!", rief Curval und tat mit Adélaïde etwas, was ihr einen heftigen Aufschrei entlockte. „Mit wem, zum Teufel, glaubst du, hast du es hier zu tun, du Nutte", rief Curval seiner Tochter zu. „was quiekst du so? Was soll dieses Zwitschern und Brüllen? Denk dran, in was für einer Gesellschaft du bist! Hörst du nicht, dass der Herzog davon spricht, den gekeimten Ficksaft zu zerstören? Und was bist du anderes als etwas vom erblühten Schwanzschleim aus meinem Sack?! – Fahre fort, Duclos! Ich fühle, dass das Plärren dieser Hure mich zur Entladung bringen würde, und ich habe keine Lust dazu."

‚Wir kommen nun', sagte die Erzählerin, ‚zu Dingen, die eine gewisse pikante Seltsamkeit an sich haben und die Ihnen darum gefallen werden. Sie kennen alle die Pariser Sitte, die Toten an den Türen der Häuser auszustellen. Ein vornehmer Mann zahlte mir zwölf Francs für jeden Fall, wo ich ihn zu einer solchen Leiche führte. Seine Wollust bestand darin, mit mir ganz nah an den Sarg heranzugehen. Dabei musste ich ihm einen runterholen, sodass sein Ficksaft auf den Sarg spritzte. An manchen Abenden eilten wir zu drei oder vier verschiedenen Stellen, um dort unser Beileid zu bekunden. Dabei berührte er mich ausschließlich am Arsch. Er war ein Thirty-Something, und er war sechzehn Jahre lang mein Kunde. Ich habe ihn in dieser Zeit an mehr als zweitausend Särge geführt, um zu entladen.'

„Sagte er etwas dabei?", fragte der Herzog. „Sprach er zu Ihnen oder zu der Leiche?" – „Er beschimpfte den Kadaver", antwortete die Duclos. „Er sagte; ‚Ha, du Schuft! Nimm das, du Hund! Da, du Arschficker, nimm meine Schwanzsahne mit dir in die Hölle!'" – „Eine sonderliche Manie", erklärte Curval. – „Lieber Freund", versetzte der Herzog, „du kannst sicher sein, dass dieser Mann einer der unseren war und dass er sich damit nicht begnügte." – „Ihre Vermutung ist richtig", sagte die Martaine, „und ich werde Ihnen diese Person später noch einmal vorstellen."

Als man schwieg, fuhr die Duclos fort: ‚Ein anderer ging in seinem Gelüst weiter. Er zahlte gut und unterhielt durch mich Spione auf dem Lande, die uns immer berichten mussten, wenn irgendwo ein junges Mädchen begraben wurde, das nicht an einer gefährlichen Krankheit gestorben war. Dieser Punkt war ihm sehr wichtig. Wurde ihm ein solcher Fall mitgeteilt, so begaben wir uns in der Dämmerung auf den Friedhof und öffneten das frisch zugeworfene Grab mit den Händen, bis wir auf die Leiche stießen. Dann betastete er überall den Kadaver, bevorzugt Schenkel und Ärsche, während ich ihn wichsen musste. Kriegte er noch ein zweites Mal eine Latte, so schiss er auf das Aas, ließ mich dasselbe tun, und dann spritzte er darauf, wobei er alle erreichbaren Körperteile betatschte.'

„Das verstehe ich sehr gut", sagte Curval, „und wenn ich's euch gestehen soll, ich habe das schon ein paar Mal gemacht. Ich habe es durch Einzelheiten ausgeschmückt, die zu erzählen aber noch nicht an der Zeit ist. Aber mein Schwanz ist jetzt monströs fett geworden! Spreiz deine Beine, Adélaïde!" Man sah nicht, was geschah, doch das Sofa krachte und bog sich nun. Man hörte die Geräusche seiner Entladung und konnte daraus schließen, dass der Herr

Präsident ganz einfach und tugendhaft Blutschande begangen hatte. „Präsidentchen“, rief der Herzog, „ich wette, du hast dir dabei vorgestellt, dass sie tot sei.“ – „Aber natürlich“, entgegnete dieser, „sonst hätte ich doch gar nicht abspritzen können.“ Als die Duclos sah, dass man sich wieder ihr zuwandte, beendete sie den Abend mit folgender Erzählung:

‚Um bei Ihnen den Eindruck dieser düsteren Berichte zu verwischen, meine Herren, will Ihnen noch die Erzählung von der Leidenschaft des Herzogs von Bonnefort zum Besten geben. Dieser junge Herr, dem ich fünf- oder sechsmal das Vergnügen machen konnte und der wegen seiner Passion sehr oft zu einer meiner Freundinnen kam, verlangte, dass ein Weib sich drei Stunden lang ohne Unterbrechung selbst vorne und hinten mit einem Dildo bearbeitete. Er verfolgte den Vorgang mit der Uhr, und hörte sie nur eine Minute zu früh auf, so bezahlte er nichts. Er drehte sie dabei nach allen Seiten, feuerte sie an, den Dildo schneller zu bewegen, und kam sie durch die Erregung fast von Sinnen, so beschleunigte das seine Geilheit. Machte sie brav weiter, so näherte er ihr sich beim Schlag der dritten Stunde und spritzte ihr auf die Nase.’

„Duclos“, sagte der Bischof, „ich verstehe nicht, warum du uns nicht bei den vorher angeregten Gedanken gelassen hast. Sie waren pikant, während diese Warmduscher-Passion, mit der du deine Erzählungen beendest, uns nicht weiter im Kopf herumspuken wird.“ – „Sie hat daran recht getan“, bemerkte Julie, die bei Durcet lag, „ich bin ihr dankbar dafür, und wir werden besser schlafen, wenn wir nicht mehr an die abscheulichen Dinge denken müssen, die Madame Duclos vorher erzählt hat.“ – „Schöne Julie, darin wirst du dich täuschen“, sagte Durcet, „denn wenn das Neue mich langweilt, erinnere ich mich nur an das Alte. Um es dir zu beweisen, bitte ich dich, mir zu folgen!“ Er begab sich mit Sophie und Michette in sein Gemach, um zu spritzen. Was er dort mit Sophie anstellte, schien dieser nicht zu gefallen, denn sie stieß einen Schrei aus und kehrte aus dem Heiligtum rot wie ein Hahnenkamm zurück. „Nun, was die dort anbetrifft, so hast du sie gewiss nicht für tot gehalten“, sagte der Herzog, „denn du hast ihr ein mächtiges Lebenszeichen abgerungen.“ – „Sie hat vor Angst geschrien“, sagte Durcet. „Frag sie, was ich gemacht habe, aber lass es dir ins Ohr flüstern.“ Sophie beugte sich ans Ohr des Herzogs. Dieser meinte dann: „Na, *das* war doch kein Grund, so zu schreien und auch keine Ursache, um abzuspritzen.“

Da die Stunde des Nachtmahls schlug, unterbrach man alle Vergnügungen, um sich den Tafelfreunden hinzugeben. Die Orgien wickelten sich in aller Ruhe ab, und man legte sich gesittet schlafen. Niemand war dabei besoffen, was nur selten vorkam.

SIEBENUNDZWANZIGSTER TAG

Bereits am nächsten Morgen begannen die am Vortag eingeführten Denunziationen. Als die Haremsmädchen sahen, dass nur noch Rosette fehlte, damit sie ausnahmslos alle acht straffällig würden, beeilten sie sich, diese ebenfalls anzuzeigen, so dass auch sie beim Spiel dabei war. Sie bezichtigten sie, dass sie die ganze Nacht gefurzt habe. Da die Mädchen Freude an dieser Denunziation empfanden, hatte Rosette den ganzen Harem gegen sich, und sie wurde sogleich notiert. Alles Übrige funktionierte vortrefflich, und abgesehen von Sophie und Zelmire, die ein wenig dabei stammelten, waren die Freunde bezaubert von dem neuen Gruß, mit dem die schamlosen kleinen Luder sie empfingen: „Ich scheiße auf Gott! Wollen Sie meinen Arsch? Es klebt Scheiße dran!", was auch bei allen wirklich zutraf. Um nämlich jede Versuchung auszumerzen, sich zu waschen, hatten die Anstandsdamen alles Geschirr, alles Wasser und alle Tücher fortgeschafft. Die Fleischnahrung ohne Brot begann die jungen Mäuler, die ebenfalls nicht gesäubert wurden, zu erwärmen und zu verunreinigen, und es wurde an diesem Tag schon ein großer Unterschied in ihrem Mundgeruch bemerkt. „Verdammte Scheiße", sagte Curval, als er seine Zunge aus Augustines Schlund herauszog, „das ist nun endlich was! Der Schwanz wird sofort steif, wenn man so etwas küsst!" – Alle waren sich darüber einig, dass es so viel besser war.

Da es bis zum Kaffee nichts Neues gab, wollen wir den Leser gleich dorthin versetzen. Er wurde durch Sophie, Zelmire, Giton und Narcisse serviert. Der Herzog verkündete, er sei sich vollkommen sicher, dass Sophie nun einer abgehen werde, und er wollte es unbedingt ausprobieren. Er sagte Durcet, er solle sie beobachten, legte sie auf ein Kanapee und entweihte ihre Punze, den Kitzler und das Arschloch erst mit den Fingern, dann mit seiner Zunge. Die Natur triumphierte, und nach einer Viertelstunde war das schöne Kind erregt. Sie wurde rot, seufzte und atmete heftig. Durcet machte Curval und den

Bischof, der gar nicht glauben wollte, dass sie kommen würde, auf alle Bewegungen aufmerksam. Was den Herzog anbetrifft, so war er schon immer von ihren Orgasmus-Fähigkeiten überzeugt gewesen. Deswegen sollten sich nun die anderen davon überzeugen. Also schlürften auch sie den Schleim, von dem die Möse der kleinen Halunkin erfüllt war, und der ihre Lippen bald vollständig benetzte. Der Herzog konnte der Wollust seines gelungenen Versuches nicht widerstehen und entlud auf ihre geöffnete Pflaume, wobei er mit den Fingern soviel wie möglich von seinem Schwanzsaft in die Öffnung hineinschob. Curval, den das Schauspiel erregt hatte, verlangte dann von ihr etwas anderes als Fotzenschleim. Sie drehte daher ihren hübschen kleinen Arsch her, der Präsident legte seinen Mund daran, und der aufmerksame Leser kann leicht erraten, was er bald empfing. Während dieser Zeit erfreute Zelmire den Bischof, indem sie ihm das Arschloch kitzelte und daran saugte, während Curval sich den Schwanz von Narcisse wichsen ließ, wobei er dessen Hintern kräftig liebkoste. Nur der Herzog verlor dabei seinen Eierlikör. Die Duclos hatte für diesen Abend nämlich schönere Geschichten als alle vorherigen angekündigt, und man wollte sich dafür aufsparen. Die Stunde war gekommen, man versammelte sich, und das hübsche Mädchen ließ sich wie folgt vernehmen:

‚Ein Mann, dessen Namen und Lebensumstände ich nie erfahren habe, und den ich Ihnen daher nur unvollkommen beschreiben kann, ließ mich eines Tages durch ein Brieflein bitten, mich um neun Uhr abends zu ihm in die Rue Blanche-du-Rempart zu begeben. Er schrieb mir, ich möge keinerlei Misstrauen hegen, und obgleich er sich mir nicht offenbare, werde ich keinen Grund haben, mich über ihn zu beklagen. Dem Brief lagen zwei Louisdor bei, und trotz meiner sonstigen Vorsicht, die sich normalerweise diesem Abenteuer widersetzt hätte, wagte ich diesmal doch, der Botschaft zu folgen. Ich war geleitet von einer unbestimmten Vorahnung, die mir mit leiser Stimme sagte, dass alles gut ablaufen würde und dass ich nichts zu befürchten hätte. Ich ging also zu ihm.

Ein Lakai empfing mich und bedeutete mir, mich vollständig zu entkleiden, da er mich nur so vor seinen Meister führen könne. Ich befolgte dieses Gebot. Daraufhin nahm er mich bei der Hand, und nachdem wir zwei oder drei Gemächer durchschritten hatten, klopfte er an eine Tür. Sie öffnete sich, ich trat ein, der Diener entfernte sich, und die Pforte schloss sich hinter ihm. Es war so dunkel wie in einer Backröhre. Weder Helligkeit noch Luft konnten in dieses Zimmer eindringen. Kaum war ich eingetreten, als ein nackter Mann auf mich zukam und mich ergriff, ohne dabei ein Wort zu sprechen. Ich wurde nicht kopflos, denn ich war überzeugt, dass es sich um nichts anderes handelte als das Verschleudern von ein bisschen Ficksaft. Um diesem ganzen nächtlichen Spuk ein Ende zu machen, führte ich also meine Hand sogleich an seinen Unterleib, damit das Ungeheuer möglichst bald das Gift verliere, das es so bösartig machte.

Dort fand ich einen sehr großen, harten und widerspenstigen Schwanz, aber sogleich wurde meine Hand weggeschoben. Man wollte offenbar nicht, dass ich dahin griff. Der Unsichtbare ließ mich auf ein Taburett kauern, setzte sich neben mich und begann meine Titten, eine nach der anderen, so heftig zu pressen, dass ich laut sagte: „Sie tun mir weh!" Daraufhin ließ er von mir ab, gebot mir aufzustehen und legte mich bäuchlings auf ein erhöhtes Kanapee. Während er sich von hinten zwischen meine Beine setzte, fing er an, mit meinen Arschbacken so zu verfahren wie vorhin mit meinen Möpsen. Er betastete sie, presste sie mit außerordentlicher Heftigkeit, drückte sie auseinander und wieder zusammen. Immer wieder knetete er sie, küsste sie, wobei er hineinbiss, er saugte an meinem Arschloch, und da all diese Manipulationen an dieser Seite weniger gefährlich waren als an der gegenüberliegenden, widersetzte ich mich nicht, sondern ließ ihn gewähren. Ich dachte nur, was wohl der Zweck all dieser geheimnisvollen Dinge sein könnte, um einer Sache willen, die mir so einfach schien. Da schrie der Mann plötzlich mit furchtbarer Stimme: „Lauf, elende Nutte, rette dich, Dreckshure, ich spritze gleich, und kann für dein Leben nicht garantieren!" Sie können sich denken, dass ich mich beeilte, auf die Füße zu kommen. Ich sah einen schwachen Lichtschein vor mir, der durch die Tür kam, durch die ich eingetreten war. Ich lief darauf zu und fand den Diener, der mich empfangen hatte. Er gab mir meine Kleider zurück, dazu zwei Louisdor, und ich eilte fort, überglücklich, so billig davongekommen zu sein.'

„Sie hatten durchaus Ursache, sich zu beglückwünschen", sagte die Martaine, „denn das war nur eine schwache Form seiner sonstigen Leidenschaft. Ich werde Ihnen", fügte die Matrone hinzu, „diesen Mann unter viel gefährlicheren Umständen vorstellen." – „Unter noch immer nicht so düsteren, als wie ich ihn Ihnen präsentieren werde", sagte die Desgranges, „und ich stimme mit

Madame Martaine überein, um Ihnen zu versichern, dass Sie sich sehr glücklich schätzen können, so leicht davongekommen zu sein, denn derselbe Mann hatte noch ganz andere und viel seltsamere Passionen." – „Warten wir also, ehe wir darüber diskutieren, bis wir seine ganze Geschichte kennen", sagte der Herzog. „Und du, Duclos, erzähle uns jetzt etwas anderes, damit wir unsere Phantasie von einem Mann fortlenken, der sie ziemlich erhitzt hat."

‚Der Kerl, welcher danach kam', fuhr die Duclos fort, ‚wollte ein Weib, das sehr schöne Euter besaß. Da dies einer meiner Vorzüge ist, zog er mich, nachdem ich sie ihn hatte ansehen lassen, allen meinen Mädchen vor. Aber welchen Gebrauch machte dieser Erzwüstling von meinen Möpsen und meinem Gesicht! Er warf mich ganz nackt auf ein Sofa, setzte sich rittlings auf mich, steckte seinen Schwanz zwischen meine Titten und befahl mir, sie so stark wie möglich zusammenzupressen. Nach kurzem Hin- und Herwetzen bespritzte der Widerling sie mir mit seinem Ficksaft, wobei er mir anschließend mehr als zwanzigmal fett ins Gesicht spuckte!'

„Ich sehe aber nicht ein", sagte Adélaïde vorwurfsvoll zum Herzog, der ihr auf die Nase gespuckt hatte, „warum Sie diese Gemeinheit nachahmen müssen. Werden Sie wohl aufhören?" Sie wischte sich ihr Gesicht ab, aber der Herzog hatte nicht abgespritzt. – „Erst, wenn es mir beliebt, mein schönes Kind!", erwiderte der Blangis. „Vergiss ein für allemal nicht, dass du, auch wenn du vielleicht jetzt noch leben magst, nur dazu da bist, um zu gehorchen und uns gewähren zu lassen! Fahre fort, Duclos, denn ich könnte vielleicht Lust auf etwas Ärgeres bekommen, und da ich dieses schöne Kind verehre", setzte er spöttisch hinzu, „will ich sie nicht allzu sehr beleidigen."

‚Ich weiß ja nicht, meine Herren', fuhr die Duclos mit ihrem Bericht fort, ‚ob Sie schon von der Passion des Kommandanten von Saint-Elme gehört haben. Er hatte ein Spielcasino, wo all jene, die dort ihr Geld wagten, gehörig geschröpft wurden. Aber das Seltsamste dabei war, dass der Kommandant beim Ausplündern eine Latte bekam. Jedes Mal, wenn er jemanden betrog, entludt er in seine Hose, und ein Mädchen, das ich sehr gut gekannt habe und das er lange Zeit aushielt, hat mir berichtet, dass dieser Vorgang ihn zuweilen so stark erhitzte, dass er bei ihr Abkühlung von der Glut suchen musste, die ihn derartig verzehrte. Er beschränkte sich nicht nur darauf, die Leute beim Roulette auszurauben. Jede Art von Diebstahl hatte für ihn dieselbe Anziehungskraft, und kein Gegenstand war vor ihm sicher! War er bei dir eingeladen, stahl er die Bestecke, wenn er dein Boudoir betrat, entwendete er die Juwelen. War er deiner Tasche nahe, so klaute er deine Schnupftabakdose oder dein Taschentuch. Alles war ihm recht, wenn er es nur nehmen konnte! Immer hatte er dabei einen Ständer, und er entludt sogar, sobald der Raub gelungen war.

Aber er war dabei noch immer weniger befremdlich als jener Gerichtspräsident, mit dem ich bald nach meinem Eintritt bei der Fournier zu tun hatte und der auch nachher mein Kunde blieb. Weil seine Vorliebe sehr heikel war, wollte er nämlich nur mit mir zu tun haben. Der Präsident hatte das ganze Jahr hindurch auf der Place de Grève eine Wohnung gemietet, die nur von einer alten Dienerin beaufsichtigt wurde. Diese hatte nichts anderes zu tun, als das Appartement zu säubern und den Herrn zu benachrichtigen, sobald auf dem Platz Vorbereitungen für eine Hinrichtung getroffen wurden. Daraufhin ließ mir der Kunde sogleich mitteilen, ich möge mich bereithalten. Er holte mich dann verkleidet mit einer Kutsche ab, und wir begaben uns in diese Wohnung. Das Fenster des Zimmers war derartig gelegen, dass man aus nächster Nähe direkt aufs Schafott blicken konnte. Hier postierten wir uns, der Präsident und ich, hinter einer Jalousie, durch deren Gitter er ein erstklassiges Opernglas steckte. Bis zur Ankunft des Delinquenten unterhielt sich dieser Pfeiler der Gerechtigkeit auf einem Sofa damit, mir den Arsch zu lecken, eine Tätigkeit, die ihm nebenbei bemerkt, außerordentlich gefiel. Wenn dann endlich der Lärm der Menge draußen die Ankunft des Opfers ankündigte, nahm der Mann des Rechts seinen Platz am Fenster wieder ein. Ich stand neben ihm und musste ihm den Schwanz rubbeln und reiben, wobei ich meine Bewegungen mit dem Fortgang der Exekution, die er beobachtete, verstärkte, so dass sein Samen sich erst in dem Moment ergoss, in welchem der arme Sünder seine Seele Gott empfahl.

Alles geschah nun wie gewünscht: Der Verurteilte bestieg das Schafott, der Schwanz des Präsidenten versteifte sich, und seine Wollust steigerte sich im Einklang mit den Phasen jener Tragödie, die er belauerte. Je weiter der Delinquent sich dem Tode näherte, desto wilder wurde der Schweif des geilen Kerls in meiner Hand. Endlich fiel das Schwert, und dies war auch der Augenblick seiner Entladung. „Ah, herzliebster Jesus!", rief er dann. „Doppelt durchgefickter Christus! Wie gerne wäre ich selbst der Henker gewesen, und wieviel besser hätte ich zugeschlagen als der da!"

Die Ausmaße seiner Wollust richteten sich übrigens nach der Art der Exekution: Ein Gehängter brachte nur einen mäßigen Erguss bei ihm hervor; ein aufs Rad Geflochtener versetzte ihn in Entzücken, aber wenn einer verbrannt oder gevierteilt wurde, vergingen ihm vor Geilheit schier die Sinne. Mann oder Frau, das war ihm gleich. „Es gäbe nur eins", sagte er mir, „was mir mehr Genuss gewähren würde, und das wäre ein schwangeres Weib hingerichtet zu sehen. Aber leider ist das unmöglich." – „Aber, Euer Gnaden", sagte ich eines Tages zu ihm, „durch Ihr Amt tragen Sie ja zum Tod dieser Unglücklichen bei." – „Selbstverständlich", erwiderte er, „und das erhöht gerade mein Vergnügen. In den dreißig Jahren, in denen ich Gerichtspräsident bin, habe ich meine Stimme nie anders abgegeben als für ein Todesurteil." – „Und glauben Sie nicht", fragte ich, „dass Sie sich eines Tages den Tod all dieser Menschen wie einen Mord werden vorzuwerfen haben?" – „Pah!" erwiderte er. „Das soll man nicht so genau nehmen." – „Aber", wendete ich ein, „nennt die Welt das nicht eine Abscheulichkeit?" – „Oh", antwortete er, „man muss sich mit der Entsetzlichkeit all dessen abzufinden verstehen, was einen aufgeilt, und das Beste daraus machen. Und das aus einem sehr einfachen Grund: Eine noch so grausame Sache ist nicht mehr schrecklich für jemanden in dem Moment, in dem sie ihn zum Orgasmus bringt. Sie ist es daher nur in den Augen der anderen, und wer sagt mir, dass die Meinung der Vielen, die doch in so zahlreichen Dingen falsch ist, es nicht auch in dieser Beziehung sei? Es existiert nichts von vornherein Gutes und nichts absolut Schlechtes. Alles ist nur relativ, abhängig von unseren Sitten, Ansichten und Vorurteilen! Wenn wir dies erkennen, so ist es sehr wohl möglich, dass eine an sich indifferente Sache in Ihren Augen unwürdig, in den meinen aber köstlich erscheint. Wenn es also derart schwierig ist, ihr den richtigen Platz zuzuweisen, so wäre ich doch, sobald sie mir gefällt, ein Narr, wenn ich mich ihrer enthielte, bloß aus dem Grund, weil sie Ihnen missfällt. Lass Sie es nur gut sein, meine liebe Duclos! Das Leben eines Menschen ist eine so geringfügige Sache, dass man sich dessen bedienen kann, wie es einem gefällt, so als ob es sich um das Leben einer Katze oder eines Hundes handelte. Es ist Aufgabe der Elenden und Schwachen, sich zu verteidigen. Sie haben doch buchstäblich dieselben Waffen wie wir selbst. Und wenn Sie schon so zartfühlend sind", fügte er hinzu, „was würden Sie erst zu dem Fetisch eines meiner Freunde sagen? …"

‚Wenn es Ihnen also gefällt ist, meine Herren, so werde ich mit der Erzählung von diesem Freund den heutigen Abend beschließen. Der philosophische Jurist erzählte mir, dass dieser Mann nur mit Frauen zu tun haben wollte, die demnächst hingerichtet werden sollten. Je näher der Moment, an welchem sie ihm ausgeliefert wurden, dem ihrer Exekution war, desto höher bezahlte er sie. Vor allem verlangte er aber, dass ihnen das Urteil bereits bekannt gegeben worden sei. Durch seine hohe Stellung war er in der Lage, von derlei guten Gelegenheiten Kenntnis zu haben. Deswegen versäumte er nie einen solchen Anlass, und ich habe gesehen, dass er bis zu hundert Louisdor für eine Zusammenkunft dieser Art bezahlte. Er benutzte das Weib jedoch nicht, sondern verlangte von ihr nur, dass sie ihm ihren Arsch zeigte und dass sie kacken sollte. Er behauptete, dass nichts dem Geschmack der Scheiße einer Frau gleichkomme, die sich in einer solchen Verfassung befindet. Er tat alles, um sich solche Schäferstündchen zu verschaffen, und dabei wollte er, wie Sie begreifen werden, dass das Opfer nichts davon wusste. Manchmal kam er in der Verkleidung eines Beichtvaters, zuweilen als Freund der Familie, und er richtete seine Zahlungen danach ein, wie er den Betreffenden, wenn sie ihm zu Willen waren, nützlich sein konnte. „Und wenn er fertig und befriedigt war, was glaubst du, meine liebe Duclos, wie er die Prozedur beendete?“, fragte der Präsident. – „In derselben Weise, wie ich, meine liebe Freundin: Er sparte seine Ficklauge bis zur letzten Szene auf und verspritzte sie angesichts des köstlichen Schauspiels ihres Sterbens.“ – „Oh, das ist sehr verrucht!“ sagte ich. – „Verrucht?“ entgegnete er, „Das ist doch alles Blabla und Schmus. Nichts ist schändlich, mein Kind, was einem den Pimmel versteift, und das einzige Verbrechen auf der Welt ist, sich in dieser Beziehung etwas zu versagen!“‘

„Er hat sich auch in der Tat nichts versagt“, sagte die Martaine, „und ich und Madame Desgranges werden, wie ich mir schmeicheln darf, bald Gelegenheit haben, den Anwesenden einige Geschichtchen von der Lüsternheit und den Verbrechen dieser Person zu erzählen.“ – „Ah, umso besser“, sagte Curval, „denn das ist ein Mann, der mir außerordentlich gefällt. So muss man über die Freuden des Lebens denken, und seine Philosophie sagt mir ungemein zu. Es ist unglaublich, in welchem Grad der Mensch, der ohnehin in all seinen Vergnügungen so eingeschränkt ist, die Grenzen seines Daseins noch zusätzlich durch unwürdige Vorurteile einzuengen trachtet! Man kann sich zum Beispiel gar nicht vorstellen, wie derjenige, der den Mord zum Verbrechen stempelt, seine Genüsse begrenzt hat! Er hat sich, indem er sich dazu herabließ, die Chimäre dieses Vorurteils anzuerkennen, Hunderter Freuden beraubt, von denen eine köstlicher als die andere ist! Was, zum Teufel, kann es der Natur ausmachen, ob es einen, zehn, zwanzig, fünfhundert Menschen mehr oder weniger auf der Welt gibt? Unterwerfen sich die Eroberer, die Helden, die Tyrannen dem widersinnigen Gesetz, anderen das nicht anzutun, was man selbst nicht will, dass es einem geschehe? – Wahrhaftig, liebe Freunde, ich verhehle es euch nicht: Ich bebe vor Zorn, wenn ich Dummköpfe sagen höre, dies sei das Gesetz der Natur! Gnädiger Himmel! Wenn man nach Mord und Verbrechen giert, so folgt daraus, dass man sie auch begehen muss oder wenigstens dafür sorgt, dass andere sie ausführen. *Sie* sind ein Naturgesetz! Das wahre Gesetz der Natur, jenes, das sie in unsere Herzen eingeschrieben hat, ist, dass wir uns befriedigen müssen, egal auf wessen Kosten! – Aber nur Geduld! Ich werde vielleicht bald Gelegenheit finden, euch ausführlicher über diese Dinge zu erzählen! Ich habe sie gründlich studiert, und ich hoffe, euch von ihnen zu überzeugen, so wie ich selbst mir gewiss bin, dass es nur eine Art gibt, der Natur zu dienen, nämlich blind seinen eigenen Gelüsten zu folgen, welcher Art sie auch sein mögen. Denn da für die Aufrechterhaltung der Naturgesetze das Laster ebenso wichtig ist wie die Tugend, so zeigt die Natur uns in jedem gegebenen Fall, was im Moment ihren Absichten am besten dient. – Ja, meine Freunde, ich werde euch ein anderes Mal von all diesen Dingen berichten, aber jetzt muss ich vor allem spritzen, denn dieser verfluchte Kerl mit seinen Exekutionen auf der Place de Grève hat meine armen Eier fürchterlich anschwellen lassen." – Und während er sich mit der Desgranges und Fanchon ins Boudoir zurückzog, seinen beiden guten Freundinnen, weil sie ebenso verrucht waren wie er, befahl er Aline, Sophie, Hébé, Antinoüs und Zéphire, ihnen zu folgen.

Ich weiß nicht, was der Wüstling da drinnen mit den sieben Personen trieb, aber es war sehr langwierig, und man hörte ihn brüllen: „Vorwärts! Was soll das? Das habe ich dir nicht befohlen!", und andere Ausbrüche übler Laune, vermischt mit Flüchen, wie es die Gewohnheit dieses Mannes bei seinen Ausschweifungen war. Die Mädchen kehrten endlich sehr rot zurück, mit zerzausten Haaren, und sie sahen so aus, als ob ihnen besonders gewalttätig mitgespielt worden wäre. – Währenddessen hatten der Herzog und seine beiden Freunde ihre Zeit nicht unnütz verbracht, aber der Bischof war der einzige, der entladen hatte, und das auf so außergewöhnliche Weise, dass es uns noch nicht gestattet ist, sie zu beschreiben.

Man begab sich dann zu Tisch, wo Curval noch ein wenig philosophierte. Denn bei ihm hatte die Leidenschaft keinen Einfluss auf sein Verhalten: Fest in seinen Prinzipien, war er ebenso lästerlich, ebenso atheistisch, ebenso verbrecherisch nach der Entleerung seines Ficksafts wie zuvor im Furor seiner Erregung. Und so sollten alle weisen Leute sein: Das Sperma darf die Prinzipien weder diktieren noch leiten. Es muss vielmehr Sache der eigenen Grundsätze sein, die Art und Weise zu regeln, wie man den Glibber verspritzen soll. Und ob man eine Latte hat oder nicht, die Philosophie muss, unabhängig von jeder Leidenschaft, immer dieselbe bleiben!

Die Unterhaltung bei den Orgien bestand in einer Überprüfung, an die man bisher noch nicht gedacht hatte, die jedoch trotzdem sehr interessant war: Man wollte sehen, welcher von den Knaben und welches von den Mädchen den schönsten Arsch hatte. Man befahl also zuerst den sechs Jünglingen, sich in einer Reihe aufrecht hinzustellen. Dann mussten sie sich bücken. Dies ist nämlich die korrekte Art, einen Hintern zu begutachten und zu beurteilen. Die Prüfung dauerte lange, und sie war sehr streng. Man verfocht unterschiedliche Meinungen, man änderte sie, man prüfte fünfzehn Mal nacheinander, und der Preis wurde schließlich Zéphire zugesprochen. Man erkannte einstimmig, dass es einfach unmöglich war, etwas Vollkommeneres und schöner Geformtes zu finden. Nun ging man ging zu den Mädchen über und ließ sie dieselbe Stellung einnehmen. Die Entscheidung war sehr schwer. Es schien fast unmöglich, zwischen Augustine, Zelmire und Sophie die Wahl zu treffen. Augustine, größer und schöner gewachsen als die beiden anderen, hätte vor Malern sicherlich den Preis davongetragen, aber die Lüstlinge wollen mehr Rundung als Ebenmaß, mehr Üppigkeit als reine Linie. Gegen sie sprach ein wenig zu viel Schlankheit und Zartheit. Die beiden anderen zeigten ein so rosiges, blühendes Fleisch, einen so weißen, runden Arsch, so drall geformte Hüften, dass sie Augustine ausstachen. Aber wie sollte man nun zwischen den beiden entscheiden, welche übrigblieben? Zehnmal waren die Stimmen gleichverteilt, aber schließlich erhielt Zelmire den Preis. Man rief die beiden reizenden Kinder herbei, küsste sie, betastete sie und rubbelte sie während des ganzen Abends. Zelmire befahl man, dass sie Zéphire den Schwanz wichsen sollte, bis dieser schließlich wunderbar abspritzte wie eine Muskete und in seiner Wollust ergötzlich anzusehen war. Dann rubbelte er wieder Zelmire, der in seinen Armen die Sinne vergingen. All diese Szenen von unbeschreiblicher Geilheit brachten den Herzog und seinen Bruder zum Spritzen. Curval und Durcet erregten sie jedoch kaum. Sie waren sich darin einig, dass es etwas weniger rosenfarbener, ätherischer Szenen bedürfe, um ihre alten, abgenutzten Seelen aufzugeilen, und dass all diese Kindereien nur für junge Leute seien. Schließlich ging man schlafen, und Curval entschädigte sich durch irgendwelche neuen Scheußlichkeiten für die zärtlichen Schäferspiele, zu deren Zeugen man ihn gemacht hatte.

ACHTUNDZWANZIGSTER TAG

Es war Hochzeitstag, und die Reihe war nun an Cupidon und Rosette, heute durch das heilige Sakrament der Ehe vereinigt zu werden. Durch einen fatalen Zufall waren beide allerdings ebenfalls dazu ausersehen, dass man sie am Abend züchtigen würde. Da niemand an diesem Morgen straffällig geworden war, verwendete man also den gesamten Vormittag auf die Hochzeitsfeierlichkeiten, und als diese vorüber waren, versammelten sich alle im Salon, um Zeugen zu werden, was die jungen Eheleute so treiben würden.

Die Mysterien der Venus hatten sich oft genug vor den Augen der beiden Kinder abgespielt, obgleich sie selbst noch nicht dabei mitgewirkt hatten. Daher besaßen sie ausreichende Vorstellungen über diese Dinge, um ungefähr zu wissen, was sie zu tun hatten. Cupidon, dessen kleiner Schwanz ziemlich stramm stand, steckte diesen also zwischen die Schenkel Rosettes, die ihn mit der natürlichsten Unschuld gewähren ließ. Der Junge stellte sich dabei so geschickt an, dass ihm die Sache wahrscheinlich auch gelungen wäre, als der Bischof ihn plötzlich in die Arme nahm, um sich selbst das zukommen zu lassen, was der Knabe, wie ich glaube, viel lieber seiner kleinen Gemahlin gegeben hätte: Als er sich in den riesigen Arsch des Bischofs hineinbohrte, sah er sie mit Blicken an, die sein Bedauern ausdrückten. Aber sie war sehr bald ebenfalls beschäftigt, denn der Herzog fickte sie zwischen den Schenkeln. Curval befingerte und drückte unterdessen lüstern den Arsch des Bischof-Rammlers, und da dieser hübsche, kleine Hintern sich der Vorschrift gemäß in dem gewünschten Zustand befand, leckte er ihn und kriegte dabei einen Steifen. Was Durcet betrifft, so tat er dasselbe bei dem kleinen Mädchen, an dessen Vorderseite der Herzog beschäftigt war. Niemand entludt jedoch, und man begab sich nun zu Tisch.

Die beiden frischgebackenen Eheleute servierten den Kaffee zusammen mit Augustine und Zélamir. Die schöne Augustine hatte es noch immer nicht verwunden, dass sie gestern nicht den Preis gewonnen hatte. Sie erschien schmollend und mit ganz unordentlichem Haar, wodurch sie noch tausendmal attraktiver wirkte. Auf Curval machte dies einigen Eindruck, und er betrachtete ihren Hintern noch einmal ganz genau. „Ich begreife nicht", sagte er, „wieso diese kleine Göre da gestern nicht die Trophäe gewonnen hat, denn der Teufel soll mich holen, wenn es auf der Welt einen schöneren Arsch gibt als diesen." Dabei drückte er ihre Hinterbacken auseinander und fragte Augustine, ob sie bereit sei, ihrem alten Freund einen großen Gefallen zu tun. – „Oh ja", erwiderte sie. „Unbedingt, einen sehr großen, denn ich kann den Drang schon fast nicht mehr zurückhalten." – Curval beugte sich also über ein Sofa, kniete vor ihrem Kackloch nieder, und nur einen Augenblick später hatte er ihre Scheiße verschlungen. „Heiliger Name Gottes!" rief er und leckte sich die Lippen. Dabei zeigte er seinen Kameraden seinen steil aufragenden Schwanz, der sich an seine Wampe presste „Ich befinde mich jetzt in einem Zustand, wo ich fürchterlich gerne das eine oder andere unternehmen würde!" – „Und was?", fragte der Herzog, der es liebte, ihn zum Erzählen von Scheußlichkeiten zu bringen, wenn er in diesem Zustand war. – „Was?", erwiderte Curval. „Jede Schändlichkeit, die man mir vorschlagen würde, und sollte sie die Natur selbst verstümmeln und das Weltall zerstören!" – „Komm, komm", sagte Durcet, der sah, dass der Präsident furchterregende Blicke auf Augustine richtete. „Komm, hören wir der Duclos zu, denn ich bin überzeugt", fügte er hinzu, wobei sich an die anderen wandte, „wenn man ihm jetzt die Zügel locker ließe, so würde das arme Ding da drüben eine schlimme Viertelstunde durchzumachen haben." – „Oh ja", versetzte Curval leidenschaftlich, „und eine sehr schlimme, das verspreche ich Euch." – „Curval", sagte der Herzog, dessen Bolzen wie eine rachsüchtige Lanze in der Luft wippte, da er soeben Rosettes Dung verschmaust hatte, „man möge uns jetzt den ganzen Harem überlassen, und nach zwei Stunden werden wir darüber gute Rechenschaft ablegen!" Der Bischof und Durcet, die für einen Moment ruhiger wurden, ergriffen jedoch die beiden anderen bei den Armen, und in diesem Zustand, nämlich mit heruntergelassenen Hosen und erigierten Schwänzen, hatten diese Lebemänner ihren würdevollen Auftritt vor der Gesellschaft, die sich bereits im Erzählungssaal versammelt hatte, um den neuen Geschichten der Duclos zu lauschen. Diese, die angesichts des Zustands der beiden Herren vorhersah, dass sie bald unterbrochen werden würde, begann gleichwohl wie folgt:

‚Ein Herr vom Hofe', sagte sie, ‚ein Mann von etwa fünfundfünfzig Jahren, verlangte von mir eines der hübschesten Mädchen, dessen Frankreich sich rühmen konnte. Er hatte mich von seiner Passion nicht unterrichtet, und ich führte ihm eine junge Modistin zu, die derlei noch nie mitgemacht hatte und die zweifellos eines der anmutigsten Geschöpfe war, die es nur geben konnte. Ich führte sie zusammen, und neugierig, was passieren würde, eilte ich an mein Guckloch. „Wo, zum Teufel, hat Madame Duclos", so begann er, „ein so hässliches Weib aufgetrieben? Auf dem Misthaufen wahrscheinlich, wo du vermutlich einige Soldaten bedient hast, als man dich holte?" Das arme, schüchterne Mädchen, das auf all dies nicht vorbereitet war, wusste nicht, was sie sagen oder tun sollte. – „Vorwärts, zieh dich aus!", fuhr der Höfling fort. „Mein Gott, was stellst du dich so ungeschickt an! Ich habe im Leben keine hässlichere und dümmere Nutte gesehen! – Na, wirst du heute noch fertig? – Ha, das ist also der Körper, den man mir so gerühmt hat? Was für Titten! Man könnte sie für das Euter einer alten Kuh halten!" Er packte sie brutal an. „Und dieser Bauch voller Runzeln, du hast wohl schon zwanzig Kinder gehabt?" - „Nicht ein einziges, gnädiger Herr, ich versichere es Ihnen!" – „Jawohl, nicht ein einziges, so reden sie alle, diese Scheißweiber! Sie wollen einem weismachen, sie seien alle noch Jungfrauen. – Vorwärts, dreh dich um! Was für ein elender Arsch! Was für schlaffe, hässliche Schenkel! Jetzt weiß ich, warum man dich als ‚ungewöhnlich' angepriesen hat! Man hat dich wohl mit Arschtritten zugerichtet, damit so aussiehst!"

Und dabei müssen Sie wissen, meine Herren, dass sie den hübschesten Hintern besaß, den man sich nur vorstellen kann. Das arme Mädchen war ganz bestürzt. Ich konnte fast das Pochen ihres Herzens hören, und ihre schönen Augen wurden erst unruhig, dann verschattet. Je bedrückter sie jedoch wurde, desto ärger beschimpfte sie der Niederträchtige. Es ist mir unmöglich, Ihnen alle die Demütigungen zu wiederholen, die er ihr zufügte. Man hätte dergleichen dem gemeinsten und schamlosesten Flittchen nicht zu sagen gewagt. Endlich löste sich ein Kloß in ihrem Hals. Tränen strömten aus ihren Augen, und für diesen Moment hatte der Wüstling, der währenddessen aus Leibeskräften wichste, sich seine übelsten Gemeinheiten aufgespart. Es ist unmöglich, alle

Lästerungen wiederzugeben, die er ihr über ihre Haut, über ihren Wuchs und über ihr Gesicht sagte, über den abscheulichen Geruch, den sie angeblich verströmte, über ihre Haltung und ihren Verstand. Kurz, er suchte alles Mögliche, erfand das Unglaublichste, um sie aufs Tiefste zu verletzen. Schließlich entludt er auf sie, wobei er Scheußlichkeiten hervorstieß, die kein Lastträger auszusprechen wagen würde. Diese Szene hatte noch ein sehr lustiges Nachspiel. Sie wirkte nämlich auf das Mädchen wie eine Predigt. Sie schwur, dass sie sich nie wieder im Leben einem solchen Abenteuer aussetzen würde, und acht Tage später hörte ich, dass sie für den Rest ihrer Tage in ein Kloster gegangen war. Ich erzählte das dem jungen Mann, der davon höchst belustigt war und von mir verlangte, ich solle ihm möglichst bald Gelegenheit zu einer neuen Bekehrung geben.

Ein anderer beauftragte mich, ihm Mädchen von sehr empfindlichem Gemüt zu suchen, die in Erwartung irgendeiner Nachricht waren, deren schlechter Ausgang ihnen schwersten Kummer bereiten würde. Ich hatte sehr große Mühe, diese Gattung zu finden, wie Sie sich denken können. Der Mann war ein Kenner aus langjähriger Erfahrung, und er sah mit einem Blick, ob der Schlag, den er führte, auch richtig traf. Ich betrog ihn also nicht und führte ihm stets Mädchen zu, die sich gerade in der gewünschten Gemütsverfassung befanden. Eines Tages brachte ich ihm eine, die aus Dijon Nachricht von einem jungen Mann erwartete, in den sie unsterblich verliebt war, und dessen Name Valcourt war. „Woher kommen Sie?“, fragte der Perverse sie freundlich. – „Aus Dijon.“ – „Aus Dijon? Teufel, da bekomme ich gerade einen Brief aus Dijon, der eine Botschaft enthält, die mich sehr betrübt.“ – „Und was ist das für eine Nachricht?“, fragte das Mädchen neugierig. „Da ich jeden in Dijon kenne, interessiert sie mich vielleicht.“ – „Oh nein“, erwiderte der Mann, „sie interessiert nur mich allein. Es ist die Nachricht von dem Tod eines jungen Mannes, der mir sehr nahestand. Er hatte ein Mädchen geheiratet, das mein Bruder, der in Dijon lebt, ihm verschafft hatte, ein Fräulein, in das er sehr verliebt war, und am Tag nach der Hochzeit ist er plötzlich gestorben.“ – „Und wie heißt er, bitte?“ – „Er hieß Valcourt und stammte aus Paris“, sagte der Ludrian und nannte Valcourts Adresse. – „Oh, das ist doch sicher nicht …“, stammelte das Mädchen und sank ohnmächtig nieder. – „Ah, bei Christus!“, rief da unser Lüstling, außer sich vor Wonne, während er sich auf sie stürzte. „So wollte ich sie haben! Der Arsch, ich brauche nichts als den Arsch, um zu spritzen!“ Und während er die Bewusstlose hin- und herschob, sahnte er sieben- oder acht

Striemen Ficksaft auf ihrer Rosette ab und ging, ohne sich darum zu kümmern, was die Folgen seiner Lügen waren, oder was aus der Unglücklichen wurde.'

„Und krepierte sie daran?", fragte Curval, der sich aus Leibeskräften bumsen ließ. – „Nein", sagte die Duclos, „aber sie verfiel einer Krankheit, und war länger als sechs Wochen an der Schwelle zum Tode." - „Sehr schönes Kunststück!", rief der Herzog. „Aber ich für meinen Teil", fuhr der alte Schlawiner fort, „hätte gewünscht, dass dieser Mann die Zeit der Menstruation gewählt hätte, um ihr das zu sagen." – „Jawohl", sagte Curval, „gestehen Sie, Herr Herzog, dass Ihr Schwanz in die Luft ragt, ich sehe es von hier aus! Und Sie hätten am liebsten gewollt, dass sie auf der Stelle gestorben wäre." – „Da Sie es so wollen, so bin ich ganz einverstanden.", erwiderte Blangis. „Ich mache nicht sehr viel Gewese um den Tod eines Mädchens." – „Durcet", sagte der Bischof, „wenn Sie diese beiden Gauner nicht rausschicken, damit sie entladen, haben wir heute Abend ein ziemliches Vergnügen!" „Ah, beim Sack des Allmächtigen", rief Curval in Richtung der Nische des Bischofs. „Sie fürchten wohl um Ihre Herde! Aber zwei oder drei mehr oder weniger, was macht das schon aus? Vorwärts, Herr Herzog, begeben wir uns ins Boudoir, und gehen wir gemeinsam und mit Begleitung dorthin, denn ich merke, die Herren dort wollen heute nichts Empörendes sehen!" – Gesagt, getan, und unsere beiden Libertins bedeuteten Zelmire, Augustine, Sophie, Colombe, ferner Cupidon, Narcisse, Zélamir und Adonis, ihnen dahin zu folgen, begleitet von Arschbrecher, Himmelsständer, Thérèse, der Fanchon, Constance und Julie als Eskorte. Nach kurzer Zeit hörte man zwei oder drei laute Weiberschreie und das Brüllen der beiden Wüstlinge, die ihren Saft gleichzeitig verspritzten. Augustine kam mit einem Taschentuch an der Nase zurück, aus der sie blutete. Adélaïde hielt ihr Tuch an die Brust, während Julie, die klug und verderbt genug war, um sich immer wieder der Gefahr zu entziehen, wie verrückt lachte und sagte, dass es ohne sie niemals zum Abspritzen gekommen wäre. Der Rest der Truppe erschien nun ebenfalls, Zélamir und Adonis hatten dabei den Schwanz-Schleim noch am Arsch kleben. Die beiden Freunde versicherten den Zurückgebliebenen, dass sie sich mit aller Sittsamkeit und Anständigkeit aufgeführt hätten, sodass man ihnen keinen Vorwurf zu machen habe. Nun seien sie vollkommen ruhig und in der Verfassung zuzuhören. Also wurde der Duclos bedeutet fortzufahren, was sie tat wie folgt:

‚Ich bedauere es sehr', sagte das herrliche Geschöpf, ‚dass Herr von Curval sich so beeilt hat, seine Lust zu befriedigen, denn ich habe ihm zwei Geschichten von schwangeren Frauen zu erzählen, die ihm wohl Vergnügen bereitet hätten, da ich seinen Geschmack für diese Art Weiber kenne. Ich bin überzeugt, dass, wenn er noch über ein warmes Flackern im Unterleib verfügte, diese Erzählungen sein Wohlgefallen gefunden hätten.' – „Erzähle, erzähle nur!", sagte Curval. „Weißt du denn nicht, dass das Abspritzen keinen Einfluss auf meine Empfindungen besitzt und dass der Moment, wo ich am lüsternsten auf das Böse bin, der ist, wo ich es gerade eben getan habe?"

‚Nun denn', begann die Duclos, „ich habe einen Mann gekannt, dessen Präferenz darin bestand, eine Frau entbinden zu sehen. Er holte sich einen runter, während er sah, wie sie sich in Schmerzen wand, und spritzte auf den Kopf des Kindes, sobald er ihn erblickte.

Ein anderer stellte ein im siebenten Monat schwangeres Weib auf ein isoliertes Piedestal von mehr als fünfzehn Fuß Höhe. Sie musste da oben aufrecht stehen und durfte ja nicht schwanken. Wenn sie nämlich einen Schwindelanfall bekommen hätte, so wäre sie mitsamt ihrer Frucht zerschmettert worden. Der Wüstling, zwang die Bedauernswerte, die er für ihre akrobatischen Künste bezahlte, ungerührt von ihrer qualvollen Lage, dort oben so lange auszuharren, bis er entladen hatte. Er stand vor ihr, wichste und rief: „Oh, welch schöne Statue, welch herrliches Ornament! Die Kaiserin auf ihrem Thronhimmel!""

„Du hättest am Podest gerüttelt, nicht wahr, Curval?" sagte der Herzog. – „Oh, keineswegs, du irrst dich, ich empfinde zu sehr den Respekt, den man der Natur und ihrem bewundernswerten Werk schuldet. Dies ist ja die Fortpflanzung unserer Gattung, dies ist ein Mysterium, das wir stets aufs Neue verehren müssen! Für jene, die es vollbringen, muss es uns allen doch die liebevollste Fürsorge einflößen! Was mich betrifft, so kann ich nie eine schwangere Dirne sehen, ohne gerührt zu sein. Stellt Euch nur vor, was es bedeutet, dass ein Weib – wie ein Ofen – einen kleinen Schleimklumpen tief in ihrer Möse ausbrüten kann. Gibt es noch etwas so Schönes, so Rührendes wie das? Constance, komm her! Ich bitte dich, komm her, damit ich an dir den Altar küsse, auf dem sich soeben dieses tiefe Geheimnis vollzieht!" Da Constance sich in seiner Nische befand, brauchte er nicht lange, um jenen Tempel zu suchen, den er bedienen wollte. Aber es ist anzunehmen, dass dies nicht ganz in einer Weise geschah, die Constance erwartete, auch wenn sie ihm ohnehin nur halb vertraute. Man hörte sie nämlich sofort einen lauten Schrei ausstoßen, der weder die Folge eines Glaubensbekenntnisses noch der Anbetung zu sein schien. – Als wieder Schweigen eingetreten war, erzählte die Duclos folgende und für heute letzte Geschichte:

‚Ich habe', sagte sie, ‚einen Mann gekannt, dessen Passion darin bestand, dass er ein Kind laut schreien hören wollte. Man musste ihm eine Mutter herbeischaffen, die einen Sprössling von drei oder höchstens vier Jahren hatte. Die Mutter musste das Kind vor seinen Augen heftig schlagen, und wenn das kleine Geschöpf infolge dieser Behandlung laut zu schreien anfing, musste die Mutter den Schwanz des Wüstlings fassen. Sie hatte ihn dicht vor ihrem brüllenden Abkömmling heftig zu wichsen und die Eichel auf den Kopf des Kleinen zu richten. Er hinterließ dann auf dessen Gesicht seine Schleimspur, wenn der Gesang am lautesten war.'

„Ich wette“, sagte der Bischof zu Curval, „dass dieser Mann die Fortpflanzung des Menschengeschlechts auch nicht mit freundlicheren Augen ansah als du.“ – „Das glaube ich auch“, sagte Curval. „Dies muss übrigens nach den Ansichten einer, wie man sagt, sehr klugen Dame, ein recht großer Bösewicht gewesen sein! Nach ihrer Meinung ist nämlich jeder Mensch, der Tiere, Kinder und Weiber mit geschwollenem Bauch nicht liebt, ein Scheusal, und wert, aufs Rad geflochten zu werden. Vor dem Richterstuhl dieser würdigen alten Dame ist mein Prozess entschieden, denn ich liebe ganz gewiss keines dieser drei Dinge!“

Da die Unterbrechung einen großen Teil des Abends in Anspruch genommen hatte und es spät geworden war, ging man nun zu Tisch und diskutierte während des Soupers die Frage, wozu die Empfindsamkeit im Menschen diene und ob sie seinem Glück förderlich sei oder nicht. Curval behauptete, dass sie nur gefährlich sei und dass man das Feingefühl bei Kindern im ersten Keim ersticken müsse, indem man sie von frühester Zeit an die entsetzlichsten Anblicke gewöhne. Nachdem man die Frage von verschiedenen Seiten besprochen hatte, einigte man sich schließlich auf die Ansicht Curvals. Nach dem Abendessen schlugen dieser und der Herzog vor, die Weiber und Knaben schlafen zu schicken und die Orgien nur unter Männern stattfinden zu lassen.

Alle waren einverstanden. Sie schlossen sich also mit den acht Fickern ein und verbrachten fast die ganze Nacht damit, sich vögeln zu lassen und Schnaps zu saufen. Erst zwei Stunden vor Tagesanbruch torkelten sie ins Bett. Der nächste Tag brachte dann die Erzählungen und die Ereignisse, die der Leser finden wird, wenn er sich die Mühe nimmt, das Folgende zu lesen.

NEUNUNDZWANZIGSTER TAG

Es gibt ein Sprichwort – und Volksweisheiten sind etwas sehr Feines –, es gibt ein Sprichwort, sage ich, welches versichert, dass *„der Appetit beim Essen komme."* Diese Redensart, so einfältig sie auch sein mag, ist doch in vielerlei Hinsicht wahr. Sie bedeutet nämlich, dass man, wenn man Scheußlichkeiten verübt hat, nach immer weiteren begehrt, und das umso heftiger, je mehr man davon bereits gekostet hat. Dies war der Fall bei unseren unersättlichen Libertins. Mit unverzeihlicher Härte, mit einem widerlichen Raffinement der Ausschweifung hatten sie, wie wir wissen, ihre unglücklichen Frauen dazu verurteilt, ihnen die schmutzigsten und abscheulichsten Dienste zu erweisen, wenn sie vom Scheißhaus kamen.

Aber auch damit begnügten sie sich nicht, denn an diesem 29. November erließen sie ein neues Gesetz, welches die Folge der gestrigen schwulen Ausschweifungen zu sein schien, eine Verordnung, betone ich, welche bestimmte, dass sie, die Frauen, vom 1. Dezember an, permanent als Gefäße für die Entleerungen ihrer Herren zu dienen hatten! Diese Bedürfnisse, seien sie groß oder klein, sollten fortan immer nur in ihren Mund gefüllt werden. Jedes Mal, wenn die Herrschaften einen solchen Drang verspürten, sollten ihnen vier Haremsmädchen folgen. Diese hatten dann, sobald die jeweilige Entleerung beendet war, ihnen jenen Dienst zu erweisen, den ihnen bisher die Gattinnen entgegengebracht hatten, und den diese jetzt nicht mehr tun konnten, da sie ja nun zu etwas Wichtigerem bestimmt waren. Diese vier diensthabenden Haremsmädchen sollten sein: Colombe für Curval, Hébé für den Herzog, Rosette für den Bischof, und Michette für Durcet. Jeder kleinste Fehler bei der einen oder anderen dieser Verrichtungen, sei es von Seite der Gattinnen, sei es von Seite der Mädchen, sollte mit außerordentlicher Härte bestraft werden. Als die armen Frauen von der neuen Verordnung hörten, fingen sie an zu weinen und zu jammern. Leider riefen sie jedoch keinerlei Mitleid hervor. Es wurde lediglich bestimmt, dass jede Frau ihren eigenen Gatten zu bedienen hatte und Aline den Bischof, und dass es bei dieser Verrichtung nicht gestattet sein sollte, zu wechseln. Zwei Anstandsdamen wurden der Reihe nach beauftragt, sich zur selben Dienstleistung einzufinden, für welche auch die Stunde ein- für alle Mal festgesetzt wurde: Es wurde nämlich bestimmt, dass man jeden Abend nach den Orgien diese Angelegenheit gemeinsam vollziehen wolle.

Die vier Haremsmädchen hatten unterdessen, bis ihre Dienstleistungen in Anspruch genommen werden sollten, ihre Ärsche herzuhalten. Die Alten sollten dann von einem Kackloch zum nächsten gehen, sie pressen, auseinanderdrücken, und sie somit zur Verrichtung reizen. Nachdem man dieses Gesetz kundgetan hatte, ging man zu den Züchtigungen über, die man am Abend vorher nicht exekutiert hatte. Man konnte schließlich nicht vorhersehen, dass es zu den Männerorgien kam! Die Bußen wurden nun im Domizil der Haremsmädchen vollzogen, welche zuerst alle acht drankamen. Danach war die Reihe an Adélaïde, Aline und Cupidon, die ebenfalls auf der fatalen Liste standen.

Diese Prozedur dauerte mit allen bei solchen Gelegenheiten üblichen Nebendingen nahezu vier Stunden, wonach man zum Diner hinabging. Alle waren sehr erhitzt, insbesondere Curval, dem diese Handlungen stets außerordentlichen Genuss gewährten, und der niemals ohne Latte daran mitwirkte. Was den Herzog betrifft, so hatte er im Eifer des Gefechts entladen, ebenso wie Durcet. Der Letztere, der immer mehr dazu neigte, seine liebe Frau Adélaïde in lüsterner Weise zu quälen, war nicht in der Lage, sie zu disziplinieren, ohne dabei Wonneschauer zu empfinden, die ihn endlich zum Verlust seines Schwanzkleisters brachten.

Nach dem Diner wurde der Kaffee eingenommen. Dazu wollte man aber gerne unverletzte Ärsche haben. Männlicherseits kamen Zéphire und Giton sowie viele andere in Frage. Aber bei den Haremsmädchen war das leider nicht möglich. So servierten nach der Tagesordnung Colombe und Michette den Trunk. Curval untersuchte den Arsch Colombes, dessen blaue Flecke – zum Teil sein Werk, – eigenartige Gelüste in ihm weckten. Er steckte ihr seinen

Schwanz von hinten zwischen die Schenkel, wobei er ihre Arschbacken brutal presste. Manchmal stieß sein Schwengel beim Hin- und Herfahren wie zufällig an das kleine Loch, für das er ein Königreich hergegeben hätte, um darin einzudringen. Er betrachtete es genau und rief: „Heiliger Gott, ich gebe der Gesellschaft sofort zweihundert Louisdor, wenn man mich diesen Arsch hier ficken lässt!"

Trotzdem beherrschte er sich noch und ergoss nicht einmal. Der Bischof ließ sich von Zéphire in den Mund spritzen und entludt seinen eigenen gesegneten Fickschleim, während er den Saft des reizenden Knaben schluckte. Durcet ließ sich von Giton Arschtritte geben, und er ließ ihn scheißen, sahnte jedoch nicht ab. Sodann begaben sich die Freunde in den Erzählungssaal, wo jeder Vater, in einer Anordnung, die sich häufig ergab, seine Tochter neben sich auf dem Sofa hatte. So hörten sie mit heruntergelassenen Hosen die fünf Geschichten unserer lieben Erzählerin an:

‚Es schien', begann die charismatische Nutte, ‚dass die gewissenhafte Art, in der ich das Vermächtnis der Fournier bewahrte, meinem Hause Glück bescherte, denn niemals zuvor hatte ich so viele Besuche von alten und neuen Freiern gehabt. Der Prior der Benediktiner, einer meiner besten Kunden, kam eines Tages zu mir, um mir zu sagen, dass er von einer sehr seltsamen Passion gehört habe. Er habe sie sogar bei einem seiner Freunde beobachtet, der ihr verfallen war. Nun wolle er sie auch einmal ausprobieren. Er verlangte von mir zu diesem Zweck ein Mädchen mit sehr vielen Haaren, und ich brachte ihm ein großgewachsenes Fräulein von achtundzwanzig Jahren, das ein schieres Dickicht sowohl in den Achselhöhlen als auch auf der Scham hatte. „Das ist's, was ich brauche!" rief er, und da wir sehr gute Freunde waren und uns schon oft miteinander amüsiert hatten, schämte er sich nicht vor mir, sondern ließ mich Zeugin sein. Das Mädchen musste sich nackt an ein Sofa lehnen und die Arme hoch emporheben. Dann nahm er eine sehr scharfe Schere und schnitt damit das Haar in den Achselhöhlen völlig ab. Anschließend ging er zu ihrem Schamhügel über, dessen Haarwald er ebenfalls glattstutzte, und das alles mit einer solchen Präzision, dass all diese Stellen so aussahen, als ob darauf nie das kleinste Härchen gewachsen wäre. Dies geschehen, küsste er die barbierten Stellen und vergoss seinen Samen auf dem glatten Venushügel und war außer sich vor Entzücken über sein Werk!

Ein anderer verlangte eine noch seltsamere Zeremonie. Dies war der Herzog von Florville. Ich hatte den Auftrag, eines der schönsten Mädchen, das ich finden konnte, zu ihm zu bringen. Ein Kammerdiener empfing uns und führte uns durch eine Hintertür ins Herrenhaus. „Wir müssen“, sagte der Lakai zu mir, „vorerst einmal diese schöne Dame in jener Weise zurechtmachen, die notwendig ist, damit der Herr Herzog mit ihr Genuss finden kann. Folgen Sie mir!“ Durch lange und düstere Korridore kamen wir endlich in ein fensterloses Gemach, das nur von sechs Wachskerzen beleuchtet war, die auf dem Boden rings um ein mit schwarzem Satin überzogenes Polster standen.

Die ganze Stube war schwarz mit Trauerflor verhangen, und uns überfiel Angst, als wir eintraten – „Seien Sie nur ganz ruhig“, sagte unser Führer, „es wird Ihnen nicht das Geringste geschehen. Nur, fügen Sie sich in alles“, sagte er zu dem Mädchen, „und befolgen Sie alles genau, was ich Ihnen sagen werde.“ Er befahl ihr daraufhin, sich ganz nackt zu entkleiden, löste ihre Frisur auf und ließ ihr langes, üppiges Haar frei herabhängen. Dann legte er sie auf das Polster inmitten der Wachskerzen und schärfte ihr ein, sich tot zu stellen, sich während des ganzen Vorgangs nicht zu rühren und so wenig wie möglich zu atmen – „Denn“, sagte er, „wenn mein Herr, der sich einbilden wird, Sie seien tatsächlich tot, unglücklicherweise seiner Vorstellung beraubt werden sollte, so würde er zornig davonlaufen, und Sie würden nicht bezahlt werden.“

Nachdem er also das Mädchen in der Körperhaltung einer Leiche auf der Matratze positioniert hatte, sagte er, sie solle mit Mund und Augen den Ausdruck des Schmerzes annehmen. Er ließ ihre Haare über den nackten Busen hinabfließen, legte einen Dolch neben sie und bestrich ihre Haut in der Gegend des Herzens handtellergroß mit Hühnerblut. „Haben Sie nur keine Angst“, sagte er zu dem Mädchen, „Sie brauchen nichts zu sprechen und nichts zu tun, sondern müssen nur vollkommen unbeweglich bleiben und nur dann Atem schöpfen, wenn sein Gesicht dem Ihrigen nicht nahe ist. Und wir, Madame“, fügte er hinzu, sich an mich wendend, „ziehen uns nun zurück. Damit Sie sich aber keine Sorgen um Ihr Fräulein da machen, werde ich Sie an einen Ort bringen, wo Sie alles, was sich hier begibt, hören und sehen können werden.“ Wir gingen also hinaus und ließen die Kleine zurück, die zwar ein wenig ängstlich war, aber dennoch infolge der Beteuerung des Kammerdieners Zuversicht gefasst hatte. Er führte mich nun in ein Kabinett, welches an das

Gemach grenzte, in welchen sich der ganze geheimnisvolle Vorgang abspielen sollte.

Durch einen breiten Spalt in der Zwischenwand, der von der schwarzen Verkleidung der Kammer bedeckt war, konnte ich alles hören und sogar noch besser sehen. Da dieser Wandbehang lediglich aus Krepp bestand, erblickte ich durch ihn alles ebenso gut, als ob ich mich im Kabinett selbst befunden hätte. Der Kammerdiener zog nun an einer Glockenschnur. Dies war das verabredete Zeichen, und wenige Minuten später sahen wir einen großen, verlebten Mann von etwa sechzig Jahren eintreten. Er war in einen fließenden Schlafrock aus indischer Seide gehüllt und darunter vollkommen nackt. Sobald er hereingekommen war, blieb er stehen, und ich will hier gleich verraten, dass der Herzog sich vollkommen alleine wähnte und weit davon entfernt war, zu vermuten, dass man ihn beobachtete. – „Oh, welch schöner Leichnam!", rief er sogleich, „welch reizende Tote – ach, mein Gott! Was ist das?", sagte er, als er das Blut und den Dolch sah. „Sie ist soeben erst ermordet worden! Großer Gott, was muss derjenige, der diesen Stoß geführt hat, jetzt für eine Latte haben!" Er wichste sich den Schwanz. „Was hätte ich dafür gegeben, diesen Dolchstoß selbst zu machen!" Er betastete ihren Bauch. „War sie schwanger? Nein, leider nicht!" Er fuhr fort, sie überall zu befingern. „Der schöne Körper, er ist noch warm, diese reizenden Titten …" Dann beugte er sich über sie und küsste sie mit unglaublicher Leidenschaft. „Sie hat ja noch Spucke im Maul – wie liebe ich diesen Saft!" Und er steckte ihr aufs Neue die Zunge tief in den Mund hinein. Das Mädchen spielte seine Rolle unübertrefflich. Sie lag stocksteif da, und wenn der Herzog sein Gesicht dem ihrigen näherte, atmete sie nicht. Endlich packte er sie und drehte sie um. „Ich muss mir den Hintern ansehen", sagte er und rief dann aus: „Jesus Christus, was für ein makelloser Arsch!" Er bedeckte ihn mit Küssen, spreizte die beiden Backen auseinander, und wir sahen deutlich, wie er seine Zunge in das kleine Loch steckte. „Bei meiner Ehre", rief er ganz begeistert, „dies ist einer der schönsten Leichname, die ich je im Leben gesehen habe! Wie glücklich ist derjenige, der diesem schönen Kind das Leben geraubt hat, und wie beneide ich ihn um die Wonne, die er dabei empfinden musste!" Dann legte er sich neben sie, presste sich heftig an sie und entludt ihr ins Arschloch mit allen Anzeichen unglaublicher Geilheit, wobei er wie besessen schrie: „Verflucht, Verflucht, gütiger Gott, wie gerne hätte ich sie umgebracht!" – Damit war die Prozedur zu Ende, der Wüstling erhob sich und verschwand.

Nun war es Zeit, dass wir unsere vermeintliche Tote erlösten. Die Anstrengung und die Aufregung hatten beinahe ihre Kräfte verzehrt, und sie war nahe daran, in Wirklichkeit in jenen Zustand zu verfallen, den sie so überzeugend dargestellt hatte. Wir verließen das Palais mit vier Louisdor, die uns der Kammerdiener aushändigte, der uns, wie Sie sich wohl denken können, um mindestens ebensoviel bestohlen hatte.'

„Ihr lebendigen Götter!", rief Curval, „das nenne ich eine pikante Leidenschaft, in der wenigstens Würze steckt!" – „Ich bin steif wie ein Hengst!", sagte der Herzog. „Ich möchte wetten, dass der Mann es dabei nicht bewenden ließ." – „Seien Sie dessen gewiss, Euer Gnaden", sagte die Martaine. „Er verlangte zuweilen nach mehr Realismus, und ich und Madame Desgranges werden Gelegenheit haben, Ihnen Beweise dafür zu berichten." – „Und was, zum Henker, tust du derweil?", fragte Curval den Herzog. – „Lass mich, lass mich", antwortete Blangis, „ich bumse meine Tochter und bilde mir ein, sie sei tot." – „Du Perverser", sagte Curval, „du begehst zwei Verbrechen gleichzeitig in deinem Kopf!" – „Hol mich der Henker", erwiderte der Herzog, „ich wollte, sie wären Wirklichkeit", und sein unreiner Samen ergoss sich in die Möse Julies. – „Fahre fort, Duclos", sagte er, nachdem er fertig war, „fahre fort, teure Freundin! Aber lass es nicht dazu kommen, dass der Präsident spritzt, denn ich höre, dass er seine Tochter vögelt. Der Junge fängt an, auf schlimme Ideen zu kommen. Seine Eltern haben ihn mir aber anvertraut, und ich muss gut auf ihn achtgeben, damit er nicht auf die schiefe Bahn gerät!" – „Zu spät", rief Curval, „zu spät, alter Mann, ich spritze! Ah, doppelt gefickter Christus, die schöne Tote!" Und der Galan bildete sich, während er Adélaïde fickte, ebenso wie der Herzog ein, dass seine Tochter ermordet sei. – Was für eine unbeschreibliche Verirrung des Geistes bei diesem Wüstling, der nichts sehen und nichts hören konnte, ohne es sofort nachahmen zu wollen! „Duclos, Sie müssen unbedingt weitermachen", sagte der Bischof, denn das Beispiel dieser versauten Bengel dort könnte mich verführen, und in dem Zustand, in dem ich mich jetzt befinde, würde ich vielleicht die Dinge viel weiter treiben als sie!"

‚Einige Zeit nach diesem Abenteuer', erzählte die Duclos, ‚war ich alleine bei einem anderen Lüstling. Seine Manie war, wenn auch vielleicht demütigender, so doch nicht so grausig wie die des anderen. Er empfing mich in einem Salon, dessen Boden mit einem sehr schönen Teppich bedeckt war. Er befahl mir, mich völlig zu entkleiden und mich sodann auf alle viere auf den Boden zu hocken. „Wir wollen sehen“, sagte er, auf zwei große Doggen deutend, die an den Seiten seines Stuhls lagen, „wer flinker ist: du oder einer meiner Hunde. Los, such!“ Damit warf er eine große, geröstete Marone auf den Boden und rief mir, wie einem Hund, immer wieder zu: „Such, such!“ Bemüht, auf seine Marotte einzugehen, lief ich auf allen vieren der rollenden Kastanie nach und versuchte, sie zu erwischen. Aber die Hunde hatten mich rasch überholt. Einer schnappte die Marone und brachte sie seinem Meister. „Nun, du brauchst auf jeden Fall noch ein wenig Übung, bevor du in der richtigen Form bist“, sagte der Herr. „Du hast nicht zufällig Angst, dass meine Hunde dich beißen könnten? Sei unbesorgt, sie tun dir nichts. Aber innerlich verspotten sie dich, weil du so eine ungeschickte Kreatur bist. Also, versuch’s noch mal, und gib dir mehr Mühe! Hier ist deine Chance, revanchiere dich! – Such, such!“ Abermals warf er die Kastanie hin, und abermals trugen die Hunde den Sieg über mich davon. Dieses Spiel dauerte etwa zwei Stunden. Während dieser Zeit gelang es mir nur ein einziges Mal, die Kastanie zu packen und sie im Mund demjenigen zurückzubringen, der sie geworfen hatte. Die Tiere, die auf diese Prozedur dressiert waren, taten mir nie etwas zuleide, sondern sie schienen mit mir zu spielen und sich zu unterhalten, als ob ich ihresgleichen wäre. – „Genug“, sagte ihr Herr schließlich, „genug der Arbeit, jetzt gibt’s Futter!“

Er klingelte. Ein vertrauter Diener trat ein, und er befahl ihm: „Bring meinen Tieren zu fressen!“ Bald brachte der Diener einen Napf aus Ebenholz, den er auf den Boden stellte und der mit feingehacktem, sehr schmackhaftem Fleisch gefüllt war. „Da“, sagte er zu mir, „friss mit meinen Hunden, und gib acht, dass sie beim Fressen nicht ebenso flink sind wie soeben beim Wettlauf!“ Er duldete keinen Widerspruch! Es hieß gehorchen, und so steckte ich dann, immer noch auf allen vieren, meinen Kopf in die Schale. Da die Mahlzeit sauber und gut zubereitet war, so aß ich nach Hundeart mit den Kötern, die mir wohlerzogen meinen Teil überließen, ohne Streit zu suchen. Dies war der Augenblick, in welchem bei meinem Wüstling der Höhepunkt der Lust eintrat: Die Demütigung und Erniedrigung, die er einem Weib auferlegte, versetzte seine Sinne in unbeschreibliche Glut!

„Die Arschfickerin“, rief er und wichste dabei heftig, „die Pennerin! Schaut sie euch an, wie sie mit meinen Hunden frisst! So sollte man alle Weiber behandeln, dann wären sie nicht so unverschämt! Sie sind ebenso Haustiere wie die Köter, warum sollen wir anders mit ihnen umgehen als mit ihnen?! – Du elende Nutte, du Hure, Kotzbrocken, Abschaum!", schrie er und spritzte mir seinen Saft auf den Arsch. „Ich zwang dich, mit meinen Hunden zu fressen, du Arschfickerin!" – Das war alles. Der Mann ging. Ich kleidete mich wieder an und fand zwei Louisdor neben meinem Mantel, den üblichen Betrag, womit der Wüstling offenbar seine Gelüste zu bezahlen pflegte. – Nun, meine Herren', fuhr die Duclos fort, ‚muss ich ein wenig zurückgreifen, um Ihnen zum Schluss zwei Abenteuer zu erzählen, die mir in meiner Jugend widerfuhren. Da sie ein wenig heftig sind, so hätten sie nicht in die Reihe der schwächeren Eskapaden gepasst, womit Sie gewünscht haben, dass ich beginne.

Ich war damals erst sechzehn Jahre alt und schaffte noch bei der Guérin an, als man mich eines Abends in die Parterrewohnung eines sehr vornehmen Mannes brachte. Man hatte mir nur aufgetragen, im Arbeitszimmer zu warten, mich ruhig zu verhalten und dem Herren, der sich mit mir unterhalten würde, in allem gehorsam zu sein. Aber man hatte sich wohl gehütet, mir mehr zu mitzuteilen. Wäre ich nämlich vorbereitet gewesen, hätte ich mich weniger gefürchtet, und der Wüstling daher weniger Genuss gehabt. Seit ungefähr einer Stunde hielt ich mich in dem Kabinett auf, als die Tür sich endlich öffnete und der Herr des Hauses hereintrat. „Was tust du da, Dirne?", fuhr er mich anscheinend überrascht an. „Was hast du um diese Stunde in meiner Wohnung zu suchen? Ist die Nutte gekommen, um mich zu bestehlen?" Damit packte er mich an der Gurgel, so dass mir der Atem stockte. Dann rief er nach seinem Diener, der sogleich erschien. „La Fleur", sagte sein Meister wütend zu ihm. „Da habe ich eine Diebin hier versteckt gefunden. Zieh sie aus, und bereite dich vor, an ihr nach meinen Befehlen Züchtigungen zu vollziehen."

La Fleur gehorchte. Im nächsten Moment wurde ich all meiner Kleider beraubt, und jedes Stück warf man sofort zur Tür hinaus. „So", sagte der Mann nun zu seinem Diener, „bring jetzt den Sack herbei, nähe mir diese Nutte da hinein, und wirf sie in den Fluss!" Der Diener ging hinaus, und Sie können sich vorstellen, dass ich diese Unterbrechung nutzte, um mich dem Mann zu Füßen zu werfen und ihn um Gnade zu bitten. Ich versicherte ihm, dass Madame Guérin, seine gewöhnliche Zuhälterin, mich selbst hergebracht habe und dass ich keine Diebin sei. Aber der Mann hörte nicht auf das, was ich sagte, sondern er griff mich am Hintern und knetete ihn brutal. „Scheiß drauf, ich werde also diesen schönen Arsch den Fischen vorwerfen!" – Dies war der einzige Akt der

Geilheit, den er sich gestattete. Dabei ließ er gar nichts erahnen, was mich auf den Gedanken hätte bringen können, dass die Wollust etwas mit der ganzen Angelegenheit zu tun haben könnte. Der Diener kam zurück mit einem Sack in der Hand. Trotz meines Flehens wurde ich hineingesteckt. Der Sack wurde zugenäht, und La Fleur hob mich auf seine Schulter. Im selben Moment hörte ich auch die Folge der Entladung meines Wüstlings. Wahrscheinlich hatte er angefangen, sich einen runterzuholen, als man mich in den Sack steckte, und im selben Moment, als La Fleur mich aufhob, hatte sich der Schwanzsaft des Niederträchtigen ergossen. „In den Fluss – in den Fluss mit ihr, hörst du, La Fleur?“, rief er, vor Wollust stammelnd, „in den Fluss mit ihr, und hänge einen Stein an den Sack, damit die Hure schneller absäuft!“ – Damit war alles vorüber. La Fleur trug mich in ein Nebenzimmer, er gab mir hier zwei Louisdor und den unzweideutigen Beweis, dass er selbst die Lust ganz anders ausübte als sein Herr. Ich kehrte dann zu der Guérin zurück, der ich heftige Vorwürfe machte, dass sie mich nicht auf das vorbereitet hatte, was mir bevorstand.

Um mich wieder zu versöhnen, ließ sie mich zwei Tage danach folgende Begebenheit mitmachen, wobei sie mich noch weniger vorbereitete. Auch dabei musste ich mich zuerst in die Wohnung des Betreffenden verfügen, eines Generalsteuerpächters. Diesmal aber befand ich mich in Gesellschaft seines Dieners, der mich zuvor von der Guérin abgeholt hatte. Während wir auf die Ankunft seines Herrn warteten, vergnügte sich der Lakai damit, mir verschiedene Schmuckstücke zu zeigen, die in der Lade eines Schreibtisches lagen. „Wahrlich“, sagte der brave Knecht zu mir, „wenn Sie einige davon nehmen würden, so wäre es ganz egal. Der alte Krösus ist so reich, dass er, wette ich, nicht einmal weiß, wie viele und welche Stücke er in diesem Schreibtisch aufbewahrt. Glauben Sie mir, greifen Sie nur zu, und fürchten Sie sich ja nicht. Ich bin nicht der Typ, der eine kleine Freundin verrät.“ – Ach, ich war nur allzu sehr geneigt, diesem perfiden Rat zu folgen. Sie kennen ja meine Schwächen, ich habe sie Ihnen nicht verhehlt. Ohne es mir also noch einmal sagen zu lassen, nahm ich ein kleines Golddöschen, im Wert von sieben oder acht Louisdor, da ich es nicht wagte, mir ein wertvolleres Objekt anzueignen. Das hatte der Halunke von Diener aber nur gewollt! Dennoch, um dies gleich hinzuzufügen: Ich erfuhr später, dass er, wenn ich widerstanden hätte, mir einen der Wertgegenstände unbemerkt in die Tasche gesteckt hätte.

Der Herr kam also herein. Er empfing mich sehr freundlich, der Diener ging, und wir blieben allein. Dieser machte es nun nicht wie der vorherige. Er amüsierte sich nämlich in sehr handgreiflicher Weise mit mir, küsste mich oft auf den Arsch, ließ sich peitschen, in den Mund furzen, steckte mir seinen Schwanz ins Maul – kurz, er pfropfte sich sozusagen mit jeder Art von Geilheit voll, ausgenommen der von vorne. Aber was er auch unternahm, er brachte es nicht zur Entladung.

Dafür war der Augenblick noch nicht gekommen, denn all dies bildete für ihn nur die Einleitung, wie Sie gleich sehen werden. – „Halt", sagte er plötzlich, „fast hätte ich vergessen, dass im Vorzimmer ein Diener wartet, der seinem Herrn ein kleines Schmuckstück bringen soll, das ich ihm versprochen habe. Bitte, entschuldigen Sie mich einen Moment. Ich muss mein Wort halten und will es nur rasch besorgen. Dann werden wir weitermachen." – Im Bewusstsein des Vergehens, das ich mir durch die Einflüsterung des elenden Lakaien hatte zuschulden kommen lassen, überfiel mich ein Zittern bei diesen Worten, wie Sie sich wohl denken können. Einen Augenblick lang wollte ich ihn zurückhalten. Aber dann überlegte ich, dass es besser war, unbefangen zu erscheinen und den Dingen ihren Lauf zu lassen. Er öffnete den Sekretär, suchte und suchte in allen Winkeln, und da er den gewünschten Gegenstand nicht fand, warf er mir wütende Blicke zu. „Du Schlampe", sagte er, „außer meinem Diener, dem ich absolut vertraue, hast nur du diesen Raum in den letzten drei Stunden betreten. Mir fehlt etwas, und nur du kannst es genommen haben." – „Gnädiger Herr", sagte ich zitternd, „ich versichere Ihnen, dass ich dessen unfähig bin." – „Das kannst du dir abschminken!", schrie er wütend. (Sie müssen aber wissen, dass während der ganzen Zeit seine Hose offenstand und dass sein Schwanz steil nach oben ragte. Das allein hätte mich belehren und verhindern müssen, solche Angst zu haben. Aber ich ahnte und bemerkte nichts.) „Vorwärts, Arschfickerin, ich muss mein Eigentum wiederhaben!" Er befahl mir, mich auszukleiden. Ich warf mich ihm zu Füßen und flehte ihn an, mir die Demütigung einer solchen Visitation zu ersparen, aber nichts bewegte, nichts rührte ihn. Er riss mir wütend die Kleider vom Leibe, und als ich nackt war, durchsuchte er meine Taschen. Dort fand er sehr bald das Gesuchte, wie Sie sich denken können. „Ha, Nuttenfotze", schrie er mir zu, „da haben wir also den Beweis! Du Arschfickerin kommst also zu den Leuten, um sie zu bestehlen?" Er rief seinen Diener herein. „Ruf mir sofort den Polizeikommissar herbei!", befahl er ihm erregt. – „Gnädiger Herr!", flehte ich, „haben Sie Mitleid mit meiner Jugend!

Ich wurde verführt, ich habe es nicht aus eigenem Antrieb getan, man hat mich dazu verleitet." – „Schon gut", sagte der Wüstling. „Sie können das alles dem Kommissar erzählen, aber Sie müssen bestraft werden!" – Der Lakai ging, und der Herr warf sich in einen Fauteuil, immer noch mit stehendem Schwanz. Er fummelte in seinem Schritt herum, wobei er mich mit tausend Schimpfworten überhäufte. „Diese Hündin, diese Metze! Ich wollte sie gut bezahlen, und sie bestiehlt mich! Bei Gott, ich werde es dir schon zeigen!" – Da klopfte es, und ein Mann in Uniform trat ein. – „Herr Kommissar", sagte der Lump, „ich überliefere Ihnen hiermit eine Gaunerin, und ich liefere sie Ihnen nackt aus, in dem Zustand, in den ich sie versetzte, um sie zu durchsuchen. Da haben Sie das Weib, ihre Kleider und hier den gestohlenen Gegenstand. Nehmen Sie sie mit, Herr Kommissar, und lassen Sie sie hängen! Gute Nacht!" – Damit warf er sich in das Fauteuil zurück, und in diesem Moment spritzte er ab, wobei er immerfort schrie: „Hängen, heiliger Jesus, jawohl, hängen will ich sie sehen! Lassen Sie sie hängen, Herr Kommissar, das ist alles, was ich von Ihnen verlange!" Der angebliche Kommissar nahm mich, meine Kleider und das Schmuckstück mit ins Nebenzimmer. Dort zog er seinen Uniformrock aus, und ich erkannte erst jetzt in ihm denselben Diener, der mich empfangen und der mich zu dem Diebstahl verleitet hatte. In meiner Todesangst hatte ich ihn vorhin nicht wiedererkannt. – „Nun", fragte er mich, „haben Sie große Furcht gehabt?" – „Oh Gott", erwiderte ich, „ich bin halbtot." – „Das haben Sie zur Entschädigung", sagte er und gab mir die Dose, die ich gestohlen hatte. Er half mir, mich wieder anzukleiden, gab mir ein Glas Cognac zu trinken und führte mich zu Madame Guérin zurück.'

„Dies ist eine hübsche und angenehme Passion", sagte der Bischof, „man kann den Hauptteil für manch andere Dinge zum Vorbild nehmen. Mein einziger Kritikpunkt ist, dass sie zuviel Zärtlichkeit enthält. Denn ich muss Euch sagen, ich bin gar kein Freund des Feingefühls in Sachen der Lust! Indem man, wie gesagt, etwas weniger Zartheit dabei anwendet, kann man aus dieser Erzählung die Art und Weise erlernen, wie man eine Nutte daran hindert, sich zu beklagen, egal, wie willkürlich man auch mit ihr umspringt. Man muss sie nur eine derartige Falle locken! Wenn sie einmal darin gefangen ist und schuldig wurde, kann man mit ihr tun, was man will, ohne fürchten zu müssen, dass sie lamentiert. In ihrer Angst wird sie alles widerspruchslos hinnehmen." – „Ich für meinen Teil", sagte Curval, „weiß, dass ich an der Stelle des Generalpächters mir etwas mehr herausgenommen hätte, und dass Sie, meine bezaubernde Duclos, bei mir nicht so leicht davongekommen wären."

Da die Geschichten an diesem Abend sehr lange gedauert hatten, war die Stunde des Soupers gekommen, ohne dass man vorher zu irgendwelchen Schweinereien Zeit gehabt hätte. Man setzte sich also zu Tisch, entschlossen, sich nach der Mahlzeit für das Versäumte zu entschädigen. Als dann alles versammelt war, wurde verfügt, nunmehr diejenigen Knaben und Mädchen auszuwählen, die man zum Rang von Männern und Weibern erheben könnte.

Es wurde vorgeschlagen, alle, bei denen man diese Reife vermutete, zu wichsen, um sich darüber Klarheit zu verschaffen. Man war sich seiner Sache sicher bei Augustine, Fanny und Zelmire; denn diese drei reizenden Geschöpfe, vierzehn und fünfzehn Jahre alt, hatten schon bei der leichtesten Berührung einen Orgasmus.

Hébé und Michette, die erst zwölf Jahre zählten, konnten noch nicht zur Überprüfung zugelassen werden. Also blieben von den Haremsmädchen nur noch Sophie, Colombe und Rosette, die erste vierzehn, die beiden anderen dreizehn Jahre alt. Von den Knaben wusste man, dass Zéphire, Adonis und Céladon ihren Rotz verspritzten wie erwachsene Männer. Giton und Narcisse waren zu jung, um geprüft zu werden. Es blieben also nur noch Zélamir, Cupidon und Hyacinthe übrig. Die Freunde bildeten einen Kreis um eine Reihe wuchtiger Kissen, die man auf den Boden gelegt hatte. Die Champville und die Duclos wurden dazu bestimmt, die Befriedigungen vorzunehmen. Die eine in ihrer Eigenschaft als Lesbe sollte die drei Mädchen behandeln, und die andere als Meisterin in der Kunst, Schwänze zu wichsen, sollte die Knaben auf sich nehmen.

Sie traten also in den Kreis, der von den Sesseln der Freunde gebildet wurde und dessen Boden mit Polstern belegt war. Nun lieferte man ihnen Sophie, Colombe und Rosette sowie Zélamir, Cupidon und Hyacinthe aus. Dabei nahm jeder der Freunde, um sich während des Schauspiels zu ergötzen, ein Kind zwischen seine Beine: Der Herzog ergriff Augustine, und Curval packte Zelmire, um seine Wünsche zu erfüllen. Durcet wiederum vertraute sich Zéphires Künsten an, und der Bischof bevorzugte Adonis zum Stillen seiner Bedürfnisse.

Man begann mit den Knaben. Die Duclos wandte all ihre Meisterschaft an, um einen nach dem anderen dieser entzückenden Ganymede[97] in höchste Wollust zu versetzen, wobei sie nackte Titten und einen unbekleidetem Arsch hatte und ihre Arme bis zum Ellenbogen entblößt waren. Sie ging dabei mit der größten sinnlichen Raffinesse zu Werke: Eine menschliche Hand konnte unmöglich weicher und leichter daherwandern, Handgelenk und Finger schwebten mit allerfeinster Geschicklichkeit. Ihre Bewegungen waren zugleich zart und heftig, sie bot den Knaben ihren Mund, ihre Brust und ihre Schenkel mit soviel Kunstfertigkeit dar, dass man sicher sein konnte, dass diejenigen, die unter ihren Händen nicht entluden, auch noch nicht die Fähigkeit dazu besaßen. Zélamir und Cupidon bekamen zwar Ständer, aber was sie auch tat, es kam nichts heraus. Bei Hyacinthe dagegen zeigte sich die Wirkung rasch: Schon nach der sechsten Reibung brach der Sturm hervor, und er spritzte seine Sahne auf ihre Brust, wobei sich der Knabe vor Lust wand, während er ihr heftig den Arsch presste. Dies war umso bemerkenswerter, als es ihm während des ganzen Vorgangs nicht eingefallen war, sie von vorne zu berühren.

Nun kamen die Mädchen dran. Die Champville, fast nackt, aber hübsch frisiert und drapiert, erschien kaum älter als dreißig Jahre, obgleich sie fünfzig war. Die Geilheit der Prozedur, von der sie als abgefeimte Lesbe für sich die höchste Wollust erwartete, ließ ihre großen schwarzen Augen leuchten, die schon immer sehr schön gewesen waren. Sie erledigte ihre Aufgabe mit mindestens ebenso großer Kunstfertigkeit wie die Duclos: Sie kitzelte und streichelte gleichzeitig die Klitoris, die Schamlippen und das Arschloch, aber die Natur brachte bei Colombe und Rosette nichts hervor. Es war nicht einmal das geringste Anzeichen von Vergnügen zu bemerken. Anders jedoch bei der schönen Sophie: Nach dem zehnten Handgriff warf sie sich erregt an die Möpse der Champville, und ihr heftiges, von Seufzern unterbrochenes Atmen, ihre von zartem Rot bedeckten Wangen, ihre geöffneten, feuchten Lippen: Alles zeugte von der Wollust, womit die Natur sie überschüttete, und sie wurde nun zum Weibe erklärt.

---

[97] Ganymed: Gestalt der griechischen Mythologie, schönster aller Jünglinge, Sohn des trojanischen Königs Tros und Liebling des Zeus.

Der Herzog, dessen Schwanz wütend emporstand, befahl der Champville, sie noch einmal zu erregen, und in dem Moment, wo ihr einer abging, vermischte der Wüstling seinen unreinen Saft mit dem dieses jungfräulichen Kindes. Was Curval anbetrifft, so hatte er zwischen den Schenkeln Zelmires entladen, und die beiden anderen hatten dasselbe mit jenen Knaben getan, die sie zwischen ihren Beinen hielten.

Man ging nun zu Bett. Da der nächste Vormittag keinerlei Vorkommnisse brachte, die es verdienten, hier erwähnt zu werden, was auch für das Diner und die Kaffeestunde galt, begeben wir uns sogleich mit der Gesellschaft in den Salon. Dort erschien die Duclos, prächtig gekleidet, auf ihrem erhöhten Sitz, um mit den folgenden fünf Berichten die Serie der hundertfünfzig Erzählungen zu beschließen, die ihr für die dreißig Tage des Novembers übertragen worden waren.

DREISSIGSTER TAG

‚Ich habe keine Ahnung, edle Herren', begann die schöne Erzählerin, ‚ob Sie schon von der ebenso eigentümlichen wie gefährlichen Passion des Grafen Lernos haben erzählen hören. Aber da ich einige Zeit mit ihm liiert gewesen bin, war ich in der Lage, all seine Praktiken kennenzulernen. Da sie sehr merkwürdig waren, so glaube ich, Ihnen einen Platz in der Reihe jener Leidenschaften geben zu sollen, deren Schilderungen Sie von mir gewünscht haben. Die Neigung des Grafen Lernos besteht darin, so viele Mädchen und verheiratete Frauen, wie ihm möglich ist, auf Irrwege zu führen. Zusätzlich zu dem Geld, das er dafür ausgibt, existieren zahlreiche Mittel, die er anwendet, um sie den Gelüsten der Männer auszuliefern. Er benutzt entweder eine schon vorhandene Neigung, mit der er die Weiber dem Mann ihrer geheimen Wünsche in die Arme treibt, oder er sucht ihnen Liebhaber, wenn sie noch keinen haben.

Er besitzt ein eigenes Haus, wo all die Paare, die er zusammenbringt, sich treffen. Dort führt er sie einander zu, versichert sie vollkommener Sicherheit und Ungestörtheit und begibt sich dann in ein geheimes Kabinett, um dort die Freude zu genießen, ihre Vereinigung zu beobachten. Es ist unglaublich, was er alles in Szene setzt, um diese kleinen Verkupplungen zustande zu bringen. Er hat Beziehungen zu fast allen Nonnenklöstern von Paris und zu einer großen Anzahl von verheirateten Frauen, und er weiß es so geschickt anzustellen, dass nicht ein einziger Tag vergeht, wo nicht drei oder vier Techtelmechtel bei ihm stattfinden. All diese Paare beobachtet er in Aktion, ohne dass sie es ahnen. Da er jedoch stets allein an seinem Guckloch steht, weiß niemand, was er da tut, oder wie er seine Entladung zuwegebringt. Ich kenne nur die Tatsache an sich, und hielt sie für würdig, sie Ihnen zu berichten.

Die Phantasie des alten Präsidenten Desportes wird Sie vielleicht mehr amüsieren: Nachdem ich alle Vorkehrungen getroffen hatte, die bei diesem gewohnheitsmäßigen Libertin zu beachten waren, kam ich gegen zehn Uhr vormittags zu ihm und trat ganz nackt ein. Sehr ernst, sehr feierlich saß er in seinem Fauteuil. Ich näherte mich ihm, drehte ihm meinen Arsch zum Kuss zu und furze ihm zur Begrüßung ins Gesicht. Der Präsident erhob sich zornig und ergriff ein Bündel Ruten, das zu seiner Rechten lag. Ich lief davon, und er rannte mir nach, wobei er rief: „Unverschämte Schlampe, ich werde dich lehren, hierher zu kommen und solche Gemeinheiten zu begehen!" So liefen wir durch mehrere Zimmer, ich voraus, er hinter mir her, und wir kamen endlich in einen Alkoven, der keinen Ausgang hatte. Ich versteckte mich hier. Aber er hatte mich bald entdeckt, und er verdoppelte seine Drohungen, als er sah, dass ich nun in seiner Gewalt war. Er schwang seine Rute, und er wollte mich damit schlagen. Ich kauerte mich zusammen, machte mich so klein wie eine Maus, und diese scheinbare Angst und Demut brachten den Wüstling endlich dazu, dass er mir seinen Schwanzsaft auf die Titten spritzte, wobei er vor Wollust brüllte.' – „Wie, ohne dir einen einzigen Schlag mit der Rute zu geben?", fragte der Herzog. – „Ohne mich damit auch nur zu berühren", erwiderte die Duclos. – „Das nenne ich einen geduldigen Menschen", sagte Curval. „Gestehe, lieber Freund, dass wir uns nicht ganz so benehmen, wenn wir das Instrument in der Hand halten, von dem die Duclos spricht." – „Sie benötigen auch nur noch ein wenig Geduld, noble Herren", sagte die Champville, „ich werde Ihnen bald einige Exemplare derselben Gattung vorführen, die nicht so gutherzig sein werden wie jener Präsident der Madame Duclos." – Diese fuhr nun, da niemand mehr sprach, folgendermaßen mit ihrer Erzählung fort:

‚Kurze Zeit nach diesem Abenteuer kam ich zum Marquis de Saint-Giraud, dessen Fetisch darin bestand, ein nacktes Weib in eine Kinderschaukel zu setzen und sie so hoch wie möglich zu schleudern. Bei jedem Stoß kam sie an seiner Nase vorbei und musste in diesem Augenblick einen Furz fahren lassen, sonst erhielt sie einen Klaps auf den Arsch. Ich tat mein Möglichstes, um ihn zu befriedigen und empfing einige Hiebe, aber ich ließ ihm auch einige überwältigende Fürze zukommen. Nach einer Stunde dieser langweiligen und ermüdenden Prozedur war der Wüstling endlich zum Spritzen gekommen. Die Schaukel wurde angehalten, und ich wurde in Ehren entlassen.

Ungefähr drei Jahre, nachdem ich das Haus der Fournier übernommen hatte, kam ein Mann mit einem befremdlichen Anliegen zu mir. Er wollte, dass ich ihm Kerle verschaffte, die sich mit seiner Frau und seiner Tochter vergnügen sollten. Dabei stellte er jedoch die Bedingung, dass er von einem verborgenen Ort alles mitansehen könne, was mit ihnen geschah. Er wolle sie mir überantworten, sagte er, und nicht nur sollte alles Geld, das für sie bezahlt würde, mein sein, sondern er wolle mir noch obendrein zwei Louisdor für jedes Mal bezahlen.

Allerdings verlangte er, dass ich ihm für seine Frau Männer einer gewissen Eigenart besorgte und für seine Tochter Gefährten mit einer anderen Besonderheit: Für seine Gemahlin wollte er nämlich Kerle, die ihr auf die Titten kackten. Seine Tochter sollte solche bekommen, die, während sie ihr die Kleider emporhoben, den Arsch des Mädchens so zeigten, dass er selbst ihn von seinem Versteck aus gut sehen und nach Gefallen betrachten konnte. Dann sollten sie seine Tochter in den Mund ficken. Für eine andere Art der Lust als diese würde er seine Ware nicht hergeben, sagte er. Nachdem ich mir von dem Auftraggeber hatte versichern lassen, dass er alle Verantwortung auf sich nehme, wenn seine Frau und seine Tochter sich etwa beklagen sollten, akzeptierte ich seine Bedingungen und versprach ihm, die gewünschten Männer herbeizuschaffen. Am nächsten Tag kam dann auch der Kunde pünktlich mit seiner Ware zu mir. Die Gattin war etwa sechsunddreißig Jahre alt, nicht sehr hübsch, aber groß und schön gewachsen und von sehr sanfter und bescheidener Art. Die Tochter war etwa fünfzehn Jahre alt, blond, recht mollig, mit einem reizenden, unschuldigen Gesicht.

„Also wirklich", sagte die Frau, „Sie zwingen uns da zu Dingen ..." – „Es tut mir sehr leid", erwiderte das Schwein, „aber ich versichere Ihnen, dass es sein muss, und dass ich unter keinen Umständen davon absehe. Also, vergessen Sie das nicht, und wenn Sie sich nur im Geringsten dem widersetzen, was von Ihnen verlangt wird, so bringe ich Sie beide morgen zu einem Ort, von dem Sie lebend wohl nicht mehr zurückkehren werden." Die Frau weinte, aber da der Kerl, für den ich sie bestimmt hatte, bereits wartete, bat ich sie, in das Zimmer einzutreten. Ihre Tochter sollte einstweilen in einem Raum bei meinen Mädchen ausharren, bis sie auch an die Reihe kam. In diesem grausamen Moment gab es noch mehr Tränen, und ich sah wohl, dass es das erste Mal war, dass ihr Gatte Derartiges von ihr verlangte. Unglücklicherweise war der Beginn ziemlich hart für sie. Der Kerl, dem ich sie auslieferte, war nämlich, abgesehen von seinen bizarren Gelüsten, ein harter, gebieterischer Libertin, der sie nicht sehr nachsichtig behandeln würde. „Vorwärts, keine Tränen!", sagte ihr Gatte, „vergiss nicht, dass ich dich beobachte, und wenn du dem ehrenwerten Herrn, mit dem du zu tun haben wirst, nicht in allen Punkten gehorsam bist, so komme ich selbst, um dich zur Vernunft zu bringen. Und nun fort mit dir!"

Der Gatte und ich begaben uns also in den Nebenraum, von wo man alles beobachten konnte. Sie können sich nicht ausmalen, in welche Geilheit es den alten Schuft versetzte, zuzusehen, wie seine unglückliche Gemahlin der Brutalität eines Fremden ausgeliefert war. Er ergötzte sich an jedem Detail des Vorgangs. Die Schüchternheit und Unerfahrenheit der Frau gegenüber den widerwärtigen Forderungen des Wüstlings, der sie missbrauchte, erhöhten nur seine Freude an diesem Anblick. Als sie jedoch grob niedergeworfen wurde, und das alte Scheusal, dem ich sie zugeführt hatte, ihr auf die Titten kackte, als er den Ekel und die Verzweiflung seiner Frau bei dieser Scheußlichkeit sah, da geriet er ganz außer sich, und die Hand, mit der ich seinen Schwanz wichste, wurde von seinem Erguss bedeckt. – Dieser erste Teil war also vorüber, und wenn er ihm Vergnügen gewährt hatte, so war das nichts im Vergleich zu dem zweiten, nun folgenden Akt.

Nicht ohne große Schwierigkeiten und insbesondere nicht ohne schwere Drohungen konnten wir das Mädchen dazu bringen, in das Gemach einzutreten. Sie sah die Tränen ihrer Mutter, ohne dass sie wusste, was sie erlebt hatte. Die arme Kleine sträubte sich sehr lange, bis wir sie endlich dazu brachten, sich hineinzubegeben. Der Mann, dem ich sie zuführte, war genau instruiert über das, was er zu tun hatte. Es war einer meiner regelmäßigen Kunden, dem ich diesen seltenen Glücksfall zukommen ließ. Aus Dankbarkeit dafür hatte er sich zu allem verpflichtet, was ich von ihm verlangte.

„Oh, was für ein herrlicher Arsch!“, rief der Unmensch von einem Vater, als der Kerl, der bei seiner Tochter war, deren nackte Kehrseite unseren Blicken darbot. „Oh, heiliger Jesus, welch schöne Backen!“ – „Wie“, fragte ich, „sehen Sie ihn denn zum ersten Mal?“ – „Wahrhaftig, ja“, erwiderte er, „ich musste dieses Mittel wählen, um diesen Anblick genießen zu können. Aber auch wenn es das erste Mal ist, dass ich diesen schönen Arsch sehe, so schwöre ich Ihnen, dass es nicht das letzte Mal sein wird.“ – Während dieser Zeit musste ich seinen Schwanz immerfort wichsen und rubbeln, und er geriet in Verzückung. Als er jedoch die ganze Niederträchtigkeit erblickte, zu der dieses jungfräuliche Mädchen gezwungen wurde, als er sah, wie die Hände eines Erzlüstlings ihren schönen Leib überall begrapschten, welcher dergleichen noch nie geduldet hatte, als der Kerl das arme Kind schließlich auf die Knie niederzwang, sie den Mund öffnen ließ, seinen feisten Schwanz hineinsteckte und darin losspritzte, da warf der Widerling sich zurück und fluchte wie ein Besessener. Er schwor, dass er sein Lebtag keinen solchen Genuss gehabt hatte, und ließ die unzweifelhaften Beweise seiner Wollust zwischen meinen Fingern zurück. Damit war es für dieses Mal vorüber. Die armen Frauen gingen heftig weinend fort, aber der infame und von der Szene entzückte Gatte und Vater fand zweifellos Mittel und Wege, sie zum Wiederkommen zu zwingen, denn ich habe sie mehr als sechs Jahre lang bei mir empfangen. Während dieser Zeit habe ich auf Anordnung des Mannes die beiden unglücklichen Geschöpfe zum Gegenstand fast aller Perversionen gemacht, die ich Ihnen geschildert habe, bis auf etwa zehn oder zwölf, bei denen dies nicht möglich war, weil sie nicht bei mir stattfanden.“

„Es gibt viele Möglichkeiten, um eine Frau und ein Mädchen zu prostituieren!“, sagte Curval. „Als ob diese Weibsbilder für etwas anderes da wären! Sind sie nicht zu unserer Lust erschaffen, und müssen sie diese daher nicht befriedigen, egal auf welche Weise?“ – „Ich habe viele Weiber gehabt“, sagte der Präsident, „und drei oder vier Töchter. Von denen ist mir, Gott sei Dank, nur Fräulein Adélaïde geblieben, die der Herr Herzog in diesem Augenblick bumst, wie ich glaube. Aber, wenn eines dieser Weibsbilder sich gegen die

Hurerei gesträubt hätte, der ich sie alle zuführte, so will ich bei lebendigem Leib dazu verdammt sein, zeitlebens nur noch in Fotzen zu spritzen, sofern ich ihnen nicht vorher eine Kugel durch den Kopf gejagt habe!" –„Herr Präsident, ihr Schwanz ragt in die Luft", sagte der Herzog. „Ihre schweinischen Reden bringen immer solche Erscheinungen bei Ihnen hervor." – „Mein Lümmel ragt empor?", sagte Curval. „Nein, nicht wirklich! Aber ich bin im Begriff, Fräulein Sophie scheißen zu lassen, und ich hoffe, dass ihre wunderbare Kacke vielleicht etwas Wirkung bei mir hervorrufen wird. – Ah, bei meiner Seele, mehr, als ich dachte!", rief Curval, nachdem er ihre Scheißwürste verschlungen hatte. „Beim lieben Gott, auf den ich scheiße, mein Schwanz fängt an zu erwachen! Wer von Ihnen, meine Herren, folgt mir ins Boudoir?" – „Habe die Ehre", sagte Durcet, wobei er Aline, die er seit einer Stunde befingerte, mit sich zog. Die beiden Lüstlinge bedeuteten Augustine, Fanny, Colombe und Hébé, ihnen zu folgen, ebenso Zélamir, Adonis, Hyacinthe und Cupidon, ferner Julie und zwei Anstandsdamen, der Martaine und der Champville, ebenso Antinoüs und Hercule. Sie absentierten sich für eine halbe Stunde und kehrten dann triumphierend zurück, nachdem sie beide ihren Schwanzsaft im köstlichsten Exzess der Ausschweifung und Schamlosigkeit verschwendet hatten. – „Nun, liebe Freundin", sagte Curval zu der Duclos, „lass uns jetzt deine letzte Geschichte hören. Falls sie mein Rohr noch einmal zum Tanzen bringen sollte, so kannst du dich – bei meinem Glauben – rühmen, ein Wunder vollbracht zu haben, denn es ist mehr als ein ganzes Jahr her, dass ich soviel Laich auf einmal verspritzt habe. Auf der anderen Seite ist es wahr, dass …" – „Gut, gut …", unterbrach ihn der Bischof. „Das reicht. Wenn wir dir jetzt zuhören würden, so wird es ärger werden als die Geschichte, die uns die Duclos erzählen soll. Und da man nicht vom Stärkeren zum Schwächeren fortschreiten soll, so ordne ich an, dass du schweigst und dass wir unserer Erzählerin lauschen." Das begnadete Freudenmädchen fuhr also folgendermaßen fort:

‚Es ist nun an der Zeit, meine Herren, dass ich Ihnen von der Passion des Marquis de Mesanges erzähle. Sie werden sich erinnern, dass ich ihm die Tochter des unglücklichen Schusters verkauft hatte, der mit seiner armen Frau im Gefängnis schmachtete, während ich mich der Erbschaft erfreute, die ihm seine Mutter hinterließ. Da es Lucile war, die ihn befriedigte, so werde ich, mit Ihrer Erlaubnis, sie selbst nun den Hergang erzählen lassen:

„Ich kam also gegen zehn Uhr vormittags zu dem Marquis", erzählte mir dieses anmutige Geschöpf, „und in dem Moment, als ich eingetreten war, schlossen sich alle Türen." – „Was suchst du hier, verdammte Hure?", blaffte mich der Marquis wütend an. „Wer hat dir erlaubt, mich zu belästigen?" – Da Sie mich nicht vorbereitet hatten, so können Sie sich denken, wie mich dieser Empfang in Schrecken versetzte. – „Vorwärts, zieh dich aus!", fuhr der Herr fort. „Da du nun in meiner Gewalt bist, du Nutte, wirst du nicht mehr mit heiler Haut von hier fortkommen. Du musst sterben, dein letzter Augenblick ist nahe!" – Ich brach in Tränen aus und warf mich ihm zu Füßen, aber er war nicht zu erweichen. Weil ich mich nicht rasch genug auszog, riss er mir die Kleider mit Gewalt vom Leibe. Was mich aber am meisten entsetzte war, dass er sie alle ins Feuer warf. „All dies ist nun überflüssig", sagte er, wobei er Stück für Stück in einen großen Kamin schleuderte. „Du benötigst jetzt weder Kleider noch Mantel noch Schmuck, du brauchst nur noch einen Sarg!" – Bald war ich ganz nackt. Der Marquis, der mich noch nie gesehen hatte, betrachtete einen Moment meinen Arsch, betastete ihn fluchend, drückte ihn auseinander und wieder zusammen, küsste ihn aber nicht. „Vorwärts, Hure", rief er, „du wirst deinen Kleidern folgen. Bei Jesus, ich werde dich an diesen Spieß binden und lebendig verbrennen, du Flittchen, um den Geruch einzuatmen, den dein verbranntes Fleisch ausströmen wird!" Dabei sank er halb von Sinnen in seinen Fauteuil und spritzte seinen Saft auf meine noch brennenden Kleidungsstücke. Anschließend klingelte er, und ein Diener trat ein. Er führte mich fort, und ich fand in einem Nebenzimmer alles, was zum Herausputzen gehört, und alles entpuppte sich als viel schönere und elegantere Teile, als es die meinigen gewesen waren." – Soweit die Erzählung Luciles. Es fragt sich nun noch, ob er das Mädchen, das ich ihm verkaufte, zu derselben Prozedur oder zu Schlimmerem verwendete.' – „Zu viel Schlimmerem", sagte die Desgranges, „und Sie haben wohlgetan, den Marquis den Herren hier vorzustellen, denn ich werde Gelegenheit haben, mehr von ihm zu erzählen." – „Mögen Sie, Madame", sagte die Duclos zu der Desgranges, „und Sie, meine lieben Zunftgenossinnen", fügte sie hinzu, sich an die beiden anderen wendend, „mit mehr Begabung erzählen, als ich es tat. Mögen Sie Ihre Geschichten mit lebendigeren Bildern, geschliffeneren Worten, größerem Esprit und mit überzeugenderer Sprachgewalt vorbringen, als ich es vermochte. Die Reihe ist nun an Ihnen! Ich bin am Ende angelangt, und ich habe die Herren nur noch zu bitten, sie mögen die Langeweile entschuldigen, die ich ihnen vielleicht durch die fast unvermeidliche Monotonie einander ähnlicher Geschichten verursacht habe. Sie konnten nun einmal, da sie alle in dieselbe Kategorie gehörten, auch nicht weit darüber hinausgehen. So verlieren sie ihren Glanz, den sie als Einzelerzählungen durchaus besitzen."

Nach diesen Worten verbeugte sich die wundervolle Duclos voller Ehrfurcht vor der Gesellschaft und stieg von ihrer Tribüne herab. Anschließend ging sie von Alkoven zu Alkoven, wo sie mit allgemeinem Beifall und Liebkosungen empfangen wurde. Man begab sich nun zum Abendessen, zu welchem man sie ebenfalls einlud, eine Ehre, die man noch keinem Weib entgegengebracht hatte. Sie war hier im Gespräch ebenso liebenswürdig, wie sie als Erzählerin zu unterhalten wusste. Zur Belohnung für das Vergnügen, das sie der Gesellschaft gewährt hatte, wurde sie nun zur obersten Direktorin beider Harems ernannt. Dabei erhielt sie zugleich von den vier Freunden das Versprechen, dass, was auch immer im Laufe des Aufenthaltes den anderen Frauen angetan würde, sie verschont bleiben und sicher nach Paris zurückgebracht werden sollte. Dort würde die Gesellschaft sie reichlich für ihre verlorene Zeit und für die Mühen entschädigen, die sie sich für deren Unterhaltung gegeben hatte. Curval, der Herzog und die Duclos besoffen sich beim Abendessen dermaßen, dass sie nur mit Mühe zu den Orgien torkeln konnten, welche sie rasch wieder verließen. Sie ließen Durcet und den Bischof diese nach Gefallen vollziehen und begaben sich ihrerseits in das hintere Boudoir mit der Champville, Antinoüs, Arschbrecher, Thérèse und Louison. Man darf überzeugt sein, dass sich dort mindestens ebenso viele Scheußlichkeiten und Infamien in Wort und Tat begaben, wie die beiden anderen Freunde ihrerseits ersannen. Um zwei Uhr morgens ging man schlafen, und so endete der Monat November und damit der erste Teil dieser schlüpfrigen und anregenden Erzählung. Auf ihren zweiten Abschnitt wollen wir die Leser nicht lange warten lassen, wenn wir sehen, dass der erste gut aufgenommen wurde.

Fehler, die ich gemacht habe

Ich habe am Anfang die Scheißhaus-Geschichten zu sehr entwickelt; sie dürfen erst im Laufe der davon handelnden Begebenheiten ausgeführt werden. Zu viel von der aktiven und passiven Homosexualität gesprochen; sie ist zu verschleiern, bis die Erzählungen davon handeln. – Ich hatte Unrecht, der Duclos Gefühle für den Tod ihrer Schwester zuzusprechen; dies entspricht nicht ihrem Charakter, ist zu ändern. – Wenn ich gesagt habe, dass Aline Jungfrau war, als sie ins Schloss kam, so war dies unrichtig. Der Bischof hatte sie überall entjungfert. – Und da ich das Geschriebene nicht überarbeiten konnte, so muss es auch sonst überall von Fehlern wimmeln.

Wenn ich im Gefängnis bleiben sollte, so muss es meine erste Sorge sein, stets ein Heft mit Anmerkungen bei der Hand zu haben, in welches ich jedes Ereignis und jedes Porträt eintrage, sobald ich sie niederschreibe. Denn ohne dieses würde ich infolge der großen Anzahl von Personen in hoffnungslose Verwirrung geraten.

Für den zweiten Teil daran festhalten, dass Augustine und Zéphire schon vom ersten Teil her im Zimmer des Herzogs schlafen, ebenso wie Adonis und Zelmire in dem Curvals, Hyacinthe und Fanny in dem Durcets, und Céladon und Sophie in jenem des Bischofs, obgleich all diese noch nicht entjungfert sind.

DER HUNDERTZWANZIG TAGE
ZWEITER TEIL

Die hundertfünfzig kombinierten Passionen der zweiten Gattung,
welche die Erzählungen der CHAMPVILLE bilden
und die einunddreißig Tage des Dezembers füllen.
Im Anschluss daran das ausführliche Tagebuch der skandalösen Vorgänge
im Schloss während dieses Monats

Entwurf

ERSTER TAG: Am 1. Dezember. Die Champville beginnt ihre Erzählungen und gibt die folgenden 150 Geschichten zum Besten:

1. Er entjungfert nur Mädchen von drei bis sieben Jahren, und zwar fotzenseitig. Die Champville ritt er im Alter von fünf Jahren ein. 2. Er lässt neunjährige Mädchen kugelförmig zusammenbinden und defloriert sie stehend nach Art der Windhunde. 3. Er will Mädchen zwischen zwölf und dreizehn vergewaltigen und entjungfert sie, während er ihnen eine geladene Pistole auf die Brust setzt. 4. Er will einem Mann über der Punze eines Mädchens den Schwanz abwichsen, damit der Ficksaft die Jungfrau benässt und ihm das Eindringen erleichtert. Der andere Mann muss das Mädchen bei dem folgenden Fick festhalten. 5. Er will drei Mädchen nacheinander entjungfern, eines in der Wiege, eines von fünf, eines von sieben Jahren.

ZWEITER TAG: 6. Er entjungfert nur Neun- bis Dreizehnjährige. Sein Schwanz ist riesig. Vier Weiber müssen das Mädchen dabei festhalten. Es ist derselbe, der „Höllische“, von dem die Martaine erzählt, dass er nur Dreijährige arschwärts rammelt. 7. Er lässt eine Zehn- bis Zwölfjährige in seiner Gegenwart von seinem Diener entjungfern, während er nur ihren Hintern berührt. Er macht sich auch an dem Arsch des Mannes zu schaffen, auf den er dann entlädt. 8. Er reitet nur Mädchen ein, die am nächsten Tage heiraten. 9. Er will eine Braut in der Zeit zwischen Trauung und Hochzeitsnacht deflorieren. 10. Er lässt seinen Diener überall Mädchen auftreiben, heiraten und sie dann seinem Meister zuführen. Der feine Herr entjungfert sie und verkauft sie anschließend an Puffs.

DRITTER TAG: 11. Er entjungfert nur zwei Schwestern zusammen. 12. Er heiratet Mädchen nur, um sie einzureiten, und jagt sie dann davon. 13. Er bumst mit Mädchen nur, nachdem kurz vorher ein Mann sie vor seinen Augen entjungfert hat. Ihre Möse muss noch voller Ficksaft sein. 14. Er vollzieht die Defloration mit einem sehr großen Dildo und spritzt ihr ohne Einführung des Schwanzes auf die Schamlippen. 15. Er nimmt nur Jungfrauen von Stand und bezahlt für sie, abhängig von ihrem Reichtum. Es ist der Herzog von Blangis, der bei dieser Gelegenheit bemerkt, dass er im Laufe von dreißig Jahren mehr als fünfzehnhundert Mädchen entjungfert habe.

VIERTER TAG: 16. Er zwingt einen Bruder zur Entjungferung der Schwester vor seinen Augen und fickt sie dann, nachdem beide vorher geschissen haben. 17. Er zwingt einen Vater zum Vögeln mit seiner Tochter, die er selbst vorher eingeritten hat. 18. Er bringt seine eigene Tochter mit neun Jahren in einen Puff und entjungfert sie dort, während die Ludin das Mädchen festhält. Er hat seine zwölf Töchter alle auf dieselbe Weise eingeritten. 19. Er defloriert nur dreißig- bis vierzigjährige Jungfrauen. 20. Er will nur Nonnen entjungfern und lässt es sich enorm viel Geld kosten, sie zu bekommen. Dennoch findet er sie.

Am Abend des vierten Tages wird Fanny vom Herzog bei den Orgien unter dem Beistand der Duclos eingeritten, wobei die vier Anstandsdamen sie festhalten. Er rammelt sie zweimal hintereinander, wobei sie beim zweiten Mal in Ohnmacht fällt und in diesem Zustand von ihm gefickt wird.

FÜNFTER TAG: Um das Fest der fünften Woche zu feiern, werden Hyacinthe und Fanny vermählt. Die Brautnacht vollzieht sich vor den Augen der ganzen Gesellschaft. 21. Er nimmt eine Mutter mit Tochter, vögelt erst mit der Mutter und entjungfert dann die Tochter, welche dabei von der Mutter festgehalten wird. Von ihm berichtet die Desgranges am 20. Februar. 22. Er liebt nur den Ehebruch und nimmt ausschließlich anständige Frauen und verekelt ihnen im eigenen Haus den Ehemann. 23. Er nimmt nur Weiber, die ihm von deren Gatten selbst ausgeliefert und festgehalten werden, während er sie fickt. (Die vier Freunde machen es augenblicklich nach.) 24. Er legt eine Frau aufs Bett, platziert deren Tochter oberhalb, damit er ihre Fotze lecken kann, während er die Mutter rammelt. Danach fickt er die Tochter, während er den Arsch der Mutter küsst. Wenn er die Möse der Tochter liebkost, muss diese pissen, leckt er das Kackloch der Mutter, muss diese scheißen. 25. Er besitzt vier legitime verheiratete Töchter, vögelt mit ihnen allen und macht jeder ein Kind, um eines Tages das Vergnügen zu haben, diese vier Kinder zu entjungfern, welche die Ehemänner der Töchter für ihre eigenen halten.

Hierauf erzählt der Herzog *(aber dies wird nicht nummeriert, denn weil es nicht wiederholt werden konnte, wurde es zu keiner regelmäßigen Neigung)*, er erzählt, betone ich, er habe einen Mann gekannt, der drei Mädchen, die er mit seiner Mutter gezeugt hatte, eingeritten hat. Eines dieser Mädchen gab er seinem Sohn zur Frau, sodass er, wenn er mit ihr fickte, gleichzeitig seine Schwester, seine Tochter und seine Schwiegertochter begattete, und den Sohn zwang er auf diese Weise, mit seiner Schwester und seiner Schwiegermutter zu vögeln. Curval weiß eine andere Geschichte: Zwei Brüder und zwei Schwestern lieferten sich gegenseitig ihre Kinder aus. Beide hatten jeweils einen Jungen und ein Mädchen. Sie verbanden sich dergestalt, dass sie mal ihre Kinder oder Neffen fickten, mal die Vettern und Kusinen. Oder die Geschwister bumsten zusammen, während der Vater und die Mutter, nämlich der Bruder und die Schwester, es ebenfalls miteinander trieben.

An diesem Abend wird Fannys Fotze der Gesellschaft der Wüstlinge ausgeliefert. Allein, der Bischof und Durcet ficken nicht von vorne, und so wird sie nur vom Herzog und von Curval gebraucht. Von da an trägt sie eine schmale Schärpe, und wenn sie auch noch die rückseitige Jungfernschaft verloren hat, erhält sie ein breites, rosafarbenes Band.

SECHSTER TAG: 26. Er lässt sich einen runterholen, während das Mädchen von einem anderen Mann an der Klitoris gekitzelt wird. Zum

Orgasmus will er im selben Moment wie das Mädchen kommen. Er spritzt aber auf den Hintern des Mannes, der das Mädchen bearbeitet. 27. Er küsst den Arsch des Mädchens, während ein anderes Frauenzimmer ihn am Arschloch kitzelt und eine dritte ihm einen runterholt. Die Mädchen müssen abwechseln, sodass jede auch zu jeder Verrichtung kommt. Dabei müssen sie alle furzen. 28. Er leckt einem Mädchen die Punze, während er ein zweites in den Mund fickt und ein drittes sein Arschloch küsst. Die drei müssen sich ebenfalls abwechseln. Die Mösen müssen Fotzenschleim absondern, den er verschlingt. 29. Er leckt einen vollgeschissenen Arsch und lässt bei sich dasselbe machen, dabei reibt er seinen Dödel an einem anderen verschmierten Hintern. Dann wechseln die Mädchen sich ab. 30. Er lässt zwei Mädchen vor seinen Augen einander rubbeln und rammelt dabei eine nach der anderen von hinten in die Fotze, während sie fortfahren, sich lesbisch zu befriedigen.

An diesem Abend kommt man dahinter, dass Zéphire und Cupidon sich gegenseitig onanieren, sie haben aber noch nicht verkehrt. Sie werden bestraft. Fannys Möse wird bei den Orgien stark beansprucht.

SIEBTER TAG: 31. Er will, dass ein größeres Mädchen ein kleines zu schlimmen Gewohnheiten anstiftet, der Kleinen einen abrubbelt, ihr schlechte Ratschläge gibt und sie festhält, damit er sie vögeln kann. Es ist ihm gleichgültig, ob sie Jungfrau ist oder nicht. 32. Er nimmt vier Mädchen, bumst zwei in die Möse und zwei in den Mund, derart, dass er den Schwanz aus der Fotze nimmt und in den Mund der anderen stopft. Unterdessen muss eine fünfte ihn mit einem Dildo in den Arsch ficken. 33. Er will zwölf Weiber, möglichst sechs Mütter, sechs Töchter. Er pumpt ihnen Möse, Mund und Arsch aus, wenn er seinen Mund darauf presst. Aus der Fotze fordert er reichlich Pisse, vom Mund viel Speichel, vom Hintern üppige Fürze. 34. Er lässt sich von acht Frauen in verschiedenen Positionen wichsen. Dies ist im Einzelnen auszumalen. 35. Er will zuschauen, wie drei Männer mit drei Mädchen in unterschiedlichen Stellungen vögeln.

ACHTER TAG: 36. Er bildet zwölf Gruppen aus je zwei Mädchen und stellt sie so hin, so dass nur ihre Hintern sichtbar sind. Der übrige Körper muss bedeckt sein. In Betrachtung dieser Ärsche wichst er. 37. Er lässt sechs aus je zwei Mädchen bestehende Gruppen in einem Spiegelraum sich in verschiedenen Posen lesbischen Zärtlichkeiten hingeben. Von der Mitte des Zimmers aus schaut er den Paaren und den Spiegelbildern zu und spritzt unter Mithilfe einer Greisin, die ihm einen runterholt. Vorher küsst er die Ärsche der Paare. 38. Er lässt vier der gewöhnlichsten Huren sich in seiner Gegenwart besaufen und einander verprügeln. Sind sie vollkommen besoffen, müssen sie in seinen Mund kotzen. Er bevorzugt die ältesten und scheußlichsten Weiber. 39. Er lässt sich von einem Mädchen in den Mund scheißen, ohne die Wurst zu fressen. Dabei bläst eine andere seinen Schwanz und kitzelt ihn an seiner Kackröhre. Er entlädt, während er gleichzeitig in die Hand derjenigen scheißt, die ihn sokratisiert. Die Mädchen wechseln sich ab. 40. Er lässt sich von einem Mann in den Mund scheißen und frisst den Haufen, während ein Knabe ihm einen von der Palme wedelt. Danach wichst er den Mann, und er befiehlt dem Jüngling zu scheißen.

Bei den Orgien dieses Abends wird Michette von Curval in gewohnter Weise entjungfert. Vier Anstandsdamen halten das Mädchen fest, unterstützt von der Duclos. Dies wird fortan nicht mehr extra erwähnt werden, weil es immer auf die gleiche Art stattfindet.

NEUNTER TAG: 41. Er scheißt dem Mädchen in den Mund und lässt sich dann von ihr lutschen. Eine zweite hält den Kopf der ersten zwischen ihren Schenkeln, und eine dritte scheißt der zweiten ins Gesicht. Der Mann frisst die Exkremente vom Gesicht der zweiten, während er seine eigene Kacke im Mund der ersten vögelt. Sie wechseln sich ab, sodass jede an die Reihe kommt. 42. Er lässt im Laufe eines Tages dreißig Frauen zu sich kommen, von denen jede ihm in den Mund scheißen muss. Die Würste der drei oder vier hübschesten frisst er. Das wiederholt er fünfmal in der Woche, das macht im Jahr 7800 Weiber, die er verkostet. Als die Champville ihn kennenlernte, war er siebzig Jahre alt und trieb dieses Geschäft schon seit fünfzig Jahren. 43. Er lässt jeden Morgen zwölf Mädchen zu sich kommen, deren Kacke er verzehrt. Sie erscheinen alle auf einmal. 44. Er steigt in eine Wanne. Dreißig Weiber kommen eine nach der anderen und pissen hinein und laden ihre Scheißhaufen darin ab. In dieser Lauge herumplätschernd und schluckend, entlädt er. 45. Er scheißt vor vier Weibern, die ihm zuschauen müssen und ihm dabei helfen, seinen Darm zu entleeren. Danach müssen sie seine Kackwurst untereinander teilen und fressen. Dann muss jede scheißen, er mischt alle Kotsorten durcheinander und schluckt sie. Diese Kacklieferantinnen müssen mindestens sechzig Jahre alt sein.

Am Abend dieses Tages wird Michettes Pflaume der Gesellschaft zum Ficken ausgeliefert, und sie trägt von da an die kleine Schärpe.

ZEHNTER TAG: 46. Er lässt Mädchen A scheißen und dann Mädchen B. Zwingt dann B, die Wurst von A zu essen, A den von B. Dann lässt er beide nochmals kacken und verzehrt die beiden Haufen. 47. Er will eine Mutter mit drei Töchtern, isst die Scheiße der Töchter von dem Hintern der Mutter und jene der Mutter vom Arsch einer der Töchter. 48. Er zwingt Mädchen, ihrer Mutter in den Mund zu scheißen und sich den Hintern mit deren Titten abzuwischen. Dann isst er den Haufen aus dem Mund der Mutter und lässt umgekehrt die Mutter in den Schlund der Tochter scheißen, wo er ihn ebenfalls verzehrt. *(Besser: Mutter und Sohn nehmen, als Gegensatz zu vorheriger Geschichte.)* 49. Er will, dass ein Vater die Kackwurst seines Sohnes und dieser die seines Vaters fresse. 50. Er will, dass ein Bruder in die Fotze seiner Schwester scheißt, und er isst dort die Exkremente. Dann muss die Schwester einen in den Mund des Bruders abseilen, und dort verzehrt er ebenfalls die Kacke.

ELFTER TAG: 51. Die Erzählerin erklärt eingangs, dass sie nun von Gotteslästerungen sprechen werde. Sie erzählt von einem Mann, der von dem Flittchen, das seinen Schwanz wichst, verlangt, dass sie dabei grauenvolle Blasphemien ausspricht. Auch er ergeht sich in schrecklichen Lästerungen. Sein ganzes Vergnügen besteht darin, dass er während dieses Dialogs ihren Arsch leckt. Sonst tut er nichts. 52. Er verlangt von dem Mädchen, dass sie ihm abends in der Kirche den Pimmel wichst, am liebsten in der Zeit, in der das Heilige Kackrament vollzogen wird. Er postiert sich so nah wie möglich am Altar und begrabbelt ihr dabei den Hintern. 53. Er geht nur zur Beichte, um den Schwanz seines Beichtvaters steifzumachen. Dabei wichst er im Beichtstuhl, wobei er unsägliche Schandtaten gesteht. 54. Er fordert, dass das Mädchen zur Beichte geht. Er wartet auf sie, um ihr dann seinen Schwanz in den Mund zu stopfen. 55. Er vögelt mit einer Hure in seiner eigenen Kapelle, während er eine Messe lesen lässt, und entlädt während der Wandlung der Hostie.

An diesem Abend entjungfert der Herzog Sophies Fotze unter gotteslästerlichen Flüchen.

ZWÖLFTER TAG: 56. Er besticht einen Beichtvater, der zahlreiche Klosterschülerinnen zu Beichtkindern hat, ihm seinen Platz zu überlassen. Dort nimmt er den Mädchen die Beichte ab und gibt ihnen dabei die allerverderblichsten Ratschläge, während er ihnen die Absolution erteilt. 57. Er schickt seine Tochter zu einem Mönch, den er bestochen hat, zur Beichte. Er verbirgt sich in der Nähe, sodass er alles hören kann. Der Mönch fordert das Mädchen auf, die Röcke zu heben, sodass der Vater ihren Arsch betrachten kann, während er ihrer Beichte lauscht. 58. Er lässt vor nackten Huren die Messe lesen, wichst dabei und spritzt seinen Ficksaft auf den Arsch eines anderen Weibes. 59. Er lässt seine Frau zu einem bestochenen Mönch in die Beichte gehen. Der Mönch verführt die Frau vor den Augen des Mannes. Weigert sie sich, so tritt er hervor und hilft.

An diesem Tag wird der Abschluss der sechsten Woche durch die Vermählung von Sophie mit Céladon gefeiert und der Beischlaf vollzogen. Am Abend wird ihre Fotze allgemein freigegeben, und sie bekommt ihre Schleife. Daher werden heute nur vier Geschichten erzählt.

DREIZEHNTER TAG: 60. Er fickt mit Huren auf dem Altar, während die Messe gelesen wird. Sie liegen mit dem nackten Arsch auf dem geweihten Stein. 61. Er lässt ein nacktes Mädchen auf einem großen Kruzifix reiten und vögelt sie von hinten in die Fotze, und zwar so, dass der Kopf des Gekreuzigten den Kitzler der Nutte reibt. 62. Er furzt in den Abendmahlskelch und lässt das Mädchen auch hineinfurzen, er pisst hinein und lässt sie dasselbe tun, er scheißt hinein, und sie muss ihn wieder nachahmen, und schließlich spritzt er hinein. 63. Er lässt einen Knaben in die Patene[98] scheißen und frisst die Kacke, während der Jüngling an seinem Schwanz saugt. 64. Er lässt zwei Mädchen auf ein Kruzifix scheißen, tut dann dasselbe und lässt sich angesichts der drei Kackhaufen, die das Gesicht des Götzenbildes bedecken, den Riemen abwichsen.

VIERZEHNTER TAG: 65 a. Er zerbricht Kruzifixe, Bildwerke der Heiligen Jungfrau und Gott Vaters, scheißt auf die Bruchstücke und verbrennt alles. 65 b. Der gleiche Mann hat die Passion, mit einer Hure in die Kirche zu gehen

[98] Ein liturgisches Gefäß, das bei der christlichen Eucharistiefeier verwendet und mit besonderer Ehrfurcht behandelt wird.

und sich einen runterholen zu lassen, während er dem Wort Gottes lauscht. 66. Er geht zur Kommunion und lässt sich gleich darauf von vier Nutten in den Mund scheißen, in dem sich noch die Hostie befindet. 67. Er schickt ein Mädchen zur Kommunion und steckt ihr gleich darauf seinen Schwanz in den Mund. 68. Er unterbricht den Priester bei der Messe, die er bei sich zu Hause lesen lässt, unterbricht ihn, wie gesagt, wichst in den Abendmahlskelch, nötigt eine Nutte dazu, den Schwanz des Priesters ebenfalls in den Kelch spritzen zu lassen und zwingt den Geistlichen dann, alles zu verschlucken. *(Nummer 69 fehlt.)* 70. Er unterbricht die Messe nach der Weihung der Hostie und zwingt den Priester, das Flittchen mit der Oblate zu vögeln.

An diesem Tag bemerkt man, dass Augustine und Zelmire sich gegenseitig einen abrubbeln. Sie werden empfindlich bestraft.

FÜNFZEHNTER TAG: 71. Er lässt die Nutte auf die Hostie furzen, pupst selbst darauf und isst sie dann, während er mit der Hure bumst. 72. Der Mann, von dem die Duclos erzählte, dass er sich in einen Sarg einnageln ließ, lässt ein Mädchen auf die Hostie scheißen, kackt ebenfalls darauf und schleudert das Ganze ins Klo. 73. Er kitzelt mit der Hostie die Klitoris der Nutte, lässt sie darauf entladen, steckt ihr dann die Hostie in die Möse, fickt mit ihr und entlädt ebenfalls. 74. Er zerstückelt die Hostie mit einem Messer und lässt sich die Stückchen in den Arsch schieben. 75. Er lässt sich über einer Hostie wichsen, sahnt darauf ab und gibt das Ganze einem Hund zu fressen, sobald seine Erregung abgeklungen ist.

An diesem Abend weiht der Bischof eine Hostie, und Curval entjungfert damit Hébé, indem er sie ihr in die Fotze steckt und dann darüber entlädt. Es werden noch mehr Hostien geweiht und damit alle bereits entjungferten Mädchen gerammelt.

SECHZEHNTER TAG: Die Champville schickt voraus, dass die in den eben angeführten Geschichten im Mittelpunkt stehende Schändung von Heiligtümern bei den folgenden nur nebensächliche Bedeutung habe; die Hauptsache bei diesen kombinierten Passionen werde das sein, was man im Puffjargon die „kleinen Zeremonien" nenne. Sie bittet, daran zu denken, dass alles damit in Verbindung Stehende nur nebensächlich ist. Ihre Geschichten aber unterscheiden sich von denen der Duclos insofern, als dort nur immer

Handlungen zwischen einem Mann und einer Frau geschildert wurden, während bei ihr stets mehrere Weiber bei dem Mann sind.

76. Er lässt sich während der Messe von einer Nutte peitschen, fickt dabei eine andere in den Mund und entlädt während der Wandlung. 77. Er lässt sich von zwei Frauen den Hintern leicht mit einem Rohr schlagen. Sie geben ihm jeweils zehn Hiebe und kitzeln ihm vor dem Schlag stets den Arsch. 78. Er lässt sich von vier Mädchen der Reihe nach peitschen und von einer anderen in den Mund furzen. Die Weiber wechseln sich ab, damit jede peitscht und jede furzt. 79. Er lässt sich von seiner Frau peitschen, während er mit seiner Tochter fickt, vögelt dann mit der Frau, während die Tochter ihn stäupt. Es ist derselbe Mann, von dem die Duclos berichtete, dass er Frau und Tochter in ihrem Puff der Prostitution zugeführt habe. 80. Er lässt sich gleichzeitig von zwei Mädchen peitschen, von einer von vorne, von der anderen von hinten. Dann, wenn er genügend erhitzt ist, fickt er mit der einen und lässt die andere peitschen, dann vertauschen die beiden ihre Rollen.

An diesem Abend wird Hébé freigegeben, um von vorne gefickt zu werden, und sie erhält die kleine Schärpe. Die große bekommt sie erst, wenn sie auch die zweite Jungfernschaft verloren hat.

SIEBZEHNTER TAG: 81. Er lässt sich peitschen, während er den Hintern eines Knaben küsst und ein Mädchen ins Maul fickt. Dann tut er bei dem Knaben dasselbe, während er den Arsch des Mädchens leckt, und dabei lässt er sich permanent von einem anderen Mädchen schlagen. Dann fickt er die, welche ihn peitschte, in den Mund und lässt sich von der anderen stäupen. 82. Er lässt sich von einem alten Weib peitschen, während ihr greiser Mann ihn blasen muss und sowohl die Tochter des betagten Paares als auch die Frau ihm in den Mund scheißen. Dann müssen die drei ihre Rollen tauschen. 83. Er lässt sich peitschen, während er wichst und auf ein Kruzifix entlädt, das von den Hinterbacken eines Mädchens aufrecht gehalten wird. 84. Er lässt sich peitschen, während er eine Hure von hinten mit einer Hostie fickt. 85. Er lässt ein ganzes Bordell an sich vorbeischreiten und sich von den Flittchen peitschen, während er der Puffmutter den Arsch küsst, aus dem sein Mund Wind, Regen und Hagelkörner empfängt.

ACHTZEHNTER TAG: 86. Er lässt sich von Droschkenkutschern und Kaminkehrern peitschen, immer von zweien gleichzeitig. Der eine, der ihn nicht schlägt, muss ihm in den Mund furzen. Auf diese Weise nimmt er sich zehn bis sechzehn jeden Vormittag vor. 87. Drei Mädchen müssen ihn an Armen und Beinen festhalten, während eine fünfte auf ihm, der auf allen vieren kniet, herumreitet und ihn peitscht. Alle wechseln sich ab. 88. Er tritt nackt zwischen sechs Mädchen und wirft sich vor ihnen verzweifelt auf die Knie und bittet um Vergebung, woraufhin er von jeder eine Strafe diktiert bekommt. Für jede Maßregelung, die er nicht annimmt, erhält er hundert Peitschenhiebe, die ihm von dem betreffenden Mädchen verabreicht werden. Die Strafen sind sehr ekelhaft. Eine will ihm in den Mund scheißen, eine andere verlangt, dass er aufleckt, was sie auf den Boden ausgespuckt hat, eine andere fordert, dass er während der Periode ihre Fotze sauberleckt, eine andere wiederum erwählt dafür die ungewaschenen Zehenzwischenräume, eine andere schneuzt ihren Rotz in seinen Mund usw. 89. Fünfmal kommen jeweils drei Mädchen. Eine peitscht ihn, eine lutscht ihn, die dritte scheißt ihn voll. Dann peitscht jene, die geschissen hat, jene, die gelutscht hat, scheißt, und die, welche gepeitscht hat, bläst. Hat er alle fünfzehn Prozeduren hinter sich, so sieht und hört er nichts mehr und ist trunken vor Wollust. Eine Kupplerin trifft dieses Arrangement, das er sechsmal in der Woche wiederholen lässt. (Es ist dies eine sehr hübsche Episode, die ich Euch allen empfehlen kann; aber sie muss schnell vonstatten gehen. Jedes Mädchen erteilt fünfundzwanzig Peitschenhiebe, in den Zwischenpausen leckt die eine, die andere scheißt. Wenn einer fünfzig Hiebe von jeder möchte, sind das insgesamt 750, und das ist nicht zu viel.) 90. Fünfundzwanzig Nutten bearbeiten zur gleichen Zeit seinen Hintern, indem sie ihn schlagen und zwicken. Sie hören nicht eher auf, als bis sein Arsch ganz empfindungslos geworden ist.

An diesem Abend wird der Herzog gepeitscht, während er Zelmire von vorne entjungfert.

NEUNZEHNTER TAG: 91. Sechs Mädchen machen ihm den Prozess. Sie verurteilen ihn zum Hängen, und er wird in die Höhe gezogen, aber der Strick reißt, und in diesem Augenblick spritzt er. *(Mit einer Geschichte der Duclos verbinden, die Ähnliches zum Inhalt hat.)* 92. Sechs alte Weiber müssen einen Halbkreis bilden, in dessen Mitte ihn drei Mädchen peitschen, während die Vetteln ihm ins Gesicht spucken. 93. Ein Mädchen kitzelt ihn mit dem Stiel einer Neunschwänzigen Katze am Arschloch, eine peitscht ihn von hinten, eine von vorne, und auf deren Möpse spritzt er dann. 94. Zwei Weiber peitschen ihn mit Ochsenziemern, eine dritte kniet vor ihm, damit er auf ihre Titten spritzen kann.

An diesem Abend werden nur vier Geschichten erzählt, weil die Hochzeitsfeier für Zelmire und Adonis stattfindet. Da Zelmire gestern fotzenseitig entjungfert worden ist, darf die Ehe richtig vollzogen werden.

ZWANZIGSTER TAG: 95. Er veranstaltet eine Prügelei mit sechs Weibern, denen er ausweichen und die Knüppel entreißen will. Sie erweisen sich als stärker als er und peitschen ihn trotz seiner Abwehr. Er ist dabei nackt. 96. Zwischen einer Doppelreihe von je zwölf Mädchen läuft er Spießruten und wird tüchtig ausgepeitscht. Nach neunmaligem Lauf entlädt er. 97. Er lässt sich die Fußsohlen peitschen, dann den Schwanz und den Arsch, wobei er auf einem Sofa liegt und drei Weiber auf sich reiten lässt. Sie scheißen ihm ins Maul. 98. Abwechselnd schlagen drei Mädchen ihn mit einer Klopfpeitsche, einem Ochsenziemer und einer Rute. Vor ihm kniet eine vierte, die seinen Schwanz lutscht, wobei ein Diener des Wüstlings ihren Arsch bearbeitet. Der Herr wichst ihm ebenfalls den Schwanz und entlädt dann auf den Hintern der Blasenden. 99. Sechs Mädchen umringen ihn, eine sticht ihn, eine zwickt ihn, eine brennt ihn, eine beißt ihn, eine kratzt ihn, und die sechste peitscht auf ihn los. Das alles geschieht völlig willkürlich überall auf seinem Körper, bis er inmitten dieses Wirrwarrs entlädt.

An diesem Abend wird die kürzlich entjungferte Zelmire zum allgemeinen Gebrauch zur Verfügung gestellt. Nur Curval und der Herzog nutzen diese Freiheit, denn sie sind die einzigen, die Fotzen rammeln. Kaum hat Curval Zelmire gevögelt, als sich sein Hass gegen Constance und Adélaïde verdoppelt. Er befiehlt, dass Constance Zelmire bedient.

EINUNDZWANZIGSTER TAG: 100. Er lässt sich von seinem Diener den Schwengel wichsen, während das Mädchen nackt auf einem Piedestal[99] steht. Sie darf sich während dieses Vorgangs nicht bewegen und nicht mit der Wimper zucken und das Gleichgewicht verlieren. 101. Er lässt sich von der

[99] Postament, Sockel.

Zuhälterin einen runterholen, während er ihr den Hintern tätschelt. Ein junges Mädchen muss dabei ein brennendes Kerzenstümpfchen halten. Sie darf es nicht eher loslassen, bis er entladen hat, und diese Entladung verzögert er so lange, bis sie sich die Finger verbrennt. 102. Er sitzt am Tisch und verzehrt sein Abendbrot. Beleuchtet wird sein Mahl von sechs Kerzen, die jede im Arsch eines nackten Mädchens stecken, welche bäuchlings auf der Tafel liegen. 103. Er lässt ein Mädchen auf spitzen Kieseln knien, während er diniert. Rührt sie sich während der Mahlzeit, erhält sie keine Bezahlung. Zwei schiefe, brennende Wachskerzen sind über ihr befestigt, deren brodelndes Wachs ihr auf Rücken und Brust tropft. Zuckt sie dabei, so wird sie auch ohne Lohn weggeschickt. 104. Vier Tage lang muss ein Mädchen in einem engen Eisenkäfig bleiben, in dem sie weder sitzen noch liegen kann. Er reicht ihr das Essen durch die Stäbe. (Dies ist derselbe Mann, von den die Desgranges im Zusammenhang mit dem Ballett der Truthühner erzählen wird.)

An diesem Abend entjungfert Curval Colombe von vorne.

ZWEIUNDZWANZIGSTER TAG: 105. Er steckt ein nacktes Mädchen und eine Katze unter ein großes Tuch und lässt sie tanzen. Immer, wenn sie fällt, wird sie von dem Tier gezwackt, gebissen und gekratzt. Was auch geschieht, sie muss immer weiterspringen, bis er entladen hat. 106. Er reibt eine Frau mit einer Salbe ein, die heftiges Jucken verursacht. Während sie sich blutig kratzt, wichst er sich einen ab. 107. Er unterbricht die Menstruation der Frau durch ein Medikament und bringt sie dadurch in die Gefahr einer schweren Krankheit. 108. Er verursacht ihr durch ein Abführmittel, das für Pferde gedacht ist, fürchterliche Leibschmerzen und sieht ihr den ganzen Tag über zu, wie sie sich bei ihren Durchfällen vor Qualen windet. 109. Ein mit Honig bestrichenes Mädchen bindet er an eine Säule und setzt sie einem großen Fliegenschwarm aus.

An diesem Abend wird Colombe ausgeliefert, um von allen von vorne gebumst zu werden.

DREIUNDZWANZIGSTER TAG: 110. Er stellt ein nacktes Mädchen auf eine rotierende Drehscheibe. Mit ungeheurer Geschwindigkeit wird sie herumgewirbelt, bis er entlädt. 111. Er hängt ein Mädchen mit dem Kopf nach unten auf, bis er gespritzt hat. 112. Er gibt dem Mädchen eine starke Dosis

Brechmittel ein. Er sagt ihr, es sei Gift, und wichst, während sie kotzt. 113. Er presst und walkt ihre Titten, bis sie schwarz und blau anlaufen. 114. Er knetet neun Tage nacheinander täglich drei Stunden lang den Arsch des Mädchens.

VIERUNDZWANZIGSTER TAG: 115. Ein Mädchen muss eine zwanzig Fuß hohe Leiter erklettern, die Leiter bricht, sie stürzt herab, aber auf untergelegte Matratzen. Im Moment des Aufpralls spritzt er auf ihren Körper. Zuweilen fickt er dann auch schnell mit ihr. 116. Er ohrfeigt mit voller Kraft das Mädchen und entlädt dabei. Bei dem Vorgang sitzt er in einem Sessel, das Mädchen kniet vor ihm. 117. Er presst ihre Hände in Schraubzwingen. 118. Er schlägt sie mit aller Macht auf den Hintern, bis er flammendrot wird. 119. Er bläst ihr mit einem starken Blasebalg in den Arsch. 120. Er verabreicht ihr einen Einlauf mit fast kochendem Wasser in die Eingeweide. Dann amüsiert er sich über ihre Windungen und sahnt auf ihren Arsch ab.

An diesem Abend schlagen die vier Freunde Aline auf den Hintern, bis er purpurrot ist. Eine Anstandsdame hält sie dabei ausgestreckt und sitzt auf ihrem Rücken. Auch Augustine wird geschlagen.

FÜNFUNDZWANZIGSTER TAG: 121. Er sucht sich fromme Mädchen und schlägt sie mit Kruzifixen und Rosenkränzen. In unbequemer Haltung stellt er sie in der Pose der Jungfrau Maria auf einen Altar. Sie dürfen sich nicht bewegen, sondern müssen während einer ganzen, sehr langen Messe ausharren und bei der Wandlung ihre Kackwürste auf die Hostie legen. 122. In einer eiskalten Winternacht jagt er sie nackt in einen Garten, wo überall Stricke gespannt sind, über die sie fallen muss. 123. Er wirft sie nackt, wie unbeabsichtigt, in eine Wanne mit fast kochendem Wasser und lässt sie nicht eher heraus, bis er auf ihren Leib entladen hat. 124. Er stellt sie an einem bitterkalten Wintertag im Garten nackt auf eine Säule, bis sie fünf Vaterunser und fünf Ave-Maria gebetet oder er seinen Ficksaft verloren hat, den eine andere angesichts dieses Schauspiels hervorkitzelt. 125. Er lässt die Öffnung eines Abortes mit starkem Leim bestreichen und schickt ein Mädchen dahin. Sobald sie sich setzt, klebt ihr Hintern daran fest. Gleichzeitig wird ein Becken mit glühenden Kohlen unter ihren Arsch geschoben. Springt sie auf, so bleibt ein großes, beinahe vollkommen rundes Stück Haut an dem Rand kleben, und sie verbrennt sich überdies.

An diesem Abend werden Adélaïde und Sophie, die beiden frommen Mädchen, zu Heiligtumsschändungen gezwungen. Der Herzog entjungfert Augustine, die ihm seit langem gefällt, und er entlädt drei Mal nacheinander in ihre Fotze. Noch am selben Abend macht er den Vorschlag, sie in der schrecklichen Winterkälte nackt in den Hof hinauszujagen. Obschon er lebhaft und überzeugend für seinen Vorschlag eintritt, wird dieser bedauernd abgelehnt, weil man sich dieses hübsche Mädchen noch aufsparen will. Der Bischof gibt überdies zu bedenken, dass sie von hinten noch nicht entjungfert wurde. Blangis bietet zweihundert Louisdor, wenn man sie noch am selben Abend in das Kellerverlies bringe. Aber auch dies wird abgelehnt, und er verlangt, dass man ihr wenigstens den Arsch peitscht. Jeder der Freunde erteilt ihr fünfundzwanzig Hiebe. Während der Herzog mit aller Kraft zuschlägt, entlädt er ein viertes Mal. Dann schläft er mit ihr und fickt sie noch drei Mal während der Nacht.

SECHSUNDZWANZIGSTER TAG: 126. Er macht das Mädchen besoffen. Sie schläft ein, und ihr Bett wird emporgehoben. Erwacht sie in der Nacht und bückt sich nach ihrem Nachttopf, so stürzt sie aus dem Bett, das sich umdreht. Sie fällt auf bereitgelegte Matratzen, wo der Mann sie erwartet und sofort mit ihr vögelt. 127. Ganz nackt jagt er sie in den Garten, wo er sie mit einer Peitsche verfolgt, als wolle er sie schlagen. Sie muss laufen, bis sie vor Erschöpfung zusammenbricht. Dann stürzt er sich auf sie und fickt mit ihr. 128. Mit einer mit schwarzer Seide überzogenen Klopfpeitsche gibt er dem Mädchen in Serien von jeweils zehn insgesamt hundert Schläge. Zwischendurch küsst er ihren Hintern. 129. Er peitscht das Mädchen mit einer in Weingeist eingelegten Neunschwänzigen Katze und entlädt auf dem Arsch der Dirne, wenn er blutig ist.

Die Champville erzählt an diesem Abend nur von vier Passionen, denn man feiert das Ende der achten Woche mit der Heirat Zéphires und Augustines. Beide gehören dem Herzog und schlafen in seinem Zimmer. Vor der Feier stäupt Curval auf Wunsch des Herzogs den Knaben, während er selbst sich das Mädchen vornimmt. Jeder von ihnen bekommt hundert Peitschenhiebe. Der Herzog wütet gegen Zelmire, weil sie ihn so oft zur Entladung gebracht hat, und er peitscht sie, bis das Blut spritzt. *(An dieser Stelle erklären, worin die Strafen bestehen, wie man sie vollzieht und wieviel Schläge die Delinquenten erhalten. Vielleicht eine Liste der Vergehen anfertigen und die Anzahl der Hiebe dazu notieren.)*

SIEBENUNDZWANZIGSTER TAG: 130. Er will nur kleine Mädchen zwischen fünf und sieben Jahren peitschen und sucht nach immer neuen Vorwänden, um die Züchtigungen zu begründen. 131. Der Mann ist Priester; eine Frau beichtet ihre Sünden, und er gibt ihr als Buße fünfhundert Rutenhiebe. 132. Er lässt hintereinander vier Mädchen zu sich kommen und gibt jedem sechshundert Rutenstreiche. 133. Er lässt dieselbe Bestrafung vor seinen Augen von zwei Knechten vornehmen, die sich abwechseln, sobald einem der Arm erlahmt. Nacheinander bekommen zwanzig Weiber je sechshundert Rutenhiebe. Sie dürfen nicht angebunden sein, er wichst beim Zuschauen. 134. Er peitscht nur Knaben zwischen vierzehn und sechzehn Jahren und lässt sich nachher von ihnen in den Mund spritzen. Jeder bekommt hundert Hiebe. Stets macht er es mit zweien zur gleichen Zeit.

An diesem Abend wird Augustine ausgeliefert, um erstmalig ihre Fotze zu gebrauchen. Curval nimmt sie zwei Mal und will sie dann wie der Herzog peitschen. Beide wüten gegen das hübsche Mädchen. Man soll sie ihnen noch an demselben Abend für vierhundert Louisdor ausliefern, aber das wird abgelehnt.

ACHTUNDZWANZIGSTER TAG: 135. Er lässt ein Mädchen nackt in ein Zimmer eintreten, wo zwei Männer über sie herfallen und jeder sie auf eine Arschbacke peitscht, bis das Blut fließt. Sie wird dann gebunden. Wenn dies beendet ist, wichst er die Kerle und sich selbst über dem blutigen Hintern der Dirne, worauf sie dann spritzen. 136. Mit Händen und Füßen wird sie an eine Wand gefesselt. Dort ist ebenfalls eine scharfe Stahlschneide befestigt, die gegen ihren Bauch gerichtet ist. Wenn sie den Schlägen des Mannes ausweichen will, schneidet sie sich an dem Gerät. Will sie der Klinge entfliehen, so springt sie den Hieben entgegen. 137. Neun Tage hintereinander peitscht er ein Mädchen, mit hundert Schlägen beginnend, die er jeden Tag verdoppelt. 138. Er zwingt eine Hure auf alle viere und besteigt sie rittlings mit seinem Gesicht in Richtung ihres Hinterns. Sobald er im Sattel sitzt, presst er sie fest zwischen seine Schenkel und peitscht ihren Arsch und ihre Fotze. Da er sich dabei einer Klopfpeitsche bedient, ist es ihm leicht, die Schläge auf das Innere ihrer Vagina zu richten, was er auch tut. 139. Er lässt eine schwangere Frau rückwärts auf eine Walze binden, die ihren Rücken stützt. Ihr Kopf liegt an der anderen Seite des Zylinders auf einem Stuhl und ist daran festgebunden, die Haare wirr darauf verteilt. Ihre Beine sind soweit wie möglich gespreizt, so dass ihre geöffnete Fotze ihm entgegenschreit, der pralle Bauch ist weit vorgestreckt. Dann peitscht er mit aller Gewalt auf Bauch und Möse. Wenn er sieht, dass Blut kommt, geht er auf die andere Seite der Walze und spritzt ihr seinen Saft ins Gesicht.

(Nota bene: Meine Aufzeichnungen besagen, dass die Adoptionen der Mädchen erst nach deren Entjungferung erfolgen. Daher: an diesem Punkt schreiben, dass der Herzog sich Augustines annimmt. Überprüfen, ob dies stimmt und ob die Adoptionen der vier Haremsmädchen schon am Anfang stattgefunden haben und ob schon geschrieben wurde, dass sie im Schlafgemach jenes der Freunde nächtigen, der sich ihrer angenommen hat.)

An diesem Abend verstößt der Herzog Constance, die in tiefste Ungnade gefallen ist. Man schont sie aber noch wegen ihrer Leibesfrucht, mit der man bestimmte Dinge vorzunehmen beabsichtigt. Frau des Herzogs wird nun Augustine, die in Zukunft nur noch die Funktionen einer Gattin auf dem Sofa und auf dem Abort zu erfüllen hat. Constance steht jetzt im Rang unter den Alten.

NEUNUNDZWANZIGSTER TAG: 140. Er peitscht nur Mädchen von fünfzehn Jahren bis aufs Blut, mit Dornen und mit Brennesseln. In Bezug auf ihre Hintern ist er sehr wählerisch. Man kann ihn diesbezüglich nicht leicht zufriedenstellen 141. Er nimmt immer vier Mädchen nacheinander, deren Ärsche er mit einem Ochsenziemer schlägt, bis er vollkommen wund ist. 142. Er schlägt nur mit Klopfpeitschen, die eiserne Spitzen haben, und entlädt, wenn das Blut überall herunterfließt. 143. Er schlägt schwangere Weiber mit einer schweren Peitsche. Damit ist er in der Lage, große Fleischfetzen aus ihren Ärschen zu reißen. Zwischendurch gibt er auch immer wieder einen oder zwei Hiebe auf den Bauch. Von diesem Mann wird die Desgranges am 20. Februar erzählen.

An diesem Abend wird Rosette gepeitscht und durch Curval von vorne entjungfert. Am gleichen Tag wird entdeckt, dass sich Julie von Hercule hat rammeln lassen. Als man sie deswegen zur Rede stellt, antwortet sie frech und wird fürchterlich gepeitscht. Da man sie aber schätzt, und weil auch Hercule sich immer als tüchtig bewiesen hat, verzeiht man ihnen wieder. Diese Angelegenheit wird eifrig besprochen.

DREISSIGSTER TAG: 144. In ziemlicher Höhe wird eine Kerze angebracht, die ein Mädchen dadurch entzünden soll, dass man ihr am Mittelfinger ein brennendes, in Wachs getränktes Stück Brot befestigt hat. Dieses wird sie versengen, wenn sie sich nicht beeilt, damit das sehr weit oben befestigte Licht zu entzünden. Sie muss springen, um an die Kerze zu gelangen. Der Wüstling schlägt sie weit ausholend mit einer Peitsche aus Lederriemen, damit sie höher springt oder das Licht rascher entzündet. Hat sie Erfolg, geschieht nichts weiter. Wenn nicht, wird sie aus Leibeskräften verprügelt, bis sie in Ohnmacht fällt. 145. Er peitscht abwechselnd seine Frau und seine Tochter und bringt sie in einen Puff, um sie dort in seiner Gegenwart stäupen zu lassen. Es ist nicht derselbe, von dem schon gesprochen wurde. 146. Er peitscht ein angebundenes Mädchen vom Nacken bis zu den Waden mit einer Neunschwänzigen Katze, bis es ganz blutig ist. Vorher hört er nicht auf. 147. Er peitscht nur auf die Titten, die sehr üppig sein müssen. Wenn das Weib schwanger ist, zahlt er doppelt.

An diesem Abend wird Rosettes Fotze der Gesellschaft zum Vögeln übergeben. Nachdem Curval und der Herzog sie mehrmals gefickt haben, peitschen sie und die anderen Freunde sie auf die Möse, wobei sie auf allen vieren liegt und die Schläge der Klopfpeitsche so gezielt werden, dass die Stahlspitzen ins Innere der Vagina gehen.

EINUNDDREISSIGSTER TAG: 148. Er verlangt reizende Gesichter, in die er mit seinem Gertenbündel hineinschlägt. Es ist der, von dem die Desgranges am 7. Februar erzählen wird. 149. Er peitscht mit der Rute alle Teile des Körpers, auch Gesicht, Titten und Fotze. 150. Er nimmt nur Jünglinge von sechzehn bis zwanzig Jahren, denen er mit einem Ochsenziemer je zweihundert Schläge verabreicht. Dabei prügelt er Rücken und Ärsche. 151. Er lässt sich in einem Zimmer von vier Mädchen aufreizen und peitschen. Ist er genügend erregt, stürzt er sich auf eine fünfte, die ihn nackt im Nebenraum erwartet, und er schlägt sie mit einem Ochsenziemer mit kräftigen Hieben unterschiedslos am ganzen Körper, bis er spritzt. Damit die Prozedur nicht zu lange dauert und das Mädchen nicht zu sehr leiden muss, lässt man ihn immer erst auf sie los, wenn die Entladung nicht mehr fern ist. *(Feststellen, warum eine Episode zu viel.)*

Man spendet der Champville von allen Seiten Beifall und erweist ihr die gleichen Ehren wie der Duclos. Beide soupieren mit den Freunden. An diesem Abend werden bei den Orgien Aline, Augustine und Zelmire verurteilt, mit Ruten geschlagen zu werden, und zwar mit Ausnahme der Möpse am ganzen Körper. Trotzdem schont man sie, da man sie noch zwei Monate lang für den Genuss dienstbar machen will.

DER HUNDERTZWANZIG TAGE
DRITTER TEIL

Die hundertfünfzig Passionen der dritten Gattung,
oder: die verbrecherischen Leidenschaften,
deren Schilderungen die einunddreißig Tage des Januars ausfüllen
und die von der MARTAINE erzählt werden.
Beigefügt: das Tagebuch der Ausschweifungen im Schloss

Entwurf:

ERSTER TAG: 1. Er will nur in den Arsch gefickt werden, und zwar durch die stärksten Schwänze, die zu finden sind. Die Erzählerin verweilt, wie sie betont, hierbei nicht länger, weil diese Passion zu gewöhnlich und den Hörern bekannt ist. 2. Er will nur Kinder zwischen drei und sieben Jahren arschseitig entjungfern. Dieser Mann hat die Erzählerin selbst im Alter von vier Jahren auf diese Weise defloriert. Sie erkrankte dadurch, und ihre Mutter wandte sich deswegen um Hilfe an denselben Mann. Er ist sehr reich und hat einen enormen Schwanz. Täglich entjungfert er zwei Kinder, eines vormittags von vorne und eines Abends von hinten, und all dies unabhängig von seinen anderen Leidenschaften. Als er sie benutzte, hielten vier Weiber die Martaine fest. Seine Entladung dauerte sechs Minuten, und dabei brüllte er wie ein Stier. Es ist derselbe, von dem die Duclos in der letzten Erzählung des 29. November und die Champville am 2. Dezember erzählte, jener, der auch in der „Höllengeschichte“ erscheint. *(Seine einfache, geschickte und unkomplizierte Methode, um ins Nadelöhr einzudringen, obschon sie doch erst vier Jahre war: all das beschreiben!)* 3. Die Mutter der Martaine verkaufte die Jungfernschaft ihrer kleinen Buben an einen Mann, der nur Knaben im Alter von exakt sieben Jahren in den Arsch fickt. 4. Sie ist dreizehn und ihr Bruder ist fünfzehn Jahre alt, und sie besuchen einen Mann, der den Bruder zwingt, mit der Schwester zu bumsen, und dabei mal den Knaben, mal das Mädchen ins Kackloch fickt, während sie sich umarmen. Die Martaine rühmt dabei ihren Arsch, und man befiehlt ihr, ihn zu zeigen. Sie tut es vom Thron herab. Der Mann, von dem sie erzählt, ist derselbe wie jener, von dem die Duclos am 21. November („der Graf") und die Desgranges am 27. Februar spricht. 5. Er fickt Bruder und Schwester abwechselnd in den Arsch und lässt sich dabei selber rammeln. Es ist derselbe, von dem die Desgranges am 24. Februar sprechen wird.

An diesem Abend reitet der Herzog Hébé auf anale Weise ein, die erst zwölf Jahre alt ist. Sie wird von den vier Alten festgehalten, die Duclos und die Champville leisten auch Beistand. Trotzdem hat er enorme Mühe. Für morgen ist eine andere Feier anberaumt. Deshalb wird Hébé, um das Programm nicht zu stören, schon an diesem Tag nach ihrer Entjungferung der Gesellschaft zum Arschficken ausgeliefert, und alle vier Freunde nutzen diese Erlaubnis. Nachdem sie sieben Mal benutzt worden ist, muss man sie bewusstlos wegtragen. *(Die Martaine nicht sagen lassen, dass sie zugewachsen ist. Das ist falsch.)*

ZWEITER TAG: 6. Während er ein Mädchen in den Arsch fickt, lässt er sich von vier anderen in den Mund furzen. Die fünf wechseln ab, und erst in den letzten Hintern entlädt er. 7. Er nimmt gleichzeitig drei Knaben zu sich: Den einen fickt er, den anderen lässt er scheißen, dem dritten wichst er den Schwanz. Die drei wechseln sich dann ab. 8. Während er ein Mädchen in den Arsch fickt, lässt er sich von dessen Bruder in den Mund scheißen, wechselt dann. Zugleich lässt er sich selbst dabei in den Arsch rammeln. 9. Er vögelt ein fünfzehnjähriges Mädchen in den Arsch, nachdem er sie kräftig durchgepeitscht hat. 10. Er quält sie, indem er ihr eine Stunde lang Pobacken und Arschloch kneift. Dann fickt er ihr Kackloch, während sie brutal gestäupt wird.

An diesem Abend feiert man das Ende der neunten Woche durch die Vermählung von Hercule mit Hébé. Er rammelt sie von vorne, während Curval und der Herzog das Paar abwechselnd in den Arsch ficken.

DRITTER TAG: 11. Er fickt Ärsche nur während der Heiligen Messe und entlädt bei der Wandlung. 12. Er vögelt nur in den Hintern, wenn er dabei ein Kruzifix in den Staub trampelt. Das Weib muss es mit derselben Verachtung behandeln. 13. Der Mann, der sich in der Geschichte der Duclos am elften Tag mit Eugénie amüsierte, lässt ein Mädchen scheißen und leckt ihr den Hintern aus. Mit seinem ungeheuren Schwanz stößt er ihr dann eine geweihte Hostie in den Arsch. 14. Er fickt einen Knaben mit einer Abendmahlsoblate ins Hinterstübchen und lässt bei sich dasselbe machen. Auf dem Nacken des gerammelten Jungen muss eine Hostie liegen, auf welche ein dritter scheißt. Ohne zu wechseln entlädt er, wobei er schreckliche Gotteslästerungen ausstößt. 15. Er fickt einen messelesenden Priester. Wenn dieser den Segen ausgesprochen hat, zieht der Arschficker seinen Schwanz heraus; der Priester steckt sich die Hostie ins Arschloch, und der Rammler betätigt sich weiter.

An diesem Abend entjungfert Curval den jungen, reizenden Zélamir mit einer Hostie, Antinoüs fickt ebenfalls mit dem Leib Christi den Arsch des Präsidenten, während dieser mit seiner Zunge eine dritte Oblate in den Anus der Fanchon schiebt.

VIERTER TAG: 16. Er fickt nur sehr alte Weiber ins Kackloch, während man ihn peitscht. 17. Er vögelt nur Greise in den Hintern und lässt sich dabei selbst sodomieren. 18. Er hat ein regelrechtes Verhältnis mit seinem eigenen Sohn. 19. Er fickt nur monströse oder missgestaltete Menschen sowie Neger in den Arsch. 20. Er vögelt seine verheiratete Tochter mit einer Hostie ins Arschloch, um auf diese Weise Blutschande, Ehebruch, Sodomie und Gotteslästerung zu verbinden.

An diesem Abend wird Zélamir den vier Freunden zum Ficken ausgeliefert.

FÜNFTER TAG: 21. Er lässt sich abwechselnd von zwei Männern ficken und peitschen. Dabei vögelt er einen Knaben und lässt sich von einem Greis in den Mund scheißen. Den Kackhaufen verzehrt er dann. 22. Zwei Männer müssen ihn abwechselnd ficken: drei Stunden in Arschloch und Mund. Er schluckt ihren Schwanzsaft. 23. Er lässt sich pro Runde von zehn Männern rammeln. Vierundzwanzig Runden hat er schon ausgehalten, ohne dabei zu entladen. 24. Er lässt seine Frau, seine Tochter und seine Schwester im Puff in den Arsch ficken und schaut dabei zu. 25. Er beschäftigt acht Männer: einer führt in den Mund ein, einer in den Arsch, einer masturbiert in seiner rechten, einer in seiner linken Leistenbeuge. Mit jeder Hand wichst er die Schwänze von zwei anderen, ein siebter liegt zwischen seinen Schenkeln, und ein achter onaniert über seinem Gesicht.

An diesem Abend wird Michette vom Herzog ins Mokkastübchen gefickt, wobei sie fürchterliche Schmerzen erleidet.

SECHSTER TAG: 26. Er lässt einen alten Mann vor seinen Augen von einem Kerl in den Arsch rammeln. Der Ficker zieht seinen Schwanz zwischendurch aus dem Kackloch des Greises heraus und schiebt ihn dem Zuschauer zum Ablutschen in den Mund. Dieser bläst dann den Schwengel des Opas, leckt seinen Arsch und fickt ihn, während der andere Homo ihn nun selbst vögelt und von der Gouvernante des Wüstlings gepeitscht wird. Der Lüstling ist nämlich noch ein sehr junger Bursche. 27. Er fickt ein fünfzehnjähriges Mädchen in den Arsch und presst dabei ihren Hals zusammen, um den Anus zu verengen. Dabei lässt er sich mit einem Ochsenziemer peitschen. 28. Er lässt sich große Kugeln aus Quecksilberamalgam in den After stecken, die durch seine Därme rollen und ihn ungeheuer kitzeln. Unterdessen saugt er an Schwänzen, schluckt Ficksaft, lässt Mädchenärsche scheißen und frisst die Exkremente. Seine Wollust dauert zwei Stunden. 29. Er lässt sich von einem Vater ficken, dessen Sohn und Tochter er seinerseits von hinten bumst.

An diesem Abend wird Michette zum Arschficken freigegeben. Durcet nimmt die Martaine mit in sein Schlafzimmer. Er folgt damit dem Beispiel des Herzogs, der die Duclos, und dem Curvals, der die Fanchon erwählt hat. Die Martaine gewinnt über seine Geilheit die gleiche Macht wie die Duclos über die des Herzogs.

SIEBTER TAG: 30. Er lässt ein auf dem Bauch liegendes Mädchen den Hals eines Truthahns zwischen ihre Schenkel nehmen, sodass es aussieht, als steckte er im Arsch des Mädchens. Während der Mann sich ficken lässt, sodomiert er den Hahn. Im Augenblick seiner Entladung schneidet das Mädchen dem Tier den Hals durch. 31. Er fickt eine Ziege von hinten, während man ihn peitscht. Die Ziege, von ihm befruchtet, bringt ein Monstrum zur Welt, das er ebenfalls in den Arsch rammelt. 32. Er fickt Ziegenböcke in den Arsch. 33. Er will eine Frau von einem Hund geleckt sehen, bis sie einen Orgasmus hat. Dann tötet er den Hund durch einen Pistolenschuss zwischen den Schenkeln des Weibes, ohne sie zu verletzen. 34. Er sodomiert einen Schwan, wobei er ihm eine Hostie in den After steckt. Bei der Entladung erwürgt er eigenhändig das Tier.

An diesem Abend bumst der Bischof Cupidon zum ersten Mal in den Arsch.

ACHTER TAG: 35. Er verbirgt sich in einem eigens dafür gefertigten Korb, der dort, wo sein Arschloch sich befindet, eine Öffnung besitzt. Zuvor hat er sich den Hintern mit dem Fotzenschleim einer Stute beschmiert, während der Korb mit der Haut einer solchen überzogen ist. Ein Hengst, der darauf dressiert ist, fickt ihn, die „künstliche Stute“, dann auf diese Weise. Gleichzeit sodomiert er im Korb eine schöne, weiße Hündin. 36. Er fickt eine Kuh, macht sie trächtig und benutzt dann auch das zur Welt kommende Monstrum. 37. In einem auf ähnliche Weise hergerichteten Korb lässt er eine Frau durch einen Stier bespringen, während er wollüstig zuschaut. 38. Er hat eine zahme Schlange, die in seinen After kriecht und ihn sodomiert. Währenddessen fickt er den Arsch einer Katze, die ihn nicht kratzen kann, weil sie in einen Korb gesteckt ist. 39. Er sodomiert eine Eselin und lässt sich gleichzeitig von einem Esel ficken. Dabei benutzt er Apparate, die noch im Einzelnen zu beschreiben sind.

An diesem Abend wird Cupidon zum Arschficken freigegeben.

NEUNTER TAG: 40. Er bumst eine Ziege in die Nüstern, während sie seine Eier beleckt. Dabei lässt er sich peitschen und anal schlecken. 41. Er vögelt einen Hammel, während ein Hund seinen Arsch leckt. 42. Er sodomiert einen Hund, dem im Moment der Entladung der Hals durchschnitten wird. 43. Er zwingt ein Flittchen, den Pimmel eines Esels zu wichsen. Während er zusieht, lässt er sich in den Arsch ficken. 44. Er vögelt das Kackloch eines Affen, der in einen Korb gesperrt ist. Dabei peinigt man das Tier, um die Kontraktionen seines Arsches um seinen Schwanz herum zu verstärken.

An diesem Abend wird die Vollendung der zehnten Woche durch die Verheiratung Arschbrechers mit Michette gefeiert, wobei Michette heftige Qualen zu erdulden hat.

ZEHNTER TAG: Die Erzählerin kündigt eine Veränderung ihres Themas an. Von nun an wird die Peitsche, die in den Erzählungen der Champville die Hauptrolle spielte, nur noch eine nebensächliche Bedeutung haben.

45. Man muss Mädchen für ihn finden, die eines Vergehens schuldig sind, und er erschreckt sie durch die Mitteilung, sie würden eingesperrt, aber er

werde alles auf sich nehmen, wenn sie sich seiner starken Züchtigung unterwerfen. Sie lassen sich in ihrer Angst bis aufs Blut peitschen. 46. Er fordert ein Weib mit besonders schönem Haar, gibt vor, es nur bewundern zu wollen, schneidet es aber heimlich ab und entlädt, wenn er ihre Verzweiflung sieht. Dabei lacht er maßlos. 47. Man führt ein Mädchen nach vielen Vorbereitungen in ein stockfinsteres Zimmer. Es sieht nichts, hört aber ein Gespräch, das sie selbst betrifft und geeignet ist, sie durch Schreck schier umzubringen. *(Details des Gesprächs geben!)* Schließlich erhält sie eine Flut von Ohrfeigen und Faustschlägen, ohne zu wissen, woher und von wem. Dann hört sie das Gebrüll einer Entladung und wird befreit. 48. Man führt das Mädchen in eine Art unterirdische Grabkammer, die durch Lampen beleuchtet ist, und sie erblickt eine grausige Umgebung. Plötzlich verlöschen alle Lampen, sie hört Kettengerassel und Entsetzensschreie. Sie fällt in Ohnmacht. Falls nicht, werden die schrecklichen Eindrücke verdoppelt, bis sie die Besinnung verliert. Nun stürzt sich ein Mann auf sie und fickt sie in den Arsch. Lakaien bringen die Bewusstlose dann fort. Die Mädchen müssen sehr jung und unerfahren sein. Am besten Novizinnen. 49. Das Mädchen wird an einen ähnlichen Ort gebracht. *(Einzelheiten beschreiben, um ihn von der vorherigen Grabkammer zu unterscheiden!)* Sie wird nackt in einen Sarg gelegt, den man zunagelt. Beim Rhythmus des Hämmerns entlädt der Mann.

An diesen Abend wird Zelmire, die man mit Absicht den Erzählungen ferngehalten hat, in das Kellerverlies gebracht, das in der geschilderten Weise hergerichtet worden ist. Die vier Freunde kommen nackt und mit Folterwerkzeugen bewaffnet herunter. Sie sinkt in Ohnmacht, und in diesem Zustand reitet Curval sie anal ein. Wie der Herzog Augustine, so liebt der Präsident dieses Mädchen mit einer Art wollüstigem Zorn.

ELFTER TAG: 50. Der Mann, von dem die Duclos an 28. November sprach, der Herzog von Florville, von dem auch die Desgranges in ihrer Erzählung vom 26. Februar berichten wird, lässt den Leichnam eines schönen, eben ermordeten Mädchens auf ein mit schwarzem Atlas überzogenes Bett legen. Er betastet und walkt ihren Körper überall und fickt sie schließlich in den Arsch. 51. Ein anderer lässt sich die Leichen eines Knaben und eines Mädchens bringen, rammelt den männlichen Kadaver, während er den Hintern des Mädchens küsst und seine Zunge hineinbohrt. 52. Er empfängt eine Dirne in einem Raum, der gefüllt ist mit täuschend echten Wachsfiguren von Leichen, die auf verschiedene Weise durch Erstechen ums Leben gebracht worden sind. Er befiehlt dem Mädchen zu wählen. Sodann wolle er sie in der Weise töten, deren Wunden ihr am besten gefielen. 53. Er bindet ein Mädchen Knie an Knie und Mund an Mund mit einer echten Leiche zusammen und peitscht sie auf der Rückseite, bis sie blutet.

An diesem Abend wird Zelmires Arsch der Allgemeinheit freigegeben. Vorher wird ihr der Prozess gemacht, man verurteilt sie zum Tode. Das Urteil soll noch in der Nacht vollstreckt werden. Sie glaubt es. Aber die Freunde begnügen sich damit, ihr jeder hundert Peitschenhiebe zu verpassen, nachdem sie sie mehrmals in den Arsch gefickt haben. Curval nimmt sie dann in sein Bett, wo er sie die ganze Nacht von hinten bumst.

ZWÖLFTER TAG: 54. Ein Lakai bringt ein menstruierendes Mädchen zu ihm. In einem Kellerraum erwartet er sie. Dort steht ein Behälter mir kaltem Wasser bereit, zwölf Fuß lang, ebenso breit und acht Fuß tief. Das Becken ist so versteckt, dass sie es nicht sieht. Er stößt sie unerwartet hinein und entlädt in dem Augenblick, wo sie fällt. Man zieht sie gleich heraus, aber da sie ihre Regel hat, verfällt sie meist einer schweren Krankheit. 55. Er steckt das Mädchen nackt in einen tiefen Brunnen, droht, schwere Steine auf sie fallenzulassen, erschreckt sie durch ein paar Brocken Erde und entlädt dann auf den Kopf der nackten Hure. 56. Er erschreckt eine schwangere Frau mit Drohungen, peitscht sie und fährt in der Misshandlung fort, bis sie eine Fehlgeburt hat, sei es bei ihm, sei es bei ihr daheim. Wenn es unter seinem Dach geschieht, zahlt er doppelt. 57. Er sperrt das Mädchen in ein finsteres Verlies, das mit Ratten, Mäusen und Katzen gefüllt ist, sagt ihr, sie müsse hier ihr Leben verbringen, und wichst täglich vor der Tür, wobei er sie verhöhnt. 58. Er steckt ihr ein Bündel Feuerwerkskörper in den Arsch, dessen Funken sie beim Lossprühen versengen.

An diesem Abend erklärt Curval Zelmire zu seiner Frau und lässt sich durch den Bischof mit ihr trauen. Julie wird verstoßen, sie fällt in tiefste Ungnade. Dank ihrer Sittenlosigkeit wird sie vom Bischof aber in Schutz genommen, bis er sich ganz für sie erklärt, wie man noch sehen wird. Mehr als je zuvor tritt an diesem Abend der mörderische Hass Durcets gegen Adélaïde hervor. Sie wird von ihm gequält und misshandelt, ohne dass ihr in ihrer Verzweiflung der Präsident als Vater beistünde.

DREIZEHNTER TAG: 59. Ein Mädchen wird an ein Andreaskreuz gebunden und hochgezogen, auf der ganzen Kehrseite kräftig gepeitscht, dann losgebunden und durchs Fenster geworfen, wo aber Matratzen sie auffangen. Er entlädt, als er sie stürzen sieht. *(Die Vorbereitungen, um dies dem Mädchen glaubwürdig zu machen, im Einzelnen schildern!)* 60. Er gibt dem Mädchen ein Präparat ein, das ihr Halluzinationen verursacht, so dass sie glaubt, sich in einem Zimmer voll schauderhafter Dinge zu befinden. Sie erblickt einen Teich, dessen Wasser um sie herum hochsteigt. Sie flüchtet sich auf einen Sessel. Er erklärt, nichts hülfe ihr, als hineinzuspringen und davonzuschwimmen. Sie springt und fällt flach auf den Steinboden, wobei sie sich meistens übel verletzt. In diesem Moment spritzt der Wüstling, dessen Vergnügen es bis dahin war, ihr ausgiebig den Arsch zu küssen. 61. Er zieht sie mit einer Seilwinde bis zum oberen Fenster eines Turms. Er selbst steht ihr gegenüber und rüttelt dann den Strick, droht, ihn zu durchschneiden. Dabei wichst er und spritzt. Vorher lässt er sich peitschen, das Mädchen muss zuvor scheißen. 62. Das Mädchen hängt an vier ganz dünnen, schmerzenden Schnüren an den Armen und Beinen. In dieser grausamsten Haltung schwebend, öffnet man unter ihr eine Falltür, die ein brennendes Kohlenbecken freilegt. Reißen die Schnüre, stürzt sie. Der Mann rüttelt die Stricke, wobei er nackt vor ihr steht. Wenn er spritzt, zerschneidet er eine der Schnüre. Manchmal hängt er ihr dabei auch noch ein Gewicht ins Kreuz und zieht die vier Stricke derartig an, dass ihr beinahe der Magen platzt und das Rückgrat bricht. So muss sie hängen, bis er entladen hat. 63. Sie wird an ein Taburett gebunden. Über ihrem Kopf hängt in einem Fuß Höhe an einem Haar ein scharfgeschliffener Dolch. Wenn das Haar risse, würde der sehr spitze Dolch ihren Schädel durchbohren. Der Mann wichst vor ihren Augen und ergötzt sich an der Todesangst und den Verrenkungen seines Opfers. Nach einer Stunde befreit er sie und sticht ihr mit dem Dolch den Hintern blutig, damit sie sieht, wie scharf er ist. Auf den blutverschmierten Arsch spritzt er.

An diesem Abend wird Colombes Arsch vom Bischof entjungfert, und nachdem er entladen hat, bis aufs Blut gepeitscht, weil er darüber zürnt, dass ausgerechnet ein Mädchen ihm den Ficksaft entlockt hat.

VIERZEHNTER TAG: 64. Er fickt ein junges Mädchen in den Arsch, das noch gar nichts weiß von der Welt. Wenn er spritzt, schießt er rechts und links von ihrem Kopf zwei Pistolen ab, sodass ihr die Haare versengt werden. 65. Das Mädchen muss sich in einen Sessel mit einem besonderen Mechanismus setzen: Ihr Gewicht löst eine Feder aus, und sie sieht sich plötzlich von eisernen Banden gefesselt. Gleichzeitig richten sich zwanzig Dolche auf sie und berühren ihre Haut. Der Mann wichst vor ihr und erklärt, dass sie bei der geringsten Bewegung von den Dolchen durchbohrt werde. Dann spritzt er auf sie, wobei er den Sessel ganz leicht mit dem Fuß anstößt. 66. Von einer Klappbrücke gelangt sie in ein schwarz ausgeschlagenes Gemach, in dem sich ein Betschemel, ein Sarg und verschiedene Totenschädel befinden. Sechs Gespenster nähern sich ihr mit Keulen, Dolchen, Pistolen und Lanzen bewaffnet. Jedes zielt nach einer anderen Stelle ihres Körpers. Von Angst überwältigt, fällt sie nieder. Der Mann kommt und peitscht sie dann aus Leibeskräften, bis er ermüdet, um schließlich in ihren Arsch zu entladen. Ist sie vor seinem Eintreten ohnmächtig geworden, was häufig geschieht, so bringt er sie durch Peitschenhiebe wieder zu sich. 67. Sie betritt ein Turmzimmer und sieht hier ein großes Kohlenbecken mit glühenden Kohlen. Auf einem Tisch liegen Gift und ein Dolch. Man lässt sie zwischen drei Todesarten wählen, wobei sie sich meistens für das Gift entschließt. Es ist Opium, das sie in einen tiefen Schlaf versinken lässt, währenddessen der Wüstling sie in den Arsch rammelt. Es ist derselbe, von dem die Duclos am 27. November erzählt hat und über den die Desgranges am 6. Februar berichten wird. 68. Derselbe Mann, von dem die Desgranges am 16. Februar erzählen wird, trifft alle Vorbereitungen, um das Mädchen zu enthaupten. Fällt der Hieb, so wird der Körper des Mädchens mit einem Strick zurückgezogen. Das Schwert dringt drei Zoll tief in den Block ein und würde das Mädchen töten, wenn man es nicht rechtzeitig wegzöge. Beim Schwerthieb entlädt er, denn er hat sie vorher in den Arsch gefickt, als ihr Rumpf auf dem Block lag.

Am Abend dieses Tages wird Colombe zum Arschficken ausgeliefert. Sie wird bedroht, und man tut so, als wolle man ihr den Hals durchschneiden. Die Freunde sind sehr erfahrene Schauspieler!

FÜNFZEHNTER TAG: 69. Eine Nutte wird nach allen Regeln gehenkt, wobei ihre Füße aber ein Taburett berühren, an dem eine Schnur befestigt ist, die der ihr gegenüber in einem Sessel sitzende Mann in der Hand hält. Die Tochter des gehenkten Weibes muss ihm seinen Schwanz wichsen. Im Moment der Entladung zieht er das Taburett weg, und das Weib baumelt in der

Luft. Diener werden nun verständigt, um sie abzuschneiden und wieder ins Leben zurückzurufen, wozu ein Aderlass dient. Diese Hilfe wird aber ohne sein Wissen gegeben. Er ist davongegangen, vögelt mit der Tochter, fickt sie die ganze Nacht in den Arsch und wiederholt ständig, dass er ihre Mutter erhängt hat. Er will nichts davon wissen, dass sie davongekommen ist *(Erwähnen: Die Desgranges wird von dem Mann noch mehr erzählen.)* 70. Er zieht ein nacktes Mädchen an den Ohren durchs Zimmer und entlädt dann. 71. Das Mädchen wird von ihm in brutalster Weise am ganzen Körper, mit Ausnahme der Brust, gezwickt, bis es davon ganz blau und schwarz ist. 72. Er presst ihr die Gurgel zusammen und quält sie, indem er drückt und walkt, bis sie fast gestorben ist. 73. Mit einer Nadel tätowiert er ihr Ziffern und Buchstaben in die Titten. Die Nadelspitze ist vergiftet, sodass ihre Möpse anschwellen und sie sehr leiden muss. 74. Er steckt ihr ein- bis zweitausend kleine Nadeln in die Euter und entlädt, sobald sie davon bedeckt sind.

An diesem Tag überrascht man die Champville mit Julie, die einander unzüchtiger als je zuvor gegenseitig rubbeln. Julie wird von diesem Augenblick an vom Bischof noch mehr begünstigt. Er nimmt sie in sein Zimmer und behandelt sie, wie der Herzog es mit der Duclos, Durcet mit der Martaine, und Curval mit der Fanchon hält. Sie bekennt ihm, dass seit dem Tag, wo sie dazu verurteilt wurde, im Stall bei den Tieren zu schlafen, die Champville sie zu sich genommen und mit ihr ins Bett hat steigen lassen.

SECHZEHNTER TAG: 75. Er sticht in den ganzen Körper des Mädchens große Stecknadeln und entlädt, wenn die letzte eingedrungen und sie ganz davon bedeckt ist. Es ist derselbe Mann, von dem die Desgranges in der vierten Geschichte des 27. Februar erzählen wird. 76. Er lässt sie Unmengen Flüssigkeit saufen. Dann näht er ihr Fotze und Arschloch zu und lässt sie so, bis sie vor lauter Drang zu pissen und zu scheißen ohnmächtig wird, oder bis das Gewicht der Scheiße und der Druck der Pisse die Nähfäden aufreißt. 77. Vier Männer in einem Zimmer schleudern einander ein Mädchen mit Fußtritten und Fausthieben zu, bis sie zusammenbricht. Die vier wichsen einander gegenseitig und entladen über dem auf dem Boden liegenden Weib. 78. Er pumpt dem Mädchen die Luft aus und bläst sie ihr dann wieder ein. Sie befindet sich nämlich in einer pneumatischen Maschine.

An diesem Tag wird das Ende der elften Woche durch die Vermählung Colombes mit Antinoüs begangen. Der Beischlaf wird vollzogen. In seiner lüsternen Wut gegen Augustine lässt der Herzog das Mädchen, das er zuvor in wildester Art gerammelt hat, von der Duclos festhalten, um ihr dreihundert Peitschenhiebe auf die Mitte des Rückens bis runter zu den Schenkeln zu geben. Dann fickt er die Duclos in den Arsch, während er Augustines wunde Hinterbacken küsst. Nun scherzt er mit dem Mädchen und verlangt, dass sie bei den Mahlzeiten neben ihm sitzt. Er isst jetzt nur noch aus ihrem Mund und begeht tausend andere lüsterne Widersprüche. Aber er und seine Spießgesellen sind nun einmal Männer mit diesem überaus befremdlichen Charakterzug.

SIEBZEHNTER TAG: 79. Das Mädchen wird bäuchlings auf einen Tisch gebunden. Er isst dann von ihrem Hintern ein kochendheißes Omelette, wobei er die einzelnen Stücke mit einer sehr spitzen Gabel aufspießt. 80. Er bindet ihren Kopf über ein heißes Stövchen und röstet sie, bis sie ohnmächtig wird. In diesem Zustand vögelt er sie in den Arsch. 81. Er versengt ihr nach und nach leicht die Haut an Brust und Hintern mit brennenden Schwefelhölzern. 82. Er löscht eine große Anzahl brennender Kerzen nacheinander in ihrer Möse, ihrem Arsch und an ihren Zitzen aus. 83. Mit einem brennenden Streichholz verbrennt er ihr die Wimpern, wodurch die Lider so verletzt werden, dass sie die Augen nicht mehr schließen und daher nicht mehr schlafen kann.

An diesem Abend entjungfert der Herzog Giton, dem es dabei schlimm ergeht. Der Herzog hat ja einen enormen Schwanz, und der Kleine zählt erst zwölf Jahre.

ACHTZEHNTER TAG: 84. Mit vorgehaltener Pistole zwingt er sie, ein glühendes Stück Kohle zu zerkauen und zu schlucken. Dann wäscht er ihr mit Scheidewasser[100] die Fotze aus. 85. Um vier Säulen herum lässt er sie nackt den Oliventanz[101] tanzen. Wo ihre Füße hintreten, ist der Boden mit spitzen Steinen, Glasscherben, scharfen Metallstücken und Nägeln bedeckt. Bei jedem Pfeiler steht ein Mann mit einem Rutenbündel und peitscht sie, wenn sie ihm nahe kommt, auf den ihm gerade dargebotenen Körperteil. Sie muss auf diese

[100] Salpetersäure.
[101] Ein Tanz der Olivenbauern, den sie am Ende ihrer Ernte in Dreiergruppen schlangenlinienförmig um drei Olivenbäume herum ausführen.

Weise eine bestimmte Anzahl Tanzfiguren machen, je nach ihrem Alter und dem Grad ihrer Reize. Die Hübschesten werden am schlimmsten gepeinigt. 86. Er gibt ihr Faustschläge ins Gesicht und fährt fort, bis ihre Nase blutet. Dann macht er noch weiter und entlädt, um seinen Ficksaft mit ihrem Blut zu mischen. 87. Mit glühenden Eisenzangen zwickt er sie am Körper, insbesondere ihren Hintern und ihren Schamhügel sowie ihre Möpse. *(Erwähnen, dass die Desgranges noch von ihm berichten wird.)* 88. Auf verschiedene Stellen ihres liegenden, nackten Körpers, besonders auf die empfindlicheren, häuft er Schießpulver und entzündet es.

An diesem Abend wird Giton zum Arschficken ausgeliefert und anschließend von Curval, dem Herzog und dem Bischof gepeitscht.

NEUNZEHNTER TAG: 89. Er schiebt einen Zylinder mit Schießpulver in ihre Punze, entfernt ihn wieder und entzündet das Pulver, wobei er beim Anblick der Stichflamme entlädt. Zuvor fickte er sie in den Arsch. 90. Er begießt sie von Kopf bis Fuß vollständig mit Weingeist, lässt das arme Mädchen in Flammen aufgehen und sieht wollüstig bis zur Entladung zu. Das wiederholt er zwei- oder dreimal. 91. Er gibt ihr ein Klistier mit siedendem Öl ins Kackloch. 92. Er steckt ihr ein heißes Eisen in den Arsch und eines in die Fotze, nachdem er sie vorher heftig gepeitscht hat. 93. Er tritt ein hochschwangeres Weib mit Füßen, bis sie abortiert. Vorher peitscht er sie.

An diesem Abend entjungfert Curval Sophie auf sodomitische Weise, nachdem sie vorher von jedem der Freunde bis aufs Blut mit jeweils hundert Peitschenhieben geprügelt wurde. Kaum hat Curval dabei in ihrem Arsch entladen, bietet er der Gesellschaft fünfhundert Louisdor, wenn man ihm erlauben würde, sie mit sich in das Kellerverlies zu nehmen und dort nach Belieben mit ihr zu verfahren. Es wird aber verweigert. Er fickt sie nun nochmals in den Arsch. Nach der zweiten Entladung versetzt er ihr einen Fußtritt, der sie in fünfzehn Fuß Entfernung auf eine Matratze schleudert. Am selben Abend hält er sich an Zelmire schadlos, indem er sie mit aller Kraft peitscht, bis ihm der Arm schmerzt.

ZWANZIGSTER TAG: 94. Er liebkost das Mädchen zum Schein, während sie ihm einen runterholt. Im Moment der Entladung packt er die Arglose am Hals und stößt ihren Kopf derart gegen eine Mauer, dass sie meist ohnmächtig zusammenbricht. 95. Vier Wüstlinge verurteilen ein Mädchen in aller Form zu hundert Peitschenhieben, von denen auf jeden der vier Kerle fünfundzwanzig entfallen. Der eine zielt auf den Rücken bis zum Hintern, der zweite vom Arsch bis zu den Waden, der dritte vom Hals bis zum Nabel, inklusive der Titten, der vierte auf Bauch und Beine. 96. Mit einer Stecknadel sticht er ihr in beide Augen, in beide Brustwarzen und in die Klitoris. 97. Er lässt ihr Siegelwachs auf Arsch, Titten und in die Fotze tropfen. 98. Er öffnet ihr am Arm eine Ader und lässt die Blutung erst stocken, wenn sie ohnmächtig wird.

Curval macht den Vorschlag, man solle Constance wegen ihrer Schwangerschaft einen Aderlass machen. Es geschieht durch Durcet. Sie fällt in dabei Ohnmacht. Sophie wird an diesem Abend zum Arschficken freigegeben. Der Herzog will sie zur Ader lassen, weil es ihr nicht schaden könne. Aus ihrem Blut soll dann eine Rotwurst gemacht werden, die man zum Frühstück essen will. Es geschieht. Curval macht den Schnitt, während die Duclos ihm den Schwanz wichst. In dem Augenblick, wo der Ficksaft aus seinen Eiern geschleudert wird, will er schneiden. Er macht den Schnitt zwar groß, verfehlt aber die Vene. Trotz allem erregt Sophie das besondere Wohlgefallen des Bischofs, welcher sie zur Frau nimmt und dafür Aline verstößt, die in völlige Ungnade fällt.

EINUNDZWANZIGSTER TAG: 99. Er macht ihr Aderlässe an beiden Armen, und sie muss, während das Blut fließt, aufrecht stehen. Er stillt von Zeit zu Zeit das Geblüt, um sie zu peitschen. Dann öffnet er die Wunden wieder und fährt fort, bis sie ohnmächtig wird. Wenn sie niedersinkt, entlädt er. Zu Beginn dieses Spiels hat er sie scheißen lassen. 100. Er macht ihr Aderlässe an allen vier Gliedmaßen und am Hals. Er wichst, während er dem Fließen des Blutes aus diesen fünf Wunden zuschaut. 101. Er ritzt sie leicht an verschiedenen Stellen des Körpers, vor allem am Hintern, doch nicht an den Möpsen. 102. Er ritzt sie stark, besonders an den Titten nahe den Warzen und in der Nähe des Arschlochs. Die Wunden brennt er mit einem rotglühenden Eisen aus. 103. Man bindet ihn, der auf allen vieren kriecht und mit einem Tigerfell bedeckt ist, wie eine reißende Bestie fest. In dieser Stellung reizt man ihn, peitscht ihn und kitzelt ihn im Arschloch. Ihm gegenüber ist ein junges, sehr fettes, nacktes Mädchen mit den Füßen am Boden und mit dem Hals an der Decke festgebunden, so dass es sich nicht rühren kann. Wenn der Wüstling genügend erregt ist, lässt man ihn los. Er stürzt sich auf das Mädchen wie ein wildes Tier, beißt in ihr Fleisch, vor allem in die Klitoris und in die Brustwarzen, die er dabei meist abtrennt. Er schreit wie eine Bestie und entlädt unter wildem Geheul. Das Mädchen muss scheißen, er frisst den Haufen vom Boden.

An diesem Abend wird Narcisse vom Bischof entjungfert und direkt anschließend zum Ficken freigegeben, damit das Fest des 25. Tages nicht gestört wird. Ehe der Herzog ihn dann durchrammelt, lässt er sich von ihm in den Mund scheißen und damit zugleich den Saft seines Vorgängers geben. Nachdem er ihn in den Arsch gefickt hat, peitscht er ihn.

ZWEIUNDZWANZIGSTER TAG: 104. Er reißt ihr die Zähne aus und zerkratzt das Zahnfleisch mit Nadeln. Manchmal erhitzt er die Nadeln auch. 105. Er bricht ihr einen Finger, manchmal auch mehrere. 106. Er zerschlägt ihr mit einem Hammer kräftig einen Fuß. 107. Er renkt ihr ein Handgelenk aus. 108. Er schlägt ihr mit einem Hammer auf die Vorderzähne und entlädt dabei. Vorher hat es ihm Freude bereitet, ausgiebig an ihrem Mund zu saugen.

An diesem Abend entjungfert der Herzog Rosettes Arsch, und in dem Moment, wo er seinen Schwanz einführt, bricht Curval dem kleinen Mädchen einen Zahn aus dem Mund, damit sie zugleich einen doppelt heftigen Schmerz empfindet. Noch am gleichen Abend wird sie allen ausgeliefert, um das morgige Fest nicht zu stören. Curval ist der Letzte, der seine Attacke mit einer Entladung in ihr Kackloch beschließt. Er gibt ihr dabei eine Ohrfeige von solcher Heftigkeit, dass sie zusammenbricht.

DREIUNDZWANZIGSTER TAG: Wegen des Festes werden nur vier Geschichten erzählt:

109. Er renkt ihr einen Fuß aus. 110. Er bricht ihr einen Arm, während er sie in den Arsch fickt. 111. Er bricht ihr einen Beinknochen mit einer Eisenstange und rammelt sie anschließend in den Arsch. 112. Er fesselt sie an eine Doppelleiter, wobei ihre Glieder in bizarrer Weise angebunden sind. Ein Strick hält die Leiter, man zieht daran, und die Leiter fällt um. Mal bricht sie sich das eine, mal das andere Glied.

Zur Feier des zwölften Wochenendes wird Himmelsständer mit Rosette vermählt. Man lässt das Mädchen zur Ader, nachdem sie von ihrem neuen Gatten gebumst wurde. Auch Aline lässt man von ihm rammeln und gibt ihr dann einen Aderlass, sodass das Blut der beiden Mädchen über die Schenkel und Fickrohre der vier Wüstlinge fließt, die sich dabei einen runterholen und entladen, sobald die Mädchen in Ohnmacht sinken.

VIERUNDZWANZIGSTER TAG: 113. Er schneidet ihr ein Ohr ab. *(Nicht vergessen, bei allen Fällen anzuführen, was zuvor geschehen ist.)* 114. Er spaltet ihr Lippen und Nasenlöcher. 115. Er durchsticht ihr die Zunge mit einem heißen Eisen. Vorher hat er daran gelutscht und hineingebissen. 116. Er reißt ihr verschiedene Finger- oder Fußnägel ab. 117. Er schneidet ihr ein Glied des Fingers ab.

Auf Befragen erklärt die Erzählerin, dass eine derartige Verstümmelung, wenn die Wunde sogleich verbunden wird, keine schlimmen Folgen hat. Hierauf schneidet Durcet noch am selben Abend der von seiner Bosheit verfolgten Adélaïde das erste Glied des kleinen Fingers ab und entlädt dabei mit äußerster Wollust aufgrund dieses Schabernacks. Seine geile Streitlust ihr gegenüber wird immer stärker und stärker. An diesem Abend entjungfert Curval Augustines Arsch, obwohl sie die Frau des Herzogs ist. *(Schilderung der dabei erduldeten Qualen! Curvals spätere Wut gegen sie.)* Er verschwört sich mit dem Herzog, sie heute noch in den Keller zu schleppen, verspricht Durcet, wenn er dies erlaubt, dass er selbst mit Adélaïde ebenso verfahren und sie loswerden dürfe. Aber der Bischof hält eine leidenschaftliche Predigt an die Abtrünnigen und erhält das Versprechen, dass sie im Interesse ihres eigenen Vergnügens noch warten werden. Curval und der Herzog begnügen sich daher mit einer starken Auspeitschung Augustines, wobei der eine sie festhält und der andere schlägt.

FÜNFUNDZWANZIGSTER TAG: 118. Er gießt ihr fünfzehn bis zwanzig Tropfen geschmolzenen Bleis in den Mund und verätzt ihr das Zahnfleisch mit Scheidewasser. 119. Er schneidet ihr die Zungenspitze ab, nachdem er sie vorher seinen schmutzigen Arsch hat auslecken lassen. Dann fickt er sie von hinten. 120. Er hat eine eiserne Maschine, die ein rundes Stück Fleisch aus ihrem Körper schneidet und es beim Zurückziehen herausreißt. Es ist so groß, wie das Gerät tief eingedrungen ist. Der Apparat höhlt automatisch immer tiefer aus, wenn er nicht zurückgezogen wird. 121. Er verwandelt einen Knaben zwischen zehn und fünfzehn Jahren in einen Eunuchen. 122. Mit einer Kneifzange isoliert er jede Brustwarze und richtet sie auf. Dann schneidet er sie mit einer Schere ab.

An diesem Abend wird Augustine ausgeliefert, um in den Arsch gefickt zu werden. Curval will dabei die Brustwarzen Constances küssen und beißt bei seiner Entladung eine ab. Sie wird sofort verbunden, und man glaubt, dadurch die Leibesfrucht vor Schädigung zu schützen. Wegen seiner Wut gegen sie wird Curval von den Freunden geneckt. Er erklärt, dass er seinen Zorn ihr gegenüber nicht mehr zügeln könne. Als dann der Herzog Augustine in den Arsch rammelt, bricht seine Wut gegen das schöne Mädchen hemmungslos hervor, wie sie stärker nicht sein könnte. Hätte man ihn nicht gehindert, würde er sie verletzt haben, entweder an den Titten, oder während er sie bei der Entladung mit aller Kraft würgte. Er fordert abermals, man solle sie ihm ganz ausliefern, aber man rät ihm, damit bis zu den Erzählungen der Desgranges zu warten.

Der Bischof bittet ihn um Geduld. „Eile mit Weile!" ist seine Devise. Warum soll man das Ende dieser Sause verderben, indem man jenen ausgefuchsten Plan über den Haufen wirft, der doch allen täglich ein gewisses Maß an Zurückhaltung auferlegt, in welcher allein das Glück liegt? Der Herzog aber will nicht auf die Stimme der Vernunft hören. Da er sich absolut nicht mehr beherrschen kann und das schöne Mädchen unbedingt quälen will, gestattet man ihm, ihr eine kleine Wunde zuzufügen. Er verletzt sie am linken Unterarm, saugt ihr Blut und entlädt dabei. Sie wird verbunden, und nach vier Tagen sieht man nichts mehr von den Zahnabdrücken des Herzogs.

SECHSUNDZWANZIGSTER TAG: 123. Er zerschmettert auf dem Gesicht des Mädchens, das festgebunden und wehrlos ist, eine Flasche aus dünnem Glas, nachdem er vorher viel an ihrem Mund und ihrer Zunge gesaugt hat. 124. Er fesselt ihre Beine und bindet ihr eine Hand auf den Rücken. Ihre freie Hand erhält einen leichten Stock zur Verteidigung, da er sie kräftig mit einem Degen angreift und ihr mehrere Wunden zufügt, auf die er endlich entlädt. 125. Sie wird auf ein Andreaskreuz gebunden. Er tut, als wolle er an ihr den Akt des Räderns durchführen, verletzt sie an drei Gliedern, ohne sie aber wirklich auszurenken, und bricht ihr schließlich doch einen Arm oder ein Bein. 126. Er lässt sie sich seitwärts aufstellen und schießt mit einer Pistole nach ihren Möpsen, die gestreift werden. Er versucht, die beiden Brustwärzchen wegzuschießen. 127. Sie muss sich auf allen vieren niederlassen, während er in zwanzig Schritt Entfernung eine Flintenkugel in ihre Arschbacken schießt.

An diesem Abend entjungfert der Bischof Fanny arschseitig.

SIEBENUNDZWANZIGSTER TAG: 128. Derselbe Mann, von dem die Desgranges am 24. Februar sprechen wird, bringt eine schwangere Frau durch Peitschenschläge auf den Bauch zur Fehlgeburt. Er will, dass sie in seiner Anwesenheit das Ei legt, und prügelt sie solange, bis es geschieht. 129. Er kastriert einen Knaben von sechzehn bis siebzehn Jahren, den er vorher in den Arsch gefickt und gepeitscht hat. 130. Er schneidet einer Jungfrau mit dem Rasiermesser die Klitoris ab und entjungfert sie dann mit einem glühenden Eisenzylinder, den er mit einem Hammer hineintreibt. 131. Er verabreicht einer Frau, die im achten Monat schwanger ist, ein Getränk, durch welches das Kind getötet wird und sofort abgeht. Manchmal verursacht der Wüstling durch seine Kunstfertigkeit, dass der Säugling durchs Arschloch der Mutter geboren wird. Immer aber wird das Kind umgebracht und das Leben des Weibes gefährdet. 132. Er schneidet ihr einen Arm ab.

An diesem Abend wird Fanny allgemein zum Arschficken ausgeliefert. Durcet rettet sie von einer ihr zugedachten Marter, indem er sie zur Frau nimmt. Er lässt sich durch den Bischof mit ihr trauen und verstößt Adélaïde. Sie wird statt Fanny gefoltert, indem man ihr einen Finger bricht, während der Herzog sie dabei in den Arsch bumst.

ACHTUNDZWANZIGSTER TAG: 133. Er schneidet ihr beide Hände am Gelenk ab und brennt die Wunden mit glühendem Eisen aus. 134. Er trennt ihr die Zunge an der Wurzel ab und brennt die Wunde aus. 135. Er schneidet ihr ein Bein ab. Oft lässt er es abhacken, während er sie in den Arsch fickt. 136. Er reißt ihr alle Zähne aus und schlägt ihr an die Stelle jedes einzelnen mit einem Hammer einen rotglühenden Nagel in den Kiefer, nachdem er ihr vorher in den Mund gespritzt hat. 137. Er reißt ihr ein Auge aus.

An diesem Abend wird Julie tüchtig gepeitscht und mit Nadeln in alle Finger gestochen, während der Bischof, der sie sehr gern hat, in den Arsch rammelt.

NEUNUNDZWANZIGSTER TAG: 138. Er blendet ihr beide Augen durch das Einträufeln heißen spanischen Siegelwachses. Schließlich zerschmilzt erst das eine, dann das andere. 139. Er schneidet ihr eine Titte ab und brennt die Wunde mit einem glühenden Eisen aus. Die Desgranges sagt, dies sei derselbe Mann, der ihr das fehlende Euter abgeschnitten hat, und sie sei sicher, dass er die abgetrennten Möpse brät und verzehrt. 140. Er schneidet ihr beide Hinterbacken ab, nachdem er sie vorher in den Arsch gefickt und gepeitscht hat. Es heißt, dass auch er sie verzehrt. 141. Er schneidet ihr beide Ohren ab. 142. Er schneidet alle äußeren Enden der Extremitäten ab: Finger und Zehen, ferner Klitoris, Brustwarzen und Zungenspitze.

An diesem Abend wird Aline, nachdem die vier Freunde sie gepeitscht und der Bischof sie zum letzten Mal arschgefickt hat, dazu verurteilt, dass jeder der vier Freunde ihr einen Finger und eine Zehe abschneidet. Insgesamt verliert sie also acht Glieder.

DREISSIGSTER TAG: 143. Er schneidet ihr verschiedene Fleischstücke aus dem Körper, brät sie und zwingt sie dann, diese gemeinsam mit ihm zu verschmausen. Es ist der Mann, von dem die Desgranges am 8. und am 17. Februar erzählen wird. 144. Er schneidet einem Knaben Arme und Beine ab, fickt den Rumpf in den Arsch, pflegt ihn dann und erhält ihm so das Leben. Mehr als ein Jahr verkehrt dieser Chirurg auf diese Weise mit ihm. 145. Ein Mädchen wird an einer Hand festgebunden und ohne Nahrung gelassen. Neben sie legt man ein scharfes Messer. Ganz nah, aber außerhalb ihrer Reichweite, befindet sich eine lockende Mahlzeit. Will sie essen, muss sie sich mit dem Messer die Hand abschneiden. Tut sie es nicht, stirbt sie. Durch ein Fenster beobachtet der Mann sie, nachdem er sie in den Arsch gefickt hat. 146. In derselben Weise fesselt er eine Mutter und ihre Tochter. Eine von ihnen muss, um sich selbst und der anderen das Leben zu retten, sich die eigene Hand abschneiden. Er findet seine Lust darin, den Widerstreit ihrer Gefühle zu verfolgen und zu erraten, welche sich für die andere opfern wird.

An diesem Abend werden nur vier Geschichten erzählt, weil man den Abschluss der dreizehnten Woche feiern will. Der Herzog lässt sich als Weib mit Hercule als Mann vermählen, und mit Zéphire als Frau. Dieser Lustknabe mit dem schönsten Hintern der acht, sieht in Mädchenkleidern ganz entzückend aus, so schön wie der Gott der Liebe. Der Bischof vollzieht die Trauung, und der Fick wird angesichts der ganzen Gesellschaft vollzogen. Der Knabe wird erst an diesem Abend entjungfert, was dem Herzog viel Mühe bereitet, ihm aber auch viel wollüstigen Genuss verschafft. Er bringt ihn dabei zum Bluten, und er lässt sich dabei die ganze Zeit von Hercule in den Arsch ficken.

EINUNDDREISSIGSTER TAG: 147. Er sticht ihr beide Augen aus und sperrt sie in ein Zimmer, erklärt ihr, vor ihr stehe eine Speise, sie solle nur suchen. Um dahin zu gelangen, muss sie über eine breite Eisenplatte schreiten, die sie nicht sieht und die permanent sehr heiß gehalten wird. Er beobachtet durch ein Fenster vergnügt, ob sie sich verbrennen oder verhungern wird. Vorher hat er sie stark gepeitscht. 148. Er bindet mit Stricken ihre Hände zusammen, lässt sie daran sehr weit hochziehen und dann jäh herabfallen, bis knapp über den Boden, immer wieder, so dass sie sich jedes Mal die Glieder bricht oder verrenkt. 149. Er bringt ihr tiefe Wunden bei und lässt siedendes Pech und geschmolzenes Blei in sie hineinträufeln. 150. Unmittelbar nach der Geburt bindet er die Frau ihrem Kind gegenüber nackt und hilflos an. Das Kind schreit. Aber sie kann ihm nicht helfen und muss sehen, wie es stirbt. Nachher peitscht er die Mutter kräftig auf die Möse und richtet seine Hiebe hauptsächlich in die Scheide hinein. Gewöhnlich handelt es sich um einem Fall, in dem er selbst der Vater des Kindes ist. 151. Er gibt ihr große Mengen Wasser zu trinken, näht dann ihre Fotze, Arschloch und Mund zu und lässt sie so, bis das Wasser die Nähte sprengt oder bis sie zugrunde geht. *(Prüfen: Warum ist eine Erzählung zu viel? Soll man eine entfernen, denn von der letzteren weiß ich, dass ich sie schon beschrieb.)*

An diesem Abend wird Zéphire zum allgemeinen Arschficken ausgeliefert. Adélaïde verurteilt man zu einer heftigen Auspeitschung und verbrennt sie nachher mit einem heißen Eisen nahe am Scheideninneren, in den Achselhöhlen und ein wenig unter beiden Brüsten. Heldenhaft erduldet sie alles und versetzt ihre Henker durch die Anrufung Gottes in noch größere Wut.

DER HUNDERTZWANZIG TAGE
VIERTER TEIL

Die hundertfünfzig Arten der Mordlust oder die der vierten Gattung, die in den Erzählungen der DESGRANGES geschildert werden und welche die achtundzwanzig Tage des Februars ausfüllen. Anschließend das genaue Tagebuch der schrecklichen Vorgänge im Schloss während dieses Monats

Entwurf:

Zunächst feststellen, dass sich die Dinge in diesem Monat grundsätzlich geändert haben: Alle vier Gattinnen sind verstoßen, aber Julie hat Gnade gefunden vor den Augen des Bischofs, der sie als Magd zu sich nimmt. Aline, Adélaïde und Constance haben weder Unterkunft noch Heizung. Der Duclos wird gestattet, Constance zu sich zu nehmen, weil man ihre Leibesfrucht schonen will. Aline und Adélaïde müssen im Stall bei den Tieren schlafen, die für die Tafel der Herrschaften bestimmt sind. Platz und Funktionen der Gattinnen haben die Haremsmädchen Augustine, Fanny und Sophie eingenommen, und zwar im Scheißhaus, bei der Bedienung des Tisches, auf den Sofas und nachts im Bett der Herren. Außer einem Ficker hat also jeder der Herren in der Nacht folgende Personen bei sich: der Herzog hat Augustine, Zéphire, die Duclos und einen Ficker. Er schläft inmitten der vier, Marie auf einem Sofa.

Curval übernachtet zusammen mit Adonis, Zelmire, einem Ficker und Fanchon. Ansonsten ist der Raum leer.

Durcet nächtigt zwischen Hyacinthe, Fanny, einem Ficker und der Martaine. Der Platz auf dem Sofa ist von Louison belegt. Der Bischof schläft zwischen

Céladon, Sophie, einem Ficker und Julie, auf dem Sofa ist Thérèse. Es ergibt sich daraus, dass die jungen Paare Zéphire und Augustine, Adonis und Zelmire, Hyacinthe und Fanny sowie Céladon und Sophie, welche alle verheiratet sind, jeweils als Ehegatten bei einem der Herren vereint wohnen.

Bleiben noch vier Mädchen im Mädchenharem und vier Knaben in jenem der Jünglinge. Dort, bei den Mädchen, schläft die Champville, hier, bei den Jungs, die Desgranges. Aline nächtigt im Stall, Constance allein im Zimmer der Duclos, da diese ja beim Herzog übernachtet. Das Diner wird immer von den vier Haremsmädchen aufgetragen, die den Platz der Gattinnen eingenommen haben, das Souper von den vier anderen. Eine Vierergruppe serviert den Kaffee. Die gegenüber den Spiegelnischen platzierten Gruppen bestehen nur mehr aus einem Knaben und einem Mädchen.

Während der abendlichen Vorträge sind Aline und Adélaïde an die Pfeiler im Salon der Erzählungen gefesselt, von denen bereits die Rede war. Ihre Ärsche sind den Sofas zugewandt, und neben ihnen stehen Tischchen mit ausgewählten Züchtigungswerkzeugen, sodass man sie jederzeit bequem durchpeitschen kann. Constance darf bei den Erzählerinnen sitzen, während jede Anstandsdame sich in der Nähe ihres Paares aufhalten muss. Julie bewegt sich nackt zwischen den Sofas, um Befehle entgegenzunehmen und sie sogleich auszuführen. Auf jeder Couch befindet sich nach wie vor ein Ficker. Derart ist das Arrangement, als die Desgranges das Amt der Erzählerin antritt.

Ein spezieller Befehl der Freunde bestimmt, dass im Laufe dieses Monats Aline, Adélaïde, Augustine und Zelmire ihren barbarischen Neigungen überantwortet werden. Am vorbestimmten Tag dürfen sie entweder alleine oder in Gegenwart derer, die gerne Zeuge sein möchten, diese Frauen umbringen, ohne dass dagegen ein Einwand erhoben werden kann. Constance soll der Feier der letzten Woche in noch zu beschreibender Weise dienen, wenn der Herzog und Curval, die Witwer werden, sich für das Monatsende eine neue Gattin wählen, und zwar aus den vier übrigbleibenden Haremsmädchen. Die Pfeiler aber werden leer bleiben, sobald man jenen zwei Frauen, die sie jetzt schmücken, das letzte Lebewohl gesagt hat.

Die Desgranges beginnt, nachdem sie im Voraus erklärt, dass sie nur von Mordtaten berichten wird und diese – den Wünschen entsprechend – mit allen

Einzelheiten schildert. Dabei führt sie auch alle Handlungen an, die diesen Lustmördern als Vorbereitung auf ihre Verbrechen dienen, damit man die Zusammenhänge und Beziehungen erkennt und sieht, wie prinzipien- und sittenlose Naturen durch einfache Ausschweifungen bis hin zum Mord in seinen grausamsten Formen gelangen. Dann beginnt sie:

ERSTER TAG: 1. Er belustigte sich gerne mit einer Bettlerin, die seit drei Tagen nichts gegessen hat. Seine zweite Passion ist es, eine Frau in einem unterirdischen Verlies verhungern zu lassen, ohne ihr die geringste Hilfe zu gewähren. Er beobachtet sie und wichst dabei, spritzt aber erst, wenn sie stirbt. 2. Er hält sie lange gefangen und verringert ihre Nahrung von Tag zu Tag. Vorher lässt er sie scheißen und isst die Kacke von einem Teller. 3. Er liebte es, den Speichel aus ihrem Mund zu saugen. Seine zweite Passion ist es, eine Frau in einem unterirdischen Gemach einzumauern, wohin er ihr nur für vierzehn Tage Lebensmittel gibt. Am dreißigsten Tag begibt er sich in den Raum und wichst über der Leiche. 4. Er ließ sie gerne pissen. Seine zweite Manie ist es, sie langsam dahinsiechen zu lassen, wobei er sie viel essen, aber nichts trinken lässt. 5. Erst peitschte er gerne, nun hindert er eine Frau daran, zu schlafen, bis sie stirbt.

An diesem Abend wird Michette, nachdem sie viel gegessen hat, an den Füßen aufgehängt, bis sie alles auf den unter ihr wichsenden Curval kotzt, der dann das himmlische Manna verzehrt, das auf ihn herabregnet.

ZWEITER TAG: 6. Er ließ sich in den Mund scheißen und fraß es. Seine zweite Passion ist es, dem Weib nur Brosamen und Wein als Nahrung zu geben, bis sie nach einem Monat daran zugrundegeht. 7. Ursprünglich war er ein leidenschaftlicher Fotzen-Ficker. Er spritzt ihr nun dabei etwas ein, was ihr eine venerische Krankheit[102] verursacht, aber von solch böser Art, dass sie daran in kurzer Zeit stirbt. 8. Er ließ sich in den Mund kotzen. Als zweite Passion gibt er ihr ein fiebererregendes Gift ein, das sie rasch tötet. 9. Er ließ sie einst gerne scheißen. Seine neue Leidenschaft ist es, ihr ein Klistier mit giftigen Stoffen zu geben, die in kochendem Wasser oder in Salpetersäure gelöst sind. 10. Er war erst ein passionierter Peitscher. Später bindet er das Weib auf eine sich ununterbrochen drehende Scheibe, auf der sie stirbt.

---

[102] Geschlechtskrankheit.

An diesem Abend erhält Rosette ein Klistier mit kochendem Wasser, nachdem der Herzog sie in den Arsch gefickt hat.

DRITTER TAG: 11. Seine Wollust bestand darin, Ohrfeigen auszuteilen. Als Erwachsener steht er darauf, der Frau den Kopf so weit herumzudrehen, bis ihr Gesicht hinten ist. Dann kann er gleichzeitig ihr Antlitz und ihre Arschbacken betrachten. 12. Er liebte als Jüngling den Koitus mit Tieren. Als seine neue Vorliebe lässt er ein junges Mädchen von einem Hengst deflorieren, sodass sie daran stirbt. 13. Er fickte gerne in den Arsch. Jetzt liebt er es, eine Frau bis zum Nabel einzugraben und so lange am Leben zu erhalten, bis der Unterleib verfault ist. 14. Er liebte es, die Klitoris zu kitzeln, und nun lässt er ein Mädchen durch seine Diener an dieser Stelle solange reizen, bis sie stirbt. 15. Ein Peitschenliebhaber geht in dieser Passion nun so weit, dass er die Frauen an allen Körperteilen zu Tode prügelt.

An diesem Abend befiehlt der Herzog, dass abwechselnd die Duclos und die Champville die sehr empfindliche Augustine an der Klitoris kitzeln, bis sie ohnmächtig wird.

VIERTER TAG: 16. Er liebte es, einem Mädchen die Gurgel zusammenzudücken. Nun legt er ihr ein Halseisen um und stellt dabei in ihre Nähe eine lockende Mahlzeit. Beim Versuch, sie zu erreichen, muss das Weib sich entweder erwürgen oder aber verhungern. 17. Der Mann, der die Schwester der Duclos ermordet hat, fand seine Lust darin, den Körper eines Weibes lange und derb zu betasten. Nun walkt er Hals und Brust mit solcher Kraft und Wut, dass das Opfer unter seinen Händen stirbt. 18. Der Mann der Aderlässe, den die Martaine am 20. Januar nannte, lässt schließlich die Mädchen so lange bluten, bis sie tot sind. 19. Derjenige, der in der guten alten Zeit die Mädchen nackt bis zur Erschöpfung rennen ließ, sucht nun, in dieser Epoche der ungezügelten Ausschweifung, seine Wollust darin, sie in einem erhitzten Schwitzkasten einzusperren, bis sie ersticken. 20. Der Mann, von den die Duclos erzählte, dass er sich wie ein Säugling habe einwickeln und statt des Baby-Breis ihre Nuttenscheiße geschlürft habe, schnürt ein Mädchen so fest in die Wickel ein, dass es daran stirbt.

Bevor man sich heute in den Erzählungssaal begibt, erwischt man Curval dabei, wie er eine der Küchenmägde in den Arsch fickt. Er muss eine Buße zahlen, während das Mädchen abends zu den Orgien befohlen wird, wo der Herzog und der Bischof sie ebenfalls ins Kackloch rammeln und jeder ihr dann zweihundert Rutenschläge gibt. Sie ist eine recht frisch aussehende fünfundzwanzigjährige, derbe Savoyardin mit einem schönen Arsch.

FÜNFTER TAG: 21. Die ursprüngliche Passion des Mannes ist der Fick mit Tieren, die zweite die, ein Mädchen fest in eine frische Eselshaut einzunähen, nur den Kopf freilassend. Er speist sie und lässt sie so, bis die sich zusammenziehende Haut sie erdrückt. 22. Der, von dem die Martaine am 15. Januar erzählte, dass er ein Mädchen zum Spaß henkte, hängt ein Mädchen an den Füßen auf, bis ihr eigenes Blut sie erstickt. 23. Jener, den die Duclos am 27. November erwähnte, welcher es liebte, die Nutte besoffen zu machen, tötet die Frau nun, indem er ihr Wasser mit einem Trichter einflösst, bis sie davon aufgebläht ist und stirbt. 24. Er liebte erst nur Quälereien an den Nippeln. Nun geht er darin so weit, dass er die Titten eines Weibes in zwei Eisentöpfe presst, dann zwei Stövchen darunter entzündet und sie so qualvoll sterben lässt. 25. Er sah gerne einer Frau beim Baden zu. Später stößt er das Weib ins Wasser, holt sie dann halbertrunken heraus, hängt sie an den Beinen auf, damit das Wasser wieder herausläuft und wirft sie, wenn sie sich erholt hat, wieder hinein, und so weiter, bis sie stirbt.

An diesem Tag, zur gleichen Stunde wie am Abend zuvor, überrascht man den Herzog, wie gestern schon Curval, beim Arschficken eines Küchenmädchens. Er zahlt eine Strafe, und die Magd wird zu den Orgien zitiert und dort von allen genossen. Durcet nimmt ihren Mund, die anderen ihren Arsch, ja sogar ihre Fotze, da sie noch Jungfer ist. Von jedem bekommt sie zweihundert Peitschenhiebe. Das Mädchen ist achtzehn Jahre alt, groß und gut gewachsen, leicht rothaarig und hat einen schönen Hintern. Curval lässt Constance wegen ihrer Schwangerschaft abends nochmals zur Ader, während der Herzog ihren Arsch fickt. Bei dieser Prozedur wichst Augustine Curval über dem Hintern Zelmires den Schwanz. Beim Entladen sticht er wieder zu und trifft diesmal nicht daneben.

SECHSTER TAG: 26. Früher schleuderte er ein Weib mit einem Arschtritt in ein Kohlenbecken, wobei es mit leichten Verletzungen davonkam. Daraus entsteht seine Manie, das Weib aufrecht zwischen zwei Feuer zu stellen, von denen eins sie vorne, eins von hinten röstet. So wird sie festgehalten, bis ihr Fett geschmolzen ist.

Die Desgranges kündigt an, sie werde nun von Mordtaten sprechen, die ohne viel Qualen den Tod schnell herbeiführen.

27. Früher erschwerte er der Frau das Atmen, indem er ihr Mund und Nase oder den Hals zusammenpresste. Nun erstickt er sie zwischen vier Matratzen. 28. Der, von dem die Martaine am 14. Januar erzählte, dass er dem Weib die Wahl zwischen drei Todesarten ließ, schießt der Frau jetzt eine Kugel durch den Kopf, ohne ihr dabei ein Mitspracherecht in dieser Angelegenheit zu gewähren. Er fickt sie in den Arsch und erschießt sie bei seiner Entladung. 29. Der, von dem die Champville am 22. Dezember berichtete, dass er sie mit einer Katze unter einer Decke hüpfen ließ, wirft sie jetzt aus einem Turmfenster auf spitze Steine und entlädt, wenn er den Aufprall hört. 30. Der, von dem die Martaine am 6. Januar erzählte, dass er das Mädchen am Hals würgte, während er sie in den Arsch fickte, legt ihr bei diesem Akt jetzt eine schwarze Seidenschnur um die Kehle und erdrosselt sie im Augenblick seiner Entladung. (Die Erzählerin erklärt, dies sei einer der raffiniertesten Genüsse, die sich ein Libertin verschaffen könne.)

An diesem Tag feiert man die Vollendung der vierzehnten Woche durch die Vermählung Curvals in seiner Eigenschaft als Weib mit Arschbrecher als Ehegemahl, und in seiner Position als Mann mit Adonis als Gattin. Erst an diesem Abend wird der Knabe vor der Gesellschaft entjungfert, während Curval sich von Arschbrecher ficken lässt. Die vier Freunde besaufen sich beim Souper. Zelmire und Augustine werden auf Hintern, Rücken, Bauch und Waden gepeitscht. Später lässt Curval seine ihm neu angetraute Frau Zelmire von Adonis rammeln und fickt nacheinander beide in den Arsch.

SIEBTER TAG: 31. Er fing ganz laienhaft damit an, schlafende Mädchen zu vögeln. Dann perfektionierte er sich, indem er ihnen nunmehr eine tödliche Dosis Opium gibt und sie während des mit ihrem Tode endenden Schlafes von hinten besteigt. 32. Der kürzlich erwähnte Mann, der die Weiber ins Wasser stößt, hat auch die Passion, einer Frau Steine an den Hals zu binden und sie zu ertränken. 33. Er liebte das Verabreichen von Ohrfeigen. Jetzt gießt er ihr geschmolzenes Blei ins Ohr, während sie schläft. 34. Er liebte es, ihr das Gesicht zu peitschen. Die Champville hat von ihm am 30. Dezember erzählt. *(Nachsehen!)* Jetzt mordet er das Mädchen durch einen herzhaften Hammerschlag auf die Schläfe. 35. Einst ließ er in ihrem Arsch Kerzenstümpfchen niederbrennen. Nun lässt er sie bei Gewitter an einen Blitzableiter binden und vom Blitz erschlagen. 36. Früher peitschte er. Jetzt bindet er sie in Hockstellung vor eine Kanone und lässt die Kugel durch ihr Arschloch fahren.

An diesem Abend sieht man den Bischof die dritte Magd in den Arsch ficken, wofür er eine Strafe bezahlt und das Mädchen zu den Orgien befohlen wird. Der Herzog und Curval vögeln sie von vorne und von hinten, denn sie ist noch Jungfrau. Dann erhält sie achthundert Rutenschläge, von jedem der Freunde zweihundert. Sie ist eine Schweizerin, neunzehnjährig, weißhäutig, sehr fett, mit schönem Hintern. Die Köchinnen beschweren sich und erklären, der Dienst könne nicht ordnungsgemäß versehen werden, wenn die Helferinnen missbraucht würden. Man lässt ihnen also bis März Ruhe. An diesem Abend schneidet man Rosette einen Finger ab und brennt die Wunde aus. Bei dieser Prozedur befindet sie sich zwischen dem Herzog und Curval, die sie gleichzeitig von hinten und von vorne ficken. Am selben Abend wird auch Adonis zum Arschficken freigegeben, sodass der Herzog heute mit der Magd und mit Rosette fotzenseitig bumste. Dieselbe Dienerin sowie Rosette und Adonis hat er überdies in den Enddarm gerammelt. Er ist vollkommen erschöpft.

ACHTER TAG: 37. Erst schlug er das Weib am ganzen Körper mit einem Ochsenziemer; dann flocht er sie aufs Rad und brach ihr dabei lediglich einen Arm oder ein Bein, wie die Martaine berichtet hat. Nun zerbricht er der Frau aber sämtliche Knochen im Leib durch Rädern und erwürgt sie, wenn er mit der Behandlung fertig ist. 38. Der, von dem die Martaine erzählte, dass er das Mädchen scheinbar enthaupten lässt, es aber zuvor im letzten Moment mit einem Seil wegreißt, lässt ihm nun wirklich den Kopf abschlagen und entlädt beim Fall des Beils. Er wichst sich selbst dabei. 39. Jener, welcher die Vernarbungen liebt, wie die Martaine am 30. Januar erzählte, lässt das Weib in einem unterirdischen Verlies zugrundegehen. 40. Er peitschte früher schwangere Weiber auf den Bauch, jetzt lässt er ihnen schwere Gewichte darauf fallen, wodurch sie selbst und ihre Leibesfrucht zerquetscht werden. 41. Er liebte es, einem Mädchen den Hals zuzupressen, jetzt stößt er ihm eine lange Nadel durch eine gewisse Stelle des Nackens, was sie augenblicklich tötet. 42. Er pflegte Frauen mit einer Kerze an verschiedenen Körperteilen zu versengen, jetzt schleudert er sie in einen Feuerofen, wo sie sofort verbrennen.

Durcets Schwanz ist sehr steif geworden, und er hat die an den Pfeiler gebundene Adélaïde schon zweimal gepeitscht. Nun macht er den Vorschlag, sie über dem Kaminfeuer zu rösten. Sie zittert in Todesangst, weil man das Ansinnen anzunehmen scheint, aber dann verbrennt man ihr aus besonderer Gnade doch nur die Brustwarzen. Ihr Gatte Durcet nimmt einen Nippel und ihr Vater Curval den anderen. Beide entladen bei diesem erregenden Vorgang.

NEUNTER TAG: 43. Anfangs peinigte er mit Stecknadeln, jetzt ist es seine Passion, das Weib bei seiner Entladung durch drei Dolchstöße ins Herz zu töten. 44. Er liebte es, in ihrer Möse Feuerwerkskörper zu entzünden, jetzt bindet er ein zartes und gut gebautes Kind an eine starke Rakete und lässt es mit ihr in die Luft fahren, bis es schließlich zur Erde fällt. 45. Derselbe Mann füllt alle Leibesöffnungen des Weibes mit Schießpulver, das er gleichzeitig anzündet, sodass es in Stücke gerissen wird. 46. Er gab einst den Mädchen heimlich im Essen ein Brechmittel ein; seine zweite Passion ist es, sie an Schnupftabak oder Blumen riechen zu lassen, aus denen sie ein giftiges Pulver einatmen, das sie augenblicklich tötet. 47. Er liebte es, auf Brust und Hals zu peitschen. Nun perfektionierte er sich, indem er ihr mit einer Eisenstange gegen die Kehle schlägt, so dass sie für immer zusammenbricht. 48. Der Mann, von dem die Duclos am 27. November und die Martaine am 14. Januar gesprochen hat, *(Nachprüfen!)* lässt das Mädchen scheißen. Er schimpft sie aus, treibt sie mit kräftigen Schlägen einer Reitpeitsche durch einen Gang, an dessen Ende sich eine Tür öffnet, die auf eine kleine Stiege führt, wo sie sich in Sicherheit wähnt. Eine Stufe gibt nach und lässt sie in einen Zuber mit kochendem Wasser stürzen, der sich über ihr schließt. So verbrüht, erstickt und ertrinkt sie gleichzeitig. Er hatte zuvor auch die Passion, sie scheißen zu lassen und sie dabei zu peitschen.

An diesem Abend befiehlt der Herzog Zelmire, zu scheißen. Da sie das aber schon vormittags auf Curvals Wunsch getan hat, kann sie den Auftrag nicht erfüllen und wird sofort verurteilt, mit einer goldenen Nadel in den Arsch gestochen zu werden, bis er blutüberströmt ist. Diese Arbeit beansprucht der Herzog als der Enttäuschte für sich selbst. Curval verlangt Scheiße von

Zéphire, der einwendet, dass er das schon morgens für den Herzog gemacht habe, was dieser aber bestreitet. Man ruft die Duclos als Zeugin, sie widerspricht Zéphire, obschon er die Wahrheit sagt. Curval erhält also das Recht, ihn zu bestrafen. Er wird bis aufs Blut gepeitscht und bekommt sechs Schläge auf die Nase. Dadurch fließt noch mehr Blut, was den Herzog dröhnend lachen lässt.

ZEHNTER TAG: Die Desgranges zeigt an, dass sie nun von „hinterlistigen Morden" sprechen werde, bei denen es auf die Methode ankommt und wobei die Tötung selbst nur nebensächlich ist. Sie beginnt daher mit den Giftmorden. 49. Ein Mann, der ausschließlich in den Arsch fickte, vergiftet nun alle seine Frauen, von deren Fotzen er keine entjungfert hat. Er hat jetzt die zweiundzwanzigste. 50. Ein anderer Arschficker vergiftet jedes Mal einige seiner bei einem Gastmahl versammelten Freunde, die er dazu eingeladen hat. Sie bekommen Bauchkrämpfe, die sich als tödlich erweisen. 51. Der Mann aus der Erzählung der Duclos vom 26. November und jener der Martaine vom 10. Januar, ein Enddarm-Rammler, gibt sich den Anschein, den Armen beizustehen. Aber er vergiftet die ihnen gereichten Speisen. 52. Ein anderer Rosettenstopfer besitzt ein Pulver, das, auf die Erde gestreut, jeden, der darauf tritt, sofort tötet. Er benutzt es sehr häufig und großflächig. 53. Ein weiterer in der Kunst der Alchemie erfahrener Arschrammler benutzt ein anderes Pulver, das den Tod unter grauenhaften Qualen bringt. Sie dauern zwei Wochen, und kein Arzt entdeckt ihre Ursache. Seine größte Lust ist es, seine Opfer in diesem Zustand zu besuchen. 54. Ein anderer, der Männer und Frauen gleichermaßen nur in den Arsch fickt, besitzt ein Pulver, das besinnungslos und scheintot macht. Wer davon genossen hat, wird als tot begraben und erwacht im Sarg, um darin qualvoll zu verenden. Der Wüstling geht dann ans Grab, um dort zu wichsen, presst sein Ohr auf den Boden, wobei er hofft, vielleicht die Schreie zu hören. Gelingt ihm das, so vergehen ihm die Sinne vor Wollust. Auf solche Weise hat er verschiedene Mitglieder seiner Familie umgebracht.

Man reicht Julie an diesem Abend zum Scherz ein Pulver, das ihr schreckliche Schmerzen verursacht. Man sagt ihr, sie sei vergiftet, was sie glaubt, und sie gerät in Verzweiflung. Die sich in Schmerzen Windende vor Augen, lässt sich der Herzog von Augustine den Schwanz abwichsen. Kurz vor seiner Entladung ist sie so ungeschickt, die Vorhaut über die Eichel zu ziehen, was Blangis wütend macht und seinen Erguss verhindert. Dafür schneidet er ihr einen

Finger der tölpelhaften Hand ab. Beim Abtrennen lässt er seine Tochter Julie, die immer noch überzeugt ist, vergiftet zu sein, herankriechen, um seine Entladung zu beenden. Noch am selben Abend ist Julie wieder geheilt.

ELFTER TAG: 55. Ein Arschficker besucht häufig seine Freunde und Bekannten und vergisst dabei niemals, die seinem Gastgeber teuerste Person mittels eines Pulvers zu vergiften, das zweitägige, schreckliche Qualen und erst dann den Tod herbeiführt. 56. Ein Mann, der damit anfing, Weibern die Titten zu verletzen, geht nun dazu über, Kinder am Busen der Säugamme zu vergiften. 57. Er ließ sich erst Milchklistiere in den Mund spritzen und vergiftete später die Frauen durch ein Danaergeschenk[103], das sie unter schrecklichen Spasmen und Koliken in den Eingeweiden dahinrafft. 58. Ein Arschficker, von dem am 13. und am 26. Februar noch erzählt werden wird, fand seine Lust darin, die Häuser armer Leute anzuzünden und freute sich, wenn möglichst viele Menschen, vor allem Kinder, dabei ums Leben kamen. 59. Ein anderer Arschficker bestreut Frauen, die im Wochenbett liegen, bei seinem Besuch mit einem Pulver, das ihnen Krämpfe und Ohnmachten verursacht und schließlich den Tod herbeiführt. 60. Jener, von dem die Duclos am 28. November berichtete, will eine Frau bei der Entbindung beobachten und tötet dann sofort das Kind vor ihren Augen, während er es zu liebkosen scheint.

An diesem Abend wird Aline durch jeden der vier Freunde mit hundert Peitschenhieben geschlagen, bis sie blutüberströmt ist, woraufhin man verlangt, dass sie scheißt. Auf Curvals Befehl hat sie das jedoch schon am Vormittag getan. Da er das bestreitet, verbrennt man ihr beide Möpse und Handflächen und träufelt ihr glühendes Siegelwachs auf Bauch und Hintern. Dann füllt man ihr den Nabel damit aus und verbrennt ihr die Schamhaare, die man mit Weingeist befeuchtet hat. Der Herzog tobt gegen Zelmire, dem Curval ein Fingerglied von jeder Hand abschneidet. Augustine wird auf Fotze und Arsch gegeißelt.

ZWÖLFTER TAG: Am Morgen versammeln sich die Freunde und beschließen, dass die vier alten Anstandsdamen, deren Dienste auch von den

[103] Ein Geschenk, das dem Empfänger großes Unheil bringt.

Erzählerinnen übernommen werden können, dadurch überflüssig geworden sind. Sie sollen in Zukunft nur noch dem Amüsement dienen, indem man sie nacheinander zu Tode quält. Das erste Opfer soll noch am selben Abend erfolgen. Die Erzählerinnen nehmen die Übertragung ihrer neuen Funktionen an, unter der Bedingung, dass man sie nicht ebenfalls später dahinmetzelt. Dies wird ihnen zugesagt.

61. Die drei Freunde d'Aucourt, Desprès und der Abbé, von denen die Duclos am 12. November erzählte, leben nun im Ausland und vergnügen sich nach wie vor gemeinsam. Jetzt aber mit folgender Passion: Einer schwangeren Frau im achten oder neunten Monat öffnen sie den Leib, nehmen das Kind heraus und verbrennen es vor den Augen der Mutter. Dann stecken sie ihr einen Klumpen aus Schwefel und Quecksilber in den Bauch, zünden die Mischung an, nähen ihr die Wampe wieder zu und lassen sie unter unerhörten Qualen verenden, während sie selbst sich von einem mitgebrachten Mädchen wichsen lassen. *(Namen nachsehen!)* 62. Mit Entjungferungen fing er an. Dann perfektionierte er sich, indem er eine große Anzahl Frauen schwängert. Die Kinder defloriert er dann mit fünf oder sechs Jahren, egal ob Knaben oder Mädchen, und wirft sie anschließend in einen brennenden Ofen, nachdem er sie gefickt hat, wobei er dann entlädt. 63. Der Mann, von dem die Duclos am 27. November und die Martaine am 15. Januar und sie selbst am 5. Februar gesprochen haben, dessen Lust die Scheinhinrichtungen waren, versteckt im Gepäck seiner Dienerschaft Wertsachen. Er behauptet, dass sie von ihnen gestohlen worden seien und versucht, sie an den Galgen zu bringen. Gelingt es ihm, genießt er das Schauspiel. Wenn nicht, sperrt er sie ein und erwürgt sie, wobei er entlädt. 64. Der große Liebhaber von Exkrementen, den die Duclos am 14. November erwähnt, hat in seinem Haus einen entsprechend eingerichtetes Scheißhaus. Die Person, die er umbringen will, wird veranlasst, sich auf den Abtritt zu setzen. Dieser gibt nach und lässt sie in die tiefe Senkgrube voller Scheiße fallen, wo sie erstickt. 65. Der Mann, von dem erzählt wurde, dass er ein Mädchen von der Leiter fallen lässt, hat seine Passion vervollkommnet *(Aber nachprüfen, welcher Mann!)* und tut später folgendes: Er lässt das Mädchen auf eine kleine Holzbrücke treten, die über einen Wasserlauf führt. Jenseits davon sieht sie eine Mauer, die umso mehr eine Zuflucht zu bieten scheint, als eine Leiter darangelehnt ist. Die Brücke wird angezündet, und das Feuer kommt dem Mädchen näher. Zögert sie zu lange, wird sie verbrennen. Springt sie ins Wasser, obschon sie nicht schwimmen kann, wird sie ersaufen.

Während sie überlegt, was zu tun ist, entschließt sie sich endlich für ein Element, und versucht, die Mauer zu erreichen. Häufig ertrinkt sie dabei. Dann ist das Spielchen beendet. Erreicht sie aber zufällig das Ufer, wird sie versuchen, mittels der Leiter über die Mauer zu entfliehen. Aber die Leiter bricht unter ihr zusammen und lässt sie in eine durch eine dünne Erdschicht versteckte Grube auf glühende Kohlen fallen, wo sie verbrennt. Der Libertin sieht interessiert dabei zu und wichst sehr ausgiebig. 66. Derselbe, welcher die Martaine fünfjährig anal entjungfert hatte und von dem sie ankündigte, in ihrer Abschlusserzählung (der sogenannten „höllischen Passion") zu berichten, eben dieser, betone ich, fickt das schönste Mädchen zwischen sechzehn und achtzehn Jahren, das seine Ludin für ihn auftreiben konnte, in den Arsch. Kurz vor seiner Entladung berührt er die Feder eines Mechanismus, der auf den Hals des Mädchens einen mit stählernen Zähnen bewehrten Apparat niederfallen lässt, der ihr langsam und sehr gründlich die Gurgel durchsägt, während er seinen Orgasmus genießt. Dieser dauert sehr lange.

An diesem Abend macht man die Entdeckung, dass einer der untergeordneten Ficker eine Liebschaft mit Augustine hat. Er hat sie noch nicht gevögelt, aber ihr die Flucht vorgeschlagen, was er als leicht darstellte. Augustine gesteht, dass sie fast bereit war, zu tun, was er verlangt und ihm an einen Ort zu folgen, wo sie außer Lebensgefahr war. Die Fanchon hat alles entdeckt und verraten. Die vier Freunde werfen sich jählings auf den Ficker, fesseln und knebeln ihn, um ihn dann ins Kellerverlies zu schleppen, wo der Herzog ihn mit aller brutalen Gewalt ohne Pomade in den Arsch fickt, während Curval ihm den Hals durchsägt und die beiden anderen ihn mit rotglühenden Eisen am ganzen Leib versengen.

Man vollbringt diese Prozedur nach dem Diner und ersetzt dadurch die Kaffeestunde. Anschließend begibt man sich wie sonst in den Saal der Erzählungen und berät sich beim Souper, ob die am Abend zur Marterung bestimmte Fanchon nicht in Anbetracht ihrer Verdienste um die Entdeckung der Verschwörung begnadigt werden soll. Der Bischof widersetzt sich diesem Plan, weil es unwürdig sei, solchen Gefühlen der Dankbarkeit Raum zu gewähren, anstatt danach zu trachten, der Gesellschaft zu größerer Wollust zu verhelfen und nicht ihr Vergnügen einzuschränken. Man bestraft daher zuerst Augustine, weil sie an dem Komplott beteiligt war, indem man sie zunächst der Hinrichtung ihres Freundes beiwohnen lässt, sie dann in den Arsch fickt und sie glauben lässt, auch sie werde geköpft. Endlich reißt man ihr zwei Zähne aus, während Curval das schöne Mädchen anal rammelt. Sie wird gründlich gepeitscht. Dann ruft man Fanchon, sage ich, und lässt sie scheißen, wobei jeder der Freunde ihr hundert Hiebe gibt. Der Herzog schneidet ihr dicht am Körper den linken Nippel ab. Er beantwortet ihre wiederholten Klagen über diese ungerechte Behandlung mit den Worten: „Wäre es gerecht, würde es uns mit Sicherheit keine Latte bescheren!“, und er wischt die Rasierklinge sauber. Um sie für spätere Folterungen aufzusparen, verbindet man die Wunden der alten Nutte.

Unter den subalternen Fickern bemerkt man eine aufrührerische Bewegung, die aber durch die Hinrichtung des einen erstickt worden ist. Wie Fanchon werden auch die drei anderen Alten ihrer Funktionen enthoben und durch die Erzählerinnen sowie durch Julie ersetzt. Zitternd müssen sie sich darin ergeben, dass sie kein Mittel finden, ihrem Schicksal zu entgehen.

DREIZEHNTER TAG: 67. Ein Mann, der eine große Vorliebe für Ärsche hatte, überredet ein Mädchen, dem er Liebe heuchelt, zu einer Kahnpartie. Das Boot bricht auseinander, das Mädchen ertrinkt. Manchmal wendet er auch ein anderes Mittel an: Er führt das Fräulein auf einen hohen Balkon, wo das Geländer bricht, sobald sie sich dagegen lehnt. Sie stürzt dann zu Tode. 68. Ein Mann, der erst nur Mädchen peitschte und nachher in den Arsch fickte, kommt endlich dazu, ein Weib in ein Zimmer zu locken, in dem sich eine Falltür öffnet, welche die Nutte in einen Keller fallen lässt. Dort wirft er sich auf sie, solange sie noch benommen vom Sturz ist, und sticht ihr mit einem Dolch in Titten, Fotze und Arsch. Dann wirft er sie, tot oder lebendig, in ein anderes Gewölbe, wo sie auf die Leichen der bereits ermordeten Frauen fällt. Über ihr schließt sich ein schwerer Stein. Ist sie nicht schon tot, so lässt er sie dort tobend sterben. Er sticht mit seinem Dolch meist nicht sehr tief, damit sie nicht zu schnell krepiert und erst in dem letzten Keller ihren Geist aufgibt. Vorher vögelt er sie in den Arsch, peitscht sie und entlädt stets dabei. Immer ist er völlig kaltblütig bei dieser Verrichtung. 69. Ein Arschficker bindet das Mädchen auf ein wildes Pferd, das über felsiges Gelände davonrast und mit ihr in einen Abgrund stürzt. 70. Der Mann, von dem die Martaine am 18. Januar erzählte, und dessen jugendliche Passion es war, auf dem Körper eines Weibes kleine Pulverhäufchen zu entzünden, legt später das Mädchen in ein Bett, das nachgibt und sie auf brennende Kohlen fallen lässt. Will sie fliehen, stößt er sie mit einem Spieß kräftig in den Bauch und in die Glut zurück. 71. Der Brandstifter, von dem sie am 11. Januar erzählte und der es auf die Häuser der Armen abgesehen hat, lockt Mittellose, denen er Hilfe verspricht, zu sich, fickt Männer und Frauen in den Arsch, bricht ihnen die Glieder und lässt sie dann in einem unterirdischen Gemach verhungern. 72. Der, von dem die Martaine erzählte, dass er es liebte, ein Weib durchs Fenster auf einen Dunghaufen zu schleudern, macht nun folgendes: Er lässt ein Mädchen in einem Zimmer, dessen Fenster sich nicht hoch über dem Erdboden befindet, zu Bett gehen, nachdem er ihm Opium gegeben hat. Ist sie eingeschlafen, so bringt man sie in ein anderes Gemach, dessen Fenster aber sehr hoch liegt. Dann stürzt er, sobald das Mädchen erwacht ist, in den Raum, erschreckt sie mit Geschrei und Todesdrohungen, so dass sie durch das vermeintlich niedriggelegene Fenster flüchten will. Sie fällt dreißig Fuß tief auf spitze Steine und zerschmettert sich vollständig, ohne dass er sie auch nur berühren muss.

An diesem Abend nimmt der Bischof, der alte Theatraliker, in seiner Eigenschaft als Frau, Antinoüs zum Gatten, und in seiner Position als Mann, Céladon zur Gemahlin. Der Knabe wird an diesem Tag zum ersten Mal in den Arsch gefickt. Dies ist die heilige Feier des Endes der fünfzehnten Woche.

Zur besonderen Belustigung will der Prälat in seiner neu ausbrechenden lüsternen Wut gegen Aline das Mädchen exzessiv quälen. Man erhängt sie und nimmt sie aber rasch wieder ab, nachdem die Freunde beim Anblick der Aufgeknüpften entladen haben. Durcet bringt sie durch einen Aderlass wieder zu sich. Sie ist durch diese Prozedur einen Zoll länger geworden, und sie erzählt, was sie dabei empfunden hat. Der Bischof schneidet in festlicher Stimmung der alten Louison eine Brustwarze ab, und die anderen Anstandsdamen sehen, welches Los sie erwartet.

VIERZEHNTER TAG: 73. Über seine Neigung zum Peitschen perfektionierte der Mann sich später, indem er dem Mädchen erbsengroße Fleischstücke aus dem Körper schneidet und sie, ohne sie zu verbinden, langsam, gewissermaßen auf kleiner Flamme, zugrunde gehen lässt.

Nun verkündet die Desgranges, dass sie zu den mit größter Grausamkeit ausgeführten Morden komme, bei denen man dem Opfer heftige Qualen bereitet. Man drängt sie, mehr als je zuvor, dabei alle Details zu schildern.

74. Der Aderlass-Mann zapft dem Mädchen täglich eine halbe Unze Blut ab, bis der Tod eintritt. Man lohnt ihr die Geschichte mit lautem Beifall. 75a. Der, welcher Stecknadeln in den Arsch piekste, versetzt dem Mädchen täglich einen leichten Dolchstich. Das Blut wird gestillt, aber die Wunden nicht verbunden, sodass sie langsam stirbt. 75b. Ein Peitscher sägt nacheinander ganz langsam alle Gliedmaßen ab. 76. Der Marquis de Mesanges, welcher der Duclos die Tochter des Schusters abkaufte, und dessen ursprüngliche Leidenschaft es war, sich vier Stunden lang ohne Abspritzen peitschen zu lassen, lässt später kleine Mädchen von einem riesigen Hünen am Kopf über ein Kohlenfeuer hängen, so dass sie langsam verbrennen. Die Mädchen müssen jungfräulich sein. 77. Anfangs versengte er Mädchen mit brennendem Zunder an Titten und Arsch. Später spickte er den ganzen Körper mit Schwefelfäden, die er nacheinander anzündete, um sie dabei sterben zu sehen.

„Es gibt keinen schmerzhafteren Tod", beteuert der Herzog. Er habe ähnliche Scheußlichkeiten begangen und dabei stark entladen. Das Weib lebe dabei noch sechs bis acht Stunden. An diesem Abend wird Céladon zum Arschficken ausgeliefert und vom Herzog und von Curval benutzt. Constance soll wegen ihrer Schwangerschaft wieder einen Aderlass bekommen. Curval erledigt das, wobei er in den Hintern Céladons entlädt. Dann, Zelmire in den Arsch fickend, schneidet er Thérèse, welche dabei vom Herzog von hinten genommen wird, einen Nippel ab.

FÜNFZEHNTER TAG: 78. Er liebte es, den Speichel aus dem Mund des Mädchens zu saugen und zu schlucken. Später ist es seine Leidenschaft, ihr neun Tage lang eine kleine Dosis flüssiges Blei durch einen Trichter einzuflößen, bis sie am neunten Tag krepiert. 79. Früher renkte er ihr nur einen Finger aus, jetzt bricht er ihr alle Glieder, reißt ihr Zunge und Augen aus und lässt dann sie durch langsamen Nahrungsentzug sterben. 80. Der von der Martaine genannte Gotteslästerer, von welchem sie in der zweiten Geschichte am dritten Januar erzählte, bindet einen schönen Knaben mit Stricken an ein hohes Kreuz, wo die Raben ihn fressen. 81. Der Achselhöhlen-Schnupperer und -Ficker, von dem die Duclos erzählte, hängt ein Weib unter den Achseln auf, fesselt sie zuvor überall und sticht ihr täglich irgendwo in den Körper, so dass das Blut die Fliegen anlockt, bis sie stirbt. 82. Seine leidenschaftliche Liebe zu den Ärschen führt einen Mann dahin, dass er später das Mädchen in einen Keller einsperrt, wo nur für drei Tage Lebensmittel vorrätig sind. Vorher verletzt er sie, um ihren Tod qualvoller zu gestalten. Er nimmt nur Jungfrauen und küsst ihnen acht Tage lang den Arsch, bevor er dessen Vernichtung organisiert. 83. Er drang bei sehr jungen Mädchen vorerst gerne in Mund und Arschloch ein. Er vervollkommnete sich später, indem er jetzt einem lebendigen Mädchen das Herz aus dem Leibe reißt. Er weitet das Loch und steckt seinen Schwanz in die ganz warme Höhle. Dort entlädt er und legt dann das Herz wieder an seinen Platz zurück, der voller Blut und Ficksaft ist. Nun näht er die Wunde zu und lässt das Mädchen ohne Beistand sterben. Das dauert in diesem Fall nicht allzu lange.

An diesem Abend erklärt Curval, welcher der schönen Constance heute besonders feindselig gesinnt ist, man könne auch mit einem gebrochenen Glied wunderbar entbinden, und er bricht der Unglücklichen den rechten Arm. Durcet schneidet Marie einen Nippel ab, nachdem man sie mit der Peitsche gut vorgewärmt hat und scheißen ließ.

SECHZEHNTER TAG: 84. Ein Peitscher verfeinert seine Leidenschaft: Er lernt die Kunst, einem Mädchen vorsichtig die Knochen bloßzulegen. Dann saugt er das Mark heraus und füllt geschmolzenes Blei in die Höhlung. Der Herzog ruft entzückt, er wolle sein Leben lang keine Ärsche mehr ficken, wenn das nicht die ihm für Augustine zusagende Marter sei. Die Unglückliche, die währenddessen von ihm in den Arsch gevögelt wird, jammert und vergießt Sturzbäche von Tränen. Sie stört durch dieses schlechte Betragen seine Entladung. Er zieht also seinen Schwanz heraus, nimmt ihn in eine Hand und ohrfeigt sie dutzendfach mit der anderen, so dass die Wände des Schlosses widerhallen. Auf diese Weise kann er wenigstens zufriedenstellend entladen. 85. Ein Arschficker lässt ein Mädchen von einer eigens konstruierten Maschine in kleine Stücke zerhacken. Diese Folter ist chinesischen Ursprungs. 86. Übersättigt von seiner ursprünglichen Begeisterung für Entjungferungen, setzt er nunmehr eine Jungfrau mit der Fotze auf einen spitzen Pfahl. Dort kauert sie wie auf einem Pferd, und er beschwert ihre Füße mit Kanonenkugeln. Der Pfosten bohrt sich langsam immer tiefer und tiefer. Sie ist alleingelassen und stirbt einen langsamen Tod. 87. Ein Peitscher zieht einem Mädchen drei Häute nacheinander ab und bestreicht die vierte mit einer ätzenden Säure, sodass sie unter entsetzlichen Qualen vergeht. 88. Die frühere Leidenschaft eines Mannes war es, Finger abzuschneiden. Nun zwickt er Fleischstücke mit glühenden

Zangen und schneidet sie dann mit einer Schere ab, woraufhin er die Wunde ausbrennt. Vier oder fünf Tage lang wiederholt er die Tortur, bis das Opfer entfleischt ist und unter den Torturen dieser grausamen Behandlung stirbt.

An diesem Abend überrascht man Sophie und Céladon beim Rammeln. Sie werden sofort bestraft. Der Bischof, dessen Hab und Gut sie sind, peitscht sie am ganzen Körper. Jedem schneidet man überdies zwei Finger ab, wobei Céladon rasch darüber hinwegkommt. Trotzdem dienen sie weiter der Lust des Prälaten. Man bringt Fanchon auf die Bühne, verprügelt sie mit einem Ochsenziemer, verbrennt dann ihre Fußsohlen, ferner beide Schenkel, Stirn und Handflächen, sodann reißen die Herrschaften ihr alle übrigen Zähne aus. Bei all diesen Folterungen hat der Herzog fast die ganze Zeit über seinen Schwanz in ihrem Arsch. *(Erwähnen, dass man übereingekommen ist, die Hinterbacken eines Subjekts bis zum Ende seiner Karriere zu schonen.)*

SIEBZEHNTER TAG: 89. Der, von dem die Martaine am 30. Januar und die Desgranges am 5. Februar berichteten, schneidet einem Mädchen Titten und Pobacken ab und verzehrt sie. Nachdem er ihr auf die Wunden ätzende Pflaster gelegt hat, stirbt sie. Er hat sie auch zuvor gezwungen, von ihrem eigenen Fleisch zu essen, nachdem er es gebraten hatte. 90. Ein Arschficker kocht ein kleines Mädchen in einem Topf. 91. Ein anderer brät sie bei lebendigem Leibe am Spieß, nachdem er sie vorher in den Arsch gerammelt hat. 92. Er ließ früher Knaben und Mädchen vor seinen Augen von sehr großen Schwänzen in den Arsch vögeln. Jetzt pfählt er Mädchen durchs Kackloch und weidet sich an den Zuckungen seiner Opfer. 93. Ein Arschficker bindet ein Weib auf ein Rad, ohne ihr zuvor irgendetwas zuleide zu tun. Das Rad dreht sich unentwegt und lässt sie diesen schönen Tod sterben.

An diesem Abend verlangt der Bischof in seiner Erregung die Marterung Alines. Seine Wut auf sie hat ein Höchstmaß erreicht. Sie erscheint nackt, muss scheißen und wird dann von ihm in den Arsch gefickt, ohne dass er entlädt. In seiner Raserei verlässt er diesen schönen Hintern und macht ihr dann ein Klistier mit siedendem Wasser, das sie dann noch kochend in Thérèses Gesicht spritzen muss. Hierauf schneidet man Aline alle noch vorhandenen Finger und Zehen ab, bricht ihr beide Arme, die man zuvor mit einem glühenden Eisen gebrannt hat. Dann peitscht und ohrfeigt man sie. Der Bischof, ganz Feuer und Flamme, schneidet ihr einen Nippel ab und entlädt dabei. Nun kommt Thérèse an die Reihe, die man im Inneren ihrer Fotze verbrennt, in den Nasenlöchern, der Zunge sowie an den Händen und Füßen. Man gibt ihr sechshundert Hiebe mit dem Ochsenziemer, reißt ihr alle übriggebliebenen Zähne aus und verbrüht ihr das Innere des Halses. Die anwesende Augustine bricht in Tränen aus, und der Herzog peitscht sie dafür blutig auf Bauch und Möse.

ACHTZEHNTER TAG: 94. In seinen jungen Tagen war er ein Fleisch-Ritzer. Jetzt lässt er die Weiber durch vier junge Bäume vierteilen, wobei er an jeden einen Arm oder ein Bein befestigt und sie dann in ihre ursprüngliche Stellung zurückschnellen lässt. 95. Ein Peitscher lässt die Frau durch eine besondere Vorrichtung ins Feuer tauchen und sogleich wieder herausziehen, solange, bis von der Patientin nur noch wenig übrig ist. 96. Früher löschte er brennende Kerzen auf der Haut des Mädchens aus. Jetzt beschmiert er sie mit Schwefel und benutzt sie selbst als Kerze, indem er sie anzündet. Dabei achtet er darauf, dass der giftige Rauch sie nicht tötet. 97. Ein Arschficker nimmt aus dem Körper eines Knaben und eines Mädchens die Eingeweide heraus. Er vertauscht sie und näht die Leiber wieder zu, bindet sie Rücken an Rücken an einen Pfeiler, der sich zwischen ihnen befindet und sie stützt, und er beobachtet ihr Sterben. 98. Ein Mann brachte früher den Weibern leichte Brandwunden bei. Jetzt brät er sie auf einem Rost, sie dabei ständig umwendend.

Die Raserei der Wüstlinge richtet sich an diesem Abend gegen Michette. Alle vier peitschen sie zunächst, jeder reißt ihr dann einen Zahn aus, und jeder schneidet ihr einen Finger ab. An den Schenkeln verbrennt man sie vorne und hinten an vier Stellen, und der Herzog zerquetscht ihr eine der Zitzen, bis sie ganz wund ist, wobei er Giton in den Arsch fickt. Nun steht Louison auf der Rechnung. Man lässt sie scheißen, traktiert sie mit achthundert Schlägen eines Ochsenziemers, bricht ihr alle Zähne aus dem Mund, verbrennt ihr die Zunge, das Arschloch, die Möse, den einzigen Nippel, den sie noch hat, und sengt ihr sechs Wunden in die Schenkel. Als alles schon schläft, nehmen der Bischof und sein Bruder die Desgranges und die Duclos mit sich, und diese vier schleppen Aline in den Kerker. Herzog und Bischof ficken sie ins Mokka-Stübchen. Dann verkünden sie ihr das Todesurteil und vollziehen es unter den furchtbarsten Marterungen, die bis in den Morgen hinein dauern. Als sie wieder nach oben steigen, sprechen sie den Erzählerinnen ihre Belobigung aus und empfehlen sie den anderen Freunden als Helferinnen bci derartigen Folterungen.

NEUNZEHNTER TAG: 99. Früher war er Arschficker. Er legt nun das Weib mit dem Kreuz auf einen Spitzpfahl, die Glieder werden dabei durch feine Schnüre schwebend gehalten. Diese Folter verursacht Lachen, zugleich sind die Qualen entsetzlich. 100. Er schnitt früher kleine Fleischstücke aus den Ärschen der Frauen. Jetzt ist er endgültig zum Metzger geworden, und er lässt das Mädchen langsam zwischen zwei Brettern zersägen. 101. Ein Zwitter und Arschficker nimmt Bruder und Schwester zu sich. Er zeigt dem Bruder Marterwerkzeuge und erklärt, dass er ihn damit grauenvoll zu Tode quälen werde, ihm aber das Leben schenke, wenn er bereit sei, seine Schwester zu begatten und sie dabei vor seinen Augen zu erwürgen. Stimmt der junge Mann zu und fickt mit der Schwester, arschrammelt der Wüstling beide abwechselnd. Wenn der Mann die Schwester aus Angst vor dem Tode erwürgt, öffnet sich eine Falltür unter beiden, und sie stürzen auf glühende Kohlen. 102. Ein Arschficker lässt vor seinen Augen Vater und Tochter miteinander vögeln. Dann fickt er den Arsch des Mädchens, wobei der Vater sie festhält. Er erklärt dann dem Vater, die Tochter müsse unbedingt sterben. Er habe aber die Wahl, sie, ohne sie leiden zu lassen, selbst zu erwürgen, oder aber zuzusehen, wie man sie unter furchtbaren Qualen töten werde. Zieht der Vater es vor, seinem Kind die Folter zu ersparen, und erdrosselt er sie selbst mit einer Schnur, so fesselt und knebelt man ihn in dem Augenblick, wo er sich dazu anschickt. Dann zieht man vor seinen Augen dem Mädchen die Haut ab und rollt sie in glühenden Eisenspänen. Schließlich wirft man sie in ein Kohlenfeuer. Dann erwürgt man den Vater (Wüstling: „Ich werde dich lehren, deine Tochter mit den eigenen Händen zu erwürgen, du Barbar!") und wirft ihn in dasselbe Feuer wie seine Tochter. 103. Ein großer Liebhaber von Ärschen und Peitschen lässt Mutter und Tochter kommen, erklärt Letzterer, er werde die Mutter umbringen, wenn sie sich nicht beide Hände abschneiden lasse. Die Kleine ist bereit, er hackt sie ihr ab und bringt sie dann in ein anderes Gemach. Dort legt er ihr einen Strick um den Hals und stellt sie auf seinen Stuhl, der mit einer Schnur verbunden ist. Im Nebenraum gibt er der Mutter das andere Ende des Seils in die Hand und sagt ihr, dass sie daran ziehen soll. Ohne dass sie weiß, was sie tut, zieht sie daran, und man bringt sie sogleich ins andere Zimmer, damit sie die Folgen ihrer Tat bedenken kann. Im Moment ihrer höchsten Verzweiflung schlägt ihr der Wüstling mit einem beherzten Schlag von hinten den Schädel ein.

In seiner Eifersucht auf den wollüstigen Genuss, den die beiden Brüder sich am Vorabend bereitet haben, schlägt Durcet vor, an diesem Abend Adélaïde ein bisschen zu ärgern, die, wie er versichert, nun an der Reihe sei. Curval, ihr Vater, und Durcet, ihr Gatte, zwicken sie mit weißglühenden Zangen in die Oberschenkel, der Herzog fickt sie dabei ohne Pomade in den Arsch. Man durchbohrt ihr die Zungenspitze, schneidet ihr beide Ohrläppchen ab, bricht ihr vier Zähne aus dem Kiefer und peitscht sie dann mit heftigen Schlägen. Der Bischof lässt Sophie am selben Abend zur Ader, vor den Augen ihrer geliebten Freundin Adélaïde. Sie muss zuschauen, wie die Blutfontänen sprudeln, bis Sophie ohnmächtig wird. Hochwürden rammelt sie unterdessen beim Aderlass ins Kackloch und bleibt die ganze Zeit über in ihrem Arsch.

Narcisse werden zwei Finger abgeschnitten, während Curval ihn fickt. Dann holt man Marie dazu und stößt ihr ein glühendes Eisen ins Arschloch und in die Fotze, brennt ihr sechs Löcher in die Oberschenkel, in die Klitoris, in ihre Zunge, in die eine Titte, die sie noch hat, und reißt alle übrigen Zähne aus.

ZWANZIGSTER TAG: 104. Derjenige, von dem die Champville am 5. Dezember berichtete und der es liebte, Söhne von ihren Müttern prostituieren zu lassen und sie dann in den Arsch fickte, lässt Mutter und Sohn kommen und erklärt ihr, er werde sie töten, wenn sie nicht den Sohn umbringe. Tut sie es nicht, schneidet er dem Knaben vor ihren Augen den Hals durch. Tötet sie aber selbst den Jungen, so bindet man sie mit seinem Leichnam zusammen, damit sie Zeit zum Nachdenken hat, und lässt sie auf diese Weise langsam zugrundegehen. 105. Ein berüchtigter Blutschänder bindet zwei Schwestern, nachdem er sie in den Arsch gebumst hat, auf eine Maschine, jede mit einem Dolch in der Hand. Dann setzt er die Apparatur in Bewegung, sodass sie sich gegenseitig mit den Dolchen zerfleischen. 106. Ein anderer Liebhaber des Inzests sperrt eine Mutter mit vier Kindern an einen Ort, wo er sie durch ein kleines, vergittertes Fenster beobachten kann. Er lässt sie ohne jede Nahrung und verfolgt die Wirkungen des Hungers auf die Frau, und welches der Kinder sie wohl zuerst verzehren wird. 107. Der, von dem die Champville am 29. Dezember berichtete, welcher schwangere Frauen peitscht, verlangt Mutter und Tochter, die beide schwanger sind. Jede wird jeweils an eine eiserne Scheibe gebunden, eine über der anderen. Er drückt auf eine Feder, und die beiden prallen mit voller Wucht aufeinander, so dass sie mitsamt ihrer Leibesfrucht zu Matsch zerschmettert werden. 108. Ein starker Arschficker belustigt sich auf diese Weise: Er lässt ein Liebespaar zu sich kommen und erklärt dem Mann: „Es gibt nur einen Menschen auf der Welt, der sich Ihrem

Glück widersetzt. Den will ich Ihnen zeigen." Dann führt er ihn in ein dunkles Zimmer, wo im Bett eine verhüllte Gestalt liegt. Der junge Mann stürzt sich entflammt darauf und durchbohrt seinen Feind. Dann zeigt man ihm, dass er in Wirklichkeit seine Geliebte erdolcht hat. In seiner Verzweiflung tötet er sich selbst. Falls nicht, erschießt der Wüstling ihn von draußen mit einer Pistole. Er wagt es nämlich nicht, den Raum zu betreten, in dem der zornige und bewaffnete Jüngling ist. Vorher hat er beide in den Arsch gefickt, wobei er ihnen vorspiegelte, er werde ihnen helfen, bald vereinigt zu werden. Nachdem er mit beiden sein Vergnügen hatte, befreit er endlich die Welt von ihnen.

Man feiert an diesem Abend das Ende der sechzehnten Woche. Durcet vermählt sich in seiner Eigenschaft als Frau mit Himmelsständer als Gatten und in seiner Eigenschaft als Mann mit Hyacinthe als Gemahlin. Zur Hochzeitsfeier soll sein bisheriges Eheweib Fanny gefoltert werden. Sie wird an den Armen und an sechs Stellen der Schenkel verbrannt. Man reißt ihr zwei Zähne aus, peitscht sie, zwingt Hyacinthe, der mit ihr vermählt war und der sie liebt, ihr in den Mund zu scheißen, und sie, selbst, den Kackhaufen zu verzehren. Augustine wird vom Herzog ein Zahn ausgerissen, und dann muss sie ihm den Schwanz lutschen. Man schleppt die Fanchon herbei, um sie zur Ader zu lassen und ihr, während das Blut fließt, den Arm zu brechen. Dann reißt man ihr die Nägel von den Zehen und schneidet ihr die Finger ab.

EINUNDZWANZIGSTER TAG: Die Erzählerin kündigt an, sie werde jetzt von Arschfickern erzählen, die nur männliche Personen morden. 109. Nachdem er den Knaben in den Arsch gefickt hat, schiebt er ihm ein Gewehr, das mit grobem Schrot geladen ist, ins Kackloch. Er drückt den Abzug, und die Flinte und sein Schwanz entladen gleichzeitig. 110. Ein junger Mann wird gezwungen, der Verstümmelung seiner Geliebten beizuwohnen. Er muss ihr Fleisch essen, insbesondere die Hinterbacken, die Möpse und das Herz. Jede andere Nahrung wird ihm verweigert. Isst er, so verwundet man ihn und lässt ihn verbluten. Verweigert er die Nahrung, so verhungert er. 111. Er schneidet ihm die Eier heraus und gibt sie ihm als Ragout zu essen, ohne es ihm zu sagen. Dann ersetzt er den geraubten Schatz durch Kugeln aus Quecksilber und Schwefel, die ihn unter Qualen sterben lassen. Unterdessen fickt er ihn und steigert seine Pein dadurch, dass er ihn mit Schwefelfädchen brennt und ihm die Haut zerkratzt und die Wunden versengt. 112. Er stößt ihm einen dünnen Pfahl ins Arschloch. Auf diese Weise lässt er ihn seine letzten Stunden oder

Tage aushauchen. 113. Beim Arschficken spaltet er ihm den Schädel, nimmt ihm das Hirn heraus und füllt geschmolzenes Blei hinein.

An diesem Abend wird Hyacinthes Hintern der Allgemeinheit ausgeliefert, nachdem man ihn heftig gepeitscht hat. Narcisse wird vorgeführt, und ihm werden die Klöten mit einer Schere herausgeschnitten. Adélaïde drückt man eine glühende Kohlenschaufel vorne auf die Oberschenkel, versengt ihr die Klitoris, durchbohrt ihre Zunge, peitscht die Titten und schneidet die Brustwarzen ab, bricht ihr beide Arme, schneidet ihr die übrigen Finger ab und zupft ihr die Schamhaare aus. Man zieht ihr auch sechs Zähne und reißt einen Teil der Kopfhaare aus. Mit Ausnahme des Herzogs, dessen lebhafter Schwanz himmelwärts emporragt und der voller Wut nach Thérèse verlangt, die er erledigen will, entladen alle. Thérèse wird dem Herzog ausgeliefert. Er reißt ihr sämtliche Nägel mit einem Federmesser aus, verbrennt ihr alle Finger nacheinander mit einer Kerze und bricht ihr einen Arm. Nachdem ihn auch dies nicht zur Entladung bringt, fickt er mit Augustine und reißt ihr einen Zahn aus, während er in ihre Punze absahnt.

ZWEIUNDZWANZIGSTER TAG: 114. Er bricht einem Knaben alle Glieder und bindet ihn aufs Rad, wo er ihn sterben lässt. Dabei muss sein Arsch gut zu sehen sein. Der Lüstling lässt sich neben dem Rad seine Mahlzeit reichen und verspeist sie dort Tag für Tag, bis das Opfer sein Leben ausgehaucht hat. 115. Er schindet einen Knaben, bestreicht ihn mit Honig und lädt dann die Fliegen zum Festmahl ein. 116. Er schneidet ihm Schwanz und Brustpartie ab und spießt ihn auf einen Pfahl, während eine Hand und ein Fuß jeweils auf einen anderen Pflock aufgespießt sind. So würdelos darf er krepieren. 117. Der Mann, der die Duclos mit seinen Hunden aus einem Napf fressen ließ, wirft einen Knaben einem Löwen vor. Nur einen leichten Stock gibt er ihm zur Abwehr, wodurch das Raubtier noch mehr in Zorn gerät. Wenn das Opfer ganz aufgefressen ist, entlädt er. 118. Ein Knabe wird von einem eigens dafür dressierten Hengst besprungen und dadurch getötet. Er muss in eine Stutenhaut eingenäht und mit dem Fotzensaft einer Stute bestrichen werden. Der Wüstling beobachtet diesen Tumult und den Tod des Jungen.

An diesem Abend wird Giton gefoltert. Der Herzog, Curval, Hercule und Arschbrecher ficken ihn ohne Pomade. Sie peitschen ihn aus Leibeskräften, ziehen ihm vier Zähne aus, schneiden ihm vier Finger ab (immer vier, weil jeder diese Handlung vornimmt), und Durcet zerquetscht ihm einen Hoden zwischen Daumen und Zeigefinger. Augustine wird von allen vieren gleichzeitig gepeitscht, bis ihr schönes Gesäß nur noch rohem Fleisch gleicht. Der Herzog fickt ihren Arsch, während Curval ihr einen Finger abhackt, dann sodomiert dieser sie, wobei der Herzog sie mit einem rotglühenden Eisen an sechs Stellen versengt und im Augenblick von Curvals Entladung noch einen Finger abschneidet. Trotzdem schläft sie diese Nacht – eine recht temperamentvolle, nebenbei bemerkt – im Bett des Herzogs. Marie wird ein Arm gebrochen, ihr werden die Fingernägel ausgerissen, und man versengt ihr die Finger. Unter Mithilfe der Desgranges und der Duclos bringen Durcet und Curval in der Nacht Adélaïde in den Kerker. Curval verpasst ihr einen Abschieds-Arschfick, und dann wird sie unter furchtbaren Martern, die zu schildern sind, abgeschlachtet.

DREIUNDZWANZIGSTER TAG: 119. Ein Knabe wird in eine Maschine gespannt, die ihn auseinanderreißt und ihm langsam alle Glieder ausrenkt. Zwischendurch wird er abgenommen, damit er wieder kurz zur Ruhe kommt. Danach wird der Vorgang tagelang wiederholt, bis er stirbt. 120. Ein Knabe wird von einem hübschen Mädchen verführt und bis zur Erschöpfung durchs Ficken ausgelaugt, bis er ganz trocken ist. Er bekommt keine Nahrung und stirbt unter grausamen Krämpfen. 121. Er führt an seinem Opfer an einem einzigen Tag vier Operationen durch: eine Gallensteinentfernung, eine Schädelöffnung sowie eine Fisteloperation am Auge und eine am Arschloch. Über Chirurgie weiß er nur stümperhaft Bescheid, und er lässt das Objekt ohne Beistand, bis es stirbt. 122. Er schneidet einem Jüngling die Eier und den Schwanz ab und brennt die Wunde mit einem rotglühenden Eisen aus, wobei er auf diese Weise eine Fotze an ihrer Stelle formt und die Blessur sogleich vernarbt. Dann fickt er dieses neugeschaffene, noch warme Loch und erwürgt den Knaben beim Abspritzen. 123. Er striegelt ihn mit einem Pferdestriegel, bis das Fleisch abgeschabt ist. Anschließend reibt er die Wunden mit Weingeist ein und zündet ihn an. Das wiederholt er so lange, bis der Tod des Opfers weitere Zuneigungsbeweise überflüssig macht.

An diesem Abend wird Narcisse gefoltert. Man verbrennt ihm den Arsch und seinen kleinen Schwanz und zerquetscht ihm die Eier. Auf Veranlassung des gegen sie wütenden Herzogs wird Augustine abermals gemartert, am Hintern und in dem Achselhöhlen verbrannt und mit einem heißen Eisen in der Möse versengt. Sie wird ohnmächtig. Immer zorniger werdend, schneidet der Herzog ihr die Nippel ab, trinkt das Blut, bricht ihr beide Arme, zupft ihr die Schamhaare an der Fotze aus, bricht ihr alle Zähne aus dem Mund und schneidet ihr die Finger ab, die Wunden mit Feuer ausbrennend. Dann rammelt er sie die ganze Nacht abwechselnd in Punze und Arsch und verkündet ihr mehrfach, dass er sie am nächsten Tag abschlachten wird. Louison wird ein Arm gebrochen, Zunge und Klitoris werden versengt, die Nägel ausgerissen und die blutenden Fingerspitzen ausgebrannt. In diesem Zustand fickt Curval sie in den Arsch und zerquetscht bei der Entladung eine Brust Zelmires. Noch nicht zufrieden mit all diesen Misshandlungen, peitscht er sie, bis er seinen Arm nicht mehr zu heben vermag.

VIERUNDZWANZIGSTER TAG: 124. Er fickt einen Mann in Gegenwart seiner beiden Kinder. Bei der Entladung erdolcht er das eine Kind mit einer Hand und erwürgt das andere mit der zweiten. Es ist derselbe, von dem die Martaine in der vierten Geschichte des 1. Januars erzählte. 125. Die Leidenschaft jenes Mannes, den Bauch schwangerer Frauen zu peitschen, entwickelte sich dahin, dass er sechs Frauen, die im achten Monat sind, Rücken an Rücken zusammenbindet, so dass ihre Bäuche weit vorgestreckt sind. Der ersten schneidet er den Bauch ganz auf, der zweiten stößt er ein Messer immer wieder hinein, der dritten versetzt er hundert Fußtritte dorthin und der vierten hundert Stockschläge ebendort. Der fünften versengt er den Bauch, den der sechsten raspelt er mit einem Reibeisen auf, und alle, die dann noch leben, erschlägt er zu guter Letzt mit Keulenhieben auf den Bauch.

Da die Vorstellung dieser Szene ihn in größte Erregung versetzt hat, unterbricht Curval hier die Erzählung mit einem rasenden Schauspiel seiner Geilheit.

126. Der von der Duclos erwähnte Verführer lässt zwei Mädchen zu sich kommen. Von der einen fordert er, sie soll, wenn sie ihr Leben retten will, Gott und der Religion abschwören. Vorher hat sein Lakai ihr aber heimlich geraten, sie soll es nicht tun, weil er sie dann töten wird. Weigere sie sich aber, so habe sie nichts zu befürchten. Sie weigert sich also, und er schießt ihr das Hirn aus dem Schädel mit den Worten: „Da ist eine für Gott!" Nun muss die zweite eintreten, die angesichts des Geschehens furchtsam alles tut, was er verlangt. Auch sie wird erschossen, und er sagt dazu: „Hier ist eine für den Teufel!"

Dieses Spiel wiederholt der Unhold jede Woche. 127. Ein schlimmer Arschficker lädt seine Gäste zu einem Ball. Sind sie versammelt, gibt der Boden unter ihrer Last nach, und alle verrecken. Um einer Entdeckung zu entgehen, wechselt er immer wieder seinen Aufenthaltsort. Aber er wird gefasst, nachdem er zum fünfzigsten Mal zum Tanz aufspielen ließ. 128. Der, dessen Passion es war, Frauen abortieren zu lassen und von dem die Martaine am 27. Januar berichtet hat, fesselt drei Schwangere in den peinvollsten Stellungen, so dass sie drei artistische Arrangements bilden und sieht ihrer Entbindung zu. Dann bindet er jeder ihr eigenes Kind an den Hals und lässt sie ohne Nahrung, bis sie tot sind oder aber den Säugling aufgefressen haben. 128.b. Er hat auch noch eine andere Leidenschaft: Zwei Frauen müssen vor ihm gebären, dann verbindet er ihnen die Augen, vertauscht die Kinder, die er heimlich gekennzeichnet hat, und jede soll nun ihren eigenen Sprössling herausfinden. Bezeichnen sie den richtigen, so lässt er sie leben. Im gegenteiligen Fall durchbohrt er sie mit einem Degen über dem Körper des jeweiligen Säuglings, den sie fälschlich für den ihren hielten.

An diesem Abend wird bei den Orgien Narcisse ausgeliefert, und Durcet erleichtert ihn um alle verbliebenen Finger, während der Bischof den Kleinen fickt. In seine Harnröhre steckt er dann eine glühende Nadel. Mit Giton spielt man übermütig Ball: Die Freunde treten ihn durchs Zimmer und brechen ihm dabei ein Bein. Als der Herzog sich anschließend mit ihm vergnügt, hat Zelmire ihren Auftritt. Sogleich röstet man ihren Kitzler, brät ihre Zunge, backt ihr Zahnfleisch, reißt ihr vier Zähne aus, versengt ihre Haut an sechs Stellen und schneidet ihr die Brustwarzen sowie alle Finger ab. In diesem Zustand ist sie als Lustobjekt bereit, und Curval fickt sie in den Arsch, ohne dabei zu entladen. – Hereinspaziert, Fanchon! Die Aufmerksamkeit, die ihr zuteil wird, kostet sie ein Auge.

Unter Beistand der Desgranges und der Duclos bringen Curval und der Herzog Augustine nachts in den Keller. Sie peitschen ihren bislang geschonten Hintern zu Fetzen, und beide Brüder ficken ihn abwechselnd, aber sie hüten ihren Schwanzsaft. Der Herzog bringt ihrem Arsch dann achtundfünfzig Wunden bei, in die er siedendes Öl gießt. In Fotze und Arschloch stößt er ihr jeweils ein glühendes Eisen und fickt sie mit einem Kondom aus Seehundshaut, wodurch die wunde Stelle völlig aufgerissen wird.

Dann schaben sie ihr das Fleisch an Armen und Beinen herunter bis auf die Knochen und sägen diese an verschiedenen Stellen an. Daraufhin legen sie ihre Nervenstränge an vier Stellen frei, die ein Kreuz bilden. An jedes Nerven-Ende wird eine Haspel befestigt, die man dreht. So ziehen sie diese empfindlichen Fasern in die Länge, was ihr unermessliche Qualen bereitet. Man sorgt dafür, dass sie sich erholt, um sie noch länger foltern zu können. Dann wiederholen die Herrschaften diese Prozedur, und nun ritzen sie die Nerven mit einem Messer ein, damit sie noch weiter gedehnt werden können. Anschließend schneiden sie ihr ein Loch in die Kehle und ziehen die Zunge hindurch, was ein lustiger Anblick ist.

Ihre übriggebliebene Titte wird dann auf einem kleinen Feuer geröstet. Nun stößt der Herzog ihr eine Hand mit einem Skalpell in die Möse und zerstört dadurch die Trennwand zwischen Arsch und Fotze. Das Messer wird beiseitegelegt, die Hand wieder hineingestoßen, und Blangis wühlt in ihren Eingeweiden und zwingt sie, ihre Scheiße durch die Möse zu entleeren. – Ein weiteres amüsantes Kunststück! Durch dieselbe Öffnung spaltet er ihr danach den Magen. Als nächstes nehmen sie sich ihr Gesicht vor. Sie schneiden ihr die Ohren ab, versengen ihr das Innere der Nasenlöcher und blenden sie, indem sie ihr flüssiges Siegelwachs in die Augen träufeln. Die Herrschaften schneiden ihr die Hirnschale auf, hängen sie an den Haaren auf und beschweren ihre Füße mit Steinen, bis sie fällt und ihre Schädeldecke abreißt. Als sie stürzt, atmet sie noch. Der Herzog vögelt sie in diesem beklagenswerten Zustand noch einmal in die Fotze. Er entlädt und wird beim Herausziehen nur noch umso rasender. Sie schneiden ihr jetzt den Leib auf und versengen ihre Eingeweide. Der Präsident dringt mit einer skalpellbewehrten Hand in ihren Brustkorb ein und sticht ihr mehrfach ins Herz, sodass sie ihr Leben aushaucht. Mit ihr stirbt eines der himmlischsten Geschöpfe, das die Natur je erschaffen hat, im Alter von nur fünfzehn Jahren und acht Monaten. Lobende Nachrede auf sie.

FÜNFUNDZWANZIGSTER TAG: (An diesem Tag wird Colombe Frau des Herzogs und hat deren Funktionen zu erfüllen.) 129. Ein leidenschaftlicher Liebhaber schöner Gesäße fickt ein Mädchen vor den Augen ihres Liebhabers in den Arsch. Anschließend vögelt er den Jüngling vor ihren Augen, nagelt sie danach beide Mund an Mund aufeinander und lässt sie so sterben.

Diese Folterung bestimmt man für Céladon und Sophie, die sich lieben. Man unterbricht die Erzählung, um Céladon zunächst zu zwingen, auf den Arsch seiner geliebten Sophie heißes Siegelwachs zu träufeln. Er wird ohnmächtig, und der Bischof fickt ihn in diesem Zustand.

130. Der Mann, dessen Vergnügen es war, ein Mädchen ins Wasser zu stürzen und wieder herauszuholen, wirft schließlich sieben bis acht Nutten in einen Teich und sieht zu, wie sie um ihr Leben kämpfen. Es sind nämlich schlechte Schwimmerinnen. Er hält ihnen eine rotglühende Eisenstange hin. Greifen sie danach, so stößt er sie zurück. Um sie sicherer untergehen zu lassen, hat er jeder zuvor ein Glied abgeschnitten. 131. Früher arbeitete er mit Brechmitteln, jetzt verbreitet er in einer ganzen Provinz die Pest. Eine unglaubliche Anzahl von Menschen hat er auf diese Weise schon ums Leben gebracht. Auch vergiftet er Brunnen und Flüsse. 132. Ein Liebhaber der Peitsche sperrt drei Schwangere in einen Eisenkäfig und mit ihnen ihre drei Kinder, während der Käfig von unten erhitzt wird. Bei ihren Schmerzenszuckungen nehmen sie die Kinder auf den Arm, fallen aber und verenden schließlich. *(Auf diesen wurde bereits hingewiesen. An die korrekte Stelle bringen!)* 133. Früher stach er mit einer Ahle. Als reiferer Mann, der er jetzt ist, sperrt er eine Schwangere in ein mit Nägeln gespicktes Fass, das er kräftig durch seinen Garten rollt.

Constance hat die Berichte von den schwangeren Frauen mit ebensoviel ahnungsvollem Kummer vernommen, wie Curval ihnen mit wollüstigem Genuss lauschte. Mit jedem Tag wird ihr eigenes Schicksal ihr immer gewisser. Da die Zeit der Niederkunft naht, glaubt man, ihre Folterungen beginnen zu können. Auch sie wird gequält. Man brennt ihre Oberschenkel an sechs Stellen, tröpfelt Siegelwachs in ihren Nabel und zersticht ihre Titten mit Nadeln. Giton wird vorgeführt und mit einer glühenden Ahle gestochen, und zwar durch seinen kleinen Schwanz und die Klöten, und dann reißt man ihm vier Zähne aus. Nun kommt Zelmire an die Reihe, deren Ende nicht mehr fern ist. Ihr wird ein glühendes Eisen tief in die Fotze gebohrt. An den Titten und Schenkeln wird sie an sechs Stellen verbrannt, kräftig in den Bauchnabel gestochen, und außerdem bekommt sie von jedem der Freunde zwanzig heftige Schläge ins Gesicht. Man reißt ihr vier Zähne aus, sticht ihr in ein Auge, peitscht sie und rammelt ihren Arsch. Ihr Gatte Curval verkündet ihr für morgen den Tod. Sie beglückwünscht sich dazu mit der Erklärung, dass ihre

Leiden dann enden würden. Rosette wird präsentiert, und man reißt ihr vier Zähne aus, brandmarkt ihre Schulterblätter mit einem glühenden Eisen und schneidet sie in Oberschenkel und Waden. Dann wird sie in den Arsch gefickt, wobei man ihre Möpse zerquetscht. Thérèse wird ein Auge ausgestochen, und hundert Hiebe mit dem Ochsenziemer regnen auf ihren dürren Rücken herab.

SECHSUNDZWANZIGSTER TAG: 134. Ein Arschficker stellt sich an den Fuß eines Turmes und lässt verschiedene Kinder beiderlei Geschlechts von der Spitze auf den mit Eisennägeln bedeckten Boden schleudern. Er hat sie vorher in den Hintern gerammelt und will nun zusehen, wie sie ein zweites Mal aufgespießt werden, und er freut sich, wenn ihr Blut ihn anspritzt. 135. Der Mann, von dem sie am 11. und am 13. Februar erzählte und der als Brandstifter vorgestellt wurde, lässt sechs schwangere Frauen einsperren und brennbare Stoffe an ihnen befestigen, die er anzündet. Wollen sie fliehen, stößt er sie mit einem eisernen Spieß ins Feuer zurück. Sobald sie halb verbrannt sind, öffnet sich unter ihnen der Boden, und sie stürzen in einem Behälter mit siedendem Öl, wo sie krepieren. 136. Der Edelmann, von dem die Duclos erzählte und welcher die Armen hasst und Lucile, ihre Mutter und ihre Schwester kaufte, stellt eine ganze Armenfamilie auf ein Pulverfass und sprengt sie in die Luft. Auch die Desgranges hat von ihm gesprochen. *(Nachsehen, wo!)* 137. Ein Blutschänder und passionierter Arschficker sucht die Vereinigung dieser Verbrechen mit Gotteslästerung, Ehebruch, Vergewaltigung und Mord zu erreichen, indem er sich von seinem eigenen Sohn mit einer Hostie in den Hintern rammeln lässt, seine verheiratete Tochter vergewaltigt und seine Nichte umbringt. 138. Ein großer Arschfickliebhaber erwürgt eine Mutter, während er sie von hinten pimpert. Ist sie tot, vögelt er sie nunmehr fotzenseitig und tötet beim Entladen ihre Tochter an der Brust ihrer Mutter mit einem Dolchstoß in die Titten. Dann fickt er die Tochter in den Arsch, obschon sie tot ist. In der Einbildung, beide seien noch nicht ganz verreckt, wirft er beide Kadaver ins Feuer, in der Hoffnung, dass sie noch Schmerzen erleiden können. Dabei entlädt er. Es ist der wohlhabende Mann, von dem die Duclos am 29. November berichtete, dass er das Mädchen auf einem mit schwarzem Atlas bezogenen Bett liegen sehen will, und es ist derselbe, von dem die Martaine am 11. Januar erstmals sprach.

Das Abendprogramm beginnt mit Narcisse. Man schneidet ihm eine Hand ab. Auch Giton verliert eine Hand. Michette und Rosette verbrennt man im Inneren der Möse, am Bauch und an den Titten. Curval kann sich nicht beherrschen und verletzt die Regeln der Gesellschaft: Er schneidet Rosette ein ganzes Euter ab, wobei er Michettes Arsch fickt. Thérèse gibt man zweihundert Schläge mit dem Ochsenziemer und reißt ihr ein Auge aus. Nachts bringen Curval und der Herzog Zelmire unter Beihilfe der Desgranges und der Duclos in den Keller, wo man sie unter Anwendung der raffiniertesten Folterungen tötet, sogar noch schlimmer als Augustine. Die beiden Männer sind noch immer hart am arbeiten, als die Frühstücksstunde naht. Das schöne Mädchen stirbt mit fünfzehn Jahren, zwei Monaten. Sie besaß den herrlichsten Arsch des ganzen Harems. An nächsten Tag nimmt Curval, der nun keine Frau mehr hat, Hébé zur Gattin.

SIEBENUNDZWANZIGSTER TAG: Die Feier der vollendeten siebzehnten und letzten Woche verschiebt man auf morgen, damit sie zusammenfällt mit dem Ende der Geschichten. Die Desgranges erzählt folgende Episoden:

139. Der Mann, von dem die Martaine am 12. Januar erzählte und der im Arsch der Weiber Feuerwerkskörper entzündete, hat auch die Passion, zwei schwangere Frauen kugelförmig zusammenzubinden und sie dann aus einem Mörser[104] zu schießen. 140. Er war ein Ritzer. Nun zwingt er zwei nackte, schwangere Frauen, die er in ein Zimmer einsperrt, mit Dolchen aufeinander loszugehen, indem er aus sicherer Entfernung ein Gewehr auf sie richtet. Er verspricht, sie zu erschießen, falls sie trödeln sollten oder zögerlich sind. Töten sie sich, hat er sein Ziel erreicht, wenn nicht, stößt er die eine mit dem Degen nieder, schlitzt der anderen den Bauch auf und verbrennt sie mit Salpetersäure oder glühendem Eisen. 141. Einer, der Schwangeren den Bauch peitschte, hat sein Interessengebiet erweitert: Er flechtet ein schwangeres Mädchen aufs Rad. Darunter fesselt er ihre Mutter auf einen Stuhl, so dass sie sich nicht bewegen kann. Ihr Kopf ist dabei nach hinten gebeugt, ihr Mund weit geöffnet. Sie muss nun dulden, dass all der Kot und Unflat, der aus dem Leichnam der Tochter herausfließt, in ihren Schlund fällt, ebenso wie das Baby, wenn es herausplumpst. 142. Jener, von dem die Martaine am 16. Januar berichtete und der die Mädchen gerne in den Hintern sticht, bindet sie später auf ein mit Nägeln

[104] Kanone.

bedecktes Brett und rammelt sie so, dass bei jedem Stoß die Spitzen in ihren Rücken eindringen. Dann dreht er sie herum, und er fickt sie in den Arsch, damit auch ihre andere Seite zerstochen wird. Er stößt sie in den Rücken, damit ihr das Eisen tiefer in die Titten eindringt. Schließlich legt er ein ebensolches Brett auf sie und lässt beide Hölzer durch Schrauben zusammenpressen, bis das Mädchen vollkommen durchbohrt und zerquetscht eines grausigen Todes stirbt. Das Zusammendrücken geschieht nach und nach. Man gibt ihr Zeit genug, um ihre Schmerzen wirklich zu genießen. 143. Ein Peitscher legt eine Schwangere auf einen Tisch und nagelt sie fest, indem er ihr zuerst glühende Nägel in die Augen schlägt, dann in den Mund und die beiden Titten. Er verbrennt ihr mit einer Kerze Klitoris und Brustwarzen, bricht ihr beide Beine und tötet sie und ihr Kind, indem er einen glühenden Eisennagel in ihren Bauchnabel stößt. Sie muss nahe am Entbinden sein.

An diesem Abend werden Julie und die Duclos von den Herrschaften gepeitscht, aber nur spielerisch, da beide zu jenen Bewohnern von Silling gehören, die wieder nach Paris zurückkehren dürfen. Trotzdem verbrennt man Julie an zwei Stellen der Schenkel und reißt ihr die Haare aus. Constance soll am nächsten Tag sterben, weiß es aber noch nicht. Man verbrennt ihr die Brustwarzen, tropft ihr Siegelwachs auf den Bauch, reißt ihr vier Zähne aus und bohrt eine Nadel in ihr Augenweiß. Narcisse, der ebenfalls am 28. Februar sterben soll, reißt man vier Zähne und ein Auge aus. Giton, Michette und Rosette sollen Constances Schicksal teilen. Jedem werden vier Zähne und ein Auge ausgerissen. Man schneidet Rosette die Zitzen ab, je sechs Fleischstücke aus den Armen und aus den Schenkeln, schneidet ihr alle Finger ab und bohrt ihr ein glühendes Eisen in die Möse und ins Arschloch. Zweimal entladen der Herzog und Curval dabei. Als Louison kommt, erhält sie hundert Schläge mit dem Ochsenziemer, und man reißt ihr ein Auge aus und lässt sie es essen, was sie auch tut. – Runter damit!

ACHTUNDZWANZIGSTER TAG: 144. Ein Arschficker lässt zwei gute Freundinnen zu sich kommen. Er bindet sie Mund auf Mund und stellt eine köstliche Mahlzeit vor sie hin. Sie können sie aber nicht erreichen, und er sieht zu, wie sie einander unter der Qual des Hungers auffressen. 145. Jener, der schwangere Frauen peitschte, lässt nun um sechs solcher Weiber mit einander zugekehrten Gesichtern eine Art Käfig legen, der aus Eisenreifen besteht. Stück für Stück ziehen die Ringe sich zusammen, nach und nach kommen sie einander näher. Langsam werden sie alle plattgedrückt und mitsamt ihren Ungeborenen zermalmt. Zuvor hat er jeder eine Arschbacke und eine Titte abgeschnitten und sechs Halskragen daraus geformt. Jede trägt sie wie eine Pelerine[105] aus Pelz. 146. Ein anderer, der ebenfalls schwangere Frauen zu peitschen liebte, bindet zwei trächtige Weiber an zwei bewegliche Rohre, die eine überaus ausgefuchste Maschine darstellen. Am liebsten nimmt er dazu Mutter und Tochter oder Schwestern. Dann schnellen die Stangen immer wieder gegeneinander und töten die Frauen bei ihrem heftigen Aufprall, woraufhin er entlädt. 147. Der Graf, von dem die Duclos erzählte und auch die Desgranges am 26., jener, der Lucile, ihre Mutter und die kleine Schwester Luciles kaufte, und von dem auch die Martaine an vierter Stelle am 1. Januar berichtete, hat auch die Passion, drei Frauen über drei Öffnungen aufzuhängen. Eine hängt man an der Zunge über einem Brunnen auf, die zweite an den Brustwarzen über einer Grube mit einem Kohlenfeuer, die dritte an den Haaren, nachdem man mit einem Schnitt die Kopfhaut getrennt hat, über einem Loch mit Eisenspitzen. Wenn ihr Eigengewicht die Frauen hinabzieht, wenn die Haare sich mitsamt der Kopfhaut ablösen, wenn die Brustwarzen zerspringen oder die Zunge abreißt, stürzen sie und kommen so von einer Qual zur nächsten. Am liebsten nimmt er drei schwangere Frauen oder eine Familie. (Auf diese Weise tötete er Lucile, ihre Mutter und ihre Schwester.) 148. Die letzte. *(Nachsehen, warum zwei Passionen fehlen, nachdem im Entwurf keine fehlte.)* Der vornehme Herr, der dieser Passion ergeben ist, die wir als die „höllische" bezeichnen wollen, ist schon viermal erwähnt worden: Er ist die handelnde Person im letzten Bericht der Duclos vom 29. November. Er kommt bei der Champville als jener Mann vor, der nur Neunjährige entjungfert, bei der Martaine in der Erzählung, wo er nur Dreijährige anal defloriert und weiter oben bei der Desgranges. *(Die Verbindung noch präziser ausgestalten!)* Es handelt sich um einen etwa vierzigjährigen Mann von riesigem Wuchs und herkulischem Körperbau. Sein Schwanz ist so groß wie der eines Zuchthengstes und misst einen Fuß Länge und fast neun Zoll Umfang. Er ist überaus reich, herrisch, hart und grausam. Sein Herz ist aus Stein.

Ein ganzes Haus hat er seinen Leidenschaften gewidmet. Es liegt am äußersten Rand von Paris und ganz abseits. Sein Gemach der Wollust ist ein großer Salon ohne besondere Eleganz, aber überall gepolstert und mit Kissen

---

[105] Umhang/Cape.

belegt. Es hat nur ein einziges großes Fenster über einem halb unterirdischen Gewölbe, das zwanzig Fuß tiefer liegt. Unter dieser Luke befinden sich Matratzen für die Mädchen, die man aus dem Fenster wirft, um sie in den Keller zu bringen, den wir später beschreiben werden. Für seine Orgien braucht er fünfzehn Madchen zwischen fünfzehn und siebzehn Jahren, keine älter, keine jünger. Sie werden ihm durch sechs Ludinnen in Paris und zwölf Miezenhändlerinnen in der Provinz beschafft, welche alles für ihn auftreiben, was in diesem Alter an Anmut gefunden werden kann. Man bringt sie erst in einem Kloster auf seinen Gütern unter, über das er absolute Kontrolle hat. Dort lässt man sie heranreifen. Seine Veranstaltungen finden alle vierzehn Tage statt. Am Vorabend sucht er fünfzehn Subjekte aus, Mädchen mit den geringsten Fehlern weist er zurück, nur die allerschönsten erwählt er.

Unter Führung einer Kupplerin versammelt man sie in einem Nebenraum des Lustsalons, wo sie sich für die Besichtigung durch ihn entkleiden müssen. Er untersucht sie ganz genau, betastet sie, saugt an ihrem Mund und lässt sich von allen ins Maul scheißen, frisst aber die Kackhaufen nicht. Nachdem er diesen ersten Teil der Untersuchung mit fürchterlichem Ernst erledigt hat, drückt er ihnen mit einem glühenden Eisen Nummern auf die Schultern, um die Reihenfolge zu bezeichnen, in der er sie sich vornehmen will. Dann begibt er sich in den Salon, wo er eine kleine Weile allein bleibt, ohne dass man weiß, womit er sich die Zeit vertreibt.

Dann klatscht er, und man wirft ihm die Erste herein. Sie wird buchstäblich geworfen, denn die Kupplerin schleudert sie ihm zu, und er fängt sie mit den Armen auf. Sie ist nackt. Er schließt nun die Tür, mit einer Rute peitscht er ihr den Hintern, fickt sie dann mit seinem gewaltigen Schwengel in den Arsch, ohne dabei irgendeine Gleithilfe zu verwenden, entlädt aber nicht. Er zieht seinen erigierten Schwanz heraus, und wieder peitscht er das Mädchen auf den Rücken sowie vorne und hinten auf die Schenkel, legt sie dann hin, und entjungfert sie von vorne. Sodann peitscht er sie wieder mit aller Macht auf die Titten und quetscht sie mit roher Gewalt, und er ist ein sehr starker Mann! Mit einer Ahle versetzt er ihr sechs Stiche in verschiedene Körperteile, darunter in jede blutunterlaufene Brust einen, und knetet diese dann. Nun öffnet er das Fenster, das zu dem Gewölbekeller führt, stellt das Mädchen aufrecht in die Mitte des Zimmers mit dem Gesicht zum Fenster. Er selbst stellt sich hinter sie, und wenn alles fertig ist, gibt er ihr einen so heftigen Arschtritt, dass sie gegen den Sims knallt und durchs Fenster auf die unten liegenden Matratzen fliegt. Er hat ihr vorher noch ein farbiges Band um den Hals geschlungen, das sie für eine gewisse Marter bestimmt, für die er sie am geeignetsten hält oder die ihm die größte Wollust verspricht. Es ist unvergleichlich, mit welchem Einfühlungsvermögen und welcher Sachkenntnis er dabei vorgeht! Alle fünfzehn Mädchen fliegen so nacheinander hinaus, nachdem sie vorher in derselben Weise behandelt worden sind. Auf diese Art vollzieht er an einem Tag dreißig Entjungferungen, ohne ein Tropfen Ficksaft zu verlieren.

Der Keller, in den die Mädchen befördert werden, ist mit fünfzehn verschiedenen Vorrichtungen für die grauenhaftesten Folterungen ausgestattet. In Masken und Gewändern von Dämonen amtieren hier fünfzehn Henker, deren jeweilige Tracht die Farbe des Bandes zeigt, welches dem betreffenden Mädchen um den Hals geschlungen wurde und das die ihr zugedachte Marter bezeichnet. Sobald sie stürzt, bemächtigt sich der Henker mit der betreffenden Farbe ihrer und bringt sie zu der Maschine, die ihr zugedacht ist. Die Folterungen beginnen erst, wenn alle fünfzehn Mädchen beisammen sind. Dann kommt der Held der dreißig Jungfernschaften halbnackt und mit steil aufragendem Schwengel, in einem an Raserei grenzenden Zustand, in dieses Höllennest hinab, wo alles für seine Ankunft vorbereitet ist.

Alle Marterungen beginnen gleichzeitig mit sehr viel Lärm. Sie bestehen aus folgenden Prozeduren: 1. Das Mädchen wird auf ein Rad gebunden, das sich fortwährend an scharfen Klingen vorbeidreht, die jedoch nicht tief einschneiden. Bei jeder Umdrehung und in jeder Richtung wird das Mädchen geritzt. Da sie aber nur leicht gestreift wird, dreht sie sich mindestens zwei Stunden, ehe sie stirbt. 2. Dem Mädchen wird eine glühende Eisenplatte bis auf zwei Zoll nahegebracht, sodass sie langsam verkohlt. 3. Mit dem Steiß auf eine heiße Eisenwalze gebunden, wird ihr jedes Glied auf schreckliche Weise verrenkt. 4. Starke Federn zerren die Glieder des Opfers langsam auseinander, bis die Sehnen zerreißen und der Rumpf auf brennende Kohlen fällt. 5. Über den Kopf des Mädchens wird eine glühende Glocke gestülpt, die ihn aber nicht berührt, jedoch ihr Hirn langsam schmilzt und ihr Haupt stückweise brät. 6. Man kettet sie in einem Bottich mit siedendem Öl fest. 7. Eine Maschine wird gegen sie losgelassen, die in jeder Minute sechsmal einen Bolzen in ihr Fleisch gräbt, jedes Mal an einer anderen Stelle, sodass sie mit Wunden übersät wird. Die Apparatur bleibt erst stehen, wenn sie völlig durchlöchert ist. 8. Man hängt sie mit den Füßen in ein Glutbecken, und in dem Maß wie die Flammen sie verzehren, drückt ein Bleigewicht auf ihrem Kopf sie tiefer hinein, bis sie völlig verbrannt ist. 9. Der Henker bringt ihr mit glühenden Eisen permanent und überall Stiche bei, sie liegt dabei gefesselt vor ihm. Auf diese Weise reißt er sie nach und nach am ganzen Leib auf. 10. In einem Glaskasten wird sie an einen Pfahl gebunden, und dann lässt man zwanzig hungrige Schlangen auf sie los, die sie lebendig verzehren. 11. Man hängt sie an einer Hand auf und befestigt an ihren Füßen zwei schwere Kanonenkugeln. Schließlich fällt sie in eine brennende Kohlenglut. 12. Mit den Füßen nach oben stößt man sie auf einen spitzen Pfahl, der in den Mund eindringt, während ununterbrochen brennendes Pech auf ihren Körper prasselt. 13. Man befestigt Schnüre an ihren bloßgelegten Nerven, dehnt sie aus und spickt sie dabei mit glühenden Eisenspitzen. 14. Immer abwechselnd zwickt man sie mit Zangen und peitscht sie mit einer Klopfpeitsche, an der glühende Stahlkugeln hängen, abwechselnd auf Möse und Arsch. Zwischendurch kratzt man sie mit heißen Nadeln. 15. Man flößt ihr ein Gift ein, das die Eingeweide verätzt und zerreißt. Während sie sie sich in fürchterlichen Schmerzen windet, stößt sie entsetzliches Geheul aus. Sie stirbt als letzte, obschon diese Folter die furchtbarste ist.

Der rasende Wüstling läuft im Keller auf und ab und schaut jeder Folterung eine Viertelstunde lang zu und stößt dabei die grauenhaftesten Gotteslästerungen aus und beschimpft seine Opfer. Wenn er auf dem Gipfel seiner Wollust angelangt ist und sein lang zurückgehaltener Saft spritzen will, wirft er sich in einen Sessel, von dem aus er alle Marterungen überblicken kann. Zwei der Höllengeister nähern sich ihm, sie präsentieren ihm ihre Ärsche und wichsen seinen Schwanz. Endlich entlädt er mit einem Gebrüll, das die Todesschreie seiner Opfer übertönt. Nun entfernt er sich. Den Opfern, die noch nicht ausgelitten haben, gibt man den Gnadenstoß und vergräbt sie. Alle fünfzehn sind erledigt, und es kehrt für vierzehn Tage Ruhe ein in jene Gewölbe …

Damit beendet die Desgranges ihre Erzählungen. Man beglückwünscht und feiert sie. Bereits am Morgen dieses Tages beginnen die schrecklichen Vorbereitungen für das geplante Fest. In seiner Raserei hat Curval Constance seit Tagesanbruch fotzenseitig gefickt und ihr dabei das Todesurteil verkündet. Die fünf Opfer Constance, Narcisse, Giton, Michette und Rosette reichen den Kaffee. Während der letzten Erzählung treibt man bereits Scheußlichkeiten mit jenen nackten Vierergruppen, die man noch zusammenstellen kann.

Als die Desgranges geendet hat, ruft man zunächst Fanny, der man alle noch vorhandenen Finger und Zehen abschneidet und die man dabei ohne Pomade durch Curval, den Herzog und die vier Ober-Ficker in den Arsch rammeln lässt. Céladon zwingt man, Sophie, seiner Geliebten, die Möse auszubrennen. Dann schneidet man ihr alle Finger ab und macht ihr an Armen und Beinen einen Aderlass, reißt ihr rechtes Ohr ab und sticht ihr das linke Auge aus. Bei allen diesen Peinigungen wird Céladon gezwungen, mitzuwirken und oft alleine zu agieren, und bei der geringsten Gesichtsregung treibt man ihn mit einer Klopfpeitsche mit Eisenspitzen an.

Danach soupiert man. Das Abendessen ist besonders köstlich, man trinkt nur perlenden Champagner und Liköre. Zur Stunde der Orgie beginnen dann die Marterungen. Beim Dessert wird den Herren gemeldet, dass alles bereit ist. Die Herrschaften steigen in den Keller hinab und finden alles hübsch geschmückt und aufs Beste hergerichtet und ausgestattet. Constance liegt auf einer Art Katafalk, an dessen Ecken vier Kinder stehen. Es bereitet allen viel Vergnügen, ihre noch recht frischen Ärsche zu quälen. Endlich geht man an die schwere Arbeit: Curval schneidet, während er Giton fickt, Constance eigenhändig den Bauch auf und nimmt das Kind heraus, das schon ziemlich entwickelt ist und dessen männliches Geschlecht man gut erkennt. Nun werden die fünf Opfer weiteren Peinigungen unterworfen, alle ebenso grausam wie verschieden.

Am 1. März beschließt man, da der Schnee noch nicht geschmolzen ist, die Übriggebliebenen einzeln abzuschlachten. Die Freunde bilden in ihren Gemächern neue Ehebündnisse, und es wird beschlossen, jene, die geschont werden sollen, durch ein grünes Band zu kennzeichnen. Sie müssen sich aber verpflichten, den Folterungen der anderen beizuwohnen und mitzuhelfen. Den in der Küche beschäftigten sechs Mädchen sagt man nichts, beschließt aber, die drei Mägde, bei denen es lohnend erscheint, zu martern, dagegen die drei Köchinnen, deren Dienste man braucht, zu verschonen. Man macht eine Liste, in der die bereits erledigten Opfer vermerkt sind:

Gattinnen: Aline, Adélaïde, Constance: 3
Haremsmädchen: Augustine, Michette, Rosette, Zelmire: 4
Lustknaben: Giton, Narcisse: 2
Ficker: ein untergeordneter: 1

Insgesamt: 10

Die neuen Arrangements ergeben:

Der Herzog nimmt zu sich oder beschützt:
Hercule, die Duclos und eine Köchin: 4
Curval nimmt Arschbrecher, die Champville und eine Köchin: 4
Durcet nimmt Himmelsständer, die Martaine, eine Köchin: 4
Der Bischof nimmt Antinoüs, die Desgranges, Julie: 4

Insgesamt: 16

Es wird beschlossen, sich unter Mithilfe der vier Ficker und der vier Erzählerinnen (der Köchinnen will man sich nicht bedienen) unverzüglich auf jede mögliche, wenn auch noch so hinterlistige Weise, der übrigen Opfer zu bemächtigen. Nur die drei Mägde sollen erst am letzten Tag erledigt werden. Die oberen vier Zimmer werden in Gefängnisse umgewandelt. In das sicherste setzt man die drei untergeordneten Ficker, die man mit Ketten gefesselt hat. In das zweite kommen Fanny, Colombe, Sophie und Hébé, in das dritte Céladon, Zélamir, Cupidon, Zéphire, Adonis und Hyacinthe, in das vierte die vier Anstandsdamen. Man plant, jeden Tag einen der Gefangenen abzuschlachten. Für die drei Mägde ist dann bis dahin das Gefängnis geleert, so dass man sie dort einsperren kann, wenn die Reihe an ihnen ist. Jeder der Erzählerinnen überträgt man die Aufsicht über einen der Kerker. Nach Belieben amüsieren sich die Freunde unterdessen mit den Verurteilten. Sie besuchen sie im Gefängnis oder lassen sie in ihre Zimmer oder den Salon führen, je nach den individuellen Vorlieben der Herrschaften. Wie bereits gesagt, wird an jedem Tag eines der Opfer hingerichtet, und zwar in dieser Reihenfolge:

Am 1. März: Fanchon, am 2. Louison, am 3. Thérèse, am 4. Marie, am 5. Fanny, am 6. und 7. Sophie und Céladon zusammen als Liebespaar. Sie sterben, wie beschlossen, aufeinander genagelt. Am 8. einer der untergeordneten Ficker, am 9. Hébé, am 10. einer der subalternen Ficker, am 11. Colombe, am 12. der letzte der untergeordneten Ficker, am 13. Zélamir, am 14. Cupidon, am 15. Zéphire, am 16. Adonis, am 17. Hyacinthe. Am 18. bemächtigt man sich morgens der drei Küchenmägde und sperrt sie in das Gefängnis, das zuvor von den Anstandsdamen belegt war, und schlachtet sie am 18., 19. und 20. März ab.

Insgesamt: 20 Personen.

Übersicht aller Bewohner des Schlosses von Silling
in diesem denkwürdigen Winter,
die ihrer insgesamt 46 waren:

Nämlich:
Herrschaften: 4
Anstandsdamen: 4
Küchenpersonal: 6
Erzählerinnen: 4
Ficker: 8
Knaben: 8
Gattinnen: 4
Mädchen: 8

Insgesamt: 46

Von diesen wurden 30 ums Leben gebracht, und 16 kehrten nach Paris zurück.

Gesamtübersicht:

Bei den Orgien bis zum 1. März gemordet: 10
Nach dem 1. März: 20
Es kehren zurück: 16

Insgesamt: 46

Die Martern der zwanzig letzten Opfer und das Treiben bis zur Abreise sind ausführlich zu schildern. Es muss unbedingt gesagt werden, dass dreizehn der sechzehn Überlebenden (drei davon Köchinnen)stets gemeinsam aßen. Die Folterungen nach Belieben einstreuen.

Anmerkungen

Unter keinen Umständen von diesem Entwurf abweichen, da darin alles überdacht und mit peinlicher Genauigkeit durchgerechnet ist. Die Abreise mit allen Einzelheiten schildern und bei den Beschreibungen der Abendmahlzeiten stets moralische Betrachtungen anschließen. Bei der Reinschrift ein Heft zur Hand nehmen, um die Namen aller Hauptpersonen aufzuzeichnen und jene derer, die eine wesentliche Rolle spielen, so z.B. jene, die verschiedene Passionen haben und von denen mehrmals gesprochen wird, z.B. der Mann mit der „Hölle". Neben dem Namen genügend Raum lassen, um alles einzutragen, was sie betrifft, und bei der Reinschrift danach vorgehen. Dies ist äußerst wichtig und die einzige Möglichkeit, die ganze Arbeit klar zu überblicken und Wiederholungen zu vermeiden.

Der erste Teil muss stark gemildert werden. Es ist dort alles zu schnell entwickelt; darin müsste alles schwächer, verblümter sein. Vor allem dürfen die vier Freunde nichts tun, was in den Erzählungen noch nicht vorgekommen ist. Diese Sorgfalt wurde vernachlässigt.

Im ersten Teil einfügen, dass der Mann, der das durch seinen Vater prostituierte kleine Mädchen in den Mund fickt, der gleiche ist, der es stets mit verdrecktem Schwanz tut und von dem bereits erzählt wurde. Nicht vergessen, im Dezember die Szene mit den jungen Mädchen zu bringen, die beim Abendessen bedienen und den Likör aus ihrem Arsch in die Gläser der Freunde spritzen. Du hast es angekündigt, im Entwurf jedoch vergessen.

Nachzutragende Marterungen:

Man führt ihr mittels einer Röhre eine Maus in die Fotze ein und näht die Scheide zu, sodass das gefangene Tier ihr die Eingeweide zernagt.

Man lässt sie eine Schlange herunterwürgen, die sie auf die gleiche Weise innerlich auffrisst.

Curval und der Herzog müssen als heftige, aufbrausende Wüteriche geschildert werden, wie sie im ersten Teil und im Plan charakterisiert worden sind. Der Bischof ist ein kaltblütiger, berechnender und verhärteter Schurke. Durcet muss als zänkisch, falsch, boshaft und tückisch dargestellt werden. Nach diesen Charakterzügen müssen sich ihre Handlungen richten. Alle Namen und Eigenschaften der in den Erzählungen vorkommenden Personen genau aufschreiben, um Wiederholungen zu vermeiden. – Im Heft mit dem Personenverzeichnis einen Plan des Schlosses anlegen, Raum für Raum. Am Rand dabei Platz lassen, um die Vorgänge anzumerken, die sich in jedem Zimmer zugetragen haben.

Diese lange Rolle wurde am 22. Oktober 1785 begonnen
und in siebenunddreißig Tagen vollendet.